# ALMA
# ARMENIA

· **Edición:** Jessica Gualco
· **Colaboración editorial:** Florencia Cardoso
· **Coordinación de diseño:** Marianela Acuña
· **Diseño de interior:** Cecilia Aranda
· **Ilustración de mapa:** José Pais

-MÉXICO-
Dakota 274, colonia Nápoles
C. P. 03810, Del. Benito Juárez, Ciudad de México
Tel.: 55 5220 6620 • 800 543 4995
e-mail: editoras@vreditoras.com.mx

-ARGENTINA-
Florida 833, piso 2, oficina 203 (C1005AAQ), Buenos Aires
Tel.: (54-11) 5352-9444
e-mail: editorial@vreditoras.com

Primera edición: diciembre de 2019

**ISBN: 978-987-747-596-8**

Impreso en México en Litográfica Ingramex, S. A. de C. V.
Centeno No. 195, Col. Valle del Sur, C. P. 09819
Delegación Iztapalapa, Ciudad de México.

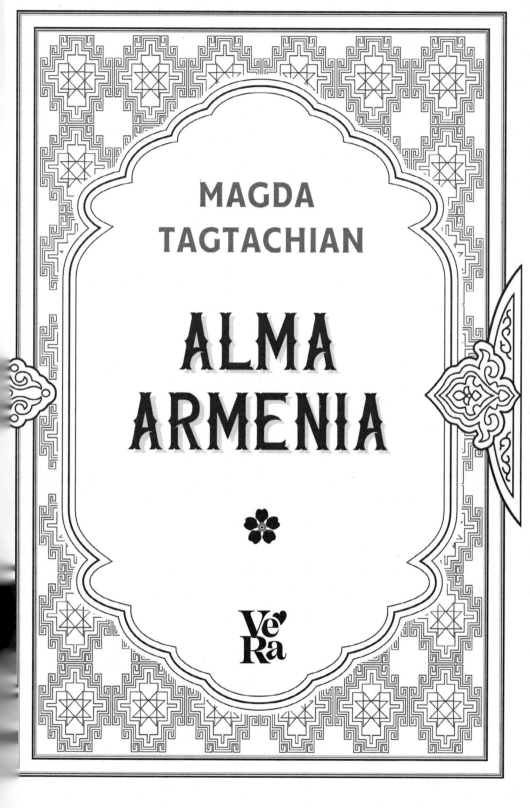

# MAGDA TAGTACHIAN

# ALMA ARMENIA

Ve'
Ra

A Beatriz.
A todas las almas que buscan y dan amor.

*A los amores prohibidos*
*a los amores escondidos*
*a los amores desmedidos*
*a los no correspondidos.*

*A los amores desvaídos*
*a los amores oprimidos*
*a los amores desvelados*
*a los amores del pasado.*

*A los que buscan*
*a los que dudan*
*a los que prueban.*

*A los que penan*
*a los que intentan*
*a los que juegan.*

*A los amores que vibran*
*a los amores en guardia*
*a los amores de madrugada.*

# PRIMERA
# PARTE

# PUNTO DE LLEGADA

BOSTON, 2019

Habían pasado tres años luego de su salida imprevista del Boston Times. Para Alma Parsehyan la vida había sido muy diferente en ese último tiempo. Había navegado muchas horas en las que añoraba sus rutinas de redacción. Al principio, se había sentido sin rumbo, ni meta, ni horizonte. Se había replanteado su decisión de renunciar al periódico donde había pasado dieciocho años de su vida. De la noche a la mañana, levantarse con el despertador, darse un baño para despabilarse, secarse el cabello mientras revisaba las noticias de último momento, ya no funcionaban como la cuota necesaria de adrenalina para comenzar cada día.

Su motor ahora anidaba en otro lugar. Dentro de ella misma. Más cerca de su corazón. En esta nueva vida, circulaba sin maquillaje, con el pelo recogido en una coleta alta, jeans, camiseta suelta y calzado deportivo. Todos los días la demandaban por igual. Lunes, martes, domingos o feriados. Caminaba una hora por reloj al terminar el desayuno, y después se sentaba a teclear. En su casa. En su silencio. En su computadora, con una jarra de agua y varios cafés.

No hubiera querido distraerse de su nuevo trabajo de escritora. Sin embargo, la aparición de un mensaje inesperado de Lucciano en su teléfono, la obligó a suspender unas horas la disciplina que requería el texto. Su excompañero del Boston Times pedía verla. Lo pensó un rato. Se dio una tregua. Si el ser más cerebral y pasional del planeta acudía de nuevo a ella, algo importante debía ocurrir. La intriga, y también su pasión, pudieron más. Tal vez tendrían una segunda oportunidad. O una tercera. Había perdido la cuenta de sus peleas y reconciliaciones.

Alma aceptó y preparó una picada con frutos de mar para recibirlo. Perfumó la casa con velas de canela. Su excompañero del Boston Times tocó timbre puntual, a las siete.

Frente al espejo del elevador, Alma acomodó el escote de la blusa con botones. De su muñeca derecha colgaba una fina cadena con dos dijes, las letras armenias Ա.&Ա. Las dos *A* con las que se identificaba, su sello, Alma Armenia. Respiró. Dio un paso hacia adelante. Abrió la puerta de entrada y se paró en puntas de pie para rozar el metro ochenta y cinco de Lucciano. Le dio un beso junto a la boca. Sonrieron con ternura.

Lucciano la examinaba detrás de un *pinot noir* y una caja de bombones. La abrazó como pudo con todo ese bagaje en sus manos y ella se dejó abrazar. Se quedaron pegados. Fundidos en ese círculo de espaldas anhelantes. Los malos recuerdos desaparecieron. Volvió a ella su olor. Su piel que le ofrecía notas de madera y jabón. Entraron juntos al ascensor. Se observaron en el cristal. Todavía formaban una linda pareja.

Dentro del apartamento, Lucciano se sentó en el sofá mientras completaba una indagatoria por la sala. Apuntaba qué muebles había cambiado de lugar y preguntaba por otros nuevos, como si pudiera rendir detalle de su memoria. Como si quisiera manifestarle todo lo que recordaba de ellos dos. Señaló las láminas de Henri Matisse. Tal vez esas piezas confeccionadas con papel y tijera pudieran contar el secreto de Alma. En especial *Blue Nude*, una composición surgida de restos de papel de seda. Aislados componían nada. Juntos, todo. ¿Esa mujer nacida de despojos que se unían en armonía simbolizaba la confluencia de todas las mujeres que habitaban en Alma?

La dueña de casa intentó camuflar el vórtice en su estómago. Se puso de pie, caminó hasta la cocina y mientras Lucciano buscaba un destapador, sus cuerpos se rozaron. Él se movía con la confianza de quien conoce el terreno de la piel propia y ajena. Esa percepción liberó a Alma, que de inmediato requirió su boca. Sin embargo, Lucciano apartó sus labios tensos.

—Estoy en crisis con Melanie. Hace un par de semanas que no convivimos. Alma, nunca dejé de pensar en nosotros. Por ti he vivido circunstancias que jamás me había planteado —expulsó. Alma trató de pensar mientras escuchaba su relato—. Después de dos años de novios, cinco de matrimonio y un hijo, quiero hacer las cosas bien —concluyó.

No le gustó la confesión. Sin embargo, eligió tomar el

justificativo como tiempo a favor. En pocos días, él regresaría a su sofá. Era bueno que hubiera ido a contarle. Jamás pensó que se separaría de Melanie. Y sabía que había arriesgado mucho por ella. Que había puesto en juego su vida y la de su familia. Lucciano y su clan. Lucciano y su círculo acomodado de relaciones a medida. Alma y Lucciano. Sus galaxias incompatibles e imantadas. No iba a discutirlo. No otra vez.

Lo dejó que hablara. Que soltara esa vibración que escondía cada músculo de su espalda triangular. Vivía una crisis con Melanie, quería hacer las cosas bien, pero pisaba su casa…

A esa altura, la batalla parecía ganada. Pasara algo o no esa noche, solo debía esperar. Se relajó y lo invitó al sofá. Hablaron en continuado como desde el día en que se conocieron. Como si las marcas del tiempo no los hubieran desconfigurado.

Después de varias horas, habían bebido unas cuantas copas. La caja de bombones vacía acusaba la madrugada y Lucciano demoraba la partida. El vino había aplacado su excitación. Se levantó en cámara lenta para estirar el adiós. Por su espalda corría un sudor helado. La camiseta azul transpiraba deseo. Sus cuerpos a milímetros, tibios. Sus labios que luchaban para cortar un forcejeo con las vísceras.

Alma abrió la puerta del apartamento como quien destraba la jaula de un pájaro. Le dio un beso en el lunar bajo su pómulo izquierdo. Lucciano caminó tres pasos. Giró antes de subir al automóvil. Su perfume todavía impregnaba las mejillas de Alma y un rato después, su aroma de cacao desembarcaba en la almohada de ella.

Luego de varios días sin noticias, Alma trataba de concentrarse para no apartarse del ritmo de escritura de su novela. Mientras se esforzaba por cumplir con los plazos que le demandaba la editorial, miraba el teléfono como si pudiera hacerlo sonar. Como si pudiera, por arte de magia, crear un mensaje de Lucciano.

Pasaron tres semanas. La ausencia le devolvió lo más amargo de sus caminos. Los lugares oscuros que habían atravesado. Las despedidas. Los finales anunciados. Entonces, se decidió y le envió un mensaje. Como no obtuvo respuesta, insistió a la semana siguiente. Parecía que la tierra se lo había devorado. Se enfureció. Averiguó con Lisa. Lucciano se había mudado a un nuevo vecindario en las afueras de Boston. Pasó otro mes y Alma lo llamó por teléfono. Necesitaba escucharlo de su boca. Fue directa como cuando buscaba que el entrevistado declarara una primicia.

—¿Te arreglaste con Melanie o me vas a desmentir? —lanzó.

—Sí, Alma. Pero no puedo deshacerme de las dudas. Muchas dudas.

—¿Qué significa eso? —Alma no podía con su bronca y no jugaba a ser periodista. No ahora.

—Quiero hacer muchas cosas. Proyectar mi vida. Intento analizar cómo salir de esta crisis. Vivo en medio de un lío grande, Alma.

—Formaste parte de la etapa más difícil y más linda de mi vida. ¿Por qué viniste a mi casa si no pensabas volver?

—Nunca quise lastimarte, Alma. Sabes que jamás podría. Te

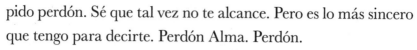

pido perdón. Sé que tal vez no te alcance. Pero es lo más sincero que tengo para decirte. Perdón Alma. Perdón.

Lucciano sonaba triste. Algunas verdades podían herir mucho más que cualquier mentira.

Al fin se había publicado su primera novela. La criatura de papel parecía haber derivado de Lucciano, su amor prohibido. Alma sonrió a medias. Sería imposible que su excompañero del periódico se hubiera acercado esa noche a la Iglesia Apostólica Armenia Surp Stepanos, de Watertown, para la presentación de la obra. La rodeaban sus excompañeros del Boston Times. Cuánto los había extrañado. Imágenes salteadas de su vida. Miraba la película hacia atrás.

Al volver de Armenia, Alma había firmado contrato con una editorial para narrar los meses que pasó presa en el Cáucaso. Bajar la información, su detención y su crisis había significado un desafío. Un proceso personal duro y largo. Se había obligado a sobrevivir para contarlo. ¿Por qué había decidido conocer Armenia? ¿Por qué había subido a ese helicóptero militar con Hrant Torosyan? ¿Por qué había aceptado su invitación para volar a Artsaj?

Las cicatrices por llevar apellido armenio aún sulfuraban. Perduraba a su alrededor la fuerza que había debido buscar para no caer ante sus guardiacárceles. Esos rastros que dibujaban su

ADN. Los dolores de cabeza, de pómulos, de mandíbula y de oídos. ¿Podría olvidar? ¿Amar después de haber enfrentado el terror? ¿Evitar creer que había muerto cuando le quedaba un hilo de aliento? De su abuelo, Karnig Parsehyan, había aprendido. Y también de cada armenio sobreviviente en la diáspora. Ellos habían callado en 1915. Pero ella hoy tenía voz para contar.

Terminó de hablar. Se encendieron las luces del auditorio. La gente aplaudía y Alma los aplaudía a ellos. Reconocía esos rostros de los mayores, tan parecidos a sus abuelos. La llevaban a un punto de quiebre. Bajó la vista. Apretó los labios. Aguantó para que la emoción no se le escapara en un llanto catártico por la boca. Entre esos rostros se intercalaban sus excompañeros periodistas, diagramadores y fotógrafos. Colegas de tantos años que la miraban. Igual que Lisa Jones. Su amiga lloraba y había asentido con la cabeza a cada palabra dicha por Alma en la presentación. Lisa buscaba transmitirle serenidad. Movía las manos abiertas con las palmas hacia abajo como siempre cuando se reunían a charlar. Le repetía que confiara. Que todo se acomodaría.

Lisa seguía como editora en la redacción. Durante dieciocho años habían sido compañeras. Las habían tomado como cronistas en el Boston Times. Habían estrenado amores. Se habían desengañado. Habían peleado, debatido y llorado. Habían aprendido a poner límites a sus jefes. A hacer valer su profesionalismo y el género. Sin embargo, había cosas simples que Alma aún no podía entender. ¿Por qué ella seguía sola? Tenía la ilusión de que todo fluiría a partir de aquella noche. La presentación de su libro podría marcar un punto de inflexión. Ese

15

volumen terminaría de cerrar las heridas. Las constantes dudas sobre Lucciano. Su corazón quedaría libre, al fin. Se calmaría como se aquietan las olas en un lago donde cae una piedra. Podría llevarle tiempo, pero el momento de reconocer su reflejo limpio en el estanque llegaría.

En ese instante, contenía la emoción junto a la cubierta de su libro. Seguía nerviosa. Trató de razonar para tranquilizarse: si Lucciano se encontraba en la sala, y si ella se había transformado en una mujer más madura y serena, ¿por qué le importaría tanto?

Una fila de personas sostenía la novela para que se la autografiara. Se concentró en dejar los fantasmas afuera y disfrutar. Buscó en su bolso la pluma. Se autorreprochó cierta vanidad, pero prefirió incluirla como parte del cierre de la historia. Esa Montblanc, que ahora sostenía para firmar, había sido un regalo de Lucciano. A cada lector, Alma preguntaba su nombre y le obsequiaba una dedicatoria especial.

De pronto, se chocó con unas manos que le cortaron el aire. Percibió el torso elevado sobre la mesa adornada con nomeolvides frescas. Conocía esa piel encerada. Los dedos largos y delgados. No se animó a levantar la vista. Sintió un rubor repentino. Arqueó los ojos verdes que acentuados por el delineador negro esfumado. Lucciano la observaba fijo. Sus ojos carbón parecían atrapar el rostro de ella, su nariz recta, su boca pequeña pintada de frambuesa. Temió que se escuchara su taquicardia. Le pareció que toda la sala los miraba como en la redacción, cuando se sentía en evidencia atraída por ese hombre contraindicado. Ese compañero bastante más joven que ella, casado, y muy hábil para los negocios. Un mareo amenazó con tumbarla. Tomó aire

y dejó que una cortina imaginaria cayera entre él y ella. Sonrió como si acabara de conocerlo.

—Buenas noches, ¿tu nombre es...?

—Lucciano.

Él acercó su mano derecha hacia el rostro pálido de Alma. Sus dedos finos apenas rozaron su mejilla. En su piel de porcelana flotaba una pestaña. Lucciano la retiró dócil y despertó una llamarada.

—¿Firmarías un libro para mí, Alma? —preguntó sin quitarle los ojos de encima.

La sombra de su cuerpo se proyectó sobre la primera hoja en blanco. La camisa almidonada contrastaba con su piel morena. Lucciano que siempre inclinaba la balanza a su favor. Alma sintió su intensidad en la cabellera larga y castaña. Sus ondas caían hacia las primeras páginas. Entre sus manos rodaba el bolígrafo de platino. No sabía si enfadarse, ignorarlo o tomar su presencia como halago. En palabras de él: "Quien se enoja, pierde". Sin embargo, debía reconocer algo. Le gustara o no, Lucciano había formado parte de ese camino al origen. Conocerlo. Perderlo. Reencontrarlo. La había alumbrado para buscar dentro de ella. Lucciano, ese haz de luz inasible, la había rescatado en muchos sentidos.

Destapó con media sonrisa su Montblanc. Alma escribió en la primera hoja.

*Para Lucciano,*
*¿Quién distingue ficción de la realidad*
*cuando de amor se trata?*
*Alma.*

Luego de la firma de ejemplares, salieron con Lisa y varios amigos a cenar. Esa noche, 24 de abril de 2020, además del nacimiento de su obra, Alma cumplía cuarenta y cinco años, pero también se recordaban ciento cinco años del Genocidio Armenio.

A pesar de sus eternas preguntas, todo había salido muy bien. Solo la presencia de Lucciano le había sido extraña. Ya de madrugada, sentada en la cama, alisaba su cabellera con el cepillo de abuela Teter. El pelo le había crecido mucho y poder cepillarlo le daba doble felicidad. Necesitaba dormir. Apagó la lámpara.

A los cinco minutos, escuchó un sonido en el teléfono. Estiró la mano a oscuras. La pantalla iluminó su rostro cansado. Lucciano pedía verla urgente. Deslizó el dedo y eliminó el mensaje. Caminó hacia la sala. Guardó el celular en la gaveta de la cómoda. Volvió al dormitorio. Hizo varios ciclos de respiración.

En la mitad de la noche, las imágenes del cautiverio la despertaron. Las paredes de la celda le caían encima. Gritó. Se incorporó. Se cambió la camiseta transpirada. Contó hasta diez. Encendió la luz. Tomó la silla que reposaba frente al espejo del vestidor. La arrastró y la ubicó de frente a la cama. Se sentó con la espalda recta. Apoyó la punta de los pies sobre la manta lila bordada. Clavó la vista en ese cuadrilátero. Sus ojos interrogaron las sábanas deshechas. Las almohadas pegadas como si se buscaran. La forma de un cuerpo ausente. Un remolino sobre el colchón. Faltaba un perfil delineado. Una espalda triangular.

Se volvió a acostar. Apagó la luz. Intentó dormir.

# CAPÍTULO UNO

# CORAZÓN DE AJEDREZ

A las siete de la mañana del sábado, abuela Teter entró con el desayuno a la habitación de Alma. Trató de no hacer ruido. Apoyó la bandeja sobre el edredón de *patchwork*. Lo había hecho con retazos que pedía a los sastres del vecindario. Emocionada, miraba a su nieta. Era la previa del cumpleaños número ocho de Alma.

Hundida entre las almohadas de algodón, la niña bostezó largo. Un rayo de luz iluminó sus rizos de muñeca. Las pecas doradas competían con su cabellera castaña. La ropa de cama olía a lavanda y a primavera. Teter cosechaba las flores de su jardín. Las dejaba en bolsitas de té entre las sábanas. Su secreto para inducir al buen sueño jamás fallaba. Le costó despertar a Alma. Esa niña remolona. Esa niña capricho de su alma.

Cada vez que visitaba a los abuelos, Alma se transportaba a un universo de aromas, especias y sabores. Nada que ver con la casa de papá y mamá o a la de sus compañeros de colegio. La bandeja del desayuno de Teter incluía un vaso de chocolatada, pero en lugar de pan tostado con mantequilla y mermelada, la abuela servía tibio el pan *lavash*. No solo eso. El pan, doblado en cuatro partes iguales, contenía un puñado de pasas de uva en su interior.

No es que el *lavash* viniera de ese modo. Así lo preparaba Teter para Alma. Primero, sobre el mármol limpio, colocaba una montaña saludable de harina. La amasaba con agua y sal. Y luego de un rato de pronunciar esos movimientos constantes y precisos, Teter obtenía esa masa fina y delgada. Podía darle forma de cuadrado o circunferencia. Pero siempre la cocía apoyándola sobre la tapa del horno caliente. Mientras lo preparaba, Teter le contaba a Alma su verdadero origen. En Armenia, y en muchos países de Oriente, el *lavash* recibía su golpe de horno en el *tondir*. Alrededor de ese hoyo cavado en la tierra donde ardían las brasas y el fuego, las mujeres de negro, arrodilladas sobre pequeñas almohadas en el suelo, preparaban la masa junto al calor del *tondir*. El amasado orquestaba una ceremonia mágica y ancestral. Esas mujeres podían pasar horas sin quejarse de dolor alguno. En círculo junto al *tondir*, se repartían las tareas. Primero preparaban el fuego que mantenía a temperatura el horno y luego amasaban en el suelo sobre una fina capa de harina. Las más robustas maniobraban la masa, mientras que dejaban para las más novatas el movimiento de la pala de madera que retiraba el *lavash* crocante de las paredes del horno.

21

Con semejante historia, esa niña delgada como un alfiler debía comer todo el *lavash* con pasas de uva para fortalecer su peso. A los abuelos les gustaban las personas rellenitas. A las delgadas las veían enfermas. La comida no significaba un tema menor. En casa de los Parsehyan había que terminar el plato sí o sí. Teter notó a Alma dubitativa y le hizo un gesto con las manos abiertas para que comenzara con el desayuno.

—Vamos, *jan* —le dijo "querida" en armenio, insistiéndole para comer—. El *lavash* es poderoso. Tienes que alimentarte. ¿Conoces su leyenda?

—No, abuela —dijo Alma todavía dormida.

—¿Quieres que te la cuente?

La abuela hablaba con acento armenio. Aunque Alma no tenía muchas ganas de escuchar el cuento del *lavash*, Teter le ponía tanta pasión que la convencía. Si era por ella, hubiera preferido desayunar cupcakes de vainilla y chocolate. Pero ante el rostro serio de la abuela, se restregó los ojos, tomó un sorbo de chocolatada y mientras mordía el *lavash*, asintió con la cabeza. Teter sonrió y comenzó el relato.

—Uno de los antiguos monarcas del Reino de Armenia había sido encarcelado. Para salvarse, sus captores le aseguraron que debía cumplir con dos condiciones. La primera, guardar ayuno durante quince días. La segunda, y en ese estado de debilidad, pelear contra una banda de soldados. Si ganaba quedaría libre.

—¡Imposible, *mezmama*! —era como la llamaba "abuela" en armenio.

—Tranquila, *jan*. El rey aceptó, pero puso una condición: exigió luchar con su propia espada. Entonces, cada día enviaba a diferentes hombres a su palacio para que le trajeran el arma. Cuando regresaban, él repetía que esa no era su espada. Y los encomendaba de nuevo para que le presentaran otra. Así pasaron dos semanas. ¿Te das cuenta del truco?

—No, abuela…

—Dentro de cada espada, sus hombres le traían un trozo de *lavash*. De ese modo el rey logró alimentarse y recuperó fuerzas. Por supuesto que le ganó a los soldados que lo desafiaban y salió en libertad.

—Pero el *lavash* con pasas de uvas no me gusta abuela —sonrió Alma y se le marcaron los hoyuelos.

—Querida, las pasas de uva te darán más energía. Cuando vivían en Aintab, mi abuela Anna se lo preparaba a mi madre Hiripsimé. Como todas las familias del Imperio Otomano cocinaban en el *tondir*. Al poco tiempo empezaron las matanzas contra los armenios. Mis abuelos tuvieron que huir. Hiripsimé era muy pequeña. Pero comía *lavash*.

Alma guardó silencio. Había escuchado en conversaciones familiares que sus abuelos habían pasado una infancia muy dura. Pero cada vez que preguntaba, Teter le recordaba que todavía debía beber el agua macerada con cinco almendras. Se la había dejado la noche anterior. En la mesa de noche la esperaba un vaso cubierto con un plato de porcelana blanca.

—El agua de almendras te aportará magnesio y fósforo, muy necesarios para mantenerte con energía. Además, te dará mejor capacidad para estudiar y aumentará tu memoria. Es esencial si quieres ganarle al ajedrez a tu abuelo. Favorecerá tu capacidad de cálculo y de razonar.

—Abuela, pensé que no estabas tan de acuerdo con que pasáramos todo el día frente al tablero —sonrió Alma.

—Son cuarenta y siete años que llevo con tu abuelo, querida mía. Ya no le discuto —rio con ganas Teter.

—*Mezmama*, por tu mirada creo que quieres que le gane todos los partidos. No te gusta que juguemos, ¡pero quieres que gane!

Las dos se rieron. Se hicieron cosquillas como niñas traviesas. La estela de agua de colonia en el pasillo indicaba que Karnig había salido del baño. Vestía impecable y bajaba al comedor para tomar un café armenio. El *surch*, preparado con molido impalpable en el *yesbe* o jarra de cobre, esperaba en la mesa junto al tablero.

Los pasos de Karnig crujieron en la escalera. De joven, el abuelo debió haber sido muy apuesto. Medía un metro noventa y los pantalones con tiradores le quedaban un poco cortos. La camisa blanca abotonada hasta el cuello realzaba su piel blanca y los ojos color del tiempo.

Después del desayuno y mientras Teter lavaba las tazas, en el comedor solo se escuchaba el tictac del reloj de pared. El péndulo iba y venía dentro de la caja de cristal. Parecía retardar la mañana. Un haz de luz perforó la única ventana. Karnig rozó con la mano izquierda su dama. El gesto indicó peligro para Alma. Los dedos finos y rugosos del abuelo deslizaron la pieza obsidiana en dos escaques. Los ojos verdes del abuelo se afilaron. Las orejas desproporcionadas despegaron del cráneo cubierto por una melena blanca y llovida. Karnig increpó a su nieta con la espalda encorvada sobre el tablero. Se cubrió de sombra el rostro de Alma.

Ella no podía enrocar y su rey quedaba expuesto en el centro. Karnig arqueó las cejas como puentes nevados. Conocía esa expresión de su abuelo. Era sinónimo de reproche. Alma intentó contener la furia por su propia impulsividad, siempre pensando en atacar y nunca en defender. Buscaba subir la apuesta. Pero con un simple jaque doble perdió el caballo que había avanzado en forma temeraria. Apenas entendió que no había posibilidad de continuar con la partida, quiso esconderse tras el matorral de moras que trepaba por la pared del jardín.

—Alma, después de cometer un error, tienes que aprender a serenarte. De lo contrario, lo más probable es que incurras en una falta peor y no te deje chances de seguir. Respira profundo —le aconsejó con voz grave Karnig.

Alma no estaba del todo segura si comprendía las máximas del abuelo. A pesar de su impulsividad, algo en el ceño fruncido del abuelo la hacía intuir que esos consejos siempre le irían a servir.

Quiso empezar otra partida. Acomodó enseguida sus piezas blancas. Pero el abuelo intervino de nuevo.

—*Jan*, no debes acostumbrarte a jugar siempre con el mismo color. Basta de blancas —remarcó con su acento armenio y dio vuelta el tablero.

A pesar del calor que derretía las paredes en Little Armenia, Alma sintió como una ráfaga helada en su piel, el rigor de Karnig.

Desde la cocina, separada del comedor por una arcada, Teter advirtió una gota de sudor que resbalaba por la frente de su nieta. El prisma que rodaba desde la orilla de la vincha rosa se

deslizó hasta las cejas finas. Navegó el perímetro de las mejillas hasta hundirse en los hoyuelos.

La camiseta rosada de Alma hacía juego con la vincha. Teter la había ayudado a abrocharse los tirantes de la bermuda de jean estilo jardinero. Su nieta era una armenia con piel de porcelana. Nadie hubiera dicho en Watertown que Alma aún tenía siete años si no hubiese prestado atención a sus piernas delgadas como palillos, de rodillas huesudas que bailaban bajo la mesa.

Sobre la fórmica peleaban dos ejércitos de piedra. Libraban otra partida de ajedrez y el tiempo se detenía. Los pies de Alma se tambaleaban dentro de los zuecos de Teter. Aunque la abuela protestara, y a la nieta le quedaran grandes, Alma igual se los robaba. Teter actuaba el enojo. No parecía proporcional a su figura menuda que rondaba el metro cincuenta. Los ojos chispeantes color miel y el pelo blanco con matizador azul enmarcaban su tez cetrina.

Alma aseguraba que de grande también usaría zuecos y Teter se derretía de amor. Aunque dejaba que los usara, no negociaba con los patines. Tenía que usarlos sí o sí. Ninguna de sus monerías podía convencer a la abuela para transitar el parqué de la sala recién encerado sin esos cuadrados de pañolenci verde.

La transparencia de Alma en los gestos tampoco convencía a Karnig, especialmente cada vez que la batalla sobre el tablero tenía un ritmo más lento y menos apasionado.

Cuando no había riesgo en la partida, Alma perdía la adrenalina y la atención. Era entonces cuando se exponía a riesgos excesivos, con tal de provocar más acción en el tablero. Pero esa cornisa donde caminaba su nieta, hacía enfurecer a Karnig.

Entonces se concentraba más que nunca en remarcarle el error. El abuelo insistía. Algún día, sus palabras se incorporarían de manera natural a sus manos, más que a su cabeza.

Teter se quedó cerca de los jugadores. Karnig levantaba temperatura y ella aplacaba los bríos de su esposo. Sobre todo cuando su obsesión crecía para transformar a Alma en una profesional. Teter quería quitarle a la niña esa presión. Su vida nada tenía que ver con el pasado de Karnig y su frustrada carrera de ajedrecista.

Para no ponerse más nerviosa, Teter se desató el delantal. Aprovecharía para escaparse unas calles hasta Ararat Bakery. Mañana celebrarían el cumpleaños número ocho de su nieta. Necesitaba asegurarse de provisiones. Cuando detuvieron el juego, le preguntó a Alma si quería acompañarla. En un segundo su nieta estuvo lista. En Ararat Bakery le regalaban dulces armenios bien empalagosos, como el *paklava*, esa masa de hojaldre rellena con nueces picadas y canela, bañada en almíbar.

Hacia finales de los años treinta, una familia armenia había fundado el mercado de Watertown. Ofrecía todos los ingredientes que una mujer armenia debía guardar. En ese templo del paladar, Teter entraba en éxtasis. Se tomaba todo el tiempo del mundo para conversar con otras clientas. Comparaba productos. Hundía la nariz en la pasta de sésamo o tahini, el ingrediente para dar sabor al hummus. También husmeaba la pasta de garbanzos que vendían ya preparada. Y examinaba una por una el tamaño de las aceitunas negras. Teter afilaba los ojos a través de las vitrinas y perdía la mirada a espaldas del mostrador. Allí se extendía un mural del monte

Ararat. Nunca se acostumbraba a la melancolía de esos picos nevados. El Ararat atestiguaba la identidad y las pérdidas. No importaba cuántos días, meses y años marcara el almanaque.

En el año 3000 a.C., cuando la Armenia Histórica se extendía entre el Cáucaso Sur, la meseta iraní y el Asia Menor, ese monte sagrado pertenecía a los armenios. En el siglo xv, el Imperio Otomano tomó el poder de la Anatolia. Al tiempo, el nuevo estado musulmán estableció que las minorías pagaran más impuestos. Los armenios, que profesaban la religión cristiana, quedaron bajo esta regla que venía acompañada de la disminución de sus derechos como ciudadanos. Hacia 1890, los armenios comenzaron a exigir igualdad y baja de impuestos para su pueblo. El sultán Abdul Hamid II mandó a eliminarlos. Fue la antesala del Genocidio.

Frente a ese mural, abuela Teter contaba a Alma que el Ararat era una ironía del destino. Embellecía la frontera de Armenia, pero quedaba del lado turco. Ese Monte no era cualquier monte. Menos para un armenio. Tras el Diluvio Universal, Noé había posado su barca en el Ararat, y las excavaciones arqueológicas habían hallado piezas de madera que reafirmarían la teoría. Mientras tanto, desde casi toda Armenia se podían ver sus cumbres nevadas. En especial desde su capital, Ereván.

—Abuela, ¿por qué no vas? —preguntó Alma. Y el rostro de Teter se ensombrecía como cada vez que le hacía esa pregunta casi imposible de responder. Por más que ella y su esposo lloraran, jamás se lo habían planteado. Esa porción de tierra al otro lado del Cáucaso, la Armenia Oriental, formaba parte de la Unión Soviética. Un secreto rondaba esa parte de la historia. Silencio por las heridas. Silencio por las separaciones de la familia.

Parte de los Parsehyan vivía en esa Armenia Oriental. Pero la única que se había atrevido a viajar había sido tía Ani. La hija menor de Teter y hermana de Sarkis acababa de regresar de su luna de miel. Con mucho recelo de sus padres, tía Ani también había volado a la "Armenia Occidental", es decir a Turquía. En el aeropuerto de Estambul se anunciaban los vuelos hacia Gaziantab, como los turcos habían rebautizado a Aintab. A tía Ani le había corrido frío por la espalda cuando los oficiales de aduana le preguntaron por su origen. Aprovechó una confusión, la miraron mal, pero la dejaron abordar.

En cualquier caso, Ararat Bakery funcionaba para Teter como una ruta hacia su corazón. Evocar Armenia sin viajar. Eso hacía cuando olía el *basterma*, elaborado con carne de vaca ahumada curada en sal y untada con *chemen*. Ese aroma intenso se pegaba al cabello, a la ropa, a las manos, también manchadas con el pimentón rojo. Todos sabían que venía de revolver mercadería en Ararat Bakery. Sobre todo Karnig, que miraba el reloj y se impacientaba con la hora del almuerzo.

Para entretenerlo, Teter llevaba variedad de nueces y frutas secas. Pedía medio kilo de pasas de uva y otro tanto de orejones de albaricoques, poderoso antioxidante, rico en hierro, fibra y potasio. El abuelo los consumía entre comida y comida. Teter también llevaba para él las semillas de girasol. Aseguraba que el zinc que contenían favorecía el crecimiento del cabello. En la casa de la familia Parsehyan, siempre estaban junto al tablero de ajedrez. Según Teter también calmaban la ansiedad de los jugadores. Las partidas se volvían más extensas y sagaces. Para regocijo de los espectadores y de ella, aunque jamás lo aceptase.

A la vuelta del mercado, la nieta retomó la partida. Teter apresuraba el almuerzo, y una distracción del abuelo hizo que la pequeña pudiera conseguir la ventaja de una torre. Sin embargo, un descuido, en los que a veces incurría por una desmedida adrenalina, le hizo perder toda su ventaja y la partida terminó en "tablas", algunas jugadas después.

Alma se restregó la nariz. Los ojos verdes titilaron como si en un parpadeo pudieran encender todas las estrellas. Idénticos a los de Karnig, y mucho más cuando se enojaba. Volvió a fruncir el ceño. Se tomó con las manos la cabeza. Levantó la mirada.

–La próxima vez no me va a pasar. Con menos ventaja todavía te voy a ganar.

Los ojos de Karnig se encendieron de rabia y de felicidad. No le gustaba que la nieta se equivocara. Menos que lo provocase. Pero amaba esa espontaneidad. La actitud desafiante de la pequeña. Algún día, su niña iba a convertirse en una Gran Maestra.

Aprovechó que Teter continuaba ocupadísima en la cocina.

–*Jan*, jamás debes perder la concentración ni mucho menos festejar una victoria antes de tiempo. La partida termina cuando el rival estrecha su mano en señal de rendición. Antes de eso, cualquier cosa, hasta la más impensable, puede suceder.

Junto al horno, Teter desarrollaba su propio juego. Oscilaba entre la encimera de mármol y los fuegos. Abuelo y nieta estaban acostumbrados a esa tentación de aromas mientras craneaban. El ambiente se impregnaba de comino y de un vaho

agridulce de carne recién pasada por la picadora. La abuela daba vueltas la manija con toda su alegría y energía. En segundos aparecían por la boca de esa máquina, los hilos finos de lomo. La carne se introducía cortada en dados de dos centímetros por una cavidad superior. Una vez picada, Teter volcaba la mezcla en una palangana azul. Le añadía extracto de tomate, trigo remojado, cebolla y morrón. Todo recién picado. Mientras pensaba las jugadas, Alma lloraba con el ácido de la cebolla y su cabello llevaba el perfume de la mezcla por más vincha que luciera. Mientras movía sus piezas y estudiaba a Karnig, tomaba el tiempo para el siguiente paso de Teter.

La abuela acomodaba las hojas de parra verde oliva sobre la mesa de la cocina. Las extendía bien. Las guardaba en recipientes de vidrio ordenados en varias filas en el refrigerador. Conservadas en salmuera, las hojas de parra en gran stock apabullaban a cualquiera que lo abriera. En casa de los abuelos la comida, como los olores y sabores, ocupaba todos los rincones.

En cada hoja de parra Teter colocaba un puñado del relleno de carne molida. Enrollaba cada una al mismo tiempo que doblaba hacia adentro y hacia el centro los laterales. Formaba un arrollado o "dedito". Todos debían quedar "del mismo tamaño y bien parejos".

Mientras tanto, el abuelo y su nieta acomodaron las piezas lentamente, una vez más. Una batalla se anunciaba sobre el tablero mientras que otra se libraba en la cocina. Teter acomodaba los *sarma* dentro de la cacerola justo cuando el abuelo movió su peón alfil planteando una "defensa siciliana". Uno al lado del otro y en el fondo de la cacerola los arrollados formaban un sol con sus rayos, mientras en los trebejos un esquema de enroques opuestos dictaba que se trataría de una partida a todo o nada. Teter ya sumaba varias capas hasta completar la mitad del recipiente cuando Alma sacrificó su segunda pieza por un ataque muy fuerte contra el rey cada vez más tambaleante de Karnig. El abuelo resignó el contrajuego e intentó como pudo reagrupar sus fuerzas para contener la agresión. Teter cubría con agua y limón exprimido todos los *sarma* mientras Alma sacrificaba su tercera pieza para desviar la torre defensora de Karnig hasta que consiguió un jaque mate imparable en dos jugadas. Era la segunda vez que Alma le ganaba a su abuelo. Los ataques de la niña resultaban cada vez más consistentes y la presión que ejercía sobre el estilo armonioso de su abuelo crecía día a día.

Con los *sarma* listos en la olla, y antes de encender el fuego suave, Teter arrancó una cabeza de ajo de la ristra colgada en la arcada de la cocina. La ristra cumplía varias funciones en esa casa. Primero y fundamental, combatía el mal de ojo. Y además, su presencia repelía a los mosquitos y a cualquier tipo de virus. Ese vaho formaba parte del hogar y de toda persona que transitara los ambientes Parsehyan.

Teter echó dentro del recipiente el ajo completo y, por último, colocó un plato con otra cacerola con agua, encima de la torre verde oliva. El peso ejercería la presión suficiente para que la estructura no se desarmara, mientras la magia de los fuegos sucedía.

Con ese hechizo en danza, Teter se escapó al patio para recolectar más hojas de parra. El stock en el refrigerador jamás podía bajar. El sol de mediodía brillaba alto y el abuelo se

mostraba inquieto. Teter trepada a la escalera lo alteraba. Se reprochaban uno al otro, pero se cuidaban. Teter estiraba su diminuta silueta hacia la parra. Karnig se enfurecía. De pronto, giró la cabeza y se asomó por la ventana del comedor.

—Mujer, ten cuidado, por favor —y miró incandescente a su nieta—: Tu abuela no va a parar de moverse hasta que pode toda la parra. Así será muy difícil concluir nuestra partida.

El abuelo se secaba la frente con el pañuelo blanco. Cuando discutía con Teter solo hablaban en armenio. Alma apenas captaba palabras sueltas. Sus padres, Lusiné y Sarkis, querían evitar el armenio para su hija. Les había costado mucho insertarse en la escuela porque era lo único que hablaban al entrar a clase, por eso no se lo habían enseñado desde chica. Pero los abuelos Parsehyan pensaban diferente. En la lengua iba la identidad. En su casa todos usaban el armenio, salvo con Alma. Y, aunque les molestara, no podían desobedecer la decisión de Sarkis y Lusiné.

Sin embargo, en las rutinas de ajedrez, las reglas sí las fijaba Karnig. Cuando Alma lo visitaba, rondaban el tablero todo el sábado y la mañana del domingo para volver a la disputa de negras y blancas a la hora del té. Nadie podía contra ellos.

Karnig intentó jugar. No pudo. Se levantó de la silla. Volvió a asomarse por la ventana. Se topó con la parra, peleó inútilmente contra las hojas. Cada primavera esas venas verdes trepaban más sobre la estructura de madera y los cables que la elevaban. La enredadera formaba un techo natural en el patio que competía con los arbustos de moras. Bajo el cuidado de Teter, esos matorrales que tapizaban las medianeras, resistían los inviernos. Como en su Armenia.

Trinó un pájaro. Las hojas de parra se agitaron. Entre ellas sonaba una melodía sencilla y profunda. Abstraída en su mundo, Teter cantaba *Ari Im Sokhag. Ven mi ruiseñor,* una tradicional canción armenia.

*Ven mi ruiseñor y sal de tu jardín*
*haz que mi hijo se duerma con tu canción*
*pero no vengas, canción de cuna,*
*cuando mi hijo esté llorando*
*quizá él no quiera convertirse en un predicador.*

*Ven, pequeño ruiseñor,*
*deja los campos detrás,*
*por favor, hamaca a mi niño*
*mientras se duerme.*

*Él está llorando,*
*mi pequeño ruiseñor,*
*mi hijo no quiere convertirse en un predicador.*

*Deja la caza y ven, valiente águila,*
*tal vez a mi hijo le gusten tus canciones*
*una vez, el águila vino y mi hijo se calmó*
*con las canciones patrióticas, ya no lloró...*

Alma preguntó a Karnig qué significaba esa letra. El abuelo hizo un gesto de dolor.

—Es una canción de cuna muy antigua. Un niño no puede

dormir y la madre pide al ruiseñor que lo calme. El ruiseñor no puede tranquilizarlo. Y la madre invoca al águila que trae sus alas para defenderlo.

—No comprendo, abuelo.

—Alma, el águila está presente en el escudo de Armenia. Nos defiende. La canción habla del sufrimiento de nuestro pueblo. Por eso, ese niño llora y no se duerme.

Karnig permaneció en silencio. Trató de retomar la partida. Pero el canto de Teter lo había llevado a otro lugar. A un punto de la historia en pausa. ¿Qué había sucedido con su papá, Boghos, en Aintab? ¿Cómo había muerto? ¿Por qué los turcos se habían ensañado con terminar con la población de origen armenio?

Alma pensó si esa explicación del abuelo tendría que ver con los veinte kilos de azúcar que guardaba en el ropero. Si se relacionaba con sus pesadillas. Mientras dormía, el abuelo se sentaba en la cama y gritaba: "Ahí vienen los turcos, ahí vienen los turcos". Teter le había explicado. Se acercaba a su almohada y le pasaba una mano suave por la frente sudorosa, hasta que Karnig se dormía de nuevo.

La abuela tenía un carácter opuesto al del abuelo. Cantaba, cocinaba o bailaba cuando aparecía en la mesa ese compás del pasado del que nadie hablaba. Su rodete blanco brillaba en la parra. La peineta de carey le sumaba un par de centímetros mientras cortaba las hojas tijera en mano y delantal azul. Las acomodaba en la bolsa de tela que colgaba en el tope de la escalera. Parecía su forma de meditación. Su instante de paz.

En medio de la poda, Karnig y Alma buscaron retomar la

partida. Mientras entablaban su lucha, Teter iba y venía del patio a la cocina. Para hacerlo, pasaba por el comedor, pero no les hablaba ni los miraba. Era un acuerdo tácito que nadie desconcentrara a Alma y a Karnig mientras jugaban.

Al cabo de un rato, el aroma a agua con limón y el perfume de las hojas tiernas indicaba que el *sarma* estaba en su punto más tierno. Teter hizo una colección de gestos para que abuelo y nieta despejaran la mesa. La abuela sirvió cada porción. Imposible dejar siquiera un granito de arroz en el plato. De lo contrario, los abuelos se enojarían mucho.

Después del almuerzo, Karnig avisó que se retiraba a dormir la siesta. Pidió que nadie lo interrumpiera, y Alma y Teter aprovecharon para coser en la sala. Alma le enhebraba las agujas o cortaba retazos de las telas. A su derecha, se extendía un mueble de madera donde la radio en la audición armenia acompañaba una colección de discos de pasta y cassettes. Junto a ellos, se apilaba una torre de papeles con el semanario armenio que Teter traía cada semana de la iglesia Surp Stepanos.

Cuando el sol caía, todavía había tiempo de recolectar algunas moras. La abuela las guardaba para elaborar su aclamado dulce. Los vecinos le pedían la receta y que los convidara, pero Teter se hacía la distraída. Siempre retenía un frasco con ese néctar en el refrigerador, cerca de las hojas de parra y detrás de más envases con conservas de pepino, morrón y berenjenas.

El reloj de pared indicaba que faltaban quince minutos para las cinco. Los hermanos mayores de Karnig tocaron el timbre. Hagop vivía enfrente junto a Ashot. Hagop venía para jugar con Alma.

Se largaba otra serie vespertina. Al rato también llegó Ashot con sus hijos y, Mairam y Zevart, las cuñadas de Karnig. Los varones se postulaban a ganador. El salón de la iglesia Surp Stepanos, donde jugaban cada semana, había cerrado por refacciones. Nada impediría que el deporte nacional de Armenia se llevara a cabo. El epicentro del juego se había trasladado a lo de Parsehyan.

Después de la siesta, el abuelo entró a la sala recién acicalado: la camisa celeste, el pantalón claro y los tiradores por debajo de un chaleco de tela sastre. Karnig tomó el pañuelo blanco del bolsillo derecho y se secó la frente. Miró a Alma.

—Vamos, *jan*, les enseñaremos a los tíos quién es mi nieta —sonrió.

La fama de Alma trascendía el barrio. En la Iglesia, todos vivían con inquietud la posibilidad de medirse ante esa niña. Rodeados de trofeos y sentados con las espaldas encorvadas, después de la primavera los mayores al fin conocerían a la nieta Parsehyan. El abuelo no ocultaba su ansiedad por presentarla oficialmente.

Los tíos y tíos abuelos sacaban la mesa con el tablero a la acera. Saludaban a los vecinos, aunque el gesto demandara un esfuerzo de concentración extra. Disfrutaban esa puesta en escena porque el espectáculo estaba asegurado. Las señoras actuaban como público y lucían sus abanicos. Teter se mezclaba entre ellas. Sabía, orgullosa, que ocupaba el lugar de "Primera Dama". La dupla Karnig–Alma revolucionaba el barrio. Provocaba comentarios. Tío abuelo Hagop se irritaba cuando perdía con Alma. Lo incomodaba que le ganara una persona de

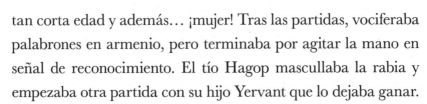

tan corta edad y además… ¡mujer! Tras las partidas, vociferaba palabrones en armenio, pero terminaba por agitar la mano en señal de reconocimiento. El tío Hagop mascullaba la rabia y empezaba otra partida con su hijo Yervant que lo dejaba ganar.

A pesar de las rivalidades, toda la familia coincidía en la admiración por Tigran Petrosian que representaba al equipo de la Unión Soviética, aunque el abuelo y la abuela no simpatizaran con ese otro "lado del mundo comunista". Nadie discutía acerca del ex Campeón Mundial. A pesar de que ya habían transcurrido dos décadas de su época dorada, el brillo de su estilo tan defensivo al punto de lo inverosímil, aún era leyenda. En sus mejores tiempos, Petrosian anticipaba el peligro treinta jugadas antes. Todos admiraban a Mijaíl Tal por su forma única de atacar. Pero Karnig admiraba a Petrosian por su forma única de defender.

Little Armenia, a catorce quilómetros de Boston, ofrecía una vida comercial alrededor de las joyerías. El movimiento de la ciudad semejaba mucho al de Aintab y su clima era agradable, con inviernos no tan crudos.

La familia de Teter había emigrado cerca del 1900. Su mamá Hiripsimé dio a luz en Watertown. La beba, nacida en 1918, selló una nueva vida en América. Por eso Hiripsimé y su marido Barsegh Dicranian la llamaron Teter, "mariposa" en armenio. Hiripsimé murió al poco tiempo del parto. Y la pequeña Teter tuvo que hacer honor a su nombre. Transformar el dolor,

renacer. También tuvo que hacerlo el viudo Barsegh. Y allí estaba su pequeña mariposa para recordárselo.

Barsegh había aprendido de su esposa a trabajar las piedras preciosas. Contaban que, como ella, podía distinguir a simple vista la calidad de una gema. Y su pequeña Teter había heredado esa cualidad. Percibir el brillante en la oscuridad.

Esa confianza la ayudó a aceptar la determinación de su padre. Cuando cumplió dieciséis la comprometieron con un joven armenio a quien jamás había visto. Karnig Parsehyan tenía veintiséis. Había nacido en Aintab en 1908. Cargaba en sus venas la fortuna y la responsabilidad de haber sobrevivido al Genocidio de 1915. Nada de mirar hacia atrás. Él estaba listo para casarse. Y lo hizo cuando su prometida, Teter, cumplió dieciocho. Hubo fiesta en la familia y al tiempo nació Sarkis, el mayor y padre de Alma.

Esa noche, antes de irse a dormir, mientras el abuelo se daba una ducha, Alma entró en la habitación de Teter.

—Abuela, ¿qué sueña el abuelo cuando grita y se despierta?

—El abuelo vuelve a cuando tenía siete años. A su papá, Boghos, lo mataron los turcos y la familia tuvo que huir como todos los armenios.

—¿Cómo mataron los turcos a mi bisabuelo?

—Alma, esas no son cosas para contar a una niña. ¿Sabes qué significa el nombre de tu abuelo?

—Ni idea, abuela.

—Valiente.

—¿Y sabes qué significa el tuyo?

Alma giró la cabeza a izquierda y derecha, en señal de negación.

—Diamante. Alma significa diamante. Viene del armenio, *almasd*. Eres mi pequeño diamante —susurró Teter.

—*Mezmama*, quiero que me cuentes más.

—Cuando llegaron caminando desde Aintab a Alepo se refugiaron en las iglesias. Estaban flaquísimos, sedientos y hambrientos. Al tiempo, a la mamá del abuelo y a su abuela les consiguieron trabajo como cocineras en la casa de un señor árabe. Y al abuelo y a su pequeño hermano Sevag, que tenía cinco años, los dejaron en un orfanato. El señor árabe no podía hacerse cargo de todos.

—Qué tristeza, abuela.

—El abuelo pasó unas semanas y se escapó del orfanato. Salió con Sevag. Corrieron para alejarse. Pero Sevag tropezó en un pozo y los preceptores pudieron atraparlo. Lo llevaron de nuevo a la institución. Eso marcó para siempre el carácter de tu abuelo. Quiso volver a sacar a su hermano del orfanato. Jamás pudo.

—¿Dónde está Sevag?

—Tu tío abuelo Sevag, el menor de los cuatro hermanos, vive en Armenia, con su hijo Jirair y con tus primos.

—¿El abuelo Karnig ve a Sevag? ¿Conversa con su hermano?

Karnig salió del baño. Entró a la habitación con gesto muy serio. Abuela y nieta guardaron silencio. Ambas miraron el tapiz. Siempre lo hacían para disimular y cuando jugaban a encontrar figuras en la obra. El tejido típico armenio colgaba en la

cabecera de las dos camas. Era una alfombra antigua en tonos bordó y ocres con gris, con una cruz con diferentes tipos de *S*, que en armenio significa Dios. Estos diseños se hacían para mostrar la fe y el origen cristiano de la familia. En el centro de la alfombra también aparecía un dragón. En épocas ancestrales, expresaba el mal, pero también la fuerza. Siempre se creyó que mantener la alfombra colgada como tapiz protegía a la casa. Se consideraba sacrilegio tenderla en el suelo y pisarla. Incluso estaba mal visto que alguien la llevara fuera del hogar.

En los dos respaldos de madera había enlazado un rosario de Karnig elaborado con piedras ónix negras y el de Teter con ónix azul. Los había traído Ani de Armenia, a la vuelta de su viaje de bodas.

El abuelo hizo un gesto y tomó la biblia de cubierta de cuero azul y láminas de canto dorado, que descansaba siempre en la mesa de noche. Era de su papá, Boghos. Salió de la habitación sin hablar. Teter hizo un gesto a Alma y le explicó:

—El abuelo trajo esa biblia en un pañuelo atado por las cuatro puntas, su único equipaje cuando se embarcó para América. Es lo único que conserva de su padre. Por eso se toma cinco minutos cada noche para leer un fragmento en el jardín. Es como estar con su papá.

A la hora de irse a la cama, Teter y Karnig aparecieron en el dormitorio de Alma con dos paquetes. Uno dorado y otro plateado. Teter le dijo que abriera el plateado y el dorado lo guardara para la mañana siguiente. Alma adoraba ese ruidito de los papeles que crujían y presagiaban sorpresa. Se encontró con un camisón de algodón celeste con flores verde agua. La falda llegaba a las rodillas y la pechera se ataba con dos tiras en la nuca. Dejaba media espalda al descubierto. Teter la ayudó a ponérselo y atarse las cintas. Alma lucía como una pequeña doncella.

—Abuela, ¿puedo abrir el paquete dorado?

—No, *jan*. Es para mañana. Te voy a peinar, así tu pelo se verá más hermoso cuando despiertes.

La abuela tomó de la cómoda el cepillo de carey. Mientras lo deslizaba con suavidad sobre la cabellera ondeada de su nieta, Alma sostenía el espejo que hacía juego y la miraba en el cristal. Teter tenía una paciencia infinita. Si Alma daba un pequeño chillido ante un nudo inesperado, Teter volvía a pasar el cepillo con más suavidad aún. Ese movimiento sedoso, calmaba a la nieta antes de dormir.

Pero Alma seguía inquieta esa noche. Desde la ventana de su habitación veía a Karnig ordenar y revisar cajas en su taller de joyería, apenas iluminado por una lámpara de pie. Ese pequeño cuarto funcionaba como la guarida del abuelo. Nadie podía entrar allí sin su permiso.

Algunas tardes, cuando él iba a buscar la carne al centro de Watertown y Teter podaba las rosas en el jardín, Alma se había animado a explorarlo. Entraba descalza y de puntillas. Le gustaba pasar un rato entre esas gemas que tenía orden de no tocar. La inquietaba cómo de una roca podían aparecer formas nunca imaginadas. Pero más la intrigaban las cajas grandes que guardaba el abuelo en lo alto del ropero.

De madrugada, cuando todos dormían, Alma se levantaba y veía a Karnig con la cabeza encorvada. Leía y releía unos papeles amarillentos de esas cajas.

Alma insistió con la abuela.

—¿Qué busca el abuelo en las cajas?

Teter hizo un silencio que cambió por una sonrisa dulce.

—Alma, son asuntos del pasado. No hay que mirar hacia atrás.

—¿Por qué? ¿Qué lee el abuelo? —volvió a la carga.

—Él tiene esa rutina. De lo contrario, no se puede dormir.

—¿Y tú qué haces cuando no te puedes dormir?

—Miro fotos.

—Pero dijiste que no había que mirar el pasado, abuela... ¿Qué fotos miras?

—De nuestra familia, Alma. Algunas de esas fotos vienen en esas cartas que revisa el abuelo. Otras son postales de Armenia.

—¿Quién envía esas cartas? ¿Desde dónde y por qué?

—Son cartas que le llegan a tu abuelo desde Armenia. Es muy tarde, Alma. Mañana es tu cumpleaños.

La abuela señaló un pequeño libro junto a la lámpara. En la tapa, un hombre montaba un caballo con las crines voladas y las patas delanteras levantadas en señal de batalla. El guerrero preparaba su espada. En la cubierta dura se leía *Ereván*, también escrito en el alfabeto armenio.

—¿Quién es este señor en la cubierta del libro, abuela?

Es David de Sasún. Su estatua resplandece en Ereván, la capital armenia. Peleó por nuestra tierra, en la Armenia Histórica o Armenia Occidental, de donde fuimos expulsados, y ahora está Turquía. Dicen que algunos días grises, David de Sasún todavía se dibuja en las nubes de Armenia. Su imagen transmite fuerza a quienes lucharon y a quienes aún hoy lo hacen para defender nuestro suelo.

–Qué linda historia.

–Lo es, Alma.

–Abuela, ¿alguna vez viajaste a Armenia?

–No conozco Armenia, Alma.

–¿Te gustaría ir?

–Es muy largo de explicar…

–Prométeme que algún día me lo contarás, abuela. A mí sí me gustaría ir.

Antes de que Teter pudiese responder, oyeron los pasos de Karnig. La escalera de madera volvía a crujir. Enmudecieron. El abuelo caminaba hacia su habitación. Parecía que hablaba solo. En realidad, estaba recitando los versos de Paruyr Sevak. Alma no comprendía esas palabras, pero conocía la fonética armenia. Karnig nombraba al poeta cada noche. Lo hacía como un mantra mientras se vestía con el pijama.

–¿Qué dicen esos versos, abuela?

Teter tomó un poco del agua de almendras, y tradujo:

*(…) Me da igual, vendré,*
*sea lo que sea, vendré…*
*Y te traeré una alegría grande,*
*con la realidad de mi vuelta sorpresa,*
*con la cabida de tu casa y alma,*
*con la duración de tus sueños y vida…*

*Vendré y me haré una sonrisa*
*de dicho encuentro,*
*Y una sonrisa de creencia*
*en tu cara desgastada de tortura,*
*hervida de lágrima.*
*Incluso si mi espalda es doblada,*
*incluso si mi pierna es quemada,*
*si mi frente es golpe*
*de miles de tormentas,*
*me da igual, vendré…*
*Dondequiera que sea, vendré,*
*desde bajo del suelo vendré,*
*desde un planeta lejano, desconocido vendré…*
*Vendré y quitaré el polvo de la Vía Láctea*
*En tu umbral.*

Sentado al borde de la cama, Karnig completaba el ritual con otro ritual. Tomaba los zapatos que usaría al día siguiente. Los lustraba mientras repasaba el poema. No paraba hasta sacarle brillo a los mocasines. Hasta que reflejaran su rostro con las arrugas talladas.

Sarkis, el papá de Alma, hacía lo mismo. Lustraba los abotinados antes de irse a dormir. Sus habitaciones lejanas y cercanas olían a betún y a recuerdos. Se enarbolaban en el ambiente cada vez que el cepillo de crin iba y venía por el cuero. El movimiento dibujaba un puente entre el pasado y el presente. Aunque nadie contara. Aunque el abuelo ensayara rutinas cada anochecer. Aunque usara los mismos abotinados color café siempre.

—*Mezmama*, ¿por qué el abuelo lustra los zapatos antes de irse a dormir?

—Ay, niña, ¿de dónde viene tanta curiosidad?

—Papá también lo hace —la nieta le tomó la mano y Teter le sostuvo la otra. Con sus dedos entrelazados, la abuela le contó.

—Tu abuelo aprendió a lustrar zapatos al poco tiempo de llegar a Alepo, en 1915. Eran épocas en las que no tenía dónde dormir ni qué comer. Tenía siete años, como tú esta noche, Alma. Pero él vestía siempre la misma camiseta y bermuda. Los zapatos grandes. No tenía otra ropa. A Karnig se le había ocurrido juntar unos pelos de crin de caballo y fabricar unos cepillos. Se ofrecía como lustrador de botas para poder comer.

—¿Vivía solo el abuelo? ¿Y su familia?

—Después de que a su papá, Boghos, lo mataran los turcos, Serpouhi, la mamá de Karnig y su abuela, Arshaluis, quedaron solas con él y su hermano menor, Sevag. Hagop y Ashod ya estaban en América desde 1910. A Serpouhi y Arshaluis las emplearon como cocineras en la casa de un árabe, y a Karnig y Sevag los enviaron a un orfanato.

—¿El abuelo lloró cuando murió su papá? ¿Cómo hizo para sobrevivir en Alepo?

—Destino, Alma. Destino. Lo haces con tus manos. Él se fabricó unos cepillos de crin. Lustraba y ganaba monedas. Hasta que conoció a un alemán que había tenido problemas con los turcos por defender a los armenios. Muchos armenios usaban máquinas de coser y de talabartería, e incluso hilados, que proveían los alemanes. Se conocían por negocios y cuando empezaron las matanzas y el Genocidio, el alemán defendió a una familia armenia. Los turcos lo expulsaron.

—¿El alemán ayudó al abuelo?

—El abuelo le lustró las botas y el alemán le arrojó una moneda bien lejos. El abuelo corrió para atraparla. Se tiró al suelo para que el dinero no se le escapara de las manos. El alemán se rio y al segundo día volvió. Pidió de nuevo a ese niño que le lustrara las botas. Para pagarle, el alemán hizo el mismo gesto, pero el abuelo no se inmutó.

—¿Y qué pasó entonces?

—Como ahora, cuando juega al ajedrez, mantuvo la mente fría. Se levantó del suelo, cargó su cajón de lustrar, caminó y se detuvo junto a la moneda. Se inclinó para levantarla y lo miró al alemán muy serio, sucio como andaba. Después continuó su camino sin volver la vista atrás. Al tercer día, mientras le lustraba las botas, el alemán extrajo del bolsillo de su pantalón un caballo de ajedrez negro. Karnig le dijo: "Jugaba con Boghos, mi papá", y se echó a llorar.

—¿Qué pasó luego, abuela?

—Al día siguiente, el alemán apareció con un tablero de ajedrez y le pidió al abuelo que lo desafiara. Karnig le ganó. Esta vez el alemán le dio la moneda en la mano. Y regresó cada día con el tablero.

—¿Se hicieron amigos?

—En aquel momento, el alemán tendría la edad de Boghos, tu bisabuelo. Vigilaba como un tutor a Karnig. El abuelo pedía que lo dejaran dormir entre los pasillos del mercado frente a la plaza de Alepo donde había un gran reloj. A un par de kilómetros de allí, su hermano Sevag, seguía en el orfanato. Cada vez que podía, el abuelo visitaba a su madre, Serpouhi, y a su abuela, Arshaluis, en casa del árabe.

—¿Cómo llegó el abuelo a América?

—Un día fue a visitar a su madre. Ella lloraba. Le entregó dinero para que comprara medio billete de barco. Se lo habían mandado Hagop y Ashod desde Boston.

—¿El abuelo tuvo que dejar a su mamá, a su abuela y a su hermano?

—No había otra forma. El alemán pagó el resto del pasaje. Entendió que Karnig no podía vivir más en ese estado. Arshaluis, tu bisabuela, lo acompañó a la estación para que tomara un tren hasta Beirut. Allí lo esperaba una familia armenia que viajaba a América. Karnig tenía quince años y viajó como un hijo más de esa pareja.

—¿Qué pasó con la familia del abuelo en Alepo?

—Se escribieron cartas con su madre y con su abuela durante mucho tiempo. Pero una mañana, Karnig recibió un sobre de su hermano. Con quince años, había salido del orfanato. En esa carta, Sevag le explicaba que había muerto la abuela y su madre, angustiada, dejó de comer y al mes falleció de pena.

Teter miró a Alma. Por suerte, pensó, se había quedado dormida. Cómo iba a explicarle a su nieta, que su tío abuelo Sevag había llegado a Ereván desde Alepo, con su joven mujer Berjouhi y su hijo Jirair. Como muchas familias armenias de la diáspora, en 1946 habían viajado a la capital de Armenia con la promesa de acceder a tierra y trabajo, y la voluntad de habitar su propio suelo. La esperanza de formar una nación acrecentaba la gesta patriótica, aun cuando Armenia ya era una de las quince repúblicas socialistas soviéticas. Aun cuando no resultaba nada fácil vivir detrás de la Cortina de Hierro y mucho menos traspasarla. Karnig y Sevag jamás volvieron a verse.

Teter hinchó el pecho. Liberó el aire que la angustiaba. Besó en la frente a Alma. Con una servilleta, tapó el vaso de agua con las cinco almendras. Cubrió a su nieta con la manta de *patchwork*. Apagó la lámpara.

La luna se quedó con Alma.

## CAPÍTULO DOS

# FELIZ CUMPLEAÑOS, ALMA

Teter entró a la habitación. La abuela cantaba suave y dulce el feliz cumpleaños en armenio. *Ierchanig daretarz, ierchanig daretarz, ierchanig, ierchanig, ierchanig daretarz…* Era domingo. 24 de abril. La luz pegó en la pupila izquierda de Alma. Luchaba con el sol omnipresente de las ocho. Teter llevaba la bandeja con la chocolatada y el *lavash*. Alma sonrió y advirtió también la presencia del abuelo. La observaba hipnotizado.

Sostenía una pequeña caja de cartón celeste con ambas manos. Una cinta de raso al tono coronaba el cubo con un moño. Teter depositó la bandeja al borde de la cama. Le dio un beso y un abrazo a Alma.

—Feliz cumpleaños, mi querida.

Karnig se acercó. Dio un toque cariñoso en la cabeza despeinada. Extendió su brazo izquierdo con la caja. Trató de disimular la emoción.

—Felices ocho años, amada nieta.

Alma bostezó con otra sonrisa. Levantó las cejas e intentó adivinar qué contenía ese envase. Ahí dentro seguro no cabían las treinta y dos piezas de un ajedrez, por más que fueran mini, y mucho menos un tablero, por más que fuera mini. Apostaba a que sería ese su regalo de cumpleaños. No era desilusión. Era mayor curiosidad.

—Vamos, hija, ábrelo —rogaron los abuelos a dúo.

Alma jaló de la cinta que se deslizó entre las sábanas. Retiró la tapa. Brillaba una cadena delgadísima de oro dieciocho quilates. De ella pendían dos dijes, en el mismo oro amarillo. Eran dos *A* en el alfabeto armenio: Ա.&Ա. Su sello, Alma Armenia.

El oro hacía juego con los aretes, unas bolitas de tres milímetros que usaba desde que nació. Se los había regalado el abuelo. El 24 de abril de 1975.

Teter se adelantó para abrochar la cadena en la nuca de su nieta. Lucía más bella aún en su piel blanca. Karnig se sentía muy orgulloso. Bajó la vista para que su esposa y la niña no lo descubrieran lloriquear. El abuelo no mostraba sus sentimientos. Teter se dio cuenta y lo abrazó. Era raro que los abuelos se abrazaran.

Alma saltó de la cama y corrió hacia ellos. Los rodeó con sus brazos larguísimos y delgados. Caminó a los saltos hasta el espejo de la cómoda. Miró su imagen en el tríptico. De frente, de perfil derecho, que no coincidía con el izquierdo que no le gustaba. Protestaba por la punta de la nariz hacia abajo. Se notaba más de ese lado. Aun así, el cristal destacaba su primera alhaja, los delicadísimos dijes Ա.&Ա. en su pecho plano.

Voló a la cómoda y abrió el paquete dorado que la esperaba desde la noche anterior. Se sorprendió con un vestido con cintas que se ataban sobre los hombros y una granada, la fruta preferida del abuelo y de Armenia, bordada en rojo y fucsia sobre el top. Todo manufacturado por la abuela. Teter recibía la revista *Burda* todas las semanas. Tomaba los moldes, los apoyaba sobre las telas, cortaba y cosía como una profesional.

—Nos vemos en un rato abajo, Alma. Voy a preparar el ajedrez —avisó Karnig saliendo del dormitorio.

Teter se quedó con la nieta mientras terminaba el *lavash* con las pasas de uva y la chocolatada. Esa mañana tampoco había pan tostado, aunque fuera su cumpleaños. La opción era el dulce casero de moras para sumar al *lavash*.

Al rato, la nieta y Karnig estaban sentados, de nuevo, frente al tablero. Teter se apresuró para ordenar la casa. La quería impecable para el almuerzo, cuando llegaran su hijo y su nuera para celebrar, con más regalos y pastel, el feliz cumpleaños.

Pasó por el comedor sin molestar a Alma y a Karnig, concentrados en la partida. Si alguien en ese momento hubiera gritado "¡Fuego!", abuelo y nieta ni se hubieran inmutado.

Teter salió al patio y acomodó el carbón bajo la pequeña parrilla armada sobre una encimera de hormigón. Karnig había conseguido la rejilla de hierro. Se apoyaba sobre dos pilas simétricas de ladrillos. Teter variaba la altura para graduar la cocción de las carnes.

La nieta había elegido el menú para el almuerzo de cumpleaños: *shish kebab*, carne asada de cordero cortada en cubos engarzados en unos pinchos de hierro que apoyaban en la parrilla.

En esa brochette de carne, Teter intercalaba trozos de cebolla, pimiento morrón amarillo, verde y rojo y manzanas verdes con cáscara. El aroma del fuego y el ahumado del *shish* invadían los jardines vecinos y así todos se enteraban de que la abuela elaboraba sus manjares.

Un rato antes había preparado el arroz pilaf como guarnición. En una cacerola salteó fideítos cabello de ángel con mucha mantequilla. Le sumó arroz doble, que siguió salteando con la preparación. Había que tener mucha mano y destreza para que no se pegara o quemase. Le sumó almendras para obtener la versión persa. El sol ardía. El reloj de pared iba a dar la una.

Teter armó la mesa en el patio. La parra frondosa aplacaba ese aire pesado que no sabía de su *shish kebab* ni del cumpleaños de Alma. Sobre una tabla grande montada en dos caballetes, la abuela tendió el mantel con puntillas de crochet que había bordado. Después colocó la vajilla de loza blanca, simple, ordenada.

En el centro ubicó el *mezze*, platos como entradas. Para eso decoró la pasta de garbanzos, el hummus, con pimentón y unas hojas de perejil. A su lado colocó la pasta de berenjenas, el *mutabel*. Esta vez no la había comprado en Ararat Bakery. La había elaborado en dos minutos, luego de asar sobre el fuego las berenjenas con su cáscara. Cuando ya el olor había tomado hasta el último rincón de la casa y la piel de las berenjenas se había puesto totalmente negra, las quitó del fuego. Las abrió a la mitad y con una cuchara retiró la pulpa. Condimentó con oliva, menta y comino. Ese domingo también sumó dados de queso armenio, parecido al queso fresco, pero más duro, poroso y salado. Lo intercaló con aceitunas negras embebidas en oliva y espolvoreadas con pimentón rojo. En la panera, una servilleta blanca envolvió el *lavash* tibio, recién retirado de la parrilla. Todo se comía con el *lavash* y con los dedos. Todo estaba en orden. En el refrigerador aguardaba el *tan*, la bebida de yogur natural y agua. Alma sabía que en casa de los abuelos no podía esperar refrescos. Habría *tan* y no se discutía.

Los aromas se agolparon en la mesa. El crepitar de la carne adobada con especias actuaba como imán. Competía de igual a igual con las piezas de obsidiana negras y blanca en el tablero. Despertaron un alboroto en la nariz y entrañas de Karnig. La partida estaba en su punto culminante, pero con esa nube incontrolable de jugos gástricos no había forma de continuar. El abuelo resopló.

—¿Seguimos después, *jan*? —pidió Karnig a su nieta.

Sonó el timbre. Alma dio un salto de la silla. Miró a su abuelo y contestó:

—Llegaron papá y mamá, ¡te salvó la campana!

Corrió a abrir. Los zuecos retumbaron en el parqué. Con cada salto ondulaban los volados del vestido rojo de tirantes y se agitaba el pelo suelto y revuelto. En su cuello de cisne brillaban sus nuevos dijes. Se adelantó para mostrárselos a sus padres cuando abrió la puerta y se mezcló en un abrazo con ellos. Lusiné tambaleó para guardar el equilibrio y la emoción de ver a su hija tan grande y tan bella. Trató de que no se cayera al suelo el pastel que traía en sus manos a pedido de Alma. Grande, redondo y de dos pisos: chocolate con glaseado y relleno con mantequilla de maní.

La abuela lo observó con desdén. Ella cocinaba todo tipo

de dulces, pero no pastel de cumpleaños. En casa de Teter y Karnig no existía el molde savarín. Solo asaderas cuadradas donde se cocinaban los dulces orientales. "El pastel circular es un invento estadounidense o francés", se quejaba Teter. Alma se reía del carácter de la abuela. Lusiné también sonreía. Pero no estaba tan de acuerdo con su suegra. A esta altura, la casa era un desparramo de gritos y alegría. De manera que esas sutiles rivalidades, quedaron en segundo plano.

Luego del almuerzo, el abuelo durmió la siesta. Solo por ese domingo de cumpleaños, el ajedrez pasaba al próximo fin de semana. A las cinco de la tarde, se sumó el resto de los invitados. Hagop y Ashod, los hermanos de Karnig, se parecían mucho al abuelo. Altos, delgados, canosos, ojos claros y tez muy blanca. Llegaron con sus hijos y cuando el abuelo les dio una señal empezaron a tocar. Hagop sopló una flauta hecha con madera de albaricoquero, el *duduk*. Ashod golpeó con sus manos grandes y ágiles el cuero de cabra que formaba el *dhol*, el tambor. Y Yervant, el hijo menor de Hagop, se encargó del *kemancha* con el sonido de un violín muy agudo. Su hermano mayor, Mesrop, hizo sonar un *tahr*, una pequeña guitarra que apoyó en el pecho. Los envolvió su sonido grave y melancólico. Ashod levantó el clima con el tambor. Emitía un sonido atávico y ancestral. Mientras los músicos animaban, Teter empezó a circular con bandejas de dulces. Le encantaba que la adularan y le dijeran lo exquisito que cocinaba. Lusiné hacía caras y todos terminaban riendo.

Tía Ani se encargó de servir el té en hebras. Lo perfumó con clavo de olor y una vez que todos habían bebido y reconfortado, se puso de pie e invitó a Alma al centro de la pista. Sonaba el *kochari*, la danza guerrera armenia. Yervant tomó una servilleta roja y la agitó en alto con su mano derecha. Empezó a dar pequeños saltos y golpes en el suelo con los pies como una descarga a tierra.

—¡*Iuh, hey, hey!, ¡Iuh, hey, hey!* —vociferaba mientras se daba valor y energía, como los guerreros para encabezar la danza.

Con el brazo izquierdo hacia abajo tomó por encima la mano derecha de tía Ani. Sus hombros se pegaron. Y el de Yervant por encima de Ani, que a su vez repitió el movimiento con Alma a su izquierda. Tomó con su mano izquierda la derecha de la sobrina. Los tres formaban una masa compacta. Pisaban la tierra sincronizados y emitían ese grito liberador: ¡*Kochari!, ¡kochari!*

Desde la Antigüedad aseguraban que esta danza expulsaba los malos espíritus y despertaba a la Tierra para que diera una buena cosecha. La sonrisa en los rostros, y los pies de todos que se movían en esa sala a la voz de ¡*Iuh, hey hey! ¡Iuh, hey hey!*, no dejaba dudas.

Detrás de Alma, las tías abuelas Mairam y Zevart, esposas de Hagop y Ashod, se sumaron a la ronda. Eran regordetas y de carnes generosas, con las mejillas rosadas, siempre bien adornadas con bijouterie. Teter, en cambio, no se quitaba el delantal. La hilera de bailarines se arqueó hasta que cerraron filas en un círculo perfecto. ¡*Kochari, kochari!*, la declamación de coraje y alegría. El silencio que guardaban estas señoras en la cocina no existía cuando sus cuerpos bailaban.

De pronto, las manos se soltaron y dieron paso a otra danza solo para mujeres. Sus cuerpos fluían delicados y sensuales como sirenas. Ani, con sus curvas abundantes comenzó a mover los hombros y el pecho. Esa frecuencia se transmitía al resto del cuerpo y a sus ojos. Los brazos abiertos y extendidos hacia el cielo flameaban de izquierda a derecha, con las manos que embellecían el movimiento. El meñique, el anular y el mayor se unían. Y el pulgar y el índice se juntaban en otro vértice. Formaban una cavidad con la palma. Los giros sobre su eje, la cabeza ladeada, la contorsión del torso sugerente. Ani seducía y guardaba el secreto de la danza armenia: jamás fijar la mirada en el varón.

Alma intentó imitar a su tía. Las damas aprovecharon para lucir sus joyas. Agitaban los brazaletes de donde pendían monedas de oro y plata. Alma hizo un gesto a su madre que no tuvo más remedio que dejar la taza y sumarse a bailar. Teter siguió a su nuera porque, era obvio, ahora que había entrado al círculo, ella no se iba a quedar afuera.

A un costado, Karnig y Sarkis prepararon el narguile. En la parte superior de la pipa, Karnig colocó algunos carbones y el tabaco. Cuando algún conocido viajaba a la Anatolia —no quería nombrar Turquía— se hacía traer esa variedad fuerte y especial. Para prepararlo, salía al jardín y recolectaba menta fresca, violetas, pétalos de rosa y hierbas aromáticas. Los dejaba dentro del agua que llevaba la base del narguile. Alma se recostaba sobre el suelo, a la altura de la pipa que se apoyaba sobre la alfombra. De costado y con el codo en el tejido y la mano que sostenía su cabeza, miraba cómo las flores danzaban en el líquido, cada vez que los mayores aspiraban. Las hierbas se movían y contribuían a ese efecto opiáceo del tabaco. "Quien jamás ha fumado se marea", advertía el abuelo. Y cuando Teter no lo veía reforzaba el agua con una generosa dosis de coñac armenio. Algunos domingos le agregaban leche. El efecto era más bien óptico. La nube se volvía más blanca y todo parecía un poco más misterioso. Los malos recuerdos de la tierra ultrajada pasaban. Narguile, música, comida y danza. Podían navegar hacia otro lugar.

Karnig inhaló hondo. Tosió y liberó lento el humo. Le pasó la pipa a Sarkis. La nube de vapor dulce ascendió. Tomó la forma del aire. En pocos segundos, el lugar se transformó.

Cuando la coreografía cedió y los artistas tomaron un descanso, llegó el turno del café oriental. Teter lo preparó en uno de los *yesbe*, un tazón estañado de cobre con manija. Calculó una cucharadita de café molido fino por pocillo. Revolvió suave en frío. Lo llevó al fuego y esperó a que levantara el primer hervor. Retiró del fuego. Cuando el *surch* bajó, repitió la operación hasta que logró dos hervores más. Mientras la abuela servía, comenzaron las bromas e intrigas. Muchas veces, Alma había presenciado la lectura experta de Ani.

Jamás dejaba de sorprenderse con los vaticinios de la tía. El día de su cumpleaños, pidió a Ani que le interpretara la borra. Buscó la mirada de aprobación de Lusiné.

—Hija, una niña de ocho años no toma café.

—Por favor, mamá, quiero saber mi futuro —la enfrentó Alma.

A Lusiné no le gustaban las "brujerías" de tía Ani.

—Preparo medio pocillo, bien azucarado, para mi nieta —sugirió Teter y colaboró así con Ani y Alma.

Lusiné enmudeció, aunque no lo aprobaba. Pero nadie se animaba a desautorizar a Teter. Mucho menos ante su colección de

*yesbe*. Tenía por lo menos diez en el aparador. Desde los clásicos de cobre hasta los modernos de acero inoxidable y colores. Tomó el más pequeño, con manija de madera, especial para un solo pocillo. Lo había traído Ani de su viaje de bodas a Ereván.

Teter preparó el café para su nieta con una cucharadita de azúcar. Después de los tres amagues del hervor, lo retiró del fuego y sirvió tres cuartos de pocillo. Brillaron los ojos de la nieta. Probó un sorbo, sonrió y bebió otro más. Y otro. Ani pidió a su sobrina, como a todos los presentes, que apenas terminaran el pocillo, lo dieran vuelta boca a abajo, hacia sí mismos y por el lado por donde habían bebido. Ese giro era la forma de resguardar una correcta interpretación de los meandros no tan caprichosos que empezaban a dibujarse.

Ani arrancó la lectura por las tías, Mairam y Zevart. Una vez que completó un augurio de dinero y el horizonte con un viaje lejano, llegó el turno de Lusiné. Su cuñada buscó restarle importancia. Leer la borra no era algo que le interesase a una médica como la mamá de Alma. Lusiné había tardado en dar vuelta su taza. Aun así, se habían formado dos grandes casquetes densos de borra, separados por una línea. Ani no se quedó atrás. Interpretó un antes y un después en la vida de Lusiné. Un porvenir intenso que guardaba un gran futuro profesional. Era lo que su cuñada quería escuchar. Así funcionaba el show de la borra.

Por último, la tía destapó el pocillo de Alma. Demoró algunos segundos en silencio. Por fin, la hermana de Sarkis señaló con el dedo índice en alto unos senderos.

—Querida sobrina, estos meandros significan que deberás abrir y cerrar muchas puertas. A veces no será sencillo, otras te resultarán más fáciles o claras. Pero tus emociones siempre te acompañarán. Serán tu tesoro y también tu muro. Toda esa base compacta y densa en el corazón de la taza, representa tu propio corazón. El corazón siempre será tu fuente, tu camino y tu manantial. Solo tienes que confiar en él y alimentarlo. Que funcione como guía y faro.

Ani hablaba pausado. Se notaba que cuidaba cada palabra. Alma lo tomó como un juego más. Lusiné no estuvo de acuerdo. Como su esposo Sarkis, también médico, no se detenían en supercherías. Trazaban una línea clara con esa parte de la tradición armenia. En su casa se hablaba de cultura e historia armenia. Pero no se leía la borra del café.

Los varones no participaban de tal ceremonia de mujeres. Teter tampoco. Mientras Ani leía los pocillos, la abuela seguía pasando con una bandeja y alardeando de sus destrezas. Primero ofreció *shambali*, una tarta a base de sémola muy humedecida con almíbar. Estaba cortada en rombos, cada uno decorado con una almendra tostada. Luego sirvió *paklava*, hecho de masa hojaldrada con relleno de nueces y canela. Y aparte el *kadaif* elaborado con requesón, cabellos de ángel dorados y crocantes bañados en almíbar. Ese líquido dulce y gelatinoso se escurría lento entre los dedos que terminaban pegoteados.

Se hicieron las seis. Lusiné trajo el pastel al reparo del calor. Sobre el glaseado había dibujado con colorante rosado una dama de ajedrez rodeada por ocho velitas. Dos peones, dos alfiles, dos torres y dos caballos. De pronto se apagaron las luces y todos cantaron feliz cumpleaños. Antes de soplar, Alma cerró los ojos. Apretó fuerte sus labios finos y el fuego iluminó sus pestañas como serpentinas. Los hoyuelos en remolino. La niña suspiró. Movió la boca sin emitir sonido. Con los dedos en alto hizo la mímica al contar: "Uno, dos y… ¡tres!". Entonces sí, inspiró y liberó el aire en una bocanada. Estallaron los aplausos a oscuras. También los besos calurosos de la gente que quería y los besos de los parientes que no le gustaban a Alma porque le dejaban baba y la sostenían en un abrazo que duraba demasiado.

La hija de Sarkis y Lusiné amaba a sus abuelos, tíos y tíos abuelos, pero se preguntaba por qué todos tenían ese olor tan característico. Lo detectaba cuando la besaban. Era un aroma que no podía definir y que no existía en la casa de sus padres. Una mezcla de condimentos, alegrías, tristezas, secretos e historia familiar. Todo daba vueltas por el salón y cocina de Teter y Karnig.

La abuela encendió las luces. Karnig se acercó al centro de la mesa. Tomó una cuchara y dio tres pequeños golpes a su copa. El choque con el cristal pidió la atención inmediata. La platea se pronunció en un silencio.

—Vamos, abuelo, ¿qué pasa? —se inquietó Alma.

—Querida nieta, ahora que tienes ocho años, quiero contarles a todos que te anoté para el Gran Torneo Watertown de Ajedrez. Empieza en el salón de la Iglesia Surp Stepanos el próximo domingo.

Se produjo otro silencio. Ninguno de los invitados se atrevió a aplaudir o felicitar a Alma. Por las dudas, todas las miradas se dirigieron a los padres de la niña. Sarkis y Lusiné se escanearon entre ellos. Giraron la vista hacia Teter que, a su vez, escudriñó a su esposo. Karnig levantó los hombros en señal de despreocupación. Empezó a aplaudir. Todos lo imitaron.

Después de la ovación, Ani entregó a Alma el regalo envuelto en papel de seda que crujía y con un moño rosa de cinta tornasolada. El envoltorio era la señal de que su tía había trabajado de modo artesanal. Todo aquello que le obsequiaban traía papel de regalo típico de los negocios, de papeles con la etiqueta de la marca. Los regalos envueltos por Ani, con el mismo papel de seda y la misma cinta tornasolada, eran autofabricados para Alma. Aun así, siempre le resultaban intrigantes. Como esta caja, grande y pesada. Ani le dio una señal:

—El papel de seda está para romperlo. Iniciar un ciclo.

Alma arrancó el envoltorio y su vida. Descubrió un ajedrez de ónix con tablero de madera. Su tía lo había traído desde Armenia.

El regalo de Lusiné y Sarkis salía de esa órbita del origen. Los padres de Alma eligieron una colección de lujo de manuales de biología. Se lo entregaron a continuación del ajedrez. El primer volumen abordaba la vida de los roedores: hámsteres y ardillas. Alma amaba esos animales. Zevart, su tía abuela, tenía un criadero de hámsteres y desde entonces no paraba de pedir una mascota en su casa. Teter la llevaba cada sábado a la tarde, cuando Karnig dormía la siesta. El paseo la fascinaba, aunque Teter no estuviera de acuerdo con el cautiverio de los roedores. En línea con su abuela, Lusiné y Sarkis se ocuparon de explicarle que todos los animales debían vivir libres, sin jaulas. Por eso buscaron el libro.

En la portada grande del volumen *Roedores* aparecían nueve fotos de los simpáticos animales. Comían flores en el campo o husmeaban, con su hocico y orejas levantadas, una manzana roja y otro, muy peludo y blanco, picoteaba un coco. Alma llevaría el manual a la escuela, aunque le diera pudor la dedicatoria de Sarkis.

*A mi querida hija Alma,*
*con todo el cariño por su cumpleaños,*
*por ser la alumna que va a arriar la bandera.*
*Papá y Mamá*
*24 de abril, 1983*

Ese domingo, cuando Alma se durmió, Lusiné y Sarkis conversaron acerca de "la jugada" de Karnig. Conocían la historia del abuelo y, aunque no hablaran de aquello en su hogar, intuían la necesidad de que su nieta encarnara su lucha con la historia, el Genocidio y las heridas abiertas a través del ajedrez.

Confiaban en Karnig, pero atenderían sus movimientos. Cuidarían las rutinas que estableciera con Alma en el juego para que no se volviera una obsesión, y más ahora que la había anotado en este torneo. No querían crearle a su hija exigencias ni presiones. No en ese campo. Querían que Alma siguiera una carrera universitaria. El ajedrez era solo un juego. No podían estar más de acuerdo Lusiné y Sarkis. Por el momento, acordaron vigilar a Karnig, sin cortar la ilusión del abuelo ni la nieta. Admitían, sin embargo, que no podían pedirle mucho más a Teter y a Karnig. Alma pasaba con ellos todos los fines de semana. De esta forma, Lusiné y Sarkis podían cumplir las guardias de veinticuatro horas en Emergencias del Hospital General de Boston, donde se habían conocido y trabajaban desde residentes.

El viernes siguiente, como todos los fines de semana, Alma durmió en la casa de sus abuelos. Cenaron *leshmeyun*, esa pizzeta con relleno de carne molida, tomate y condimentos. Teter le ponía ajo. Todo cambiaba. Alma imitó el movimiento de los abuelos. Regó el *leshmeyun* con generoso jugo de limón y luego plegó la circunferencia, con el relleno hacia adentro, de manera que quedó como una empanadilla. La devoró con las manos, como ellos. De postre, granada, símbolo de Armenia. Teter trajo la fruta ya cortada en una fuente. Esos pequeños granitos o gotas rubí que la componían eran una belleza.

—Mañana será un gran día —auguró Karnig. Y Teter acompañó a Alma a la cama.

Cumplieron todas sus rutinas y el sábado por la mañana, después del desayuno, Alma jugó un partido liviano con Karnig. Luego del almuerzo y la rigurosa siesta del abuelo, antes de las cinco de la tarde, la dupla ya estaba lista nuevamente. El tío abuelo Ashod los llevó hasta el salón de Surp Stepanos. Alma se sentía tranquila. El abuelo, no. Con todos los tableros armados, los recibieron con gran entusiasmo. Juntos buscaron el nombre de Alma en la entrada del salón y las partidas que debía encarar en la categoría de ocho a once años.

Durante la primera ronda, Karnig se ubicó detrás de su nieta. Alma llevaba las piezas negras contra un chico de su misma edad. El abuelo no abrió la boca. Los pequeños contrincantes estrecharon manos e hicieron sus primeros movimientos. Alma ganó sin dificultad y se sintió confiada para la siguiente ronda.

A medida que ganaba, cada vez más espectadores se acercaban a presenciar las partidas de la nieta de Karnig.

Alma avanzaba segura de su fuerza de juego. Eso la serenaba y al mismo tiempo la motivaba. Alguna vez, con una posición muy ventajosa, quiso florear una pirueta, algún jaque mate bonito o una secuencia geométrica. Pero entonces asomaba Karnig, siempre en guardia, para que no desvariara su juego.

Ya hacia el final del torneo, los niños y adultos se saludaron. Y por los pasillos de Surp Stepanos se expandían como el eco los comentarios sobre las jugadas de Alma.

Karnig volvió feliz esa noche. Alma también. Le gustaba reunirse en el salón de la iglesia y encontrarse con otros chicos de su edad. Ahí no le pesaba ser hija única. Además de entretenerla, jugar le permitía conocer gente. En ocasiones, esto la llevaba a preguntarse por qué no había tenido un hermanito. Sabía que a sus padres esa idea no les gustaba. Pero jamás daban una explicación. ¿Por qué Lusiné y Sarkis no habían querido ser otra vez padres si Teter y Karnig habían tenido dos hijos, e incluso ellos venían de familias numerosas? Era la forma de mantener vivo a su pueblo. Al menos eso le contaba Teter antes de irse a dormir.

En Surp Stepanos, con cada torneo y temporada, Alma amplió su círculo de amistades dentro del ajedrez. La niña vapuleaba a todos, también a los mayores. Provocaba ira, por su corta edad y por ser mujer.

En los torneos de la iglesia, compartía algo más que en el colegio. Se conectaba con una fase lúdica que despertaba su corazón de hija única por más que el tablero y los escaques se trataran de "pura lógica y razonamiento", como avisaba Karnig.

El tironeo entre el ajedrez y la vida escolar existía. Sarkis y Lusiné apuntaban a su hija con un futuro profesional de científica y su abuelo soñaba con los tableros. Alma trataba de hacer bien todo. Brillaba en las nuevas rondas de ajedrez por el barrio con Karnig, pero también se desempeñaba como muy buena alumna en el colegio. Amaba geografía, física y matemática. Guiada por papá y mamá, cuando terminó la primaria, se anotó para seguir la orientación de Ciencias Naturales. Mientras tanto, Karnig acumulaba los trofeos de su nieta en una vitrina en su taller. Una luz especial iluminaba las copas y medallas desde adentro del mueble con puertas de cristal.

Cada temporada, la vitrina de Karnig se llenaba de más trofeos. La nieta refinaba cada vez más su juego y lo reforzaba leyendo la colección de artículos que guardaba Karnig.

El ritual de prepararse para cada competencia, mantenerse concentrada, la hacía sentir muy ligada al abuelo, aunque ninguno lo expresara. Habían naturalizado la rutina. También ganar. Alma seguía los pasos de Karnig, aunque Lusiné y Sarkis no se mostraban muy de acuerdo. Para ellos, mientras su hija eligiera una carrera universitaria, se aseguraría un futuro. En cambio, si emprendía la ruta marcada por Karnig, podría terminar como Bobby Fisher.

A esas alturas, Alma ya vencía con facilidad al abuelo, incluso

muchas veces con las mismas armas que él le había enseñado. Para Karnig, ella era todo orgullo, aun derrotado en el tablero.

El otoño latía en cada arce rojo y amarillo de Watertown, en cada semilla, en cada célula, en cada violeta del jardín de Teter, pero también al otro lado del globo. En Armenia, con sus árboles de granada; en el mundo entero y en otras galaxias. Alma tenía fascinación por la biología y la astronomía. En las noches despejadas, cuando todos se iban a dormir y la casa quedaba a oscuras, salía descalza al jardín. Con el camisón puesto, se tumbaba boca arriba en la hierba. El cabello largo y suelto formaba una semicircunferencia alrededor del rostro pálido que se reflejaba como la luna. Si corría una brisa podía sentir el aroma de los tilos de la calle. Y hasta veía chispear las luciérnagas, ese instante donde la vida era fosforescente. También encontraba misterio en las estrellas. Si el cielo brillaba despejado, lo miraba fijo hasta descubrir una estrella fugaz. O el planeta Marte que titilaba en rojo. O la luna que jugaba con sus rizos y fases plateadas. El universo nacía, cada noche, maravilloso. Alma posaba sus ojos verdes en esas sombras. Imaginaba que descubriría a alguien caminando por la Luna. Sabía que era un pensamiento ridículo o improbable. No le importaba. Quería creer. Una parte de su corazón nada veía imposible. Divagar en esa otra dimensión, la suya, le daba felicidad.

Sin embargo, ese estado de viaje hacia la felicidad se quebraba cuando escuchaba el ruido de la ventana que chillaba al abrirse.

Karnig se había levantado, estaba otra vez releyendo sus cartas amarillas, se asomaba y le ordenaba que volviera a la cama.

Con doce años, Alma había clasificado como finalista en un torneo válido para el Elo internacional. Karnig la acompañaba entusiasmado mientras que se acrecentaba en los inmigrantes de origen armenio ese fervor, tan político como ajedrecístico, ante el eterno duelo entre Anatoly Karpov y Garry Kasparov. Incluso la idolatría del abuelo por Kasparov había logrado destronar a Petrosian como su primer ídolo.

Ese invierno, Karnig tosía mucho y hasta último momento había dudado en acompañar a su nieta al campeonato de Massachusetts. Se sentía más cansado y sin aire. Alma se impuso con facilidad en la primera ronda. Al mismo tiempo, Karnig comenzó a tener fiebre. Aun así, no quiso regresar a su casa, a pesar de la insistencia de Teter, Ani y su esposo. Pero sobre todo de Lusiné y Sarkis, quienes le aconsejaron que se retirara a descansar. Karnig, terco, se presentó en la segunda ronda. "Nadie me lo va a impedir", se impuso. Ninguna fiebre le haría perder el torneo más importante que jugaba su nieta.

El abuelo desmejoraba con los minutos y Teter lo vigilaba de cerca. Apretaba su pañuelo blanco mientras todos seguían con nervios a él y a cada jugada de Alma.

Con un poco de astucia y de suerte, Alma logró quedar entre

los primeros tableros. Y un error grave del rival en la última partida, le dio un pase milagroso a la final en la mesa uno.

El momento definitorio llegó contra Tim Mayors, un reconocido difusor del juego y Maestro Internacional de Ajedrez. Karnig sudaba frío. Por primera vez su nieta enfrentaba a un jugador titulado.

Alma abrió con su peón a "r4", como siempre, y Mayors, con una sonrisa casi imperceptible, movió el suyo a "cd3". Se trataba de una jugada marginal, pero de alguna manera pensaba que una variante secundaria alcanzaba para vencer a Alma porque, no solo era mujer, sino que tenía un Elo muy inferior al suyo y además había contado con mucha colaboración de sus rivales para llegar a la cúspide del torneo.

La pequeña jugadora ocupó y consolidó rápidamente el centro y Mayors se replegaba en las primeras tres filas. Esperaba la posibilidad para un contraataque oportuno que le diera fuerza a sus piezas. El maestro estadounidense jugaba rápido, por lo general apretaba el reloj, anotaba su jugada y se levantaba. Karnig lo veía conversar en forma animada con otros jugadores mientras su nieta, con las manos envueltas en su cabeza, lucía como un monumento a la concentración. Sin embargo, a medida que se desarrollaba la partida, el público percibía que la cosa empezaba a complicarse para Mayors. Se lo notaba menos sonriente. Se levantaba pocas veces y tardaba más tiempo para completar sus jugadas.

Hacia el medio juego una maniobra precisa de Alma lo dejó suspendido con el bolígrafo en la mano unos segundos. La niña se desenvolvía con autoridad. Aprovechaba al máximo la ventaja de espacio y la iniciativa. El maestro, con sus piezas apelmazadas y entorpeciéndose entre sí, intentó una maniobra liberadora que le costó dos peones, sin lograr mejorar demasiado su posición. Alma sacrificó astutamente uno de esos dos peones para empezar un ataque al rey enemigo.

Una gota de sudor se dibujó en la frente de Mayors. Ahora Alma era quien se levantaba de su silla y caminaba, en silencio, por la sala. Un semicírculo de curiosos seguía con intensidad la partida. El experimentado maestro propuso una simplificación para aliviar la presión. Pero su decisión generó un final ganador para las blancas. Unas jugadas después, parecía claro que la ventaja resultaba decisiva para Alma. Tenía delante a una ganadora.

Mayors estrechó por fin la mano en señal de rendición y el salón se vino abajo en aplausos. Lusiné y Sarkis no pudieron evitar el llanto. Teter apretaba el pañuelo blanco que guardaba en el bolsillo. Lo arrimó al vértice de sus ojos para contener una lágrima.

Cuando la nieta bajó de la tarima, corrió a abrazar al abuelo. Karnig temblaba sudoroso. La miró y se desplomó en el suelo. La felicidad de Alma se evaporó con él. Teter se quedó con ella mientras Sarkis, ofuscado y dolido, llamaba a la ambulancia. Un maremoto de luces, gritos, médicos y paramédicos desplegó infinidad de maniobras mientras subían a Karnig a la camilla rumbo al Hospital General.

Pasaron unas horas hasta que lograron estabilizarlo. Quedó en la unidad de cuidados intensivos. Lo sometieron a una batería de estudios que se demoraron un par de días. El diagnóstico

de neumonía no sorprendió a Sarkis. Por la edad de su padre y los antecedentes de diabetes, entendió, tal como se lo explicó el médico de piso, que el estado de Karnig guardaba mucha seriedad y pronóstico reservado.

Alma lo visitaba todos los días. El abuelo todo cableado, conectado al suero y con la vía de oxígeno que entraba por los orificios enormes de su nariz, le sonreía. En una semana, había envejecido una década. Había perdido más de la mitad de su peso y los pómulos saltaban como rocas en el desierto de su rostro amarillo. Teter no dejaba de apretar su pañuelo blanco. Como si en ese retazo de tela pudiera atajar todas sus penas. Pasaba día y noche en una silla junto a su inseparable y rabioso Karnig.

Al siguiente domingo, cuando Alma pidió ir a verlo, Lusiné y Sarkis se mostraron muy serios. Le llamó la atención que Teter llegara a su apartamento de Boston y no estuviera en el hospital. Ese cambio de rutina la alertó.

—¿Dónde está el abuelo? —preguntó inquieta.

Quiso negar una respuesta que intuía. Los rostros de sus padres y de la abuela se ensombrecieron. En ese instante, Alma recordó la explicación de Ani cuando le había leído la borra del café en su cumpleaños número ocho: "Alma, en tu vida tendrás que abrir y cerrar muchas puertas. Ese corazón, ese manantial denso y poblado que guardas en tu pecho, será tu fuente y tu muro. Tu faro a seguir, aun en los momentos difíciles. Solo tienes que verlo y conectar con él". Todavía le sonaban extrañas las palabras de Ani, pero no pudo evitar traerlas a la mente. Sus padres le contaron que Karnig la miraba desde una estrella.

El primer domingo, al cumplirse un mes del ocaso, Teter

recibió a la familia para el tradicional almuerzo *madag*, para recordar a los que se van. Con la ayuda de sus concuñadas y cuñados cocinaron el cordero. Tuvieron dos semanas al animal que correteaba en el fondo del jardín. Lo alimentaron día tras día. Hagop, el hermano mayor de Karnig, se había encargado de conseguirlo. Le daba los restos de cada plato, de cada jornada, para que engordara. Así la carne estaría más sabrosa. Un día antes del *madag*, Hagop y Ashod dieron muerte al cordero en una maniobra brusca en la que solo participaron los varones de la familia. Como manda la tradición, le sacaron el cuero, le limpiaron las vísceras y lo colgaron en el patio justo donde empezaba el jardín para que la sangre se escurriera y fluyera con todo lo malo hacia el centro de la Tierra.

Teter preparó el adobo con bastante condimento y ajo, y también el guiso de carne molida y arroz con que rellenaron el cordero. El domingo temprano lo asaron sobre el fuego directo. El vapor y el aroma del animal, más el arroz pilaf que Teter preparó como guarnición, inundaron otra vez no solo la casa sino los comedores vecinos. Ella y sus concuñadas separaron la mitad del cordero y lo pusieron en recipientes limpios y cerrados para entregarlos como donación en el Hospital General: es la parte de la ofrenda que debe guardar esta ceremonia, para cuidar los espíritus de quienes parten y guiar a las almas de quienes lo despiden.

Resultó extraño el momento en que todos se sentaron a la mesa tendida en el patio sobre los clásicos caballetes. Nadie quiso ubicarse en la cabecera, donde lo hacía Karnig. Teter retorció su pañuelo blanco, bien oculto en el bolsillo. Llevó el mentón hacia abajo y hacia el pecho. Después levantó su mirada

de cristal y pidió a cada uno que le pasara su plato. Sirvió una porción generosa a cada familiar.

Durante el café, Ashod hizo sonar suave su *dhol*. Con cada golpe, liberaba una gota de ausencia y de dolor. Los dulces colaboraron para que la tarde transcurriera menos triste. Teter llamó a su habitación a Alma. Revolvió la gaveta de la cómoda de madera. Su rodete blanco se reflejaba en el tríptico apoyado sobre el mármol rosado. Teter al fin encontró lo que buscaba. Sostuvo en alto un paquete pesado, del tamaño de un cuaderno. Extendió sus brazos delgados hacia Alma.

–Quiero que lo conserves y escribas en él. Este diario, querida nieta, es para que puedas anotar todo lo que sientas, en el corazón y en el cuerpo. Aun aquello que te guardas para siempre. Tus pensamientos y secretos. No dudes, *jan*. Pero recuerda siempre mirar hacia adelante. Nunca hacia atrás.

Teter apretó el pañuelo y Alma vació sus ojos por la ventana para no poner en evidencia la emoción de la abuela. La abrazó fuerte y en silencio. Cuando se soltaron, se miraron a los ojos. Alma llevó el diario al pecho. Tenía tapas doradas, las hojas color crema con renglones y en la portada, uno de los mosaicos más bellos del mundo: *La chica gitana*. Las formas delicadas componían un rostro perfecto y enigmático, una pieza arqueológica hallada en las cercanías de Aintab, el pueblo de Teter y Karnig. Para ser exactos, en la ciudad de Zeugma, fundada por Alejandro Magno hacía dos mil trescientos años. A orillas del río Éufrates, gran parte de Zeugma había desaparecido bajo el agua cuando en la zona se construyó un dique. Un tiempo atrás los arqueólogos descubrieron un conjunto de casas adornadas con estos murales. Pertenecían a la época en que estos suelos eran parte de los confines del Imperio Romano, antes de la llegada del Imperio Otomano. En estas casas los ricos recibían a las visitas con comidas y bailes. Las imágenes reflejan las musas que los inspiraban. El mosaico de Zeugma, con este rostro tan particular de *La chica gitana*, se convirtió en símbolo de Aintab, aunque ahora todos los carteles de la ciudad dijeran Gaziantab. Aunque los turcos hubieran echado y masacrado a los armenios. Aunque hubieran cortado las cruces de sus iglesias para convertirlas en mezquitas. Y aunque ahora las guías turísticas de Turquía jamás mencionaran el Genocidio.

Ani había traído el cuaderno de Zeugma. Teter nunca estuvo de acuerdo con que su hija pisara Turquía. A pesar de sus íntimas contradicciones, había quedado tan impactada por la belleza de estas imágenes, que aceptó quedárselo y esperar el momento indicado para entregar el diario a Alma. Con los doce años de su nieta, y la muerte de Karnig, ese día había llegado.

—*Jan*, te pareces a esta niña mujer, la chica gitana de Zeugma. La misma melena y nariz recta. Los ojos en forma almendrada. Recuerda siempre tus orígenes. Pero también siempre mirar hacia delante. Luchar por tu destino. Hacerlo con tus manos —insistió Teter.

Alma sostuvo el diario junto a su pecho, como si esas páginas aún por escribir, pertenecieran a su corazón desde siempre. Como si esa mujer, compuesta por miles de pequeños mosaicos, quisiera contarle algo. Separadas, significaban nada. Unidas, podían ser todo. Su camino. Sus abuelos. Sus heridas. Los secretos familiares. Sus venas cargadas de historia. Su Alma.

## CAPÍTULO TRES

# MARIPOSAS EN EL VIENTRE

BOSTON, 2012

El nuevo fotógrafo del Boston Times entró a la redacción con un andar sigiloso. Alma lo vio avanzar entre los escritorios. Un remolino agitó su vientre. Podía reconocer ese estímulo.

—¡Alma, Alma! ¿Quién es Alma? —preguntaba el reportero a viva voz. Sostenía un papel en la mano.

La editora se hundió un poco más en la silla. Intentó esconderse tras el monitor de su computadora. Acababa de titular la nota del día, un panorama para recorrer las mejores muestras de arte en la ciudad. Mientras le daba clic para que se publicara en la web, se preguntó quién sería semejante espectáculo: rostro de esfinge, espalda triangular y bíceps tallados. Consideró a ese desconocido un asunto mucho más interesante que las discusiones en medio del cierre y el hervidero de la redacción.

Ni siquiera advirtió que llevaba la cámara colgada al hombro. Cuando cayó en la cuenta, el rostro de Alma pasó de nieve a rubí. Un compañero de Información General señaló el escritorio de ella con el brazo estirado hacia la sección Cultura. El reportero gráfico caminaba hacia ella.

Labios carnosos y el mentón hacia adelante. Alma simuló que controlaba la hora en su celular y también la situación. Era tiempo de volar hacia Chicago por el día. O, mejor dicho, por el día y por la noche.

Por fin había conseguido una entrevista exclusiva con el escultor Anish Kapoor, que visitaba Chicago. En el Millennium Park lucía su obra, una monumental pieza de acero inoxidable pulido que semeja una gota de mercurio. Por su forma caprichosa de haba, los turistas la bautizaron *The Bean*.

Alma había organizado el encuentro con la gente de prensa de Kapoor con suficiente anticipación. En la redacción quedaron en asignarle un fotógrafo. Dos días antes del viaje, había chequeado en el programa interno del periódico con quién volaría: Lucciano Vitto. No le sonaba. Llevaba doce años en el Times y conocía a todo el staff. O a casi todo. El jefe de Fotografía le había pasado la identificación de Vitto para que Alma pudiera organizar. Ella reservó el vuelo y la noche de hotel. Eligió dos habitaciones en un hospedaje clásico y confortable, en pleno *loop* de *Windy City*, a tres calles del Millennium Park y del Instituto de Arte, donde deberían hacer las entrevistas.

—Hola, soy Lucciano, el fotógrafo. Vamos juntos a Chicago, ¿no? —sonó amable y muy relajado su nuevo compañero de ruta. Su camiseta polo blanca contrastaba aún más con la piel

morena, y la tela sintética ajustada le marcaba los abdominales. Esa prenda, el jean gastado y el calzado deportivo flúo dejaban intuir mucha personalidad.

Alma titubeó antes de responder. De pie junto a su computadora, ese hombre que adivinaba más joven que ella olía a agua limpia, a madera y a jabón. Su mirada la devoró.

Tuvo un momento de adrenalina. ¿Se iba de viaje con él? ¿Había llegado el momento de conocer a alguien nuevo en su vida? Era la única o casi la única de sus amigas que no se había casado o formado pareja. Ni hablar de ser madre. ¿Tendría hijos alguna vez? ¿Cuándo? ¿Con quién? Los años pasaban y las chances disminuían… Todas sus asignaturas pendientes se dispararon en ese momento de alerta y curiosidad.

Mientras observaba a Lucciano que sostenía ese papel blanco donde guardaba anotado "Alma Parsehyan", repasó su vida. Había entrado al Boston Times luego de cursar una beca para periodistas. Allí le habían presentado a Lisa Jones. Y, aunque tenían la misma edad y profesión, sus vidas funcionaban en forma opuesta. Cuando se hicieron amigas, Lisa llevaba pocos meses de casada. Había conocido a Robert Stern en la sección Internacionales, y enseguida formaron pareja. "En el amor, cuando las cosas van, van", argumentaba Lisa. "No hay que forzar la pareja. Llega en el momento indicado. Cuando conocí a Robert supe que sería el padre de mis hijos", repetía Lisa. Esa suerte de pensamiento mágico no convencía del todo a Alma. Discutía con su amiga. Le encantaba conversar de todo con ella.

¡Cada vez se sentía más cerca de los cuarenta! Había desarrollado una vida profesional que amaba. Solo le faltaba enamorase. Formar una familia, como sus amigas, como Lisa. ¿Sería tan difícil? ¿Sería esa vida para ella? Mientras agudizaban las charlas, Lisa criaba a su primer bebé y Alma salía bastante porque, si de probabilidades se trataba, cuanta más gente conociera, mejor. Sus charlas parecían un confesionario. Por momentos, Alma quería la vida de Lisa, y Lisa la de Alma… Como fuera, se ayudaban una a la otra. Habían aprendido a escuchar. A contener y acompañar. Cada una sabía cómo estaba la otra por la mirada y el tono de voz.

Ese mediodía, Alma se despidió apresurada de Lisa antes de salir rumbo a Chicago. Su amiga la miró como queriendo decirle algo más sobre Lucciano. Alma le hizo una seña con la mano en la oreja. La llamaría luego. Siguió la caminata con el nuevo fotógrafo por los pasillos. Bajaron dos pisos por escalera hasta la calle.

El automóvil del Boston Times los esperaba con las balizas encendidas. En la esquina, antes de subir al vehículo, Alma se dio cuenta de que había olvidado su libreta de apuntes. Allí estaban todos los datos para el reportaje con Kapoor. Lucciano se ofreció para volver a rescatarlos. Ella se autorreprochó que sus nervios la dejaran tan expuesta.

El fotógrafo le abrió la puerta del auto y depositó su cámara Nikon en el asiento trasero junto a ella. Dejó el bolso y las maletas en la cajuela, cerró ambas puertas y desapareció. Alma lo vio correr de nuevo hacia la redacción. La halagaba ese gesto. Pero más que eso, la despertó ese movimiento de cazador. Trató de chequear si se veía linda. Buscó instintivamente el espejo entre sus maquillajes. Dos arrugas finas nacían

de la comisura de cada ojo y unas ojeras violáceas asomaban desobedientes. Utilizó el corrector para darle luz a la mirada. A los treinta y siete años ese paso no podía saltearse. Estiró la blusa de bambula que caía sobre el jean oxford. Se recostó en el asiento, cruzó las piernas y el pantalón dejó ver sus zuecos bordados. Una bandolera completaba su estilo *hippie chic*. Tomó su teléfono para verificar datos de la nota.

No podía concentrarse. De repente había olvidado la entrevista exclusiva y se sentía más mujer bajo la mirada de Lucciano. No había motivo para que se le erizara la piel. ¿Hasta dónde llegaba su imaginación? A pesar de que se habían presentado hacía minutos, sintió que lo conocía desde hacía mucho tiempo. Que sus cuerpos encajaban sin tocarse. Mientras pensaba, el fotógrafo reapareció en su ventanilla. La sacó de su burbuja de preguntas de diván. Le entregó su libreta de apuntes con una sonrisa franca.

—Gracias —murmuró Alma, mientras sentía que las mejillas mutaban en brasas.

Él la miró con deseo y se sentó junto al chofer.

—¡Podemos irnos! —instruyó con seguridad. Desde el asiento trasero, Alma espió su perfil. Le inquietaba ese pliegue en la mitad del tabique de la nariz. Apretó los labios justo cuando él giró, como si Lucciano hubiera percibido que Alma lo observaba. Quedó envuelta en su olor de hombre. Su cabeza voló.

A mitad de camino hacia el aeropuerto, se percibía intranquila. Y todavía faltaba compartir más de medio día y toda una noche en Chicago. Si a eso le agregaba la hora que pasarían a bordo del avión, tendría que concentrarse para no estallar de nervios. Se sentía una adolescente a pesar de enarbolar la bandera de la mujer madura e independiente. Recordó todas sus charlas con Lisa. Cuando su amiga le repetía que tal vez tenía miedo de enamorarse.

Lucciano bajó las gafas espejadas azules que sostenía sobre su pelo negrísimo. Apoyó su antebrazo desnudo y lampiño en la ventanilla. Sin moverse, exudaba sensualidad. Alma pensó en mandar un mensaje a Lisa para comentarle de sus nervios. Los rayos de sol que entraban en picada al río Charles volvieron a distraerla. Su fantasía viajaba como globo aerostático.

Bajó la ventanilla. Sacó la cabeza para sentir el aire. Trató de aplicar las técnicas de relajación que aprendía en yoga. Inhaló y exhaló. Aprovechó para mirarse otra vez en el espejo. Su palidez resaltaba las ojeras. Justo en el momento en que soltó su cabello sujetado con una banda elástica, Lucciano se dio vuelta. La miró y estiró su brazo fuerte y desnudo para tomar la cámara Nikon que había quedado en el asiento trasero junto a sus piernas cruzadas. Alma se perturbó cuando los nudillos de Lucciano rozaron sus rodillas. Se acomodó las ondas del pelo. Intentó aparentar tranquilidad que mutó a fuego cuando Lucciano se demoró un par de segundos en sus ojos verdes y en su silueta reclinada en el asiento. Ese chico parecía que la tocaba sin tocarla. Calculó, además, que no alcanzaría los treinta años.

–Llegamos –indicó el conductor. Su aviso no rompió el campo magnético, como si hubiera hablado en voz baja para no quebrar el momento.

Lucciano se adelantó para encargarse del equipaje de

80

Alma mientras ella volvía a revisar la información del vuelo en su teléfono y se dejaba ayudar, feliz e impactada.

—Llegamos en horario —comentó él y demostró que estaba al tanto de la agenda.

Lucciano tenía actitud. No parecía la clase de fotógrafo que preguntaba en cada nota qué hay que hacer o delegaba la logística en manos de la cronista. Actuaba con ella como una verdadera pareja. De trabajo. Alma se permitió cierto sentido del humor. Lucciano se lo despertaba. Tenía todos los datos en la cabeza, a la vez que caminaba muy relajado con las dos maletas hacia la entrada del aeropuerto. Cualquiera podría haberlos confundido con una pareja a punto de comenzar una escapada romántica.

Después de realizar el *check in*, advirtieron que les quedaban unos minutos previos al embarque. Él eligió una mesa y la invitó con un café. La pantalla del teléfono de Alma se iluminó.

**LISA**

*Alma, amiga,*
*sabes con quién estás, ¿no?*

**ALMA**

*Sí, con Lucciano Vitto.*
*¿Pasa algo?*

**LISA**

*Alma, no es Lucciano Vitto.*
*Es Lucciano Conti,*
*el hijo de Carlo Conti.*

**ALMA**

*¡Amiga! ¿De qué hablas?*
*No puede ser…*

**LISA**

*Se puso el apellido de la madre cuando entró al Times,*
*para que no lo asociaran siempre con el padre.*

**ALMA**

*¡No!*

**LISA**

*¡Sí! Lucciano es su protegido.*
*El heredero del Grupo Times.*

**ALMA**

*¿Entonces qué hace yendo conmigo a una entrevista?*

**LISA**

*Carlo Conti quiso que conociera todas las secciones de la empresa.*
*Me contó Robert que, el año pasado, Lucciano pasó por Internacionales.*
*Y luego trabajó en Ciudad, antes de llegar a Cultura.*

**ALMA**

*¡No lo puedo creer!*

**LISA**

*Créelo. Y cuídate.*

*No hables por demás.*

**ALMA**
*¿Cuántos años tiene Lucciano?*

**LISA**
*Amiga...*
*¿Por qué quieres saber la edad?*
*Te estoy diciendo que te cuides…*

**ALMA**
*Averíguame, por favor.*

**LISA**
*Alma, vi cómo te miraba Lucciano.*
*Te conozco, ¡no te vayas a enamorar!*

Cuando terminó de leer los mensajes de Lisa, Alma cayó en la cuenta de que Lucciano era muy parecido a su padre, a Carlo Conti, el editor general del Boston Times. ¡Qué tonta! ¿¡Cómo no lo había advertido!? Ahora no podía despegar la vista del chat. Releía la conversación con Lisa.

Lucciano la notó distraída. Le preguntó si estaba todo bien. Ella apartó el teléfono. Lo silenció y lo puso boca abajo sobre la mesa. Lucciano insistió en preguntarle cuántos sobres de azúcar prefería. Alma contestó que dos y él, amable y seductor, le ofreció cortar el café con *half & half*, mitad crema y mitad leche.

Lucciano se levantó y volvió a los quince segundos con el *half*

*& half.* Revolvieron sus cafés y, mientras miraban las noticias en los televisores del aeropuerto, le contó sus rutinas de running y gimnasio. A los pocos minutos escucharon por los micrófonos que su vuelo se había adelantado. Llamaban a embarcar. Dejaron los cafés y volaron. Cada cual arrastraba su maleta de mano para llegar más rápido. Con la lengua afuera, entraron juntos a la manga. Él iba adelante y en la puerta de la nave mostró a la azafata los dos tickets con el número de asiento. La comisaria de a bordo los guio por el segundo pasillo.

Cuando llegaron a sus butacas, Alma pasó por el espacio estrechísimo entre fila y fila. Su cuerpo rozó el de Lucciano. Desvió la mirada hacia la ventanilla para que él no notara su rubor. El fotógrafo estiró su torso para acomodar ambas maletas y su equipo. Alma no pudo evitar posar sus ojos en esos abdominales de fuego. Se adivinaban trabajados bajo la camiseta pegada al cuerpo. Lisa tenía razón: Lucciano podía tentarla. Se rio como una niña que esconde una travesura y revisó el teléfono por si su amiga le había averiguado la edad.

Ningún mensaje. Alma se abrochó el cinturón y él le hizo una señal para que apagara el teléfono. El avión carreteaba y las azafatas daban las indicaciones de seguridad. Quedaron envueltos en ese sonido ensordecedor. La adrenalina que se sumaba en el despegue, llenó a Alma de deseo y de debilidad. Había leído muchas notas que aseguraban que esos primeros diez minutos eran mucho más peligrosos que los últimos del aterrizaje.

Esa carrera contra la gravedad, la inundaba de vértigo. Suspendida en el aire, el estómago contra la columna, sentada junto a un desconocido. Peor. Junto a Lucciano Conti. El hijo de

Carlo Conti. El heredero del Grupo Times. No era lo mismo ir a una nota con el hijo del jefe, y no cualquier jefe, que con cualquier compañero de trabajo. Sintió un aleteo en el estómago. Atravesaron una nube de turbulencia. Pero Alma ya no distinguía la propia de la que pudiera traspasar el avión. El apoyabrazos que compartían delineaba el espacio que podía, o no, invadirse. Lucciano olía a recién bañado. La presurización de la cabina meció a Alma en un estado de paréntesis. Eso sucedía en los aviones. Una mezcla de euforia y levedad. De impunidad para dar rienda suelta a los pensamientos o fantasías. Después de todo, era obvio, estaban en el aire. Decidió quedarse callada. Reprimió un mar de nervios y ansiedad.

A los veinte minutos se apagaron las luces que indicaban mantener los cinturones abrochados. La azafata pasó con el carro del *free shop*. Detrás venía otro carro que invitaba bebidas. Lucciano le abrió la bandeja del asiento delantero y le pasó la lata de refresco light. Seguía súper amable con ella.

Para distraerse, Alma tomó la revista del *Duty Free*. Él cruzó el brazo y detuvo su mano en la página de Montblanc. Como su padre, Lucciano amaba esos bolígrafos de alta gama. Alma sonrió. Dejó que se explayara sobre los que más le gustaban. Mientras hablaba, estudiaba sus gestos, sus ojos negros, su nariz recta. Ese lunar que la distraía. Su boca perfecta.

Cuando Lucciano hizo una pausa, Alma cerró la revista y reclinó su asiento con la idea de descansar. Él tomó uno de los periódicos de a bordo. Sobre la bandeja, comenzó a leer y subrayarlo con su bolígrafo. Alma se hacía la dormida, pero lo espiaba. Sus brazos fuertes se movían por el texto. Lucciano resaltaba las frases que le parecían interesantes. A diferencia de su padre, que corregía las notas en tinta roja, Lucciano prefería la tinta azul.

Cuando el asistente de Anish Kapoor preguntó qué querían tomar, por el origen indio del artista, Alma supuso que iba a pedir un té. Sin embargo, el escultor la sorprendió cuando eligió un café bien negro y fue ella quien se quedó con un Earl Grey. Lucciano solo aceptó un vaso de agua helada y observó la hora de charla, mientras tomaba un par de retratos de la entrevista.

Cuando terminó la grabación, fue su turno con Kapoor. Le hizo algunos planos americanos para la portada y otras tomas apaisadas como para abrir a doble página el reportaje que se publicaría el próximo domingo en la tapa del suplemento de Cultura. Kapoor llevaba un pantalón de vestir negro igual que su camiseta. Bajo la lente de Lucciano, la piel morena del escultor contrastaba con su melena canosa. Alma había quedado fascinada con sus conceptos. Durante la entrevista, anotó las ideas más llamativas en su libreta, y ahora las repasaba mientras miraba la sesión de fotos. Cuando volvieran al hotel, le mandaría esos tópicos al director del suplemento, para que estuviera al tanto del trabajo y para que pudiera armar un listado con las notas previstas para el próximo domingo.

Alma destacó con marcador flúo las frases de Kapoor más interesantes y que podían funcionar como posibles títulos o destacados para el reportaje.

"Actuamos lo que somos, pero no sabemos qué somos".

"Uno crea en los momentos de calma o de distracción. En la bañera puede nacer la poesía".

"Un día puedes ser un héroe y al siguiente, una víctima, un niño o una mujer. La sensibilidad para detectar el cambio y atravesarlo, es la capacidad de explorar y de asombrarse".

"Lo más importante de una obra es que su misterio perdure en el tiempo. Pocos artistas lo lograron. El poeta Rimbaud es uno de ellos".

Kapoor remataba cada respuesta, no importara la seriedad que tuviera el tema, con una sonrisa. En esa serenidad que se confundía con placidez y alegría constante viajaba su ADN indio, aunque él enfatizara que la obra no estaba ligada al origen: "Trasciende. En cualquier parte del mundo".

Alma se sorprendió. Había algo de cierto en esa afirmación, que le resultaba muy atractiva y alejada del cliché. El planteo de Kapoor fascinaba y perturbaba. Porque todos tenemos un punto de partida. Un punto situado en el mapa de nuestras vidas. Y muchas de sus obras podían admitir esa lectura. Pero él elegía que no. Pensó en escribirlo en la nota. Pensó en contar cómo sus creaciones interpelan a quien las observa e interactúa. Todas mueven hacia la reflexión sobre quiénes somos: la identidad y la memoria. Como aquella obra que expuso en Francia, un par de años atrás. Un cañón disparaba cera roja contra un mural blanco. Simulaba "la exclamación de la sangre", explicaba Kapoor. Y, a pocas calles de allí, en *The Cloude Gate*, su monumental nube de acero inoxidable pulido refleja y distorsiona cuerpo y rostro de quien se mire.

Alma y Lucciano se despidieron del artista. Quedaron en verse más tarde, para el cóctel que se celebraba en su nombre. Mientras tanto, tenían un rato para caminar por avenida Michigan. En uno de los últimos días de primavera, se dirigieron hacia el Millennium Park para experimentar la obra de Kapoor. Se olvidaron de que eran periodistas. Se permitieron jugar con sus rostros reflejados estirados al máximo o ensanchados en forma desproporcionada en esa haba de mercurio. Como todos los turistas, rieron y tomaron fotos con el celular.

Alma se alejó unos pasos de Lucciano. ¿Cuál de todas esas siluetas, la suya, la propia, era ella? ¿Quién era hoy? ¿Sería la suma de cada uno de quienes la observaban? ¿La integral de esas almas infinitas?

—¡Alma! —la sacó de sus pensamientos al gritar su nombre.

Lucciano, de nuevo pegado a ella, se arrimó un poco más con la cámara y la sorprendió.

—¿Quieres ver? Te tomé algunas fotos mientras jugabas.

Ella rodeó con sus manos el visor de la Nikon para oscurecer el display y examinar mejor las imágenes. Se veía retratada por la lente de Lucciano. No supo bien qué hacer. No sabía si se gustaba en esa imagen. Lucciano le pidió el número de teléfono para enviárselas. Sus ojos lucían más rasgados aún, quizá por el sol tan alto. Parecía querer decir algo más. Para Alma era una inquietud constante su forma de mirarla. Se volvió a acomodar la camisa de bambula porque se sintió expuesta. Recordó las palabras de Lisa. Tomó aire y se posicionó en su lugar de jefa. Le comentó a Lucciano que siguieran con el recorrido y que tomara las fotos de las esculturas más emblemáticas del Millenium Park.

Caminaban bajo el rayo de sol y empezaban a sentirse exhaustos cuando llegaron a la fuente Crown. Sus dos torres de ladrillo de vidrio brillaban, en una magia permanente, cubiertas por una película de agua. La vertiente caía en forma constante desde el tope hacia la base. Miles y miles de rostros de la gente de la ciudad se proyectan en un mosaico de miniaturas sobre su fachada de luces LED. De pronto, esas imágenes se convierten en una sola, enorme. Aparece proyectada una boca de mujer que expulsa un chorro de agua hacia la gente y los turistas. Su creador, el artista Jaume Plensa, lo pensó como una obra interactiva. Para movilizar y reflexionar sobre la identidad. Como la de Kapoor.

Alma se deleitó con los chicos que corrían hacia el agua, bajo ese chorro que expulsaban los labios rojos. Le pidió a Lucciano que capturara alguna de esas imágenes. Lucciano levantó su brazo y apuntó con el zoom de la cámara. Se acercó para mostrarle las fotos en el visor, llenas de risa y poesía. Después, se alejó en dirección a un puesto de flores de papel que se movían con el viento. Observó cómo su compañero le dejaba el bolso con el equipo de fotografía a la mujer de las flores. No entendió qué sucedía.

Alma lo miró extrañada mientras avanzaba de nuevo hacia ella con las manos extendidas y abiertas. Una gran sonrisa mostraba sus dientes más blancos.

Lucciano la tomó del brazo como invitándola a la torre de los mil rostros y al agua, mientras él corría en esa dirección. Alma se resistía con sus dos brazos extendidos haciendo fuerza en dirección contraria. Lucciano la arrastraba hacia la fuente

Crown y ella oponía resistencia. Pero no dejaba de sonreír. Él redobló la fuerza de sus músculos hasta que ella se dejó llevar. Le sacó el bolso del hombro y se lo dio a un turista que les tomaba fotos divertido, sin saber qué ocurría con ellos.

—No, no, no, Lucciano, por favor —rogaba en medio de risas.

—Alma, ¿dónde está tu espíritu de niña? —la provocó a la vez que seguía jalando de su brazo hasta la fuente.

Casi llegaban bajo el agua. Alma se puso seria y de repente quedó empapada por el chorro fresco y las gotas que salpicaban a su alrededor como miles de arcoíris. No pudo más que soltar una carcajada. Los dos totalmente mojados. La camisa de ella, de bambula, se pegó a sus pechos pequeños y dejaba traslucir su sostén rosado. Su cabellera larga y morena, empapada, chorreaba sobre su torso.

Bajo la cascada, los dos se reían a diez centímetros. Ella miró hacia el cielo. Movía la cabeza. Quería negar la situación, pero se sentía feliz. Lucciano le apuntaba con las manos para tirarle más agua en el rostro.

—¡No puedes ser tan niño! —se burló Alma.

—Me gusta jugar contigo, Alma. ¿Puedo?

Ella se quedó muda y le apuntó con sus ojos. Él le sostuvo la mirada en tres segundos de peligro y le regaló una sonrisa enorme.

—Tengo hambre —la sorprendió.

Alma volvió a enmudecer. ¿Qué le quería decir? ¿Qué quería que hiciera?

Lucciano organizó los pasos siguientes. Parecía muy cómodo en ese rol.

—Volvemos al hotel, nos cambiamos y salimos por nuestro almuerzo. ¿De acuerdo, Alma?

Ella no pudo evitar seguir riendo y controló la hora de la próxima entrevista. A las cuatro y media tenían cita en el Instituto de Arte Contemporáneo.

—¡Vamos, Alma! —insistió él.

¿Qué iba a hacer? ¿Retarlo? ¿Besarlo? ¿¡Y encima le daba órdenes!? Siguió moviendo la cabeza. Se acercaron a la señora de las flores que les sonrió y les alcanzó unos trapos para que se secaran el rostro y las manos. Lucciano tomó su equipo y Alma su bolso del turista que se lo cuidaba. Regresaron juntos al hotel. Se reían. La gente los advertía totalmente empapados, pero ellos caminaban divertidos y ajenos.

Cuando el conserje los vio entrar mojados y descalzos, hizo una mueca.

—Nos damos una ducha y bajamos a almorzar, Alma —dijo Lucciano en voz alta para que el empleado lo escuchara.

Entraron al ascensor. Ella pedía que los segundos pasaran rápido. Se miraron bañados en agua en el espejo. Lucciano le llevaba una cabeza. Alma se estremeció con su gesto viril. Pensó que formaban una linda pareja.

—Vamos, Alma, tengo hambre. Cuando estoy listo te golpeo la puerta.

Alma entró a la habitación. Empezó a desvestirse mientras abría el grifo. La ropa mojada cayó al suelo. Se miró desnuda de cuerpo entero en el espejo. Las marcas del traje de baño le daban un toque salvaje. Podía y no podía reconocer su piel blanca erizada. Se sentía distinta. Entró a la bañera. Mientras el agua y el jabón corrían por su rostro, su cabello, sus senos, sus muslos y la entrepierna, exhaló. Pensaba en ella y también en Lucciano. Lo imaginaba dándose una ducha a metros, pared de por medio. Se sentía una adolescente. Admitió su total contradicción. Le echó la culpa a él. Pensó en mandarle un mensaje a Lisa para que le ordenara la cabeza. Todavía les quedaban varias horas juntos. Tenían que salir a comer y estar a las cuatro y media en el Instituto de Arte. El recorrido más la entrevista con la directora les llevaría un par de horas más. Estarían libres alrededor de las siete para asistir al cóctel en honor a Kapoor. Al día siguiente, bien temprano, los pasarían a buscar para tomar el vuelo de las ocho de la mañana de regreso a Boston. Cuando salió del baño, fue a tomar su teléfono para escribirle a su amiga, pero sintió que Lucciano le tocaba la puerta. Estaba completamente desnuda. No podía ser.

—Almaaaa. ¡Vamos!

Ese chico se tomaba una confianza que la asombraba y le encantaba. Sin embargo, puso las cosas en su lugar.

—En cinco minutos nos vemos en el hall principal —dijo con su voz más seria.

Pensó qué se pondría. No había llevado mucha ropa. Solo lo que entraba en la maleta de mano. Optó por un vestido azul sin mangas que dejaba al descubierto sus hombros y tenía un escote generoso, pero no dramático. Tomó un chal de hilo violeta para cubrirse del aire acondicionado en el Instituto de Arte y en la recepción de Kapoor.

En el Instituto de Arte Contemporáneo había una muestra dedicada a la modernista brasileña Tarsila Do Amaral. Relucía *Abaporu*, su pintura emblemática y una de las obras maestras del arte latinoamericano del siglo XX. El cuadro había sido cedido por el Museo de Arte Latinoamericano de Buenos Aires.

—Su nombre, en lengua tupí-guaraní, significa "hombre que come". Representa cómo se pueden "devorar" las influencias europeas de principios del siglo XX para "digerirlas" y transformarlas en algo nuevo, una vanguardia que refleja la historia indígena de Brasil —comentaba el guía. Mientras asistían a esta explicación, Alma tomaba notas—. La forma de representar a los personajes, en este cuadro, está tomada del indigenismo. En cambio, de la tendencia europea, incluye elementos vegetales y la línea curva del modernismo en boga en aquella época, el art nouveau, pero también las formas geométricas del cubismo.

Escuchaba atenta y la explicación llevó a preguntarse, otra vez, por el significado de la identidad. Esta obra como todas las que habían visto y experimentado en la extensa jornada, hablaban de la búsqueda que pueden trazar diferentes personas para acercarse a su propia raíz. A veces puede llevar toda la vida. A veces una tarde.

Algo le resonaba por dentro. Como una caja musical que se abre y emite su tesoro. Su melodía. Esas poses de los turistas y ella misma, distorsionada bajo *The Bean*; o los miles de rostros de transeúntes replicadas en la fuente Crown; más el mix de influencias en la obra de Do Amaral, la hacían pensar quién era ella en verdad.

Más tarde, caminaron hacia el salón donde se ofrecía el cóctel. Cumplieron con los saludos de rigor y Alma intercambió tarjetas y contactos para futuras notas. Cuando salieron, Lucciano le propuso ir a tomar algo junto al río Chicago. Él organizaba y ella se dejaba llevar.

El anochecer diluía la paleta de colores. El verde intenso del agua parecía un océano que circulaba en medio de los edificios futuristas creados, por los mejores arquitectos del mundo, tras el incendio que hizo desaparecer Chicago en 1871 y resurgir de las cenizas. Otra transformación que también hablaba de los caminos de la identidad.

Las escalinatas que bajaban hacia el río hervían de gente. La noche en avenida Michigan, a la altura de Magnificent Mile, parecía trazada a medida. Como la luna, que triplicaba su tamaño cerca del horizonte. En ese círculo de enigmas y tesoros, Alma cayó en la cuenta de que no tenía idea del estado civil de Lucciano. Y él tampoco se lo había preguntado a ella. Lucciano no llevaba alianza, pero averiguar, clasificar, era lo que ella odiaba que le hicieran. Al final del día y con la luna desparramada para ellos, él acababa de invitarla un vino y se llenó de más dudas.

Se concentró en los *water taxi* y las embarcaciones que encendían y apagaban sus luces para saludar a la gente que observaba el agua desde el puente DuSable, de 1920, uno de los más bellos y emblemáticos de la Ciudad del Viento. Alrededor del área comercial de Magnificent Mile, las tiendas estaban repletas de turistas que compraban, tomaban fotos y paseaban.

Lucciano ni se detuvo a escuchar su respuesta. Enfiló hacia las escaleras en un extremo del puente DuSable. Esos peldaños que bajaban al río marcaban el rumbo directo hacia una hilera de *wine bars*. Sin permiso, Lucciano la tomó de la mano mientras descendían hacia el río Chicago. Como si Alma siempre hubiera sido suya. Como si estuvieran acostumbrados a viajar por el mundo. Como si fueran una pareja perfecta. El suave oleaje los mecía en un murmullo cómplice y agradable. Lucciano la llevaba de la mano y se sentaron en las gradas que descendían hacia las aguas donde las luces de las tiendas y la avenida se atenuaban. Gente de todas partes del mundo disfrutaba allí de sus tragos y tomaba el aire nocturno del río que se agitaba en un mareo seductor ante el paso de las embarcaciones.

—¿Y si probamos uno de esos cabernet? —preguntó Lucciano muy seguro de sí mismo mientras miraba hacia una de las barras. Sin esperar a que Alma respondiera, la dejó sola un momento y regresó con dos copas de Rutini.

De repente compartían un vino exquisito, a pasos del río. Sentados en la penumbra, pegados uno al otro.

—¿Brindamos? —propuso Lucciano con la copa en alto mientras miraba fijo a Alma. Ella reprimió una sonrisa de nervios y de placer. Su mente evocó a Lisa como un semáforo en rojo. Imaginó por un segundo la vida de ese hombre. No le daba más de treinta. Lucciano atravesaba esa etapa donde uno sale a comerse el mundo. En cambio, ella se acercaba a los cuarenta. ¿La edad de la madurez? Era obvio que pertenecían a planetas diferentes, por más guapo y seductor que le pareciera. Sin olvidar el detalle del apellido. Aunque él no hablara de eso y tuviera actitudes de muchacho de barrio que le atraían aún más. Trató de tranquilizarse. Habían terminado las notas, todo había salido muy bien. Contaban con muy buen material periodístico y mañana, de regreso en Boston, todo volvería a la normalidad. Se encontraría con Lisa, charlarían de su paseo por Chicago como una anécdota más, y Alma se olvidaría de Lucciano y sus abdominales de fuego para siempre. Se hizo un silencio y él elogió su vestido azul de tirantes.

—Alma, ese vestido te resalta más los ojos. Me encanta cómo te queda.

Ella sintió que se ruborizaba y volvió a dudar de todo lo que acababa de razonar. Llevaban largo rato viendo pasar las naves por el río. Alma no supo si era por el vino que ya estaba terminando o por el efecto sedante del sonido del agua, que se sentía feliz y liviana. Lucciano debió haber sentido algo parecido cuando propuso una segunda copa.

—A esta noche única, solo le hace falta otro cabernet —agregó.

—Me parece que tendríamos que ir a dormir…

Lucciano la miró y acomodó un mechón de pelo de Alma que había quedado atrapado en el brillo labial de frambuesa. La mano rozó la boca cuando retiró el cabello de sus labios. Alma bajó la vista para ocultar lo que sus vísceras gritaban.

—Hace calor y la luna asomó para nosotros. No puedes rechazar mi invitación, Alma —terminó de definir él con una gran sonrisa—. Me encanta cuando te ruborizas. Te vuelve más irresistible, ¿lo sabías? —completó y fue por las copas.

Había una irreverencia en ese chico que la incitaba.

Jamás en doce años en el Boston Times, le había tocado hacer una nota con alguien que le provocara ese revuelo. Se olvidó de que era una periodista y de que había viajado a Chicago con un fotógrafo para cubrir un evento. De repente, no supo si

estaba dormida o despierta. Él regresó con la segunda copa y se acercó un poco más para dársela.

—Bueno… ¿y entonces? —Lucciano estacionó su boca onerosa a un milímetro de la de ella. La brisa del río trajo su perfume de hojas frescas de albahaca y menta. Alma recibió el cristal y lo miró. Esta vez le sostuvo ese puente que le tendían sus ojos—. Te ves radiante con el reflejo de las olas, Alma —susurró Lucciano con el cuerpo relajado. Bebió un sorbo y se aproximó otro milímetro.

Alma recordó la voz de Lisa como en un altoparlante. Lo tenía prácticamente pegado.

De pronto pareció que alguien hubiera encendido todas las luces de la costa y enormes reflectores se posaron sobre ellos. Alma lo pensó. Si seguía el juego, todo entraría en una dimensión difícil de manejar. Bebió el vino hasta limpiar la copa de un solo trago y un poco zigzagueando e impostando cierta actitud entre divertida y superada, se puso de pie. Lucciano se levantó tras ella y pasó el brazo por sus hombros mientras Alma accedía al abrazo y lo tomaba por la cintura.

—Tengo que llevarte así, porque estás un poco ebria, Alma. Nadie se va a enterar y quiero que llegues bien a tu habitación —seguía divertido él y ahora también la abrazaba por la cintura.

Caminaron pegados hacia la escalera que los alzaría desde el río hacia la avenida Michigan y sus luces. Alma pensó que necesitaba llegar cuanto antes a encerrarse en su habitación o todo se le iría de las manos con el hijo de Carlo Conti.

Lucciano le hizo cosquillas al tomarla por la cintura. Se rieron mientras subían la escalera y reforzaban el abrazo para no caer por su falta de equilibrio. No estaban ebrios. Pero esas notas del Rutini habían destrabado aquello que el apellido Conti cercaba.

Avanzaron esas calles como novios sin haberse besado. Cuando llegaron al hotel se despidieron en la puerta de sus habitaciones. Fue un segundo raro. Le siguió un instante de duda y otro de silencio. Alma entró rápido a la suya. Se dejó caer con la espalda apoyada en la puerta. Se mordió el labio inferior. Moría por pasar al otro lado de la pared. Se quitó el vestido lentamente y se desmaquilló frente al espejo. Tenía otro rostro. Cara de arrebato y de felicidad. Se puso una camiseta nude de tirantes finos que le cubrían apenas sus bragas de encaje azul. Su cabeza volaba como un cometa en una noche estrellada. La misma que había disfrutado hasta recién con Lucciano.

Recostada en la cama, pensó en mandarle un mensaje a Lisa. Miró la hora. Era tarde. Y, además, ¿qué iba a contarle? ¿Que casi se besa con el hijo de Carlo Conti? Tomó el teléfono para leer las últimas noticias del Boston Times y pensar en otra cosa que no fuera la boca de Lucciano junto a la suya. Buscó en internet un poema de Rimbaud, el poeta favorito de Kapoor. Eligió *Primera velada*, y leyó:

*—Ella estaba muy desnuda*
*Y los árboles indiscretos*
*Echaban su follaje a los cristales*
*Astutamente, muy cerca, muy cerca.*
*Sentada sobre mi sillón,*
*Semidesnuda, juntaba las manos.*
*En el piso temblando de contento*

*Sus pequeños pies tan, tan finos.*
*—Yo, miraba, color de cera*
*Un rayo de luz montaraz*
*Que mariposeaba en su sonrisa,*
*Sobre sus pechos —mosca en el rosal.*
*—Besé sus finos tobillos.*
*Ella saltó una dulce carcajada brutal*
*Que se desgranó en claros trinos,*
*Graciosa risa de cristal.*
*Los pequeños pies bajo la camisa*
*huyeron:"¡Quieres terminar!"*
*—¡Su la risa fingía castigar*
*La primera audacia permitida!*
*—Pobrecillos palpitantes bajo mis labios,*
*besé dulcemente sus ojos:*
*—Ella lanzó su cabeza afectada*
*hacia atrás: "¡Oh! ¡esto es aún mejor!...*
*Señor, tengo que decirte dos palabras..."*
*—Yo le arrojé el resto al seno*
*con un beso, que la hizo reír*
*en una buena risa que quería bien...*
*—Ella estaba muy desnuda*
*Y los árboles indiscretos*
*Echaban su follaje a los cristales*
*Astutamente, muy cerca, muy cerca.*

Dejó el teléfono sobre la mesa de noche y apagó la lámpara.
Las sábanas la rodearon agradables. Había pasado un largo día.

Tenía sueño. Serían las copas de vino. Sería el sabor de la boca de Lucciano que se quedó sin conocer.

Estaba a punto de quedarse dormida cuando de pronto la despertó el sonido de su celular. Se había olvidado de silenciarlo.

### LUCCIANO

*¿Estás?*

Si contestaba, no podría hacerse la tonta. Imaginó sus abdominales y sus bíceps tallados. Pensó que era una pena que cada uno pasara la noche solo en Chicago. Pensó en su lunar sobre el pómulo izquierdo. Pensó en Carlo Conti paseándose con el mentón erguido y pecho hacia adelante por el pasillo central de la redacción. Pensó en la edad incierta del fotógrafo como en su incierto estado civil. Pensó tanto que jamás respondió.

Cuando amaneció, se lavó el rostro y los dientes. Tomó el teléfono y le mandó una carita de guiño a Lucciano. En diez minutos se verían abajo para el desayuno. Lo consideró una respuesta amable y formal para su "*¿Estás?*" de madrugada que había quedado sin responder... Quizá Lucciano necesitaba un analgésico y ella lo había ignorado. Ese hombre empezaba a alterarla.

En el desayuno, se saludaron con el pelo todavía mojado y rostro de dormidos. Él le sirvió un Earl Grey con dos sobres de azúcar. Ella acercó unos muffins. Lucciano tomó un café con leche. Tenía buen humor en la mañana. Alma vestía una camiseta naranja y unos jeans con sus zuecos adorados. Lucciano, una camiseta gris melange que le marcaba el torso sobre sus jeans con calzado deportivo negro.

Más rápido de lo que hubiera deseado, el conserje se acercó para avisar que los esperaba el auto que los llevaría al aeropuerto. Apuraron las bebidas y vibró el teléfono de Alma.

**LISA**

*¡Veintinueve!*

*¡Tiene veintinueve años, Alma! Dicen que está de novio.*

*Y que asesora a su padre para salvar al Boston Times de la crisis del papel.*

**ALMA**

*No te creo, amiga…*

**LISA**

*¡Si, Alma! Me lo contó Robert.*

*Y no solo eso…*

**ALMA**

*¿Hay más?*

**LISA**

*Amiga, Lucciano y Carlo Conti estudian aliarse con capitales turcos y azeríes.*

*Buscan publicidad y esponsoreo que sostenga al Grupo Times.*

Alma no lo podía creer. Dejó el chat.

**LISA**

*¿Estás ahí, amiga?*

**ALMA**
*Estoy*

**LISA**
*Cuídate, por favor.*

Alma releía atónita el teléfono y miraba a través de una nebulosa a Lucciano. Trataba de entender algo más. Pero cuando lo intentaba, volvían a ella esos ojos negros. El beso que nunca había llegado a orillas del río Chicago; la caminata, abrazados, hasta el hotel; las notas del cabernet en el paladar; su "¿Estás?" de madrugada y ese lunar sobre el pómulo izquierdo imposible de olvidar.

# LA BODA

Había llegado temprano al civil. Pero se reprochaba que debería haberse ido antes. Todas las bodas funcionaban igual. Un cliché que le hacía pésimo. Esa noche, después de pronunciar el clásico y edulcorado "Sí, quiero", Lucciano y Melanie se besaron en medio del parque arreglado con flores. Alma terminó con el delineador corrido. ¿Por qué se emocionaba si no creía en las bodas? Y si no creía, ¿para qué iba?

Con treinta y ocho años, ¿confiaba o no confiaba en el amor para toda la vida? ¿En el casamiento? "Amarse y cuidarse en la salud y en la enfermedad. Hasta que la muerte los separe". De pequeña le encantaba oír ese enunciado. Y de grande lo cuestionaba.

Entretanto, en el parque de la antigua mansión, Lucciano

y Melanie posaban con la libreta de matrimonio en mano ante una maraña de flashes, cámaras y celulares. Más de trescientos invitados. Entre los que asistían, todo el personal del Grupo Times, incluidos socios gerentes, directivos de comercial y circulación, comenzaban a buscar sus ubicaciones en las mesas con manteles blancos de lino y azucenas.

Sonó la canción de amor de la película *El padrino* y se abrieron los cortinados de terciopelo negro. Con sonrisa blanca de publicidad, traje oscuro satinado, camisa borgoña y corbata negra de seda, Lucciano Conti dio un paso hacia adelante en la pista. El pelo negrísimo recién mojado y peinado hacia atrás resaltaba su perfil encerado y sus ojos azabaches. Lucciano repetía esa maniobra en la redacción cada vez que salía del baño. El pelo mojado hacia atrás. La frente alta. Alma lo miraba. Le parecía atractivo y animal. La piel morena entre aceituna y café.

Uno de los invitados le lanzó unos lentes oscuros. Lucciano los atrapó en el aire. Se puso las gafas. Sonrió. Todos vitorearon "¡Al Pacino!". La canción de Nino Rota, convertida en leyenda en la obra de Scorsese, la transportó en sus emociones contradictorias y reforzó sus planteos incómodos. ¿Culpa de los novios? ¿O del DJ?

Lucciano pasó el brazo por el talle princesa de Melanie. La atrajo hacia él y descubrió el velo de encaje marfil que ocultaba su tez pálida. Volvió a besar los labios rosados de la novia. El escote cuadrado, que dejaba ver la curva de sus pechos, se pegó al torso de él. La espalda semidescubierta de Melanie cerraba en una hilera de pequeños botones forrados en seda. La larga y ondulada cabellera castaño oscuro caía de costado hacia su delgada cintura que se prolongaba en una falda bordada hasta el suelo con diminutas perlas. Hubo más aplausos y gestos de asombro mezclados con romanticismo de Hollywood.

A Lucciano no le gustaban las formalidades. Volvió a sonreír y guardó la alianza de oro en el bolsillo derecho de su pantalón, mientras Melanie exhibía orgullosa la suya.

*Acuerdos matrimoniales, aquí el primero,* pensó Alma.

Lucciano se ponía incómodo cuando sabía que era el centro de las miradas. Tapaba esos hachazos con su histrionismo. Un poco impostado. Un poco una manera de sobrevivir al sello Conti. Aunque pasara como una humorada, la elección de la música de *El padrino* y la vestimenta no parecían casualidad. Más bien una provocación. O una reivindicación del estilo familiar.

Su padre, Carlo Conti, vestía riguroso frac. Su abundante pelo canoso se reflejaba entre las luces del salón principal. Bien bronceado como era habitual en verano y en invierno, por su altura se distinguía fácilmente. Padre e hijo, sin embargo, competían amigablemente por la estatura. Se paraban uno junto al otro en la redacción y sonreían. Lucciano más que el padre. Con su metro ochenta y cinco, le sacaba dos centímetros de ventaja. Pero Carlo Conti, a diferencia de su hijo, no tenía problemas en quedar expuesto. Como si fuera una forma de equilibrar ese contrapeso, para igualar los dos centímetros que le ganaba Lucciano. Como si esa brecha marcara algo más profundo en sus cuerpos formados de gimnasio. El pecho hacia delante de Carlo, la nariz de boxeador y las manos en los bolsillos subrayaban los gestos de un hombre que, en oposición al hijo, parecía disfrutar a sus anchas el poder.

Caminó hacia la mesa principal. Le hizo una seña a Lucciano.

De inmediato su hijo condujo a Melanie hacia la mesa donde los aguardaban sus padres y sus suegros. La pareja tomó ubicación en el centro y cada par de padres se sentó por género. Carlo Conti y el padre de Melanie, junto a la novia; y la madre de Lucciano y la madre de Melanie, junto al novio. Por lo bajo comentaban que las relaciones entre Carlo Conti y Sophia Vitto, la mamá de Lucciano, se habían vuelto un poco tensas. Habían mutado desde el día que Carlo Conti había dejado el hogar familiar para formar una nueva pareja. Carlo Conti hacía su vida y Sophia Vitto la suya. En forma tácita habían acordado jamás firmar un divorcio porque entendían que la sociedad matrimonial se ubicaba muy por encima de sus sábanas añejas.

Lucciano se aflojó la corbata como si buscara recuperar aire. Alma lo observaba desde su mesa, muy cercana a la de él. Esos metros que los separaban hablaban de la distancia que había entre ellos. Del lugar que ocupaba uno y otro, aunque en el trabajo compartieran la máquina de café, algunas salidas para hacer un reportaje o cobertura periodística y alguna mirada que a Alma la descolocaba.

Lucciano acomodó la servilleta sobre sus muslos firmes. Susurró algo al oído de Melanie. Enseguida tomó el celular del bolsillo interno del abrigo y lo depositó junto al plato. "Negocios son negocios", respondió a un tío cuando le estrechó la mano y le señaló el teléfono. Lucciano hablaba por teléfono en forma permanente. Siempre ocupado en algún asunto que el padre le derivaba. Ni siquiera en su boda se apartaba de la línea.

Alma no pudo evitar preguntarse qué pensaría Melanie. Esa noche su esposo parecía más pendiente del teléfono que de ella.

*Segundo acuerdo matrimonial,* ironizó para sus adentros Alma. Quizá por hacerse ella esa pregunta y no aceptar pacíficamente las prioridades, como hacía Melanie, estaba sola. Bueno, sola no. La rodeaban once personas, pero ella y Paul Sharp eran los únicos que no estaban en pareja.

Lucciano le había pedido a la organizadora de la boda, que Paul y Alma se sentaran juntos. Así lo confió su asistente a Alma cuando la guio a la mesa donde Paul la recibió con una sonrisa. Era un hombre bajo, con rasgos irlandeses y un humor muy particular. Conocía a Lucciano desde chicos. Eran amigos del barrio y por eso Carlo Conti lo había llevado al Times. Paul no trabajaba en la redacción, sino como secretario de uno de los socios gerentes. Era callado y discreto. Pero ese aspecto tan delicado no le impedía desplegar su gran sentido del humor, cada vez que podía. Con Lucciano eran tan confidentes como compañeros. Guardaban una relación tan cercana como de hermanos.

De pronto, Paul entrecerró sus ojos azules en modo travesura, tomó su celular, bloqueó el número para que no fuera identificado y marcó el contacto de Lucciano. Todos en la mesa de Paul, medían divertidos si Lucciano atendería o no esa llamada. Conocían su adicción al teléfono y querían comprobar hasta dónde llegaría su impulsividad. El hijo de Carlo Conti dejó que el aparato sonara tres veces. Deslizó el dedo y contestó con el celular pegado al oído. Su amigo, con voz distorsionada y reprimiendo la carcajada, lo saludó y se presentó como productor de un canal de noticias local. Le avisaba que estaba por ir a tomar algo con un empresario turco que acababa de llegar a Boston. Que calculaba que el tema podía interesarle.

En la mesa todos rieron menos Alma. Vieron a Lucciano taparse el oído izquierdo con la mano izquierda para que el volumen de la música no interfiriera en la comunicación. Paul puso la llamada en altavoz. Lucciano seguía la conversación como si estuviera caminando por la calle, conduciendo su auto o en la redacción. Alma seguía rígida, como si le faltara el aire. Lucciano le aclaraba al intermediario que ese día no podría asistir porque se encontraba en su propia boda, pero que podrían agendar para verse en Estambul ya que viajaría a Turquía por su luna de miel.

Alma terminó de transformar su rostro. ¿Lucciano había elegido pasar su luna de miel en Turquía? Recordó la advertencia de Lisa, cuando a punto de subir al avión que los llevaba a Chicago, le había comentado acerca de los negocios de Carlo Conti. Un escalofrío la recorrió entera. Esa semana, en el Boston Times había comenzado una pauta publicitaria de Jet Ottoman, aerolínea mitad propiedad del Estado turco y mitad de su presidente, perpetrado en el poder. No había mucho más que deducir. Era noventa y nueve por ciento probable que Lucciano viajara por Jet Ottoman para disfrutar de su luna de miel. Permaneció en silencio. Apartó los cubiertos del plato y bajó la vista. No pudo evitar recordar a sus abuelos. El hambre, todas las atrocidades del Genocidio no reconocido. La impunidad. La búsqueda permanente de justicia. Las verdades dolorosas que ella también callaba. Se le revolvió el estómago. Su plato rebosaba con carne tierna que no probó ni pensaba probar. Su corazón se agitaba en repugnancia.

Con siete años, Karnig Parsehyan, su madre Serpuhi, su

abuela Arshaluis y su hermano Sevag habían tenido que huir de su casa en Aintab, en Turquía. Como debió hacerlo toda la población armenia, bajo amenaza de muerte. La orden la había dado el ministro turco Talaat Pashá, en 1915. A Boghos, el padre de Karnig, lo habían ejecutado las milicias otomanas. Como asesinaron a todos los hombres en edad fértil, de entre dieciocho y cuarenta y cinco años. Como detuvieron, torturaron y asesinaron en Estambul a doscientos cincuenta intelectuales armenios, el 24 de abril de 1915, que luchaban para que la minoría armenia accediera a los mismos derechos que los otomanos.

Asesinados los varones jóvenes, quedaron los niños, mujeres y ancianos a quienes deportaron al desierto de Der Zor. Les decían que los irían a reubicar. Pero solo los hacían marchar en redondo enormes distancias para que no se dieran cuenta de que llegaban a ninguna parte. En el camino, caían calcinados bajo el sol del desierto, con quemaduras expuestas y llagas por la sed. Días tras días... Violaban a las mujeres. Muchas madres, aferradas a sus bebés, se arrojaban a las grietas que se abrían en ese suelo. Elegían morir antes que la humillación de ser vendidas como esclavas sexuales o entregadas a los turcos.

La familia de Karnig llegó a Alepo por milagro. De hecho, muy pocos armenios sobrevivieron a las "caravanas de la muerte". Famélicos y enfermos, a la abuela Arshaluis y a Serpuhi, la madre de Karnig, les consiguieron trabajo como cocineras en la casa de un árabe. Y a Karnig y a su pequeño hermano Sevag los dejaron en el orfanato. Karnig se escapó y la vida los separó para siempre. Karnig había vivido con esa deuda hasta el final.

Así lo recordaba Alma, sobre el tablero de ajedrez y perdido trabajando en su taller, mientras revolvía esas misteriosas cartas.

Ahora Alma se enteraba, a través de la broma que había hecho Paul Sharp, que Lucciano viajaba a Turquía de luna de miel. Alguien en la mesa agregó que volarían en globo por Kapadocia y navegarían las aguas del Bósforo. Recorrerían Estambul. Un silencio que traía consigo hacía mucho la ahogó. Una mordaza incómoda no la dejaba expresarse ni hablar. Convivía con ello cada vez que se mencionaba Turquía y su mundo de atracciones turísticas o culturales. No podía aceptar que se detallaran esas supuestas maravillas sin nombrar los monasterios y cruces milenarias armenias, todo el patrimonio cultural y su ADN, su tierra arrasada. Las iglesias convertidas en mezquitas. La sangre derramada en 1915. No podía aceptar que se desconocieran los orígenes del Reino de Armenia. Aquel que se extendía desde la antigüedad en ese suelo que ahora ocupaba Turquía: la meseta de Anatolia. Durante el Imperio Otomano, los armenios constituían una de las principales minorías en la región. Habitaban esas tierras desde tiempos remotos, antes de Cristo, en forma pacífica. Sin embargo, en 1890 habían comenzado las primeras matanzas hasta perpetrar el Genocidio entre 1915 y 1923. Un millón y medio de víctimas. La identidad suprimida. Las vidas decapitadas. En medio de las masacres y la impunidad, en 1920, Kermal Atatürk definió los límites del actual estado turco, sucesor del Imperio. Turquía sigue sin reconocer el Genocidio Armenio, como la mayoría de las naciones en el mundo.

Algo de pronto andaba muy mal. Alma se quiso ir de la boda. Los novios salieron a bailar el vals. No podía retirarse en ese momento tan fácilmente. Se sintió ahogada. Buscó escanear la escena como a través de una cámara de cine. Pensaba en las actuaciones de Lucciano Conti. Se planteó, por enésima vez, qué hacía allí. Podría haber inventado una excusa para no asistir. Tampoco era amiga íntima del hijo de Carlo Conti.

No tuvo tiempo de meditar mucho más. El DJ subió el volumen y rompió los tímpanos con el baile. Evitó pasar por aguafiestas cuando sus compañeros se levantaron y la arrastraron hasta la pista. Mientras se incorporaba de mala gana, aprovechó para examinar a los amigos de Lucciano. De repente, esos muchachotes rodearon a los novios. Primero tomaron a Lucciano por los pies y desde la cabeza. Sostuvieron su torso, hamacaron su cuerpo sin escatimar fuerza y lo lanzaron con toda la adrenalina hacia el techo. Su espalda ancha y tallada se aproximó a la cima del vuelo y cayó con todo su peso de ochenta kilos. Fibra en cada músculo. Los amigos le gritaban y se reían mientras él volaba por los aires. Repitieron la maniobra dos veces más hasta dejarlo al borde del mareo. A esa hora de la madrugada habían bebido lo suficiente como para atravesar el festejo aéreo. Lucciano se incorporó indemne con una mueca de victoria y excitación. Debía soportar la paliza, ese bautismo violento maquillado de diversión para despedir la soltería.

No pasaron dos segundos que el grupo de musculosos accionó en torno a Melanie. En su vestido largo de encaje en tono crema, la novia tampoco pudo escapar. La sujetaron de igual forma y la lanzaron hacia las luces que pendían del techo. La cabellera se agitó. Se veía más castaña en contraste con una corona de pequeños jazmines que de milagro no salió volando mientras la sacudían. Los pechos abundantes se agitaron dentro del escote. La escena tenía más de temeraria que de romántica.

No envidió a Melanie. Alma solo se replanteó por qué Lucciano le miraba la boca en la máquina de café cuando se cruzaban en los pasillos de la redacción. Pensaba si en esos segundos, él también recordaría el beso que había quedado pendiente a orillas del río Chicago. ¿Qué pasaría por su cabeza cuando la escaneaba mientras conversaban?

Puras fantasías, concluyó. Lo único comprobable era que Melanie y él se abrazaban en sus narices. Se amaban. Nada le daba derecho de reclamar, pedir, averiguar o sentir. Todo sería un problema si jugaba con fuego.

Bañados en sudor y serpentinas, Lucciano y Melanie respiraban exhaustos en el final de fiesta. Frente con frente, sus bocas jadeaban en un solo deseo. Amanecía en la pista de baile. Se acercaba el momento en el que iban a pasar su primera vez como matrimonio.

Alma se detuvo junto a su compañero de trabajo para despedirse. Tuvo que reconocer que Lucciano Conti le generaba algo que no podía explicar. Un segundo después, examinó el perfil recortado de Melanie Farrell. Se parecía a Scarlett O'Hara, como Alma cuando tenía diecinueve años, o tal vez veinte. Así se lo repetía abuela Teter, tan fanática de *Lo que el viento se llevó*.

El maquillaje de Melanie realzaba su piel blanquísima y la nariz respingada. No llegaba a disimular algunas pecas. Los ojos verdes, como los de la actriz Vivian Leigh, estaban acentuados con delineador y sombra oscura. Alma supuso que el vestido de novia había sido calcado del estilo Scarlett. Sobre todo, en esa escena a punto de asistir a un gran baile. La heroína de los bucles castaños y cabellera larga se aferra con los dos brazos estirados a una columna. Mammy, su criada, le ordena que inspire hondo y hunda el estómago. Mammy jala fuerte de las tiras del corsé. Mira cómo Scarlett frunce el ceño. Una vez prendido, acentúa de maravilla su cintura de muñeca. Mammy le alcanza la falda con miriñaque y la ayuda a ponerse la parte superior del traje, un top con manguitas farol y escote princesa. Scarlett se ve radiante. Radiante como Melanie con veintisiete años al final de su fiesta de casamiento.

Alma se reconoció con un aire a la novia, ahora esposa de Lucciano. Las dos morochas de ojos verdes, piel tan blanca. Melanie era Alma, pero con once años menos. Se preguntó si a Melanie también le gustaba esa película. Tal vez su madre o su abuela serían fanáticas de Scarlett O'Hara. ¿Cómo podía saberlo? Jamás había hablado con ella y no la conocía.

Un pensamiento incómodo se activó en su corazón. ¿No era ella quien debería haber ocupado ese lugar? A pesar de la diferencia de edad, con ese vestido, los mismos bucles y el escote princesa. Alma debería haber estado ahí, balanceándose en brazos de Lucciano sin corbata y con la camisa empapada de sudor. Con esa alianza de oro junto al anillo de brillantes que lucía la novia.

¿Qué pasa cuando el destino se equivoca?

Respiró hondo. Imaginó que haber bebido tantos tragos le había hecho mal. Supo que esa imagen le quedaría grabada por el resto de su vida. Como un film al que se vuelve una y otra vez. Donde se puede poner stop y pausa en una escena. Mirar y repensar una y otra vez. La película de nuestras vidas congelada en ese plano. Tratar de encontrar una explicación. Ahora le ocurría a Alma, esa imagen sería su propio stop. Su punto de llegada y de partida. Su antes y su después para siempre.

El aire caliente que exhalaba Lucciano entraba por los labios entreabiertos de Melanie. Ese abrazo privado donde se mecían. Ese instante a milímetros de la flamante pareja. Ese minuto de intimidad robado. ¿Un triángulo que acababa de formarse? ¿Por qué Alma se veía incluida en ese abrazo? ¿Podía evitar proyectarse en esa figura geométrica de tres vértices para siempre?

Sintió rabia y frustración. Se avergonzó por razonar así. Sería la cantidad de mojitos, camparis y caipiroskas. ¿Qué tenía que ver ella con Lucciano? Peor aún. ¿Qué tenía que ver ella con Melanie? Y al revés. ¿Qué tenía que ver Lucciano con Alma?

El fotógrafo más carismático del Boston Times, ocho años menor que Alma; el hijo de Carlo Conti, el editor general con intereses laborales y empresariales tan oscuros y poderosos, ¡nada más lejano a su vida! Y a su sueño de convertirse en escritora, aunque fuera periodista. Aunque sus padres siempre habían deseado que se recibiera de científica. Sin embargo, escribía sin parar desde adolescente en el diario que le había regalado abuela Teter. La abuela que la llevó a ver *Lo que el viento se llevó* a sus trece años, cuando la película era prohibida para catorce y se sintió grande al entrar al cine. Amó a Scarlett desde el primer instante, como Teter, desde que la había visto por primera vez. Adoraba a Vivian Leigh en su personaje legendario. No solo por su belleza y el parecido físico a su nieta, más bien por su fuerza, su voluntad y determinación. Scarlett, la misma que al final

114

de la primera parte del clásico de Margaret Mitchell, pierde su mirada de niña caprichosa. La crisis de Estados Unidos y la guerra de Secesión en su amada Nueva Orleans la hicieron crecer como mujer. Scarlett vuelve a su casa de Tara, arrasada por un incendio que destruyó la plantación familiar. El rostro de muñeca sucia por el fuego y las cenizas. El cabello quemado y erizado. Scarlett busca con desesperación algo que comer. Escarba con ansiedad y rescata un tubérculo bajo la tierra. Voraz, se lo lleva a la boca. Cae de narices sobre el suelo. Llora. Hace un esfuerzo. Logra incorporarse. Sigue llorando, pero su mirada es otra. Levanta los ojos al cielo. En su mano derecha sostiene un puñado de su tierra. Mira hacia las nubes anaranjadas por las llamas y grita en un sollozo entrecortado: "A Dios pongo como testigo. No lograrán aplastarme. Viviré por encima de todo esto. Y cuando haya terminado, nunca volveré a sentir hambre. Ni yo ni ninguno de los míos. Aunque tenga que estafar, robar o matar. A Dios pongo como testigo. Por ti, Tara".

Cuando Alma creció pudo entender por qué Teter lloraba en esa escena. Su heroína había aprendido de sus caprichos, superado la guerra, la pérdida de su padre, de su casa y apartaba el dolor para seguir de pie.

Definitivamente, haber ido a esa boda le había dado vuelta la cabeza. Tenía que huir. Huir de sí misma y pronto. Miró el reloj. Eran las cinco de la mañana en el día más largo del año y la noche más corta. Viernes veintiuno de junio de 2013. Solsticio de verano. Faltaban cuarenta y ocho horas para la luna llena. Lucciano y Melanie ya estaban casados.

UN AÑO DESPUÉS...
BOSTON, 2014

Con la excusa de discutir el foco de una foto de apertura, los lunes Lucciano Conti buscaba a Alma en la redacción. Pasaba por su escritorio y se sentaba sobre la mesa. Ese gesto de confianza la inquietaba, pero trataba de verlo como algo natural entre ellos, entre sus cuerpos que conversaban en forma orgánica. Siempre había sido así. Entonces discutían acerca de cómo lograr las mejores tomas de tal o cuál personaje previsto para la tapa. Revisaban qué planos hacer y, si el *shooting* era en el estudio fotográfico del Times, qué color de fondo usar y cómo ambientar la escena, con lo cual había que completar la charla con la productora. Mientras Alma le pasaba esos datos, Lucciano le preguntaba qué había hecho el fin de semana.

Muy rápido se olvidaban de la conversación de trabajo y hasta de dónde estaban. Alma pensaba en esos labios carnosos. Su mentón hacia adelante y la quijada tan varonil la distraían. Se preguntaba una y otra vez, cómo sería la vida de Lucciano en verdad y en la intimidad. ¿Ayudaba a su padre a hacer negocios con Turquía? ¿Hasta dónde se involucraba en ese frente? ¿Su suegro era socio de Carlo Conti? Y Melanie Farrell, ¿qué papel jugaba en los negocios del Times?

Había llegado el verano. Lucciano salía a comprar cerezas al mediodía y volvía al escritorio de Alma, sin excusas ni preámbulos, para convidarla. Las lavaba y las traía frescas en la misma caja en la que las había comprado. Comían juntos del recipiente. Terminaban hablando del último estreno de cine o él le recomendaba una serie o el trago de moda. Lucciano jamás mencionaba a Melanie en sus conversaciones con Alma. Ese juego tácito y sensual se terminaba cuando su esposa, embarazada de nueve meses, lo llamaba a su celular. Era como si percibiera que charlaba con Alma. Como si alguien, desde adentro de la redacción, le avisara. ¿Carlo Conti, tal vez? Alma hacía que no escuchaba y volvía a sus tareas. Lucciano cambiaba de cara, hablaba delante de Alma dos segundos, se levantaba del escritorio y retomaba la conversación mientras caminaba por los pasillos.

Alma seguía con sus preguntas existenciales. Lisa le recomendó hacer alguna actividad con el cuerpo. Separarse del trabajo mental de las notas, las lecturas y todos sus planteos con los mandatos. Liberar endorfinas.

De chica, a los seis años, ya le rogaba a Lusiné que la llevara a aprender danza clásica. Amaba el ballet, no solo por su música sino por su belleza estética. Adoraba los tutús con corsé, donde el tul se expandía como plato alrededor de la cintura acentuada y daba libertad a las piernas para moverse con docilidad y gracia. La pose de las zapatillas de baile en punta, para Alma era algo mágico. Ensayaba todas las posiciones, desde primera hasta sexta, frente al espejo. Imitaba los movimientos de las bailarinas. Se los enseñaba su madre, Lusiné. Sin embargo, había sido ella misma quien se había negado a anotarla en danza. "Si practicas desde tan niña se te deformarán los pies". Esa frase le quedó grabada por siempre, y aún en los afiches de danza por la calle, cuando se detenía maravillada a disfrutar de esos anuncios del Royal Ballet, recordaba esa frase. La vida había atravesado a su madre y paralizado sus emociones. Más aún las que vinieran de la rama del arte. Pero Lusiné no tenía pensado establecer contacto con ese hemisferio del cerebro. Su padre había fallecido a sus siete años. Y con él se había disipado esa niña sintiente. Había abandonado el ballet por la profesión de médica. ¿Qué hubiera sido de la mamá de Alma si se hubiera formado como bailarina? ¿Cómo hubiera sido su relación con el cuerpo y con las emociones? ¿Cómo hubiera sido su relación con su propia madre y con su propia hija?

Alma se convenció de que no era tarde. Recordó con tristeza "la lección" de su madre. Todavía tenía la necesidad de bailar. Algo expresaba su corazón cuando danzaba. Parecía que su cuerpo se destrababa.

Un sábado a la tarde, caminaba por Boston. Distinguió un cartel que parecía calcado de esas películas de los años cincuenta. Una pareja bailaba swing. Oyó la música por el largo pasillo de la casona y entró. La recibió un hombre apenas más alto que ella, con un pantalón pinzado y tiradores, y un calzado que, a simple vista, parecían zapatillas negras. Pero al acercar la mirada descubrió que tenían tacón y punta. Su suela era flexible justo donde aparece el arco del pie. ¡Hora de bailar! El profesor, un cincuentón canoso de ojos claros, la sorprendió.

—Soy Jack Trevor, bienvenida —se le hacían dos rajaduras en las mejillas cuando se reía y ya esa forma de actuar relajada la encandiló.

Quería ponerse las zapatillas de baile en el acto, las mismas que él, y pasar al salón donde practicaban varias parejas. Los movimientos de rock y swing implicaban un dominio experto de piruetas que la motivaba aprender. Se entusiasmó con el desafío. Desconectar y divertirse.

Empezó al viernes siguiente. Ya tenía programa para comenzar con otra cabeza el fin de semana. Los sábados y domingos a la noche también se encontraban con el grupo para bailar. Elegían diferentes circuitos donde se organizaban muestras y competencias. El entrenamiento físico venía adosado como parte del training en la semana. Incluía ejercicios de streching, abdominales y fuerza de brazos y piernas. Su base de yoga le daba un soporte que significaba un plus. Pero la adrenalina y la fuerza que recorría su cuerpo se sentían poderosas al danzar. Cuando terminaban la clase, se quedaban tomando algo en el bar del salón o en el parque si el estado del tiempo lo permitía.

Se sorprendió cuando notó que Jack siempre buscaba quedar ubicado cerca de ella en esos encuentros después de clase. En el bar, supo que tenía cincuenta y un años, un hijo de trece y acababa de divorciarse.

Comenzaron a preparar con el grupo la muestra para fin de año. Demandó un esfuerzo de concentración y compromiso. Alma ponía todo el empeño. No era brillante y no tenía por qué serlo. Se había prometido bajar su autoexigencia. La combinación parecía dar resultado. De pronto descubrió que las clases, y las humoradas del profesor, la hacían sentirse más liviana. Después de cada encuentro, subía al auto y escuchaba swing para olvidarse de las noticias y las preocupaciones del día. Muchos compañeros del periódico comenzaron a notar el cambio en su cuerpo y en su rostro. Alma sonreía muda cuando se lo comentaban.

Para el comienzo de la primavera de 2014, estrenaron la muestra que resultó un éxito. Todo el grupo salió a festejar con una cena en una cantina italiana. Eligieron pastas para recuperar hidratos de carbono y cuando terminaron la comida, Jack se acercó a Alma. Le propuso ir a tomar un trago a otro lugar. Alma miró a su alrededor. Cayó en la cuenta de que la propuesta se dirigía solo a ella. La noche traía una brisa agradable a la ciudad.

—Está lindo para caminar, vamos a alguno de los bares con terraza —insistió Jack y la tomó de la mano. Ella aceptó. Todo fluyó con naturalidad. Como cuando la tomaba en la clase para hacerla brincar en una pirueta. El rostro desbordaba de alegría como la falda que se abría cual plato volador.

Era el fin de clases y no se verían más con Jack Trevor. Lo había pasado muy bien. Él le tomó las dos manos y Alma tembló. Jack le dio un beso corto y dulce en la boca como para que probara su sabor. Le sonrió y la invitó para el sábado siguiente. Le proponía salida de baile y después, wok de vegetales en su casa.

—¿Aceptas? —le planteó sin vueltas.

Alma sabía que había piel, pero no se animó a responder. Jack giró y lo miró irse caminando con esa plasticidad y liviandad que tenía su cuerpo libre de barreras. La sugerencia de Lisa parecía funcionar.

El miércoles, Alma se sorprendió con un llamado de número desconocido. No lo tenía agendado.

—Perdón que mezcle información confidencial de las clases, robé tu teléfono —le confesó y Alma empezó a reír—. Todavía aguardo tu respuesta —lanzó. Alma hizo un silencio y Jack jugó bien—. Vamos a bailar y después piensas si me aceptas el wok o no.

—Hecho —contestó y sonrió al otro lado de la línea.

Le gustó. Ese sábado hubo baile, hubo swing, piruetas y mucho más. Alma decidió no ponerse límites y dejar que la situación fluyera. Como fluyó el wok en su casa, y más tarde fluyó que se quedara a dormir después de fundirse las pieles.

*La vida es ahora*, se repitió. Como Jack, había decidido vivir el presente. Al menos esa noche. Confiar en su compañero, como en la danza, significaba una construcción. Una decisión personal.

Se acomodaron uno al otro y establecieron rutinas juntos. A los pocos meses, él se quedaba a dormir en lo de Alma y ella en lo de Jack. Organizaban salidas también con Junior, su hijo. Alma amaba esa vida en familia, aunque fuera prestada.

Un domingo de sol, hacia fines del verano, salieron a andar en bici por la senda aeróbica junto al río Charles. El día lucía radiante y habían decidido aprovechar los últimos calores del verano. Pararon a almorzar en una de las hamburgueserías, la preferida de Junior y Jack, que servía montañas literales de papas fritas. Conversaban animados acerca de las aventuras que Junior les confiaba. Le gustaba una chica de la escuela y no sabía cómo hacer para acercarse. Jack le aconsejó que la invitara a bailar. Junior se enojó con su padre. No esperaba esa respuesta. No quería funcionar como él, subrayó, y se levantó en dirección al baño.

De repente, a Alma le cambió el rostro. Se puso seria y después blanca como papel. Jack pensó que la reacción de Junior la había perturbado. Prometió hablar con él y explicarle que no podía actuar de tal modo. Pero Alma estaba paralizada.

Intentó hacerle una seña. No podía hablar. La boca le quedó seca cuando vio avanzar a Lucciano Conti hacia ellos. Advirtió a Melanie también, al otro lado de la mampara que separaba las mesas de la acera. Alzaba a su bebé y la madre de Melanie empujaba el cochecito, mientras conversaban y esperaban a Lucciano que ya había saludado a Alma. El hijo de Carlo Conti vestía short deportivo negro y una sudadera turquesa que le resaltaba los hombros rudos y la piel morena. Los brazos con las venas marcadas como surcos invitaban a recorrerlos con la yema de los dedos. La gorra negra tapaba su frente justo sobre sus ojos cargados de intención.

Lucciano saludó a Alma y estrechó la mano de Jack con desdén. Hicieron un comentario obligado que refería al buen clima, solo meteorológico. Alma sintió que una gota densa de sudor bajaba por su espalda. Descubrió cómo Lucciano la recorría entera con la vista. Atravesó sus piernas contorneadas por el baile, blanquísimas porque se cuidaba del sol, apenas cubiertas con el mini short naranja de ribetes fucsia. Hacía juego con el top deportivo en los mismos tonos. Dejaba ver su panza blanca y chata. Lucciano demoró instantes allí su mirada y preguntó a quemarropa si la nueva pareja ya convivía. Jack pasó la mano por la cintura de Alma. La atrajo con gesto de propiedad.

—En eso estamos —alentó y puso distancia.

El lunes Lucciano fue directo a sentarse sobre el escritorio de Alma. Llevaba un café negro con dos sobres de azúcar para ella y otro amargo para él. El palillo para revolver se agitaba en su boca traviesa. Lucciano depositó el vaso alto con tapa junto al teclado de Alma. Ella escribía tan veloz y concentrada que no

lo percibió de pie junto a ella. La camiseta negra de Lucciano proyectó una sombra sobre el teclado. Levantó la mirada y se chocó con los abdominales que delataba el corte ajustado.

—Jack no es para ti. Te imaginaba con otra clase de hombre —soltó ofuscado su compañero del Boston Times. Ella se rio.

¿Lucciano tenía un ataque de celos? ¿Y si aceptaba su intuición? Algo le gritaba que el hijo de Carlo Conti la buscaba. ¿Saldría con un hombre casado, y el hijo del editor general que tramaba negocios con Turquía?

Nada sonaba bien.

## CAPÍTULO CINCO

# NOMEOLVIDES

BOSTON, 2015

Le habían arañado las alas, las patas, el pelaje. Se percibía rota por dentro y por fuera. Sentía que debía juntar las piezas de su vida y recomenzar. Erguirse. Dejar atrás los duelos. Tenía la obligación de darles un sentido. Odiaba sentirse así. Se enojaba con esa sangre resiliente que la impulsaba a luchar cuando abandonar parecía una salida para simplificar. Le daba pudor admitirlo: sus abuelos habían sobrevivido a un Genocidio. Tenía vida gracias a ellos. ¿Qué derecho le permitía llorar y no levantarse? Sabía, porque lo había experimentado que, a último momento, nacía de sus entrañas un puñetazo que la hacía ponerse de pie. Como decía Teter, sabía que nada ni nadie podrían salvarla más que ella misma. Aunque a su alrededor divisara tinieblas. Podía ser su propia ancla o su propio puente.

Su relación con Jack Trevor se había debilitado con el tiempo. Entonces actuó como siempre lo hacía cuando presentía que algo iba a fracasar. Subió la apuesta. Justo en la noche de San Valentín. No quedaba otra carta que jugar. Lisa le aconsejó los ingredientes para una cena afrodisíaca.

El catorce de febrero, a las ocho de la noche, esperó a Jack. Encendió velas de miel. Sirvió un surtido de entradas sobre un tapiz oriental que extendió sobre la alfombra. Roció un bol de ostras con abundante limón y salsa tabasco. Y acompañó con almendras, quesos fermentados y brochette de langostinos servidos en una fuente de plata que le había dejado Teter. Jack descorchó un sauvignon blanc en su temperatura justa. Había intención de fuego en ese tapiz pero la llama nunca se encendió. Nada había funcionado. Ni el marketing ni la hechicería romántica. Tampoco el cabello suelto y algo despeinado de Alma que caía sobre su blusa translúcida y su jean *destroyed*. Sus pies descalzos y blancos con las uñas pintadas de casi negro.

Jack sirvió las copas y, en el momento de brindar, Alma propuso:

—¡Por nuestro futuro como familia! —notó un gesto tenso en los ojos de su novio—. Mi vida, ¿sucede algo? —preguntó con toda la inocencia que no tenía.

—Cuéntame qué te pasa, Alma —replicó Jack, muy serio.

Tragó como pudo aquel sorbo de vino. El volumen del sauvignon blanc ocupó su garganta y un rubor repentino se apoderó de sus mejillas.

—Estamos por cumplir un año juntos, amor, nos llevamos muy bien, me encanta que salgamos los fines de semana con Junior, y en diez días cumplo cuarenta años. No quiero que nos cuidemos más. Quiero ser mamá y que formemos un hogar juntos.

La mirada de Jack retumbó en las paredes del salón. Las luces de la ribera que entraban por el ventanal no alcanzaron para alivianar el silencio incómodo del novio. Alma desvió la vista. No se arrepentía de haber pronunciado su deseo. Tenía la edad en que el partido de la maternidad se define por penales. Y si bien Jack no era claro cada vez que ella deslizaba el tema, Alma confió en que las cosas se iban a dar en forma natural y lograría convencerlo. Así lo habían hecho la mayoría de sus amigas que rondaban los cuarenta. Si otras podían, ¿por qué ella no? Algunas dejaban de cuidarse sin decirle a sus parejas. Se embarazaban "por accidente", y todo cambiaba: casamiento, bebé, vida en familia, vacaciones juntos para toda la vida. ¿Un círculo de fidelidad y compromiso eterno? ¿Una sociedad conyugal? ¿Un amor feliz?

El problema en su relación es que Jack se cuidaba más que ella para no ser padre. Y ahora que Alma había puesto los papeles blancos sobre negros, un nudo le oprimía el corazón. Lo había conversado días antes con Lisa cuando las evasivas de Jack aparecían cada vez más evidentes. Eso la desalentaba. No se entregaba con la misma pasión y fantasía. Con el tablero claro, debía tomar una decisión. A los cuarenta años, ¿tenía que abandonarlo y buscar rápido otro hombre que quisiera ser papá? ¿Encontrar una persona con los parámetros de la "fórmula Lisa"? Su amiga llevaba quince años casada y eso no le impedía tener fantasías fuera de su cama. Alma lo sabía. Y eran amigas por eso. Porque no había secretos entre ellas.

Lisa era confidente con Alma. Cuando le proponía a su esposo una velada fuera de rutina, no siempre lo conseguía. La última vez había sugerido asistir a un espectáculo de danza contemporánea, una obra off, y luego mezclarse en algún bar étnico donde comer con los dedos y cenar descalzos en el suelo. Algo parecido a la vida de Lisa de soltera. Y, aunque Robert no la desconocía, desechó el programa sin más trámite. Lisa no se perturbó. Arregló la misma salida con Alma. Lo pasaron genial y charlaron hasta la madrugada. Lisa volvió a su casa e hizo el amor con Robert Stern con más pasión que nunca. Alma volvió a la suya y se quedó leyendo hasta quedarse dormida.

Ahora, la solución apuntaba a buscar un hombre para parir. Mejor ser práctica. Como quien se olvida una lata en la caja del supermercado, pide permiso al resto de las personas en la fila y sale corriendo para encontrarla. ¿Cuál era ese ítem que faltaba en su vida y debía salir corriendo para hallar en la góndola? ¿Se sentiría en paz si lo encontraba? ¿Quería que su relación con Jack funcionara de ese modo? Ese no era su sueño de San Valentín. Algo que debía hacer, tener o conquistar. ¿El amor funcionaba así? No le cerraba.

A la pena y el desconcierto, Alma sumó una certeza. Sabía que Jack se negaría a formar una familia. Terminaba la relación la noche de San Valentín y, al día siguiente, ¿volvería a cargar el rótulo de soltera? ¿Qué debía hacer? ¿Salir a buscar un padre para su futuro bebé? ¿Cuánto tiempo le quedaba?

No iba a convertirse en mamá por catálogo ni comprar material genético para inseminarse. Respetaba a quienes así lo decidían. Pero esa no era su idea de armar una familia.

Esa noche, Alma y Jack durmieron espalda con espalda. Jamás se había sentido tan sola estando acompañada. Tenía claro que no volvería a pasar por esa angustia y abismo.

En el desayuno, no hubo palabras. Cuando Jack la despidió con un beso corto, supo que no iba a regresar. Esos estantes vacíos en el baño le bastaron para entender que no se cruzarían más.

Febrero terminó más frío que lo habitual y, de a poco, Alma empezó a ver pequeñas flores violetas. Flores violetas que dejaban más flores. Eran violetas nomeolvides. Nomeolvides que asomaban como en ese campo salvaje al pie del Ararat, en Ararat Bakery donde iba con abuela Teter. Las nomeolvides se multiplicaban en las redes sociales, en los negocios, en los autos. Lo llevaban las familias armenias. Y también muchos que desconocían qué significaba pero la adoptaron al preguntar y conocer la causa de su pueblo.

No fue cualquier año 2015. Su relación con Jack había terminado y cumplía cuarenta el 24 de abril. El mismo día que se recordaban 100 años del Genocidio Armenio en todo el mundo. Cambió su ícono de Whatsapp y el de sus redes. En todos posteó la flor nomeolvides diseñada especialmente por el centenario del Genocidio. Ahora latía también en ella. La devolvía al origen.

Recordó a Teter y su amor por las pequeñas nomeolvides. Su abuela las mezclaba en los *blends* que armaba con diferentes clases de té. Alma volvió en su cabeza a Watertown. A cuando era una niña. A cuando iba con Teter de la mano al Ararat Bakery y elegían los condimentos para preparar el *dolma*, el *sarma* o el *lehmeyun*. De regreso, Alma se trenzaba con Karnig sobre el tablero de ajedrez. ¿Cuánto hacía que no jugaba una partida? ¡Lo extrañaba! Tanto como las delicias armenias. ¿El pájaro herido necesitaba volver al nido para que lo amaran y curaran? ¿Cuál era su verdadera cuna?

En febrero se despidió de Jack y al mes siguiente tuvo que decirle adiós para siempre a su papá. Hacía tiempo que Sarkis navegaba hacia otro lugar. Le hubiera gustado dejar las imágenes de la piel morada por los hematomas y los gritos de dolor en esa sala de hospital. Esos recuerdos se le habían pegado al reverso de la piel como calcomanías. Había que quitarlas, sin arrancarse la corteza, darles un sentido.

Una madrugada fría, Sarkis pudo soltarse. Su alma se desprendió libre. Voló entre los pinos. Le sonreía de nuevo, como cuando Alma era chica. Navegaba por ese cielo azul y amarillo con las pinceladas impresionistas de Van Gogh. Esa mañana limpia. A esa hora. Emprendía su viaje crepuscular.

El mediodía del sepelio, una tormenta eléctrica con ráfagas azotó la naturaleza. El aire se había puesto temerario para acompañar ese cuerpo en su descenso final. Su alma, en cambio, tramaba otro compás. Quizá un tango y un vals. Mientras que, en el jardín de los mortales, Lusiné abrazaba a Alma, pero era Alma quien sostenía a su mamá. Había llegado el momento de batir más fuerte las alas. De proteger ese nido. Reconstruirlo para volver a nacer.

Con esos duelos en simultáneo, Alma terminó una etapa y alumbró otra. Ningún órgano es tan viejo cuando la voluntad de dar a luz existe. Sin embargo, se despertaba con un hueco en el vientre. Un tallo virulento ascendía por su tubo digestivo y estrangulaba su garganta. Para detener ese malestar, necesitaba atarse una pañoleta que envolvía su panza. Daba varias pasadas que sujetaban ese chakra abdominal, dos centímetros por debajo del ombligo. Solo así se sentía sostenida y tomaba la precaución de que su cuerpo podría avanzar sin derrumbarse.

Un día, después de varias semanas de despertarse tambaleante, se miró en el espejo. Aunque la tentación de quedarse en la cama fuera más fuerte, decidió incorporarse. Buscar algo verdadero donde arraigar su compulsión por hacer. Abandonar ese hueco. Se dio una ducha con un toque de agua fría para vitalizar los músculos adormecidos. Se maquilló suave el rostro y se probó un pantalón de vestir negro con una camisa rosa.

Como todos los lunes, llegó puntual a la reunión de sumario en la redacción. Alrededor de una mesa circular, cada editor y redactor proponía una nota. La idea se debatía en conjunto para publicar o no en la sección. Alma sugirió realizar una crónica que contara el origen y significado de la flor nomeolvides. Explicó a sus compañeros el diseño elegido en el mundo para recordar los 100 años del Genocidio Armenio. Violeta es el tono que visten las túnicas de los obispos de la Iglesia armenia. Los doce gajos amarillos, que forman el corazón de la flor, se unen en idéntica disposición que los doce bloques de cemento. Representan

las doce regiones del Imperio Otomano donde ocurrieron las matanzas. Y articulan los cinco pétalos violetas que representan los cinco continentes por donde se extendió la diáspora. Los cinco gajos lilas simbolizan la unión de la historia con el presente. Y el botón negro central, la señal de duelo permanente.

Los compañeros acordaron que Alma redactaría la nota. Ella aceptó. Esas líneas no iban a ser iguales a todos los artículos que había realizado. No por la rigurosidad de buscar los datos y evaluar la información, porque eso se tomaba como regla siempre. Sino por la responsabilidad de desmenuzar y transmitir un mensaje que ya cargaban sus venas.

La columna se publicó el 24 de abril de 2015. Dentro de ella resonaba, cada noche con más fuerza, una palabra y una pregunta. ¿Por qué nunca era el momento indicado para viajar a Armenia?

Al lunes siguiente, cuando entró a la redacción, se encontró con la mochila de Lucciano pegada a su escritorio. Lisa le hizo señas desde lejos. Calculó que Lucciano había salido a comprar frutas como lo hacía todos los mediodías. Lisa la llevó hasta la máquina de café. Hablaron en voz baja tratando de no mostrarse en el pasillo. Lisa le explicó lo que un jefe de otro piso contó segundos antes de que Alma llegara.

—Una nueva disposición reubica a los jefes de Fotografía en la redacción. Desde hoy quedarán sentados junto a los editores de cada sección para que trabajen en conjunto.

—¿Es broma?

—No.

—Pero Lucciano Conti no es jefe, sino un colaborador más.

—Lo ascendieron. Desde hoy se desempeña como el nuevo Jefe de Fotografía de Cultura. Tendrán que trabajar codo a codo. Tu escritorio y el de Lucciano Conti, desde hoy, quedan literalmente pegados.

Alma no podía creer lo que escuchaba de boca de su amiga. No sabía si ponerse contenta o largarse a llorar. Lo que sí sabía es que la situación cambiaba el panorama por completo. No era lo mismo cruzar a Lucciano de vez en cuando en la redacción que tenerlo pegado todos los días. Compartir el espacio donde pasaban más horas que en sus casas.

Trató de mantener la cabeza fría. Caminó hasta el toilette con su neceser para retocarse el maquillaje. ¿Por qué le preocupaba tanto cómo la vería Lucciano Conti? Vivían en planetas diferentes, por más que ahora trabajaran pegados. Retocó la base, el brillo labial y aplicó un toque de máscara de pestañas. Se alertó por la confusión de sus propios pensamientos. No podía seguir una línea coherente y desarrollarla. Lucciano la ponía así. Estaba enojada pero sonreía. Se acomodó la camiseta y levantó el calce del jean. Por suerte, había traído unas botas con tacón alto que la hacían sentirse más segura y estilizaban su silueta.

Cuando volvió a su computadora, Alma registró las cosas de Lucciano desparramadas en su escritorio: el bolígrafo Montblanc enganchado en la cubierta de la agenda de cuero negro, el tazón alto de café, la mochila deportiva, y un suéter de hilo gris que llevaba su perfume aunque él no estuviera ahí. Trató

de relajarse y concentrarse en un par de notas que tenía que terminar esa tarde.

A los veinte minutos, escuchó un vozarrón y una carcajada imposibles de confundir. Lucciano ocupaba más del espacio que se le había asignado. Su sonrisa de oreja a oreja inundaba todo el aire.

—Alma, ¡qué bueno, ya somos vecinos! Nos vamos a llevar genial, ¿no? —la miraba sin disimulo mientras le convidaba unas uvas de su plato.

¿Lucciano la media? ¿Ponía a prueba su capacidad de conquista aunque fuera casado? Mientras ella se enredaba en preguntas de revista femenina, la vida, la maternidad y la familia, él, que seguía de pie, le ofrecía más frutas. Después, Lucciano giró la silla y pintó con liquid paper blanco, el respaldo negro: "Lucciano Conti".

—Ahora sí —exclamó, y se recostó en su nueva silla.

Miró a Alma y le ofreció el liquid paper para que también grabara su nombre. Ella movió la cabeza como asintiendo en forma abnegada, y él siguió mientras pintaba "Alma" en el respaldo de su nueva compañera.

—Vengo de correr una hora en la cinta.

Alma sonrió. No le había pedido explicaciones. No era su novia, ni esposa, ni pareja. Solo una compañera de trabajo. Vecina ahora. Pero Lucciano estallaba de endorfinas. Alma pudo imaginarlo minutos antes en su trote en el gimnasio. Con la sudadera negra y los shorts oscuros que enmarcaban sus músculos de cera. Lucciano destruiría la cinta con sus piernas fibrosas y veloces. La mirada de futbolista profesional, bajo una gorra

negra que intentaba contener su transpiración. Con cada paso largo que daba hacía pensar que había llegado para comerse la cancha y a quien enfrente tuviera.

En una semana, Alma ya conocía de memoria las rutinas de su nuevo vecino de escritorio: a qué hora llegaba, a qué hora salía a comprar un yogur y a qué hora devoraba unas frutas secas que le convidaba. También a qué hora llamaba a Melanie. Lucciano cambiaba el tono de voz. Le decía "amor", con una impostación seca. Alma podía escuchar la voz de Melanie al otro lado de la línea. Y aunque tratara de concentrarse en sus asuntos, le resultaba imposible no seguir la conversación. Lucciano repasaba con Melanie los gastos de las tarjetas, ella también le consultaba por cuestiones del hijo y las compras del supermercado. De a ratos, Lucciano, más que hablar con Melanie, "ponía la oreja". Parecía también que el hijo de Carlo Conti pasaba muy poco tiempo en su casa. A sus salidas con su amigo Paul Sharp, y la banda de compañeros del barrio, sumaba reuniones de negocios. Las intercalaba con su rutina deportiva y con algún viaje de placer y de trabajo.

Al lunes siguiente, en cuanto llegó, Alma ya trabajaba en su computadora. Mientras Lucciano descargaba la mochila, sonriente con el pelo mojado, comenzó a hablar.

—¿Qué hiciste el fin de semana, Alma?

Ante su mutismo, Lucciano contó sus días fuera del Boston Times.

—El sábado fuimos con Melanie a un nuevo bar. Cuando entramos pensé que te había encontrado. "Esa chica es Alma", le dije. Me levanté para ir a saludarte pero era tu doble.

Lucciano se rio y Alma trató de entender por qué él se metía en ese terreno pantanoso. Decidió no darle importancia. Él era un ser básicamente social. Le devolvió una sonrisa pero no podía olvidarse del comentario. Ajeno a sus interrogantes, él continuó.

—¿Sabes que la protagonista de la serie *Lost* se parece a ti?

—Nunca vi *Lost* —inventó Alma para poner distancia.

Lucciano acercó su silla. Esa proximidad la electrizó. Buscó en la pantalla de su teléfono a la actriz de *Lost* para mostrársela. Alma se puso bordó.

—¿Te pasa algo? —preguntó mientras le miraba la boca.

Alma intentó ponerse seria, separó la butaca y volvió a su computadora. Los separaba una cajonera que compartían como mesa para apoyar las bebidas, las galletas y las frutas.

Mientras Lucciano organizaba los pedidos de fotógrafo para las notas del día y la semana, conversaba con Alma sobre las tomas o enfoques, en caso de tener que cubrir algún tema especial. Después, él supervisaba la edición online que entregaba cada reportero. Subía las imágenes a la web y avisaba a Alma para que pudiera tomarlas para terminar de editar las notas con el texto y la fotografía.

Al siguiente lunes, cuando entró, y otra vez con su vozarrón gigante para que todos escucharan, se dirigió a su ya no tan nueva compañera.

—Alma, anoche soñé contigo.

Lucciano repetía los movimientos de llegada. Descargaba su mochila en la silla, la abría y ponía la agenda negra con la Montblanc en el escritorio, se pasaba los dedos largos y flacos por el pelo recién mojado y se dejaba caer en la silla que desparramaba como calesita su perfume, mezcla de jabón y fragancia que hablaba francés. Alma buscó con su mirada a Lisa, a dos escritorios de ellos. Lisa pestañeó en señal de que se tranquilizara. Que lo dejara pasar... Lucciano parecía no medirse y Alma trató de no inmutarse. Al final, la intriga pudo más.

—¿Qué soñaste, Lucciano?

—Que te encontraba en una playa y nos tomábamos unos tragos.

Si no hubiera sido porque era el hijo de Carlo Conti, el heredero, Alma hubiera atrapado esos labios para terminar la conversación con un beso como se merecía tanta insinuación desde Chicago.

Dejó la ensalada de guacamole, apio, manzanas y aceitunas sin probar. Tenía que salir para hacer un reportaje al otro lado de la ciudad, ya se le había cerrado el estómago y si comía lento, llegaría tarde. Guardó todo en su bolso, apagó la computadora, saludó con un "hasta mañana" general, porque sabía que ya no le quedaría tiempo de regresar, y desapareció tras las puertas de vidrio de la redacción.

A bordo del taxi, en camino hacia la nota, la pantalla de su celular se iluminó. Lucciano le escribía por primera vez fuera del trabajo, después de aquel "*¿Estás?*" de madrugada en Chicago. ¿Y ahora qué quería?

**LUCCIANO**

*Alma, me tienta tu ensalada.*

*Tengo hambre. ¿Puedo?*

**ALMA**

*Claro, ¡pero me debes una comida!*

Se atrevió a jugar un poco porque consideraba que Lucciano no tenía necesidad de preguntar. ¿Exceso de caballerosidad o quería seguir la charla fuera del trabajo? Hubiera comido la ensalada y listo. Alma se enojó. Tiró el celular en el bolso porque le quemaba. Le escribió a Lisa para contarle.

**LISA**

*Alma, te estás metiendo en problemas.*

**ALMA**

*Pero amiga, ¿nunca coqueteaste con alguien que no sea Robert?*

**LISA**

*Alma, esto es muy diferente.*

En la semana, Alma y Lucciano hicieron de cuenta que no habían pasado por esa conversación. El viernes, Martin Adams, un pasante y cronista que dejaba el Times, mandó un mensaje a un grupo de Whatsapp de Cultura. El texto iba dirigido a todo el equipo. Lucciano respondió enseguida.

**LUCCIANO**

*No te hagas el bueno, Martin.*

*No te vamos a extrañar.*

*Bye, nene.*

Era la una de la madrugada. Y una noche despejada de junio. El olor del verano de estreno desbordaba por la ventana. Alma intuyó que Lucciano rondaría alguna barra, de buen humor, con su grupo de amigos. Se hizo cargo de que estaba sola y de que Lucciano le gustaba. Además, la noche plateada de estrellas, daba para provocar el juego. Tomó el teléfono y contestó al grupo.

**ALMA**

*Buena suerte, Martin.*

*Te vamos a extrañar.*

Lo hizo para que Lucciano viera que estaba en línea a esa hora.

A los cinco minutos la pantalla de Alma se activó. Mensaje de Lucciano, solo para ella.

**LUCCIANO**

*No te hagas la buena, Almita.*

**ALMA**

*Podrías invitar un trago en lugar de pelear.*

A las dos de la madrugada, mensaje de Lucciano, otra vez.

**LUCCIANO**

*Alma, no te duermas sin pensar con qué quieres soñar.*

Alma aguantó sesenta segundos. Los contó uno por uno.

**ALMA**

*Ya lo sé.*

Tocó ENVIAR y apagó el teléfono. La sonrisa no se fue del rostro ni durante el sueño.

El lunes, cuando se cruzaron en la redacción, ninguno se atrevía a mirarse a los ojos. Lucciano contó en voz alta a los compañeros, delante de Alma, que Melanie estaba por viajar a la playa para pasar unos días con su hijo, en la casa de sus padres en Los Hamptons, mientras Lucciano se quedaría trabajando en la ciudad.

Sus compañeros hacían chistes.

—Uy, pobre Lucciano, ¡se queda unos días solo!

—Sí, sí. Voy a aprovechar para invitar a tomar un trago a Alma, a ver si me acepta.

Se produjo un silencio en la redacción. Alma se ruborizó. Creyó que Lucciano presumía.

El sábado se juntó a cenar con Lisa, que la tranquilizó. No creía que Lucciano fuera a animarse. Pidieron una segunda botella de vino para desgranar posibilidades. Analizaron y releyeron en voz alta la cadena de chats que él borraría en su casa por seguridad. Cada una dio su opinión y jugaron una apuesta con su conclusión: Lucciano no iba a llamar. Sonaba imposible.

En ese momento, vibró el teléfono. Las dos temblaron. En la pantalla leyeron juntas: "Lucciano". Pegaron un grito. Alma atendió.

—Alma, estoy en un bar del sur de la ciudad. ¿Nos vemos?

Alma le hacía señas a Lisa que seguía atenta y movía la cabeza como diciendo que no, que no fuera. Pero Alma sentía que sí, que quería ir.

—Espero las coordenadas por mensaje de texto —le indicó.

Se mandaron besos y cortaron. Lisa la miraba con cara de "No estoy de acuerdo, ¿en qué te estás metiendo?", y Alma sonreía. Era otra. Se sentía nueva. Y también estaba claro, las amigas eran el agua y el aceite. Lisa respetaba la libertad de su amiga, pero también quería protegerla para que no se expusiera. Alma sabía que no había construido la vida de Lisa y que no quería pensarlo mucho más. Se haría cargo de lo que viniera. Había tenido un año durísimo. ¿Qué más le podía pasar?

Se despidió de su amiga con un abrazo.

—Cuídate —remarcó Lisa.

Alma tomó un taxi hacia el sur. Para ponerse en clima, sintonizó en sus auriculares los clásicos de Adele. La transportaban a un mundo de romance y fantasía. Cuando al fin se encontró con Lucciano, los dos hicieron como si nada. Como si este no fuera su primer encuentro pactado lejos de la redacción. No solo eso. Conversaban como si fueran temas del trabajo. Lo hacían como si no se miraran solos en un bar de madrugada, con las luces bajas y ante dos sorbos de caipiroska. El trago había dado a Alma un leve mareo y una pizca de desinhibición. Estaba más risueña de lo que podía controlar. Pasaron dos horas y seguían conversando acerca de las rutinas del Boston Times. Hablaban pero no hablaban. Flotaban. Pensaban en otra cosa. ¡Hasta que Lucciano nombró a Melanie! Alma se sintió ridícula. Pensó que Lisa tenía razón. Que debía irse. Que todo había sido un gran error.

A las cinco, las camareras empezaron a levantar las mesas y tuvieron que dejar el bar. Se despidieron sin rozarse. Cada uno se subió a un taxi y ella continuó mirando su teléfono, como si le faltara un tramo de la conversación. Algo había faltado o fallado en el encuentro, ¿no? ¿Un beso de despedida? ¿O de bienvenida? Un beso. ¿Qué tipo de beso? Ese que se debían desde Chicago. Era como cruzar una línea de partida. Nadie sabría si tendría retorno. Pero se lo debían. Lo confirmó cuando su teléfono volvió a encenderse.

**LUCCIANO**

*Porque el de despedida fue corto.*

**ALMA**

Llegó a su casa a las seis de la mañana del domingo. No se podía dormir.

El lunes, Alma se sentía extraña. No sabía cómo actuar frente a él. Las cosas habían cambiado entre ellos, aunque nada habían hecho. ¿Qué era nada? ¿Quién podía leer sus mentes? ¿Eran culpables de algo? ¿Los compañeros se darían cuenta? ¿¡De qué!?

A los dos días, Lucciano le mandó un mensaje de texto cuando salió de la redacción. Justo ella había llegado a su casa y pensaba prepararse algo para comer. Lucciano le contaba que tenía una cena de trabajo, empresarios vinculados a su padre, pero que luego la invitaba a tomar una copa. Alma elegía no preguntar a Lucciano nada que tuviera que ver con Carlo Conti. Escuchaba lo que mencionaba. Mientras pensaba su respuesta, entró otro mensaje de Lucciano.

**LUCCIANO**
*Dale, Alma, te busco, vamos.*
*Espero la ubicación.*

Daba por asumido que Alma aceptaba. No pudo resistirse.

**ALMA**
*Ok*

Le mandó la ubicación y se dio una ducha para tranquilizarse y pensar qué se pondría. Salió del baño con una toalla en la cabeza y otra como pareo anudada al pecho. Miró por la ventana. La luna retozaba gigante de calor. Eligió un vestido negro con tirantes muy finos que se ataban en la nunca y dejaban la espalda descubierta. La falda llegaba a la rodilla. El pelo suelto.

Completó con unas sandalias negras de tacón mediano y tiras. Apenas un toque de máscara de pestañas, brillo labial y su perfume de jazmín. Quería verse linda, sexy, pero no demasiado producida. ¡Qué raro que Lucciano Conti la pasara a buscar!

Conti Junior le envió un mensaje en cuanto estacionó su camioneta en la puerta de la casa de Alma. Ella apareció y él se adelantó para abrirle la puerta. La miró de arriba abajo sin rodeos, la abrazó, le dio un beso dulce en la mejilla y la invitó a subir. Lucciano llevaba una camisa negra y un pantalón blanco con calzado deportivo gastado. Su perfume seco con tonos de madera inundaba todo el coche. Pusieron música y se relajaron. El bar que eligió quedaba junto al río Charles y tenía mesas bajas y sillones tipo *lounge*. Su compañero de escritorio le indicó al camarero que preparara dos mojitos, uno más cargado para él, y otro más liviano para Alma. Tomó los tragos y con la vista le señaló a Alma un sillón apartado, inmenso y vacío, donde no cabía tanto deseo contenido. Se dejaron caer, brindaron y se miraron a los ojos. Bebieron un sorbo.

—¿Qué sentiste la primera vez que me viste? —disparó Lucciano para empezar la conversación.

—Química —contestó ella sin ruborizarse.

Él la observaba. Los ojos negros le brillaban como zafiros. Ese lunar en la cima de su pómulo, escapando a su nariz.

—Siempre tuvimos química —soltó Luciano, dando por válida su respuesta.

Alma bebió otro sorbo. Quiso robarle el cuello. Olerlo de repente. Lo miró y se contuvo. Le sonrió con toda la boca y Lucciano se acercó. Alma sintió que el corazón le latía más fuerte.

—Me debes un beso desde Chicago —soltó él mientras Alma se erizaba.

—Pero eso fue hace dos años, Lucciano —intentó camuflarse ella.

—Por eso. Me debes un beso desde hace dos años —insistió Lucciano muy serio y se acercó todavía más.

Alma no podía moverse porque la proximidad de Lucciano se lo impedía. Entonces él tomó el rostro de ella con sus manos morenas y fuertes. Pegó su boca de caramelo a la de Alma y le mordió el labio inferior. Hasta que ese impulso escaló en un instante de lengua y fuego. No podían parar de besarse. Algo se había destrabado en sus entrañas fulguradas. El beso fue largo. Fue dulce. Fue amplio. Se extinguió lento y de a mordiscos, mientras consumían la última gota de oxígeno a su alrededor.

Costó que apartaran sus labios extasiados. Lucciano observaba las mejillas raspadas de Alma por su barba del final del día sin rasurar. Ella lo encontraba salvaje, más atractivo aún. Se detuvo en ese maxilar imperioso. Lucciano le sonreía al saberse mirado, mientras también la examinaba con premura. Se estudiaban magnetizados. Calculaban sus próximos movimientos como animales en celo.

Respiraron. Se volvieron a besar. Como si pudieran cumplir con todas sus demandas atrasadas. Alma pasó sus brazos por la espalda triangular de Lucciano. Recorrió cada músculo que se recortaba bajo la camisa negra.

Él se paró y le extendió la mano invitándola a que también se pusiera de pie.

—Vamos —le ordenó urgido y sin soltarla.

Salieron abrazados a la calle como novios. No les importó que los vieran pasar. Más bien, y a juzgar por la actitud de Lucciano, parecía todo lo contrario. Caminaron hasta la camioneta. Conversaban, se reían, pero ninguno mencionaba lo que había pasado y de cómo seguiría la noche. Lucciano estacionó en el complejo donde vivía Alma. Se bajó de la camioneta y puso la alarma, sin esperar a que ella lo invitara a subir. Rodeó con su brazo el cuello de Alma y así la llevó por el sendero de césped bajo la luna.

Se bajaron en el décimo piso. En casa de Alma la terraza reflejaba todo el río Charles.

–Tu apartamento es igual a ti, Alma. Brillante y hermoso –dijo Lucciano y se tiró en el sofá. Ella le ofreció una bebida helada–. No nos vayamos a enamorar –soltó Lucciano.

Alma contuvo el enojo. ¿Por qué no se podían enamorar? ¿Lucciano podía ser tan frío y cerebral? Además, ¿quién pensaba enamorarse? Alma, al menos en forma consciente, no. ¿Y él? Si quería generar una situación romántica, acababa de romperla. Y si ya se había enamorado, lo había traicionado el inconsciente. Entonces, en lugar de echarlo, prefirió ser práctica. Alma tomó esa frase como la más original declaración de amor. Se tendió en el sofá junto a él.

Lucciano tomaba un mechón de pelo de Alma y lo enrollaba en sus dedos largos y finos. Deslizaba sus manos desde la punta de la cabeza hasta el extremo de cada cabello. Ese movimiento sedoso la calmaba. Le recordaba cuando Teter le cepillaba el cabello cada noche antes de dormir. Sintió que podía quedarse con él, en ese sofá, para toda la vida. Amaba la dulzura de sus movimientos. La dedicación. Pero también la intensidad. Se buscaron con los ojos. Se sostuvieron la actitud de devorarse.

El ventanal seguía abierto, la vista lejana y el sofá iluminado con un velón de vainilla y canela. Lucciano olía a hombre. La besó extensamente, como degustándola. Después aproximó sus labios a la nuca de Alma que volteó la cabeza hacia abajo para que él dominara ese territorio. Dejó que Lucciano la tomara por detrás ajustando su brazo alrededor de su cintura. Siguió besándola en el cuello y la invitó a pararse. Le besó la espalda y la llevó así hacia el ventanal rodeándola con sus brazos que contenían los de ella. Una vez contra los cristales, Lucciano soltó una mano y la deslizó por el muslo de Alma. Siguió camino en busca de la humedad del origen del mundo. Aquel óleo infame de Courbet se hizo presente cuando ella soltó un gemido extremo y la giró hacia él. Impaciente, besó sus labios abiertos. Rojos de voracidad. Levantó los brazos de Alma y los sostuvo firmes con sus manos. Yacía contra la ventana, de frente a él ahora, inmovilizada con su piel blanca estremecida. Lucciano besó el túnel de su escote. Cuando escuchó su alarido de placer desató el nudo de los tirantes. Cayó el top. Se volvieron a mirar. Lucciano recorría con su lengua la cima de sus pechos pequeños y redondos, la piel sedosa de Alma que reflejaba la luna. La contemplaba a la vez que se erguía su sexo con verdad.

En un solo movimiento, cargó a Alma en sus brazos. La condujo por el pasillo en penumbras hasta el dormitorio. Se detuvo frente a la cama. Depositó a su sirena sobre las sábanas que los esperaban hacía mucho tiempo. La curva del río Charles entró indiscreta por la puerta ventana. Lucciano no dejaba de besarla y ella sintió cómo, mientras lo hacía, comenzaba a desabrocharse los botones de su camisa negra. Lo ayudó a quitarse las mangas. Su torso desnudo de atleta recortó la sombra. Era mejor aún de lo que imaginaba. Limpio. Sin tatuajes.

Lucciano se inclinó sobre Alma y ella rodeó con sus piernas en alto la espalda de su hombre. Necesitaba recibirlo así, como flor abierta. Se degustaron en esa hamaca de deseo hasta que Alma desbloqueó otra exhalación. Lucciano desabotonó su jean. Sus bíceps descuartizaron la oscuridad. Su desnudez los expuso, uno sobre el otro, electrizados. Se buscaron con premura, con el anhelo del primer descubrimiento y con la urgencia de quienes saben se pertenecían hace tiempo. Aun sin conocerse. Aun antes de rozarse la piel.

A punto de poseerla, él se detuvo. La miró. Alma entreabrió sus labios en un gesto para saciar su sed de él.

—Por favor, hazlo —le ordenó ella. Necesitaba que Lucciano la liberara de una fuerza íntima que la habitaba y que jamás había visto la luz.

Entre besos despiadados, Lucciano entró con potencia. Llegó al fondo de su ser franco que lo suplicaba. Dos lágrimas se descolgaron por el vértice externo de los ojos de Alma. Rodaron como diamantes por sus pómulos de terciopelo, justo cuando él alcanzó ese punto en lo más recóndito de su interior. Donde se mecía un mar azul de estrellas. La espalda de Alma se arqueó. Lucciano inclinó hacia atrás su cabeza, conteniendo unos segundos el impulso del máximo placer. Hasta que trascendió, al mismo tiempo que Alma, en un gemido visceral.

En instantes, él se abatió rendido y feliz sobre el vientre

plano y blanco de Alma, la dueña de ese mar de gotas de sal. Lucciano la abrazó fuerte. Alma rodeó su espalda y lo atrajo un poco más, en ese apetito que los había cambiado. Un rayo los había atravesado. La piel que los ataba les marcaría el rumbo de ahora en más. Sus cuerpos engarzaban desde un lugar preciso e invisible. A pesar de los comentarios. A pesar de los mandatos. A pesar del Boston Times. A pesar de Carlo Conti. Y a pesar de todo lo demás.

Con Melanie en la casa de sus padres, en Los Hamptons, Lucciano se quedó a dormir. Pasaron toda la noche abrazados. El calor del cuerpo de Lucciano la serenaba. Cuando amaneció, él la tomó por detrás y, en estado de somnolencia, volvió a poseerla. Lucciano tenía la potencia y el romanticismo de un novio. Exhalaron juntos y repitieron el éxtasis y placer. La besó en la nuca, en la frente, en el rostro y volvió a acariciarle el pelo mientras la respiración agitada recuperaba su ritmo y ella descansaba sobre su pecho. Entonces sí, cayeron en la cuenta de que en un rato se verían en la redacción.

Lucciano la llevó a la bañera. Se quedaron juntos debajo de esa catarata que los envolvía y los pegaba aún más. Sus cuerpos no podían dejar de buscarse. Se amaron en continuado bajo el agua tibia. Recorrieron sus geografías escondidas. Se atraían y se entregaban en sincronía. Hubo que apagar el fuego otros largos minutos bajo la lluvia, hasta recuperar el aire y clamar que la tempestad les diera una tregua.

Un café recién hecho y unos muffins ayudaron a Lucciano a despegar. Entonces sí, los dos vestidos y perfumados se despidieron hasta dentro de un rato. Él le tomó el rostro con sus dos

manos. Ella se puso de puntillas para ofrecerle su boca. Sus labios se mezclaron arrebatados. Se prometieron un "Hasta luego".

Ese mediodía se reencontraron en la redacción. Como siempre, Lucciano encaró para saludarla. Alma simuló que trabajaba concentrada. Hizo que leía una nota y que no lo había visto llegar, aunque con el rabillo del ojo se mantenía atenta. Lucciano, con su desparpajo, se rio fuerte y saltó la valla imaginaria que Alma trazaba.

—¿Qué pasa, Alma? ¿Dormimos juntos que no me vas a saludar? —pronunció deletreando como para que todos escucharan.

Se contuvo. Se miraban e intentaban ocultar su volcán. Aun así, Alma no pudo evitar ponerse roja. Iba a ser muy difícil camuflar sus sentimientos y concentrarse. La piel de Lucciano a centímetros le cambiaba los segundos, las horas, los días. Las letras.

Lucciano se quedó a dormir en casa de Alma durante esos diez días que faltaban para el regreso de Melanie. Habían establecido su rutina. Salían del trabajo a la misma hora, pero él iba a reuniones de negocios fuera de la redacción. Se las organizaba Carlo Conti. En esos *meetings* craneaban estrategias para salvar al Boston Times. Los análisis de mercado y consultoras pronosticaban que en un tiempo ya nadie leería los periódicos en papel. Apenas en las redes y, peor aún, ni siquiera eso. Con la revolución tecnológica y el avance digital, la gente se encontraba en pleno cambio de sus hábitos para informarse. ¿Cuánto tiempo tardarían en desaparecer? La curva del ocaso, la habían empezado a marcar las revistas. Ante esa ofensiva, los canales de televisión y las radios parecían salvarse porque, a diferencia del devaluado papel, estos medios sí captaban publicidad.

La maniobra pasaba por consolidar el grupo Times en sus plataformas web, televisión y cable. Pero sobre todo, salvar al papel —considerado por su tradición el sello distintivo del periódico—, en medio de la transformación digital. Habría que buscar alianzas estratégicas y nuevos lazos comerciales para alcanzar el objetivo.

Una de esas noches, Lucciano llegó más cansado de lo regular. La reunión secreta que había mantenido con su padre había sido larga y tensa. Se relajó en el sillón, mientras comían y después de la segunda copa de vino ya le había cambiado el rostro.

Al terminar de cenar, le pidió que le hiciera unos masajes en el cuello. Alma tomó un aceite de rosas y comenzó a recorrer su nuca.

Entonces Lucciano contó algo de esas conversaciones privadas: venía de reunirse con Carlo Conti y gente de la Federación Mundial de Ajedrez, la FMA.

—No sabía que jugabas ajedrez —soltó ella y siguió con sus dedos finos alrededor del trapecio de Lucciano.

—Me encanta el ajedrez. Aprendí a jugarlo con mi padre —completó, con los ojos cansados y más relajado.

—A mí me enseñó mi abuelo Karnig.

Lucciano giró para mirarla.

—¡Tenemos una Gran Maestra, entonces! Un día debemos medirnos —le sonrió.

Ella hizo un gesto. La última vez que había jugado había sido hacía un par de semanas. Cada vez que iba a lo de tía Ani, aparecían Yervant y Mesrop, sus primos. Alma les seguía ganando. Y ellos se iban igual de enojados. Nada había cambiado en treinta años.

—Cuando quieras te reto una partida —soltó ella.

—Siempre me sorprendes, Alma —aceptó Lucciano desde el sofá. En jeans y descalzo, siguió comentando su día de trabajo—. Nos reunimos con un funcionario azerí. El año que viene se jugará la 42.ª Olimpíada Internacional de Ajedrez en Bakú, la capital de Azerbaiyán. Quieren que el equipo estadounidense lleve, como publicidad, la inscripción *Azerbaiyán: Land of fire.* Ya lo hicieron con el Deportivo de Madrid. Esponsorearon su camiseta con un contrato millonario.

Alma enmudeció.

—¿Te pasa algo, Alma? No te interesa, claro —razonó Lucciano.

—Te equivocas. Me interesa mucho. Azerbaiyán llevará más de tres mil jugadores de más de ciento setenta países a Bakú. Preparan una cobertura con un presupuesto de trece millones de euros para alojar a ajedrecistas y dirigentes, más los traslados y la seguridad. Buscan limpiar su imagen ante el mundo, sus negocios con el petróleo y la falta de libertades y derechos en ese país.

Lucciano la observaba mudo. Alma continuó:

—Deberías saber que muchos organismos cuestionan a la Federación Mundial de Ajedrez por el manejo de fondos y su apoyo a ciertas potencias.

Alma hablaba en medio de un escalofrío. Que Carlo y Lucciano Conti negociaran para llevar el auspicio azerí en las camisetas del equipo estadounidense de ajedrez le sonaba, por lo menos, escandaloso. ¿Cómo podía Lucciano hablar de Azerbaiyán, de ajedrez y contar que negociaría con ellos sin reparar en su origen armenio?

Un año después de la muerte de Karnig, sucedieron los pogromos de Bakú. En febrero de 1988, muchos armenios tuvieron que huir de la capital de Azerbaiyán. Grupos paraestatales los perseguían. Marcaban sus casas, los quemaban vivos y masacraban. Igual que en 1915. El maestro Garry Kasparov y su familia estaban entre los perseguidos. ¿Lucciano lo ignoraba?

La incomodaba calcular hasta dónde llegarían los Conti y sus alianzas. La noche que Lucciano se casaba, Paul Sharp se había hecho pasar por un productor que quería reunirlo con un empresario turco. Lucciano habría aceptado de no ser que viajaba a Turquía por su luna de miel. Alma lo recordaba a pesar de que habían pasado dos años. ¿Carlo Conti continuaba sus negocios con Jet Ottoman? ¿Hasta dónde Turquía, socio político y económico de Azerbaiyán, invertía en el Grupo Times? ¿Hasta qué punto controlaba su horizonte para salvar al papel y expandir el Grupo? ¿Hasta dónde llegaba el intercambio con Azerbaiyán? ¿Cuánto se involucraba Lucciano en los planes de Carlo Conti?

Una gran piedra comenzó a aprisionar los zapatos de Alma. Los negocios de los Conti la afectaban más que el estado civil de Lucciano. ¿El destino podía equivocarse tanto?

Aun así, esa noche Lucciano se quedó a dormir. Alma

trató de tender un manto de piedad. Debía procesar toda esa información. Se propuso apartar sus pensamientos. Si Lucciano se lo contaba, confiaba en ella. Es decir, ¿él confiaba en ella y ella no en él? ¿O Lucciano la usaba porque su matrimonio con Melanie se precipitaba? ¿Por qué la buscaba? ¿Tenía delante un manipulador y se dejaba engañar? Empezó a sentirse fatal. Avergonzada y con culpa. Comenzó a replantearse si su soledad la había llevado a dar un mal paso.

A la mañana siguiente, Lucciano salió temprano de la casa de Alma para cumplir su rutina deportiva. Mientras corría le mandó una foto, sonriente. Al mediodía en la redacción, ya comían del mismo bol de la ensalada. Alma llevaba la suya y armaba porciones más grandes porque Lucciano desviaba su tenedor hacia el plato de ella.

El fin de semana terminaron en casa de Alma. Enredados de contradicciones, sudor y deseo. Los dos sabían que pisaban terrenos pantanosos. Y por si fuera poco, el lunes llegaba Melanie. Mejor para ambos. Era la forma de apartarse de ese camino equivocado.

Se amaron en cámara lenta, como si pudieran prolongar esas caricias, esa entrega ajena a los orígenes, registros civiles y agenda. La tensión se volatizaba en sudor ácido. Solo cuando estaba por despedirlo, después de que se abrió la puerta del ascensor, Lucciano giró de repente.

—¿Alguna vez me volverás a aceptar, Alma? —la miró ensombrecido.

Alma sonrió con tristeza y recordó la frase de él: "No nos vayamos a enamorar". ¿Qué significaba aquella proclamación?

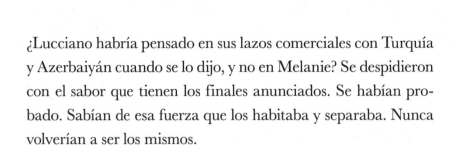

¿Lucciano habría pensado en sus lazos comerciales con Turquía y Azerbaiyán cuando se lo dijo, y no en Melanie? Se despidieron con el sabor que tienen los finales anunciados. Se habían probado. Sabían de esa fuerza que los habitaba y separaba. Nunca volverían a ser los mismos.

Para el comienzo de la primavera, cuando la rutina en casa de Lucciano y Melanie se acomodó, él reapareció en el chat. Le rogaba encontrarse. Alma dudó. Lo extrañaba. Había pasado un mes de que no se veían fuera de la redacción. Estaba ansiosa por encontrarlo sin presencias incómodas, por hablar con él. Pero le gatillaba la culpa tanto como el deseo. Con un mar de contradicciones a cuestas, recordó la frase que le había dicho una gurú del amor que había entrevistado: "La primera vez puede pasar, la segunda es infidelidad".

Sintió que se arrojaba a un precipicio. Pero no pudo evitar dar el paso al vacío. Aceptó. ¿Quién podría juzgarla más que ella misma? ¿Quién podría juzgar a un suicida? ¿Quién tendría la vara para meterse en casas ajenas y decidir qué está bien y qué está mal? Hablaría de todo con Lucciano. De su relación. De Melanie. De Carlo Conti. De Turquía. De Azerbaiyán. De frente. Sin vueltas.

Él llegó acelerado como siempre que estaba nervioso. Sirvió las copas de vino y cuando empezó a relajarse habló de Melanie y su relación con Alma. Le confesó que jamás le había sido infiel a su esposa y lo que vivía con Alma significaba algo nuevo. Que no podía dejar de pensar en ella. Y que por eso había vuelto. Que no le gustaba mentirle a Melanie, pero que allí estaba. Que Alma le gustaba porque era una mujer bella pero también libre e independiente.

Alma no escuchaba sus calificativos. Su rostro era sombra. Lucciano se alertó.

—¿Qué pasa? Alma, estás mal. ¿Es por lo que te dije de Melanie?

—No es Melanie. Te conocí prácticamente casado. Vivimos algo intenso pero nos conocemos poco.

—Me asustas, Alma, ¿qué me quieres decir?

—Organizaste tu luna de miel en Estambul, a donde llegaste con un pasaje invitación de Jet Ottoman. La misma empresa esponsorea a los Boston Athletics, donde tu padre integra la comisión directiva. Y ahora también busca el esponsoreo del equipo americano durante las Olimpíadas de Ajedrez en Bakú. Se trata de los eventos deportivos que cubre el Grupo Times. Grupo de medios al cual los Conti quieren expandir para salvar el papel en medio de la transformación digital.

Lucciano se levantó. Caminó por la sala agitado. Tomó otro trago de su copa.

—Alma, tenemos que hablar.

El tono de voz de Lucciano había cambiado de repente. Hablaba seriamente. Actuaba más con el sello Conti que como Lucciano.

—Los empresarios se contactaron con el equipo estadounidense de ajedrez para que lleve la leyenda *Azerbaiyán, land of fire* en la camiseta. Y la FMA nos buscó porque sabe que en el Grupo Times podemos difundir la Olimpíada con nuestra cobertura, además de promocionar destinos turísticos en Turquía y en Azerbaiyán. Muchas empresas manejan esta clase de alianzas. Internet y el libre acceso a las noticias a través de las redes sociales, cambió el panorama de los medios. El papel vende muy poco. La publicidad en el periódico impreso vale mucho menos y la tirada también disminuyó. No cierra el negocio. Para que la marca siga liderando, debemos buscar otras maneras de solventar el papel. De ahí nuestro intercambio con la FMA. Nos comprometemos a difundir la Olimpíada a gran escala en todas nuestras plataformas. Y Azerbaiyán "nos devuelve" pauta publicitaria. Para nuestros números significa un adelanto importantísimo. Nos aleja de la desaparición del papel –Lucciano hablaba sin pausa. Como en esas reuniones de directorio donde acompañaba a Carlo Conti–. Con este balance negativo de negocios, muchos empleados del periódico pueden quedar afuera, Alma. Si los números no mejoran habrá que despedir mucha gente del Boston Times. La redacción tiene que quedar con la mitad de los empleados, y menos también.

Ella hizo otro silencio. Estaba impresionada y dolida. Lucciano continuó:

–Muchos diarios del mundo atraviesan la misma crisis. Las redacciones se achican. Se pierden puestos laborales fijos. Todo cambió, Alma.

–Lucciano, muchos medios viven sumergidos en esta crisis, pero no negocian con Turquía y Azerbaiyán, potencias corruptas y negacionistas. ¿Por qué no modifican ustedes la estrategia de negocios en lugar de pensar en echar gente y vincularse con

países cuestionados también por los organismos de derechos humanos?

Alma caminaba por la sala con bronca y preocupación. La garganta se le había secado. Tenía sed como los armenios tenían sed en las caravanas de Der Zor. Necesitaba beber mucha agua. Le ocurría cada vez que se ponía muy nerviosa.

—Entiendo tus orígenes, Alma. Pero no puedo interferir en las decisiones del Grupo Times.

El rostro de Lucciano viró a gris. Un océano profundo se interpuso entre ellos. Alma no lo miraba. Y, aunque a veces se enfrentara a su padre, Lucciano no podía resolver lo irreparable. La sangre para él también era fuerte. No compatibilizaban y probablemente no lo harían nunca. Aunque sus pieles se gritaran de deseo.

Lucciano se acercó. Alma seguía rígida. El rostro embravecido.

—Si prefieres, me voy. No quiero hacerte doler más.

Alma lo sintió cobarde. Sus pies rozaban el precipicio. Pero de lados distintos, dispuestos a arrojarse y a hacerse daño. Él volvió al sofá. Le tendió una mano para que se sentara a su lado. Alma quería llorar. Se aguantó el nudo que le retorcía el pescuezo. Los ojos de Lucciano también miraban compungidos. Había sido sincero. El silencio sonó demasiado largo. Alma meditó qué haría. Sus contradicciones en la balanza se llevaban fatal.

Él la abrazó. Ella sintió el calor alrededor de todo su cuerpo. Tuvo más ganas de llorar. Se moría por abrazarlo. Por oler su cuello. Por frenar el mundo. Su cabeza y su pecho iban a estallar. Empezaron a acariciarse despacio. Necesitaban contenerse. Calmarse y cuidarse uno al otro. Como lo habían hecho siempre. Con vergüenza por lo que estaba sucediendo, se trenzaron otra vez en la piel. El peso de sus conciencias oprimió los ojos y cayó sobre sus hombros cansados. Sabían que cruzaban un umbral. Estaban solos en esa habitación. ¿Quién podría juzgarlos?

Hubo un sollozo. Y más caricias como olas desmesuradas. Sus huracanes pronto se arremolinaron. Irradiaban esa energía capaz de encender los caminos a su paso. A pesar de sus conciencias irritadas, se alzaron en una maniobra simultánea. Se dejaron atropellar por la tormenta que los embrujaba. La cárcel de la piel de la cual eran los carcelarios. Lucciano la recostó con un solo movimiento en el sofá. Se montó como un ave atrapando a otra en su vuelo. Levantó su falda. Entró con la mayor potencia y virilidad. La miró con los ojos azul noche mientras la alcanzaba hondo. Ella le sostuvo la mirada a medida que él la embestía. Alma emitió un gemido oscuro y liberador. Entonces él alcanzó todavía más profundo la cavidad de esa mujer que volvía a clamarlo. Los dos soltaron un bramido atávico. La noche se había alterado. Lucciano volvía a amarla una y otra vez sobre el sofá que cobijaba todas sus huellas prohibidas, sus deseos y conversaciones infatigables.

Empezaron a verse una vez por semana. Lucciano iba a cenar y después hacían el amor con más entrega, culpa y perfección. Algunas semanas intercalaban encuentros a media mañana. No podían manejar el peso sobre sus conciencias, pero se ponían peor si no se tenían. Melanie sospechaba y Alma aceptaba lo que él podía darle. De los negocios del Times ya no hablaban. Alma compensaba su incomodidad con la vitalidad que sentía luego de fundirse con Lucciano. Sabía que la enjuiciarían y que pisaba terreno escandaloso. Su conciencia giraba como remolino. Ese enlace los dejaba exhaustos y contrariamente colmados. Se daban una ducha juntos, se vestían y salían a la par. Cada uno en su auto rumbo al Boston Times. Hablaban por teléfono en altavoz durante todo el trayecto. Lucciano le mandaba canciones de amor que escuchaban juntos y separados, rumbo al mismo destino. Para luego sentarse toda la tarde pegados. Y más tarde dormir aislados. Para simular lo que era evidente. Para todos. Para Carlo Conti y para Melanie Farrell también. Para entorpecer aún más sus mundos fulminados.

## CAPÍTULO SEIS

# GOLPE DE TIMÓN

BOSTON. JUNIO, 2016

En su caminata supervisora por el pasillo central de la redacción, una pasarela de ochenta metros que hilvanaba todas las secciones, desde Política, Economía, Internacionales, Información General, Cultura, Espectáculos hasta Deportes, Carlo Conti lo detectó. Le cambió el gesto. Si no tomaba medidas urgentes, algo podía salir muy mal en sus planes.

Donde se abría el área de Cultura, Lucciano, con el pelo mojado y sobre el escritorio de Alma, le cantaba a la editora la bachata de Enrique Iglesias y Romeo Santos. Lucciano bailaba y pronunciaba: *Y es que estoy loco, por besar tus labios, sin que quede nada por dentro de mí, pidiéndotelo todo...* Meneaba la cabeza, su piel brillaba y sus dientes blancos reflejaban la luz que entraba por los ventanales. Lucciano miraba a Alma y con su

dedo índice dibujaba círculos que apuntaban a su sien derecha. Olía a bombón de chocolate. Guardaba la fragancia en la guantera del auto y se rociaba antes de entrar a la redacción, cerca de Alma y bien lejos de Melanie.

Carlo Conti concluyó que su hijo había perdido el control de sus emociones. Justo lo contrario de aquello que le había enseñado. Los compañeros pudieron identificar el rostro adusto de Carlo Conti. El centro del pecho hacia adelante en señal de enojo. La figura omnipresente del editor general del Boston Times se acercaba como detective hacia sus escritorios. Detuvo su marcha al lado de Lucciano, y a la editora ni la miró. Lucciano giró sobre su derecha, hacia Carlo Conti y le ofreció su espalda a Alma como si esa curvatura de gimnasio pudiera cubrir a su compañera. Cambió el tono de voz y el semblante. Rápido de reflejos, saludó afectuoso a su padre mientras Alma bajaba la vista y se concentraba en el teclado. Sus colegas redoblarían los chismes en segundos y se desparramarían como baldazos de agua fría por la redacción. Carlo Conti, de pie junto a Lucciano, escaneó a su hijo. Su presencia en ese pasillo más estrecho imponía mayor autoridad aún. No solo para Lucciano. También para los redactores de Cultura. Si Carlo Conti aparecía deparaba un motivo. No venía a comentar una hazaña de los Boston Athletics ni a jugar una broma a Lucciano. Se apersonaba para separar a dos niños que, en sus narices, había pescado *in fraganti*.

Alma buscó la mirada de Lisa. Ni siquiera pestañeó. Tampoco quería respirar para que su tensión no se notara. A su lado, y en voz bien alta, Carlo Conti comentó a Lucciano los últimos titulares de política que mostraban los *graph* en el noticiero del

Times. Los televisores encendidos las veinticuatro horas por encima de sus cabezas disparaban discusiones en el bullicio de la redacción. Lucciano le hacía comentarios de actualidad a Carlo Conti y el editor general aseveraba con su cabeza cubierta de canas plata, mientras impostaba la voz cada segundo más grave, el mentón hundido hacia su suéter azul oscuro como el jean. Lucciano se puso de pie. Pudo haberse tratado de una maniobra adrede. El hijo sobrepasaba por dos centímetros la estatura del padre. Esa ventaja, en su lenguaje privado, era victoria. Lucciano levantó la quijada. Como lo hacía cada vez que quería que lo mirasen. La vista lejana. Pero seguía escuchando a su padre. Una vez que Carlo Conti se aseguró de que había diluido el momento idílico de su hijo y la editora de Cultura, tomó su celular para responder un chat que no requería urgencia. Le dio una palmada en la espalda a su hijo y le recordó para que todos pudieran oír:

—Esta noche cenamos juntos.

Lucciano asintió y su padre dio media vuelta. Sus pasos se esfumaron otra vez por el pasillo central en dirección a su box vidriado, en la otra punta de la redacción. Lucciano se dejó caer con ruido en su asiento. Aguardó cuatro segundos que parecieron contados. Deslizó su silla con rueditas hacia la de Alma. Su hombro izquierdo se pegoteó al derecho de ella. La vista clavada en su cuaderno de notas. Garabateaba con su Montblanc de tinta azul.

—Alma, ¿por qué estás tan callada?

Cuando las papas quemaban, Lucciano redoblaba la apuesta. Y si bien le sonaba familiar el mecanismo, porque ella hacía lo mismo, ahora lo quería matar. Lucciano pegaba brazadas cada vez más largas para no ahogarse. Para salir de ese pozo resbaloso en que los había metido la pasión y la mirada inquisidora de su padre. Habían quedado expuestos frente a media redacción. Lucciano se reía de los nervios y Alma seguía bordó. Al segundo, y como por arte de magia, él soltó una carcajada. Alma no aguantó y también rio. Fue un momento de liberación. Lucciano lo hacía cada vez que ella se ponía tensa. Tenía ese poder de dar vuelta su emoción.

—Mi padre sospecha —dijo cuando terminó de reírse y habían quedado un instante sin gente alrededor. Fue más una descarga que una revelación.

Alma había aprendido, a fuerza de observar, a conocer a Carlo Conti. Sabía que no perdería el tiempo. En su lógica, la solución llegaría en forma evidente.

Al día siguiente, cuando Alma le preguntó a Lucciano cómo le había ido en la cena con el padre, él le contó lo que ya intuía. Carlo Conti le había regalado dos pasajes para volar al Caribe y había arreglado con la madre de Lucciano, Sophia Vitto, que cuidaría del pequeño nieto, Franco. De esta forma, la pareja quedaba liberada para viajar a una playa paradisíaca de Tulum. Alma había visitado la Riviera Maya cuando trabajaba en el suplemento femenino. Había volado junto a tres modelos y una fotógrafa para hacer una producción de trajes de baño. Al principio, se había resistido al viaje porque evaluaba que ese sitio era solo para enamorados. Sin embargo, la belleza del lugar terminó por convencerla. Las ruinas mayas se levantaban majestuosas al borde del mar y, desde entonces, había querido regresar a Tulum. Pero con un novio.

Carlo Conti había jugado alto. La indignaba imaginar a Lucciano y a Melanie en esas cabañas ecológicas frente a los amaneceres dorados. Esas dos semanas que Lucciano pasaría en México con Melanie la pondrían a prueba. Su cabeza oscilaba como un sube y baja. Mezclaba ansiedad, incertidumbre, sentir que lo extrañaba y reconocerse sola. ¿Por qué estaba con Lucciano? Al final de esa tormenta, sobrevino la tristeza. La aventura con Lucciano podía acercarse a su fin. Carlo Conti guardaba planes para su hijo y esos ideales y valores nada tenían que ver con los suyos. Había tocado una pieza difícil y le habían plantado jaque mate. Karnig le hubiera dicho que lo debería haber pensado antes y mejor.

En ese momento, Lucciano terminaba de correr por la playa de Tulum y pensaba en Alma tanto como ella en él. Aunque a su lado descansara Melanie. Su compañero del Boston Times acababa de enviarle una foto por Whatsapp con expresión exhausta, el torso desnudo, salpicado por unas gotas saladas. La tentaba aún más con su tono caribe. En esa foto, Lucciano miraba el mar bajo la gorra negra. A la distancia podía torcer en Alma ese sentimiento oscuro que la ocupaba cuando se alejaba con Melanie. Cuando pensaba en sus negocios. ¿Quién era el verdadero Lucciano? Pero su irrupción de sonrisa blanca era capaz de transformar sus pensamientos y relajar su humor. Sentado en la arena con su short de baño rojo, la espalda hacia adelante y las manos entrelazadas sobre

las piernas flexionadas, fijaba los ojos negros en un horizonte turquesa. Le dieron ganas de abrazarlo y sentarse a su lado. Por suerte estaba lejos, aunque experimentaba rabia por saberlo junto a Melanie. Incluso la foto se veía mejor porque Lucciano parecía no haberse enterado de la cámara. Los ojos de quien lo había captado resaltaban su piel oscura que trababan sus músculos dibujados bajo el sol. Dedujo que la imagen había sido tomada por Melanie. A un costado de Lucciano, sobre la arena fina, asomaba una lona fucsia y un bolso de playa a rayas amarillo y blanco. Pensó que Lucciano no había tenido la precaución de cortar esa parte de la foto. O tomarse el trabajo de mandar otra donde no apareciera el bolso de su esposa. ¿Era torpeza de su compañero o hipersensibilidad de Alma? ¿Ambas cosas? También razonó que Melanie podría haber enviado la foto desde el celular de Lucciano, como una trampa para Alma. Un pinchazo se le clavó en la espalda. Ella corría de nota en nota en medio de la redacción y Lucciano con Melanie tomaba sol en la arena de Tulum.

Mejor cortaba todo. Admitió que los días sin él transcurrían más tranquilos. Aun junto a su silla vacía, inscripta con su nombre de puño y letra con liquid paper blanco, se percibía más serena. No esperaba ansiosa el momento en que él llegara, cuando analizaba cómo la iba a saludar, decodificaba qué le diría, medía quién de sus compañeros estaría delante, qué caras pondrían o qué pensarían. La aliviaba ser ella misma sin fingir, aunque lo extrañara. Se inundaba de incertidumbre y se autorreprochaba.

A las dos semanas, cuando Lucciano regresó con su perfume

que impregnaba los centímetros que los separaban, Alma le comentó que lucía demasiado bronceado. Él se acercó y ubicó su brazo torneado y moreno junto al de ella, blanquísimo y la mitad de delgado.

—¿Qué pasa, Alma? ¿No te gusta tomar sol?

La provocó con la mirada y el pelo humedecido, porque era lo primero que hacía cuando llegaba a la redacción. Alma lo imaginaba de frente al espejo del baño mover ese maxilar y tirarse agua sobre la cabeza. Entonces se rio y él tampoco pudo contenerse. Los autoincriminaba la electricidad de sus pieles que se rondaban. Debía admitir que se sentía feliz de que hubiera regresado. Corrió al otro lado del pasillo hasta la impresora para bajar la excitación. Cuando regresó con los *prints* de la nota del día, abrió la gaveta del escritorio para buscar un bolígrafo. Entonces giró y miró a Lucciano que le sonreía aún más. Los dientes blancos se le escapaban de su rostro asoleado. Sin mover la caja de bombones, Alma señaló ese estuche dorado decorado con cintas rojas.

—Para alguna de tus noches tentadas —le susurró él y Alma no pudo evitar preguntarse qué excusa le habría puesto a Melanie para traer esa caja en la maleta. ¿Le habría inventado que los bombones serían para la redacción? ¿O para su padre? ¿Hasta dónde le permitiría avanzar en su vida? ¿Quién de los dos fijaría el límite?

Salió a almorzar con Lisa. Necesitaba aire. Aire de Lucciano. Mientras conversaban en el bar de la esquina, se iluminó la pantalla de su celular.

**LUCCIANO**

*¿Esta noche?*

Lisa no tuvo que preguntar quién le había escrito. El brillo de Alma resultaba obvio.

–Ay, amiga, amiga –movía la cabeza Lisa y Alma tamborileaba los dedos sobre la mesa con una sonrisa en los labios.

Si Lucciano le escribía para encontrarse esa noche, el primer día que había regresado a la redacción, probaba que su compañero no habría percibido el paraíso como un lugar tan fascinante sin ella.

–Me vuelve loca. No sé qué voy a hacer –explicó.

–Sabes muy bien qué debes hacer –replicó Lisa con su voz calma, igual que cuando marcaba límites a sus hijos adolescentes, con sus facciones redondeadas y los ojos celestes.

Alma suspiró. Pidieron un café y la cuenta. Mientras regresaban, envió a Lucciano un emoticón de un trago. En el lenguaje de ellos, significaba que aceptaba la propuesta.

**LUCCIANO**

*¿A las 10?*

**ALMA**

*Perfecto*

Alma guardó el celular en el bolsillo trasero del jean. Se sentía más alta en sus sandalias color nude y su camisa roja brillaba en el verano de Boston. Le había cambiado el humor en forma repentina y para el resto de las horas que le quedaban en la redacción. Trató de ocultarlo frente a Lisa. En ese punto ni su mejor amiga la entendía. Se sentía sola y Lucciano la quería. A su manera, pero la quería. Y ella a él. Mientras terminaba de editar y pensar las notas, calculaba qué picada le podía ofrecer. Él traería las bebidas y ella buscaría higos abrillantados y pistachos. Lisa le hizo un comentario para indagar si había arreglado y Alma no contestó. No quería mentirle. Pero tampoco explicarle.

Alma saludó a todos con un "hasta mañana", incluida a Lisa y a Lucciano que le sonrieron. Los dos le respondieron "hasta mañana". Alma tenía dos horas para llegar a casa, tender la mesa y pensar qué se pondría mientras se bañaba.

Después de brindar, con los últimos pistachos que jugueteaban en la boca de Lucciano, él le comentó que en un par de semanas haría otro viaje con Melanie. Alma sintió un filo atravesado en el pecho. Es más, había notado durante la tarde que él miraba fotos de París en su computadora. No quiso inmiscuirse en su máquina. Pero sí, le importaba. No podía vivir así.

Ahora entendía. Habían regresado de Tulum y ya tenían pasaje para dentro de un mes para volar a París, otra semana. ¿Otra vez Carlo Conti? ¿Jugaba con ella? ¿Quién de los dos Conti jugaba más? En ese momento, a Lucciano se le resbaló la copa de la mano. El cristal se estrelló y se hizo añicos en el suelo. Mientras él pedía perdón, Alma pensó qué poco le importaba el

vaso roto. Había heredado de Teter esas copas. Le dolía, sí. Pero más le dolía ese instante de premonición. Su corazón se había partido con la copa. No lo podía maquillar. Tenía que decírselo. Se había enamorado y otra vez le resonaba su frase del primer encuentro: "No nos vayamos a enamorar". Lisa tenía toda la razón del mundo con sus advertencias. Se odiaba por no haberle hecho caso. Por haberse dejado llevar por la pasión.

No pudo contener el llanto. Lucciano la rodeó con sus brazos firmes. Alma lloraba con hipo y con angustia. La espalda de Lucciano temblaba. La copa rota con el vino derramado era una metáfora perfecta y horrible. Lucciano no se movía. Tampoco hablaba. Todo el esfuerzo que ponía para odiarlo cada vez que le sonreía se desvanecía. En segundos, su cabeza repasó toda la relación. En el último tiempo, había empezado a molestarle verlo vestirse para partir después de hacer el amor. Incluso encontrarse a mediodía para evitar las sospechas de Melanie. Por si fuera poco, se sumaban los viajes, además de sus negocios inconvenientes. La copa se había roto en sus narices.

El juego había terminado. La espalda de Lucciano corcoveaba. Sus ojos se inundaron de lágrimas. Alma jamás lo había visto así. Le habían castigado el corazón roto. Lucciano, que salía airoso de las situaciones difíciles, permanecía congelado. No valían los reproches. Cuando él partiera, ella se echaría a llorar. Él, en cambio, se tendería a dormir junto a una persona a quien no amaba.

Debía ocuparse de ella. Se sentía atrapada como un ratón que se muerde la cola. Le gustaba Lucciano pero no sabía cómo separar el deseo de la cabeza. No podía considerar a su pasión como una simple aventura. Una vez que se habían probado, sus cuerpos no dejaban de perseguirse. Se ponían irascibles si no se tenían. Y se calmaban cuando se amaban.

Lucciano se alejó. La contempló desmembrado.

—Tengo que irme sin tu piel, ¿verdad? —especuló.

Alma entendió su retórica. Y, al contrario de lo que le hubiera aconsejado Lisa, privilegió ese impulso que desordenaba sus entrañas. Sería la última vez. Se tomó unos segundos. Lo miró. Él sostuvo sus ojos. Hasta que no pudieron más. Se abrazaron y ella recorrió con la yema de los dedos cada músculo de su espalda. Desde la cintura hasta los omóplatos para arremolinarse en su nuca. Lo besó con dulzura en el lunar debajo de su ojo izquierdo. Buscó su boca. Probó su cuello y los ojos donde recogió sus lágrimas de sal. Se quedaron abrazados unos segundos más, hasta que él la tomó de la mano y la condujo por el pasillo en penumbras. Las copas de los árboles del Public Garden, con sus patos guardianes, se veían tristes y opacas. Lucciano la guio hacia el vestidor. Le quitó la ropa con lentitud frente al espejo, mientras la besaba entera. Cayó al suelo la camiseta negra de Alma con una estampa de la Catrina. Era justa para ese momento en que se iba a robar el último aliento de su amor. Él se impactó al descubrirla con un sostén de encaje negro sin tirantes. Realzaba su escote. La alejó por instantes. Derramó más besos que subían y bajaban por la piel de Alma mientras le desprendía el soutien. El fuego había borrado sus caras de dolor. Ahora se requerían con impaciencia. Ella le quitó la camiseta turquesa que entallaba como demonio su torso de tabla de lavar. Cada centímetro de carne en la espalda de Lucciano

echaba fortuna. Se multiplicaba en los espejos. Alma recorrió con codicia sus bíceps de nadador. Descalza, se alzó de puntillas para quedar a la altura de su boca onerosa y atraerlo. En un movimiento rápido, Lucciano se quitó el jean. Solo vestía su ropa interior negra de lycra que marcaba los muslos magros. Giró a Alma. Sus oblicuos de acero se pegaron a la espalda de ella. El rostro fulgurante de Alma sofocó el pequeño cuarto lleno de perchas y estantes que fisgoneaban la escena. Él la rodeó por detrás. Sus pieles eran dos galaxias templadas y contraindicadas que se correspondían. Se detuvieron en esa foto que los recompensaba. La silueta de los amantes semidesnudos se replicaba en los cristales hasta el infinito. Él se quitó la ropa interior y deslizó el culote negro de Alma. Entró con vigor pleno hasta ocupar su íntimo ser aún más hondo de lo que imaginaban. La potencia de Lucciano tensó a Alma. Sus mejillas arrebatadas contagiaron al resto de la piel. Emitió un quejido de cometa mientras se hundían en ese engarce abismal. Apoyó sus manos delicadas en el espejo para que Lucciano manejara su cuerpo dócil, para darle y recibir placer. La espalda de Alma en movimiento conjunto con su torso afilado, los recargaba. Lucciano la inclinó un poco más hacia adelante para poder amarla en toda su dimensión. Sin prisa. Sin pausa. Sin escatimar cada rincón de su piel. Su mano hurgó en el hueco húmedo entre sus piernas, para satisfacerla aún más. Cuando ella soltó un gemido, él la rodeó por la cintura. El otro brazo recorría su abdomen nacarado mientras sus pechos flameaban suaves y victoriosos. Lucciano empezó a moverse con mayor fuerza dentro de Alma hasta que los dos exhalaron un sollozo de precipicio en simultáneo. Fue una colonización que retumbó en la habitación y replicó en las copas de los árboles, testigos únicos de su despedida. Los cristales del vestidor callaron. Ya tenían grabados, para siempre en la memoria, sus cuerpos enlazados.

Arrebatados se dejaron caer sobre la cama. Buscaron aquietar la respiración. Una brisa desconsolada entró por la ventana. Los meció en una semi vigilia. Lucciano abrazaba a Alma rodeando su talle. Su caja torácica se pegó a la espalda desnuda de ella. Eran dos cosmos que se complementaban. Las piernas emboscadas y entrelazadas sellaban su lazo de posesión. No importaba la forma que tomaran. No importaba el tiempo, la hora o el lugar. Sus pieles eran su remanso, su ilusión y su hoguera.

De pronto, un sonido en el celular los alertó. Lucciano tomó su teléfono y Alma intentó en vano distraer la atención. Lo vio enviar un mensaje de texto breve y guardar el móvil en el bolsillo del jean. Observó su físico deportivo caminar sin ropa hacia la bañera. Se incorporó y se cubrió con una camiseta larga que le llegaba hasta la mitad de sus muslos lívidos.

Lucciano terminó de vestirse y ella lo acompañó hasta la puerta. Se abrazaron durante los diez pisos que descendió el ascensor. Ya no se miraban al espejo. Nadie pronunció palabra. Antes de irse, él se apartó y buscó en el bolsillo del jean. Sacó su Montblanc de platino. La depositó entre las manos de ella y se las cerró con dulzura. Le tomó el rostro. La besó con urgencia y despedida. Desapareció tras la puerta. Alma se aferró a esa pluma que apretaba contra su pecho. Se preguntó por el significado de ese regalo. Por las letras que esa pluma podría verter. Como un ruego silenciado de Lucciano, tal vez.

Caminó hasta la biblioteca. Ocultó el bolígrafo que brillaba en el tercer estante. Detrás de la primera hilera de libros, y donde llegaba de puntillas. Donde ocultaba las novelas de amor.

Al lunes siguiente, cuando se vieron en la redacción, se sintieron incómodos. Él no le hablaba. Sonreía en una forma impostada. Pasaron todo el día, cada uno ocupado en su rutina. Las ocho horas parecían interminables, angustia y dolor. Alma corría a esconderse en el baño cuando no podía controlar el llanto. Miraba el reloj y contaba los minutos para irse. Sentarse junto a él se había transformado en condena.

Cuando pudo salir y subirse a su auto, no aguantó. Le mandó un mensaje. Era más fácil decirle "te extraño" por teléfono que en persona. Lucciano tardó en responder. Y cuando lo hizo, eligió mandar una carita sonrojada. Nada más. Estaba claro que no quería entrar en diálogo. Él cerraba la puerta.

Alma llamó a Lisa para que la contuviera. Le confesó todo. Aun los encuentros que no le había comentado. Lisa le prometió que todo iba a pasar. Sus palabras no lograban convencerla. Necesitaba hacer algo para arrancarse a Lucciano del cuerpo. Cuando llegó a su casa fue a la biblioteca. Al tercer estante en la segunda hilera de libros. Tomó el bolígrafo de platino y lo envolvió en un papel de periódico. Bajó a la calle. Caminó unos pasos hacia el contenedor. Abrió la tapa y arrojó el improvisado paquete.

Alma subió e intentó leer. No podía. Encendió la televisión.

Tampoco lograba concentrarse. Solo pensaba en ese bolígrafo azul, envuelto en una hoja del Boston Times, que naufragaba en el tacho de los reciclables. Bajó los diez pisos por la escalera lo más rápido que pudo. Corrió hacia el contenedor. Revolvió hasta que al fin sus manos tantearon el manojo de papel. Lo abrió. Se aferró nuevamente a su Montblanc.

En su casa, la limpió con un algodón con alcohol. Volvió a depositarla en el tercer estante de la biblioteca. Detrás de las novelas de amor. Respiró. Nada había sucedido. O todo, tal vez.

Un mes después, la rutina se había tornado cada vez más pesada en la redacción. Lucciano había regresado de su otra mini luna de miel en París, y no se hablaban. Alma convivía con un nudo en la garganta. Tenía que hacer algo. Escuchar las conversaciones con Melanie, la forma en que él la llamaba "mi amor", ya se avizoraba como su límite.

Se prometió ayudarse a salir de esa trampa en la que se había metido. Empezó a buscar notas para cubrir fuera de la redacción. Se le sumaba más trabajo, pero salir a la calle siempre resultaba revitalizador. Prefería pasar menos tiempo en la silla junto a Lucciano, a pesar de las horas extra a contra turno para llegar con la edición de cada cierre. Todavía recordaba a un jefe, de la época en que recién había comenzado como cronista. Parado sobre una silla, en el medio de la redacción, ese hombre gritaba: "¡No los quiero ver acá, lárguense a la calle donde están las noticias! ¡Afuera, afuera!". Eran épocas en que el periódico

se publicaba solo en papel. Había que apelar a la guía telefónica para conseguir un número, las notas previas se buscaban en el archivo papel lleno de pulgas y pasillos gigantes con sobres divididos por temas y personajes. No existían las redes sociales ni los smartphones.

Por suerte, había llegado una invitación para cubrir la Feria del Libro de Massachusetts. El lunes temprano, Alma adelantó el cierre y, cuando apareció Lucciano, avisó a su jefe que partía hacia la Feria en las afueras de Boston. Buscaba indagar en las novedades, preparar un sumario de posibles notas. Saludó a sus compañeros con un "hasta mañana", como todos los días. Lucciano ya no solo no hacía chistes, sino que tampoco la miraba ni le contestaba.

Alma prefirió ir con su auto en lugar de tomar un taxi del Times hacia la feria. Calculó un viaje de media hora. Conducir con música la distraía y relajaba. Abrió la aplicación Spotify y buscó los clásicos de Adele. La ayudaban a liberar las emociones. No existía terapia más efectiva: llorar en el automóvil con la música a todo volumen. Cuando entraba en ese estado, podía nacer de su pecho una lanza o un huracán: sentirse triste, pero con el mandato de sobrevivir. Como Scarlett y como sus abuelos, transitar la oscuridad para renacer. Como el ave fénix. No supo si vivía uno de esos "momentos fénix". Pero tomó nota.

El viaje pasó rápido. El predio se encontraba acondicionado. Bajo una carpa se distribuían los stands de diferentes editoriales y centros culturales. Se tomó el tiempo necesario para la recorrida. Amaba esos momentos donde podía descubrir novedades y detenerse a leer las primeras páginas de un libro, parada en una mesa, sin que nadie la apresurara. Tomaba apuntes en su libreta.

De repente, escuchó un sonido de una flauta que la estremeció. Afinó el oído. Sus pasos se movían en forma instintiva hacia la dirección de donde provenían las notas. Se sorprendió con el stand de una editorial, decorado con los colores de la bandera armenia: rojo, azul y naranja. Llegó a la fuente de ese sonido que la emocionaba. Un hombre menudo tocaba el *duduk*. La flauta armenia la transportó a la casa de Teter y Karnig. A su fiesta de cumpleaños número ocho. A sus tías que bailaban mientras los tíos tocaban los instrumentos.

Junto al músico, un hombre con expresión desafiante atrajo toda su atención. Pasaba los cuarenta años. El pelo con rizos rebeldes caía sobre su frente. Las cejas amplísimas enmarcaban unos ojos castaños. Y la barba cercaba los labios carnosos. Si no fuera porque pisaba la Feria del Libro de Massachusetts, hubiera creído toparse con un guerrero medieval. Con su expresión, traspasaba la mesa.

El desconocido posó la vista en Alma. Sus pómulos expandían una nariz prominente y aguileña. Reforzaban su gesto intimidante. Las manos grandes reposaban sobre el género violeta. Bebió un sorbo de agua y volvió a dirigir su mirada a Alma. Ella se inquietó.

El músico finalizó la melodía que se desprendía del *duduk*. Alma aprovechó para acomodarse en el único lugar disponible. Primera fila, a la izquierda. Leyó la cubierta del libro en el atril: *Artsaj, antes y después de la Guerra*. Las letras en rojo recorrían una imagen de trinchera y en el canto superior se distinguía el nombre del autor: Hrant Torosyan. El reportero de guerra había llegado desde Ereván.

Hrant Torosyan estudió al público y movió sus labios.

—*Parev dzez* —dijo en armenio—. Los saludo a ustedes —tradujo para que todos comprendieran. Su voz ronca guardaba el mismo acento que la de Teter y Karnig.

Lo que explicaría a continuación, nada tenía que ver con la infancia de Alma rodeada de olores y sabores. Con un tono grave, Hrant Torosyan detalló su rol en la guerra de Artsaj.

—A fines de los ochenta, trabajaba como camarógrafo. Vivía muy cerca de la frontera. Una mañana cayó una bomba en el patio de mi casa. Ya no pude seguir mirando desde afuera. Me sumé a los puestos de combate junto con mi hermano, Tigran. Los dos sabíamos manejar armas. Lo habíamos aprendido en instrucción militar en el colegio secundario. Y si bien no cargábamos los fusiles, estábamos ahí para cubrir a los soldados y ayudar. Empezamos a grabar los ataques y también los momentos de ocio entre los combatientes. Documentábamos todo con nuestros equipos de filmación. Luego enviábamos el material al canal E24, en Ereván.

Hrant hizo una pausa, bebió agua y continuó.

—La guerra, siempre te alcanza como una trampa. En una de esas coberturas periodísticas, perdí a Tigran. Se lo llevó el fuego azerí.

Se produjo un silencio. Nadie se animó a preguntar. Hrant, como algo natural, continuó con la información acerca del conflicto.

—Los armenios poblaban desde hace siglos Artsaj. Así lo

demuestran las excavaciones arqueológicas. En épocas de la Unión Soviética, Stalin entregó este territorio, como parte de una negociación, a Azerbaiyán. Las tensiones entre Armenia y Azerbaiyán siempre existieron. Pero, cuando el pueblo de Artsaj comenzó a reclamar por su independencia, se desató la guerra.

Alguien del público levantó la mano. Preguntó cómo intervino la comunidad internacional en el conflicto. Hrant Torosyan amplió.

—En 1994, Francia, Estados Unidos y Rusia, a través del grupo Minsk de la Organización para la Seguridad y Cooperación Europea, OSCE, se comprometió para trabajar por un proceso de paz. Se firmó un alto el fuego que, sin embargo, no es respetado. En abril de este año, 2016, se desató una guerra que duró cuatro días. Desde entonces la tensión es foco de violencia permanente. Jóvenes soldados y conscriptos mueren cada semana. Y, como en los años noventa, los soldados acarrean graves lesiones.

Alma tomaba nota. Había leído sobre los traumas de Artsaj y sobre el cambio de nombre de la región. Antiguamente se denominaba Arnek, por un noble que habitaba estas tierras. Así pasó a llamarse Artsaj, que significa "Jardín de Arnek". Pero bajo la dominación rusa bautizaron al lugar Nagorno Karabaj. El vocablo quiere decir "montañas negras", porque así lucen las vides tupidas que las cubren.

Alma intuía que detrás de los ojos de ese hombre había mucho más. El corresponsal demoraba su vista en ella. Activó el grabador.

—Cada año, Azerbaiyán incluye a más periodistas en su

lista negra: profesionales de cualquier parte del mundo que denuncian al régimen azerí. Europa y Estados Unidos, por negocios con el petróleo y el gas, no se atreven a condenarlo públicamente. Muchos periodistas e intelectuales que investigan los negociados del presidente azerí terminan encarcelados o asesinados –llamó la atención Hrant.

Alma levantó la mano. Quiso saber si Hrant Torosyan también integraba la lista negra de Azerbaiyán.

–Así es –confirmó el camarógrafo y detuvo su relato.

–¿Tiene que ver con la muerte de su hermano? –intentó ampliar Alma.

–La relación no es tan directa. Solo puedo contarle que con Tigran grabábamos a un soldado armenio durante el combate. Nos topamos con un azerí en medio del monte vacío. El enemigo abrió fuego y mató a Tigran y al soldado delante de mí.

A Hrant se le cascó la voz y volvió a interrumpir la exposición.

Alma intuyó algo muy privado. Interpuso otra pregunta.

–¿Cómo siguió su vida después de la guerra? ¿Pudo darle sentido al dolor?

–Me propuse encontrar qué había sido de los hombres que conocí en el frente. Fui a sus aldeas a buscarlos. Uno de ellos recordaba cómo se tuvo que acostumbrar a matar. Cerraba los ojos cuando tenía que hacerlo. El olor de la pólvora todavía lo perseguía. Al volver de Artsaj, se divorció y se distanció de sus hijos. Pasaba muchas horas solo. A otro lo internaron en un loquero. Dice que oye voces y que lo persiguen. Nuestro líder Alek, un hombre joven en aquel momento, hoy está casado y dice que su única contención es su mujer. Los otros compañeros murieron durante los últimos días de la guerra. No pude encontrar a la enfermera que nos acompañaba. Le hizo prometer a su hijo de dieciséis años que, si ella moría, él tomaría las armas. Que esa tierra es nuestra y había que defenderla como fuera. Mi hermano hoy forma parte del suelo de Artsaj.

Alma quería saber más. Cuando Hrant terminó su exposición, se acercó y le extendió su tarjeta del Boston Times. El corresponsal leyó su apellido armenio y arqueó las cejas tupidas.

—*Hay es* —"eres armenia", reconoció afirmando.

—Sí, claro —contestó, Alma.

—*¿Hayeren gue josis?* —"¿hablas armenio?", indagó Hrant.

—Perdón, no sé el idioma —se excusó Alma con pudor. Hrant continuó la conversación.

—¿Cómo una periodista armenia no habla armenio? —reprochó.

El hombre volvió a examinarla. La penetraba con sus ojos oscuros. Tenían un brillo de avidez y de pena. Alma le comentó que quería charlar con él por su experiencia en Artsaj. Su objetivo era publicar su historia en el periódico. Torosyan miró a su asistente, el mismo músico del *duduk*.

—Serge Sarkisian vive en Boston, es amigo y maneja mi agenda. Hoy ya tenemos varios compromisos, pero mañana podemos almorzar —organizó el corresponsal mientras le obsequiaba su libro.

—*Shnoragal em* —"te doy las gracias", retribuyó Alma, con las pocas palabras que dominaba en armenio.

Entrevistarlo al día siguiente sonaba muy bien. Tendría más tiempo para leer lo más que pudiera de la novela, y también para organizar el pedido de fotógrafo con el Times. Explicó a Hrant Torosyan que le gustaría llevarlo al Armenian Heritage, el memorial dedicado a las víctimas del Genocidio en Watertown, para tomar las fotos. Estrecharon manos.

Esa noche, después de leer su biografía en la contratapa, supo que Torosyan tenía cuarenta y ocho años. Su barba que cubría la mitad del rostro, se entrometió en su sueño. Ese hombre y su historia le habían despertado una curiosidad inquietante. Como si esos ojos de cañón, de pronto, la hubieran conectado con su mundo armenio rezagado.

Pensó en su familia al otro lado del mundo. En Sevag Parsehyan. ¿Habría tenido hijos, nietos? ¿Dónde vivirían hoy sus primos y tíos armenios? ¿Habrían combatido en la guerra de Artsaj?

Llamaría a tía Ani para desayunar con ella. De repente, necesitaba más información de su propia familia. Alma necesitaba que tía Ani le contara de Sevag, del hermano de Karnig, de su tío abuelo en el orfanato de Alepo. ¿Qué había sido de su vida luego de que saliera de esa institución? Las imágenes de Karnig en la media noche, cuando releía esas cartas amarillentas requerían una revisión de la historia familiar. ¿Eran cartas de Sevag? ¿Qué le decía a Karnig? Solo pensando que buscaría las respuestas logró dormirse.

A las siete se dio una ducha rápida, eligió un jean, unas sandalias negras y una camiseta blanca escote en V. Completó con un abrigo de vestir negro y bolso al tono. Quería verse elegante y profesional para la entrevista. Llamó a tía Ani.

—Tía, por favor, quiero ir a verte. ¿Me esperas con un café armenio?

—Ay, Alma, ¿qué pasó? ¿En qué andas?

Ani conocía la voracidad de su sobrina cuando un propósito rondaba su cabeza. Alma preguntaba sin permiso.

—Al mediodía tengo una entrevista con un corresponsal de guerra armenio. Quiero saber más de nuestra familia. Tendría que pasar ahora...

—Pero claro, sobrina, siempre eres bienvenida. Te espero con café armenio y *paklava*.

Se le aguó la boca. Terminó de aprontar sus cosas y se dirigió al auto.

Mientras conducía hacia Watertown, calculó cómo organizaría el día. La orden de fotografía estaba prevista para las dos y media de la tarde en Watertown. La entrevista se extendería de doce y media a dos en Boston. Tiempo suficiente para regresar a Watertown y completar la sesión de fotos en el memorial. Lucciano procesaría la orden de la foto y tendría que asignarle algún profesional. Era obvio que él no haría las tomas.

Alma llegó a lo de tía Ani. Recorrió esa calle. Los arces rojos del otoño le dieron la bienvenida. No importaba cuántas veces visitara a su tía, cada vez que entraba a esa casa, volvía a su infancia. Ani sirvió el café con el *paklava*. Se deshacía en los dedos pegoteados con almíbar. Las preguntas de Alma no esperaron. Tenía los minutos contados.

—Tía, ¿qué sabes de Sevag Parsehyan?

—¡Ay, Alma! ¡Eres terrible! No te metas en problemas, ¿eh?

—Tranquila, tía. Tenemos familia en Armenia, ¿no es cierto?

—Tienes razón, querida sobrina. Sabía que este momento iba a llegar.

—Tía, por favor, cuéntame —puso su mano sobre la de Ani cubierta de anillos de plata y piedras.

—Cuando Sevag salió del orfanato, con catorce años, un tío abuelo lo llevó al Líbano donde lo empleó en su fábrica de telas. A los veinticinco años le presentaron a una joven de origen armenio, Berjouhi, de dieciséis años. Su familia también había sobrevivido al Genocidio. Se acostumbraba casarse a esa edad. Festejaron la boda dos años después, pero los hijos no llegaron enseguida.

—No tener descendencia se consideraba un problema, ¿verdad?

—Los hijos era la forma de conservar la sangre armenia. La necesidad permanente de repoblar nuestro suelo y defenderlo. Por eso querían parir, aunque estuvieran enfermos, pobres o no hubiera salida a la guerra. Además, si nacía un varón, mejor.

—¡Ay, tía!

—Así era. Y lo sigue siendo.

—¿Qué pasó después de que Sevag se casó?

—Con Berjouhi pensaron que podían mudarse a Ereván, en 1946, cuando los partidos nacionalistas armenios llamaban a repoblar esa provincia soviética. Alentaban el sueño de fundar una nueva nación con territorio propio y con la bandera roja, azul y naranja. El sueño postergado o interrumpido de libertad, el de la Primera República formada el 28 de mayo de 1918, pero que solo duró dos años.

—¿Cómo le fue a Sevag en esa epopeya de repoblar Armenia?

—Junto a miles de familias, Sevag y Berjouhi partieron desde el puerto de Beirut. Se embarcaron con todas sus pertenencias y atravesaron el mar Mediterráneo y el estrecho del Bósforo para desembarcar en Batumi. Entraron por Georgia porque los armenios no podían pisar Turquía. Los trasladaron en camiones hasta Erevan. Pero cuando llegaron, el régimen comunista les confiscó todas sus pertenencias y su derecho a salir de esa tierra.

—Plena gestión soviética.

—Bajo amenaza de muerte, los encerraron. Vivían sucios y llenos de insectos y piojos. A quienes intentaban huir por las montañas los fusilaban. Las familias empezaron a escribir cartas en clave a los parientes que habían quedado en Siria o Líbano para avisarles que no se mudaran. Nombraban el color rojo, *garmir,* reiteradamente para advertirles del comunismo: "Un vestido rojo, un atardecer rojo". Expresiones exageradas para que entendieran la falta de libertad. También nombraban a familiares que habían muerto hacía muchísimos años, pero hablaban de ellos en presente. Para que se dieran cuenta de que algo andaba muy mal. Las familias en Líbano y Siria comparaban las cartas. Todas mostraban los mismos trucos como aviso. Además, llegaban con párrafos tachados. Las abrían y censuraban.

—¿Eran las cartas que releía a escondidas Karnig, tía?

—En parte eran esas cartas y otras que llegaron después desde Erevan. Bajo el régimen de Stalin había una formación artística y profesional gratuita muy buena, pero también se formaban interminables filas para recibir doscientos gramos de pan por día para toda una familia. Se peleaban en la fila cuando el pan se terminaba. Se tiraban al suelo por las migajas. Tomaban sopa de agua y papa, y café hecho con garbanzos tostados. Los campesinos que lograban cosechar algo de vegetales, tenían que entregarlos al Estado, pero trataban de esconder bajo la tierra algo para que les quedara como reserva. Se exponían a que los descubrieran. Como castigo los enviaban a la Siberia para hacer trabajos forzados. Los torturaban o morían congelados.

—¿Y Berjouhi? ¿Cómo pudo llevarlo?

—Tenía una salud muy delicada. Pero supo ser fuerte. Cosía ropa para vender en el mercado negro. Empeñaban lo que no tenían. Berjouhi trabajaba con las cortinas bajas y a oscuras, porque los vecinos podían delatarla. En esa época, nadie podía contar con un ingreso privado. En la fábrica donde Sevag trabajaba, los obreros guardaban entre los calzones lo que pudieran tomar de las líneas de producción: cigarrillos, salchichas, cualquier cosa. Lo reservaban para comer o lo vendían en el mercado negro.

Alma no podía hablar. Tía Ani continuó.

—En el patio de Berjouhi crecía un árbol de moras blancas. Berjouhi exprimía del arbusto hasta la última mora. Elaboraba dulce o las comían así. La casa y el patio tenían suelo de tierra. Colgaban telas como paredes. Y con las ramas que sacaban de los bosques formaban el techo. En invierno, con la nevada y las lluvias, no había cómo calefaccionarse. Las telas que cubrían las ramas del techo se empapaban y el suelo se transformaba en un lodazal.

—¿Pudieron aguantar así?

—En 1955, cuando Sevag tenía cuarenta y dos años y Berjouhi

treinta, ella por fin pudo quedar embarazada. Lo consideraron un milagro. Al año siguiente, nació Jirair. El hijo varón trajo alegría a la familia y fuerza para resistir la escasez y el abatimiento. Y, aunque Karnig y Teter le enviaban joyas que revendían, Karnig nunca pudo superar la culpa de haber dejado a su hermano en el orfanato. No haber regresado para rescatarlo.

—Por eso se encerraba a leer.

—Pensaba que, si él lo hubiera rescatado, Sevag no hubiera padecido las carencias de la Armenia soviética y la Cortina de Hierro. Karnig, tu abuelo, jugaba al ajedrez para olvidar esa separación de por vida. Más de una vez, Teter lo encontraba en su taller, mientras leía las cartas de Sevag. Lo obligaba a volver a la cama y a dormir.

—¿Y Sevag? ¿Qué pensaba de Karnig?

—Guardaba resquemor con su hermano, aunque lo ocultara. Pero también sabía que Karnig era su lazo familiar. Y aunque vivieran alejados y tuvieran que comunicarse por carta, en sus corazones mudos se tenían. Sevag murió en 1990, tres años después que Karnig. Sevag y su familia se acostumbraron a Armenia. Y cuando Sevag murió, Jirair, con veintiún años, tomó la responsabilidad de llevar adelante el hogar y cuidar a Berjouhi. Consiguió empleo como seguridad privada de una marca de ropa occidental. Muchas firmas llegaron tras la caída del comunismo.

—¿Jirair se casó?

—Sí, con una mujer armenia, empleada del local de ropa. Tuvieron dos hijos. Nané, debe andar por los treinta y seis, y Levon que murió en el frente de Artsaj.

—¡Tía! ¡Cuánto dolor! El corresponsal que voy a entrevistar también perdió un hermano en Artsaj. ¿Cuántos años tendría Levon hoy?

—Debería andar por los cuarenta. Era el hijo mayor. El varón adorado.

—¿Hablas con Jirair?

—Cada tanto nos llamamos por teléfono. Conversamos en armenio. Berjouhi no escucha bien pero se conserva perfecta para sus noventa y un años.

—¿Y Nané?

—Estudió Relaciones Internacionales, aunque le apasiona el diseño de moda y la costura, como su abuela.

—¿Qué pasó con su madre? ¿Qué hace hoy?

—Alma, esa es otra historia. No vive con ellos. Te lo cuento en otro desayuno. Se te hará tarde. Debes volver a Boston para la entrevista. Te espero cuando quieras con otro *surch*.

—Esta vez dejamos acá pero no quiero más secretos familiares, tía.

Ani suspiró y despidió a Alma.

Subió al auto todavía conmovida. Según el GPS, en una hora llegaría al hotel de Hrant en Boston. Su pecho giraba con semejante nube de datos. Su origen. Su historia entre paréntesis. Su bisabuelo Boghos, masacrado por los turcos. La culpa de los hermanos distanciados, Karnig y Sevag. ¿Por qué Sarkis y Lusiné no habían querido tener más hijos? ¿Por qué era hija única cuando los armenios aumentaban la descendencia para conservar la sangre? Hubiera seguido conduciendo dos horas más. Como lo hacía cuando necesitaba pensar. En su cabeza sonaba Nané.

Quería detener el auto y buscarla en Facebook. Hacerle muchas preguntas, como a Jirair y a Berjouhi. Si Nané tenía treinta y seis años, habiendo estudiado Relaciones Internacionales seguramente hablaría inglés y podrían conectarse por redes sociales.

De pronto, advirtió que había llegado al hotel de Hrant. Ensayó bien la pronunciación de su nombre. Lo había aprendido en la conferencia de prensa al escuchar cómo lo llamaba su amigo, el flautista. Esa H camuflada como una jota. En armenio, sonaba, *Jerant*. Con la J levemente aspirada. Quería ofrecer una correcta imagen. Mucho más siendo armenia y teniendo en cuenta que no dominaba el idioma. Algo más para su lista de pendientes. ¡Cuántos temas le había despertado Hrant! Lo pronunció sola y en voz alta. Lo repitió. *Jerant, jerant.*

Estacionó. Se miró en el espejo retrovisor. Acomodó un mechón de pelo. Repasó el brillo labial. Entró al hall. Distinguió al reportero de guerra. Se lo notaba más relajado que la noche anterior. Le gustó el contraste de su camisa rosa pálido con su tez cetrina. Esos ojos que al sol se veían más claros. Hrant la invitó una ensalada y le sirvió a Alma un coñac. Alma se excusó. Debía conducir.

—Queda pendiente —subió la apuesta él.

Alma encendió el grabador. Formuló la primera pregunta.

—¿Cuánto tiempo pasó en el frente?

—Fueron cuatro años, desde 1989 a 1993. Después de ver el horror y a tus compañeros destrozados, después de cargar los muertos, te preguntas cómo seguir siendo humano y bondadoso cuando has vivido la barbarie. Cuando tuviste que sacar la bestia que hay en ti.

—¿Qué recuerda de ese tiempo?

—Los rostros de desconcierto de mis compañeros, civiles que se unían a luchar. Entre la niebla, el frío y la humedad, fumábamos Marlboro que le quitábamos al enemigo muerto, igual que sus municiones. Ninguno jamás abandonaba el cigarro de los labios. Alek, nuestro líder, nos organizaba en puestos cada quince metros en el monte. De esta forma, no perdíamos el contacto visual entre nosotros. Alek iba al frente. Era un hombre temerario. Ganaba los territorios y nos dejaba custodiando la línea de fuego. Nos decía que cuantos más hombres matáramos, más cigarrillos podríamos fumar. Yo filmaba. Alek había matado a un grupo de azeríes y había pedido gasolina para quemarlos. La guerra es así. Cambia la vida de todos.

Observó la nariz aguileña de Hrant que se hundía en el vaso. Las manos firmes sostenían la copa. La camisa arremangada a la altura del codo dejaba ver un tatuaje en el antebrazo. Se trataba de un *jachkar*, la tradicional cruz armenia. Su piel dura exhibía ese diseño que todavía los artistas elaboran en sus talleres. Cada *jachkar* es único. El símbolo con la inscripción en letras armenias la distrajo. ¿Qué significaban esas letras?

Alma controló el grabador. Hrant continuó con los sucesos de Artsaj.

—Vazguen Sargisyan lideró la liberación de Shushi, un territorio estratégico por su elevada altura. Además, Shushi funcionaba como centro de la vida cultural. Los azeríes habían tomado Shushi y desde allí bombardeaban Stepanakert, la capital de Artsaj. Pero cuando los armenios recobraron Shushi, pudieron recuperar todo el territorio de Artsaj.

Hrant potenciaba su relato con el análisis de la situación política actual.

–Artsaj tiene sus propias autoridades, presidente y parlamento. Es una república independiente, autoproclamada. Necesita, además de la paz, el reconocimiento internacional. Esto le permitirá crecer comercialmente y sostener su desarrollo. Su bandera es la misma que en Armenia, con las franjas roja, azul y naranja, pero con una escalera blanca. Simboliza las montañas entre ambas regiones, que son una misma. Un mismo origen, lengua y moneda, el *dram*. Aunque el GPS cuando pisas esas tierras, indique Azerbaiyán –explicó con ironía.

Alma tenía ganas de seguir la conversación. Pero si no salía, iban a demorarse para llegar puntual a la sesión de fotos. Lo invitó a continuar la charla en su auto, rumbo a Watertown. Como copiloto, Hrant le avisaba qué maniobra hacer al conducir. Lo sentía extraño a su lado. Pero ese gesto protector le generaba más curiosidad.

Aprovechó el viaje para preguntarle por su rutina en Armenia. Hrant contó que se había mudado a Ereván. Cubría trabajos especiales para el canal E24. No nombraba hijos ni esposa. Alma permanecía atenta. Pensaba en esas letras armenias tatuadas en su brazo.

Le hubiera gustado tener más tiempo para concluir el intercambio. Pero ya habían llegado al memorial. Alma presentó a Hrant Torosyan con el fotógrafo del Times, un chico joven que ella no conocía. Cumplió con la formalidad y cuidó que el trabajo quedara perfecto. Cuando terminó el *shooting*, el fotógrafo se despidió y ellos quedaron solos.

Hrant la invitó a recorrer el memorial. El suelo negro acunaba sus historias. La gran escultura de granito está pensada para que cada bloque cambie de forma cada año. Es una señal de recuerdo y de la permanente búsqueda de justicia y reclamo. Junto al monumento asomaba el laberinto. Alma no podía dejar de pensar mientras lo caminaba con el corresponsal armenio. Desde tiempos remotos, el laberinto simboliza los diferentes tramos de la vida. A veces uno camina más rápido; otras, más lento. Llevaba cinco minutos callada, absorta en sus pensamientos. Se animó y preguntó a Hrant, qué significaban las letras armenias de su antebrazo.

—Tigran —contestó y calló. Sus ojos volvieron al granito. El reportero dio dos pasos y se dirigió a Alma con otro tono, en una clara señal para cambiar de tema—: Te invito un café.

Alma se sorprendió y controló su reloj. Tenía que volver a la redacción. Pero quería quedarse.

—Solo quince minutos y te llevo de regreso a Boston, si quieres.

—Gracias, Alma. Me quedo un rato en el memorial —contestó.

No sabía cómo calificar a ese hombre. Había vivido dos días de emociones intensas. Su presente y su pasado, pero también la vida de sus abuelos. Esos tramos que desconocía. Armenia. Artsaj.

—Ya vuelvo con los cafés —anunció Hrant y la sacó de su nube—. Podemos tomarlos al sol, en estas bancas, espérame aquí.

Hrant le daba órdenes, ¡como Lucciano! Pero se veía muy diferente a él. No entendió por qué los comparaba. Hrant volvió y bromeó con el café. Así cortó su cadena de enredos.

—Nada que ver con el *surch* armenio —rio y distendió el momento. Pidió permiso para encender un puro.

A Alma no le gustaba el humo, pero no podía dejar de observarlo. Ahora él parecía el periodista.

—Alma, te noté muy callada en el laberinto. ¿Qué pensabas?

Alma lo intuyó perceptivo. Aceptó confiar en él.

—Quiero ubicar a mi familia en Armenia. Nunca viajé a Ereván. Jamás he tenido contacto con ellos. Empecé a pensarlo hace un año, con el centenario del Genocidio. Y luego te encontré en la Feria del Libro, de casualidad…

—¿Casualidad? No creo en las casualidades, ni en el azar, ni en la suerte.

—Lo mismo decía abuela Teter: "La suerte no existe, se hace en tus manos".

—Entonces, Alma, ¿cuánto más esperarás para viajar a Armenia?

No sabía cómo pero ese hombre había dado en el clavo. Se acercaba peligrosamente a su pecho. No en forma física, aunque estuvieran a quince centímetros. Hrant había tocado la tecla de su corazón, sin que ella se moviera.

—Se me hizo tarde. Vuelvo a la redacción. Feliz regreso a Ereván. Muchas gracias por tu libro. Terminaré de leerlo y te contaré qué me pareció.

—¿Cómo me contactarás, curiosa Alma armenia? ¿Tienes mi número por casualidad o por azar? —rio por segunda vez.

Hrant sostenía su móvil para anotar su celular.

—Dame tu teléfono. Te mando un mensaje y te queda registrado el mío.

A veces es más fácil decir que sí y huir, que detenerse a pensar o dar explicaciones para decir no. Le pasó su número, estrecharon manos y se subió al auto. A los cinco minutos escuchó la campana que avisaba la llegada de un nuevo mensaje. Provenía de un número sin agendar.

*Jan, soy Hrant.*

Solo quería llegar a la redacción, prepararse otro café y hundirse dentro de los auriculares para desgrabar la nota de Hrant Torosyan. Necesitaba concentrarse en algo interesante y no tener que escuchar a Lucciano en el teléfono con Melanie.

Pudo desgrabar la nota entera, acomodó las ideas en su cabeza, y a las ocho salió de la redacción. Cuando llegó a su casa, se preparó una cena rápida y se internó en la red. Mientras cenaba, *scrolleaba* todos los apellidos Parsehyan en la red hasta que llegó a tres Nané Parsehyan. Dos eran de Ereván. Una de ellas, joven, rostro bien armenio, cabello moreno, piel blanca y ojos almendrados, podía tener la edad de su prima. La foto de la portada mostraba tijeras, hilos de coser y géneros. Alma le mandó invitación. Se durmió con el libro de Hrant en su almohada. Le dedicaba la obra a su hermano, Tigran.

A la mañana siguiente, cuando abrió los ojos y antes de entrar a la bañera, miró su celular. La solicitud de amistad que había enviado a Nané Parsehyan aún figuraba pendiente. Tenía que cerrar la nota de Hrant Torosyan. Se apresuró para llegar a media mañana a la redacción.

Se acomodó en el escritorio. Amaba cuando entraba temprano, temprano era a las once, y la redacción lucía semi vacía. Lucciano no había dado señales. Mejor para ella. Armó el resumen de la nota de Torosyan, programada para el día siguiente. Su jefe inmediato debía pasar esas líneas, el sumario, a Carlo Conti, algo habitual.

Durante la tarde, diagramó la nota para el papel. Con la diseñadora acordaron publicar una foto de Hrant Torosyan a tres columnas, al costado un recuadro por el alto de la foto y debajo, el título a cuatro columnas. La nota llevaba un pie de publicidad y un destacado en el texto principal.

De repente sonó el teléfono del escritorio. El display decía Carlo Conti. Si Conti llamaba a su interno, sin pasar por el jefe inmediato, ocurría algo. Y algo donde él quería marcar presencia. Intentó no ponerse nerviosa. Ya la había llamado otras veces a la oficina, muchas, cuando su jefe inmediato no estaba. Si bien Conti no actuaba del todo amable, habían resuelto las cosas. Pensó que no sería nada para preocuparse. Intentó convencerse de ello para recorrer esos ochenta metros por el pasillo central de la redacción hasta la pecera vidriada de Conti.

Cuando entró, el editor general bebía limonada con jengibre y escuchaba la Novena Sinfonía de Beethoven. En medio de papeles y restos de comida que invadían su escritorio, Conti parecía muy concentrado. Le ordenaba a su secretaria que no

dejara pasar a los mozos para que retiraran la vajilla. No quería distraerse. Vivía empalagado en su mundo de comandos. Ahí dentro solo definía él.

—Vamos a levantar la nota de Hrant Torosyan para dar otra sobre el auge del turismo en Turquía. Te paso la gacetilla con la información. Esto tiene que salir en la web ahora y en la edición del papel de mañana.

Conti no explicaba. Ordenaba. ¿Quién se animaba a discutirle o a preguntar por qué un cambio? Entre quienes lo interpelaban, ninguno terminaba bien. A Alma no le importó. En ocasiones anteriores había accedido. Eso implicaba haberse quedado muchas horas extra e irse de madrugada. Carlo Conti lo sabía. A las seis de la tarde, se le antojaba cambiar las notas que abrían el periódico, las más desarrolladas en la edición impresa, cuando ya todos trabajaban desde la mañana. Con la nueva orden, había que desarrollar los enfoques en forma diferente. Conseguir otras fuentes, redactar otros textos, buscar otras fotos y rediagramar las páginas. Si había ocurrido alguna noticia de último momento, podía comprenderse. Pero eran las menos. La mayoría de las ocasiones sucedía algo muy simple. Mandaba él.

Esta vez fue diferente para Alma.

—Disculpe, no voy a hacerlo. Turquía es un país negacionista. No reconoce el Genocidio Armenio. No estoy de acuerdo con difundir las atracciones de una nación que masacró a todo un pueblo y que ignora los derechos humanos.

—No la firmes y arma la nota igual —contestó Conti sin mirarla ni levantar la voz.

Alma sintió que la sangre le hervía. Sintió a Karnig

amenazado por el fusil de los otomanos cuando los sacaron a patadas de sus casas para llevarlos al desierto.

—No lo haré —se plantó Alma. Le temblaba la quijada.

—No tengo quién escriba la nota. Tendrás que esforzarte —replicó el editor general que seguía con la vista en sus papeles, mientras tomaba su limonada.

Alma vio el rostro de Karnig el día que se descompuso cuando ella levantaba el trofeo de ajedrez con sus doce años. Vio el cuerpo cubierto de hematomas de Sarkis cuando lo transfundían enfermo. Vio el pecho resignado de la abuela Teter al perder a su hijo. Vio a su madre, Lusiné, separada de sus emociones: las propias y las ajenas. Sus abuelos y bisabuelos no habían podido decir que no. Sus padres se habían enfermado. Pero ella tenía voz. Ella sí podía defenderse.

—No lo voy a hacer. Ni con mi firma ni con mis horas de trabajo. No lo haré. ¿Entiende? —contestó y se cruzó de brazos. Lo miró fijo. Aunque le temblara todo el cuerpo y su rostro estuviera rojo de furia.

—¿Qué pretendes, Parsehyan?

Cuando Conti la llamaba por el apellido indicaba que estaba muy enojado. Seguía sin mirarla mientras escribía sobre una prueba de nota impresa. Garabateaba con la tinta roja que emanaba de su pluma Montblanc.

—Lo que escuchó. No lo voy a hacer.

Sabía a qué se exponía. Conti por fin alzó la vista. Se puso de pie. Avanzó dos pasos hacia Alma y arrojó sobre su pecho la hoja con la maqueta donde había que escribir la nota de Turquía y sus paraísos.

—Busca la forma, Parsehyan. Son las cinco de la tarde. La nota cierra a las siete.

—Hasta acá llegué.

Empezaba a tener nada. Y empezaba a tener todo. Se sintió más fuerte que nunca. Salió de la pecera con la sensación de haber tocado fondo. Mientras caminaba la nave central de la redacción hacia su escritorio, braceaba sin parar para salir a tomar aire en la superficie. Medía el oxígeno en cada paso. Se colgó de ese impulso. De la necesidad de sobrevivir. La dirección apuntaba hacia la salida.

De vuelta en su escritorio, sus compañeros la notaron extraña. Lisa acababa de entrar. No había visto la escena de Alma y Conti en la pecera. Su amiga se acercó con discreción. Alma le hizo una seña para que se abstuviera de comentarios. Mientras tanto, juntaba sus pocas pertenencias en una caja de cartón. Tomó el cuaderno, su bolígrafo y los guardó en el bolso. Se lo colgó al hombro. Cargó en sus brazos la caja. Lisa seguía absorta. Lucciano no levantaba la vista de su computadora. Nunca la miró.

—¿Qué pasó, Alma? ¡Por favor! —preguntó Lisa mientras intentaba detenerla en el pasillo.

Como una flecha, Alma seguía camino hacia la salida. No hablaba. Con aceleración, bajó los dos pisos por las escaleras. Empujó con todo su cuerpo la puerta de calle. Miró hacia los costados. Cruzó la avenida. En segundos había quedado afuera. Parada en la acera de enfrente. Un viento le hachó el rostro. Respiró. Después de dieciocho años, ya no pertenecía al Boston Times.

Solo una certeza tenía. Con cuarenta y un años quería priorizarse. Redescubrirse en todas sus dimensiones. Revisar sus cimientos. Volver a construir. Hasta ese momento de su vida, las cosas no habían funcionado como había esperado. Pero lo iba a intentar.

Miró el reloj. En Armenia el sol salía nueve horas antes. Se subió al auto. Antes de arrancar chequeó el celular. Nané había aceptado su solicitud de amistad y un mensaje de Hrant brillaba en la pantalla. La invitaba a cenar en su última noche en Boston.

Condujo hacia su casa. Dejó la caja con sus pertenencias del periódico en la cajuela del auto. Subió al apartamento. Se descalzó. Fue hasta la cocina. Se sirvió un jugo fresco, el *tan* que hacía Teter y que tenía preparado en una jarra en el refrigerador. Esa mezcla de agua helada con un toque de yogur, una rodaja de pepino, menta fresca y sal, la revivió en ese anochecer de junio.

Abrió el ventanal. Contestó a Hrant. Se ofrecía para buscarla a las diez. Se dio una ducha. Pensó que sería una buena forma cerrar este día bisagra con él. Sentía que podía ser franca. Confesarle la jugada de Carlo Conti. Su reportaje en suspenso o, mejor dicho, en el tacho de basura. Necesitaba contarle y compartir.

Eligió una blusa negra y una falda corta evasé celeste pastel. Nunca usaba falda, pero la noche lucía especial. Además, a partir de hoy, sus rutinas ya podían cambiar. Completó con delineador líquido y máscara de pestañas que profundizaron su mirada. Tomó una bandolera con cadena y se la cruzó al pecho en el momento que entraba un mensaje de Hrant. La aguardaba abajo. Lo reconoció de pie junto a una moto Honda, con el casco bajo el brazo. Ese hombre de los rizos y camisa de jean, la despertaba. El camarógrafo examinó de arriba a abajo a Alma.

Sonrió y le pasó el otro casco. Se acercó a ella. Jaló de la correa para sujetar el casco sobre su mentón.

Alma, que siempre hacía preguntas para rellenar los silencios, no pudo pronunciar vocablo. Hrant, divertido, le indicó que lo tomara por la cintura si no quería caerse.

—Aférrate bien, Alma —sonrió.

En las esquinas, la moto de Hrant escoraba sobre su eje para girar. Y Alma se apretaba más al cuerpo de él. Cuanto más aceleraba, más se ceñía ella.

—Serge me prestó su moto. Veremos cómo funciona —se excusó y aceleró a fondo.

La falda evasé de Alma voló con el viento. Sus piernas a ambos lados del motor se pegaban al pantalón verde oliva de Hrant. En el primer semáforo, él giró la cabeza. Observó sus muslos semi desnudos. El verano se presagiaba en los primeros calores.

Al rato, entraron a un restaurant. Hrant saludó a los dueños con un abrazo efusivo. Hablaban en armenio. Los ubicaron en unas mesas reservadas iluminadas con velas. Hrant deslizó la silla para que Alma tomara asiento.

—Te ves muy linda —dijo Hrant y ella aceptó el cumplido sin decir palabra.

Bajó la vista mientras él ordenaba al camarero la entrada o *mezze*. El camarero trajo hummus, la pasta de garbanzos; *mutabel*, la pasta de berenjenas; y ensalada *tabule* con mucho limón. Les sirvieron pan *lavash* tibio. Al sentir el olor de la casa de sus abuelos, Alma olvidó el día cargado de explosiones. Sonrió cuando llegó el *shish kebab* de cordero y Hrant descargó el fierrito de manjares en su plato.

—¿Cómo fue tu día hoy, misteriosa Alma armenia?

Hrant siempre parecía dar en el clavo. Los acontecimientos, aunque fueran difíciles, resultaban más llevaderos con él. O eso quería creer Alma.

—Renuncié al Boston Times —soltó.

Como respuesta, Hrant arqueó las cejas y pegó una tremenda pitada al narguile que ocupaba el centro de la mesa. Liberó el vapor. Se reclinó en la silla para volver a mirarla. Se echó a reír.

—¿Te ríes de mí? —se alarmó Alma.

—En absoluto, querida mía. Quiero quitar todo dramatismo. Puedes confiar lo que sea conmigo. Y me alegro que hayas comenzado a hacerlo —contestó seguro.

Hrant le pasó la pipa. A Alma le gustó sentir que la cuidaba. Sus preocupaciones o prioridades adquirían otra dimensión al lado de ese hombre que parecía cargar un mundo de aventuras en su mochila.

Alma sintió un cosquilleo. Fueron segundos cuando vio entrar a los músicos que comenzaron a tocar un *kochari*, la danza guerrera armenia.

En confianza, Alma le contó la secuencia con Carlo Conti. Que el reportaje que le había hecho jamás saldría, y que para colmo de males, Conti le había pedido que lo reemplazara con un artículo sobre las maravillas de Turquía que ella misma debía escribir. También le contó que la había presionado y se había dirigido a ella con impunidad. Jamás nombró a Lucciano en toda la explicación.

Hrant la escuchó con el narguile entre sus labios. Su mirada la traspasaba. Se sintió aliviada cuando lo notó relajado. Nada

preocupado porque su reportaje no iba a publicarse. Cero narcisismo. Al contrario. Hrant se mostraba pendiente de cómo tomaría Alma semejante momento de inflexión. Parecía sensible y muy inteligente.

—Solo tienes que confiar, lo que venga será auspicioso —anunció él y remató—: Voy a pedirle a una amiga que te lea la borra del café. Ella llegó desde Ereván y vive hace unos años en Massachusetts. Espera —giró para buscar a su amigo. Se levantó y arregló algo con él. Cuando regresó a la mesa, una rubia de pelos erizados y platinados, lo hizo detrás de él. Piedras y joyas cubrían sus manos y su pecho.

—Alma, te presento a Nazeli. Cuando terminemos de cenar, leerá la borra de tu café —anunció Hrant.

Alma sonrió y analizó a esa mujer. Sus brazaletes habían sonado cuando abrazó fuerte al novelista y corresponsal. Uno de sus brazaletes llevaba las piedras del tercer ojo.

Los músicos siguieron con la melodía. Nazeli y otras señoras se sumaron a la danza que solo bailan las damas y semeja el movimiento de las sirenas en el mar, con figuras ondulantes del cuerpo, como si se desplazaran en el agua. Alma recordó los bailes en la casa de sus abuelos. Nazeli se acercó y la tomó de la mano. La llevó con las otras sirenas a la pista.

De pronto, Alma se había olvidado de ella, de su cuerpo, de la redacción, de su renuncia al Grupo Times, de Lucciano Conti y hasta de Hrant que la observaba extasiado desde la mesa, sentado con las dos manos detrás de la nuca y en un cruce caballero de piernas. Alma se movía en un contoneo ligero de pecho, hombros y brazos. Esa vibración la envolvió feliz.

Inocente o no tanto, oteó desde ese círculo de mujeres hasta ubicar a Hrant. Él la escaneó serio. Parecía poseerla con solo mirarla. Cuando volvió a sentarse, la energía de la mesa había escalado. Él le convidó otra pitada de narguile y acercó su silla a la de ella. La proximidad le bastó para olerlo. Para calcular cuántas ganas tenía él de besarla. Cuántas ganas, ella. Cuánto se iban a reprimir o aguantar. Si Hrant avanzaba no le iba a ser fácil detenerlo. Pensó que el narguile se le había subido a la cabeza. Que era tarde y que había vivido demasiadas emociones en un solo día.

De pronto Hrant, se acercó y plantó su boca estruendosa a milímetros de ella. Su dedo índice recorrió el labio inferior de Alma. Lo abría en una caricia suave y lenta. Su olor a desafío la encendió. Hrant atrapó el brillo labial de melocotón con un beso intenso como el tabaco. Se separó instantes, observó los ojos verdes de Alma y volvió a besarla.

Alma apoyó su mano en su pecho para ofrecer algo de resistencia. Le duró hasta que se le terminó el aire y Hrant la rodeó con pecho y barba. Sus dos torsos se pegaron. De repente, habían quedado solos en ese sector del bistreau. Alma sintió que junto a Hrant nada podía pasarle. Cuando él deslizó su mano por debajo de la blusa, a la altura de su cintura, ella se tensó. Lo detuvo con una sonrisa permeable. Él aceptó su límite y respiraron. Ella recorrió con el dedo el tatuaje de su antebrazo.

–Llegó la hora del *surch* –dijo Hrant–. Veamos qué interpreta Nazeli. Qué cuenta el fondo de tu pocillo, Alma armenia.

Alma se ruborizó y Hrant rio. Ordenó los dos *surch*, uno dulce para Alma y otro amargo para él. Saborearon unos

*gurabie*, las masas de mantequilla y harina cubiertas con azúcar impalpable que acompañaban el café. Cuando Alma terminó, Nazeli ya había acercado una silla junto a ellos.

—Tu camino se ve lleno de meandros, aún deberás recorrer mucho, Alma. El borde de la taza refleja luz. El camino empieza ahora para ti —dijo la pitonisa. El brazalete contra el mal de ojo sonó. La mujer dio una pitada al narguile, otra vez pasó una mano por la espalda de Hrant, miró fijo a Alma lo suficiente como para intimidarla y desapareció.

—Ya ves, Alma armenia, esto recién comienza —dijo Hrant y la tomó del brazo. Él se despidió de los dueños con palabras en armenio que Alma no logró descifrar.

Subieron a la moto. El viento los envolvía. Cuando llegaron a la casa de ella, la abrazó por la cintura. Alma sintió que se erizaba cuando sintió a Hrant por segunda vez debajo de su blusa y la mano se desplazó hacia su espalda. Si continuaba, el corresponsal ganaría la batalla. Alma no quiso apresurarse. Su cabeza repicaba en otro tiempo. Su corazón también. Puso un freno.

—Tienes que visitarme en Armenia, Alma. No sé qué esperas.

Los ojos de Alma se llenaron de lágrimas. Sabía cuánto significaba decidirse a subir a ese avión. Armenia, tan lejos y tan cerca.

Hrant volvió a besarla antes de que se largara a llorar. Ella sonrió y se secó las lágrimas.

—Te espero pronto, chiquilla —le dio otro beso antes de desaparecer.

A la mañana siguiente, Alma se despertó con una sensación extraña. Por tercera noche consecutiva, se había quedado dormida con el libro de Hrant Torosyan. Como si esas letras pudieran sugerirle algo más.

En este amanecer, el sol prometía escalar y su rutina de los últimos dieciocho años ya no existía. Se preparó un café bien helado. Se sentó en la azotea y aspiró el aire limpio. Su agenda lucía totalmente en blanco y su deseo, enarbolado. Abrió la Mac. Sus dedos rozaron el pad. Pensó en las cartas amarillentas de Karnig y de Sevag. En la borra del café que leyó Nazeli. En el brazo de Hrant tatuado en armenio. En sus rizos de plata y en la barba que cercaba su boca.

Pensó en su renuncia al Boston Times. En los ojos de Lucciano que no la miraron cuando se alejaba con la caja en brazos.

Tragó saliva. Hizo clic en el pad. La pantalla lo confirmó. Ya tenía pasaje. Próximo destino: Armenia.

# SEGUNDA
# PARTE

## CAPÍTULO SIETE

# ARMENIA, AL FIN

La empleada de migraciones posó la vista en el pasaporte. Regresó sus ojos a los de Alma. Se detuvo en su rostro. Escudriñó cada facción. La mujer, tez blanquísima que iluminaba su melena rubia, volvió sus ojos azules a la foto. Examinó la imagen. Sus mejillas se tornaron bordó. Retornó a la de Alma como si buscara algo oculto en esas ojeras violáceas y el rostro demacrado. Alma se inquietó. Volvieron a su cabeza las anécdotas de tía Ani, la primera vez que había pisado Armenia. La Armenia Soviética. En la aduana, una y otra vez, el empleado de migraciones se demoraba en comparar su rostro con el del pasaporte. Un ida y vuelta que mantenía al viajero en un limbo de segundos eternos. La amenaza en forma directamente proporcional a su ansiedad.

Armenia ya era una república independiente. Pero los tiempos soviéticos se manifestaban, como mínimo, desde la bienvenida. En esa nube de espera, la joven con facciones de *mamushka* volvió a analizarla, sin estampar el sello de bienvenida en su pasaporte. Alma, nerviosa, explicó lo que no hacía falta por la evidente terminación de su apellido, *yan* o *ian*, el sufijo que portan todos los apellidos armenios y que significa "hijo de", en su lengua.

—Tengo origen armenio pero no comprendo el idioma —se impacientó Alma.

Era una explicación y también un autorreproche. Era, también, la impaciencia del viaje. Tal vez, la *mamushka* adivinó en sus ojos rojos el llanto mientras el avión al fin tocaba la pista. Había volado quince horas con el estómago comprimido y el corazón arrebolado.

La *mamushka* torció la boca y al fin sonó el sello en el pasaporte. Alma suspiró. Tomó su documento y caminó en medio de los pasajeros. Un pasillo estrecho de paredes blancas sintéticas la conducía a su vida al otro lado del mundo. En el salón donde las maletas empezaban a rodar por la cinta, buscó un toilette.

Se mojó el rostro frente al espejo. La expresión de susto en el cristal denunciaba más inquietud que felicidad. Estaba a segundos de cruzar una puerta corrediza automática que la depositaría en su pasado y en su presente opuesto. En el suelo con la bandera de sus raíces. En su mitad pendiente. Se cepilló los dientes. Escuchó a su alrededor hablar a todos en armenio. Le llamaba la atención que lo hicieran. Sonrió por su asombro ridículo. ¡Estaba en Armenia! Se transportó a cuando era chica. Al salón de Teter y de Karnig. Tuvo un momento de confusión feliz.

Buscó su maleta en la cinta. La depositó en el suelo. Elevó la manija y la arrastró junto con una bocanada de aire que ocupó su pecho. Podía escuchar cada latido de su corazón. Rogaba que parara. Los primeros paneles de una puerta automática se abrieron. Frente a sus ojos, del lado del embarque aún, lucía impecable el moderno aeropuerto de Ereván. En ese hall no había vestigios soviéticos. Sacó su celular del bolsillo trasero del jean y pidió a una turista que le tomara una foto. Se acomodó la camiseta turquesa y posó junto a un corazón muy pop, pintado con los colores de la bandera armenia. En el toilette se había puesto un toque de brillo labial para no verse con ese rostro de avión y de susto. Con todo en su lugar, sonrió para la foto aunque el *splash* de su perfume de rosas y jazmines no saliera en la imagen.

Siguió camino a la salida. Con cada paso, podía escuchar cada diástole y sístole. Las cuatro rueditas de la maleta giraban directo hacia la segunda puerta automática. Desde unos metros antes veía cómo se abría y se cerraba. Un parpadeo que mostraba en flashes a la gente que aguardaba. No daba más de la ansiedad. Se detuvo en una baldosa. Repasó en su cabeza el último mensaje que había enviado a Nané. Le había pasado el vuelo y la hora de llegada. También el último mensaje a Hrant, con las mismas coordenadas. Les había indicado a cada uno el número del otro, por si querían contactarse previo a su llegada. Los dos se habían ofrecido para ir a buscarla. Era imposible decir que no. A ambos. ¿Ya se habrían conocido Nané y Hrant al otro lado de la puerta corrediza? ¿Estarían juntos aguardándola? Le daba tranquilidad imaginar a Hrant. Con respecto a Nané, Jirair y Berjouhi, moría por conocerlos. Pero agregaban más nervios a sus nervios.

Salió de la baldosa. Dio el último paso. La puerta se abrió. Caminó suspendida en el vacío. La emoción le hizo nublar la mirada. Sintió que se podía desmayar. Tomó aire. Recorrió en un paneo esos ojos que le apuntaban. Divisó entre la multitud un ramo de flores silvestres, tan grande que desbordaba el papel plateado que las envolvía. Tan grande que, por un segundo, tapó el rostro de Nané. Su prima era mucho más hermosa que en las fotos. Parecía una muñeca armenia. Las cejas delineadas como sus ojos almendrados y su cabellera larga y lacia, la piel blanquísima. Se abrazaron y sonrieron. Como si se conocieran de mucho antes. A su lado, nadie tuvo que presentarle a Jirair. El hijo de Sevag era idéntico a Karnig. La señora que lloraba de emoción y apretaba entre sus dedos el mismo pañuelito blanco que Teter, la conmovió hasta las lágrimas. Alma reconoció y abrazó a Berjouhi. Esa mujer tan coqueta, de formas redondeadas, rostro dulce y espíritu férreo, la sorprendió. Con noventa y un años, en su vestido negro y collar de perlas, lucía espléndida a las seis de la mañana. Alma tenía un jet lag de nueve horas que empezaba a pesar. Pero la emoción superaba el esfuerzo. También ese desfasaje a uno y al otro lado del mundo. Y de su corazón que buscaba señales como radar.

Alma se abrazó con todos. Berjouhi la tomó y la besó en cada mejilla, como los parientes que la besuqueaban de niña en casa de los abuelos. Berjouhi lloraba emocionada. Jirair sostenía las flores. Y Nané traducía las palabras de bienvenida de la abuela.

En la foto faltaba una pieza. Cuando pudo apartarse de ese círculo, advirtió unos ojos custodios que no le desviaban la mirada. Hrant la observaba a cinco pasos, más bronceado al final del verano, sus rizos salvajes, esos pómulos fuertes y la vista penetrante como cuando lo había conocido en Boston.

Alma sintió alegría y turbación. Levantó sus barreras y se fundió en un abrazo con él. No tuvo que presentar a ambas partes. Nané se acercó mientras Alma y Hrant se reconocían en ese suelo que los demandaba. Alma entendió que su familia y él ya se habían acercado. Percibió la buena sintonía y la alivió. Había pasado de estar sola, a tener algo muy parecido a una familia.

Primera sorpresa. Armenia.

Hrant tomó el bolso y la maleta. Alma se maravilló.

Todos sus nervios latían en energía caótica. Estaba a punto de cruzar la tercera puerta automática y al fin pisar, oficialmente, las calles de Armenia. Quería saber cómo olía Ereván.

Afuera empezaba a clarear. Lo primero que vio fue una ráfaga de motores y rostros tan parecidos a los de su infancia en Surp Stepanos. No podía sentirse más bendecida.

Acordaron ir juntos hacia el centro. Alma se quedaría en lo de Nané, le había adelantado a Hrant la insistencia de su prima. Además, por las costumbres armenias, tampoco se vería bien que una mujer sola parara en la casa de un hombre solo, sin estar casados. Alma aceptó la situación. Se sentiría más cómoda en lo de Nané y, además, quería vivir con su nueva o vieja familia. Como si ese núcleo, que había permanecido en último plano durante su vida, pudiera revelarle alguna pieza secreta de su existencia. Una pertenencia, un sentimiento que le faltaba y debía descubrir. Como si en ese apartamento del hijo de Sevag se hallara la llave de un cofre.

Caminaron hasta el estacionamiento. Hrant pasó a Jirair el

bolso y equipaje de Alma. Se despidió de ella. La rodeó con sus brazos rotundos.

—Descansa, *jan*. Te llamo más tarde —susurró en su oído.

Alma volvió a sentirse protegida. Ese torso ancho la escoltaba como muralla. Hrant olía a ropa limpia y las puntas mojadas de sus rizos le daban ese aire de pasajero por la vida. Las mangas de la camisa celeste, subidas al codo, mostraban su *jachkar* en la piel dura. Lo notó más atractivo que en Boston. No podía explicarlo. Le sonrió con placer y cansancio. Caminó hacia Berjouhi y Nané.

Jirair arrancó su Lada blanco, el coche más popular de la época soviética. Alma se sentó atrás junto a Nané. Bajó manualmente la ventanilla. No había otra forma. Absorbió el aire fresco y las montañas que se recortaban en el horizonte pintado de crepúsculo.

Armenia se desplegaba sin retaceos ante sus ojos incrédulos. Aparecieron los primeros edificios y fábricas. Impactaba la dureza de esas moles de piedra, marrones y ocres. Los hierros retorcidos y las ventanas rotas resaltaban su aspecto desmoronado.

—Estas fábricas tuvieron su época de oro cuando pertenecíamos a la Unión Soviética. Las abandonaron durante la guerra en Artsaj. Todos los operarios se sumaron a pelear. Aun así, durante la época soviética Armenia, tuvo una producción química y textil muy importante. Funcionaban también plantas de producción de relojes, calzados y autopartes. Incluso fabricamos nuestro coche armenio. Se llamaba *Yeraz,* o *Eraz*, "sueño" en armenio. Es como un pequeño minibús —explicó Jirair ante el silencio de Alma.

Recién llegaba y Armenia parecía una película ante su vista absorta. La curiosidad le ganó al agotamiento.

—¿Qué pasó con las fábricas?

—Cerraron por la falta de recursos. A fines de los ochenta, cuando empezaron los movimientos por la independencia, en Armenia no había gas ni electricidad. Disponíamos como mucho de dos horas de luz por día y una hora de agua caliente. En las casas y en los hoteles usábamos linterna y nos vestíamos de negro. Sin agua para lavar, era la mejor forma de disimular las ropas sucias. Desayunábamos tomate y pepino. No teníamos otra cosa.

—Pasar los inviernos habrá sido lo peor.

—Con temperaturas bajo cero y con nieve, levantábamos el parqué para arrojarlo al fuego. Tuvimos que quemar los libros para darnos calor.

Jirair lo contaba con naturalidad. Y Alma escuchaba inmovilizada. El padre de Nané continuó.

—Alrededor de Ereván verás los bosques talados. Nunca volvieron a crecer. Y hasta tuvimos que matar a los perros porque se comían a la gente por el hambre.

No había rastros de opresión o tristeza en su relato. Como si la supervivencia fuera parte orgánica. Un mandato del ADN.

—¿Se puede reactivar la producción? —quiso saber Alma y miró a Nané.

—El contexto mundial no ayuda. De la revolución industrial pasamos a la revolución tecnológica. Muchos pueblos se convirtieron a la agricultura. Y aunque desde el Estado tratan de fomentar el equilibrio, muchos no tienen trabajo —explicó su prima.

Jirair la contradijo.

—No es verdad. Hay trabajo. Pero es necesario buscarlo.

Nané cuestionó al padre.

—La gente de mi edad, la que puede económicamente, se muda al exterior. Busca oportunidades en Rusia, Alemania, Francia, Estados Unidos, Latinoamérica, según sus posibilidades y conocidos. Por eso la población de Armenia ha descendido en los últimos años. Bajo tu mirada, papá, las cosas son distintas. Dices que te quedas para proteger el hogar, pero podrías haber rehecho tu vida.

El aire en la cabina del Lada se cortaba con un cuchillo. Alma recordó las palabras de Ani. La esposa de Jirair y madre de Nané se había ido de Armenia. Le intrigaba conocer la historia completa. Pero no era el momento. Intercaló una pregunta neutral para evitar la discusión entre padre e hija.

—¿Cuál es el balance del período soviético?

—Censuraban el arte, la cultura y las ciencias sociales. Pero vivimos en un apartamento de 1956, el año en que nací. Lo tenemos gracias al Estado. También las fábricas pertenecen a esa época. Muchos conservaban un trabajo, salario, educación y seguro de salud. No se podía salir ni viajar fuera de la Unión Soviética. Es cierto. Como también es cierto que hoy, la gente de mi edad, no tiene salud ni trabajo. No puede viajar a las playas de Georgia, nuestro país vecino, que también integró la Unión Soviética. La generación de Nané es diferente. Ella tenía once años cuando cayó la Cortina de Hierro.

—Para los jóvenes, hoy vivimos la Tercera República de Armenia —interrumpió Nané.

—¿Por qué Tercera? La Primera República existió desde 1918 a 1920. Y la segunda a partir de 1991, ¿no? ¿O me perdí algo? —apuntó Alma.

Nané amplió.

—Consideramos a la Armenia Socialista, la que arrancó en 1921 cuando se formaron las quince repúblicas soviéticas, como la Segunda República de Armenia. Es una sensación del pueblo, no de los gobernantes. Armenia siempre se percibió diferente al resto de las repúblicas soviéticas. Con su identidad, bandera, himno y escudo. Y por eso a partir de 1991 es la Tercera República...

Jirair no la contradijo y Berjouhi habitaba su mundo. A veces no comprender inglés ayudaba a vivir en la etapa de la historia que uno decidiera. Alma sintió que apenas había llegado y ya conocía otra forma de razonar. Impresionada y fascinada, tenía delante a los protagonistas de la Armenia Oriental. Los rostros de la otra mitad de sus raíces.

En menos de media hora, alcanzaron el centro de Ereván. A simple vista, las autopistas y calles con tiendas de primera línea contrastaban con los edificios soviéticos, esas moles sin revoque, de cuatro a seis pisos, con la ropa colgada de ventana a ventana.

En Ereván nada era como lo imaginaba. La ciudad se revelaba fuerte y extraña. Aun así, se sentía en casa y en familia, por más que la arquitectura la remitiera al pasado. La impresionaban esas arcadas que se abrían en la mitad de calle. Daban paso a senderos que desembocaban en el corazón de manzana.

Jirair conducía por la avenida Sayat Nová, poblada de tiendas modernas. De pronto, dobló hacia la derecha. El Lada pasó

por debajo de esas arcadas. Jirair detuvo el coche junto a un puñado de autos en el centro de ese pulmón. A la hora del desayuno, los niños correteaban por esa suerte de plaza o patio común a los edificios.

Al otro lado de la arcada, sobre la avenida, los ladrillos ocres y las chapas oxidadas, contrastaban con las copas de los árboles y las principales marcas del mundo. Capitalismo y comunismo a pocos metros. Las aceras lucían muy cuidadas, sobre todo en comparación con la segunda hilera de edificios.

Jirair estacionó y bajó la maleta. Alma llevaba del brazo a Berjouhi y seguía a Nané y su padre. En la entrada, alrededor de la puerta de calle, se aglomeraban al menos diez cajas de electricidad con sus respectivos cables. Daban varias vueltas al perímetro. Semejaba una obra en construcción, aunque el edificio tuviera más de sesenta años.

Jirair la invitó a pasar al palier vacío y sombrío. Olía a cal recién pintada. A la izquierda, una escalera conducía hasta el cuarto y último piso. A la derecha, un ascensor agregado luego de los tiempos soviéticos. Nané y Jirair invitaron a Alma y a Berjouhi a hacer el viaje en el elevador. Para ellos era normal que el artefacto no nivelara en planta baja. Que sus puertas se trabaran y que no cesara el chirrido amenazante mientras la máquina los transportaba. Cuando llegaron al cuarto nivel, el aparato frenó con un movimiento brusco. Berjouhi rio. Hablaba a Alma con palabras en armenio que no comprendía.

Cuando bajó del elevador, Alma sintió a Nané en la escalera que aún discutía con su padre. En tono vehemente, Jirair se oponía a un planteo de Nané.

—*Boch, boch* —y negaba con la cabeza.

¿Cuál sería el reclamo de esa hija? ¿Querría irse? ¿Mudarse? ¿Cuán lejos podría llegar Nané si su padre la dejaba?

Entraron al apartamento. El salón comedor pintado del color del albaricoque olía igual que la fruta fresca en una fuente en la mesa principal. Alma reconocía los mismos gestos que en su familia Parsehyan de América. Las mismas bocas para sonreír y los mismos ojos para mostrar discordia.

Se asomó por la única ventana. Se sobresaltó al descubrir a lo lejos unas cumbres nevadas. Se acordó de la mirada perdida de Teter en el mural de Ararat Bakery en Watertown. Nané la despertó de su sueño.

—Es el Ararat, prima. Tienes mucha suerte que puedes verlo ahora. Ya se disipó la niebla y el smog tan característico de Ereván.

Las cortinas blancas volaron con una brisa en ese salón. Un sofá doble se enfrentaba a una mesa de café y un televisor. Detrás del aparato, un cuadro mostraba los ojos tensos de un joven soldado. Tenía la mirada de Nané. La imagen de su primo Levon, caído en Artsaj, la erizó. Reaccionó con la voz de Nané que la llamaba. Quería mostrarle su habitación, desde ahora la de Alma.

Nané abrió una puerta plegadiza. Subdividía el ambiente de la sala. Nané dio un par de golpes a la almohada sobre la cama para que luciera más suave. Bajo una pequeña ventana, una máquina de coser y una mesa con hilos y carruseles. Alma no quiso aceptar semejante gentileza. Pero Nané insistió. Alma confirmó que iba a resultar imposible contrariar la voluntad de cualquier

Parsehyan de Armenia. Nané descansaría en el sofá. Le aclaró que, de esa forma, podrían conversar de noche. Parecía querer expresarle algo más.

Cuando avanzó por el único pasillo, Alma distinguió solo dos puertas. Una correspondía al toilette y la otra a un dormitorio. El único formal del apartamento. Se preguntó si allí dormirían Jirair y Berjouhi. ¿Tendrían dos camas? ¿Algún biombo que subdividiera el ambiente? El espacio no sobraba en Armenia. Era tanta la hospitalidad que no quiso hacer comentarios incómodos.

Mientras tanto, Berjouhi preparaba café oriental. Alma entró a la cocina para ayudarla. Se asomó por la ventana junto a la nevera. Preguntó a Nané por una antena que sobresalía entre los techos desvencijados de Ereván.

–Pertenece al canal de televisión. De chica, mi mamá me decía que era la torre Eiffel. Yo creía que vivía en París.

Nané guardó silencio. Berjouhi, como si hubiera comprendido, sirvió los cafés. Alma se guiaba por las mímicas, pero le hubiera encantado escuchar qué más tenía para contar Nané de esa antena, de París y de su mamá.

Berjouhi trasladó los cafés en una bandeja hacia el comedor. Esa anciana se movía con la facilidad que a Alma le faltaba después de quince horas de avión y un cúmulo inagotable de nervios. Junto con el café, la abuela sirvió un *lavash*. Llevaba dentro pasas de uva. Se lo entregó tibio en una servilleta blanca a Alma, que casi se larga a llorar.

Nané cambió dos palabras con su padre para organizar el día.

—Vamos a dejar a Alma para que descanse. Luego, daremos una vuelta por la ciudad. Cenaremos temprano en La Cascada, desde donde podrás ver Ereván iluminado —apuntó.

Aún sin saber qué sería La Cascada, Alma lo consideró un muy buen plan. El cansancio no le permitía razonar. Confiaba en su prima. Lo mejor, por primera vez en su vida, sería dejarse llevar. Tratar de no hacer nada.

Mientras ellos organizaban, Alma pidió darse una ducha. El baño se ubicaba junto a la puerta de entrada del apartamento. Al otro extremo del pasillo. Alma calculó que debería llevar toda la ropa para ir y venir desde "su habitación". De lo contrario tendría que atravesar el salón comedor en toalla. Se llevó al baño un pantalón de jogging y camiseta, más una bolsa de mano para guardar la ropa sucia. Salió con el cabello mojado y descalza para esconderse y cambiarse detrás de la puerta plegadiza.

Nané la esperaba junto a la máquina de coser. Le mostró una de sus recientes creaciones. Un vestido de seda azul noche estilo sirena. Los cosía a medida, luego de recibir los pedidos a través de sus redes sociales. Alma quiso que le mostrara sus otros modelos.

—No te preocupes, *jan*. Todo este ropero guarda telas y diseños —Nané señaló un armario que llegaba hasta el techo y comprimía más el diminuto espacio—. Ya tendremos tiempo de que conozcas la colección, ¡y te pruebes! Tal vez pueda coserte algún modelo especial —ofreció.

Nané tenía una calidez enorme y, sin embargo, un brillo triste en la mirada. También una llama de fortaleza. Como si en

el fondo de sus ojos castaños escondiera un puño que pudiera sorprender en cualquier momento. Con treinta y seis años, ¿por qué Nané vivía con su padre y su abuela? ¿Tendría novio? ¿Esperaba casarse? ¿Qué costumbres seguían en Armenia? Un detalle no dejaba de llamarle la atención. En la cama de una plaza que le había cedido su prima, junto a la almohada, descansaba una muñeca. Como si esa mujer hermosa, con los ojos y la boca delineados como para una fiesta, nunca dejara de ser una niña.

–Descansa, *jan* –repitió Nané, y cerró la puerta plegadiza.

Alma se recostó con la cabeza en dirección hacia la máquina de coser, que acababa de transformar en su mesa de noche. Los pies llegaban al borde de la cama que tocaba la puerta. En la pared que miraba hacia ella, en el otro extremo del salón, detrás de la puerta plegadiza, le apuntaban los ojos de Levon.

Trató de dormir. Chirridos que asoció al canto de los cuervos, la alertaron. Esperaba que Armenia no tuviera estas aves de carroña, tan telúricas como de mal presagio. Seguro sería producto de sus nervios y del viaje. Frente a sus párpados cerrados, Armenia se presentaba como una postal intimidante.

Su celular se iluminó. Hrant preguntaba cómo se encontraba. Recordó sus brazos macizos. Le dio cierta tranquilidad sentirse cuidada. Le contó que más tarde cenarían con su familia en La Cascada. Hrant se ofreció para buscarla luego de la comida y la llamó por Whatsapp.

–¿Sabes algo, *jan* Alma? Las parejas jóvenes van a besarse a La Cascada.

Alma no supo si reírse, si bromeaba o cómo tomarlo. Pero estaba tan asustada con el sonido de los cuervos, que tomó el comentario de Hrant como una oportunidad para aflojarse y restar dramatismo a sus miedos.

—¿En serio van a besarse? ¿Eso harás tú? —se asombró de su propia iniciativa.

—Ya lo veremos, no somos tan jóvenes —rio Hrant. Aprobó su picardía—. Alma, *jan*, un último consejo.

—Dime —contestó ella.

—Tu familia quizá no tome el recaudo. Pero te conozco y lo he visto con muchos que llegan de otros países y sobre todo de América o Europa. No tomes agua del grifo. Ni siquiera para lavarte los dientes. Nadie que viene a Armenia por primera vez lo hace. Las napas contaminadas pueden provocarte una descompostura.

Alma suspiró. Cuánto necesitaba de él. Se sentía vulnerable. Se alegró de que se vieran después de la cena.

—*Bachig*, beso. Ya veremos si nos besamos en La Cascada —rio él.

Después de la siesta reparadora, se sentía mejor. Eligió un jean negro y unas sandalias de tacón mediano con una blusa nude. Por debajo, un top con tirantes al tono. Nané aprobó el look y se maquillaron juntas frente a un espejo de pie. El cristal presidía uno de los extremos del pasillo. Sevag se lo había regalado a Berjouhi. La familia había hecho un gran esfuerzo por conservarlo. Sobre todo cuando escaseaban los bienes en Armenia. Habían vendido muchas pertenencias en el mercado negro, a cambio de alimentos o leña para calefaccionarse. Pero el espejo de cristal jamás lo venderían, era la orden de Berjouhi. Ese cristal guardaba las memorias de los Parsehyan de Armenia.

Nané se lo explicó a Alma mientras se colgaba al hombro su bandolera de cadena dorada. La misma que había usado para salir con Hrant en Boston. En Estados Unidos había pasado a buscarla en moto. Y en Armenia, nadie usaba moto. Ya vería cómo se movería con él en Ereván.

Para esa noche de bienvenida, su prima había elegido un vestido de su colección, escote corazón y falda sirena. En tono coral, le llegaba a las rodillas. Las mujeres armenias no usaban faldas cortas. Y mucho menos mini short. Alma había llevado algunos. Nané los miró con asombro y le aconsejó que los dejara en la maleta. En Ereván tal vez no, pero en los pueblos se iba a sentir muy mal si los usaba. Alma se impactó, pero conocer las costumbres del lugar era parte del aprendizaje. Ahora Nané estaba por darle una lección de maquillaje frente al espejo de Sevag. Las chicas armenias jamás salían sin arreglarse. Su prima aplicó primero una base con esponja y luego una sombra oscura para destacar los ojos caoba. Para el paso siguiente, empleó tres lápices para delinear las cejas, los ojos y el contorno de boca. Completó con un rubor y el labial rosado. Su piel lucía fresca como la espuma. Alma se vio demacrada y ojerosa al lado de Nané. Admiraba esa perfección en su maquillaje y el cabello siempre arreglado como recién salida de la peluquería. Otra máxima de las mujeres armenias. Y la última: las chicas jóvenes, usaban una faja en la cintura. Acentuaban la panza chata para realzar el busto y su parte trasera. Cuantas más curvas, mejor. Nada de mujeres escuálidas. Especialmente las solteras.

Anochecía y el Lada de Jirair tomó rumbo al norte de Ereván, a la vez que ascendía una colina. Como le había prometido a su prima, desde La Cascada podría divisar toda la ciudad. Se ubicaron en la terraza con vista hacia los grandes edificios de Gobierno, la Plaza de la República y la Ópera con su diseño circular. Por detrás de la gran reja, se desplegaba la escalinata que bajaba hacia el Parque Tamanyan, padre de la arquitectura armenia moderna. Ordenaron la comida. Esta vez, occidental.

Jirair invitó con unas cervezas negras. La noche se presentaba ideal para disfrutar de un chop helado… *Y para algunos besos*, pensó Alma. Recordó el juego de Hrant. Tendría que chequear sus palabras con Nané. Mientras aguardaban, Alma volvió a asomarse a la terraza. Nané la acompañó. Le explicó que 572 escalones formaban esa gran escalera de 302 metros de longitud.

—¡Qué obra sencilla y faraónica! —exclamó Alma.

—En verano la gente disfruta de los conciertos y espectáculos al aire libre.

Alma se interesó por los arquitectos y el diseño. Le hubiera gustado escribirlo en el periódico. Se recordó que ya no formaba parte del Times. Sintió un vacío. De repente, evocó el lunar en el pómulo izquierdo de Lucciano. Se estremeció. Volvió a posar la vista en los edificios rudos de Erevan. Vendrían otras etapas. Por eso había volado a Armenia. Jirair le extendió un porrón y la sacó de su incertidumbre.

—Escuché que preguntabas por el diseño de esta parte de la ciudad, Alma —se integró Jirair.

—Sí, es maravilloso.

—Costó mucho terminarlo. Lo proyectó Alexander Tamanyan. Con La Cascada se propuso conectar la parte del norte de la ciudad, la más alta con jardines, con el sur donde funcionan los edificios de la vida pública. Pero la obra quedó detenida y se reactivó a principios de los años setenta. Otro arquitecto, Jim Torosyan, diseñó la gran escalinata.

Nané intervino.

—Los trabajos se frenaron durante la guerra de Artsaj. Además de la guerra, en 1988, sufrimos el terremoto de Gyumri. Todavía hay gente que vive en un contenedor. Aun así, y con la ayuda de un filántropo armenio estadounidense, Gerard Cafesjian, La Cascada pudo inaugurarse hace siete años.

Las camareras trajeron los platos y regresaron a la mesa. Las pizzas sabían igual que en Boston. Alma se sintió a gusto. Podía tener un poco de cada mundo cuando lo decidiera.

Cuando sirvieron el café armenio, Berjouhi tomó una bolsa que guardaba junto a su pecho. Sigilosa, extrajo varios álbumes de fotos. Los ojos de Alma se turbaron. Berjouhi tomó el primer álbum. Lo abrió y empezó a pasar hoja por hoja mientras abrazaba a su sobrina nieta. Envueltas en papel film transparentes, esas imágenes mostraban a Alma con hoyuelos en diferentes momentos. Desde niña a adolescente. En una foto, Karnig y su nieta se concentraban frente al tablero de ajedrez. En la siguiente, Alma alzaba su primer trofeo. Más adelante, Teter con su delantal azul, servía el *shish kebab* de los domingos junto a los padres de Alma. Y también, Alma abanderada en el colegio. Se le erizó la piel. No pudo evitar la emoción en sus ojos transparentes. Berjouhi apretaba su pañuelo blanco y secaba sus lágrimas. Como Teter. Seguían tomadas del brazo. Una corriente estremecía esas venas distanciadas por años.

Jirair y Nané explicaron que Karnig enviaba las fotos junto con sus cartas para Sevag. Alma quiso saber, con estas otras fuentes, al otro lado del mundo, qué había sido de la vida de Sevag. Si Karnig y Sevag se habían enemistado, cómo habían desarrollado la relación con el padre, Boghos. Jirair se inclinó en el respaldo.

—Mañana, más tranquilos, te cuento la historia de Boghos. Tendremos todo el camino hacia Khor Virap para conversar.

Alma entendió que lo mejor sería no apresurar los tiempos de la memoria. Sin embargo, no paraba de hacerse preguntas. ¿La historia de su familia sería la misma contada a un lado y al otro del mapa? ¿Existiría todavía esa línea divisoria entre los hermanos Parsehyan? ¿Era eso lo que desvelaba a Karnig?

Un mensaje de Hrant la salvó de caer en razonamientos pantanosos. Alzó la mirada. Lo vio en su camisa celeste pastel, los rizos incitantes como sus cejas y la barba de combatiente. La mirada atenta. Experimentó un aleteo interior. También alegría.

Jirair le hizo una señal para que se sumara a la mesa. Las camareras acercaron unas mantas escocesas para que se protegieran de la brisa. Hrant ayudó a Alma con el tejido. Cubrió su espalda y el pecho. Le apuntó a los ojos. Nané observaba. Su prima ordenó otra ronda de café. Jirair vio en Hrant la posibilidad de conversar con un hombre de medios. A los dos les atraía la política. Y aunque discutieran, a la manera de antiguos camaradas soviéticos, Jirair y Hrant repasaron la actualidad y los desafíos de la joven República. La herencia soviética había marcado al país. El conflicto actual de Artsaj sumaba a las heridas. Como lo hacían los pasados pogromos de Bakú y Sumgait, y la masacre en Shushi. Su recuerdo se integraba al proceso de independencia de Artsaj. Todo candente y vivo.

Sin que los otros escucharan, Nané entregó la llave de la casa a Alma. Le aclaró que no se preocupara por la hora en que regresara, aunque su padre seguro preguntaría. Se quedaría despierto para controlar. También se lo avisó.

—¡Tengo cuarenta y un años! —soltó Alma. No quiso ser descortés, pero se percibía al borde de la indignación.

—Son las costumbres, prima. Ya te contaré —deslizó Nané.

—Prima, una pregunta más.

—Dime, *jan*.

—¿Es verdad que las parejas jóvenes vienen a besarse a La Cascada?

Nané comenzó a reír. Pero su risa expulsaba timidez y pudor.

—Es verdad, prima. ¿Por qué lo preguntas?

—Por nada. Ya hablaremos. Deséame suerte.

Nané sonrió. Le costaba conversar de la intimidad. Pero le gustaba que Alma lo planteara. Sentía cierta liberación. Una puerta a través de donde volcar lo que callaba. Años de una cultura patriarcal. Ni siquiera lo tenía consciente. Alma trazaba la pregunta y la invitaba a asomarse a un camino diferente. ¿Qué tipo de cultura era la armenia respecto de las libertades de una mujer en el siglo XXI?

Nané se despidió de Alma y de Hrant. Alma pensó en su prima y lo que no decía. La invadió un escalofrío. El viento soplaba. Había quedado liberada de la familia soviética y

Hrant la observaba mientras terminaba su café. Sin disimulo, el camarógrafo se detuvo en sus ojos verdes. En sus mejillas que a la luz de las velas se veían más rosadas. En las mesas todos los platos, salados y dulces se servían juntos. En Armenia, la comida realmente era un momento de celebración y relax. Disfrutaban de esa ceremonia. Incluso si alguien terminaba el postre y quería volver a degustar un plato de las entradas, lo hacía sin problemas. Solo había que servirse del plato, que nadie osaba cambiar de lugar.

Las pecas azul noche y las ojeras delataron a Alma. Hrant solo quería estar con esa mujer. Hacía mucho que había decidido no formar pareja. La pérdida de su hermano, en circunstancias que lo habían enfrentado a sus propios valores y que había silenciado, lo habían acorazado. La escritura también obraba en ese sentido. Pero se daba cuenta de algo: cuando Alma no estaba, la extrañaba.

Unos quince días atrás, cuando ella le había escrito desde Boston para confirmarle que tenía boleto de avión, su vida había girado. Esa dama perforaba su doble coraza. Lo revivía. Su hosquedad, su secreto, pasaban a segundo plano. Hrant quería todo con esa mujer. Sin embargo, nada dijo. Sintió miedo. ¿Y si Alma lo rechazaba? ¿Cómo actuaría ella tras conocer la verdad sobre su vida? ¿Luego de enterarse lo que había sucedido con Tigran en 1992? ¿Comprendería ella un acto de venganza o de justicia por mano propia? Si hablaba, echaría a perder el momento. Necesitaba tiempo para conquistarla. Para cerrar las heridas y construir con ella. Para volver a nacer y darse otra oportunidad de limpiar su pasado.

La noche brillaba. Hacía calor. Todavía era temprano. Las calles de Ereván se veían como una fiesta en contraposición a los duros inviernos. La gente circulaba hasta la madrugada y el centro bullía iluminado.

Le propuso a Alma bajar los 572 escalones de La Cascada. Ella sonrió. Jugar con él la entusiasmaba. Alma se inclinó y desabrochó con elegancia cada tira de sus sandalias. Sostuvo en alto los tacones, como la sortija de un carrusel. Hrant los atrapó con su mano izquierda. La invitó a ponerse de pie. Con la mano derecha la aferró por la cintura. Caminaron juntos hacia el tope más alto de la majestuosa estructura. Descalza, los ojos verdes de Alma quedaban a la altura del cuello sólido de Hrant. Su torso se veía más ancho. ¿Qué geografía guardaba la piel que habitaba bajo su camisa? Alma desvió la mirada cuando advirtió que Hrant posaba la suya en los labios de ella.

—Señorita Alma. Le juego una carrera hasta el primer descanso de la escalera. Son cinco bloques hasta la plaza Tamanyan, allí abajo. ¿Se anima?

Alma sacó pecho. Solos, al otro lado del mundo, ese hombre la inquietaba. En cambio, Hrant hablaba en un tono cien por ciento sereno.

—Haremos un trato. Son cuatro descansos. Quien llegue primero abajo, gana. Decide el premio. Si usted pierde, yo la beso. Recuerde que las parejas vienen a besarse a La Cascada. ¿Acepta?

Alma rio de los nervios. El rostro de Hrant la penetraba. ¿Por qué no enredarse en el juego de seducción? ¿Y si eso la ayudaba a olvidar definitivamente a Lucciano?

—No creo que ganes —contestó Alma desafiante y divertida.

Hrant sonrió a lo ancho. Alma, al terminar de pronunciar la frase, ya se había arrepentido. Era obvio, él ganaría. ¿Acaso por eso había aceptado la apuesta? Tal vez había llegado el momento de perder. ¿Perder para ganar? ¿Para dejarse besar por él?

El corazón casi se le escapa a la estrella más lejana. Exhaló y se mordió el labio inferior. Hrant la miró en forma golosa.

—Acepto —contestó ella sin moverse un milímetro.

Comenzaron cuando Hrant soltó "¡Vamos!", como el árbitro de una carrera. A medida que descendían, las luces de la ciudad cambiaban. Con cada escalón que dejaban atrás, sus ojos enraizaban, se agrandaban hacia lo lejos.

El primer descanso llegó rápido. Hrant lo alcanzó primero. Le sonreía con felicidad y ella se tiñó de rojo por la sangre que la recorría alterada y porque ese hombre se acercaba como espectacular amenaza. Hrant la atrapó por detrás y rodeó su cintura. Alma se inquietó con ese combatiente que parecía sostener sus sandalias como trofeo. Le gustaba que bajase descalza. La besó en la nuca. Alma tembló. Él la giró.

—Primer premio —decretó Hrant.

¿Jugaba con ella y ella con él? Le intrigaba qué haría él en cada parada. ¿Dónde pondrían el límite? Todavía quedaban tres descansos más. Los turistas tomaban fotos. A lo lejos, Ereván resplandecía un poco más cerca.

La invitó a continuar el recorrido. Le dio la mano. Bajaron juntos hasta los últimos escalones. Hasta que él se soltó y avanzó para llegar con cómoda ventaja al segundo descanso. Desde allí la miraba. Alma movía la cabeza con pudor.

Hrant la recibió con los brazos abiertos. Le gustaba pasear con él en la calle. No tener que esconderse ni sentir que estaba con un hombre prohibido. Se dejó abrazar. Escuchaba su corazón. Hrant la miró.

—Segundo premio… —anunció, y la besó en la comisura de los labios.

En el tercer descanso, se detuvo antes de llegar a la base. Dejó que Alma ganara. Se reía. Y ella también. Ahora Alma tendría que decidir el premio.

—No te frenes —la animó Hrant.

Lo acercó con sus brazos y recorrió con la yema de sus dedos el tatuaje en su antebrazo. Lo miró. Se puso en puntas de pie y lo besó con dulzura en la mejilla. Hrant tuvo que contenerse para no alzarla y llevarla en andas hasta el descanso siguiente.

La madrugada en Ereván desplegaba voces y luces, sobre todo en esa zona de bares y pubs que ya se advertían con mayor definición desde la mitad de la escalera. Cuando recuperaron aire y sus corazones se desaceleraron, Hrant la alentó al *sprint* final.

—Vamos, señorita Alma, seguro usted ganará ahora también —se reía y ella entendió que estaba metida en un gran juego de cornisa.

Bajaron de la mano como el tramo anterior. Previos a los quince escalones del primer descanso, Hrant la soltó y aceleró. Desde el llano la esperaba con los brazos cruzados y una gran sonrisa. Todavía sostenía sus sandalias color nude.

Desde allí, las obras de Botero sobresalían en la planicie. El Gato, el Gladiador y la Mujer que fuma, como guardianes en el corredor verde que escoltan hacia el complejo La Cascada, lucían con simpatía en el contexto duro de Ereván. Le daban anclaje al presente y, a la vez, contrarrestaban el peso de la historia con su modernismo.

—Adoro estas esculturas. Confieren a la ciudad ese eclecticismo tan atractivo —confesó Alma.

—No cambie de tema, señorita Alma, no me hable de las esculturas —amenazó sonriente el reportero—. Gané y voy a cobrarme mi premio, ahora, si no le molesta… Pero si usted prefiere seguir con las obras de arte, solo le permitiré disfrutar de una más, mi preferida, antes de recibir el beso que me debe.

Alma lo miró extrañado.

—La invito a admirar *Sopa de letras*, de Jaume Plensa. Es abajo, unos pasos más en la plaza —sugirió Hrant.

Cuando Alma escuchó al artista catalán se le heló la piel. Había jugado con Lucciano Conti bajo el agua de la fuente Crown, de Plensa, en el Millenium Park de Chicago. La obra interactiva los había empapado a la vez que proyectaba los rostros de los vecinos de Windy City. Lucciano había disparado, en aquel verano de 2013, todas sus fantasías. Se había soltado un coqueteo que después ninguno quiso o pudo frenar.

¿Cuánto tiempo real había transcurrido en su corazón? ¿Quién era Alma, la que jugaba con Lucciano en aquella secuencia? ¿Y quién era Alma ahora, la que jugaba con Hrant bajo la mirada del mismo artista, tres años después? Oriente y Occidente. Lucciano y Hrant. ¿Dónde amarraría la almohada de cada uno en esta noche cálida y quieta? ¿Lucciano todavía pensaría en ella?

Estuvo a punto de entristecerse, pero se detuvo a tiempo. Hrant la observaba a la espera del momento oportuno para cobrar su premio… Alma no podía salir de su nube de enredos, focalizaba en la obra de Plensa. Las letras del catalán se entrelazaban para formar la piel transparente de una figura humana. Ese hombre sentado con las rodillas hacia el torso y tomadas las tibias con los brazos, tenía nada y tenía todo en el interior de su cáscara de letras. Entonces recordó las palabras de Plensa: "Cada letra, su forma, puede corresponderse con la de una persona. Hay gente que se parece a determinada letra. Es un ejercicio pensar a cuál", sostenía el artista. ¿Cuál sería la letra que definía a Alma? ¿Y a Lucciano? ¿Y a Hrant? ¿Coincidirían?

La voz del camarógrafo la sacó del yuyal que intentaba atravesar.

—¡Ey! ¿Dónde vuela, señorita Alma?

Ella sintió que, por más que su pasado le perteneciera solo a ella, no le quedaba otra que confiar en Hrant. Construir el presente. Sonaba más sabio y sano, aunque dudara.

—Quiero ver esa sonrisa, Alma. ¿Hay algo que te asusta? ¿Que no quieras compartir conmigo? —a Hrant le entusiasmaba Alma, pero quería ser prudente. Intuía que había algo del mundo privado de esa mujer armenia estadounidense que no quería contar.

El corresponsal de guerra no dio vueltas. Así no se ganaban las batallas. Se acercó y tomó a Alma por la cintura. La besó con intensidad. Con toda la boca y con toda la lengua. Alma, sorprendida en el primer instante, atinó a alejarse con un movimiento fugaz. Pero enseguida la cubrió una electricidad que cercó sus defensas contradictorias. Entonces dejó que Hrant hiciera, mientras apartaba las imágenes de Lucciano. Se dejó invadir por esa barba tupida y esa boca que la absorbía. La bebía en un solo aliento.

Decidió jugársela. Se alzó de puntillas y rodeó el cuello de Hrant con sus manos mientras lo acercaba más y profundizaba ese beso continuo. Crecía como un oleaje de una boca a la otra, en busca de tormenta y pasión. En busca de todo lo que podrían olvidar y recordar, disfrutar, a partir de ese momento.

Hrant la miró embelesado. El rostro de Alma brillaba como la luna recién salida.

—Me gusta haber ganado la apuesta, señorita Alma. Ahora la llevaré a su casa a dormir, como hacen las buenas mujeres armenias —rio, con la seguridad de que quedaban los dos como mares embravecidos. Que anhelarían esa noche donde habían revelado sus bocas. Esos labios que sabían a vides y granada de Armenia.

Ella lo miró absorta. Quería más, pero Hrant le avisaba que la llevaría de regreso. Sonrió. Ocultó algo de su orgullo.

La tomó de la mano y detuvo un taxi. En la puerta de la casa de Nané, la despidió con otro beso de fuego.

Alma subió las escaleras al galope hasta el cuarto piso. Liberó en ese trote toda la adrenalina que le sobraba. Todas las ganas que le había sembrado Hrant.

¡Qué bueno había sido perder con él!

## CAPÍTULO OCHO

# CONFESIONES
# ENTRE PRIMAS

EREVÁN. JULIO, 2016

Desde el mediodía, los pasillos de E24 mostraban el nervio-sismo habitual. Productores acelerados con guion en ma-no, entraban y salían de los estudios de grabación hacia las salas de peinado y maquillaje donde se preparaban los periodistas y conductores para salir al aire por el principal canal de noticias de Erevá. Hrant atravesó esa espina dorsal que unía todas las células de la emisora para llegar hasta la oficina de "el Gordo" Naghdalyan, en el primer piso. El director de programación lo había convocado a una reunión urgente. A punto de jubilarse, pero aún aferrado a su escritorio, se había ganado fama por su mal carácter y hosquedad. Amaba su oficio y era su vida entera. A veces más que su propia familia. Desde muy joven, el Gordo transitaba esos pasillos en penumbra rodeados por las puertas pesadas. Abrían la escena a los estudios donde se exponía la realidad, o la visión que la señal eligiera del día a día en la calle, en cualquier rincón de Armenia. El canal, fundado a mediados de los años cincuenta, había surgido como la primera televisión en la era soviética. Naghdalyan había sobrevivido a las diferentes olas políticas. Conocía a Hrant desde muy joven, cuando él y su hermano Tigran cubrían el conflicto de Artsaj. Para Naghdalyan, el canal representaba todo. Para Hrant, desde la muerte de Tigran, era una pugna interior. Una contradicción y un secreto. Había tratado de volcarse hacia la escritura. Pero su vida como camarógrafo también era su pasión y su modo de subsistencia. Y en eso se debatía, a pesar de llevar más de veinte años en E24.

El Gordo recibió a Hrant con un abrazo. Fotos de las coberturas periodísticas tapizaban su despacho que incluía un mini bar. Nada tenía que envidiar a las grandes licorerías de Ereván. Una mesa de café regada de cenizas, una alfombra con el tejido armenio y unos sillones desgastados le daban un marco entre ajetreado y decadente a su oficina. Naghdalyan se lo quedó mirando, levantó el teléfono y pidió al bar dos *surch*.

—Es muy temprano para el coñac —bromeó al estudiar el reloj que recién había marcado las once y, aunque prohibían fumar en todo el recinto, ofreció a Hrant un largo.

Hrant se detuvo en la caja de Ararat. Se moría por dar un par de pitadas que contuvieran su inquietud por la llamada del jefe. Declinó la invitación.

—Tengo una propuesta —arrancó el Gordo. Cuando Naghdalyan arremetía así, algo pesado traía entre manos.

234

Hrant estiró las piernas y bebió un sorbo de café. Frenó antes de la borra y tomó un puñado de nueces de un bol de cristal. Naghdalyan fue al grano.

–Necesito que vuelvas a Artsaj. Quiero que viajes junto a medios de prensa internacionales por un par de días. Buscamos mostrar al mundo qué pasa aún hoy en la frontera. Los soldados no hablan de los cuatro días de fuego de abril. Hay suicidios. Como los hubo en los noventa.

Hrant permanecía mudo. No podía reaccionar. Al oír sus palabras, un tsunami de imágenes y emociones se dispararon en su cabeza. Naghdalyan continuó sin registrar los ojos pesados del camarógrafo.

–Viajarás en un helicóptero militar. Podríamos asignarte un cronista para que complete las notas, pero a lo mejor quieras hacer el informe tú mismo.

Entre el humo y el ambiente cerrado, el aire se espesó más. Sin pedir permiso, Hrant tomó un largo del atado de Ararat. Su jefe se acercó para darle fuego y de inmediato bajó las cortinas de su oficina vidriada para evitar testigos.

–La frontera es un tema delicado y sabes lo que pasó luego de que mi hermano, Tigran, fuera asesinado indefenso. Puedo tener problemas si vuelvo –pronunció Hrant.

El Gordo sabía a qué se refería. No quiso revolver el sentimiento de culpa de Hrant. Matar era algo que el camarógrafo jamás hubiera imaginado. Una mancha oscura con la que iba a tener que convivir toda la vida. Ambos lo sabían. Nadie más. Hrant era consciente que acercarse a la frontera podría traerle problemas si merodeaba el lado azerí. Ese difuso límite. Tierra de nadie. Donde todo es posible. Donde no hay testigos para la vida y para la muerte. Donde las miserias humanas son reyes y reinas. Nadie podría probar lo que había hecho.

Lo acechaba la imagen de su hermano desangrado en la hierba. La boca dura y los ojos abiertos al cielo. El olor a pólvora. El impacto que lo expulsó al disparar el fusil. Ver caer a Tigran delante de él, y segundos después al azerí. Soltar el fusil y correr. Pedir, después, por el cuerpo de Tigran.

—Mi hermano, de diecinueve años, murió delante de mí. También el soldado armenio de dieciocho años que lo acompañaba. Yo tenía veinticuatro años y se suponía que debería haberlos cuidado. Como siempre cuidé de Tigran. Nadie te saca la muerte de encima —enunció como si pudiera aliviar el recuerdo.

—Justamente por tu experiencia, tienes la mirada periodística y humana. Por eso necesito que vuelvas a Artsaj. Que retrates a los soldados jóvenes. A los adolescentes que reciben instrucción militar en las escuelas de Artsaj, como tú y yo la hemos recibido en Armenia en los tiempos soviéticos. Nadie mejor que tú para contar sus vidas y las de sus familias. Hagámoslo por los nuestros, camarada. Por quienes quedaron en el campo de batalla. Por nuestros chicos que se arriesgan y actúan como héroes cada día —completó el Gordo.

Los malos recuerdos de los noventa se habían avivado para Hrant y para toda Armenia en la primavera de abril, durante la Guerra de los Cuatro Días. El camarógrafo no había regresado a Artsaj desde 1992. El fantasma de Tigran y del hombre que había matado lo perseguía. Sumarse a Human Right Watchs le había ayudado a procesar la pérdida y la culpa. Trabajar en derechos humanos significaba un compromiso y una apuesta de largo alcance. Su libro, promocionado también por HRW, pretendía sumar la visibilidad de una guerra poco conocida. Daba testimonio de su experiencia, pero guardaba su secreto. Aportaba una mirada crítica ante las hostilidades y la política cómplice del negocio de venta de armas, pero omitía su propio drama. Sabía que, por su trabajo como activista en defensa de los derechos humanos, su nombre figuraba en la lista negra de Azerbaiyán. Y también sabía que podían buscarlo por lo que había sucedido aquella tarde de 1992. Si pisaba suelo azerí, podría quedar detenido y encarcelado.

La presencia de Alma en su vida ponía otro foco de prioridades. Quería estar con ella y defender su nación a través de su tarea en HRW. Pero no podía contarle que había matado. Si se lo confesaba, la perdería. Había pagado un precio alto por la vida de Tigran. Se había quedado solo y encerrado en sí mismo. Sus padres fallecieron cuando entendieron que Tigran jamás volvería a casa. No quería perder más.

—Hermano, en el caso de cubrir Artsaj, lo haría para colaborar con los organismos de derechos humanos. Es mi forma de procesar lo que pasó. Esos adolescentes, y los jóvenes cuando ingresan al servicio militar, no tienen posibilidad de elegir ir o no ir a la Guerra. Sé lo que sufren esas familias. Quienes pueden, lo sabes bien, envían a sus hijos al exterior. Y después no pueden regresar porque los acusan de desertores. Hay que poner fin a esta Guerra y a la locura de los jóvenes que se exponen en el frente.

Se paró, estrelló el cigarrillo a medio consumir en el cenicero, y dio por concluida la charla. Su posición se oponía al pensamiento de la mayoría del pueblo armenio. Para muchas familias, ser patriota era mandar a sus jóvenes al frente. Una herencia genética difícil de revertir.

—Ya puedes subir las cortinas —dio una palmada en la espalda a su jefe mientras dejaba el box sin haberle dado una respuesta concreta.

Atravesar los pasillos del canal le devolvía su anterior vida. La escritura había sido un viaje de introspección. Su amor por la profesión seguía intacto, pero necesitaba tomar distancia para contar desde otro lugar las miserias de la Guerra.

Haber perdido a Tigran, haber matado y haber cerrado los ojos a sus padres le había costado muchos duelos y reproches a sí mismo. Se veía por fin dejando la oscuridad. Le había llevado años y Alma aparecía ahora como una guía en ese sendero de luz. Entonces, ¿por qué volver a Artsaj? Hrant asumió que luchar por la libertad de prensa y proteger los derechos de la niñez y adolescencia representaba un camino riesgoso.

Aceleró. Quería salir del E24 para pensar. En la puerta se chocó con su amigo, el sonidista Mushej Hamasyan. Se abrazaron. Mushej, que siempre circulaba de buen humor, sin importar qué pasara, lo invitó a tomar un café a la vuelta. Se conocían de las coberturas periodísticas. Se miraban y se entendían sin hablar. Se lo veía más flaco lo cual estilizaba su casi metro noventa. Con algunas arrugas, pero un físico moldeado de gimnasio, nadie le daba treinta y nueve años. Llevaba unos jeans gastados que hacían sus piernas más largas. Su camisa negra al torso y entreabierta dejaba asomar una piedra azul contra el mal de ojo. La sujetaba con un cordón de algodón y seda, también negro.

—¿Por qué tienes esa cara? Esto parece un funeral —ironizó.

Hrant disfrutaba de su cinismo. Había aprendido de Mushej Hamasyan a transitar los peores momentos con humor. El sonidista, que se había criado en una familia armenia de Grecia, no tenía ese chip cien por ciento armenio que antepone la melancolía a cada circunstancia y decisión. Mushej veía la vida a través de una amable copa de vino, la silueta tentadora de alguna mujer y la belleza de un mar turquesa. Cada vez que podía se escapaba a las playas de Mikonos donde conservaba grandes amigos.

Hrant le contó el pedido que le había formulado Naghdalyan. También le habló de Alma.

—A Naghdalyan ya lo conocemos. Pero el dato de Alma lo tenías bien guardado.

—Estoy en otra etapa de mi vida.

—Disculpa, pero deberías ir a la cobertura. Con medios de afuera es una oportunidad. No correrás peligro. Tendrás mucha visibilidad de prensa. Mientras no entres en terreno azerí puedes estar tranquilo —dijo Mushej.

—Es relativo. Los mandos azeríes son traicioneros. Por mi testimonio en la guerra de Artsaj, integro la lista negra de Azerbaiyán. El número de prisioneros políticos del Gobierno azerí crece día a día. Además de alarmarnos, las grandes potencias no se atreven a enfrentar al Gobierno de Bakú.

—¿Tienes miedo? —preguntó Mushej.

—No tengo miedo. La lucha para visibilizar está afuera de las cárceles azeríes. Las organizaciones de derechos humanos me dieron un marco institucional para trabajar por la paz. Para llamar la atención al mundo sobre la guerra y para mostrar las maniobras de distracción y lavado de dinero de Azerbaiyán mediante fastuosos eventos culturales y deportivos. Las Olimpíadas Internacionales de Ajedrez, que se hacen en septiembre, son un ejemplo. Por eso, el equipo de Armenia decidió no participar esta vez. Mucho menos después de la Guerra de los Cuatro días de abril. Los poderosos hacen la vista gorda al montaje para lavar el dinero sucio de la corrupción y los negocios de la compra-venta de armas. Además, el petróleo azerí y su mecanismo para proveer a Europa le dan poder en la negociación.

—Tu lucha es legítima, hermano. Pero concéntrate por superar lo de Tigran. Te quiero ver bien —intervino Mushej.

Hrant bebió agua. Mushej debería intuir qué había hecho con el fusil de Nubar, el soldado armenio muerto aquella tarde. Continuó, aún con cargo de conciencia.

—Quien piensa distinto y denuncia al poder político en Azerbaiyán es encarcelado. El régimen azerí devolvió los cuerpos de nuestros soldados destrozados y mutilados. Lo hicieron en los años noventa, en la guerra en la que murió Tigran, y también durante abril. Pocos explican esos sucesos. Menos lo hacen los jóvenes soldados. No hablan de la Guerra porque no tienen contención. Sé el peso que eso significa. No se te despega de la piel nunca más.

Mushej bajó la cabeza. Venía de visitar a un amigo. Su hijo se había colgado en su habitación. Ese soldado con ojos, boca y manos de niño no soportó ver los cuerpos decapitados de sus amigos y compañeros. Tenía dieciocho años. Sus piernas temblaron y su rostro era sombra. Ningún rastro del bailarín que

conquistaba en cada taberna griega armenia cuando sonaba *hasapico* o *sirtaki* se advertía ahora.

Hrant pidió al mozo un cigarrillo. Lo encendió con una honda pitada como si pudiera fumarlo de una vez. Tragó el humo. Cuando pudo respirar, enfatizó:

—Quiero que se sepa la verdad. Pienso en ese niño soldado. En mi hermano. Siento, además, la necesidad de convertirme en padre. De formar una familia. Empezar de nuevo, aunque suene raro, a mis cuarenta y ocho años —a la edad de Mushej y de Hrant, en Armenia los consideraban solterones.

—Hermano, se ve que Alma impactó muy fuerte en ti. ¿Quién es esa mujer?

—Tengo miedo de perder a Alma y aún no empezamos. Quisiera pasar el resto de mi vida con ella. Es una periodista de Boston, de familia armenia, criada en Estados Unidos. Ella me devolvió la alegría. Saca lo mejor de mí. Cuando murió Tigran me dediqué a cuidar a mis padres y desde que ellos se fueron, mi rutina pasaba por tapar las pérdidas y la culpa con trabajo y viajes. Alma me devolvió la fuerza que había perdido.

—Perdón, hermano, ¿dijiste que es periodista?

—Sí, ¿no me escuchas o quieres robármela? Siempre te gustaron las periodistas. Te conozco.

Hubo un silencio y la suspicacia de alguna riña pasada por mujeres. Lejos de disculparse por un lío caducado, Mushej pasó factura a su amigo.

—Cuando te enamoras, no piensas. Alma es periodista, y además de origen armenio, ¿no te das cuenta?

—¿De qué debería darme cuenta?

241

—Podrías llevarla a Artsaj. Ella puede hacer el informe político. Dar una mirada integradora y también humana a las notas.

—Es peligroso. No la quiero exponer.

—No eres un novato. Y además viajan con prensa internacional. Eso significa un gran escudo.

—Tendría que pensarlo.

—Te veo lento hoy. ¿Con quién vino Alma? ¿Tendrá alguna amiga para presentarme? —Hrant golpeó el pecho de su amigo—. Vamos, no te guardes esa información —alentó Mushej.

—Alma viajó sola. Pero vive en casa de su prima Nané, con el padre de ella y la abuela.

—Me gusta ese nombre, Nané... ¿Cuántos años tiene?

—¡Increíble! Nada te detiene. Te tienes demasiada fe.

—Deberías aprender de mí, amigo. ¿Cuántos años tiene Nané? ¡Qué difícil estás hoy!

—Según me contó Alma, treinta y seis.

—¿Está casada?

—No. Ella también perdió un hermano en Artsaj. Y su padre, Jirair, se volvió más estricto con ella.

—Qué raro que no esté casada. ¿Cómo es Nané?

—Te impactaría. Es muy bonita. Alta, de pelo largo y ojos negros. Tiene físico de modelo francesa. Muy estilizada.

—La describes demasiado bien. Parece que le prestaste atención —rio Mushej.

—No seas ridículo.

—¿Algún otro dato para compartir con tu viejo amigo Mushej?

—Es egresada de Relaciones Internacionales pero se dedica al diseño de moda.

—¿Te das cuenta? Yo trato de levantarte el ánimo, ordenarte la vida y mi amigo me esconde esa valiosa información.

—Tu mala fama sigue en pie.

—La semana que viene tengo franco. Vayamos los cuatro a pasar un día de playa al lago Sevan. Seguro que Alma no lo conoce. Y a Nané le encantará viajar en mi nuevo Audi A3. Amigo, disfruta de la vida que es un regalo. Haz como yo. Invierto mi sueldo en mi nuevo automóvil.

—Por eso estás tan flaco. Se ve que no comes para viajar en autos de lujo. No hay caso —se quejó Hrant. En sus charlas por el mundo, había entendido y observado que, al otro lado de la Cortina de Hierro, no existía esa sed de consumo y de ostentación que habían sembrado siete décadas de comunismo en los armenios de Armenia.

—Te aviso qué día de la semana los paso a buscar. Los cuatro disfrutaremos de la playa. Luego viajarás a Artsaj con Alma. Harán una cobertura extraordinaria como todos tus trabajos. Estoy para solucionarte la vida, padre.

—Le voy a mandar un mensaje a Alma para ver si está de acuerdo.

—Quedamos. No me falles.

Mushej volvió tras sus pasos al E24 y Hrant decidió caminar. Su casa quedaba en la otra punta de Ereván centro, pero necesitaba el ejercicio. El sol dominaba alto. Extrañaba a Alma. Recordaba el beso al pie de La Cascada. Tenía que planear algo para estar con ella. Cualquiera podría robársela en sus paseos por Ereván.

Alma caminaba sola por la ciudad y se sentía como en casa. Cuando la sorprendían los grandes edificios soviéticos y las obras monumentales caía en la cuenta de lo lejos que estaba de su hogar. Sin embargo, no se percibía como una extraña. Al contrario, podía reconocerse en esa Madre Armenia que, desde lo alto de la colina del Parque de la Victoria, la miraba con su figura erguida, los pechos prominentes y la espada empuñada sobre el abdomen, que formaba una cruz con su torso. La obra había reemplazado a un busto de Stalin desmantelado en la década del sesenta. Se identificó con los turistas que se fotografiaban con la Madre Armenia. Esa imagen de fortaleza, de actitud guerrera. No era una víctima. Todo lo contrario.

Se llenó de energía. Esa estatua le susurraba "te comprendo, estoy de tu lado". En ese pecho compacto vivía el misterio que latía en ella. Algo que todavía no alcanzaba a decodificar. Una fuerza que la obligaba a continuar la búsqueda del sentido y las respuestas. Al otro lado del mundo, la Madre Armenia, tan esbelta y real. Se miraban una a la otra.

Ya despuntaba el mediodía, almorzó un sándwich de *kebab* de cordero en uno de los puestos al paso. Se sentó en una banca a la sombra, con el *kebab* y un refresco light. La ciudad rebosaba de flores. La envolvía el tráfico de Ereván, a pesar de ser una metrópolis chica. Focalizó en las mujeres armenias siempre maquilladas y bien peinadas, tacones y generosa bijouterie. Le costaba encontrar una sola sin maquillaje, vestida sencillamente, como estaba Alma ahora. Ella también era armenia. Pero llevaba el pelo recogido dentro de una gorra negra, una camiseta blanca, jean y calzado deportivo. La cartera, eso sí, tenía los clásicos bordados y tejidos armenios. Se la había regalado Nané el primer día y jamás se la había quitado. Al usarla, le parecía que siempre llevaba a Armenia con ella.

El calor empezaba a arreciar. Entró en el Matenadaran, un museo que guarda los escritos armenios milenarios. Podía ser ella en cada una de las treinta y seis letras originales del alfabeto armenio, único en el mundo por su sistema de escritura. Nació a principios del siglo V, cien años después de que Armenia se convirtiera al cristianismo. Lo creó un monje para traducir la Biblia a su pueblo en su idioma original. Y eso luego posibilitó que se elaboraran trabajos de historia, religión, ciencia y filosofía, además de la publicación de los manuscritos de ese siglo.

Adoraba la representación de esas treinta y seis letras en forma de pájaros. La tradición las llama *trchnakir*. La obra, que colgaba en el salón de Teter y de Karnig, también adornaba cada casa armenia. No había siquiera una habitación para niños que no guardara estas bellas imágenes del alfabeto. ¿Cuánto habría influido en ella esta celebración ancestral de la escritura?

Pensó en Hrant y las ganas de contarle todas estas emociones. Automáticamente se le representó la sonrisa de Lucciano. Se enojó con ella por extrañar su olor. En el Museo Matenadaran se tranquilizó al comprender que todo el día sería para ella. Para recorrer y pensar esa circunferencia que trazaban las calles de Ereván. También representaban un universo. ¿Un círculo en su cabeza?

Por momentos, no asumía que pisaba Armenia. Volvía en sí cuando se cruzaba con las banderas de franjas rojas, azules y naranjas que flameaban en edificios públicos y esquinas. Con la flor violeta nomeolvides en cada escaparate. La inundaba un remolino de felicidad, ansiedad, extrañeza y emoción.

Caminó por esa diagonal, avenida Mashots, en dirección hacia la plaza de la Ópera con sus dos salas de concierto para ópera y ballet, también obra de Tamanyam. El día seguía brillante y caluroso. Sintió sed y decidió hacer un alto en un bar con mesas reparadas a la sombra.

La camarera se acercó y le habló en armenio. Rubia de ojos celestes, con piercing en la nariz recta y en las orejas, parecía de Rusia. Como la joven del aeropuerto, en migraciones, tampoco hablaba inglés. Alma le señaló una foto en la carta. A los pocos minutos, la empleada trajo unas porciones triangulares de algo que parecía una torta chata. Después de probar, Alma sintió que podía comer toda la bandeja sin límites. No conocía esa especie de bizcochuelo ni su sabor dulce tan suave. Le preocupaba engordar en Armenia porque todo la tentaba. Envió a Nané la foto de la panera.

### NANÉ

*Se llama gata.*
*La masa se rellena con joriz, una pasta a base de azúcar y mantequilla.*

Mientras devoraba la segunda porción, junto con un té de hierbas, adoptó el *gata* como su comida preferida a cualquier hora. Sumaría algunos kilos, pero había decidido relajarse y pasarla bien. Como los armenios frente a cada plato.

Otro punto en la comida le llamaba la atención. Los platos

en las cartas de los restaurantes, diferían de la comida armenia que probaba en casa de sus abuelos. Nané le había explicado que la comida armenia de Occidente tiene influencias de la cocina árabe. Por eso el puré de garbanzos o hummus, o el *mutabel* o pasta de berenjenas, no resultaban tan fáciles de encontrar en Armenia. A no ser que acudiera a un restaurante libanés.

Aprendía, experimentaba y eso también la revitalizaba. Su angustia por su futuro, o el sabor amargo de su ruptura con Lucciano, podía transformarlo en pasión si se sentaba frente a un tibio *lavash* recién horneado, o frente a una porción de *gata* con un té de amapolas y menta.

Sintió ese instante feliz. Sin embargo, un hueco en la panza cada mañana, antes de levantarse, delataba esa pizca de incertidumbre. Le costaba ponerlo en palabras. ¿Y si era falta de amor? No quería admitirlo porque no creía en el amor. No creía en el amor, pero lo buscaba. En cada acto. En cada hombre que la interpelaba. La aparición de Hrant la confundía. Creía en Hrant como no creía en Lucciano, aunque no lo conociera tanto. Se preguntó si eso importaba.

Al día siguiente, el camino a Khor Virap se presentaba árido y silvestre, con construcciones tan antiguas que la trasladaban en el tiempo. El monte Ararat, despejado y majestuoso, la desbordaba. Su presencia sin filtro recortada en el horizonte verde y azul parecía hablarle.

La piel blanca de Alma se había vuelto roja en sus hombros y mejillas por el día particularmente caluroso. Desde la ruta donde habían dejado el auto, Jirair ascendía muy despacio la rampa que conducía al monasterio. En cada paso quería ganar algo de aire. Nané acompañaba a su padre. Berjouhi se había quedado en el coche. La pendiente resultaba exigente para ella y la temperatura elevada no ayudaba. Entraron con Alma a la primera de las iglesias, donde el aire más fresco les ofreció reparo. La luz cenital alumbraba la penumbra y esparcía unos haces que impactaban sobre el atrio. Una mesa con mantel blanco y una flor fresca amarilla. El olor de un sahumerio y nada más. Alma encendió una vela fina y larga. La enterró en la mesada alta con base de arena junto a decenas de otras velitas. Las oraciones de cada una sobrevolaban la capilla. Envolvían esas paredes gruesas frías en contraste con el afuera agobiante y el suelo de piedra.

De rodillas y con la cabeza inclinada hacia abajo, Alma se persignó con la señal de la cruz. Aunque no fuera practicante ni religiosa, sentía que podía pedirle a Dios que la cuidara. Que cuidara del espíritu de sus abuelos y de sus padres. Que protegiera a su familia en Armenia. Que le diera la fuerza para encontrar su camino.

Salieron de la primera construcción. Desde ese punto alto, la cercanía con el monte Ararat la impactó. Los separaban escasos treinta kilómetros de la frontera. Alma recordó a Teter con sus ojos húmedos en el mercado. Cómo miraba ese óleo que ahora no era una pintura sino una realidad. Ahí confluía la sangre armenia.

Respiraron y miró a Nané que le cedió el paso. Primero entraría Alma a la construcción creada sobre el pozo donde estuvo

preso san Gregorio el Iluminador. Alma descendió por un hueco estrecho, aferrada a una escalera vertical. Pegada a la piedra, se descolgó exactos seis metros. Cuando rozó esa profundidad y pisó ese suelo imaginó lo imposible. Resistir trece años en un pozo oscuro y húmedo donde faltaba el aire, donde no se sabe si es de día o de noche, donde las paredes aprietan a escaso medio metro.

El rey Tiridates III había mandado a encarcelar al futuro Padre de la Iglesia Armenia. Tiempo después le comentaron que ese pastor, a quien tenía cautivo por una pelea entre familias, era el único que podía salvarlo. Tratarlo de un terrible mal que amenazaba con matarlo o vivir condenado a convertirse en un monstruo sufriente. Aun sujetado con cadenas, llevaron a san Gregorio ante el rey. El pastor impuso sus manos sobre Tiridates y cerró los ojos. Sintió su piel. Sintió sus entrañas. Percibió su sangre que hervía y las vísceras secas, sin minerales ni nutrientes. Enunció unas palabras en forma repetida. Como un murmullo que lo arrullaba. El rey experimentó una sensación de liviandad en sus músculos. La columna vertebral entumecida de repente se relajaba, y el brillo volvía a sus ojos. La boca exhaló en un movimiento hondo. San Gregorio se inclinó y se persignó con la señal de la cruz. Tiridates estaba curado. A su alrededor, atónita la corte, presenciaba la escena. El rey ungió a san Gregorio y a partir de ese momento le otorgó la libertad. Pero además instruyó a sus ministros para que el Reino de Armenia, hasta entonces pagano, adoptara el cristianismo. Armenia se convirtió así en el primer Estado con religión cristiana en forma oficial. El almanaque indicaba el año 301. Casi un siglo antes que Roma.

En lo alto de la colina de Khor Virap, un adolescente, de piel morena y ojos café, nariz más grande que su rostro, ofrecía junto a una ventana cavada en la piedra, una paloma de la paz. En verano y primavera, como tradición, lanzan esa paloma blanca hacia el cielo de Turquía. Hacia el Ararat y sus cumbres nevadas. Alma dio unas monedas al chiquillo. No se animó a sostener la paloma. Nané y Jirair la ayudaron. Juntos impulsaron ese pájaro que rápido remontó vuelo. Lo siguieron con la vista sobre los campos verdes. A lo lejos, un camión celeste cruzaba la ruta. El cielo se expandía azul. Hacia esa frontera. Hacia ese suelo ahora hostil de donde también habían llegado.

Alma recordó la ceremonia que había seguido desde la redacción, cuando aún trabajaba allí. No se desprendía de las cámaras de televisión que enfocaban la primera visita del papa Francisco a Armenia. Había transcurrido apenas un mes desde que el sumo pontífice, junto con el papa armenio, habían lanzado la paloma de la paz hacia el mismo horizonte de Turquía. Aquel día, Francisco pronunció en lo alto de Khor Virap, de frente al Ararat, la palabra Genocidio. El término que enfurece a Turquía. Es el vocablo que se niega a emplear. Un millón y medio de armenios asesinados y masacrados. En ese suelo, a escasos treinta kilómetros. Los fieles lloraban. Como ella ahora.

Con total hermetismo de palabras, salieron los tres del templo. El viento caliente los azotaba. Los campos se mecían pacíficos. El Ararat omnipresente. Tan bello y guardián hacía enmudecer. Alma carraspeó con su garganta seca. Esperó unos segundos y se animó a preguntar.

—Primo, ¿cómo murió Boghos?

Jirair tragó tierra y saliva. Nané se acercó y tomó del brazo a Alma. Empezaron a descender por la rampa en cámara lenta. Un viento tórrido pegaba en sus espaldas.

—Cuando los turcos llegaron a la casa en Aintab, obligaron a Boghos a sumarse a la calle para realizar trabajos forzados. Lo unieron a un grupo de varones armenios, de dieciocho a cuarenta y cinco años. Los obligaban a construir caminos. A Boghos lo hicieron trasladar pesados y enormes bloques de hormigón sobre su espalda. Se movía extenuado bajo el calor fulminante. Cuando osaba levantar la cabeza, le apuntaban con los fusiles mientras los soldados otomanos lo escupían y lo llamaban en turco *ermeni*, armenio, como insulto. Cuando terminó de hacer el camino, esos mismos guardias le destrozaron el cráneo con los bloques de cemento que había cargado. Así lo hicieron también con todos sus compañeros. Los zapatos de Boghos quedaron en ese sendero.

El semblante de Alma se puso en blanco. Se aferró aún más del brazo a su prima. Jirair continuó:

—A los pocos días, tu abuelo Karnig, salió de la casa en busca de su papá. Preguntaba por Boghos, como su hermanito Sevag. La madre y la abuela les decían que ya iba a volver. Como si algo intuyera, Karnig no se conformó con la respuesta de su madre. Todos los días salía a buscar a Boghos. Preguntaba por su padre en el barrio.

Alma sintió una arcada. Respiró hondo para no vomitar. Se detuvo dos segundos. Reanudó la caminata.

—A los pocos días, finalmente, Karnig regresó a la casa con los zapatos de su papá. "Mamá, los encontré en el camino", le

251

dijo. "Hijo, déjalos aquí para cuando regrese", apretó los dientes su mamá y se dio vuelta para que sus pequeños no la vieran llorar. La abuela abrazó a su hija y a sus nietos que ya no quisieron seguir preguntando por su papá. Su madre lloraba desconsolada. Era suficiente para entender. Por más que tuvieran siete y dos años. Al día siguiente, los turcos entraron de nuevo a la casa. A los golpes e insultos sacaron a Karnig, a Sevag y a las dos mujeres, Serpuhi y Arshaluis. Tu bisabuela, Serpuhi, sujetaba en brazos a Sevag. Tu tatarabuela, Arshaluis, lloraba abrazada a Serpuhi y a Karnig. Los expulsaron de la casa, encañonados y zamarreados de la ropa y los pelos. Les decían que los armenios no podían vivir más en esas tierras.

Nané se detuvo a tomar un poco de agua en un bebedero de piedra. Había escuchado el relato muchas veces. Pero en esta mañana no podía evitar una angustia mayor. La presencia de Alma la obligaba a pensar cómo hubiera sido su vida en otro continente. Si Sevag hubiera emigrado. Si no hubiera tropezado con esa piedra y regresado al orfanato.

–Mientras caminaban, a metros de su casa, Karnig salió de la fila. Era tan delgado que no lo advirtieron darse vuelta. Volvió corriendo hacia su casa. Junto a un par de mantas, encontró los zapatos de su papá. Los miró por última vez. Sus ojos se llenaron de lágrimas. Tomó un pañuelo de Boghos y envolvió su Biblia de tapas azules. La escondió bajo sus ropas. Corrió hacia la cocina y tomó un recipiente con solvente. Roció las paredes, las alfombras y los zapatos de su papá. Encendió una mecha y la lanzó dentro del combustible. Giró, y a pasos agigantados, más veloces que sus piernas de tero, sintió el calor de las llamas. Torció la nuca apenas

para ver. El fuego trepaba por las cortinas, los muebles, el parral, toda la casa. A pesar de la tristeza, sonrió. Toda su vida y las huellas de su familia quedaban desvanecidas a partir de ahora. "Si tenemos que dejar nuestra casa, no quedará ni para los turcos", le aseguró a su mamá cuando regresó a la fila. Tenía el rostro angulado negro, cubierto de carbón y cenizas. Sevag lloraba de hambre y su abuela Serpuhi escondió unos ojos de compasión.

Alma tragó lágrimas. Recordó cada vez que su abuela Teter, junto a su cama, le explicaba el significado del nombre de su abuelo Karnig. "El valiente", deletreaba Teter y su rostro color miel echaba orgullo por ese viejo parco, obstinado y gruñón que enseñaba ajedrez a su nieta.

La vida había pasado y ahora pisaba Armenia. Con la familia de Sevag, que también honraba a Karnig.

—Tu abuelo nunca pudo superar la muerte de su padre, Boghos. Ni la culpa por haber dejado a su hermano Sevag en el orfanato de Alepo —cerró Jirair.

Nadie podía respirar. Alma tragó polvo. El viento lo deshilachaba por la falta de humedad. Sacó de su cartera una botellita rosa para intentar abrir la garganta. El agua quemaba como su entraña. Le ofreció un trago a Nané y a Jirair, pero su primo hizo un ademán para que la guardara. A Alma no le importó beber otro sorbo caliente. Apretó los dientes y los tres siguieron ese descenso en obnubilado silencio. El sonido de la respiración se intrusaba. El viento insistía indiscreto. El chillido de un cuervo despedazó el cielo.

—Primo, ¿cómo supiste la historia? —preguntó Alma. Le dolía tanto, que una parte suya quería que no fuese real. Que hubiera algún dato alterado por los resquicios del tiempo, la distancia y la memoria.

—Mi padre la contaba a menudo. Crecí con estos relatos. Sevag no medía cuánto fuera a afectarme —dijo Jirair como si leyera los ojos de Alma, pero a pesar de ello se extendió—: Mi madre, Berjouhi, la sabe de memoria. A pedido de Sevag y antes de enviarlas, leía las cartas que escribía a Karnig en América. Quería saber cómo se sentía, si alguna vez vendría a visitarlo. Le decía que lo extrañaba. Y lloraba ante Berjouhi. Mi madre también le leía las cartas que le contestaba tu abuelo. Decía que le iba a fallar el corazón si lo hacía él. Si se enteraba de que su hermano mayor, un día, podría llamar a su puerta.

De regreso, en el monasterio de Geghard, Alma pudo sentir la paz que le faltaba. El relato de la huida de Karnig y cómo los soldados turcos habían asesinado a Boghos, la había paralizado. No dejaba de pensar en su abuelo cuando era pequeño. Lo imaginaba en forma repetida. Veía cómo iba a buscar a su padre. Una y otra vez lo encontraba de frente a sus zapatos vacíos. Frente a la ilusión de que pudiera regresar.

Repasó cómo Karnig lustraba los zapatos cada mañana. Se materializó delante de ella por enésima vez el abuelo recitando los versos de Paruyr Sevak mientras lustraba el cuero e intentaba dejarlo sin marcas, como no podía hacer con su pasado. Entendió por qué pronunciaba ese poema como si fuera un rezo. Por qué necesitaba de esa secuencia que lo conectaba con su papá.

Comprendió también a Sarkis que, al igual que su padre, repetía idéntica ceremonia. Cada noche, esos zapatos, bajo la aspereza de las crines de caballo, recobraban la fuerza que los había hecho sobrevivir. Una rutina silenciosa y maniática que transmutaba las huellas de la violencia por la humillación y la historia.

Arrodillada en el *gavit,* el atrio de uno de los tres monasterios excavados en la roca, se sintió pequeña. Un punto en el tiempo y en su familia. Pero también, un eslabón. Un nexo entre el pasado y el presente que latía en su pecho inclinado sobre las tumbas que la interpelaban. De frente al atrio, las lápidas miraban hacia las aberturas por donde tenían que volar las almas para liberarse. Más arriba, las ventanas siempre abiertas. Alguien a su lado explicó que de esa forma esperaban la segunda venida de Jesucristo. Afuera el aire era demasiado pesado por el calor y adentro la temperatura bajaba considerablemente. Se cubrió los hombros con un chal entre anaranjado y amarillo, como el azafrán que usaba Teter para cocinar el arroz. La humedad colaboraba para poner en tensión su piel. La penumbra quebrada por las aberturas y algunas velas, la obligaron a quedarse dentro de sí misma.

Un rayo de luz potenció un grueso pilar dentro de Geghard. Mostraba tallado, con las letras mayúsculas, el alfabeto armenio. Las letras rodeaban un *jachkar* también tallado en la piedra. Apoyó su espalda en ese pilar del siglo XIII. Irguió la columna. Esas vértebras que la hilvanaban ahora se dibujaban paralelas a los grabados. De ese conjunto podía beber su historia. Decodificar y deletrear su nombre. Esa cruz grabada con cuña, que había sobrevivido las invasiones de mongoles, árabes y persas, la nutría.

Se sintió viva en esa oscuridad. Desde afuera, era imposible suponer que, dentro de la roca, resplandecieran tres iglesias excavadas con semejante nivel de detalle. Sobre el atrio distinguió el escudo y la bandera. En aquellos siglos, consideraban guerreros a los sacerdotes. En ese sector, un gran cuadro tallado en la piedra. Siluetas inquietantes pasaban un mensaje provocador. Una mujer, con la cabeza en forma de dos pelícanos, alimentaba con su sangre y con su cuerpo a sus crías. Una guía describió que los pájaros no tenían comida para dar a sus bebés. Por eso la imagen se asociaba al cristianismo y a la maternidad.

En el segundo piso, escuchó un grupo de turistas que cantaba el Padrenuestro en armenio. Alma no sabía cómo hacerlo, pero lo reconocía de su infancia junto a Teter. Esa acústica erizó su piel. Recorrió el espacio cuando concluyó la oración. Esperó a que saliera el último peregrino. Formuló un último rezo en la intimidad de ese silencio.

Afuera, Jirair los esperaba mientras fumaba apoyado contra la puerta del Lada. Berjouhi y Nané ya se habían adelantado y, en la salida, curioseaban entre los puestos de frutas secas y artesanías. Debajo de un gran árbol, tres músicos retrocedían el almanaque con sus melodías ancestrales. Si suprimía a la gente y sus vestimentas modernas, Alma podía afirmar que caminaba por el siglo XIII. El monasterio, el paisaje rocoso, la vegetación y la música así lo confirmaban.

Observó a Berjouhi. Como Teter, revisaba cada ramo de hierbas y cada frasco de conservas. Preguntaba a las vendedoras con qué técnica habían recolectado las berenjenas o si los morrones los cosechaban bien maduros o bastante antes de que

le dieran peso a la planta queriéndose hundir en la tierra. Cuál era su técnica de envasado. Examinaba las ristras de *sushuj* dulce. Esos caramelos que colgaban enhebrados por un hilo llenaban de color y tentación los puestos. Daban ganas de manotear esas cañas bordó, miel y caramelo que cubrían con una gelatina pegajosa las nueces. Literalmente estaban cosidas por ese hilo y recubiertas con esa pasta que formaba el dulce de uvas.

Berjouhi explicó a Alma su elaboración. El dulce caliente se desliza desde el extremo superior hasta el último eslabón de la ristra, que se cuelga de un travesaño, al aire fresco, hasta que el dulce se solidifica.

Alma los vio y se acercó sin pensarlo. Nané compró un *sushuj* y lo compartieron. Sintió que ese gusto le pertenecía desde siempre. Canela, clavo de olor y unas notas de naranja. De pronto, los colores volvieron a sus mejillas. La invadió una sensación de reparo. Le hacía falta.

De regreso a la casa, Nané propuso hacer una pasada por el Gumi Shuka. Jirair detuvo el automóvil frente al gran mercado de alimentos frescos. Un enorme galpón techado, al sur de Ereván centro. Antes de entrar, Alma se impresionó con una pescadería que tenía una tina sobre la acera y los peces acumulados casi desbordaban. No se acercó porque el olor a pescado la intimidó como la imagen del vendedor, piel curtida, el cabello gris y los ojos negros que se entrecerraban al llevarse un cigarrillo a su boca con manos anchas y rústicas.

Desde la entrada del Gumi Shuka, Nané le hizo una seña del brazo de Berjouhi. Tan solo avanzar en ese gigante tinglado le alteró los sentidos. Las aletas de la nariz se le hicieron anchas para sumergirse en ese aroma mezcla de *chemen* —el condimento del fiambre *basterma*—, el comino, azafrán, pimentón y todo lo que Teter usaba en su cocina.

Se enloqueció con las ristras del *sushuj* dulce, los mismos que había probado en Geghard, y las bandejas de frutas desecadas y abrillantadas. Nueces, duraznos, albaricoques, uvas, almendras, higos, castañas de cajú. Un paraíso de formas, colores y sabores con disposiciones geométricas imposibles de evadir con la mirada y los jugos gástricos que se activaban ante tantas delicias.

Cuando se acercó a una de esas mesadas, una mujer de piel blanca y ancha cintura con delantal y pañuelo que sujetaba sus cabellos, tomó unos higos secos. Se los ofreció. Alma movía la cabeza, pero se moría por probar. La señora le hablaba en armenio. Por la entonación intuyó que insistía para que aceptase. Nané se acercó y le tradujo. La vendedora le decía que si jamás había estado en el mercado, antes de probar la fruta deshidratada, debía pedir tres deseos. Que se le iban a cumplir. Alma sonrió. Quería creer y comer. Tomó los higos tiernos y carnosos. Miró la piel arrugada y el brillo oscuro de la fruta. Suspiró y pidió los tres deseos. Guiñó un ojo a su prima. El primer higo seco, brillante como una obsidiana negra, desapareció dentro de su boca rosa. Sus ojos se aclararon como el agua de un lago. Las pecas estampadas en la nariz se doraron con ese movimiento del maxilar al descubrir la fruta. Dulce y agria, expandía esa textura chiclosa.

Todavía le quedaba el segundo higo seco en la otra mano. Su rostro se había transformado. Nané le advirtió de las propiedades afrodisíacas de estos frutos. Al notar la sonrisa de Alma,

su prima se acercó al puesto y eligió unas semillas de anís más un frasco de miel pura. Alma la miró sorprendida.

—A la noche te explico —susurró Nané en su oído y solo mencionó una palabra, cuidándose de que su abuela Berjouhi no escuchara—: Afrodisíacos.

Las primas se rieron en total complicidad. Tenían mucho por conversar.

—Esta noche —definió Alma, y Nané asintió con la cabeza.

Mientras tanto, Berjouhi contaba a la mujer del pañuelo ocre que esa joven alta y delgada, con mejillas pálidas, había llegado para visitarlos desde América. Era ni más ni menos que su sobrina nieta. La vendedora la miraba con compasión y extrañeza. Alma se movía ajena entre los puestos, buscando las mejores ofertas y materias primas.

Unos pasos hacia el centro del gran salón, la deslumbraron las mujeres que preparaban el *lavash*. En el Gumi Shuka se exhibían con diferentes cocciones y texturas. La vendedora rociaba cada delgada masa con una lluvia de agua para que conservara la humedad. Luego las acomodaba en una pila para cubrir los *lavash* bajo un hule.

En el sector posterior del Shuka, los pickles y frutas frescas, ofrecidas de las formas más originales, parecían integrar un cuadro del renacentista Giuseppe Arcimboldo. Una de sus obras más famosas, *Retrato con verduras*, al girarlo 180 grados se ve como recipiente con frutas y legumbres, o como el rostro de un campesino narigón con mejillas prominentes si se observa el cuadro al derecho. Ese encanto se representaba ahora en ese rincón del mercado, en vivo delante de ella. El efecto Arcimboldo perseguía a Alma mientras se demoraba maravillada en cada puesto. Jamás había visto tanta diversidad de frutos de la tierra. La fascinó cómo cada vendedor acomodaba la verdura con el recipiente de base.

Sumergida en ese collage de formas, sabores y colores, extasiada en un mundo de verduras, frutas y legumbres, Berjouhi y Nané llenaban las bolsas para preparar la cena. Todas las mujeres de la casa cocinarían al atardecer en lo de Parsehyan.

Cuando se trataba de actuar entre cacerolas y fuegos, Jirair se limitaba a obedecer las órdenes de su madre y de su hija. Y aunque para Alma la cocina no era su fuerte, Berjouhi la animó para que también se ensuciara las manos al picar cebolla, morrones y tomates.

—Vamos, hija —le sonrió mientras Nané la envolvía en un delantal. Desde ahora, su sobrina-nieta llegada de América también pertenecía a ese selecto matriarcado.

A Alma le tocó extraer la pulpa de cada zucchini con el utensilio especial que poseía Berjouhi. Así, los dejó huecos para el relleno de carne molida y arroz. Como siempre y a cualquier hora del día, el mantel blanco cubría la mesa.

Al cabo de un par de horas, Berjouhi sirvió el *dolma* junto a otros platos en la misma tabla que ofrecían moras y manzanas verdes del tamaño de pequeñas ciruelas. Junto a esas bandejas, también relucían albaricoques frescos y tabletas de cacao amargo. Lo dulce y lo salado, todo junto, sin retirar ningún plato aun

cuando los comensales hubieran terminado. Cuantos más y más platos apilados, mejor. No importaba que ya estuvieran sucios y vacíos porque sus estómagos se habían colmado de alimentos preparados con amor. Cada porcelana despejada probaba lo que habían dado. Todo se completaba con generosas dosis de anís, el licor que Jirair, Nané y Berjouhi tomaban puro y Alma rebajaba con agua. Le encantaba esa conjunción lechosa que formaban ambos líquidos al fundirse. La transformación del licor de anís y su olor la remitían a su infancia en Watertown, y también empezaba a obrar en ella.

Luego de la cena, prepararon un té de hierbas. Lo sirvieron en tazas de porcelana. Jirair siguió con el alcohol. Sirvió una copa de coñac armenio también para Alma. La nieta de Teter dejó invadirse por el aroma de la madera añejada. Jirair encendió el televisor. El fútbol no se reemplazaba con nada, mucho menos después de una copiosa cena. Berjouhi se despidió antes de recostarse en su dormitorio.

Nané comenzó a levantar la mesa. Alma revisó su teléfono mientras la ayudaba. Un mensaje de Hrant le proponía ir, con Nané y su amigo Mushej, al lago Sevan. Solo debían confirmarle y ellos se encargarían de todo.

### HRANT

*Un día de playa, los cuatro, no puedes decir que no.*

Hrant insistía. Alma guardó el celular en el bolsillo trasero del jean.

Si bien había leído los mensajes, no quería responder ni

que figuraran como "vistos", hasta hablar con su prima. Nané ponía detergente a los vasos, los frotaba bajo el agua tibia, y se los pasaba a Alma. El movimiento mecánico las sumergió en un arrullo. El sonido del agua y las manos de Alma que se entrelazaban con el género húmedo del paño de cocina para secar la vajilla, las distendió.

Alma aprovechó que Jirair le hablaba al televisor. El hijo de Berjouhi consideraba injusta una tarjeta roja impuesta por el referí al delantero de Armenia.

—Hrant tiene un amigo para presentarte. Se llama Mushej Hamasyan. Es sonidista del canal. Quiere que vayamos los cuatro a pasar un día de playa al lago Sevan —comentó a su prima.

Nané jugaba con el agua mientras parecía volar en las notas de un tema que cantaba en armenio. Alma no comprendía las palabras, pero intuía en esa bella melodía una gran nostalgia, un gran tema de amor. Analizó si Nané no quería responder o se tomaba ese lapsus de tiempo para pensar la respuesta. Alma le dio espacio y se interesó por lo que cantaba.

—¿Qué cantas?

—*Chuni ashkharhe qez nman*, un tema de Razmik Amyan —contó Nané y siguió lavando como si nada hubiera escuchado o su corazón viajara por otro lugar.

—¿Y bien? ¿Te gusta la idea? —Alma insistió.

Su prima dejó la esponja, se secó las manos en el delantal y se acercó a Alma.

—Muéstrame la foto de ese tal Mushej Hamasyan. Seguro que lo encontramos en sus redes.

—Me gusta esa actitud, prima.

—Con la excusa de llevarte a conocer el lago Sevan, mi padre no pondrá resistencia. Se fija mucho con quién salgo.

—Pero eres una mujer adulta —deslizó Alma. Se sintió mal al hacer ese comentario, pero no pudo evitarlo. Nané se explayó.

—Papá siempre fue muy cerrado. Desde que mamá lo dejó, todavía más. Su mirada celadora hacia mí se agudizó luego de que murió Levon. Papá dice que él es responsable de cuidarnos a Berjouhi y a mí. No ha querido que viajase a encontrarme con mi mamá en Francia...

—¿Tu mamá vive en Francia?

—Huyó de Armenia en la época soviética, antes de que llamaran a Levon a la guerra. Ella es dibujante y pintora.

—¿Cómo hizo para salir en plena era soviética?

—Esa parte no me la han contado. Se llama Sosi Baladyan. Solo sé que durante el comunismo, cuando detectaban su firma, mandaban guardias al edificio de la revista donde trabajaba. Sus obras como caricaturista ilustraban los editoriales de la publicación. Papá nunca se lo perdonó.

—¿Por qué?

—Opinaba que una mujer expresándose de esa forma se arriesgaba, y además exponía a la familia.

Alma calló lo que tenía para gritar. En realidad, lo que tenía para gritar a Jirair. No quiso angustiar a su prima. Y menos cuando empezaba a abrirse.

—¿Cómo supiste su historia? Eras chica cuando tu mamá emigró.

—Tenía cuatro años.

—¿Están en contacto?

—Sí, sí —murmuró Nané.

—¿Alguna vez has salido de Armenia?

A Nané le temblaba el mentón. Su boca no emitía sonido. Alma recordó los comentarios de tía Ani acerca del hermetismo familiar y el recelo en que había caído Jirair cuando su esposa había dejado la Unión Soviética. Las ausencias parecían fantasmas en esa casa. Alma eligió no perturbar a su prima con preguntas que acrecentarían su incomodidad. Por su silencio daba por hecho que Nané jamás había cruzado la frontera. Parecía bastante poco probable que Sosi hubiera regresado para reencontrarse con su hija, por lo menos dentro de ese hogar. Se guardó esa pregunta. Nané la sorprendió con otra.

—¿Vives sola en Boston, prima?

—Sí, vivo sola.

—En Armenia, no ven con agrado que una mujer viva sola.

—¿Te gustaría viajar a visitarme? —interrumpió Alma.

—Papá no me dejaría. En Armenia, los hijos nos quedamos en la casa familiar a cuidar a nuestros padres. Papá lo hizo con Berjouhi y yo lo hago con ellos. Además, después de lo que tuvo que pasar mi padre por mí, jamás me dejaría partir. Y ve con malos ojos que tenga un novio para casarme. Por mi edad, treinta y seis, ya soy mayor en Armenia.

—Nané, ¡qué tonterías dices!

—Aquí es así. Por si fuera poco, después de lo que hice, querer casarme sería deshonrar a mi padre.

—¿Pero de qué hablas, prima?

—En Armenia, no todos piensan como los americanos o los europeos… Las cosas no son sencillas aquí —dijo. Nané sonaba triste.

Alma la abrazó. Sintió que no podía acorralar a su prima con una pregunta más. Cual fuera ese secreto que ella guardaba, por el cual creía haber deshonrado a su padre, lo resolverían. Pero no en ese momento. Cambió de tema para aliviar la charla.

—Vamos, cuéntame cómo es el lago Sevan. Tengo muchas ganas de conocerlo. Y después buscamos juntas a ese tal Mushej en las redes. Así vemos si te gusta…

—Sevan queda a una hora de Ereván. Es nuestro único lago. En esta época de calor, la gente disfruta de los deportes y la playa. En sus laderas, en lo alto de una colina, te sorprenderás con el monasterio de Sevanavank. Una colección única de cruces *jachkar* descansa en sus jardines. Además, la vista al lago desde esa colina es maravillosa. Abajo, en los restaurantes junto a la playa, podrías probar la trucha del lago Sevan, *ischchan*. Es el pejerrey armenio.

—¿Entonces, aceptas, prima? ¿Vamos?

Nané la sorprendió con otra pregunta.

—¿Te gusta Hrant? ¿Tienes novio en América?

Alma hizo un silencio. Ahora le tocaba a ella contar. No quería esconder lo que había vivido. Y menos a Nané.

—Mi amor se llamaba Lucciano. Se llama Lucciano. Pero ya no es mi amor. Mejor dicho, ya no estamos juntos. Nos conocimos en el Times, pero las cosas no salieron bien.

—Tu rostro se entristece cuando lo nombras. Me gusta ese nombre, Lucciano. Y me gustan las historias de amor, prima. Por favor, cuéntame qué pasó entre ustedes.

Alma intentó sonreír. Recordó la piel de su compañero de redacción. Por dónde empezar a contarle...

—Lucciano está casado y dudo de que pueda dejar a su mujer alguna vez. Igual si hubiera sido soltero, tampoco era el hombre para mí. Lo nuestro fue un mal paso, nos dejamos llevar por la piel...

—No entiendo prima. ¿Ustedes igual tuvieron una relación?

Había inteligencia en la pregunta de Nané. Decidió confiar en su prima.

—Nos amamos con locura. A escondidas. Y cuando la atracción se volvió tan evidente e incontenible, nos tuvimos que separar.

—¿Él no pudo dejar a su esposa o fue por comentarios en tu trabajo? —indagó Nané.

Alma titubeó. En su cavilación ganaba un reproche hacia ella misma. Todavía se juzgaba por sentirse atraída por una persona capaz de hacer negocios con Turquía y Azerbaiyán. Si a ella misma le daba vergüenza ese aspecto de su relación que, por si fuera poco, incluía a un hombre casado, mucho peor contárselo a Nané. Pero su prima no tenía intención de molestarla. Le dolía su pregunta, solo por una cuestión personal no resuelta.

—Lucciano podría haber dejado a su esposa, pero no quiso. Además, nuestra situación dentro del Boston Times era muy comprometida.

—¿Por qué lo dices?

—Su padre, Carlo Conti, era nuestro jefe. Un hombre poderoso y con negocios que mejor no quisieras saber….

—Me asustas, prima.

—Me culpo por haber deseado al hombre equivocado. Cuando pienso en su órbita de negocios, me repito que no puedo estar con él. Hrant representa todo lo contrario. Es un hombre recto y confiable. Es sangre de nuestra sangre. Elijo sus valores, su forma de buscarme y cuidarme. Me da seguridad. Vive pendiente de mí.

—Solo puedo decirte que te entiendo. Y que comprendo de situaciones complicadas y que te avergüencen a ti misma.

El rostro de Nané se tornó sombrío. Sus ojos se apagaron y su boca lucía seca, sus mejillas demacradas, mientras movía sus manos delgadas que empezaron a temblar.

—¿Qué es prima? ¿Alguien te hizo mal? Cuéntame, por favor.

—Alma, quiero que sepas que valoro tu independencia y tu libertad. En mi caso, no puedo elegir. No soy dueña de ese poder.

—Sí, lo tienes, Nané. Sé que no resulta fácil y comprendo el lugar que ocupas en tu familia. Por más que tengamos la misma sangre, la cultura y las tradiciones son muy diferentes.

—Es distinto el lugar que ocupa la mujer.

Vio inquietud en el rostro de Nané.

—Vivir con libertad es un desafío personal, más allá de las circunstancias que nos rodean. En cualquier país y en cualquier lugar. Yo te ayudaré en todo lo que esté a mi alcance. Es una promesa —aseguró Alma.

La cocina relucía impecable. Los platos limpios, secos y guardados. El partido había terminado en ese momento y Jirair se asomó a la puerta. Les ordenó que se fueran a dormir.

—Sí, papá —contestó Nané. Se dio vuelta e hizo una mueca con la boca en disgusto con su padre, para que solo Alma la viera—. Puedo preparar un último *surch,* si quieres —ofreció a su prima.

No era una invitación, era un pedido claro. Así lo entendió Alma. No se equivocó. Oyeron los pasos de Jirair alejarse en el pasillo.

—Yo prepararé el *surch* esta vez, querida prima. Tú te sientas en esta silla y me dices qué tal lo hago —se adelantó Alma.

Nané tomó asiento. Las luces de la antena de televisión dibujaban sus pómulos de muñeca. Las ollas en penumbra querían esfumarse por la ventana abierta. No podía haber persona o elemento indiscreto en esa conversación.

—Se llama Artin. Era amigo de Levon —soltó Nané.

Alma la miró en forma receptiva y continuó con naturalidad la preparación del *surch*. Nada debía perturbar la confesión de su prima.

—Artin y Levon eran compañeros de escuela. Artin venía a jugar a casa y yo siempre estaba con ellos. Cuando éramos chicos, la diferencia de edad no se notaba. Pero cuando crecimos, nuestras miradas estaban cargadas de hormonas. En las reuniones, él se sentaba al lado mío. Rozaba sutilmente mi mano. Me miraba la boca. Era alto y yo, para ese momento, también había pegado un estirón. Nos mirábamos sin entender la fuerza que nos atraía. Una tarde, él tenía diecisiete y yo trece, nos quedamos solos en la sala después de celebrar el cumpleaños de Levon. Artin no se movía del sillón. Mi padre entró y notó sus miradas y las mías. Éramos tan inocentes que nos dejamos llevar. Papá lo echó de un grito. Él salió sin decir palabra. Y aunque nada habíamos hecho, sé que se avergonzó.

Nané hizo otra pausa para tomar aire y un sorbo de café.

—Entiendo prima. Por favor, sigue.

—El día que cumplí catorce, Artin me trajo una cadena. Después que papá lo echó de casa, se puso de novio con Lala, una compañera de escuela. Le pregunté por qué me regalaba el collar. Era un *jachkar* de ónix negro y oro. Me dijo que lo conservara. Que luego me explicaría. Y que quería que yo tuviera algo de él. Pero además él quería tener algo mío. No entendí. Solo me preocupaba esconder la cadena. Si mi padre la encontraba, me preguntaría de dónde la había sacado. Nosotros no podíamos comprar una joya así. Yo tampoco podía usarla porque era un regalo secreto de Artin. Al año siguiente, junto con Levon, los llevaron a Artsaj. Tenían dieciocho años y yo, catorce.

—Prima, qué difícil.

—Los pusieron en el mismo escuadrón. Dentro de la mezcla de emociones, sentía orgullo porque fuera a defender nuestra patria y miedo por lo mismo. Pero aun en mi familia, mi papá y mi abuela pensaban que era una suerte que a Artin y a Levon les hubiera tocado pelear juntos. Era una forma de que se acompañaran. Como una manera de aferrarse a la vida, Artin le prometió a Lala que se casarían si regresaba del frente. Hoy siguen juntos.

—¿Qué pasó en aquel momento entre ustedes?

—No nos vimos por mucho tiempo. Si antes de la Guerra, mi padre no lo quería, después de Artsaj fue mucho peor. No podía soportar que él hubiera regresado y su hijo, no. Artin siempre llamaba para pasar a visitarnos. Mi padre no le atendía el teléfono y se mostraba seco con él. Al tiempo, y como Jirair no lo recibía, Artin le mandó una nota a mi padre. Le contaba que quería traernos el chaleco de Levon. Papá no supo cómo reaccionar y

Berjouhi le ordenó que recibiera al joven. Ella había tejido ese suéter, un chaleco gris que usaban debajo de la casaca militar. Levon lo había llevado a la Guerra. Una noche, mi hermano se lo prestó a Artin. Era primavera, pero hacía frío. A Levon le tocaba cubrir el primer turno y le dijo que, al estar en movimiento en la trinchera, no lo necesitaría. Se lo dejó a Artin para cuando terminara su guardia y cambiaran la posta. A los dos minutos, una granada desintegró el cuerpo de Levon. Artin, que vestía su chaleco gris, gritó de dolor por su amigo.

Alma le dio la mano a su prima. Nané retenía el llanto en su garganta de emboscada. Volvió a vaciar sus ojos por el cristal. Trataba de mostrarse entera. Como si ese relato no le perteneciese.

—Con el tiempo, papá cedió, aunque no del todo. Artin llamaba para cada cumpleaños de Levon. Finalmente acordaron, cuando se cumplieron diez años de la muerte, cenar en casa. Con veintiocho años, ya se había recibido de ingeniero y era padre de dos varones. Vino solo. Cenamos, le serví un café mientras él charlaba con mi padre y mi abuela. Me senté frente a él. Sentía que no había pasado el tiempo. Al despedirnos, cuando mi padre nos daba la espalda para abrirle la puerta, me pasó su tarjeta personal. Se fue y me encerré en el baño a leer: "Por favor, necesito hablar contigo. Espero tu llamado".

Alma escuchaba, el relato, erizada y muda.

—Un día discutí con mi padre. Le pedía ver a mi madre en Francia. Ella me había mandado un pasaje para viajar por mis veinticinco años. En Armenia esperan que a esa edad una joven ya esté casada o por hacerlo. Y yo solo pensaba en Artin. Creí

que ver a mi mamá me ayudaría a decidir. Analizar mi vida con otra perspectiva. Papá me dijo que una mujer sola no podía viajar, por más que yo fuera mayor de edad. Y que, si me marchaba, no iba a poder regresar a la casa. Él no lo permitiría y yo no tenía dinero para alquilar un apartamento sola. Además, en Armenia tampoco se vería bien si hubiera tenido la posibilidad económica. Debí elegir. Irme para siempre a Francia con mi madre, o quedarme en Ereván. En Armenia había crecido. Estaba toda mi vida, también Artin. Y en París, mi mamá.

»Cuando mi padre salió y mi abuela dormía la siesta, llamé a Artin. Le conté todo. Fui a verlo a su oficina en el horario que todos salían. Me abrazó cuando me vio llegar con la cadena del *jachkar* de oro y ónix negro. Comenzó a besarme mientras yo no podía parar de llorar. La oficina había quedado totalmente en penumbras. Artin me fue desvistiendo de a poco. Lo dejé. Era mi primera vez, y quería que fuera con él. Entre caricias y sollozos, nos amamos en cámara lenta.

»Después, nos quedamos abrazados, acurrucados en un rincón del suelo de esa oficina oscura. Artin comenzó a llorar también. Decía que me amaba. Y que extrañaba a su amigo Levon. Yo también lo extrañaba. En ese abrazo que sosteníamos, en nuestros cuerpos ya fundidos, sentí que podíamos revivir a mi hermano. En casa nadie quería hablar de Levon porque causaba demasiado dolor, pero recordarlo era traerlo. Artin comenzó a contar anécdotas de los últimos días de Levon. Nunca nadie antes había querido escucharlas en mi casa. Pequeñas rutinas que solo su amigo atesoraba. Lejos de entristecerme, sentí paz. Recordar es una forma de luchar contra la peor muerte. El olvido.

—Prima, ¿qué sucedió luego? —insistió Alma.

—En Armenia, existe la costumbre de que las mujeres debemos llegar vírgenes al matrimonio.

—Pero tú ya habías cumplido veinticinco años.

—Justamente, por eso. Todavía tenía posibilidad de casarme…

—¡Qué dices, por favor! Eso es una antigüedad.

—No en Armenia ni en muchos países del Cáucaso, donde la virginidad es un valor. A veces, pienso que debería irme. Mi vida es un callejón sin salida desde entonces.

—¿Qué pasó entre tú y Artin?

—Él no se iba a divorciar. No lo vi más. Y yo, tratando de olvidarlo, acepté la propuesta de un excompañero de la facultad. Salí con Vartan un año hasta que fijamos fecha para nuestra boda. Como indica la tradición, habíamos organizado pasar la noche de bodas en su casa, una granja en la provincia de Loris. Vartan parecía un buen hombre, que me iba a cuidar. Pero en Loris, como en muchos pueblos de Armenia, las costumbres son muy conservadoras. La señora que acababa de convertirse en mi suegra se puso de pie en la puerta de nuestra habitación a la mañana siguiente de la ceremonia. Tocó y exigió la prueba de la manzana roja.

—¿Qué es eso, Nané? Por favor…

—La prueba de mi virginidad.

—No puedo creerlo, estamos en el siglo veintiuno.

—Yo le había contado a Vartan que había estado con Artin, y él lo había aceptado. Pero su madre esperaba afuera de la habitación con un cajón lleno de manzanas y coñac. Debía constatar nuestras sábanas con la mancha roja para luego repartir la fruta

272

y el licor entre las casas de los vecinos. Mostrarles que había conseguido "una buena chica para su hijo". Los decepcioné. A ella, a mi familia y a Vartan, que no pudo enfrentar a su mamá.

—¿Nadie te defendió?

—Después de esa deshonra, Vartan se puso violento conmigo. No soporté la opresión. A los dos meses, regresé a mi casa. A Ereván. Mi padre no me hablaba. Yo debería haber hecho lo que hacían mis amigas.

—No comprendo, prima.

—Las mujeres que han perdido su virginidad, si quieren casarse, se someten a la reconstrucción del himen. Es una operación muy común en Armenia. Artin se enteró de lo que había sucedido, como todos nuestros conocidos. En secreto, él me ofreció pagar la cirugía. Dolido, me confesó que sería su forma de reparar el daño. Lo escuché, pero no acepté. Le pedí que no me llamara más.

Alma la miraba paralizada, sin comprender la hipocresía. No se animaba a hablar, para no ofender a la cultura y la tierra que la recibía. Ante el prolongado silencio de Alma, Nané continuó.

—No puedo cambiar las tradiciones. Acepté mi lugar y la mirada que mi padre y mi abuela tienen sobre mí. Me he quedado con ellos para lavar mis culpas. Los cuidaré como ellos esperan, hasta que olviden mi pecado. Algún día, cumpliré mi deseo de visitar a mamá.

Alma la abrazó. Nané lloraba por primera vez. Ellas sí podían perdonar las historias de las familias separadas e incomprendidas. Porque atesoraban la esencia. Buscaban contactar con su deseo y vivir el amor sin culpa. Seguir su corazón. ¿Qué otra cosa era sino ese milagro por el cual estaban juntas en ese abrazo?

Nané se levantó y se asomó de puntillas a la sala. Jirair había dejado junto a la mesa y al televisor, la botella de Ararat. Trajo el coñac y lo sirvió en la cocina en dos copas.

—Vamos a brindar por nosotras —propuso Nané y levantó el cristal, a la vez que se secaba las lágrimas con el dorso de la mano.

Chocaron los vasos.

—Tenemos que ir al lago Sevan, los cuatro con Mushej y Hrant. Será una excelente salida —tomó coraje Nané—. Veamos las fotos de Mushej Hamasyan, a ver qué tal está —completó y trató de sonreír.

Alma lo buscó en Instagram y mostró las fotos a su prima.

—No está mal, Mushej —sonrió Nané con el rímel corrido.

—Trato hecho. Lo vamos a pasar muy bien. Todo va a cambiar. Ya verás.

—¿Sabes algo…? —dijo Nané—. Me gusta el tatuaje de Hrant —arriesgó—. Que lleve allí, con esas letras, a su hermano.

—Es un hombre completo y muy especial Hrant, sí. Quiero que lo conozcas mejor —asintió Alma.

—Me encanta para ti, prima —concluyó Nané.

En la cama, Alma pensó que a primera hora mandaría un mensaje a Hrant para confirmar la salida en grupo al lago Sevan. Desenvolvió una barrita de chocolate. El cacao amargo conquistó su paladar. Se preguntó por Hrant. El día ajetreado con el recorrido por las iglesias, el mercado y la cocina en familia, más la charla con Nané, no le habían dejado tiempo para comunicarse con él.

¿Y él? ¿Por qué no le había escrito? De repente lo extrañaba y comprendió que no le daba lo mismo hablar o no hablar con el camarógrafo de E24. El comentario de Nané sobre su tatuaje, la había regresado a la piel de él. Alma se notó ansiosa. Calculó si sería pertinente escribirle a esa hora de la madrugada. No se decidía.

De pronto caía en la cuenta de que, ese hombre de los rizos y el pecho compacto, le interesaba más de lo que creía.

## CAPÍTULO NUEVE

# IN MEMORIAM

Acostumbraba a dormir profundo en las últimas horas de sueño, pero ese domingo resultó especial. Alma abrió los ojos demasiado temprano, con una sensación de hueco en el estómago. Su cuerpo desaparecía a la altura de su vientre, un poco más abajo del ombligo. Esa bomba de vacío extirpaba su abdomen. Presagió enredarse con sus pensamientos más oscuros si no se levantaba de la cama en menos de treinta segundos. Caería en ese pozo sin paredes donde nadie podía verla ni oírla.

Se incorporó. Permaneció sentada unos segundos hasta que se estabilizó la presión de su organismo. Chequeó la hora en su teléfono. Caminó descalza hasta la cocina. Calculó que a las seis de la mañana aún tendría tiempo de prepararse un café y quedarse a solas. Necesitaba pensar en lo que se había movido dentro de ella hasta llegar a Armenia. Sentarse en ese banquillo que apuntaba a la antena de televisión. A la torre Eiffel de Nané.

Después de los primeros sorbos, buscó en su interior qué la oprimía. A lo largo de su vida había consultado por su hueco en el estómago a médicos, psicólogos y amigos. Las respuestas habían llegado tan inciertas como averiguar qué subyace en el fondo del mar. Hizo una lista mental de los temas que debía resolver. Un amor. Un sentido de pertenencia. Las raíces que parecían no terminar de depararle sorpresas. A los cuarenta y un años estaba sola en Armenia y en el mundo. Ya no tenía mamá ni papá. No tenía hermanos. No tenía hijos, ni esposo, ni pareja. No tenía trabajo. ¿Seguía siendo periodista si no trabajaba en algún medio? ¿Qué era? No tenía agenda por cumplir. Tenía un efímero presente. Tenía un pasado. Tenía, también, todas las preguntas y posibilidades en cada una de ellas. Había llegado la hora del autoreportaje. Ahora el grabador apuntaba hacia ella.

Volvió a concentrarse en la respiración y a escanear todo su cuerpo. Podía visualizar una flor dentro de su estómago suspendido. Identificó el color de esa flor. Violeta. Se le había representado por primera vez el año anterior, cuando había propuesto en el periódico escribir aquella nota por el Centenario del Genocidio Armenio. Todo indicaba que había llegado hasta el otro extremo del mapa para conectar con esa violeta que, en Armenia y a un año del Centenario, todavía se reproducía en los escaparates de las tiendas. Bebió otro sorbo de café con borra. Recordó un domingo en que Teter le enseñó a prepararlo por primera vez. Tenía ocho años. Una cucharadita de café molido impalpable dentro del agua de un pocillo. Esperar el primer hervor en el *yesbe*. Retirarlo del fuego hasta que baje. Volver a colocarlo. Esperar el segundo hervor. Retirarlo y repetir la operación por tercera vez. Recién a los doce años había descubierto que existía otro café que no fuera el oriental. El café común y, peor aún, ¡el instantáneo! Para su padre, Sarkis, era sacrilegio. Alma había descubierto esos otros cafés, en casa de una compañera de la escuela. Porque, en la suya, por más que no se preparara comida armenia, el café inevitablemente debía llevar borra.

Terminó de beber. Dio vuelta la taza por el canto por donde había tomado, como había aprendido de tía Ani. No estaba segura de que fuera a leer su propia borra. Pero la tentaba estudiar esos meandros caprichosos, y no tanto, en la porcelana.

Sintió unos pasos en el pasillo. Nané apareció en la cocina, también desvelada. La conversación de la noche anterior había quedado atravesada en sus almohadas. A pesar de que se conocían hacía poco, formaban parte de un camino que las cruzaba. En esos días y con lo poco que intercambiaron, entendieron que compartían mucho. Tenían en común la bravía de su bisabuelo Boghos. La osadía de Karnig que se había escapado de las armas turcas para incendiar su casa antes que dejarla a los verdugos de su padre. Las alumbraba la paciencia y capacidad de aceptación de Sevag. Y la expresión en sus ojos también era común a pesar de la diferencia de colores. Por esos iris verdes y castaños pasaban las musas griegas de los mosaicos arqueológicos de Aintab. Esos rasgos las delineaban y alineaban desde muchas generaciones atrás. Había ocurrido el encuentro. A partir de ahora, podían caminar juntas, ayudarse, aunque Karnig y Sevag no lo hubieran hecho. O, quizá, justamente por eso.

El segundo café de la mañana teñía con su aroma la cocina. Podían cerrar las heridas del pasado. La distancia entre sus abuelos, que determinaron sus vidas en Oriente y Occidente, transformaba el presente. Activaban la memoria. Construían. Los recuerdos, las cartas de Karnig y Sevag, los destiempos, la distancia, las tradiciones y las miradas. No era nostalgia ni dolor. Eran gemas que la espuma descubría cuando las olas tocaban la playa y se retiraban. Podían trabajar con ellas.

—Nané, ¿alguna vez has visto el mar?

—No, pero me encantaría. En Armenia no tenemos playa. Jamás he salido de aquí.

Alma ya sabía la respuesta y por eso formuló la pregunta. No quería abandonar el sueño de que su prima pudiera salir. Conocer el mar era una buena excusa.

—Sé que es difícil. Pero te prometo que haré lo posible para que mojes tus pies en el mar. Y espero que no sea dentro de mucho tiempo. Nané, por todo lo que hablamos ayer, quería proponerte visitar hoy el Memorial de Dzidzernagapert —apuntó Alma.

—Por supuesto, iba a sugerir lo mismo. Me encantaría que fuéramos juntas —asintió.

Alma se dio una ducha y su prima habló con su padre y con Berjouhi. Nané intentó que su padre le dejara el automóvil para llevar a Alma. Había aprendido a conducir en una academia, en contra de la voluntad de Jirair, que además no quería que lo usara. Él se amparaba manifestándole que en los pueblos las mujeres no conducían. Ni siquiera andaban en bicicleta. Aunque en Ereván sí lo hicieran.

La presencia de Alma tampoco pudo disuadirlo. Ella tenía carné de conducir y podía hacerlo si Jirair les cedía el vehículo. Pero el padre de Nané se las arreglaba para estar siempre presente cuando las primas conversaban.

Para Jirair, Alma tenía el mismo apellido, pero venía de Occidente y eso significaba una amenaza para la estabilidad familiar. Nané se callaba cuando su padre hablaba. Pasaba a un segundo plano. Jirair era amable con Alma, pero dejaba en claro que él cuidaba a las mujeres de la familia y que, por esa razón, él no se había vuelto a casar.

Nané comenzó a discutir con su padre. Alma seguía el tono elevado de la charla. A medida que aumentaban los gestos ampulosos de Jirair, dedujo que peleaba con su hija por el tema del auto y, de paso, por todas las facturas del pasado. En realidad, cualquier atisbo de independencia tensaba aún más la relación padre e hija. La presencia de Alma en la casa también significaba una amenaza para su estatus social.

De repente, Jirair elevó los brazos y se dirigió a Alma. Muy amable le contó que el plan era ir todos juntos al Memorial. Sugería a Nané salir lo antes posible para evitar el sol calcinante de mediodía. Y luego, aprovechar para asistir a misa de las doce, la más popular en la sede del Vaticano Armenio, Echmiadzin, donde resplandece la Catedral cristiana más antigua del mundo.

Alma miró a Nané, no hizo comentario alguno y agradeció a Jirair el itinerario de visitas armado especialmente para ella.

En menos de una hora llegaron al acceso de Dzidzernagapert. Jirair y Berjouhi decidieron aguardar a Alma y Nané en la entrada del parque, cerca de donde se ubica el museo y al reparo del aire acondicionado en su hall principal. Quedaron en encontrarse en ese lugar, luego de que las primas terminaran la recorrida por los jardines sembrados de abetos azules en memoria de las víctimas.

Antes de ingresar al monumento principal, Alma se detuvo frente a la primera escultura. Una madre sujetaba entre sus brazos a su bebé. La boca entreabierta en un llanto, el cabello extendido hacia el vacío. La joven de piedra paralizaba el aliento con su instinto de leona. Alma se preguntó cuánto había de ella en el gesto de esa mujer. No tenía bebé. Pero tenía una entraña donde nacían todos sus anhelos. Miró el cartel con el nombre de la escultura: *Mujer renacida de las cenizas*. Dejó en ese regazo la primera flor amarilla.

Nané le preguntó si se encontraba bien, mientras sostenía un gran ramo de rosas para las ofrendas. Alma bebió un sorbo de agua de su botella, asintió con la cabeza y reanudaron la caminata.

Las primas avanzaron por esa pendiente que se elevaba hacia el monumento. Los rayos calcinantes sobre la explanada volvieron su cabeza hacia las caravanas de la muerte. A su izquierda, las flanqueaba una muralla de cien metros de largo. A medida que avanzaban leían los nombres tallados de cada ciudad y cada pueblo masacrado por manos turcas. El aire caliente azotaba sus siluetas. Con cada paso y cada nombre que atravesaban, Alma se sumergía en un viaje hacia el millón y medio de corazones que la habitaban. Como si alguien, en esas marchas humillantes, hubiera arrancado a las víctimas. Igual que las bestias abrían las vísceras de las embarazadas para sacarles sus bebés a navajazos.

Se concentró de nuevo en su vientre. Ese hueco que la enrollaba en posición fetal y de madrugada la pegaba al colchón, se burlaba de ella. Se representaba ante el paredón gris donde creyó ver proyectados los rostros de los armenios masacrados. Como Boghos con el pavimento que cargaba.

Nané se detuvo ante la inscripción que decía Aintab. Dejó una rosa roja. Permanecieron diez segundos y continuaron su caminata hacia las doce columnas que tomaban la forma del monte Ararat. Las doce losas que representan las doce provincias de donde Turquía expulsó a los armenios.

A la derecha de ese Ararat de basalto, una aguja de cuarenta y cuatro metros de alto se mete como lanza al cielo. El Ararat verdadero, como postal de fondo, completa el cemento. Con sus cumbres nevadas, colgadas del cielo azul, termina de definir la obra.

Una vez que atravesaron las losas se ubicaron frente al fuego sagrado. Alma se arrodilló ante esa circunferencia ardiente. Nané se movió a la par y quedaron a centímetros una de la otra.

Nané depositó junto a las llamas una rosa amarilla.

—En tu nombre, querido abuelo, *mezpapa*, Sevag —pronunció.

Alma acercó una rosa roja por Karnig. Cada una dejó otra, color té, por Boghos. Nané comenzó a rezar en voz alta el Padrenuestro. Una fuerza desde el centro de la Tierra empujó las entrañas de Alma. Percibió una costura anidada a su piel. Justo

en ese tramo de su cuerpo que faltaba. El hueco de su estómago. A veces era aire. Otras, fuego. Otras, tierra, agua o metal. Se percibía engarzada a cada alma que volaba, como en una cadena de preciosos eslabones.

El origen se manifestó como un viento que cabriolaba. Quemaba el oxígeno con cada voltereta. Pudo ver su cordón umbilical como lazo. Los pétalos de las ofrendas revestían su estómago. Alma movió el mango del esternón. El hueso emergió hacia adelante y hacia arriba, como la proa de un barco. Abrió los ojos. Había vuelto a nacer. Todo tenía sentido.

De regreso se detuvieron en el pueblo de Echmiadzin, media hora antes de llegar a Ereván. El Vaticano Armenio, con esas esculturas soviéticas, su museo y sus iglesias, la impactó. Algunas señoras mayores se cubrían de los rayos del mediodía con paraguas como parasoles, mientras una colección de cruces *jachkar*, del tamaño de una persona, a un lado y al otro del sendero, los guiaban hacia la primera catedral del cristianismo, con la cúpula en forma de cucurucho.

Berjouhi abrió el bolso y extendió para Alma y Nané unas mantillas de encaje. Nané eligió para su prima la de color mantequilla y para ella, una blanca. Su abuela retuvo la negra. Cubrieron sus cabezas ante Dios. Nané cambió unos *drams* por una decena de velas, muy finas y largas. Alma encendió la primera con la llama de otra. El fuego repentino reveló sus ojos claros. Pidió por Nané Parsehyan. Por la emancipación de su prima como mujer. También por su padre Jirair. Por Sevag y por Berjouhi. La segunda vela fue para la familia de Alma. Para sus abuelos, sus padres, sus tíos y primos. Y la tercera, para ella. Para que el amor se le manifestara. Para que pudiera reconocerlo y recibirlo.

El aroma del incienso la transportó. Vibró en medio de los cantos que embellecían la liturgia ancestral. No quería que la vieran llorar. Permaneció con los pies y los brazos inmóviles como si pudiera ocultarse. Vio a sus lágrimas flotar como perlas en el mar con fondo de arena que contenía las velas. Las dejó ir. Volvió a pedir. Exigió al Dios que había salvado a sus abuelos, un amor. Que ese amor la invitara a descubrirse y reinventarse.

Luego de la consagración del Santísimo Sacramento, Berjouhi y Jirair se acercaron a comulgar. Nané se mantuvo de pie en la misma baldosa sin moverse ni acercarse al altar. Alma le dirigió la mirada. Con sus ojos quería gritarle que ninguna de las dos vivía en pecado. Le sonrió como si pudiera aliviar el peso que ocultaba su prima. Nané devolvió un vistazo ausente, cavilante.

Cuando salieron del templo, Jirair propuso llevar a Alma a una taberna cercana. Nané se acercó para comentarle que iría con Alma caminando. Las calles se vaciaron de fieles y el paisaje desértico después de mediodía le recordó sus veranos de infancia en Watertown.

Las primas llamaban la atención con sus lentes de sol y gorras por el camino principal de Echmiadzin, la única calle asfaltada y por donde habían llegado. Tomaron una de las vías transversales. Se internaron en un barrio de casas con parras que desbordaban por encima de los patios. Derramaban vides azules hacia

las calles de tierra. Las puertas de las casas permanecían abiertas. Los vecinos conversaban de ventana a ventana, mientras comparaban el tamaño de los higos y rosales. Unos chiquillos peleaban por una pelota de fútbol en una esquina.

En unos minutos alcanzaron la taberna, un complejo con galería donde asomaban locales de artesanías. En una cocina abierta que daba al patio, señoras con delantales blancos amasaban y horneaban el *lavash*. Se mantenían horas sentadas sobre los talones, en el suelo junto al calor del *tondir*.

En medio del salón comedor de piedra, fresco y sin ventanas como los antiguos sótanos de Aintab, Alma pidió *sarma* y hummus. Jirair y Berjouhi ordenaron *shish kebab* de cordero con arroz pilaf y Nané acompañó a Alma con una bandeja de *dolma*. Como en toda Armenia, los servían con pimientos morrones asados, verdes, amarillos y rojos. El *lavash* ya aguardaba en la mesa. Jirair ordenó un vino rosado bien helado. Sirvió a las damas y se dirigió hacia Alma:

—Este vino es famoso por su calidad. Proviene de las cuevas de Arení donde fue descubierta una bodega de hace seis mil años. Brindo por la bodega más antigua del mundo, ¡originaria de Armenia! —enfatizó y levantó su copa.

Parecía un momento feliz, donde las tensiones entre Nané y su padre habían quedado a un lado. Cerraron con unos cafés armenios. Cuando Jirair y Berjouhi pidieron el segundo *surch*, las primas aprovecharon para recorrer las tiendas.

A Nané le gustaban los brazaletes con piedras como el ónix y la obsidiana. Invitó a Alma a probarse esa orfebrería de metales semipreciosos. Las primas hacían poses divertidas frente al espejo. Alma le aconsejó a Nané un brazalete de ónix azul con engarce de plata y para ella eligió un *jachkar* enlazado en una gargantilla. El *jachkar*, en color bronce y oro, llevaba una piedra símil rubí en el centro. Resaltaba en el escote de la camiseta de Alma. Sin que Nané lo notara, fue a la caja. Pagó por el brazalete y el collar.

—Es un regalo, querida prima. Mañana podremos lucirlos en nuestra salida con Mushej y Hrant —sonrió Alma.

Nané la abrazó. Alma había traído un soplo de aire a su vida.

—¿Hasta cuándo te quedarás en Armenia? —irrumpió Nané. De pronto había caído en la cuenta de que su prima no vivía allí y no quería que se fuese.

—No lo he decidido aún. Todavía tenemos mucho por explorar.

Nané suspiró. Y Alma sintió que tampoco quería irse. Ella también sentía una compañía especial en su prima. Las dos podían abrir sus pensamientos y experiencias, sin sentirse juzgadas. Confiaban una en la otra. Y eso las hacía felices.

A la mañana siguiente, el mar armenio, como llaman al lago Sevan, brillaba de punta a punta. Mítico y generoso, es su única reserva de agua dulce. A esa hora cortaba como un disco plateado el paisaje rodeado de montañas rojizas y azules. Sus tonos jugaban con los pastizales y las amapolas que se desbarrancaban por las laderas empinadas.

Mushej detuvo el Audi A3 frente a ese oasis. El Sevan era un lago tenaz y ese calificativo guardaba su historia. Estuvo a punto de desaparecer cuando Joseph Stalin contrató un grupo de ingenieros para que lo drenara en su totalidad. Por suerte, no lo logró, pero como resultado de aquella maniobra, el lago bajó su nivel de aguas en veinte metros. El espejo se había achicado, pero no su belleza. Podían admirarlo sin parpadear. Una vieja leyenda dice que hay que besarse en el lago Sevan. Mushej lo contó en voz alta cuando aún no se habían bajado del automóvil y todos rieron.

Enseguida corrió a abrirle la puerta a Nané, en el asiento del acompañante. Sus largas piernas se desplegaron al bajar. El talle alto de la bermuda verde seco lucía más aún su diminuta cintura. En una maniobra tan inocente como intencional, Nané acomodó su blusa con unos tajos en los hombros que dejaban su piel al descubierto con la brisa. Mushej le ofreció su suéter de hilo para que se protegiera. Ella accedió y él depositó el tejido sobre los hombros de ella cubriendo el cabello. Mushej tomó su pelo atrapado bajo su suéter en la espalda de Nané, para liberarlo. Ella volteó hacia él, sonrió y sacudió la cabeza para que se acomodaran las ondas. Mushej la miraba obnubilado.

Desde el asiento trasero del Audi, Hrant y Alma seguían la escena. Aprovecharon ese instante de complicidad a solas. Sus pieles se acercaron en un debate íntimo. El camarógrafo armenio olía a menta y romero, a arena y destino. Tomó la mano de Alma. La aferró y la tomó suave del brazo para ayudarla a descender del coche. Caminó pensativa al borde del acantilado. Sus ojos abanicaron el cielo azul que competía con el lago. Hrant se paró detrás de Alma y pasó un brazo por su cuello de cisne y con el otro rodeó su cintura. Apoyó el mentón sobre su hombro, de manera que atrapó el tirante de su top amarillo. En unos segundos, sintieron su respiración a la par.

Huir de los calores estrepitosos de la capital había sido una excelente idea. La temperatura junto al Sevan se mantenía agradable.

—Mostremos a Alma, el monasterio Sevanavank y luego bajemos a la feria. Entonces podremos almorzar antes de dar un paseo por la playa —organizó Hrant. A nadie en el grupo le llamó la atención que tuviera previsto todo el esquema. Él era así de obsesivo.

A Alma, lejos de disgustarle, esa característica la tranquilizaba. No tenía que ocuparse de detalles, solo de disfrutar. No se animaba a usar la palabra "feliz", pero si nadie iba a tomar nota ante algún escribano público para luego permanecer esclava de sus palabras, lo admitiría en voz alta: era feliz con Hrant y ni siquiera había dormido con él. Su presencia le generaba un aleteo constante. Quería tenerlo cerca. Imaginar cómo sería ese instante en que se fundieran. No sabía siquiera si iba a ocurrir. Pero la incógnita la mantenía activa en su deseo.

Comenzaron a subir la cuesta para llegar al monasterio, ubicado a unos dos mil metros de altura. Había que recorrer una escalera tallada en la piedra de la montaña. En el primer descanso, el viento pegaba con más fuerza. La vista se hundía en el horizonte. La naturaleza se enorgullecía en un pavoneo con la historia. Alma pensó que había que estar preparada para convivir con esa ida y vuelta al medioevo en Armenia. Podía tocar cada piedra, olerla. Armenia era devolución permanente.

Un manual abierto. Y, lo más curioso, se sentía en casa, aunque estuviera a miles de kilómetros de distancia.

Siguieron camino. En pocos minutos arribaron a la cima, donde resplandece la iglesia de la Madre María o Surp Astvatsatsin. Alma apoyó sus manos en la piedra oscura. Recorrió con la yema de los dedos la gelatina de los líquenes que tapizaban las paredes. Imprimían una coloración verde, azulada y ennegrecida. Antes de entrar al templo, descubrió el jardín con los *jachkar* únicos, que le había contado Nané. Parecían "bordados" en la piedra. Mientras se inclinaba para tomar fotos en detalle de los ornamentos, Hrant le explicó que esas cruces de piedra aparecieron en el fondo del lago cuando sus aguas bajaron.

—Ven, esto no es nada. Asómate por aquí y ten cuidado con la cabeza al ingresar —advirtió el camarógrafo y la tomó de la mano para entrar juntos. Tuvieron cuidado al atravesar la puerta de muy baja estatura.

—Inclinar la cabeza ante Dios. Eso también estaba previsto —agregó Hrant, mientras le extendía el brazo a Alma en la penumbra de Madre María. Solo la llama de las velas iluminaba sus rostros.

—Fíjate, Alma, la imagen del Cristo en esta iglesia. Hay solo tres de este tipo en Armenia. Tiene rasgos mongoles. Su pelo en una trenza larga, los ojos rasgados... —dijo Hrant al acercarse a la piedra fría y la iluminó con su teléfono para que pudiera admirar la obra.

—¡Qué maravilla! —exclamó Alma.

—Lo hacían así para que los mongoles, a su paso, no lo

destruyeran. Creían que era uno de ellos, y no otro Dios. De esta forma sobrevivió a las sucesivas invasiones —explicó Hrant.

Nané y Mushej siguieron la ilustración y también hicieron sus ofrendas con velas. Al cabo de un rato, salieron y Hrant controló su reloj estilo deportivo.

—Vamos a bajar, antes de que se haga tarde, si queremos llegar a almorzar y luego pasar por la playa —ordenó.

Nadie le discutía. Él imponía el ritmo de la salida y eso los relajaba.

Descendieron con cuidado. Con cada escalón, Alma se despedía de ese paisaje de ensueño. Hrant volvió a tomarle la mano y de repente la asaltó una nube de preguntas. ¿Cómo sería su vida el tiempo que le quedara en Armenia? ¿Qué aprendería de su visita? ¿Cuándo pensaba tomar el vuelo de regreso? ¿Qué estaría haciendo Lucciano en ese momento mientras ella bajaba de la mano con Hrant? Con las nueve horas de diferencia con Boston, calculó que Lucciano recién se levantaría, estaría por darse una ducha y luego despediría a Melanie para salir a correr. ¿Pensaría en ella como ella en él? Había sacado ese pasaje sin boleto de regreso, para profundizar en sus raíces y hacer un viaje interior. Pero su cabeza todavía giraba como satélite respecto de su vida anterior. Estaba contenta en Armenia. Pero si pensaba en el futuro, se angustiaba.

Aprovechó unos segundos que Hrant pasó por delante, para detenerse. Miró una roca sobre la cual se levantaba otro *jachkar*. Parecían sembrados en el campo. Si se arrodillaba, la cruz de piedra superaba en lo alto su torso y su cabeza. El aire la envolvía. Trató de descifrar qué pesaba dentro de ella.

Mushej la pasó en su descenso, y nada dijo. También se adelantó Nané, que iba ocupada siguiendo al amigo de Hrant. Alma sonrió. Cortó una amapola. Hrant se dio vuelta y volvió hacia ella.

—Alma, ¿estás bien? ¿Qué piensas?

—Nada y todo —se sinceró. Intuía que si seguía hablando se largaría a llorar. Sabía que Hrant le haría más preguntas que no tenía ganas de responder. O, peor aún, se preocuparía. Se obligó a centrarse en el presente y continuó el descenso.

Desde abajo provenían las voces de los jóvenes que perseguían las motos de agua. Otro grupo de turistas probaba las aguas del Sevan. Al pie de la colina, en el pequeño pueblo, una hilera de puestos callejeros ofrecía artesanías y *jachkar* pequeños como souvenir. Muchas de las piezas de bijouterie se elaboraban con la piedra del lago. Una roca semitransparente y con tono entre azulado, gris y blancuzco. Los romanos creían que se trataba de los rayos solidificados de la Luna y por eso la adoraban. Toda la feria tenía el color de la piedra de la luna. Confería a los pequeños puestos una atmósfera de cielo y nubes.

Alma alcanzó a distinguir a Hrant en uno de los puestos. Se acercó y el camarógrafo extendió la mano hacia ella. Sostenía una pequeña bolsa.

—Es para ti. Estoy seguro de que lucirán increíbles en tu piel.

Alma se inquietó. Le daba pudor que Hrant le hiciera un regalo. Él notó su sorpresa.

—Preciosa muñeca armenia, déjate mimar. Abre el regalo y no pienses —rio.

Alma se demoró con la bolsa. No quería dañarla. El

envoltorio hacía ruido en ese suspenso que los marcaba. Por fin, extrajo unos pendientes. Las piedras de la luna, pequeñas como lágrimas, iluminaron su rostro.

—Gracias, de verdad. Son preciosas —comentó. Sus mejillas se habían vuelto más rosadas. Como la luna que atrae al mar cuando le coquetea, Alma advirtió que él la vivificaba. La hacía sentir segura.

Hrant se acercó. Habían quedado solos. Alma sintió su calor. Lo observó mientras experimentaba un aleteo. Hrant la besó como si le debiera ese instante.

—¡Hay que besarse en el lago Sevan! —le recordó divertido.

Ella lo miró y se llevó los dedos a la boca como si pudiera retener ese beso.

—Me extrañabas —pavoneó él cuando advirtió sus mejillas sonrosadas.

—Es que estos días, hablamos poco. Casi no conversamos, en realidad. Pensé que te habías olvidado de mí —reprochó como niña.

—Eres increíble, Alma armenia —comentó Hrant, mientras la miraba feliz, a dos centímetros. Pasó las manos por su cintura. La besó otra vez, más largo. La alejó y Alma contuvo la respiración. Ese hombre tenía algo que despertaba su curiosidad. Pero, además, besaba muy bien. Esa íntima confirmación la hizo sonreír. Hrant también sonreía. Y ahora los dos se miraban diferentes. Los rizos del camarógrafo volaron. En sus ojos habían desaparecido sus preocupaciones: la misión que le había encargado el Gordo Nagdahlyan y la idea de Mushej de que Alma lo acompañara a Artsaj.

—Tendré que verte mañana para que vuelvas a usar estos pendientes —murmuró el camarógrafo.

Alma lo estudió sorprendida. Y él, fiel a su plan de organizar, continuó:

—Te encantará el coro Kohar, en las escalinatas de la Ópera.

—¿Es una invitación? No me lo habías comentado —rio nerviosa.

—Quería generarte suspenso, pero ya no tienes opción —sonrió el camarógrafo y Alma disfrutó ese clima de coqueteo.

Hrant era sólido como esos *jachkar*. Resultaba imposible negarse, pero además sugería salidas que siempre la tentaban. Desde que había llegado a Ereván que moría por conocer el edificio de la Ópera.

—Trato hecho —cerró Alma y Hrant la tomó del brazo.

Caminaron uno pegado al otro. En el restaurante, Mushej y Nané los esperaban bajo un gazebo en la terraza con un vino blanco helado. Su mesa, pegada a la reja, bordeaba el acantilado. Detrás del acantilado, las montañas y todo el lago. Y el cielo a sus pies.

—Pediremos *ischchan*, la clásica trucha del Sevan —propuso Hrant, y todos asintieron.

Mientras esperaban el plato caliente, Hrant y Mushej devoraron el *ganachi*, surtido de cilantro, perejil, eneldo y todas las verduras posibles, clásicas de cualquier mesa de bienvenida armenia. Los acompañaban con rabanitos y cebolla cruda, pepino y tomate. Todo parecía una ensalada antes de cortar, demasiado fuerte para Alma, ya que no existían los condimentos ni el aceite. Alma temía por su propio aliento, pero a nadie parecía importarle. Los varones hicieron desaparecer el contenido de los platos en segundos. Alma y Nané, más conservadoras, se concentraron en el tazón con *mezun* o yogur, donde embebían el pan *lavash*.

De pronto, los camareros presentaron las truchas doradas y crocantes. Los *ischchan* llegaron en fuentes tendidos de a pares. Las cabezas invertidas como el signo Piscis. Hrant tomó una cuchara y separó sin trámites las cabezas y las colas. *Harnsanekan*, una tradicional canción armenia de las bodas, sonaba en los altoparlantes. Empezaba con un ritmo lento y enseguida se sumaba la percusión y la flauta. Nané y Alma movieron hombros y cabeza con la voz de Inga & Anush. Hrant las observaba feliz. Mushej propuso un brindis.

—¡Por Armenia, *Hayastan*!

Después de los *surch*, invitó a todos a la playa. Mushej tenía boletos para subir a las motos de agua. Llevaría en la suya a Nané y Hrant iría con Alma.

—Supongo que estamos todos de acuerdo, ¿verdad? —miró a Hrant con complicidad, que ya abrazaba relajado por la espalda a Alma en la mesa.

Nané, más rígida, sonrió y Mushej fue directo a ella.

—¿Te animas? Si me dices que sí, te invito a conocer Mikonos —subió la apuesta Mushej.

—Es experto piloto de agua —sumó Hrant mientras intentaba animar a Nané.

Por la mirada de Nané, Alma se dio cuenta de que su prima estaba entre sorprendida y divertida. El comentario de Mushej sobre Mikonos, aliviaba el peso de la conciencia. Él no era la clase de hombre conservador armenio. Alma veía con mucha dificultad que Nané fuera a Grecia. Pero su rostro de felicidad cuando aceptó subirse a la moto de agua con él decía todo. Sus ojos brillaban más que el chaleco salvavidas.

Mucho les había costado a las primas lograr que Jirair no se opusiera a la salida. En realidad, Alma lo había expuesto la noche anterior, en la cena. Allí había contado, adrede, que el camarógrafo Hrant Torosyan los invitaba a pasar un día al lago Sevan. Hrant invitaba a todos: a Jirair y Berjouhi también. Ante Alma, Jirair no pudo poner objeción y dijo que él se quedaría con Berjouhi. Que el pronóstico del tiempo anunciaba mucho calor y no sería aconsejable para su madre una salida tan extensa. Alma rio para sus adentros esa noche, y miró a Nané con la complicidad de la victoria.

Sabía que su prima estaría contenta de salir. El aspecto que tuviera Mushej sería lo de menos. Pero ahora que los veía juntos, Alma entendió que el destino tal vez había ayudado. Notaba a Nané relajada. Casi feliz. Entonces, Alma levantó su copa. Brindaron antes de bajar a la playa.

El paseo en las motos de agua se extendió tanto como las risas. Después se tendieron los cuatro en los camastros para descansar y disfrutar del atardecer en el lago. Mushej encargó otro vino y mientras servía contaba anécdotas de Grecia.

Recién cuando el sol se había esfumado detrás de las montañas, subieron al Audi A3. Nané ocupó el sitio del copiloto. Mushej la miraba, hipnotizado por su belleza silenciosa, mientras conducía hacia Ereván. El amigo de Hrant detuvo el auto en casa de Jirair, pero lo hizo sobre la calle Sayat Nová, no dentro del pulmón de manzana. Hrant bajó con Alma y la condujo a través de la arcada, hasta la puerta del edificio de Berjouhi y Jirair. En realidad, obedecía al plan acordado previamente con Mushej.

Cuando el armenio griego se quedó a solas con Nané en el auto, la miró y se quitó su colgante. Separó el cordón y le entregó la piedra turquesa.

—Es la piedra de la suerte, Nané. Viene del mar. Y quiero que la tengas. Espero que, algún día, aceptes acompañarme a Mikonos…

*Algún día conoceré el mar*, pensó Nané, pero no lo dijo. Quizá ir a Grecia fuera más fácil que dejar Armenia para visitar a su madre en París. Se entristeció por ambos anhelos. Pero miró a Mushej, a la vez que sus dedos finos rozaban la turquesa.

—Me encantaría —dijo, y se esforzó por sonreír. Le dio un beso en la mejilla y bajó del Audi A3. Guardó la pequeña roca en el bolsillo de la bermuda. Mientras caminaba esbelta hacia la casa, sus dedos hacían girar la piedra. Pasó debajo de la arcada. Esa roca no era una simple turquesa. Era, ante todo, su compromiso con el mar. Más aún, una promesa consigo misma.

CAPÍTULO DIEZ

# ACUERDOS Y SECRETOS

EREVÁN. AGOSTO, 2016

Salvo por el nombre de la capital de Armenia, Erevá, y por la denominación de la antigua capital, Erebuni, que se extendía por fuera de los límites de la actual, Alma no entendía las palabras de aquella canción. Pero la melodía y la fonética de *Erevá Erebuni* habían sonado cientos de veces en la sala de Teter. Escuchar esas voces e instrumentos en vivo, de frente a la Ópera, la habían transportado en el tiempo. El viento que soplaba a lo ancho de la plaza de la República desordenaba sus sentimientos. Su piel recordaba más que ella. Ese himno que había arrancado al público un aplauso de pie había proyectado la película de su vida entera. En cámara lenta repasó su infancia, y en cámara acelerada, desde la adolescencia hasta ese mismo instante en Armenia. Necesitaba volver y detenerse en algunos tramos. Revisar desde sus doce años, cuando Karnig murió; cuando dejó de jugar al ajedrez; cuando dio por sentadas algunas verdades; cuando siguió, o intentó, dar todos los pasos que se esperaban de ella: cursar una carrera en la universidad, colgar el diploma, convertirse en una profesional exitosa, casarse con un buen hombre, tener varios hijos. Verlos crecer. Poco se había cumplido de la lista. En realidad, casi nada.

En el final del concierto de Kohar, por cada nota y por cada acorde interpretado por los ciento cuarenta músicos, derramó una lágrima. Si analizaba su vida podría leerla con otro significado. Por eso lloraba como una niña. Con hipo y sin freno. Era llanto caótico que había guardado desde hacía tiempo. Sin embargo, ese instante le alcanzó para significarlo. Ese llanto atrasado podría explicar su pasado y su presente, también su futuro.

Su historia se enroscó como ovillo de acero en el pecho. Chocaba con el juego de luces que pintaba de verde, azul, rojo y amarillo la explanada de la Ópera. También con la gran fuente, frente a la Galería Nacional Armenia y el Museo de Historia Armenia. ¿Podía convertirse en alguna de esas flechas de agua multicolor que se desprendían elegantes y libres fuera de la fuente para alcanzar el cielo? ¿Podría deshacerse de la culpa y resignificar la historia?

Hrant tomó un mechón de pelo que se había soltado de su cabello recogido. El camarógrafo lo acomodó detrás de su pequeña oreja. Los pendientes de las lágrimas de la luna asomaron. Destellaron sus ojos verdes. Anochecía. Hrant la examinó con intensidad. Alma se sentía más vulnerable que nunca. La música había traspasado sus barreras. Se percibió desnuda, aunque estuviera vestida. El camarógrafo escaneó su vestido corte romano con un solo hombro en crepe de seda que ajustaba su cintura. Caía hacia sus rodillas estilizadas por las sandalias altas negras. No sabía si Hrant podía transformarse en el hombre de su vida, pero tampoco quería alejarse de él. Si no la hubiera acompañado, lo extrañaría. Le faltaría una parte de su cuerpo. Sus ojos la intimidaban, pero también la halagaban. Alma aceptó la contradicción.

Solo tenía un problema, y no se relacionaba con Hrant. El inconveniente se llamaba Lucciano Conti, que aún revolvía su cabeza. Jamás lo confesaría, y menos ante el camarógrafo, que debía haber percibido su corazón eclipsado. Se mostraba cauteloso cuando ella declaraba que estaba sola. Necesitaba dejarse seducir por Hrant. Su amor inconveniente moriría con ella y con nadie más. Demasiado le había dolido alejarse de Lucciano. Aunque el hijo de Carlo Conti jamás le hubiera prometido dejar a Melanie, no podía aceptar que no hubiera salido a buscarla cuando ella saltó fuera del Boston Times. La había golpeado en desencanto.

Había volado a Armenia, Lucciano no lo sabía. Y no había dado señales. ¿No lo vería más? A juzgar por su ausencia, no le interesaba cómo vivía, Alma, la etapa posterior al Boston Times. Lucciano se sentiría aliviado por no tener que compartir el día a día de trabajo. Después de que no le hubiera contestado más los mensajes, había sido muy incómodo convivir en la redacción. Él la había tratado en forma agria luego de su alejamiento en la intimidad. De la noche a la mañana se habían transformado en extraños.

¿Lucciano la habría olvidado definitivamente? ¿O se censuraría si su rostro se le representaba en la almohada? ¿Podría pasarle a él lo mismo que a ella? Y si así fuera, ¿por qué jamás le había escrito? Peor aún, ¿qué pasaría por la cabeza de Lucciano desde que ninguno tenía noticias del otro?

Hrant podía dejar la vida por ella. Reconocer ese gesto, y la ausencia del hijo de Carlo Conti, la había llevado a borrar a Lucciano de su teléfono. Lo hizo de madrugada, cuando se despertó y se sentó en la cama. Su recuerdo no la dejaba avanzar. Pensó que eliminarlo de su agenda elevaría al menos su cerco interior. El que ella quería tenderle a su sombra. Había tomado un avión hacia el meridiano opuesto de la Tierra en busca de un poco de paz. La serenidad y claridad que le darían sus orígenes. No iba a distraerse de ese objetivo por una sonrisa seductora que se le aparecía sin permiso entre sus sábanas.

Hrant la escaneaba a veinte centímetros. Se había alejado unos pasos para verla mejor. Paseó sus ojos desde la coronilla hasta los pies de Alma, arreglados con esmalte bermellón como sus manos. Escaneó su mirada brillosa por el llanto. Sin apartarse de sus ojos enrojecidos, Hrant pronunció:

—¡*Ainkan sirun ies*, Alma!

Su voz sonó grave. Ella reconoció la respiración del camarógrafo en cada letra. Aunque no entendiera, percibía a dónde iba. No había diferentes idiomas para cuando un hombre se siente atraído por una mujer. Tenía delante una persona que la protegería. Que la amaría sin reparos. Y los dos recordaban muy bien ese beso al pie de La Cascada y las bocas robadas a orillas del lago Sevan.

No había razones para extrañar a Lucciano. Si él mentía a Melanie cuando se encontraba con Alma, ¿por qué no iría a mentirle si hubieran formalizado su relación? Además, ¿cuánto duraría el deseo intacto? ¿El fuego se extinguiría en dos años, máximo? ¿Tendría que construir sobre esas cenizas un nuevo vínculo con el hombre de los ojos carbón? ¿Lo vería magnético en su espalda triangular, o la rutina terminaría por engrosar esos oblicuos definidos? ¿Quería una vida pacífica y solucionada como la de Lisa? ¿Tendría Lucciano ese tipo de relación con Melanie? No podía saberlo, y menos meterse en su corazón. Se entregaría a Hrant.

—¡*Ainkan sirun ies*, Alma! —repitió Hrant.

—¿Qué significa? —preguntó sonriendo.

—¡Qué hermosa estás! —tradujo él, y le ofreció su pañuelo blanco para que limpiara su nariz que moqueaba. Era el único hombre que conocía, aparte de Karnig y de su padre, Sarkis, que todavía usaba pañuelo de tela. Lo extrajo del bolsillo trasero del pantalón. El algodón conservaba el perfume amaderado de su piel mezclado con una versión moderna del agua de colonia. Le recordó a Karnig.

—Vamos a cenar a casa. Lo prometiste —insistió él.

El público comenzaba a desconcentrarse por Amiryan, Abovyan, Nalbandyan y Tigran Mets, las calles que confluyen en la plaza de la República. El reloj en la Casa de Gobierno marcaba las once. La bandera roja, azul y naranja flameaba en lo alto de la torre con seis columnas de frente. Estaba construida en piedra como todo el edificio semicircular de cuatro pisos que abrazaba la plaza. Se habían quedado solos, frente a frente. Alma se relajó un instante, pero aún notaba sus músculos entumecidos por el llanto que le había provocado el concierto. Y por ese hombre que le traspasaba la piel.

Comenzaron a caminar rumbo a la casa de Hrant, como habían quedado. Pero Alma no podía hablar. Atinó a seguirlo. A los pocos pasos, recuperó una porción de aliento.

—Quiero comprobar si sabes cocinar como me advertiste —jugó ella.

—Por supuesto. Me prometiste que comeríamos juntos. Eres armenia y por lo tanto una mujer de palabra, Alma Parsehyan —provocó Hrant—. Vienes a cenar y luego te llevo a casa de Nané —propuso, así no exponía a Alma al peso de las miradas locales.

Estaban tan demandados que pusieron un paréntesis a la sociedad patriarcal que los rodeaba. Hrant había vivido experiencias con otras mujeres pero no se había enamorado. Y, peor aún, creyó que nunca se enamoraría. Mucho menos de una mujer armenia. En el caso de Alma, ya había experimentado vivir con el peso de las miradas ajenas, para volver a torcer su impulso y voluntad. Entre Hrant y ella, ¿importaba el qué dirán? Él se preocupó por cuidarla.

Alma sonrió. Entendía a qué se refería. Ella tampoco cargaba con el mandato, pero eligieron simplificar. Lo único que realmente pesaba era qué pasaría entre ellos.

Hrant le había confesado que, después de perder a sus padres y a Tigran, había decidido tabicar sus emociones. Pero buena parte de ese cerco se había empezado a derrumbar cuando la había conocido. Y esa posibilidad de creer, lo hacía feliz. No podía evitar posar sus ojos en ella. En su boca, en sus hombros, en su piel diáfana. Quería cuidarla. Descubrir cada centímetro bajo su ropa. Que fuera suya.

Desde que la había cruzado en la conferencia de prensa, con sus manos blancas que sostenían un bolígrafo sobre su cuaderno azul, supo que algo diferente lo esperaba en esa mujer. Pero debía hablar con ella. Contarle de su pasado. Lo haría luego de la cena. Sintió la urgencia de besarla, de unirse a Alma bajo los palacios soviéticos, pero nadie se besaba apasionadamente en las calles de Armenia. Hrant detuvo un taxi. En la cabina oscura, el perfume de Alma abrazó el torso velludo de él. Y enseguida el viento que entraba por la ventanilla se agolpó en la camisa entreabierta de Hrant.

Cuando llegaron, subieron por las escaleras del antiguo edificio hasta alcanzar el segundo piso. Sus bocas respiraban cerca y a oscuras. Hrant iluminaba con el teléfono los escalones. Abrió despacio la puerta de su apartamento. Cedió el paso a Alma. Cuando ella giró para preguntarle por las luces, la rodeó por la cintura y la atrajo hacia él. Le dio un beso provocador. La llevó de un paso hacia atrás. La posó contra la puerta. El cuerpo delgado de Alma quedó atrapado entre su hombría y la madera. Hrant sintió la respiración de ella, le indicaba que había depuesto barreras. Rozó su piel tibia. Los brazos formaron una herradura contra la puerta. En su cavidad contenía la fragilidad de Alma.

Volvió a besarla con mayor profundidad. Necesitaba sentirla en todo el cuerpo. Le soltó el pelo. Se alejó un instante porque no podía parar de recorrerla. Le mordió en un jadeo el lóbulo de las orejas. Trató de contenerse allí donde brillaban las piedras de la luna.

–*Ainkan sirun ies*, Alma –le susurró al oído nuevamente. Y ella quiso que se lo repitiera mil veces.

Entonces Hrant se alejó, encendió una lámpara tenue y caminó hasta la cocina, mientras Alma paneaba el salón. Estaba sola en la casa de un hombre armenio, en Armenia. Ese caballero de los rizos intrigantes, con su tatuaje del *jachkar* y su cuerpo macizo, la tentaba.

Hrant regresó en segundos con dos copas de vino, mientras ella recorría con la yema de los dedos un escritorio, ubicado contra la ventana. Un astrolabio y una brújula descansaban en el neceser antiguo. Seguramente Hrant los había traído de sus viajes por el mundo.

–Me gusta tu casa, tiene mucha personalidad –confesó ella. De nuevo, se sentía feliz de que un hombre la sedujera y que no fuera a escondidas. Que él pudiera invitarla y mostrarle su mundo privado, aunque las costumbres armenias sugirieran que no debería estar ahí.

–Y a mí me gustas tú –respondió Hrant, mientras le quitaba la copa de la mano y la depositaba junto a la suya sobre el escritorio.

En una maniobra rápida y sorpresiva, el camarógrafo la alzó y posó el cuerpo de Alma sobre la mesa. La exeditora del Boston Times quedó con la espalda de nácar contra la ventana. Cruzó las piernas bajo la falda para descalzarse, pero Hrant atrapó las sandalias en el vuelo. Volvió a mirarla. De pie frente a ella, la demandó con sus ojos atados a la noche.

—Ahora sí, propongo un brindis —dijo Hrant.

Chocaron las copas y bebieron un trago. Ella lo miró como no lo había mirado nunca desde que había llegado a Armenia. Él tomó otro sorbo y se acercó a sus labios. Sus paladares se embebieron del néctar de las uvas. La falda de Alma se acortó. Dejó sus muslos expuestos. Él los aferró con cada mano mientras se vigorizaba y volvía a besarla. Entonces le levantó el vestido a la vez que sus dedos reptaban al origen de las piernas de ella. Se presentó con extremidad por debajo de su ropa interior hasta que alcanzó ese hueco sedoso. Alma emitió un quejido cuando Hrant se hundió en su humedad.

Mientras él jugaba y ella permitía que le regalara placer, Alma desabrochó la camisa de su amante. Hrant atrapó con sus dientes el tirante del vestido. Lo apartó con la boca deslizándolo por el hombro. Admiró los picos magenta que ofrecían sus pechos y el torso de Alma. Esa imagen de ninfa plateada redobló su potencia. Volvió a alzarla y la sostuvo de pie frente a él mientras la contraía hacia su cuerpo. Su sexo estremecido se pegó al de Alma. Transformados en brasas buscaban saciar su apetito.

Alma lo besó en señal de retribución. Buscó prolongar el placer. Sin soltarle la boca, colgó los brazos del cuello de Hrant. Entonces él la recostó sobre el escritorio y ella se ubicó para permitirle entrar en su cuerpo sin restricciones. La carne estremecida del camarógrafo la colonizó. Invadida por el deseo que se internaba, lo recibía abierta como un capullo que florecía. La recorría una energía nueva. Quería perpetuar esa entrega como un barco que se hamaca en el océano. Soltó un grito desgarrador. Liberó toda la miel que contenía su casa íntima y femenina.

Hrant se atornilló aún más al interior de las paredes de Alma. Buscó templarlas en cada invasión. Necesitaba abastecerla toda. Sin resquicios que quedaran por satisfacer. El camarógrafo quebró el concierto de jadeos con un bramido. Alma echó el cuello hacia atrás, y él lo hizo regresar entre sus manos, sin dejar de engarzarla. Entonces selló sus labios con otro beso que Alma respondió apasionadamente. Eran uno solo en esa danza íntima. La misión que los mezclaba. Misión por la cual habían venido al mundo a luchar.

Hrant la tomó del brazo y la llevó hacia la cama grande. El colchón apoyaba sobre un zócalo al ras del suelo. La cubrió con una manta de algodón color café. Mientras esperaban que la respiración les diera tregua, se tiró junto a ella. La rodeó con su torso que se pegó a la espalda de Alma. Así tendidos, entrelazaron sus piernas. Hrant la recorría con sus dedos.

Ella comenzó a perder la vista en el ambiente. A un lado de una silla rústica, una banqueta de diseño y una tela suspendida como cortinado. Ese contraste en la decoración moderna con la estructura soviética definía el loft y también a Hrant. Ella extravió sus ojos en un punto lejano que cruzó la ventana. Pensó que si alargaba la vista por esa línea de puntos que viajaba hacia Occidente, arribaría a Boston. Y si se esforzaba otro poco más, entraría a la habitación de Lucciano. Apoyó la cabeza en la almohada de Hrant. Lo miró. El vientre cóncavo de Alma denunció un ruido. Había pasado la medianoche y aún se debían la cena. Agradeció que sus entrañas taparan sus pensamientos. Por suerte, Hrant habitó su silencio.

–Tienes hambre. Te voy a sorprender. Un minuto por favor.

Sin vestirse, se levantó y caminó hacia la cocina integrada. De espaldas a la débil luz de la lámpara, Alma distinguió el cuerpo con los músculos contorneados de su amante. Su trasero redondo y bien formado. Las piernas férreas. Hrant era su David de Sasún. Su héroe con capa y espada. Sus rizos se prolongaban en las crines al viento de su jinete desbocado. Esa imagen que la hipnotizaba de chica se replicaba ahora en esa sala. La leyenda que le leía Teter antes de dormir. Ahora, ese héroe cocinaba desnudo para ella.

Hrant regresó a la cama. En la bandeja que portaba, sobresalía la etiqueta *Karas Reserva 2014* que habían descorchado en la previa. Sirvió lo que quedaba de la botella. Estrecharon copas otra vez. Sin la premura del primer arrebato, Alma saboreó la elegancia de los frutos rojos, notas de vainilla y chocolate. La persistencia del terciopelo en la boca la llevó a sonreír. Hrant indexó la propuesta. Tomó una cuchara que hundió en un bol y luego extendió hacia ella, mientras repasaba el contorno de sus labios.

—Esta pasta se llama caviar de berenjena. Solo la encontrarás en Armenia —aseguró y untó un *lavash* con la mezcla de berenjenas y morrones, cortado, cocido y bien procesado.

La crema lubricó con su textura aceitosa el paladar de Alma. Terminaron de devorar lo que quedaba.

—¿Estás lista? —continuó Hrant.

Alma se sentía la mujer más agasajada.

—¿Todavía hay más? —sonrió ella.

—Esto recién comienza. Voy a preparar el macarrón armenio —anunció mientras se incorporaba.

Se calzó una bermuda y le dio una camisa blanca a Alma para que se sintiera cómoda. Hrant comenzó a cocinar con el torso desnudo. Colocó un paño de cocina a caballo en su hombro. En una olla, vertió fideos secos tipo macarrón, además de agua, mantequilla y sal. El aroma colaboró con la escalada de los sentidos en ese ambiente. A los diez minutos la pasta asomaba dorada y crocante. Hrant sirvió los macarrones tibios en dos tazones con *mezun* como salsa.

Llevaron a la cama la vajilla. Hrant completó otro poco de Karas. Alma fantaseó. ¿Viviría en Armenia? Se preguntó si toleraría la mirada de la mujer que parecía anclada en el tiempo, en un rol secundario frente al hombre. Hrant iba a la par y no tenía esa mentalidad. Pero sí su entorno. Entonces dudó acerca de cuánto influiría esa atmósfera patriarcal en ella y en una pareja consolidada con los años. ¿Podría él llegar a actuar como Jirair oprimía a Nané? Su cuerpo sintió una leve incomodidad. Miró preocupada la hora.

—No quiero exponer a Nané con Jirair —le gustaba la idea de quedarse a dormir en lo de Hrant. Intentaba evitar que su prima tomara el ejemplo de la mujer que acata lo que dice el padre de familia. Pero tampoco era su voluntad tensar la relación con su familia de Armenia.

Hrant le acariciaba la piel. Él tampoco dependía de nadie. Aun así la llevaría en un rato para no generarle problemas.

—Es una promesa, Alma. Relájate ahora. Hagamos que el entorno no exista —propuso y mientras disfrutaban el tiempo de descuento y el segundo bol de macarrón, a él también lo sorprendieron las preguntas que no expresó en voz alta.

¿En verdad el corazón de Alma vivía libre en Estados Unidos, como ella le había asegurado? ¿Podía haberse reservado ella esa información, como se reservaba él de contarle de Artsaj? Había cambiado de opinión. En esa noche corta, no le confiaría su pasado. Lo dejaría para el día siguiente.

La comprometió para un café antes de que él entrara al canal. La esperaría en uno de los bares de Tamanyan Street para invitarla a viajar a Artsaj y cubrir la nota. Y, en algún momento del viaje, le confesaría la verdad de su pasado.

De madrugada y en la puerta del edificio de Jirair, oyeron el chirriar de una ventana. El padre de Nané se había asomado para vigilar desde el cuarto piso. Se despidieron, hasta dentro de unas horas, con un beso fugaz.

BOSTON. AGOSTO, 2016

Melanie Farrell acomodó el nudo de la corbata de Lucciano Conti. Miró a su esposo en el espejo. De traje gris oscuro con camisa blanca, esa corbata celeste de seda resaltaba en su piel morena y bronceada. Melanie, con el cabello despeinado y atado en una coleta, sonrió. Repasó con la vista las sábanas revueltas durante las primeras horas de la mañana. Melanie aspiró la piel de su esposo. Lucciano reflejaba una mueca tensa en el cristal. Su mujer lo percibía y quería ablandarlo, pero sin hacer un planteo. Dudaba si la parquedad de Lucciano obedecía al desayuno de trabajo que lo esperaba o más bien podía relacionarse con la partida de Alma del Times. Hacía semanas que lo notaba distante. Ese cambio de humor coincidía con la noche en que Lucciano le había comentado que su compañera de trabajo había renunciado. Al final del día, como una rendición de cuentas, Lucciano y Melanie se detallaban todo lo que habían hecho desde el desayuno a la hora de la cena, por más que se llamaran dos o tres veces durante el día. Si bien Melanie guardaba reservas respecto de Alma, nada podía afirmar. No tenía pruebas, y la mejor táctica para no perder a su esposo era evitar los escándalos. Si él le hablaba de Alma, no lo frenaba. Al contrario. Él debía sentirse confiado para conversar. Sin embargo, Melanie se inquietaba cuando notaba a Lucciano muy pendiente del celular. Pero tenían un acuerdo. Ninguno podía revisar el teléfono del otro. Más bien había sido una regla impuesta por Lucciano, y ella acató.

Últimamente, su esposo había tomado por costumbre beber antes de cenar. No era un trago ni dos, sino tres. A veces más, si la noche se extendía. Empezó como una forma de relajarse al final del día. Él mismo lo preparaba y lo compartía con Melanie. Sin embargo, desde que Alma había renunciado, cada noche armaba el trago más cargado.

Lucciano extrañaba chatear con ella. Y hasta extrañaba tener que borrar ese intercambio de mensajes con Alma "por seguridad". Antes le pesaba ese procedimiento y ahora le hacía falta. No podía anclarse en la relectura del ida y vuelta de palabras, para prolongar esa adrenalina y excitación que le provocaba su compañera del Boston Times. Esas palabras que elegían para hacer que el deseo explotara, ya no existían. Las había borrado todas para no arriesgarse. Y por no haberse arriesgado, la había perdido.

Los amigos también notaban diferente a Lucciano. Especialmente Paul Sharp, con quien Melanie había conversado tratando de buscar información. Y, aunque Paul estuviera al tanto de las reservas de Lucciano, jamás soltó una palabra.

Ella se propuso recuperar a su esposo, aunque él durmiera cada noche a su lado. Lo demandaba para hacer el amor, y Lucciano respondía parejo, puntual y ordenado, pero sin pasión. Melanie intentaba apartarlo de la rutina en la cama. Lo seducía para despertarle el pulso animal. Esa sensualidad que Lucciano había derramado al conocerla, cuando se arrancaron la boca en el baño de la fiesta número setenta del periódico. Ahora su hombre parecía dormido. Lejos de ella. Ese instinto que la volvía loca había sido domesticado. Pero tenían una familia exitosa. ¿Acaso no era eso el matrimonio? La duda empezó a incomodarla. Quería estar segura de que cuando Lucciano la amaba, su deseo obedeciera a ella. Pero ¿quién podía gobernar la fantasía del otro?

Melanie decidió jugar su carta. No atacaría ni se expondría con un planteo. Así no actuaban las buenas esposas. Y mucho menos las casadas con hombres deseados y poderosos. Para colmo de males, la cápsula que encerraba a Lucciano coincidía con una agenda cargadísima que le sumaba su padre, quien también lo notaba ausente.

Carlo Conti consideró que agendarle más reuniones y tentarlo con jugosos negocios, rescataría a su hijo de ese pozo que cava la pasión. Necesitaba que Lucciano se activara. Que olvidara a

Alma y se concentrara en vigilar los números del Boston Times, que venían en descenso. Había que tomar decisiones urgentes. El papel era una marca histórica que debían sostener. El periódico había sido fundado hacía más de ochenta años por los bisabuelos de Melanie Farrell. Y años más tarde, los Farrell habían confiado el negocio a Carlo Conti. Mr. John Farrell, bisabuelo de Melanie y gerente ejecutivo del Boston Times, había tomado al brillante y joven Carlo Conti como editor general. Era toda una promesa y no lo había defraudado. La dinastía Farrell-Conti había crecido con grandes negocios. En las últimas dos décadas había expandido el Grupo Times con canales de televisión, cable, radio e internet.

En ese sentido, la boda de Melanie y Lucciano, había sido celebrada como la frutilla del postre, en pleno auge del Grupo Times. No solo eran preciosos y el uno para el otro; sus alianzas, literalmente, significaban una herramienta oportunísima para reforzar la adaptación del periódico a la plataforma digital.

Si ambas familias se unían para dar batalla, la probabilidad de éxito crecería en medio de las amenazas a la edición de papel. Había que evitar que el Grupo entrara en quiebra. Alejar aves carroñeras que lo compraran, para luego revenderlo a una nueva gerencia.

Para ambas familias, el papel detentaba poder ante los jóvenes medios. Poder plantarse y gritar "subsistimos en ambas plataformas, seguimos como líderes en audiencia y en venta, y no nos vamos a bajar de esta pelea", significaba un mensaje para los competidores novatos.

Lucciano cumplía con la disponibilidad y disposición que

los Farrell-Conti esperaban, aunque ese rendimiento hubiera mermado luego de la salida de Alma. Necesitaba seguir trabajando al máximo y esconder ese cóctel de emociones que lo mostraban opacado. Melanie Farrell y Carlo Conti sabían que ese agujero en la cabeza de Lucciano tenía nombre y apellido. Rumiaban ese nombre con recelo: Alma Parsehyan. Tenían que actuar para salvar al Times, al hijo y al esposo, según el enfoque que decidieran utilizar.

Esa mañana, Melanie no lo molestó. Simplemente lo trató con más ternura de lo habitual. Lucciano se mostraba amable y dulce, pero parco. Besó a su esposo junto a ese lunar único, bajo su ojo izquierdo. Lucciano gesticuló con intención de sonreír. No lo hizo y Melanie estuvo a punto de soltar un planteo. Se contuvo.

Desde que la había conocido en la redacción, la nombraba. Cada vez que Melanie escuchaba en boca de su novio y luego esposo, a Alma Parsehyan, le cambiaba la mirada. Antes de su casamiento no la conocía, y no le prestaba demasiada atención a aquellas pronunciaciones. A Lucciano le gustaba que su chica lo escuchara. Y ni él se detenía a pensar por qué mencionaba tan seguido a Alma. Fue Melanie quien empezó a preguntárselo, luego de conocerla en su propia boda. Ella también había registrado una similitud en los rasgos físicos en aquella compañera de su esposo. Pero no le dio importancia. El tema comenzó a rondarle ya luego de un año de casados. Lucciano la nombraba cada vez más seguido. Incluso una noche que entraron a un bar, él le comentó a Melanie que una mujer en la barra le parecía que era Alma y fue a hablarle. ¿Inocencia o descaro? Melanie también se lo preguntó para sus adentros. Cuando volvieron a su casa, mientras estaban tendidos en la cama, con el mareo y la impunidad que le daban esas dos margaritas dulces bien cargadas que se había pedido, Melanie interrogó a Lucciano. Directamente le preguntó si le gustaba Alma Parsehyan. Quería saber qué pensaba de esa mujer de ojos verdes, cabello castaño y piel blanca, con rasgos muy similares a ella, y diez años mayor. Quiso que le confesara si le gustaba. Lo hizo entre risas mientras lo besaba. Podía ser su fantasía también. Y mejor que entrar en tensiones o correcciones que la delataran, era incluirla como un juego nada inocente. Lucciano negó tres veces como Judas y hasta se rio: "No digas ridiculeces, amor mío", y la besó en forma apasionada. Hicieron el amor con furia y a la mañana siguiente, mientras desayunaba con Melanie, él reservó desde su celular un fin de semana en un spa de lujo. Se lo avisó a su esposa sin esperar su consentimiento. Cuando ella lo besó con felicidad, él subió la apuesta. Le pidió que eligiera el próximo destino de sus vacaciones. Oriente sonaba increíble, pensaron a dúo. Él se ocuparía a la tarde de mirar pasajes y estadías. Ese juego de viajes los mantenía unidos. Y reemplazaba la química que se desvanecía cada día entre las sábanas obligadas. Melanie manejaba los costos y los beneficios de estar casada con un hombre poderoso y atractivo. Sin embargo, solo ella era la esposa de Lucciano Conti. Si su marido pensaba en otra mujer, tendría que elaborarlo. Porque, al fin y al cabo, era ella quien se dormía y se levantaba con él.

—Suerte en la reunión, amor mío —ronroneó Melanie mientras abrazaba a Lucciano por su ancha espalda.

Él no sonrió. Le dio un beso apresurado. Descendió desde la habitación a la planta baja. Atravesó la sala, la cocina y el lavadero, con paso furioso rumbo al garaje. Su mente evocaba a Alma mientras se abría el portón automático de su chalé de dos plantas en las afueras de Boston. Maniobraba para sacar la camioneta. Imaginó a Alma. Sus tacones ausentes por la redacción todavía sonaban en el pasillo del Boston Times. Como su coleta alta que se balanceaba de derecha a izquierda mientras caminaba enérgica y radiante de una sección a la otra. Un par de diamantes diminutos enmarcaban su cuello de cisne. Lucciano se vigorizaba con escuchar sus pasos. Debía concentrarse para evitar darse vuelta y mirarla. Luego de unos segundos, cuando el taconeo se apagaba, giraba y veía la silueta de la editora rumbo a la oficina de Carlo Conti. Alma entregaba las páginas del día. El editor general las leía sentado en su escritorio y ella esperaba de pie junto a él. Lucciano controlaba el box vidriado desde la otra punta de la redacción. Y esperaba que regresara. Se apostaba junto a una columna con una lata de refresco light. Sonreía mientras la miraba avanzar por el pasillo rumbo a él. Le clavaba la vista. Ella sonreía. Y en ese reino ajeno, su juego, que era una bomba de tiempo, los perdía.

El coqueteo que se saciaba en sus encuentros se había esfumado. Lucciano sentía tristeza y controversia. Tristeza porque no la veía más. Controversia porque su mujer no le provocaba ni la décima parte del alboroto que le causaba Alma. ¡Pero era la madre de su hijo! Su compañera de cada día. ¿Con eso bastaba? ¿Qué hacía con su fantasía? Sintió aún más tristeza. Intentó recordar la última vez que había visto a Melanie con tacones altos. No podía poner una fecha. Tal vez había sido durante la fiesta de casamiento de una de sus primas. Melanie se quejaba porque le dolían los empeines con las plantas de los pies elevadas. Usaba ropa suelta de jogging con calzado deportivo. Quería sentirse cómoda para llevar y buscar a su hijo de la escuela, luego pasar por el supermercado y después asistir a sus clases de pilates. En voz alta, Lucciano jamás admitiría que ya no la deseaba y que ya no le atraía su belleza natural como cuando la había conocido. En su interior, odiaba reconocerlo.

Conducía rápido esa mañana como lo hacía siempre que algo le molestaba. Tenía tiempo de sobra para llegar a la reunión con el canciller turco, Mehmed Demir, en el hotel Intercontinental de Boston Bay. Sin embargo, se movía por las calles de la ciudad como si los relojes anunciaran una impuntualidad de la que carecía. Su padre le había enseñado a llegar antes de lo indicado.

Esa mañana muy nublada estaba pesada y hacía mucho calor. Se agolpaban los recuerdos y la semblanza de Alma lo acorralaba. Proyectaba imágenes que su cabeza no podía frenar. Empezó a faltarle el aire. Se había curado de los ataques de pánico que le habían diagnosticado a los veintiún años, cuando la presión que ejercía Carlo Conti para convertirlo en "el sucesor", lo amenazaba. Había hecho terapia. Pero no se había sentido cómodo y optó por sustituirla por largos circuitos de running. Amaba el deporte desde chico. La actividad física funcionaba como refugio aun para los pesares que no pronunciaba. El mandato Conti. Su corazón impulsivo. La familia y los negocios que lo obligaban a expandir y continuar.

Llevó al máximo la refrigeración de la camioneta. La calle delante de él, de pronto, se presentaba borrosa. También los árboles y los otros autos. Sus manos comenzaron a temblar. Un cosquilleo invadía sus piernas. Sudaba frío. El corazón latía en extremo y una cuerda invisible ajustaba su cuello. ¿A qué le temía? ¿A pensar en Alma? ¿Le molestaba no saber qué sería de su vida y con quién estaría? ¿Se tensaba de solo imaginar la presencia de Carlo Conti en esa mesa de negocios y la forma en que su padre lo presionaba? Tuvo el impulso de arrancarse el traje y cambiarlo por el short y el calzado deportivo que guardaba en la cajuela para internarse en el bosque a correr. ¿Qué pasaba si dejaba todo y buscaba a Alma?

Pesados cumulonimbos se posaron sobre su cabeza. El cielo se oscureció todavía más. Frenó en una esquina. Se desabrochó el cinturón de seguridad y aflojó el nudo de la corbata. El oxígeno no le alcanzaba. Volvió a controlar que el aire acondicionado de la camioneta marcara el máximo. Quitó el noticiero de la radio. Conectó desde su iPhone y por bluetooth *Make you feel my love*. Alma le había susurrado el tema de Adele la última noche que se amaron.

De repente, en la voz de la cantante inglesa, Alma invadía su camioneta. Empezó a gotear.

*Cuando la lluvia golpee tu rostro*
*y el mundo entero esté en tu contra,*
*puedo ofrecerte un fuerte abrazo*
*para hacerte sentir mi amor.*

*Cuando anochezca y aparezcan las estrellas,*
*y no haya nadie allí para secar tus lágrimas,*
*podría abrazarte por un millón de años*
*para hacerte sentir mi amor.*

*Sé que aún no estás seguro,*
*pero jamás te haría daño.*
*Lo supe desde el momento en que te conocí.*
*No tengo dudas, perteneces aquí.*

Tomó directo de la botella de agua mineral. El pecho lo oprimía, pero aun así volvió a encender el motor. Condujo despacio, todo lo lento que pudo, mientras esperaba que el llanto por debajo de sus gafas espejadas se extinguiera. Entró con el coche a la dársena del hotel cinco estrellas. Distinguió a Carlo Conti en las escalinatas. Thomas Williams, el presidente del club de baloncesto del Boston Athletic, lo acompañaba. Lucciano frenó delante de ellos. Dejó el vehículo para que lo estacionara el valet parking.

Estrechó manos y entraron juntos al edificio. Conti notó pálido a su hijo. Retrasó, imperceptible, la caminata.

—¿Todo bien? —preguntó por lo bajo.

—Todo en orden —respondió Lucciano sin mirarlo.

Siguieron por el largo pasillo ambientado en la *belle époque*. Se detuvieron los tres donde asomaba una terraza vidriada y a temperatura congelador los aguardaba el canciller Mehmed Demir, con vodka sin rebajar a las once de la mañana.

Los había llamado para cerrar el negocio que conversaban

desde hacía un par de años. Ahora, con el agua al cuello por el avance digital, aquella cuerda podía salvar al Times. Si Carlo Conti intercedía para que el Boston Athletic llevara el logo de Jet Ottoman en la camiseta del equipo, podían llevarse varios millones de esa negociación por el esponsoreo. El canciller turco ofreció dátiles, *locum* y café oriental, mientras explicaba, en perfecto inglés, la propuesta.

Si en el periódico publicaban las fotos de los jugadores del Boston Athletic, durante las coberturas de todos los partidos, incluso de las ligas menores, podían recibir un porcentaje de la publicidad. El dinero permitiría salvar al Times sin tener que recortar los gastos que requería la dinastía Farrell-Conti, con traslados a congresos, cenas en los restaurantes más caros y vacaciones a paraísos que nunca se sabía bien quién pagaba. El negocio con Jet Ottoman, 49% del Estado turco y el resto del presidente turco, incluía otro punto clave. Azerbaiyán quería estampar su logo *Land of fire* en la camiseta del equipo estadounidense en la Olimpíada de Ajedrez de Bakú 2016. Mehmed Demir venía también en representación del canciller azerí y dejó regalos de él: dos kilos de caviar a cada uno y las coordenadas para que retiraran una alfombra de seda que les había enviado.

Le ofrecían un negocio para aplicar en tándem. Jet Ottoman en la camiseta del Boston Athletic y *Azerbaiyán, land of fire* en el equipo de ajedrecistas estadounidenses que se presentarían en Bakú 2016. Los azeríes pagarían el traslado a la Olimpíada Internacional y los hoteles del equipo. El certamen comenzaba el primero de septiembre. Bakú se interesaba por difundir en todos los medios que Estados Unidos visitaba su país.

Faltaba poco tiempo. Lo habían decidido semanas atrás, luego de que Armenia anunciara que no formaría parte de las 42.ª Olimpíada Internacional de Ajedrez en Azerbaiyán. Tras la Guerra de los Cuatro Días en abril, la tensión entre ambos países permanecía al extremo. Y Bakú buscaba marcar liderazgo ante Armenia. La provocación constante formaba parte de la logística.

El *lobby* turco-azerí apunta a desdibujar los hechos históricos del Genocidio Armenio y la disputa por las tierras de Armenia con Turquía y de Artsaj con Azerbaiyán. Además de los pogromos de Bakú y Sumgayt, más el número creciente de presos políticos en ambas naciones que encarcelan a los opositores de ambos regímenes.

A Lucciano se le desencajó la mirada cuando escuchó la propuesta. Recordó las charlas con Alma sobre el Genocidio Armenio. Recordó cuando lo enfrentó y él relativizó el tema. Se había escudado en la vulnerabilidad de los negocios del Boston Times. Se veía ahora obligado a aceptar y se sintió muy incómodo. Había crecido a la sombra de Carlo Conti y conocía la forma de actuar. Además, después de todo y si hacía las cosas bien, heredaría ese imperio de medios. Era aceptar o echar todo por la borda. De cero. Eso también incluía su relación con Melanie Farrell. Agradeció no saber de Alma en ese momento. No soportaría otra incomodidad más. Sintió que se ahogaba.

Carlo Conti aceptó un trago del vodka puro y Lucciano pidió otro. El canciller Mehmed Demir los observó con finos gestos. Era un hombre elegante, de tez blanca, lentes modernos de marco delgado, estilo europeo. Carlo Conti miró a Lucciano y luego a su amigo, el presidente del Boston Athletic, Thomas Williams. No había mucho que pensar. Volvió a Lucciano y le hizo un gesto para que se apartara de la mesa. Sin que los otros lo notaran, ordenó:

–Viajarás a Azerbaiyán junto a Thomas y junto al equipo de ajedrez. Debemos mantener relaciones con los capitales turcos y azeríes. Nos pueden financiar esta etapa del Times. Salvaremos al Grupo, nuestra marca y nuestro futuro.

Lucciano se puso pálido. Sudoroso. Thomas Williams conocía a Carlo Conti de memoria. Como si le hubiera leído los labios, imaginó qué le había dicho a su hijo. Se incorporó en el asiento. Sonrió ante el canciller Demir. Conti padre e hijo regresaron a la mesa. Carlo Conti hizo fondo blanco y miró a Williams. Entonces el presidente del Boston Athletic estrechó la mano del canciller turco.

–Trato hecho.

–Ha tomado una excelente decisión. Los pondré en contacto con mi par azerí.

Pidió otra ronda de vodka con limón. El reloj mostraba las doce del mediodía.

La jornada había sido extensa. Cuando Lucciano llegó esa noche a su casa, Melanie lo esperaba con velas y la mesa tendida para dos. Había dejado a su hijo bajo el cuidado de su madre para dedicarse la tarde. Condujo su camioneta hasta el mejor centro comercial de la ciudad y recorrió las tiendas excitada y urgida. Se detuvo frente a un vestido turquesa que la encandiló y luego también puso su tarjeta de crédito dorada para llevarse unas sandalias altísimas, y tan doradas como la tarjeta.

Se preparó temprano para esperar a Lucciano. Se miró al espejo. El escote en V profundo, con los dos paños que juntaban sus pechos, hacía verlos más voluptuosos. Sonrió con victoria adelantada. Acentuó el delineado negro y aplicó la técnica de *smokey eyes*, que resaltaba todavía más sus ojos esmeraldas. Eligió para la boca un tono cereza que completó con abundante brillo. El cabello suelto con los bucles más acentuados, enmarcaba un estilo cargado. Lucciano se sorprendió cuando le abrió la puerta. Intuyó por qué su mujer lo esperaba como una exótica amazona. La abrazó correctamente y pidió darse una ducha antes de la cena.

—Dame unos minutos, amor, y ya estamos juntos. Qué lindo lo que preparaste —dijo mientras se desvestía y entraba al baño.

Respiraba hondo. Entró a la bañera y apuntó su rostro hacia la caída de agua con los ojos cerrados. Dejó que la lluvia impactara sobre su frente de marfil, sus pómulos encerados y el mentón varonil. Su cabello moreno goteaba sobre el cuello con las venas marcadas. El agua resbalaba por su torso. Pura fibra y testosterona que peleaba bajo la cascada cristalina. De pronto, como si su cuerpo lo desobedeciera, vio erguirse su sexo. No lo quiso detener. Se sentía uno con su deseo. Dedicó precisos masajes que representaron la silueta de Alma. Se fue llenando de ganas hasta que no pudo contenerse y reprimió un grito que lo pegaba a ella. Permaneció minutos más bajo el agua.

Aguardaba que su corazón aquietara ese llanto amordazado y el cuerpo se calmara. Volvió a enjabonarse. Se había demorado y Melanie, desde la sala, lo llamaba.

Su esposa había acomodado las copas de langostinos con guacamole y ostras sobre la mesa. Esparció unas castañas de cajú y almendras. Lucciano apareció en el salón, unos minutos después, con unos jeans gastados y descalzo, el pelo mojado y una camiseta negra cuello polo que dejaba entrever sus bíceps. Olía a jabón fresco y a mar. Melanie rodeó su cuello y lo besó con dulzura. Él se dejó mimar. Lucciano abrió el champagne helado que yacía en un balde con hielo y sirvió las copas.

Después de la cena, él la invitó al sofá. Lucciano le contó las novedades de sus negocios con el canciller Demir, y de su inminente viaje a Azerbaiyán para acompañar a la delegación de ajedrez. El operativo "Salvataje al Boston Times" estaba en marcha. Melanie lo besó excitada y ofreció el escote a su esposo. Él sirvió otra copa de champagne y besó los senos tibios de su esposa. Pegó la nariz a esa piel que lo recibía sin preguntas. Ella buscó su boca y él inclinó a Melanie sobre el sofá mientras hundía las manos en su entrepierna. Sin quitarle el vestido turquesa, la hizo suya. Melanie seguía ese jadeo de furia y liberación. Los dos se ocuparon de que la electricidad que necesitaban creciera. Estiraron esa tormenta todo lo que sus vísceras pudieron. Hasta que Melanie acalló con un grito su ansiedad, satisfecha porque su esposo la aprisionaba en su interior. Lucciano había cumplido y ese deber alcanzado, lo calmaba. Aunque Alma hubiera regresado a su cabeza en ese sofá cuando estaba en la cima del placer. Pero Melanie no lo sabía y ahora recostaba su cabeza en el pecho de su esposo. El matrimonio estaba a salvo. O eso intentaban. Como el Boston Times.

El aeropuerto militar de Erebuni, en las afueras de Ereván, parecía un set de filmación de una vieja película de espías soviéticos. De hecho, el lugar había funcionado como aeropuerto en plena época soviética. El edificio era una estructura modesta y pequeña construida en piedra toba anaranjada. Se lo veía en condiciones ruinosas con los cristales de las ventanas rotos y semidesértico. Alma experimentó ese puñal que le daba Armenia cuando jugaba con los relojes del tiempo y de la historia. Un mural con bajorrelieves, que ocupaba la fachada de un edificio lindero, con figuras humanas que danzaban en una lucha, acentuaba el contraste. También descomprimía con su belleza, ajena al paso de los gobiernos, en un lugar cargado de armas donde el aire se cortaba por lo tenso.

Detrás del edificio, los esperaba el MIL M8, de fabricación rusa. Los pilotos fumaban un cigarrillo tras otro junto al helicóptero y aplastaban las colillas bajo sus borceguíes. En ese escenario cinematográfico, los rostros bronceados de los militares, con rasgos caucásicos y lentes de sol RayBan, competían con el cabello cortado al ras y la H en la hebilla de sus cinturones Hermès.

Alma quiso tomar una fotografía para enviarle a Nané.

Pero cuando levantó el teléfono la detuvieron. Esos hombres, que no sonreían, le indicaron que se encontraba en una base militar y que se prohibía tomar cualquier tipo de imagen. Alma miró a Hrant.

–Alma, *jan*, estamos en una de las bases que Rusia despliega por Asia Menor, Oriente y Europa. Guarda por favor el teléfono, o esta gente se enojará mucho.

En ese instante, Alma tomó conciencia de que no se trataba de un juego, o una cobertura más. Recordó la charla con Nané cuando le contó de la invitación de Hrant para ir a cubrir Artsaj. Su prima le había dicho que debía ir. Por la memoria de Levon. Y también por la de Tigran. Pero, además, por su trabajo como periodista. La guerra de los Cuatro Días, como la llamaban, no había sido cualquier guerra. Tendría la posibilidad de conocer ese enclave, además de acercarse al conflicto político del Cáucaso, y recorrer las trincheras donde se apostaban los jóvenes soldados.

Al borde de la aeronave, Alma conversó con Amélie, una reportera francesa, acompañada por el camarógrafo Phillippe. Amélie grababa un copete sobre la situación de Armenia y Artsaj para la televisión francesa.

–Artsaj es un peso en la conciencia armenia. Las familias se debaten entre la angustia de exponer a sus hijos en el frente, o aceptar el destino beligerante de una nación en continua defensa y amenaza de su territorio. Familias enfrentadas a decidir, la patria o la vida. Algunos, por el gran éxodo que esta situación provoca en Armenia, sumado a las difíciles condiciones laborales y económicas, llaman a esta sangría "el genocidio blanco".

Cuando terminó de grabar, Amélie le comentó a Alma que deberían volar a doscientos metros porque más arriba "corrían riesgo de ser derribados". Alma buscó nuevamente los ojos de Hrant que hablaba con un colega. Le gustaba verlo en acción. Sin embargo, no pudo evitar sentir la tensión en el cuerpo. ¿Hacia dónde iba? ¿Y si algo no salía bien? Intentó no exagerar ni pensar como periodista.

Hrant le había avisado que llevara mochila y ropa cómoda. Pero también le había comentado de los riesgos en ese camino a Artsaj, tanto por tierra como por aire. Cuando ella dudó, reaccionó con el humor ácido de las redacciones: "A lo sumo conoceremos la aspereza del frente o de algún calabozo", se había escudado para tapar no solo los miedos ajenos sino los propios.

A punto de subir los tres escalones del helicóptero, y con el olor penetrante del combustible, no sonaría bien arrepentirse. Si realmente pudiera haber peligro, Hrant no la estaría llevando. Se tranquilizó y se convenció de que viviría una auténtica experiencia. ¿Qué otra oportunidad tendría de conocer el frente de guerra, además de volar hacia este destino con corresponsales extranjeros en un helicóptero militar? No era inconsciente. Ni él ni ella. Aunque pensó que, si sus padres vivieran, no les hubiera avisado dónde estaba a punto de subir.

Por las dudas, mandó un mensaje a Lisa. Le explicó que en minutos volaría a Artsaj, con su amigo Hrant y un equipo de prensa. No le iba a aclarar que se habían amado con Hrant un par de noches antes. Pero confió en que Lisa, con su intuición mágica, lo entendería. Además, la conocía bien. ¡Cómo extrañaba esas charlas con su amiga!

Dentro de la cavidad oscura de la nave se filtraba la luz por los cinco ojos de buey como únicas ventanas. Alma se sentó en una de las dos bancas alargadas que bordeaban cada lateral. La puerta de acceso quedó abierta. Rústico y pesado, le costaba imaginar cómo el MIL M8 levantaría vuelo. De ir por tierra hubieran demorado seis horas, pero ahora tendrían un viaje de dos horas, según había explicado el piloto.

La nave rugió más fuerte y se elevó en forma vertical. Alma sintió un remolino de nervios que se pegaba al estómago. Buscó con la mirada a Hrant, en el asiento de enfrente. Él le guiñó un ojo. Nada de demostraciones de cariño en público. No es que lo quisiera. Pero aceptaba que lo necesitaba en ese momento de tensión. Al resto de la gente, se la veía concentrada en su trabajo. El sueco Louis, de pie, tomaba imágenes. El cronista Gustav lo sostuvo de la cintura mientras Louis filmaba el despegue con la cámara al hombro. Alma compartía el asiento con Amélie y Philippe, el equipo de prensa francés.

Bajó su gorra negra en señal de precaución. Observó a los pilotos. En la puerta que los separaba de la cabina, una imagen de la Virgen María brillaba como protección. La Virgen sostenía en brazos al Niño Jesús. Costaba imaginar a esos hombres de borceguíes con gesto duro y la piel curtida, elevando un rezo. Pero uno de ellos tocó la imagen antes de despegar. Alma captó el gesto silencioso.

Amélie, con rizos dorados y ojos castaños, se excusó. El inicio del vuelo le había causado un mareo. Se ubicó pegada a un cañón en la parte trasera, donde también asomaba el tanque del combustible. No se leía como un lugar muy confiable para reposar, pero no había otro. Alma de nuevo se preguntó qué hacía allí. Cuando los nervios la acosaron otra vez, se concentró en lo que veían sus ojos. Tonalidades de verdes contrastaban con las montañas oscuras, justamente el significado del vocablo ruso *Nagorno Karabaj*, muy diferente a la aridez que rodea el paisaje en la mayor parte de Armenia. Admiró también, desde el aire, los monasterios con su planta en forma de cruz. Se impresionó con las lápidas agrupadas en pequeños cementerios. Sus oídos pesaban. Colocó los auriculares de su celular, aunque no estuvieran conectados al aparato, en sus pequeñas orejas. Era una forma de usarlos como tapones. Dentro, hablaban por señas y lo menos posible. Se concentró en filmar y tomar fotos de esas postales por debajo de sus pies suspendidos.

Ahora que volaban el aire de Artsaj hasta doscientos metros, miraba las imágenes que tomaba en su celular. En todas se leía como ubicación "Azerbaiyán".

Miró a su alrededor. Posó los ojos en esa Virgen con el niño en brazos. El papel satinado quebraba el rudo aire de la cabina. El ruido de los motores estrepitosos cortó los latidos de su corazón. Anunciaron que en minutos aterrizarían en Stepanakert, la capital de Artsaj.

En el aeropuerto militar controlaron sus pasaportes. Alma, Hrant y todo el equipo de prensa, aguardó los visados junto a las banderas de la República. Flameaban en rojo, azul y naranja. Pero, a diferencia de Armenia, la bandera de Artsaj tiene

una "escalera" blanca. Esos peldaños simbolizan las montañas que separan ambos territorios. En realidad, son solo uno. A un lado y al otro de esas elevaciones oscuras cargadas de cultura, historia sangrienta y vides dulces.

Habían aterrizado con la última luz de la tarde. Y el visado se hacía esperar. No estaban ni en Armenia ni en Azerbaiyán. Habían llegado a un país que autoproclamó su independencia en 1991 y que no ha sido reconocido por Naciones Unidas ni por ningún otro país en el mundo. Que funciona con sus instituciones políticas y donde la moneda, el *dram*, y el idioma es el mismo que en Armenia. Aunque Google Maps indicara Azerbaiyán y el chip del celular armenio no funcionara al pie de esas montañas tapizadas de uvas negras.

Con las visas ya listas, el equipo de prensa se repartió en dos jeeps UAZ 469 verde militar, que los trasladaron hasta el centro de Stepanakert. Se hacía de noche, pero Alma distinguió el paisaje muy diferente a Armenia, algo que ya se veía desde el aire. En tierra y en la ciudad, su trazado y construcciones también diferían de Ereván. Mucho. En el centro, le llamaron la atención los edificios que parecían recién hechos. La mitad de la ciudad fue reconstruida luego de los bombardeos. La calle principal, Vazgen Sargsyan, tenía el doble de ancho de las avenidas de Ereván. Quizá por eso semejaba semidesértica. Esa postal se quebraba al mirar hacia las transversales. Se escurrían a lo alto y a lo lejos en desniveles surcados por escaleras que buscaban seguir los relieves de la ciudad apoyada en las montañas.

En pocos minutos, Hrant se ocupó de los bolsos y mochilas. También de hacer el *check in* en el Park Hotel. En épocas soviéticas, el edificio de arcadas y piedra había funcionado como sede de la KGB, el servicio de inteligencia. Ahora lucía renovado, pero conservaba el estilo original con balcones de madera y techos color café en un leve declive. Sus dos plantas ocupaban el ancho de una esquina circular en Vazgen Sargsyan 10.

En la recepción, debajo de cuatro relojes que marcaban el ritmo en otros rincones del planeta, el empleado les tomó los datos. Mientras Hrant completaba con bolígrafo una ficha, Alma olió las uvas y duraznos que desbordaban en una vasija de barro en un extremo de la recepción. El empleado les entregó sus tarjetas magnéticas, y Alma y Hrant caminaron juntos por un pasillo alfombrado con las típicas texturas e hilados locales. Subieron al primer nivel por la escalera de madera. Caminaron otros pasos más y enseguida Hrant se detuvo. Abrió la puerta de la habitación. Le cedió el paso a Alma. Un instante de vértigo y de tensión la invadió. Hrant cerró la puerta. De frente a sus ojos, sin moverse desde la entrada, Alma examinó la cama extragrande con respaldo de hierro, cubierta con el género en tonos tierra, rojo, color café y negro, con las guardas geométricas armenias. A un costado, una mesa de madera con sillas. Una puerta ventana con cortinas blancas. Las luces encendidas en unos artefactos de la época. El baño con suelo y paredes color sambayón.

El viaje en helicóptero la había contracturado y sensibilizado aún más. Todo era precioso. Pero en esa habitación faltaba algo elemental, las botellas de agua mineral. No había en el minibar del dormitorio. Tampoco sobre el escritorio junto a la televisión. Mientras Hrant acomodaba sus cámaras, desde el teléfono de la habitación, intentó comunicarse con la recepción. Nadie contestaba. Su preocupación escaló. Avisó a Hrant que iría abajo por las aguas. Sin embargo, no encontró al conserje.

Se asomó a la puerta. Pasadas las once de la noche, esa esquina de Stepanakert inquietaba en la más absoluta soledad. La calle era luz y silencio. Caminó unas calles. Avanzaba rápido y agitada. A lo lejos, divisaba un lugar que parecía céntrico, aunque luciera desolado. Luego de cinco calles, llegó a la plaza principal con trazado circular, rodeada de enormes moles, dependencias públicas, con las banderas de Armenia y de Artsaj. Alma solo buscaba un almacén en la fantasmal Stepanakert.

Deseó conseguir también algunas galletas saladas. En el bolsillo del jean descubrió algunos *drams*. Calculó le alcanzarían para un par de provisiones. Se tranquilizó a medias. Un grupo de hombres cruzaba la plaza vacía. No había mujeres entre ellos. Mucho menos que caminaran solas a esa hora. La miraron extrañados. Continuó un par de calles más sin detener la marcha. Pidió instrucciones a un transeúnte. No hablaba su idioma.

A punto de entrar en crisis, advirtió un stand donde brillaba una pila de paquetes. Calculó que serían galletas dulces. Rogó que no se tratara de un espejismo. Pidió a la vendedora milagrosa alguna referencia. No conocía las marcas ni las letras. Tampoco la entendía.

Quiso mandar un mensaje de auxilio a Hrant. Su teléfono con chip armenio, sin wifi, era la nada. Se percibió al borde de las lágrimas.

—*Chur* —alcanzó a pronunciar con un hilo de voz. Agua era

una de las pocas palabras que había aprendido a decir de chica. Abuela Teter le había enseñado: *¿Chur guses?*, "¿Quieres agua?".

Nada de aquello se replicaba en el gesto rudo de aquella mujer que no tenía intención de contenerla. Menos se mostraba interesada en vender.

—*Jermuk* —enunció Alma con timidez. Recordó la marca de las botellas de agua mineral de Armenia, un sitio donde brotan aguas termales.

La señora tampoco se inmutó. Señaló, sin embargo, un pack de botellas en el suelo. Alma tomó dos. Entonces intentó sumar a su pedido pan o galletas.

—*¿Lavash?*

Y la mujer canosa con rostro hosco y redondo, tampoco trasmitió gesto. Con resignación y cansancio, Alma eligió un paquete cualquiera. Se sintió al borde del precipicio. Aunque Hrant estuviera a pocas calles, del otro lado de la plaza inhóspita.

Al regresar, en la puerta del hotel, encontró al camarógrafo alterado. Había salido a buscarla porque tardaba. Se encontró con el vacío de la calle. Luego vio asomar por la penumbra, las mejillas pálidas de Alma. Hrant la abrazó en la explanada del hotel.

—No te vayas nunca más sin avisar, Alma —le rogó. La miró a los ojos mientras la sostenía desde los hombros con sus brazos extendidos. Le apuntaba a su ceño.

Alma no podía contener un segundo más el llanto. Toda su desolación se agolpó de repente. Hrant la trajo junto a él. Caminaron hacia la habitación. Como acto reflejo y para sentirse conectada, como lo hacía cada noche cuando llegaba de la redacción, Alma encendió el televisor. Hizo zapping en busca de algún canal de noticias. Las imágenes saltaban por señales de economía, política e información general. También intercalaban películas y novelas. Pero para entender había que hablar armenio, ruso o árabe. Empezó a percibirse inquieta, amenazada. Había subido a un helicóptero de guerra, caminaba por la tierra donde se había extendido el antiguo Reino de Armenia y, sin embargo, no se hallaba en ninguna parte. Alma pisaba un punto sugestivo del mapa. Un país que ningún otro reconocía en forma oficial. Donde se hablaba sangre de su sangre y se comía pan de su pan, aunque el GPS enunciara Azerbaiyán.

Trató de tranquilizarse. Se convenció de que el viaje había acentuado ese revoltijo de emociones. Hrant caminó hasta el toilette para prepararle un baño de inmersión. Mientras llenaba la bañera con agua tibia y sales, le pidió que se acercara. El agua corría y el sonido de las gotas los envolvía. Hrant masajeó con sus manos cada pliegue del cuello de Alma. Lo hizo por debajo de su camisa de algodón. Sus cuerpos a punto de desnudarse se tentaron. Se reflejaban en el cristal que replicaba sus rostros anhelantes y las paredes de mármol. Hrant le quitó la camisa y el jean. Ella tiró de su camiseta negra y apareció el torso bronceado. Se enredaron en un beso necesario. Las manos de Hrant recorrían la espalda y los muslos de Alma. Se buscaron con las bocas en los rincones donde ya se habían probado. Volvieron preciso el placer. Lo hicieron suyo para que los calmara.

De repente, escucharon que la bañera desbordaba. Rieron. Hrant corrió a cerrar los grifos. Regresó y alzó a Alma desde su cintura. La llevó en andas mientras ella pataleaba. La depositó dentro del agua tibia. La volvió a besar. Desprendió el sostén negro de algodón como las bragas. Navegaban como vallas derribadas en ese mar dentro de la habitación. Hrant ingresó a la bañera y atrapó a Alma contra los mármoles que tensaron su piel cristalina. La giró hacia la pared y buscó su carne más profunda. La accedió desde la espalda. Con las palmas abiertas y apoyadas contra los mármoles, Alma entregó un gemido. El vapor bañaba en sudor sus pieles resbalosas. Hrant se aferró a la cintura de su muñeca armenia y bramó junto a ella en un grito. Mordió el cuello de Alma. Con una mano abrió el grifo y arrastró a Alma, sin soltarla, hasta ubicarla debajo del agua. Mientras sus melenas se mojaban, la abrazó bajo la lluvia.

El agua reparadora se escurría por sus cuerpos exhaustos. Por el vientre plano y los muslos de ella. Por la espalda carnosa de Hrant. Alma empezó a llorar. Lo hacía con el mentón apoyado en el hombro de Hrant, que reforzaba el abrazo.

El día había sido largo. Alma no pensaba soltarse de ese dique de contención. De esas cejas y de esa barba. Ya eran, como Artsaj, su bosque y sus montañas.

## CAPÍTULO ONCE

# SOMOS NUESTRAS MONTAÑAS

La galería de piedra toba, rodeada de macetones, los recibió temprano, cuando el calor todavía se soportaba. Alma y Hrant eligieron una mesa baja, protegida por un parasol. Hrant deslizó la butaca para que Alma se sentara. Su túnica verde musgo se recortaba en los sillones de madera con cojines mullidos. Aún con rostro de dormido, caminó hasta la mesa con las delicias orientales. Colmó uno de los platos con almendras, castañas de cajú e higos secos. Acomodó las frutas para hacer lugar al *halva*, el dulce que se deshacía en hilos de seda pegajosos. Regresó y depositó la vajilla sobre la mesa de café. Alma lo estudió con mirada transparente. Sus rizos perfumados con agua de colonia la enlazaban. La piel bronce de Hrant relucía en su camisa tiza. Lo analizó en ese ir y venir entre la poca

335

gente que los rodeaba. Hrant pidió al camarero un café oriental para él y un té Earl Grey para ella. El aroma del café recién hecho se enredaba con los de aquel edificio que la transportaba en la historia.

Alma se dirigió hasta la mesa para elegir el maridaje, la cuota occidental del desayuno. Hrant la escudriñó en su camisola larga. Caía holgada y sin cinturón sobre su figura, los hombros desnudos. Alma miró su pecho en un espejo lateral del salón. Acomodó su collar de piedras verde jade. Sostenía un dije de un pavo real labrado en plata. El adorno y las piedras acentuaban la curva de sus senos. El vestido de bambula caía hasta los tobillos, pero mostraba sus piernas a través de dos extensos tajos laterales. ¿Demasiado sexy para desayunar en Artsaj? Haber dormido con Hrant y disfrutado de él la ponía en ese estado.

El sol se había acomodado altísimo. Presagiaba un día largo. En su mochila había incluido su gorra, los lentes de sol y la emulsión protectora para cuidar su piel. Desde la mesada, trajo mermelada casera de albaricoques. Completó con queso crema y yogur estilo griego para Hrant.

—Me gusta ese look hippie chic, Alma —apuntó Hrant, luego de beber el primer sorbo de café. Amaba que ese hombre estuviera pendiente de qué usaba.

—¿Será apropiada la túnica? —preguntó sin ingenuidad.

—Te lo iba a comentar. Te ves fabulosa. Decidí disfrutarte un rato más así. Desayunemos, pero luego sí… tal vez sea buena idea llevar un pantalón. Iremos a las trincheras. Habrá que moverse, subir y bajar, será mejor que estés preparada.

La mirada de Hrant indexaba su femineidad por encima de

la periodista. Haber llevado la túnica de bambula, semi trans-lúcida, para pasar tres días en Artsaj, no parecía buena idea. Es cierto que el vestido no pesaba y podía funcionar como comodín. Tomó el té caliente, muy *spicy* por el cardamomo y recibió el pan tostado que le pasó Hrant. Lo había untado con queso y merme-lada. Hacía mucho que alguien no tenía ese gesto con ella.

Se excusó cuando terminaron las bebidas. Subiría a la habi-tación y se cambiaría de ropa. Hrant haría un llamado y luego la buscaría por el dormitorio para salir rumbo a las trincheras. El camarógrafo la vio alejarse con esa túnica que alternaba sus piernas. Cuando Alma desapareció detrás del pasillo, él terminó de fumar el cigarrillo y luego, caminó tras ella en el mismo sen-tido. Subió las escaleras hasta el primer piso, avanzó diez pasos y cuando entró a la habitación se encontró con Alma descalza y en ropa interior. Había separado una camiseta blanca y dudaba entre llevar el pantalón de trekking beige o una bermuda azul. Alma lo miró. Estuvo a punto de preguntarle qué le aconsejaba usar. Pero dejó de respirar cuando Hrant avanzó y se paró a dos centímetros de su boca.

—¿Olvidaste algo? —indagó Alma.

Él la tomó por su cintura desnuda.

—Te olvidé a ti —susurró y comenzó a besar su cuello.

Alma se sintió invadida y deseada. Ofreció su superficie ti-bia que se confundía con el sostén y las bragas nude de algodón. De pronto, ese hombre la llevó hacia las sábanas. La reclinó mientras con su boca le recorría el vientre. Ahora los dedos del camarógrafo jugaban en su boca entreabierta, mientras descen-día por debajo del tobogán de sus caderas. Hrant le quitó la

337

parte baja de su ropa interior. En su piel expuesta, rozó el monte de Venus. Buscó en ese volcán hasta que ella emitió el primer quejido. Ante esa señal, Hrant reforzó su exploración. Se arremolinaba entre las piernas tiritantes de Alma mientras llegaba a ese punto donde ella había estallado la noche anterior. Sus muslos comenzaron a vibrar. El camarógrafo la saboreaba. La demoraba en su boca, como quien retiene una frambuesa recién asomada a la tierra. Propagó los besos íntimos, a medida que una ola de placer los cubría. Con cada segundo, sentía la humedad de Alma. Ella no pudo reprimir otro grito. La barba raspaba la entrepierna y acompañaba la transformación de su ser entero. Alma exhaló en otro aullido, mientras Hrant aguardaba vigoroso el momento de solazarse dentro de ella. Necesitaba volver a su turgencia. Alma se lo suplicó. Entonces, su guerrero desembarcó hasta ocupar cada milímetro dentro de ella, que volvía a gemir mientras sus dedos reptaban hacia la boca de su hombre. Sintió los labios gruesos atrapándolos y arrancó otro jadeo de Alma. Unos instantes más, y Hrant se desprendió para adelantar su siembra sobre el vientre plano de ella. Mientras alcanzaba la cima del placer, la observó. Tenía frente a sí, a la Maja Desnuda. Brillaban sus cuerpos colmados. Cuando esa ola se aquietó, Hrant la besó y buscó una toalla para asearla. Exhausto y feliz, se derrumbó a su lado. Ella giró y volvió a sus cejas anchas y a su barba. Sonrieron sin pudor. Estaban preparados para el amor y para la guerra.

Cuando recuperaron el aliento, se dieron una ducha rápida. Recambiaron energías con la espuma de baño que olía a hierbabuena y a limón. Volvieron a vestirse. Alma tomó su mochila donde guardaba el cuaderno de notas. Se miró en el espejo. Eligió llevar puestos sus lentes de sol como si pudieran cubrir las mejillas que la delataban. Él la abrazó orgulloso. Bajaron de la mano. Tomaron un jugo en la terraza y salieron por la calle Vazgen Sargsyan.

Caminaron tres calles hasta detenerse en el número veinticinco. Una casa blanca lucía una placa en la entrada: *The Fallen Soldiers Museum*. En esa modesta vivienda, las madres de los soldados fallecidos combatían el olvido.

Alma recorrió con la vista la casona. Había tres habitaciones, y cada centímetro de sus paredes estaba cubierto por una foto. Casi todas blanco y negro, llevaban el nombre y apellido de cada soldado apagado de Artsaj. Pocos sonreían. La mayoría imploraba desde los marcos. Hombres, y algunas mujeres también, demasiado jóvenes. Ojos secos. Ojos tristes. Ojos dolientes. Ojos de Artsaj.

Alma recordó una conversación de madrugada con Nané. Frente a esas imágenes resignificó sus palabras. "En Armenia y en Artsaj, las madres entregan a sus hijos para defender la patria. La mujer ofrece su vientre para dar a luz a los hombres que defenderán la nación". Alma recordó también, otra confidencia de su prima, esa misma noche, cuando hablaban de la entrega femenina en la cultura armenia. "En nuestro país, el aborto es legal pero también selectivo. La mayoría de las familias, si tienen una mujer y se embarazan de una segunda niña, abortan. Esperan al varón. Es quien nos va a proteger. Quien va a luchar", había sentenciado Nané. Un nudo le cortó el aire a la altura de la garganta frente a esos marcos en blanco y negro.

Hrant se acercó a una de las paredes. Las fotos de los soldados rodeaban un póster. La imagen a color desplegaba el desfile de tanques en el centro de Stepanakert. Alma pensó en las fotos de esos actos escolares donde las niñas de nueve años lucen trajes de guerra a medida. Sus madres les cosen faldas, chaleco y boina camuflada militar. Las combinan con camiseta blanca y calcetines blancos. Una vincha con flores en el cabello moreno de ojos oscuros y pieles trigueñas.

A su lado, otra vitrina exponía las armas de los soldados. También las banderas, cuchillos, facas, municiones, fusiles y lanzacohetes. Pero, además, encendedores, pelotas de fútbol e incluso algún *dohol* o guitarra que amenizaba las noches en el frente.

Los ojos de los soldados parecían suspendidos. Clamaban mudos justicia. Buscaron los nombres de sus muertos. El retrato de Levon asomaba en la pared del fondo de la segunda habitación. Junto a una bandera armenia, con su casco y la chaqueta de guerra. Alma miró el rostro de su primo. Tenía la misma boca y los mismos ojos que Nané. Si estuviera junto a ella, Levon tendría cuarenta años. Se paralizó con esa imagen detenida a sus dieciocho, horas antes de marcharse al frente. Recorrió con sus dedos el marco y leyó el cartel al pie: "Levon Parsehyan, 1976–1994". Hrant no se movía de su lado. Sentirlo cerca le daba la espalda ancha para procesar. La marca de los orígenes pedía un lugar, también en esa habitación repleta de cartas manuscritas y tableros de ajedrez. Los soldados, rasgos de niños, también jugaban como ella con los reyes, los caballos y las torres. Los alfiles y las damas.

Muy cerca de Levon, miraba seco Tigran Torosyan. Era joven. Demasiado. Alma ahora era la espalda de Hrant. El camarógrafo sacó de su bolsillo una medalla. La Virgen que sostenía en sus brazos a un niño. La misma Virgen de la postal satinada en el helicóptero. La besó y la depositó junto a la repisa donde apoyaba la foto de Tigran. La profundidad del silencio no tenía medida. Tampoco el dolor.

Recobraron energía con un *surch* armenio, a la salida del Museo. Habían caminado hasta un bar frente a la plaza principal de Stepanakert. Eran las diez. Un jeep UAZ 469 verde militar los esperaba. El clásico todo terreno de fabricación soviética, elaborado desde la Segunda Guerra, tenía un sticker en el parabrisas. Arriba, del lado del copiloto, la flor violeta nomeolvides. Contrastaba con el aire rudo del militar que manejaba y con su acompañante. Desde adentro alguien abrió la puerta de la cabina trasera. Alma y Hrant saludaron a sus compañeros de viaje. Hrant conversó con los tripulantes y explicó, al resto del equipo, la ruta. Irían rumbo al norte de Artsaj, con algunas paradas, para llegar al final del día a la frontera, en el pueblo de Talish, uno de los más dañados por el fuego de abril. Alma bebió un sorbo de agua de su botella y perdió su vista en el camino. Pegada en el asiento trasero junto a Hrant, miró a Philippe y a Amélie. Con cada tramo que avanzaba el UAZ 469 alejándose de la ciudad, entrando por las curvas y las montañas, su cabeza iba a mil. Le parecía increíble el vuelco que había dado su vida, en poco tiempo y con Hrant.

De pronto, el vehículo se detuvo. De frente avanzaba un pastor con un grupo de cabras y ovejas. Ocupaban toda la ruta como la música armenia del jeep. En esa región se practicaba la trashumancia. Pastores que se desplazaban con el ganado. Las casas alejadas, tan modestas, donde se adivinaban los campesinos que vivían de sus huertas. Parecía inmersa en una película.

El calor insoportable la fatigaba. Del espejo retrovisor del UAZ 469 colgaba un rosario con una cruz. Oscilaba como péndulo junto a un ojo de vidrio azul y blanco, especial contra el mal de ojo, y junto a él, una cinta roja para proteger el camino. Se preguntó cuánto de todas esas imágenes y amuletos le harían falta.

Al poco rato, el conductor se detuvo frente a una gran muralla. Cuando Alma descendió, corrió la visera de su gorra negra. Examinó los nueve metros de altura del paredón. La fortaleza de Askeran, construida en el siglo XVIII, se erguía imponente. Tras ese muro de un kilómetro de largo asomaban las ruinas del fuerte de piedra. El viento mecía las amapolas rojas entre la hierba. Daban una tregua al pavimento caliente. Alma quiso adentrarse por un sendero angosto para tomar una fotografía. Se paralizó al oír un grito.

—¡Alto! —el chofer les advirtió que no caminaran por esos campos.

Desde la guerra de los años noventa, eran territorios minados. Por más que habían trabajado para extraer los explosivos, debían evitar incursiones fuera del asfalto, único lugar seguro. Todos obedecieron. Se encontraban a solo treinta y cinco kilómetros de la frontera con Azerbaiyán. Hicieron sus tomas de

video y foto para luego subir de nuevo al jeep. Atrás venía el otro UAZ, con más integrantes del equipo de prensa. Tras unos minutos, dejaban a sus espaldas Askeran.

Los dos UAZ 469 continuaron su marcha hacia el norte. Los esperaba la joya de la arquitectura armenia medieval, el monasterio de Gandzasar que significa "tesoro". Dentro del monasterio de piedra, del siglo XIII, el calor de la zona quedaba en paréntesis. En penumbras y con la luz que se filtraba por los ventanales altos y abiertos, la mística crecía con la llama de cada vela encendida. Al salir, Alma tomó agua de un bebedero de piedra en el jardín. Le llamó la atención unos golpes. A un costado de esas paredes, un par de chicos acuñaban monedas a mazazos como en la Edad Media. Simplemente ponían el metal sobre una piedra y el otro joven daba el martillazo. El estruendo provocaba la admiración del grupo y exprimía billetes a los turistas.

Fuera de Gandzasar un campesino reía con un diente de oro. Parado junto a un burro, hacía sonar su música armenia por un parlante que cargaba en el bolso. El hombre de tez curtida miraba a través de unos ojos verdes que parecían vidrio. Al ritmo de la música, el hombre trepó sobre el lomo del burro. Extendió ambos brazos en cruz con la bandera de Armenia en uno, y en el otro, la de Artsaj. Todos aplaudieron mientras él sonreía con el diente de oro. Entonces, flexionó la pierna derecha y la cruzó sobre la izquierda elongada. Formó un cuatro en perfecto equilibrio sobre el animal que ni pestañaba. Después invitó a las mujeres a subir al lomo del burro y a tomarse una foto.

Alma se negó. Algo le llamaba más la atención. Antes de subir al jeep, cruzó la calle. Dejó ir la vista por donde se esparcía un valle eterno de verdes y paz. El silencio rebotaba en los acantilados. El Cielo debería parecerse bastante a Gandzasar. Siguió instintivamente el sendero. Unas rosas frescas amarillas, rojas, blancas y rosas la atrajeron. Ornamentaban unas tumbas. En ese perfecto jardín, yacía una pareja en medio de la naturaleza y el silencio absoluto. Sobre la lápida, la señora y su esposo sonreían en un holograma que aportaba un realismo cinematográfico pavoroso. Alma volteó y se dirigió hacia unos *jachkar*, también en aquel jardín. Nunca era suficiente observar esas cruces de piedra. Cada una diferente. Pensó en la muerte.

Hrant la tomó del brazo y la invitó a volver y subir al jeep.

Luego de un rato, el UAZ 469 entró al pueblo de Martakert, a cuarenta y seis kilómetros de Stepanakert, muy cerca de la frontera con Azerbaiyán. La ciudad no contaba con agua corriente. Las calles que se desviaban del camino principal, lucían destruidas y las casas dañadas. En su interior, se observaba salas donde aún estaba tendida la mesa, como si todos sus integrantes hubieran salido corriendo. Las paredes y ventanas hechas polvo. La vida detenida bajo fuego. El colegio en escombros. Los manuales caídos. Los pupitres destrozados. Tampoco quedaban cristales ni suelo. Algún pizarrón todavía con letras armenias. Y el impacto de los cañonazos en las únicas dos paredes en pie. Un arco de fútbol fantasmal. Las voces de los chicos en clase resonaban en un eco ausente. Habían sido evacuados a Stepanakert. Las clases se habían suspendido en abril, pero jamás volvieron a retomarse.

El secretario de Urbanismo los recibió en el patio de la intendencia. Les ofreció tomates cortados y ciboulette que acercó en un par de platos. En otro llegó el *mezun* junto con el pollo asado. Ante la pregunta de Hrant, el secretario enfatizó:

—Vivimos en guerra. En Martakert no hay garantías para la seguridad de nadie, pero la vida tiene que seguir. Si esperamos las garantías totales, jamás podremos reconstruir. Necesitamos donaciones y mostrarlo afuera, para que nos ayuden. Vamos a levantar de nuevo el colegio. Las clases tendrán que arrancar el año que viene. Mientras tanto, las pocas familias que quedan mudaron sus vidas a los subsuelos de las casas, donde no conviven con la lluvia de proyectiles sobre sus cabezas.

Las mujeres del pueblo acercaron una panera con el pastel *gata*. A Alma se le transformó el rostro. Lo que acababa de ver y oír era tremendo, pero la dulzura de esas mujeres y el *gata* que habían preparado, su postre favorito, repararon su corazón. Todavía más cuando le ofrecieron ese té a base de tomillo, romero, menta y albahaca morada. Bebieron y luego prepararon los equipos para recorrer más calles.

Reinsertar en el trabajo a la gente formaba parte de los desafíos y asignaturas pendientes, aun cuando la paz no fuera definitiva. Porque jamás podrían acostumbrarse a convivir con el paso de los tanques y el estruendo de cañonazos. Jamás terminarían de retumbar entre las montañas las ráfagas de metralletas. Pero la vida seguía, a pesar de ellos.

Desde Martakert hacia el norte, y con las últimas horas de la tarde, por un camino lleno de baches y de enormes piedras que obligaban a detener la marcha para no romper los jeeps, llegaron a Talish. La ciudad quedaba a dos kilómetros de la frontera. Continuaron hasta las trincheras, donde los soldados montaban guardia a doscientos metros del suelo de Azerbaiyán. Talish había sido evacuado en abril. Y ahora, muy lentamente, algunos empezaban a volver.

—El pueblo más cercano, del lado azerí, se llama Tartar. No se puede cruzar hasta allí. Sabemos, sin embargo, que de noche algunos campesinos azeríes pasan de este lado para buscar agua potable de nuestros pozos y aljibes. Del otro lado no tienen —explicó Hayk, uno de los jóvenes soldados, mientras el grupo armaba los equipos.

A pocos pasos, una reja exhibía un cartel donde se leía *Frontera*. Para llegar al lado azerí, y obtener el testimonio "de la otra parte del conflicto", no podrían cruzar en línea recta. Deberían regresar a Ereván para ir a Georgia y desde allí ingresar a Azerbaiyán hasta alcanzar esa misma frontera, al otro lado de la reja. Los ojos celestes de Hayk sobre su tez blanca lo hacían verse más joven que sus diecinueve años. El equipo militar contrastaba con sus rasgos de bebé. Como muchos de sus compañeros, había llegado desde Armenia, en su caso desde la provincia de Tavush.

El jefe de Hayk salió a recibirlos. Vestía gorra camuflada de visera larga con casaca y pantalones también militares. Hrant tuvo un *déjà vu*. Tembló cuando le extendió la mano y escuchó al mayor.

—Mucho gusto. Soy el mayor Alek Ohanyan —una estrella se veía en el bolsillo de su casaca militar. Indicaba el rango. Se parecía demasiado a Alek Ohanyan. Hrant lo recordaba muy bien. Y tenía el mismo nombre.

—¿Alek Ohanyan? —preguntó Hrant.

—Sí, contestó de mal humor —el mayor no tendría más de treinta y tres años.

—Disculpe, ¿cómo se llama su padre?

Alma se sorprendió con la pregunta de Hrant, pero más con la respuesta del mayor.

—Alek Ohanyan. Mismo nombre. Es veterano de guerra.

Hrant pronunció un enorme silencio.

—¿Se encuentra usted bien? —atisbó el mayor, en su único gesto de humanidad.

—Sí. Es el calor. Sigamos por favor.

Alma lo miró. Sabía que faltaba una parte de la respuesta. No quiso interrumpir. Hrant tampoco dio lugar. El mayor, menos. Extendió su mano robusta. Alma enfocó en el lateral de su rostro. La oreja derecha de Alek Ohanyan lucía por la mitad, quemada. Con discreción, se quitó los lentes de sol para confirmarlo. El mayor lo aclaró antes de que ella indagara.

—Un francotirador voló mi oreja. Entró una bala que se alojó en mi cerebro. Los azeríes permanecen atentos a cualquier movimiento. Si ven un blanco que sobresale, o apenas se mueve, disparan.

Alma y Hrant seguían al mayor. Caminaban en esos túneles cavados por los propios soldados a pico y pala. Con vigas de cemento en los laterales y en el suelo, lograban desplazarse con mayor facilidad bajo el nivel de la superficie, pero también evitaban que las trincheras se llenaran de lodo si llovía. Por encima de sus cabezas cruzaban algunos cables de teléfono. Nadie usaba celulares allí porque podían ser interceptados por los enemigos que buscaban las formas de "hacer inteligencia".

Alma caminaba agitada por la tensión y el calor no ayudaba. Escuchaba las explicaciones del mayor mientras avanzaban. Hrant le traducía por lo bajo.

—Todo esto algún día pasará, y estos jóvenes soldados volverán a vivir tranquilos y cómodos en sus casas, como lo estaban hasta hace un tiempo.

Los soldados rotaban cada dos meses en el frente. Ohanyan se mostraba irónico. Caminaba con las manos unidas por detrás, sobre su espalda. De su boca no salían conceptos maternales. A pesar de sus declaraciones, todos sabían que también existía la posibilidad de no volver, como había sucedido con el tío de Hayk. Hacía unos meses había llegado como voluntario a la frontera. Le pidieron que trasladara materiales para la construcción de las trincheras. Pero esa tarde de domingo, la tierra mojada por la lluvia le tendió una trampa. El tío pisó unos cables de diez mil voltios. Tenía cincuenta y cinco años. Algunos aseguraban que no regresar era mejor que regresar con secuelas. Pocos mencionaban las vidas truncadas en el frente. Sobre todo, quienes lo habían pasado.

Hayk sí quería hablar. Además de su tío electrocutado, los azeríes habían devuelto decapitado a un compañero. Los cuentos del horror se expandían en la zona como algo subrepticio y natural. En el pueblo, si uno preguntaba un poco por demás, la

gente musitaba acerca de las fotos de una familia desmembrada en Talish. Los azeríes habían entrado y cortado sus cuerpos en pedazos porque esos campesinos se habían negado a abandonar su propia casa. Los azeríes se habían encargado de fotografiar la masacre y difundirla como manera de aleccionar al enemigo.

—Con el sonido de la alarma de ataque azerí, te pones tenso y corres rápido hacia la trinchera. Te puedes cubrir de los disparos, pero de la artillería resulta más difícil salvarse. Si tiran un cañonazo o una granada, no hay forma de salir indemne —continuó Hayk ante el grabador de Alma. Creció sabiendo que, luego de terminar la escuela, con diecinueve años, vendría a defender su suelo—. Nosotros no fomentamos la guerra. Defendemos la tierra que es nuestra —repetía mientras otro compañero lo ayudaba a ponerse el casco. En abril, esa misma trinchera había sido sorprendida por cincuenta azeríes. El miedo a ser atacados en cualquier momento se veía en sus rostros.

Alma pidió a Hrant que le preguntara a Hayk si temía morir.

—No pensamos en eso —contestó Alek Ohanyan en lugar de Hayk. Fue seco y terminante. Los ojos del adolescente, colgados sobre su AK-47, miraban gris.

Entraron a un pequeño cubículo de paredes a la sombra del calor abrasante. Por encima de la cabeza de Hayk se colaba un haz de luz. El agujero era consecuencia de un dron bomba. Otro terror en la zona. Azerbaiyán los probaba en esta frontera. Y los videos de cómo funcionan y su bajo costo se promocionan en la web. Hayk y sus compañeros miraban esas imágenes cuando tenían acceso a sus celulares, y rogaban que el demonio de quienes juegan a la guerra no los alcanzase.

Mientras tanto, debían quedarse en esas trincheras cavadas entre campos verdes y amarillos. Dibujaban tramos rectos, en algunos sectores, y zigzagueantes en otros. Las tropas se movían por esos senderos. Como medida de alerta, habían ideado un sistema casero pero útil. Colocaban varias latas unidas con cuerdas para que chocaran entre sí, para que sonaran en caso de que algún intruso se metiera. El tintineo avisaría y podría darles capacidad de reacción, sobre todo durante las guardias nocturnas donde era más probable que alguien fuera vencido por la humanidad del sueño. Hayk se los había confesado. Por el agotamiento, a veces se dormían parados.

Almorzaron guiso de lentejas amarillas sin verdura ni condimento. Formaba una pasta sin sabor. Se sirvieron de una cacerola gigante con un cucharón en un plato de metal. Acompañaron con ensalada de repollo y zanahoria rallada. Sumaron unos trozos de carne. Mientras tanto, cortaban y se pasaban entre ellos una masa redonda de pan. Y como bebida, solo té. Lo preparaban en una tetera gigante que también ocupaba el centro de la mesa. Ese día tampoco estaba caliente. Por el calor, a Alma no le importó. Pero pensó que, de noche, cuando bajaba abruptamente la temperatura, todo sería peor aún.

Envuelto en el sonido lejano de una ráfaga de metralletas que no lo distraía, Hayk les contó que el menú se repetía en la cena. Nadie en esos tablones con caballetes y bancas tenía ganas de comer. Los invitó a caminar y les mostró su cuarto mínimo, en un cuartel, donde se retiraban a descansar. Hayk dormía en la cama de debajo de las literas, aferrado a una radio. Bajo la colchoneta guardaba los cigarrillos. También los que le dejó Hrant.

—Gracias amigo —sonrió el joven soldado de los ojos azules. Solo tenía permiso para llamar a su familia de noche, una sola vez.

Cuando salieron, Hrant se retrasó unos pasos. Se acercó a Alek Ohanyan.

—Dale mis saludos a tu padre —le indicó. Le dejó su tarjeta.

De regreso al pueblo de Talish, se cruzaron con Araki, un agricultor que hacía dedo. Lo subieron al UAZ. El hombre tenía el rostro arrugado y una camisa que, a juzgar por el olor que despedía, llevaba varios días sin lavar. El viento caliente indexaba ese vaho. El granjero contó su historia.

—A las dos de la mañana cayó la primera bomba en una casa cercana. Después de unos minutos, otra horadó la tierra. Y la tercera, en nuestra casa. Todo empezó a caer sobre nuestras cabezas. El techo, los cristales, las paredes. Bajamos como pudimos a un refugio, pero no estábamos seguros allí. A mis hijas y a mi esposa les ordené que huyeran a Stepanakert. Las alojaron en una habitación de hotel donde se turnaban para dormir. Solo había una cama simple. Combinaban dos turnos de a dos. Yo me quedé en Talish, en la casa de un vecino. Velando por lo nuestro. Pasamos noches a oscuras y sin teléfono. En los noventa, me tocó pelear. Y ahora van nuestros hijos. No hay otra forma de defendernos —completó. Sus ojos rojos cargaban resignación.

Alma y Hrant se miraron. Pensaron en Alek Ohanyan. Padre e hijo.

Regresaron a Stepanakert y, al día siguiente temprano, los jeeps UAZ 469 rumbearon hacia el sur, hacia Shushi, a media hora de la capital. El camino de solo cinco kilómetros guardaba curvas profundas que cosen la montaña en ascenso y marean. Los pozos en las rutas no ayudaban. Alma sintió que se desvanecía. Avisó a Hrant, que le pasó un caramelo y agua. Se cruzaron con un jeep blanco de la Cruz Roja y luego varios camiones cargados de soldados. Muchos se trasladaban a la catedral para llevar sus oraciones.

Alma avanzó por la gran explanada para entrar a la Catedral de Shushi. Tomó una vela. A su derecha se dirigió al fuentón para encenderla. Junto a ella, un soldado de no más de veinte años murmuraba. Su hilo de voz parecía trasladar los pactos de silencio de las trincheras. Alma atinó a quedarse inmóvil en esa baldosa. Ningún movimiento debía detener esa plegaria.

Le corrió más frío dentro de esas paredes gruesas y frescas. Las mismas que gritaban lo que adentro encomendaban a los Santos amurados. Contenían una sangrienta historia. Las tensiones por la soberanía de la región se sucedieron desde fines de la Primera Guerra, cuando Shushi era parte del Imperio Ruso. Por su posición elevada, seiscientos metros más que Stepanakert, resultaba clave en el dominio de la región. En 1918 comenzaron las revueltas. Durante tres días y tres noches de marzo de 1920, todos los armenios de Shushi fueron masacrados. En esa misma catedral que Alma y Hrant pisaban, los azeríes guardaban su arsenal. Con esos armamentos masacraron, quemaron casas, colegios, bibliotecas, cementerios y panteones. Destruyeron todo rastro de la cultura armenia. Los cadáveres llenaban los pozos de la ciudad y se distinguían en todas las direcciones.

Al salir, Alma se detuvo en la explanada de la catedral. En ese punto confluían dos partes fundamentales de la historia. El primer campanario de Shushi, de 1858; y detrás, otra iglesia más nueva y reconstruida luego de la liberación de Shushi, el nueve de mayo de 1992. La victoria armenia de esos tempranos años noventa no pudo, sin embargo, evitar las huellas de otro pasado violento y reciente: el fuego de abril. Sus calles tienen un aspecto desolador y apocalíptico, por más que los vecinos continúen con sus rutinas. Los edificios abandonados, donde la vegetación trepa por paredes y ventanas sin cristales, se interponen a cada paso. Todavía el tanque capturado como botín de guerra, en la entrada de la ciudad, presagia ese clima.

Un oso de peluche asomaba en una fachada frente a la catedral, colgado de esos edificios soviéticos derruidos. El oso de peluche, bello y triste, interpeló con su sencillez el discurso a repasar en esas calles. Hrant notó la conmoción de Alma. Seguirían rumbo al mercado. Le prometió que allí probaría los famosos *zhengyalov hats* y ese pan *lavash* relleno de verduras frescas de la zona la haría olvidar, por un rato, la melancolía de Shushi.

En el mercado, una hilera de señoras amasaba con energía y mejillas rozagantes ese fino *lavash*. Como si sus movimientos, pudieran limpiar tanta tristeza. La cocina no podía detenerse. Y menos con el pan *lavash*, al calor de esos grandes cilindros de chapa. En su interior crepitaba el fuego mientras una chiquilla sostenía un recipiente con eneldo, cilantro, menta, tilo y todas las hierbas que entregaban los campos. Lo picaban bien fino y colocaban el puñado verde dentro del *lavash* recién cocido, para luego sellar la envoltura con un repulgue, o arrollarla como un taco. Y listo el *zhengyalov hats*. Hrant compró dos. Se sentaron con Alma en un rincón del mercado para saborearlos.

De regreso hacia Stepanakert, se dieron un momento para otra parada especial. Visitar Tatik y Papik. Ese monumento soviético de gigantes proporciones, esculpido en piedra toba del más fulgurante naranja, representaba mucho más que *Somos nuestras montañas*, la leyenda de la región. Representaba los rostros de la abuela y el abuelo, porque sus cuerpos ya estaban engarzados dentro de la tierra. Nadie los podía quitar de ese lugar. Una fila de novios, las mujeres vestidas de blanco y tul y sus parejas de impecable traje, hacían fila para subir la colina y tomarse una imagen junto a Tatik y Papik. Mientras recorrían la zona, revisaban los puestos de souvenirs al pie de la obra. Alma vio que Hrant se detenía por un rato en uno de los stands. El camarógrafo conversaba con una vendedora. Alma no le prestó atención. Continuaba maravillada y absorta con el espectáculo de los novios que posaban en lo alto de la colina, junto a Tatik y Papik, para augurarse toda una vida juntos. Su escepticismo para el amor, la alejaba de incluirse en esa postal. Los miraba y envidió su forma de creer. Razonó que, tal vez lo estarían haciendo porque eran demasiado jóvenes. Miró a Hrant que se acercaba sonriente hacia ella. Consideró que, tal vez, había llegado el momento de replantearse sus ideas sobre el amor.

Cenaron en un pequeño restaurante, a calles del hotel. Tenía una amplia terraza con las mesas al aire libre y manteles de colores. Parecía el patio de una abuela. Hrant eligió falafel con *mezun* y acompañaron con hummus y *mutabel*. Después del *surch* armenio, de regreso al hotel, él la invitó un coñac en la galería de piedra toba. La luna brillaba en su última noche en Artsaj.

Hrant necesitaba abrirse a Alma. Confiar en ella, para que la relación comenzara limpia. Pero primero debería contarle su secreto.

—Estás muy callado —murmuró Alma. Lo notaba encerrado en sus pensamientos.

—Necesito confesarte algo, Alma.

—¿De qué se trata? —contestó ella, sin ocultar preocupación. Imaginó que Hrant iba a contarle que estaba casado y que su esposa vivía en algún pueblo perdido y una hilera de calamidades u ocultamientos como los que vivía su prima Nané. O, peor aún, como Lucciano había engañado a Melanie cada vez que había dormido con ella.

—Alma, el día que mataron a mi hermano, maté.

Los ojos de Hrant se tiñeron de rojo. Alma hizo un silencio.

—Maté, maté y maté —gritaba.

Alma no podía moverse.

—Había amanecido neblinoso, como esta mañana en Shushi. Entre los campos mojados, con Tigran, filmábamos a Nubar, nuestro soldado que trepaba por el monte. Alek Ohanyan nos había ordenado avanzar en esa dirección. De pronto, me alejé porque había tropezado y caído en un lodazal. Ellos giraron, se rieron y siguieron la marcha mientras yo quitaba el lodo de mis botas y mi cuerpo. A pesar de la niebla, seguí sus sombras alejarse. Entre el aire que nos rodeaba blanco y gris, reconocí a un soldado azerí que salió detrás de unos arbustos. Oí dos disparos. Retumbaron en la atmósfera húmeda. Vi caer a Nubar y a Tigran. Vi al azerí entre ese humo, que examinaba sus cuerpos inertes en busca de cigarrillos y municiones. Cualquier trofeo que se pudiera llevar. Esperé. Cuando esa lacra se volvió e intentaba huir, repté con el rostro sucio hasta el cuerpo de Nubar. Tomé su fusil. Corrí y disparé por la espalda al azerí. Se desplomó dentro de esa capa lechosa, delante de mí. Regresé hasta donde yacía Tigran. Me incliné sobre él. No se movía. No respiraba. Lo abracé. Cerré sus ojos que apuntaban al cielo espeso de Shushi.

Alma lo escuchaba perturbada. Podía entender sus palabras, pero ¿con quién estaba?

Hrant continuó:

—Mientras me aferraba a Tigran, llegó Alek Ohanyan. Yo no me quería ir de allí. Alek me obligó a dejar el campo. Un grupo de azeríes se acercaba en amenaza. No había tiempo de cargar los cuerpos. Tuvimos que abandonar a Tigran y a Nubar en medio del monte. Volví unos días después. Nunca pude encontrarlos. Jamás podré perdonármelo.

Hrant lloraba desconsolado. Se tomaba la cabeza con ambas manos. Alma le secó las lágrimas con sus finos dedos. Hrant no detenía su relato. Como si una llave lo hubiera destrabado.

—Nunca más pude regresar a ese lugar, en los campos grises y neblinosos. Recuerdo el olor a pólvora. Jamás olvidaré los ojos de mi hermano, inmóviles, clavados al cielo. Pasaron veinticinco años. Me convertí en una bestia. ¿Por qué murió él y no yo? —Hrant estaba deshecho—. Por lo que acabo de contarte, seguro me dejarás. Pero quiero estar contigo, Alma. Y quiero ser honesto. Necesitaba que lo supieras.

Alma seguía muda. No sabía si podría vivir con él para siempre. Pero entendía que esa circunstancia lo definía más a él que a ella.

Hrant se había aliviado. Su pecho subía y bajaba. Se dieron un baño y, en la cama, él la abrazó. Su tatuaje en el antebrazo ahora tomaba otro sentido. Hrant respiraba hondo y Alma no podía conciliar el sueño.

Pisaba Artsaj, a donde había llegado en un helicóptero militar, con Hrant. Había visitado las trincheras. Había hablado con Hayk, ese conscripto que no podía ponerse solo su casco. Con el comandante Alek Ohanyan, hijo de quien había liderado la expedición de Hrant. Esa expedición en la que el hombre que dormía a su lado había matado.

Valoraba su franqueza. Pero se sintió contenta de regresar a Ereván al día siguiente. Necesitaba hablar con su prima. Contarle. Saber cómo analizaba ella la confesión de Hrant.

A la mañana siguiente, durante el desayuno, Alma mandó un mensaje a Nané. Le avisó que subirían al helicóptero a mediodía, y que al atardecer llegarían a Ereván.

**NANÉ**

*Te espero para cenar, prima. Dime qué quieres que te cocine.*

*Estoy ansiosa porque me cuentes los detalles.*

*Felicitaciones por haber hecho el viaje y la cobertura.*

*En la semana arreglamos para salir también con Mushej, que no para de enviarme mensajes, y con Hrant.*

Alma se quedó pensativa. Honestamente no sabía si volvería a salir con Hrant. No podía decidirlo ni confirmarlo en ese momento.

**ALMA**

*Nos vemos en la cena, prima.*

*Y sabes que tengo adoración por el gata.*

*Solo degustar ese pastel me hará feliz.* 😊

*Bachig.*

**NANÉ**

Luego del Earl Grey de Alma, y el *surch* armenio de Hrant, él dijo que tenía una sorpresa. La conversación de la noche anterior parecía haber quedado entre sueños. Hrant no volvió a mencionar ese tramo de su vida. Hizo un silencio y extrajo una cajita azul del bolsillo de su pantalón.

—Es para ti, Alma. Ábrelo por favor.

Los dedos largos y delgados de ella temblaron. En realidad, se percibió incómoda.

—Es muy lindo —solo atinó a responder cuando vio la alianza de brillantes.

—Alma. Sé que te parecerá precipitado o descabellado. Quiero que te quedes a vivir conmigo en Armenia. Cuidaré de ti. Nada te hará falta. Podremos viajar a Estados Unidos cuando quieras. Podrás trabajar aquí. Naghdalyan te conseguirá contactos. Podrás escribir. Remodelaremos juntos la casa. No me imagino la vida sin ti. Me has cambiado. Te quiero conmigo para siempre. Piénsalo, por favor.

Alma sintió que habían pasado poco tiempo juntos y todo había sido muy intenso. Había fantaseado con quedarse en Armenia, pero realmente no podía decidir en ese momento si él era la persona con la quería compartir su vida. Mucho menos si se quedaría a vivir en Ereván. Hrant debió haber notado su silencio.

—No tienes que responderme ahora —dijo, y Alma respiró—. Pero me gustaría que igual uses el anillo. No es presión. Es gratitud y cariño. ¿Aceptas?

Alma no podía responderle: "Sí".

De pronto, llegaron Phillippe y Amélie, que vieron a Alma sostener la alhaja entre sus manos.

—¿Se están comprometiendo y no nos invitaron? —bromeó Amélie.

Philippe indicó que los jeeps UAZ 469 ya habían estacionado en la puerta, listos para llevarlos al aeropuerto de Stepanakert y emprender el regreso.

A la media hora del despegue, el sopor los había adormecido. El día se enarbolaba despejado y en excelentes condiciones para volar. Los nervios de la ida se habían borrado. Ya conocían el MIL M8, a sus tripulantes con sus RayBan, el ruido ensordecedor de los motores, las aspas que giraban, los campos sembrados y las montañas que entraban por los ojos de buey. El anillo de brillantes, en el anular izquierdo de Alma, contrastaba con la ropa de aventura y los trajes camuflados de los pilotos.

De repente, los sacudió un estruendo que les dejó una sordina. El helicóptero viró en una pirueta y el corazón de Alma se sobresaltó en peligro. Una extensa ola de fuego comía la cola de la nave. Hrant se abalanzó sobre ella para protegerla.

—¡Nos pegaron! ¡Nos pegaron! ¡Malditos azeríes! —gritaba el piloto.

El suelo se acercaba en forma vertiginosa. La máquina rodó interminable y golpeó contra un campo de rocas. Alma no pudo medir el tiempo. En pánico, solo rogaba que se detuviese. Miraba los rostros de todos en shock. Cuando el movimiento al fin cesó, Hrant la tomó del brazo para arrancarla de dentro de la carrocería. Corrieron para alejarse del aparato.

Hubo otro estruendo interminable y sintieron el calor de las llamas que los envolvía. Una nube de humo negro, muy denso, los cercaba. De no ser por el olor penetrante de la gasolina, Alma hubiera asegurado que había muerto. Oyó unas voces. Levantó la vista. Soldados con los rostros pintados de carbón les apuntaban.

—¡*Ermeni, ermeni*! —gritaban mientras los encañonaban.

Se le nubló la vista. Le faltó el aire. De repente, todo se oscureció.

## CAPÍTULO DOCE

# EL MANDATO
# DE SOBREVIVIR

TARTAR – BAKÚ, AZERBAIYÁN. AGOSTO, 2016

Cuando abrió los ojos, yacía en el suelo. Recostada sobre su lado derecho. No sabía cuánto tiempo había pasado. Se recordaba viajando por una ruta. Quería despertar de ese sueño y no podía. La sensación era la de volver después de la anestesia. Escuchaba voces lejanas. Quería hablar. No podía. Imaginó que la habrían sedado. Le molestaba la boca seca y le dolía muchísimo la cabeza. También el hombro que apoyaba contra el suelo sucio y oloroso. ¿Cómo había llegado hasta ahí? Intentó moverse. Percibir sus músculos. Sus ojos trazaron una hipérbole. Trataron de identificar ese rincón oscuro. Puso atención a sus manos. Buscó moverlas. Las muñecas atadas a su espalda ardían. Un corte metálico le provocó una queja al intentar maniobrar. Se ovilló en posición fetal. Respiró para comprobar que aún vivía. Estiró lento las piernas. Se incorporó con fuerza abdominal. Una puntada aguijoneó su espalda. Percibía el cuerpo apaleado. El techo de la construcción se le venía encima. El polvo se pegaba a la nariz que le picaba igual que la garganta. Los dedos de los pies entumecidos. Quiso ampliar sus pupilas absortas. Respiró orina y materia fecal. El aire hediento la volteó a punto de sentir arcadas. Husmeó los rincones de aquel rectángulo. Lo intuía cavado en la tierra.

Trató de recordar. El estallido la había dejado sorda. El estómago se adhería a su columna vertebral mientras el MIL M8 se incendiaba. La fuerza de gravedad los sepultaba. Iban directo hacia la superficie. En segundos la tierra se incrustó en su rostro. Una explosión neumática. Los hierros retorcidos empaquetados en una nube de pólvora. El silencio. La nada.

¿Cuánto tiempo había pasado? ¿Le faltaba alguna parte del cuerpo? ¿Quién la había llevado a esa celda esposada? Buscaba entre la penumbra una respiración que pudiera reconocer. ¿Dónde estaba el torso como escudo de Hrant? ¿Acaso la había abandonado? ¿Estaría muerto? ¿Quemado? ¿Atravesado por un hierro de la máquina desmembrada? ¿Y los otros? ¿Dónde habían caído los compañeros de prensa? ¿Y los pilotos? Su cabeza quería estallar. Como el MIL M8. Quizá fuera mejor estar muerta.

Unas voces la alertaron. Gritaban afuera. No era la fonética armenia. Reconoció una mezcla de origen turco. Apostaba que esa gente hablaba la lengua azerí. Sus venas transpiraban.

Sonó un golpe seco. La puerta situada en altura se abrió. La divisaba desde el suelo. Si se ponía de pie, la cabeza chocaba contra el techo. La tendrían que haber tirado en esa fosa desde esa abertura. Solo así podría haber ido a parar a esa cueva pestilente. Un soldado empujó dentro del hueco a Hrant. Lo encañonaba con una AK–47. La escena era horrible. Pero Alma sintió alivio. Estaba vivo. Estaba con él.

Antes de que cerraran la puerta, se estremeció con el torso magullado del camarógrafo. El rostro cubierto de cenizas y de raspones. Un corte sobre la ceja derecha que derramaba sangre seca en sus pómulos y en la camisa que ya no era blanca. Quiso ayudarlo. Abrazarse con él. Ninguno pudo moverse. Él también estaba esposado.

Dos hombres se dirigieron a ellos desde la pequeña puerta. Les gritaban y apuntaban. El más bajo gorgitó y largó un escupitajo verde que pegó en la frente de Hrant. Alma escuchó una sola palabra repetidas veces: *ermení, ermení.* Era la voz turca, y también azerí, para referirse a un armenio. Un insulto en esas tierras. Comenzó a llorar. Hrant se movió como pudo, arrastrándose, hacia ella. Pegó su torso al de Alma. Y ella buscó el contacto con su frente. Hrant le susurraba que respirara. Se notaba que hacía un esfuerzo por hablar. Le repetía que la quitaría de allí. El Gordo Nagdhalyan ya los debería estar buscando. Era cuestión de tiempo. Horas. Un par de días tal vez.

Todo daba vuelta en la cabeza de Alma. ¿De qué le hablaba Hrant? La habían golpeado y se encontraba aturdida, pero eso no le impedía razonar. Si habían caído del lado de Azerbaiyán nadie sabría de ellos. Nadie pediría, a menos que se abriera una negociación. Mucho menos con los antecedentes de Hrant. Él integraba la lista negra de Azerbaiyán. Su lucha activa en los organismos de derechos humanos en contra del régimen azerí más el apellido armenio, los exponía. Si ya habían caído en sus manos, los llevarían como prisioneros políticos. Buscó calmarse. Tampoco los dejarían en esa cueva, demasiado tiempo, solos y juntos. Afuera seguían los gritos. Hablaban unos con otros. Se escuchaban voces en una radio.

—Trajeron un intérprete y me interrogaron. Nos acusan de espías —le confirmó Hrant. Omitió decirle que lo golpearon durante el interrogatorio. No hacía falta. Trataba de hilar un pensamiento. Su cerebro parecía entumecido.

—¿Qué pasó con los demás? ¿Dónde quedó el helicóptero? —quiso saber ella.

Hrant guardó silencio. Él, más que ella, supuso lo peor para los tripulantes armenios de la nave. Razonó que a los demás, por no llevar apellido armenio, los habrían dejado ir. Y si los pilotos no estaban con ellos, dedujo lo peor. La puerta se abrió de otro golpe.

A punta de fusil, les hicieron señas para que se arrimaran a ese hueco. Primero Alma. Le apuntaron para que se pusiera de pie junto a la puerta abierta. La tomaron desde los hombros y la elevaron a la superficie. Ella gritó del dolor. Afuera, cayó de bruces al suelo. Quedó con las piernas flexionadas hacia su pecho, encorvada. Sin fuerza. Después escuchó cómo le gritaban a Hrant, todavía dentro de la fosa. Al rato lo vio emerger y caer junto a ella. Le patearon la cabeza. Alma tuvo ganas de pegarles y de vomitar. Sentía esas patadas en sus entrañas.

Sin mostrar dolor, Hrant la miraba como si pudiera protegerla. El soldado más alto lo advirtió. Volvió a gritarle y a patearlo.

Ella buscó con sus ojos alguna referencia a su alrededor. Pudo distinguir unos campos ralos, sembrados de verde seco y amarillo. El calor insoportable le quemaba la piel. La geografía se recortaba similar a la de Talish. No podían haber caído muy lejos. Pero había algo que sonaba muy mal, por más que la distancia fuera corta. El cartel delante de su rostro, cuando a punta de fusil los hicieron parar y caminar hasta una oficina, se lo confirmó. Las letras incomprensibles no significaban buen presagio.

Los soldados continuaban la charla entre ellos y a través de la radio. No les entendían, pero resultaba obvio pensar que se comunicaban con un jefe mayor. Ya no tenían ni sus celulares, ni sus mochilas, ni los equipos de Hrant. El anillo de brillantes había desaparecido también. Apenas contaban con sus ropas harapientas, el calor, los dolores y el cuerpo estropeado. Esos hombres de casacas y pantalones militar repetían como castigo: *Ermení, ermení.*

Los subieron a una camioneta marca Jeep, cuatro por cuatro, blanca. Más moderna y grande que el UAZ. En el asiento trasero, Alma y Hrant, soportaban a centímetros sus cuerpos esposados. En la primera curva, ella vomitó. Una bilis amarilla le dejó la boca dada vuelta y el cuerpo retorcido. Necesitaba un trago de agua y limpiarse. Ni el piloto ni su copiloto se inmutaron. Maniatado, Hrant hizo un movimiento para pegarse a ella. Como si su cuerpo atado pudiera contener ese fluido que la degradaba. Cuando se corrió un centímetro del asiento, el tripulante giró y volvió a gritarle. Levantó el fusil para amedrentarlo.

Atravesaban un relieve seco y montañoso. El calor derretía el horizonte con espejismos. Los carteles al costado del camino indicaban R26 y R28. Alma quería entender dónde se encontraban y hacia dónde se dirigían. Llegaron a un poblado. En un cartel leyó *Yevlax*. Parecía una ciudad más importante, de transferencia, antes de dejar la ruta para subirse a una autopista. Tomó nota de un letrero que anunciaba M5 y no mucho tiempo después, una rotonda que los dejó en otra autovía, M4. No podía mirar a Hrant. No podía mirar hacia los costados. El rabillo del ojo le contaba. Sus ojos distinguieron la nada entre los asientos delanteros y el parabrisas.

La sed y el malestar la acosaban. Solo pensaba en llegar a ese lugar que desconocía para que le dieran de beber. Para poder asearse. En un descuido del chofer y el copiloto, intentó mirar a Hrant. Los ojos del camarógrafo parecían de vidrio. Alma recordó a Karnig. El mandato de sobrevivir regresaba una y otra vez a ella como algo inherente y natural.

Tuvo la sensación de quedarse dormida. Lo deseó. La camioneta circulaba a una velocidad extrema. Aceleraba sin detenerse en los controles de las autopistas. Cuando volvió a abrir los ojos, buscó a su derecha a Hrant. Chequeaba ridículamente y en forma constante que él no se hubiera movido de su lado. Si intentaba girar hacia él, el militar en el asiento del copiloto volvería a gritarle, a obligarla a mirar hacia el frente.

Cuando salieron de la autopista, atravesaron una zona urbana. Enormes carteles en las fachadas de los edificios por delante de sus ojos le paralizaron el aliento y la respiración. No sabía si era bueno o malo. Pero el cartel en inglés y otras letras que no decodificaba, lo explicaba todo. El afiche anunciaba el pronto comienzo de las 42.ª Olimpíadas Internacionales de Ajedrez a celebrarse en Bakú. El cartel arrojaba otro dato. La cita era en el Crystal Hall. Un dibujo del estadio acompañaba la traza de una dama y un rey. Había leído sobre la espectacular movida de fondos para construir ese estadio. Semejaba un cristal introduciéndose en el Mar Caspio. Había sido levantado en tiempo récord, igual que las obras monumentales en Azerbaiyán, con fondos de dudosa procedencia. El techo de policarbonato del Crystal Hall se expandía con miles de luces que lo espejaban.

Volteó imperceptible para mirar a Hrant. Cuando apenas giró, recibió otro grito del salvaje que llevaba gorra militar. Un hombre con semblante de adicto y ojos extraviados apoyó la escopeta en su sien. En las puertas del infierno, ese cartel había quedado grabado en su vista. También la fecha para el arranque de la 42.ª Olimpíada Internacional de Ajedrez en Bakú. El primero de septiembre. Recordó la noche que conversó con Lucciano acerca de sus negociaciones con la Federación Mundial de Ajedrez, y el esponsoreo de Azerbaiyán para llevar al equipo americano. La discusión. El momento incómodo que se había generado.

Como una paradoja constante, regresaron a su cabeza las palabras de Karnig: "El ajedrez siempre te salvará". Hubiera dado todo por volver a la mañana en que cumplía ocho años y los abuelos Teter y Karnig acudieron a despertarla con el desayuno en la cama y la cadena con sus letras doradas, Alma Armenia. Ese domingo por la tarde en que le regalaron una fiesta en lo de Karnig con sus padres, tías y tíos que bailaban. Cuando le obsequiaron su primer juego de ajedrez en piezas de obsidiana azul. Lo había traído tía Ani de la Armenia Soviética. Qué lejos se sentía de su vida.

La ciudad de Bakú la apabullaba en sus pupilas. Mientras ingresaban, sus ojos se descolgaban por los rascacielos exuberantes. Ni la niebla de la ribera del mar Caspio podía disimular el derroche. El lujo construido a base de petróleo. Ese líquido espeso contaminaba con un sabor salado el aire que entraba por la ventana que el chofer había bajado para extender su brazo. Alma había perdido la cuenta de cuántas horas llevaba sin comer y sin beber un poco de agua siquiera. La bandera de Azerbaiyán flameaba en lo alto de los edificios públicos. La rodeaban parques colosales tan verdes y cuidados como las fachadas y la arquitectura de piedra similar a la de Armenia. Pero con una diferencia fundamental. En Bakú todo se mostraba reluciente y restaurado. El comercio del petróleo tenía sus beneficios.

La camioneta se detuvo. Ingresó a un playón dentro de un edificio de hormigón gris. Semejaba una caja de zapatos. A simple vista, parecía ocupar toda la manzana. Apuntándoles los hicieron bajar y les quitaron las esposas. Aparecieron dos guardias también vestidos de militar. En un dificultoso inglés, les gritaban que miraran hacia adelante. Que no giraran la cabeza ni pronunciaran una sola palabra. Desde el playón donde habían dejado el auto y cuando atravesaron la primera puerta del edificio, Alma pudo leer en inglés: *Ministry of National Security*. Había un silencio de mal presagio en ese pasillo. Caminaron sobre una alfombra oriental.

—La vista hacia adelante. ¡No hablen! ¡Caminen! —repetía.

Al fondo del pasillo los hicieron subir a un ascensor. No se cruzaron con nadie. El elevador tenía tres botones. Apretaron el tercero. Concentrada en retener los detalles, a Alma le

pareció que eran más de tres pisos. Descendieron y los mismos dos guardias los hicieron caminar por otro pasillo largo y angosto. Se veía lleno de puertas.

—¡Alto! —lanzó el mismo guardia que hablaba inglés cuando llegaron a la mitad del trayecto.

Hizo entrar a Alma en una oficina. Nunca dejó de apuntarle. Escuchó los pasos de Hrant alejarse con el otro guardia en el pasillo. Allí dentro, una mujer con mirada gélida y andar masculino, el pelo platinado y rasurado, le ordenó que se quitara toda la ropa. Había delante una mesa de acero y una silla. Alma hizo que no comprendía. Miró al guardia que seguía dentro y no bajaba el fusil. La mujer rasurada volvió a gritarle. Se paró cerca de su nuca para olerla. Torció la boca y mostró los dientes como si buscara algo en la piel de Alma. Volvió a increparla. El militar con el fusil rio.

—*Ermení* —le habló la mujer que no distinguía su pecho de su barriga. Sonrió con sadismo—. Desvístete muñeca. Así son las reglas aquí. Veremos si traes algo entre tus carnes blancas y magras.

El hombre a su lado comía goma de mascar mientras la mujer rasurada husmeaba el cuerpo de Alma. Ella continuaba inmóvil de pánico y de vergüenza, pero cuando la guardia volvió a gritar tuvo que quitarse los pantalones. Luego, su camiseta empapada de sudor. Ante los ojos de esos dos, se quedó en ropa interior. La mujer rapada olió sus hombros y le ordenó que se quitara las bragas y el sostén. Con brusquedad le hizo apoyar las dos manos extendidas sobre la mesa de acero con las piernas separadas. Alma lo hizo y vomitó de nuevo. Sintió la degradación humana mientras la guardia intentaba adivinar con su mano dentro de las cavidades de Alma, con más sadismo que voluntad de inspección. La vista se le puso en negro. Un mar revuelto ocupó su vientre. Tuvo la certeza de que se iba desmayar. Pero también la iluminación de que podía no hacerlo. Perder la conciencia en ese instante la dejaría más expuesta aún. Juró para sus entrañas que saldría de ese momento. Que memorizar y denunciar se convertiría en su venganza. Hasta el más mínimo detalle recordaría. Todos los nombres de quienes la trataban y destrataban.

Después le ordenó que se vistiera. El tipo la encañonó mientras se jactaba. Con gestos la llevaron de nuevo al pasillo.

—¡La vista al frente! Sin decir palabra.

Alma oía su respiración cortada. Las sienes le latían. Focalizó en su venganza y en los nombres que se decían unos a otros. La memoria y las letras serían sus armas. Su soledad era su compañía. El pilar donde tendría que volver a construir.

Caminó por el pasillo atestado de puertas.

—¡Alto! —volvieron a gritarle delante de la que llevaba el número cinco.

La arrojaron dentro. Escuchó la traba de la puerta blindada a su espalda. Se volvió para asegurarse de que no vivía dentro de una pesadilla. Ese hueco era tan estrecho que parecía un sarcófago. Advirtió una mirilla en la puerta por donde la observarían, más una escotilla del tamaño de un cerámico. Giró hacia la otra pared. Una ventana diminuta con barrotes, pegada al vértice donde el muro llegaba al techo, no la dejaba ver el cielo. Ni siquiera permitía la entrada de aire. Un foco de luz de

máxima potencia iluminaba ese zaguán. Mediría, dos por dos metros. Un plástico de caucho cubría el suelo. Dos planchas de acero como camas, una encima de la otra, sobresalían de la pared. En una de ellas, un colchón inmundo con una sábana que olía a sudor y mugre ajena. En el vértice del ataúd, un retrete viejo y roto, separado por una pequeña pared. A su lado, una bacha metálica y un cesto de basura. En la otra punta, junto a la puerta, dos alacenas vacías para colocar los objetos personales que no tenía. Sobre la otra pared una mesa cuadrada amurada y dos banquetas también de acero. Una radio colgaba de la puerta. No funcionaba. Fue lo primero que trató de averiguar cuando la dejaron sola en la celda.

Se sentó al borde de la cama. Estudiaba las paredes vacías. Podía oír su respiración y su corazón alterados. De pronto escuchó un ruido en el pasillo. Había perdido el sentido del tiempo. Por la oscuridad de la ventana supuso que se había hecho de noche. Pensó que les darían la cena. No sentía hambre, pero sí sed. Agudizó la escucha. El sonido de lo que parecía un carro con ruedas y el tintineo de vajilla se acercaba. Imaginó el agua en su garganta. El carro se detuvo. Prestó atención a la puerta y a la escotilla. Nada. En segundos, volvió a escuchar el carro cómo se alejaba.

Pensaba en Hrant. ¿Estaría pasando por lo mismo? ¿En qué celda lo habrían ubicado? ¿Lo volvería a ver? ¿Volvería a encontrarse alguna vez con los suyos? ¿Cuánto tiempo podrían permanecer en ese confinamiento? Ocupaba una celda dentro del Ministerio Nacional de Seguridad, en pleno centro de Bakú. No pudo imaginar mayor nivel de sarcasmo e impunidad. Si nadie controlaba sus condiciones de detención allí, ¿qué chances tenía de salir? ¿Cuál era la probabilidad de que alguien alertara o pidiera por ellos? ¿El Gordo Nagdhalyan? ¿Los otros periodistas? ¿Human Rights Watch reaccionaría al enterarse? Su vínculo con Hrant, y las acciones de las que había participado con organismos de derechos humanos, alertaban sobre encarcelamientos y hostilidades a periodistas que no se alineaban al oficialismo. También hacia quienes denunciaban lavado de dinero y corrupción en Azerbaiyán. ¿La presión de esos organismos humanitarios y otras asociaciones civiles en defensa de los derechos humanos podrían funcionar? Para eso necesitaban enterarse del nicho en el que habían caído. Llevaría tiempo. Pero los segundos, los minutos, las horas, los días no contaban igual en prisión.

Si se detenía a pensar cómo había cambiado su vida, no saldría jamás de su propio pozo depresivo. Ejercitó por enésima vez su mente. Se obligó a suprimir los razonamientos que la anclaban al fondo del mar. Le dolía el cuerpo y la invadía una sed exasperante. Toda ella olía a vómito y a sudor. El aire la embotaba. Debía elegir. Dejarse morir o sacar sus garras. ¿Conservaba algo del espíritu de Karnig? Este era el momento de comprobarlo.

Karnig no se había rendido cuando los turcos otomanos lo sacaron a los siete años de su casa, luego de matar a mazazos a su padre. No se había rendido cuando lo apuntaron con fusiles junto a su madre y a su abuela. Cuando se salió de la fila de prisioneros y regresó para incendiar su casa. Cuando actuó para no dejársela a sus verdugos. Cuando se las rebuscó para escapar

del orfanato. Cuando armó un cepillo de crin de caballo y lustró botas para poder comer.

Debería desarrollar una estrategia y conservar los reflejos si quería sobrevivir. Más aun cuando estuviera sola con sus pensamientos. Cuando intentara moverse, pero no pudiera mientras procesaba. Tía Ani se lo había advertido la tarde que cumplía ocho. Tenía que hacer pie en sus entrañas para salvarse. Para echar luz. En esa celda de sarcófago, sus derechos eran vacío. No iba a recibir cartas ni la habilitarían a hacer una llamada, ni a encontrarse con un abogado. No le darían televisión ni periódico. No repararían la radio. El confinamiento era su nueva partida.

La primera noche, apartó el colchón delgado y la sábana que olían a mugre y a sudor ajeno. Se tendió como pudo sobre el lecho de acero. Tenía que intentar dormir. Si no descansaba sería difícil activar su mente. La luz de la bombita en el techo pegaba directo sobre sus ojos. No se apagaba de noche ni de día. No tenía forma de llegar a esa altura para desactivarla ni de cubrir sus ojos. Intentó taparse con su camiseta. Era eso, o la almohada pestilente que también había tirado al suelo porque olía a asco de otro. La sed extrema tampoco la ayudaba a conciliar algo de sueño.

Cuando apenas creyó que lo lograba, escuchó voces en el pasillo. Los guardias vociferaban que eran las seis de la mañana y les ordenaban a todos levantarse para el desayuno. Un rato después escuchó el carro. Otra vez las rueditas y el campaneo de la vajilla de metal. Se mantuvo atenta a la escotilla. No tenía hambre. Pero necesitaba beber, sí o sí. Intentar alimentarse. No hizo falta que lo debatiera. El carro siguió de largo. Abrió el grifo de la bacha. Nada de agua brotaba de allí. Se abalanzó sobre el retrete y tomó agua. Sintió una terrible arcada. Volvió a vomitar.

Debía concentrarse. Memorizar. Realizar un minucioso inventario. El desafío pasaba por inscribirlo todo en su cabeza. Ninguna desmoralización podía permitirse. Parecía extremo. Tampoco extraño. ¿Cuántas veces había escrito en el aire como tabla de salvación? Lo había entrenado cuando salía a correr o a caminar y se le aparecía una idea. Cuando andaba en bicicleta. Cuando contenía la idea en su pecho hasta volcarla al papel. Ahora sus toneles de reserva mental debían expandirse. Lo tomaría como ejercicio y desafío. Debía observar en detalle cada centímetro de su confinamiento.

No tenía ganas de hablar, pero llevaba dos días completos en total soledad. Sin ver a nadie, sin comer y bebiendo agua del retrete que le provocaba diarrea. Vivía pendiente del sonido del carro de la comida y del metal de las escotillas. Las tres veces que se abrían marcaba el tiempo en las celdas y en el aislamiento. Desayuno, almuerzo, cena. No en su caso, donde nada de eso sucedía. Vivía en un sarcófago. Debía evitar que la locura o la depresión se apoderaran de ella. Empezó a agudizar el oído. Trataba de sintonizar los ruidos de las otras celdas. También los de afuera. De repente, tintineó el carro. Sería la hora de la cena. Escuchó la escotilla. Se alegró cuando apareció un tazón con té.

Al día siguiente, el desayuno a las seis, con una taza de té y galletas, ya le parecía una gloria para resistir un tramo más. ¿Hasta cuándo? Desayunar y caminar los cuatro pasos de pared a pared dentro de la celda, ida y vuelta, se propuso que se convirtiera en su rutina para aquietar su cabeza. Con la energía que le daban esos rastros de comida, incorporó también flexiones de brazos. Todo lo aprendido en yoga constituía oro en ese ataúd. Mantenerse fuerte sería fundamental. La bandeja de la cama se ofrecía como punto de apoyo y resistencia para sus delgados bíceps y antebrazos. El cuerpo recto como tabla se acercaba y alejaba de ese punto sin arquearse ni quebrarse. Comprimía glúteos y abdomen para sostener la fuerza. La mente en los brazos. Sentada en esa plancha de acero también ejercitaba abdominales. Con la espalda derecha, las piernas extendidas subían y bajaban sin llegar a tocar el suelo. Una pequeña curvatura en el arco lumbar protegería esa zona castigada por la fatiga y el peso de la culpa.

Cuando se detenía pensaba en Hrant. En cómo estaría y en la secuencia de cómo había matado al asesino de Tigran. Ella, sin decirlo, lo había juzgado. ¿Podría ella matar? La pregunta la asaltaba ahora en ese sarcófago. Pensó luego en tía Ani. En Nané. En Berjouhi y Jirair que la veían "tan americana". ¿Qué pensarían que le habría pasado? ¿Habría salido en los diarios? ¿Alguien los buscaba? ¿Y Lucciano? ¿Podría haber llegado la noticia al otro lado del planeta? Si se aferraba a las respuestas que jamás tendría, no navegaría.

Regresó a su cabeza. Su única compañía. Se propuso autoproyectarse sus películas favoritas. Su mente también era su propia televisión. Empezaría con secuencias cortas. Después, trataría de enhebrarlas y recordarlas todas. Cada instancia en que las repasaba buscaba sumar detalles. Hasta los más mínimos y obvios. ¿Qué color era el vestido de Scarlett cuando Rhett Butler la invita a su primer baile? ¿Cómo caían los cortinados del salón? Su escena favorita, sin duda el final de la primera parte de *Lo que el viento se llevó*, tendría que proyectársela mil veces. Los yankees habían pasado por la finca familiar y habían incendiado todo. La casa. Los cultivos. El cielo se revolvía rojo de furia por las llamas y un atardecer que se empeñaba en reforzarlo. Scarlett llora. Sus ojos transparentes quieren atrapar el aire lleno de humo y cenizas. Cae de bruces contra la tierra roja. El brillo y la dulzura de esa niña se vuelven hiena y guerra. Levanta el rostro turbado. Atrapa con el puño en alto un manojo de tierra seca y roja. Extiende el brazo hacia el firmamento. "Por ti, Tara. Por ti. Nunca más volveré a pasar hambre. Lo juro". Su abuela Teter le contaba esa escena una y otra vez. Ahora en el vacío y la atmósfera nauseabunda, amenazada por el confín y el olvido, se la repetía. Buscaba en cada proyección más detalles. Teter la había visto cientos de veces y lloraba. Scarlett y Tara nada tenían que ver con su celda en el MNS en Bakú. O tal vez sí. Su cuerpo había recobrado una milésima de fuerza. Tenía nada y tenía todo. Se tenía a ella. Su libro ya había empezado a escribirse en su cabeza. Dentro de lo oscuro sintió un rayo de luz. Y en apariencia todo continuaba igual.

El tercer día resultó idéntico. El silencio y confinamiento se multiplicaban exponencialmente. La escotilla que sonaba tres veces. A nadie veía. El tazón de té que traían con el desayuno, almuerzo y cena no alcanzaba. Bebía del retrete. Cuando sentía arcadas, recordaba las llagas en la boca y las piedras que su bisabuela colocaba bajo la lengua de su abuelo Karnig. Los

pequeños cantos rodados hacían que juntara saliva dándole esa chance de sobrevivir en el desierto de Der Zor. Caminaba, aunque no caminara con sus bisabuelos. Con Karnig hambriento. Con el césped que se metían entre los dientes para hacer que mascaban. Con la rabia de arrancarle a la muerte que le bailaba encima. Marchaba sentada con la vista fija en la pared vacía. Con la presión de las paredes a dos metros y los isquiones incrustados en la cama de acero. Marchaba con todo el pueblo armenio. Con sus vísceras que clamaban.

Al cuarto día, cuando se abrió la escotilla pidió darse una ducha. Lo gritó desde adentro cuando le dejaron el desayuno. Escuchó una risa al otro lado.

—Los detenidos solo pueden higienizarse los sábados —alguien gritó.

No supo qué día de la semana marcaría el almanaque. Calculó miércoles. Habían salido un viernes a la mañana de Stepanakert para subirse al fatídico helicóptero. Habían caído. Al día siguiente, supuso, los habían trasladado a Bakú. Varias horas de viaje, y habían llegado casi al anochecer al ministerio. Había pasado domingo, lunes y martes totalmente aislada. Si era miércoles, todavía le faltaban tres días más para llegar a darse una ducha. Corrió nuevamente hacia el retrete. Tomó de ahí el agua que le faltaba. Se tiró una lluvia sobre los brazos, la frente, el pecho. Se dobló en repugnancia.

Tenía que terminar un tazón con arroz y pollo, desabrido y ácido. Después del almuerzo, permaneció sentada en el centro de la plancha de acero. La soledad que había sentido toda su vida ahora se enarbolaba como su más fiel compañía. Debía treparse a ella. No eran extrañas una a la otra. Tenía que tomar fuerzas de allí. Su soledad siempre había funcionado como motor para escribir. Ahora actuaría igual. Solo que debería retenerlo en su mente. Su cerebro sería su bolígrafo Montblanc. Su bloc de notas. Sentada en la cama se concentraba. Disponía de todo el tiempo del mundo para elaborar una idea. Una oración. Para elegir sujeto, verbo y predicado. Cada adjetivo para cada sustantivo. Como lo hacía con Lucciano.

A través de la escotilla un guardia le gritó que se preparase porque vendrían a buscarla. Los minutos se le hicieron goma de mascar. Sintió miedo y adrenalina. No de la buena. La necesidad de permanecer atenta todo el tiempo la consumía. Desconfió de la llave en la puerta. La respiración se alteró por más que intentaba dominarla. Por primera vez, en cinco días, tenía delante a un ser humano. No debía concentrarse en algún insecto que caminaba por la pared de su celda para no enloquecer ni discutir con su mente paranoica si esa hormiga era producto de su imaginación o no. Al otro lado del sarcófago, alguien le habló. Parecía real. La puerta se abrió. La arrojaron hacia el pasillo.

—¡Manos atrás! —le ordenaron para esposarla—. La vista fija hacia adelante. ¡Mire a las paredes!

Tres guardias la escoltaban hacia el elevador. La trasladaron hasta el estacionamiento donde la subieron a un Jeep. Un hombre que conducía y su acompañante la vigilaban por el espejo retrovisor, en el asiento trasero. Intercambiaron a través de ese cristal dos miradas furtivas. Se detuvieron ante un edificio de oficinas. Con movimientos bruscos, la hicieron descender mientras le marcaban sin amabilidad por dónde debía conducirse. Por fin

entraron a una sala. Un hombre enano se presentó como el juez. La miró con desdén mientras uno de los guardias le quitaba las esposas. Le pidió que tomara asiento. A su derecha se encontraba el fiscal, en representación del estado. Alma advirtió su reloj de oro de proporciones desmesuradas. De inmediato, el fiscal anunció que presentaría formalmente los cargos por su detención.

En el proceso judicial asegurarían que tanto ella como su compañero Hrant Torosyan, cumplían tareas de inteligencia para los servicios armenios y estadounidense. Que habían recibido dinero a cambio de pasar información de Azerbaiyán. Y que, por esa razón, los habían apresado mientras sobrevolaban "sus tierras". En futuras indagatorias, la detenida debería declarar con qué políticos y oficiales armenios y estadounidenses se había reunido, y quiénes de la oposición en Azerbaiyán trabajaban en secreto para ella. El presidente de la nación seguiría en persona el caso. La justicia reportaba directo a él. Por eso se encontraba detenida en el Ministerio Nacional de Seguridad.

El aire de la sala se llenó de densidad. Alma trató de mantenerse calma. El fiscal la miró y controló la hora en su reloj de oro. Parecía tener prisa. La obligaron a firmar unos papeles que no entendía porque estaban en lengua azerí y nadie se los presentó traducidos. Entonces, el Juez impartió justicia como se imparte justicia en Azerbaiyán. Dejó firme los cargos enunciados por la Fiscalía y salió de la sala. El caso había sido marcado como resuelto.

Alma tuvo la sensación de tragar mucha agua, pero no para apagar su sed. El líquido había entrado a los pulmones. La desbordaba por la boca. Se hinchaba como un ahogado y su cuerpo flotaba en el océano más aislado. Hizo un esfuerzo. Si seguía esa línea de pensamiento se ahogaría de verdad. Y sin agua.

De pronto, Hrant entraba esposado al mismo recinto que ella estaba a punto de abandonar. Ella quiso quedarse. Los ojos del camarógrafo la miraban gastados. El guardia retorció el brazo de Alma mientras volvía a esposarla. Aun así, intentó focalizar en Hrant. Un segundo le alcanzó para comprobar su aspecto tan fantasmagórico como el de ella. El rostro sucio, la ropa estropeada y sus manos inmovilizadas. Sin embargo, ese segundo le bastó. Hrant parecía tenderle un lazo. Gritarle que resistiera.

De regreso en la celda, se planteó cómo se haría valer en esa fosa judicial, donde las garantías personales y procesales daban otro paso de falsa comedia. Ejercían una mofa a las leyes, los organismos de derechos humanos, asociaciones civiles y humanitarias en lucha por las libertades individuales.

Antes de que el guardia cerrara la puerta blindada, Alma intentó reclamar.

−Tengo derechos, exijo darme una ducha.

−El sábado −contestó el guardia, y su risotada mostró su diente negro en la esquina superior de la boca−. Considere esta salida como su ejercicio del día, como la ley requiere. A usted que le importan tanto los derechos humanos −el guardia tuvo tiempo de bufarse otra vez.

A su espalda retumbó el golpe de la puerta de acero. Faltaban tres días. Alma miró el retrete.

Hizo fuerza para dormirse. Las imágenes del Juzgado, los ojos de Hrant envolvían su mente. ¿Qué le habrían hecho?

Dedujo que lo tendrían en el MNS, por las mismas razones que estaba ella. La luz que la enfocaba permanentemente como gallina que empollaba, no ayudaba a su estabilidad emocional.

Era su quinta noche en prisión. Cuando creyó que había comenzado a entrar en el sueño, pasada la medianoche, escuchó un murmullo ronco en el pasillo. En segundos la llave en su puerta giró. El corazón empezó a retumbarle. Un guardia le gritó que se alistara rápido. No parecía buena señal. Había leído varios testimonios de prisioneros políticos. Cuando los sacaban de la celda en la noche, los llevaban a los interrogatorios. En medio de torturas, intentaban obtener declaraciones a su conveniencia. La modalidad se repetía con reporteros y figuras que tenían repercusión en la prensa. Los interrogatorios diurnos, en cambio, se forzaban con chantajes además de drogarlos.

—*Ermeni, ermeni* —vociferó el guardia.

Cuando salió de la celda la obligaron a caminar hacia su izquierda. La vista al frente. Las manos sobre la espalda. La esposaron. Llegaron a la oficina de Rashad, el director del ministerio. Pudo ver su escritorio y las fotos. Era la misma oficina donde había llegado el primer día. Le cubrieron la cabeza. Apenas podía respirar. Veía oscuro y sombras. Sin embargo, los otros guardias que se acercaban no podían reconocerla a ella. De esa forma, el personal del ministerio se aseguraba de que ninguno de sus empleados pudiera identificar el prisionero que llevaban al interrogatorio.

La tuvieron parada mientras hablaban entre ellos y se comunicaban por radio. El calor y los nervios le empaparon la camiseta. La capucha la asfixiaba. La tela no le permitía ver con nitidez, pero percibía algunos movimientos. Se sumaron dos personas a la oficina. La tomaron de los brazos y la arrastraron por otro pasillo. Se detuvieron. Oyó el motor de un ascensor. Cuando había salido hacia el Juzgado, pudo observar que el edificio del MNS tenía siete pisos. Y cuando llegó, a rostro descubierto, supo que la celda se ubicaba en el sexto. Además, recordaba que en aquel elevador había solo tres botones. No supo si estaba en el mismo ascensor del día que la habían llevado ante el juez. Le parecía otro. Trató de calcular los pisos. Por el movimiento entendió que descendían. Desde el sexto calculó que el elevador había traspasado la calle en uno o dos niveles. Sería probablemente el primer o segundo subsuelo.

La llevaron fuera del elevador y la hicieron detenerse en un corredor antes de entrar a una sala. Oyó más interjecciones y burlas. No comprendía el idioma. Tampoco hacía falta traducción.

Aún de pie, le ajustaron más la bolsa al cuello. El plástico la raspó. Las bestias recitaron su currículum vitae. En un inglés rudimentario explicaron que habían peleado y matado a los armenios en Artsaj. Le tomaron las manos esposadas. Le apoyaron sus yemas en lo que sentía la piel de un abdomen blando, caliente y sudoroso. Uno de ellos le hizo recorrer con los dedos lo que sintió como una cicatriz ancha. Disfrutaban mientras la obligaban a tocarlos. Un poco más abajo del abdomen también.

La arrastraron e hicieron sentar en una silla en el centro. Le descubrieron la cabeza. Un grandote de mediana edad se acercó. Por su acento, parecía armenio de la zona de frontera con Artsaj. Con rudeza y tono provinciano, se presentó como el coronel Samir, al servicio con sus cuatro ayudantes.

—No tenemos tiempo que perder con los enemigos de Azerbaiyán. Cuéntenos por qué sobrevolaba nuestro territorio y firme su declaración —instigó Samir que rozaba con las manos su bigote cepillo, angosto y cuadrado.

—No hablaré sin presencia de mis abogados —contestó Alma.

—Tiene razón. Es una pena. Porque no vendrán a estas horas de la noche. Por su bien, le aconsejo que firme su declaración y mañana repetiremos la operación frente a su abogado —rio Samir.

—No entiendo su prisa, coronel Samir. Repito. No hablaré sin presencia de mis abogados. Además, un abogado debería grabar el interrogatorio y evitar torturas. Usted lo sabe bien —contestó Alma, consciente de que se exponía a más violencia. Las marcas que les dejaran las explicarían como "autoinfligidas".

—Perfecto, veo que quiere más problemas —volvió a reír y ordenó a los guardias que la llevaran a otra habitación donde pudiera "ver mejor"—. Quizá cambie de opinión, señorita Parsehyan. Se lo quería simplificar, pero usted no colabora —se bufó.

Dos hombres la arrastraron por la fuerza y la empujaron dentro de otra habitación. La colgaron con sus manos esposadas de unas cadenas sujetas al techo. Con sus pies aún en el suelo, las esposas le cortaban la piel. Le dolía mucho. Uno de los tipos se acercó, le miró los pechos. Eso fue peor que las esposas colgando del techo. Le apuntaron a los ojos con una lámpara de luz ultravioleta. Era tan fuerte que no podía mirar. Como acto reflejo, atinó a cerrar los párpados, pero la obligaban a mantenerlos abiertos. Sintió su cuerpo en máxima tensión, colgado del techo. Boca de diente negro le preguntó si quería oír una bonita historia. Le aconsejó que aceptara así se le pasaban más rápido los quince minutos que la dejarían colgada. Un mar de furia le trepó por el tubo digestivo. Lo quería escupir. Sus brazos entumecidos no le respondían y la luz UV la hacía sentir envuelta en fuego.

Diente negro no dejaba de gritarle.

—Perra *ermení*. Ahora nos vas a oír —completó en un inglés elemental—. Los armenios son nuestros enemigos. A ver si se dejan de molestar y se van de nuestro territorio. En Artsaj entregamos el cuerpo de un soldado de tu origen. La familia gritaba como gritas tú. Querían velarlo y nosotros lo ayudamos. Vestimos al soldado muerto con sus ropas militares y su casco. Le maquillamos su rostro agujereado. Le cerramos la chaqueta y le acomodamos los pantalones porque se había hecho encima. Lo entregamos a la familia como ellos querían, para darle su cristiana sepultura. Pero, mientras sus parientes lo velaban, el cuerpo de ese intruso armenio explotó. Sus sesos de adolescente se pegaron a los rostros de sus padres cuando detonó la bomba que habíamos programado y ocultado entre sus ropas. Les hicimos un favor. De esta forma, podrán recordarlo para siempre.

La sangre de Alma hervía. Sintió náuseas y más repulsión. Pensó en Hrant y su instante de venganza. En cómo lo había juzgado en silencio al oír su relato. Las bestias le preguntaron si quería escuchar otros detalles. Cuando hizo un ademán con la cabeza en señal de negación, le anunciaron que le cortarían una oreja.

—Somos los dueños de la técnica. Es tan ancestral como nuestro orgullo. También se la podemos representar —se deleitaron y continuaron con su elocuencia—. En este momento, nuestro gobierno ofrece recompensa por quien encuentre al escritor que ha narrado nuestros procedimientos de 1918 y durante los pogromos de Bakú. Este osado ciudadano azerí contó cómo los nuestros decapitaron a los armenios con hachazos. Fíjese que lo hemos declarado enemigo de la nación. Le retiramos su pensión, y sus textos ya no se leen en las escuelas ni se representan en nuestros teatros. Directamente, quemamos sus libros.

Pasados los quince minutos, la llevaron de nuevo ante el coronel Samir y su bigote cepillo que acariciaba cuando se dirigía a Alma.

—¿Lo pensó mejor? ¿Todavía quiere un abogado?

—Es la única forma de declarar.

Si mostraba debilidad, el contexto empeoraría. Mucho más porque era mujer. La reprenderían por mofarse de ellos. Apeló a esa fuerza que la constituía y que odiaba porque la había hecho esa mujer independiente con la que luchaba. Ese tallo, sin embargo, ahora podía defenderla. Debía convertirlo en una huella animal. Que tomara el canal de sus venas para reconstituirse y sostenerla. Se concentró. Algo se movió en su matriz. Confió en ella. Podía erguirse desde ese terreno ante la provocación. Iba a mostrar a los sádicos sus garras. De pronto, todas sus zonas oscuras se enfilaron a su servicio. Su soledad. Su desolación. Sus rencores. Era el momento de usarlos. Significaba una obligación.

La trasladaron de nuevo al pequeño cuarto. Colgaron su

cuerpo transformado en larva seca del techo. Pero esta vez sus pies no tocaban el suelo. Los brazos se le durmieron tanto que no podía dominarlos. Todo el cuerpo le dolía como si la quemaran con un hierro caliente. Las esposas presionaban el tendón de su mano en forma insoportable. Quería gritar. No tenía aire.

Al cabo de unos minutos la sentaron sobre una silla, desfigurada del dolor. Aun así, pensaba burlarse de las bestias. Se había blindado como la puerta de su confín de celda. Iba a repelerlos con ironía y ferocidad. No se conocía en su peor versión. Pero empezó a quererla. Podía sacar todo el odio de su vientre. Escupirlo en el rostro de esos verdugos que observaban sus ojos rojos. Las mejillas hundidas. El pecho quebrado. Las muñecas en carne viva.

A los pocos minutos volvieron a colgarla.

—¿Ahora sí piensa declarar? —insistían.

No le quedaba fuerza para hablar. Negó con la cabeza. La volvieron a sentar de frente a la lámpara UV. Se le cerraban los ojos. En cuanto lo advertían le pegaban detrás de las orejas para que los abriera. Clareaba en las ventanas. No en su piel. Se acercaron a ponerle de nuevo la capucha. La subieron a los empujones hasta la celda.

Alma se echó en la cama para tratar de dormir. Pasó menos de una hora. Eran las seis cuando la despertaron los gritos en el corredor. Los guardias los levantaban. Solo quería dormir. Mientras se incorporaba y el cuerpo le dolía en un aullido pensó que durante el día trataría de hacerlo, sentada en la cama. No se encontraba en condiciones de "trabajar en su libro". Las muñecas le ardían y un zumbido apabullaba sus oídos. Se quiso parar

y perdió el equilibrio. Volvió a sentarse en el catre. Los pómulos le punzaban, la mandíbula trabada como si la hubieran golpeado y la coronilla de la cabeza la aplastaba. Los dientes y las encías rugían. Trató de focalizar alguna parte del cuerpo que no le doliera. Concentrarse en esa porción de carne a salvo.

Pasó las dos noches siguientes en iguales condiciones, tratando de intentarlo. Sin embargo, los intervalos en que la dejaban colgada de las esposas se extendían. Su cuerpo clamaba en agonía y silencio entre el humo de ese sótano. De pronto, advirtió que sus guardias intercambiaban chistes frente a un tablero de ajedrez. En base al tiempo que debían dejarla enganchada al techo, con los pies colgando o apenas rozando el suelo, programaban el reloj digital.

—Tenemos media hora para dejarla colgada —organizó Vugar, el más alto, y sonrió.

—Podemos armar una partida de quince minutos, o tres partidas de cinco minutos cada una —apuntó Zeinab, su ladero, un hombre ancho y bajo.

Los guardias se decidieron por la partida de quince. Y, cuando ya habían atravesado un medio juego complejo, una jugada de Vugar pareció liquidar las posibilidades de Zeinab. Resignado por sus errores anteriores, y ante las pocas esperanzas que había depositado en un peón pasado, ya hablaba de abandonar.

Mientras ellos se medían, Alma no apartaba la vista del tablero. Se concentraba en la partida para eludir el dolor de su cuerpo tensado por las esposas.

Sacó fuerza de donde no tenía. Alzó la voz.

—Torre "a6" —indicó.

Se escuchó un silencio oscuro, al que siguió una bofetada de un guardia grandote y un grito de dolor. Los ojos de Alma se inyectaron en el diablo. Escupió a ese hombre que le pegó y Zeinab caminó hacia ella con la mano en alto, también para surtirla. Antes de que la rozara, se escuchó otro grito.

—¡Alto! —lo detuvo Vugar desde su silla, antes de que la mano fuerte de Zeinab se estrellara en Alma.

Con ojos amarillos y la piel hundida de cicatrices, Vugar caminó hacia Zeinab. Lo frenó y siguió hacia Alma.

—Parece que nuestro huésped sabe de ajedrez —rio y volvió sobre el tablero. Deslizó la torre según la indicación de Alma. Ahora se erguía en la columna "a".

Estropeada y con cada guardia detenido en cada baldosa de ese salón, que semejaba otra partida perturbadora, Vugar contraatacó. Movió su caballo a "f5".

Zeinab volvió a mirar a Alma. Ella no podía sostener la cabeza. Le ardía el cuello. Zeinab le levantó el mentón en forma brusca. El dolor le clavó un cuchillo en las cervicales.

—Torre "c6" —murmuró Alma.

Zeinab regresó al tablero. Ubicó la torre donde indicaba la cautiva. La jugada de Vugar había desprotegido la casilla clave "c6" y, al peón pasado, ahora combinaba la fuerza de la torre y explotaba la debilidad del blanco en la primera fila. No había forma que Vugar pudiera continuar la partida sin una pérdida irreversible de piezas. Gracias a Alma, Zeinab logró un jaque mate.

Al cuarto día de tortura, la sacaron de la celda a la luz de la mañana. Ese movimiento inusual la alertó. Los guardias la llevaron con destrato por el pasillo hasta la oficina del director del Ministerio Nacional de Seguridad. Había estado dos veces allí. Ahora sí, entró un hombre que se presentó como el general Rashad. Sin demasiadas vueltas, y mientras le sonreía en forma extraña, anunció que, si colaboraba, él podía ayudarla a salir de esa situación.

Alma repitió que necesitaba un abogado. Que no la sacaran de la celda de noche para torturarla. El general Rashad sonó tajante y ella mantuvo la desconfianza.

—Por supuesto, señorita. Tendrá su abogado. No queremos romper las leyes aquí. Quédese tranquila. Esto es una charla amistosa. ¿Sabe qué significa mi nombre? —le preguntó con un dificultoso acento.

—Ni idea —respondió Alma.

—Quiere decir "buen sentido, buena orientación". Espero que usted haga lo mismo. Se lo digo por su bien —sonrió Rashad y bajó la vista a sus papeles.

De nuevo en su celda, Alma repensó cómo podía hacer para que le agendaran una reunión con un abogado lo antes posible. El caso debía llegar a manos de las organizaciones que denunciaban las irregularidades del régimen azerí. Debía hacerlo por ella y por Hrant. No sabía nada de él. Tal vez el camarógrafo también estuviera pensando lo mismo, si aún estaba vivo. El miedo de no saber qué vendría después la aterró.

Al día siguiente, le dijeron que alguien de la Cruz Roja quería verla. Ese joven que se presentó como Jacques Brown hablaba con acento francés. Tenía rostro de muñeco, unos ojos azules grandes y la nariz respingada. Llevaba un corte de pelo con jopo, al estilo de los futbolistas taquilleros. Su rostro de modelo y su mano transpirada cuando la saludó transmitía inexperiencia y terror. Su mirada se movía por las paredes de caucho de su celda en busca de cámaras. Alma entendió que' mucho no podría hacer. Jacques se acomodó en la silla de acero y le contó que las ONG de ayuda humanitaria habían tomado nota de su caso. Y que, debido a esa agenda, él mismo se había acercado para visitarla en varias oportunidades. Pero siempre le habían informado que "en esos momentos la señorita Alma Parsehyan se encontraba en Tribunales". No parecía difícil sacar conclusiones. Había salido al Juzgado una sola vez. Se lo dijo. Jacques alargó el silencio. Alma le contó que, varias mañanas la habían cambiado de celda porque debían reparar la suya. Sin embargo, dentro permanecía todo igual y la radio continuaba sin funcionar. El retrete olía igual de asqueroso, en la bacha no había agua y la lámpara de máxima potencia la encandilaba día y noche. Esperaba que ese joven atara cabos y entendiera que, en cada oportunidad que se había presentado y que incluso había exigido ir hasta su celda para comprobar si estaba, ellos le habían mentido. El mutismo del joven confirmó que comenzaba a entender. Ocultaban su presencia cuando la Cruz Roja exigía verla. Y, ante tantos pedidos, esta vez no habían podido negarse. Le habían avisado, sí, que Jacques Brown tendría poco tiempo, porque Alma debía concurrir nuevamente a los Tribunales. "Ellos se atenían a derecho". Por eso, unos días antes, habían dejado de torturarla. Para que ese novato, no detectara las marcas. Adentro del ministerio nada quedaba librado al azar.

Alma le preguntó si sabía algo de su compañero Hrant

Torosyan. Jacques le dijo que lo tenía en la lista de informes, pero no lo había podido ver aún. Le habían explicado lo mismo que en el caso de Alma. Que se encontraba en los Tribunales. Alma sintió esperanza y también pavor. Jacques esbozó una pausa y bajó su vista al suelo. Se lo notaba con prisa por retirarse.

—¿Necesita algo más? —le preguntó a Alma de pie junto a la puerta blindada.

Alma le señaló con los ojos la bombilla con esa intensidad que la encandilaba día y noche.

—Sí, unas almohadillas de avión y un abogado —sugirió. Sabía que la segunda parte del pedido no la podría resolver. Tal vez lo aliviara encargarse de la primera.

Le tuvo lástima. Entendió que era ella quien podría ayudarlo a él. Ese chico inexperto la observó desahuciado. No iba a informar sobre sus torturas. Sobre su rostro y sus ojeras, los pómulos salidos por la delgadez y el dolor. Lo dejó ir sin reproches.

Al día siguiente, la escotilla se abrió. Arrojaron dentro un paquete con diez almohadillas de avión. Recordó el rostro aterrado de Jacques Brown. Sonrió con una mezcla de compasión y ternura.

Durante las noches siguientes, los tormentos no cesaron. Variaban en formas que nunca hubiera podido imaginar. Jamás creyó que el impacto de las toallas mojadas podría doler tanto al estrellarse contra su espalda. Tampoco podía entender cómo, a las cuarenta y ocho horas, esas marcas desaparecían, aunque el dolor continuara. Colgada del techo y esposada, mientras el cuerpo le quemaba por tensarse al extremo, esa madrugada había pedido agua. Ante sus ojos, los guardias llenaron varias botellas de plástico hasta el tope. Sus papilas gustativas se adelantaron para sentir el líquido en su garganta y sus entrañas. Esos centinelas se alejaron y se situaron por detrás de Alma. Uno por uno, comenzaron a arrojar cada botella hacia su columna vertebral. Por delante, la lámpara UV la llevaba a cerrar sus ojos, pero esas lacras humanas se lo impedían.

Al décimo día, la llevaron a otra oficina del MNS. Un abogado pedía verla. Alma tuvo la sospecha de que su presencia debía guardar relación con la visita de Jacques Brown. Intuyó que, en una suerte de gestión "paralela" a su labor oficial como miembro de Cruz Roja, ese chico había intentado ayudarla.

Notó al abogado tan joven como Jacques. Cuando los dejaron solos en su celda, Alma volvió a representar la misma mímica que con Jacques Brown, bajo las mismas cámaras. Si declaraba abiertamente que la habían torturado correría riesgo ese abogado. A quienes se animaban a defender a los presos políticos, les cruzaban autos en la calle, los multaban o encarcelaban y luego los acusaban falsamente para terminar quitándoles la matrícula.

En silencio, Alma apoyó sus manos secas y sucias sobre la mesa. Giró el dorso. Los ojos del abogado se posaron en el interior de sus muñecas rojas y agrietadas. A menos que le revisara la cabeza y detrás de las orejas, no podría advertir los golpes. Mucho menos los impactos de las toallas mojadas en su espalda o los botellazos lanzados como rocas. Ya no sentía las vísceras ni las piernas ni los brazos. Ya no se sentía ella. Miró al abogado antes de que saliera de su sarcófago. El infierno debería ser mejor que el lugar que pisaba.

Las torturas cada noche se detenían unos minutos cuando Zeinab y Vugar le exigían que les dictara las jugadas. Se peleaban entre ellos para ver cómo llenaban su noche ante los escaques, mientras Alma colgaba del techo. Aguantaba sus vísceras incendiadas como sus párpados y pupilas contrariadas por los rayos UV. Después volvía a la celda y se concentraba para dormir el par de horas que le quedaban hasta que la despertaran con gritos. Las almohadillas que le había dejado Jacques Brown la ayudaban. Trataba de concentrarse en lo que sí tenía, más que en lo que no. Se concentraba también en identificar qué ínfima porción del cuerpo no le dolía. Contaba cuántas mañanas le quedaban para darse una ducha. Hasta que lograba dormirse, o algo parecido.

Una de las madrugadas que la bajaron para torturarla, al regresar ya no disponía más de las almohadillas que le había dejado Jacques Brown. Todo parecía efímero en ese lugar. Salvo sus tormentos. Sin embargo, sorpresivamente, los guardias habían detenido los martirios. Hacerla pensar que no la vejarían más, para luego volver a la carga, formaba parte de la tortura psicológica además de la física. Lamentablemente, no se equivocó.

Cuando reanudaron las vejaciones, la ataron a un radiador que le dejó las piernas en carne viva. La sentaron sin sus pantalones sobre el aparato. No podía decidir qué era peor. Conocía la secuencia. Al poco tiempo sentiría la bolsa de plástico sobre el cuello que le hacía perder lentamente el oxígeno y la conciencia. Mientras escuchaba más sadismo de uno de los guardias.

—¿Podemos ayudarte? ¿Ahora declararás? ¿Qué hacías con el camarógrafo Hrant Torosyan? ¿Sabes qué hicimos con él?

¿Conoces el cañón de la AK-47? ¿Podrás imaginarlo dentro de su cuerpo, en sus partes íntimas? Creemos que lo gozó tanto como nosotros gozaremos contigo.

Alma le tiró otra escupida. El tipo le contestó que le arrancaría las uñas y le cortaría los dedos si seguía con esa actitud.

Durante el día, Alma se preparaba psicológicamente para las salvajadas. Al mes y medio, su aspecto semejaba un cadáver. Había perdido masa muscular, fuerza y muchos kilos. Lavaba su único pantalón en el retrete. Le quedaba cuatro talles más grandes. Exigió que la atendiera un médico. Le respondieron que no habría problema. Que lo llamarían cuando estuviera enferma.

Pasaron algunos días. Una mañana, después del desayuno, crujió la llave. No pudo ni moverse de la cama, donde aguardaba sentada. Su fuerza había desaparecido por completo. La puerta de la celda se abrió. El general Rashad entró acompañado por Vugar. Se movían entre sí con confianza. Le traían una jarra térmica. Se preguntó por aquella señal de "amabilidad". La llevaron a hacer ejercicio con el resto de los presos. Apenas podía pararse y caminar. Cruzarse con el resto de los detenidos, le daría información. Además de hacerle bien a su cabeza. Algo parecía haber cambiado.

Distinguió un grupo de gente, todos con semblante gris. Y otro hombre delgadísimo que los seguía. Tuvo que focalizar la vista. Tenía la estatura de Hrant, pero no su torso ni su postura. Su barba había desaparecido, los rizos también. Llevaba el pelo ralo y le costó reconocerlo sin su barba. El rostro demacrado y anguloso del camarógrafo era otro. Esa figura humana que se resistía a asociar con él, pesaría por lo menos diez kilos menos. Ella debía lucir peor. De repente, sus ojos se cruzaron. Los separaban unos quince metros. Fueron cada uno espejo del otro. Fueron también espejo de un abrazo invisible. Ese lazo le bastó para reconocerse aún viva.

Aguantó una semana más en iguales condiciones. La esperanza de cruzarse en el patio con Hrant la animaba. Mirarse de lejos. Dos segundos les bastaban hasta que algún guardia les advirtiera y gritara. Esa ventana en sus ojos, la animaba para terminar el arroz que repugnaba. Para soportar el asco en su intimidad invadida. Los gritos que se le aparecían en el sueño. Cada vez que volvía la bestia del diente negro. Cuando la montaba sobre el suelo del sótano esposada. Se reía mientras la avanzaba y se satisfacía. Se preguntó si alguna vez podría recuperarse. Salió rápido de ese lugar de su mente. Si se detenía allí, no podría continuar respirando. Paradójicamente, debía hacerlo si quería abandonar esos muros.

Una mañana, luego de la rutina de ejercicios, Vugar la llevó a la oficina del director Rashad. Dijo que quería verla urgente. Alma se inquietó. La metió de un empujón en su despacho y de pronto se chocó con los ojos de un chico joven, no más de veinte años, que la miraba sin gesticular. Estaba sentado en una mesa contigua al escritorio, frente a un tablero de ajedrez.

—Te presento a Elnur Rashad, mi sobrino —pronunció Rashad.

—Siéntate aquí, con las negras —completó Vugar y puso el reloj—. Juega, a ver qué eres capaz de hacer.

Alma no podía creer lo que veía. Menos lo que escuchaba.

No entendía bien qué sucedía o cómo comportarse. Pero la inquietaba imaginar qué tramaba esta gente. No la iban a sentar con Elnur Rashad por amabilidad. O para que se entretuviese, como parte de su nueva rutina de ejercicios en el MNS.

En cuanto se ubicó y sintió la madera que rozaba sus dedos, la arena que pesa dentro de las piezas, se olvidó de que se encontraba prisionera. De que le dolía todo el cuerpo. De que tenía diez kilos menos. Que aún sentía el asco en sus entrañas.

El abuelo Karnig y sus enseñanzas reaparecieron sobre el tablero. "Tienes sangre de ajedrecista. Cuando más lo necesites, tus manos volarán como las de un ilusionista", recordó cómo le hablaba en el patio de Watertown.

A diferencia de Alma, que jugaba con el estilo antiguo, Elnur Rashad manejaba la teoría ajedrecista actual, muy influida por las computadoras y la abrumadora bibliografía. Alma quedó en una posición inferior. Entonces, hizo lo que mejor sabía hacer. Agudizar el ingenio y complicar el juego.

Se arriesgaba cada vez más con sus negras, en un remolino de ataques desesperado contra el rey de Elnur. El sobrino de Rashad se defendía con paciencia y bastante éxito. Cuando logró colocar su alfil en la gran diagonal, consolidando de manera casi definitiva su agredido enroque, daba la partida por ganada.

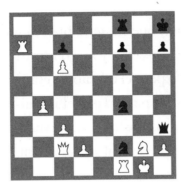

Cuando parecía que los recursos ofensivos se habían agotado, Alma sacó su as bajo la manga. Venía prefigurando la jugada, algunos movimientos antes. Movió su dama dos casillas a la derecha, justo donde el alfil de Elnur apuntaba. Pero eso liberaría la casilla clave "h3" para el repliegue mortal de sus caballos negros. Los murmullos alrededor de ellos en esa oficina se acallaron. Solo se escuchaba la respiración jadeante de la detenida. El mismo Elnur miraba estupefacto la jugada insólita de Alma. Poco a poco, tomaba dimensión de que había sufrido un golpe mortal. Capturara él o no aquella "dama envenenada", no podría escapar a la derrota. Sin disimular su frustración, Elnur deslizó el alfil blanco. Sacó a la dama negra fuera de juego. Entonces Alma movió su caballo de "f4" hacia "h3". Jaque mate consumado.

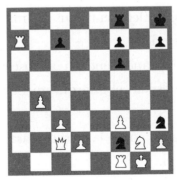

Vugar y Rashad, que no se habían despegado un segundo, miraron primero la posición y luego miraron con odio a Alma. La habían arrasado pero el talento de esa ajedrecista cautiva relucía intacto. Elnur se paró. Tuvo el impulso de pegarle. Cuando le levantó la mano, Rashad lo detuvo.

—Retírate de aquí —le gritó a su sobrino, para sorpresa de Alma. Y continuó con su despliegue de órdenes—. Escúchame bien, perra *ermení*. Jugarás en lugar de Elnur en la Olimpíada. Esto no es un premio, que te quede muy claro. Mi sobrino debe enfrentar mañana a un iraní de origen armenio. Necesitamos asegurarnos la victoria. Más vale que le ganes. ¿Entiendes?

Le hablaba pegado en la oreja. Su saliva salpicó el rostro de Alma. Otro guardia se acercó para sacarla de la oficina. Mientras la conducía hacia su celda, Alma pudo escuchar a Rashad que se dirigía a Vugar en inglés.

—Después que complete todas las partidas que necesitamos para ganar, la mataremos. Esta perra *ermení* podría resultar un problema fuera del Ministerio Nacional de Seguridad. Pero antes nos valdremos de ella.

Alma comprendió que exponerse parecía la única forma de sobrevivir. Solo "colaborando con ellos" podría traspasar ese muro de hormigón. Elegir entre sus dos muertes posibles: dentro o fuera del ministerio.

—Mañana temprano vendrán a buscarte para llevarte al Crystal Hall —le espetó el guardia mientras cerraba la puerta de su sarcófago.

No tenía idea de cómo la harían pasar por Elnur Rashad. Pero jugaría por él.

Debía ganar si quería obtener un día más fuera del ministerio. Cuantas más jornadas traspusiera esos muros, mayores chances tendría de idear un plan para salvarse.

Una bomba de miedo y adrenalina la invadió.

# CAPÍTULO TRECE

# OLÍMPICA

BOSTON. UNOS DÍAS ANTES...

El teléfono celular sonó temprano en la mesa de noche de Lucciano. Los jueves salía con sus amigos. Tenían ese acuerdo con Melanie. Y, a diferencia del resto de la semana, el viernes no llevaba a Franco a la escuela, sino su mujer. Lucciano aprovechaba su única noche y mañana de soltero. Se maldijo por no haber apagado el teléfono. No lo hacía por si ocurría alguna urgencia con su hijo, con Melanie, la familia o el Boston Times. En ese orden.

Miró de reojo la pantalla. Marcaba las siete y media. El visor indicaba "Llamada perdida de Paul Sharp". Le pareció extraño que su amigo se comunicara a esa hora. Quizá la diferencia horaria con Gran Bretaña lo había confundido. Ya dejaría un mensaje.

El vodka se le había subido a la cabeza. En cada trago de la noche del jueves, Lucciano deshacía una capa de su mandato. Perdía el peso del sello Conti. Entre copas siempre reflotaba Alma. Lucciano callaba y pedía otro trago. Cada vez un poco más cargado. Esa mañana, la resaca había confundido su cabeza.

A los dos minutos, otra vez el teléfono. Abrió otro ojo. Deslizó el dedo. De mala gana, tomó la llamada.

—¿¡Qué pasa, viejo!? ¿Estás aburrido en London Eye?

—Lucciano debes escucharme.

Paul Sharp sonaba abrumado y Lucciano todavía se esforzaba por retener la galaxia del sueño.

—No quiero saber de tus peleas matrimoniales, Paul. No estoy de humor.

—Lucciano, tranquilo. No se trata de mí.

—¿De quién si no? No me vengas con tus aventuras.

—Amigo, lo siento. Se trata de Alma.

El corazón de Lucciano dio un salto brusco. Se sentó en la cama. El dormitorio se dio vuelta.

—¿Qué pasa con Alma? —gritó y agradeció que Melanie no estuviera a su lado. Si Paul llamaba con este tema, no podía resultar una broma o un chisme barato de pasillo como los que vivían en la redacción.

—Está presa. Alma está detenida en Bakú. Aunque no lo creas.

Lucciano no podía dar crédito. De pronto todos los vodkas de la noche anterior le vaciaron los ojos y agujereaban su lucidez. Necesitaba pensar, pero una escafandra sellaba su cabeza.

—¿Estás ahí amigo?

Lucciano trató de llegar hasta la cocina. Abrió el refrigerador. Buscó el vodka. Destapó la botella para beber del pico. Si no lo hacía, no iba a poder escuchar a Paul. No sabía de Alma desde que había dejado la redacción. Era imposible que estuviera presa en Azerbaiyán.

—Dime que estás ebrio. Que acabas de salir de un bar. Que discutiste con tu amigo Jacques, el francés, y me quieres molestar. Te dije que le dieras tiempo. Los amores no funcionan de un día para el otro. No me llames. Que tampoco me va bien. No te puedo aconsejar. Lo siento.

—Lucciano, amigo. Esto va en serio. Es difícil, lo sé. Pero tienes que saberlo.

En ropa interior negra y descalzo, Lucciano caminaba por la casa vacía con el teléfono en altavoz. Entró al baño. Se tiró agua helada en el rostro.

—No entiendo. ¿Qué pasó con Alma? ¿Cómo sabes de ella?

—Mi pareja, Jacques Brown, trabaja para la Cruz Roja. Visitó a Alma hace algunos días, en el Ministerio Nacional de Seguridad en Bakú, donde está detenida.

—Dime que es una muy mala broma, Paul. ¿Qué tiene que hacer Alma en Bakú? Me quieres arruinar el viaje y los negocios. Sabes que estoy por volar con el equipo de ajedrez para concretar asuntos comerciales en Azerbaiyán. Gracias a la intervención del canciller turco, Mehmed Demir, el Ministro de Relaciones Exteriores azerí nos ofreció un muy buen contrato. A cambio, el Boston Athletic lucirá en sus camisetas la leyenda *Azerbaiyán, land of fire*. Y el equipo de ajedrez lleva el sponsoreo de Jet Ottoman. Ya hemos cerrado trato

con Turquía y con Azerbaiyán. Tú conoces el detalle de los acuerdos hace tiempo.

El equipo de baloncesto Boston Athletic, a través de la amistad de Carlo Conti con Thomas Williams, directivo del club, finalmente había aceptado llevar la leyenda *Azerbaiyán, land of fire*. La misma inscripción que lució el Deportivo Madrid, y por la cual el club recibió una suma millonaria del país del Cáucaso. El emblema de Azerbaiyán rodaba en las camisetas de los futbolistas. Se multiplicaba en los televisores, tablets, computadoras y teléfonos del mundo con la cobertura de cada partido. El fuego azerí se desparramaba por el globo, como lo haría ahora a través del Boston Athletic.

Los rascacielos modernos de Azerbaiyán ostentan la riqueza del oro negro, pero esa leyenda no es reciente. Debido a la altísima presión de las reservas de gas natural y de petróleo, desde tiempos remotos los azeríes aseguraban que enormes llamaradas ascendían por las laderas de las montañas. No podían explicar el gas que se filtraba por la piedra porosa arenisca y fluía hasta que la química los volvía fuego. Con estupor, algunos aseguraron presencias de llamas sobre el mar.

Los bizantinos llamaron a Bakú "la ciudad de los milagros". El profeta Zaratustra vino a confirmarlo. Adoraba el fuego y lo tomaba como una metáfora de los misterios de Dios. Hoy esa mística continúa. Los turistas se conmueven ante Yanar Dag, una colina envuelta en llamas al norte de Bakú. Marco Polo describió las mismas llamas en sus famosos viajes por Persia. El fuego azerí, *azer* (fuego en persa), como negocio y como espectáculo era marca. El mismo fuego que arde en las camisetas. El fuego emanado del crudo que entrega la península de Absheron y el mar Caspio. El mismo hidrocarburo que llega hasta el mar Mediterráneo a través de una obra estratégica. El oleoducto que une Azerbaiyán con Georgia y Turquía. Esa tubería, una de las más extensas del mundo, lleva el crudo por tierra desde el mar Caspio hasta el Mediterráneo, para luego continuar su itinerario hacia Europa y Occidente.

Por esa razón no es extraño que desfilen por Bakú políticos y funcionarios europeos y del mundo, algunos encargados de "tutelar" la transparencia en los negocios. Pero, llamativamente, pasan lujosas vacaciones en los hoteles cinco estrellas de Bakú, invitados por el Gobierno. Reciben piezas de oro y plata, más cajas con kilos y kilos de caviar, también proveniente del Caspio. El operativo "seducción en petrodólares" se remata con el envío de alfombras de seda, hechas a mano, a los países de origen de esas personalidades y funcionarios.

Desde sus primeras reuniones con los contactos turcos y azeríes, Lucciano conocía "la diplomacia del caviar".

Cuando los precios del petróleo en el mundo caían y se agudizaba la crisis en el Cáucaso, Bakú aumentó las censuras y represalias hacia la oposición y las miradas críticas. Con Alma tras las rejas, parecía tarde repensar el acuerdo.

—Paul, quiero saber de Alma —insistió Lucciano.

—Jacques volvió muy asustado. Se unió hace poco a la Cruz Roja. Entre las primeras misiones que le asignaron fue visitar presos en Bakú. Ahora deduzco que lo mandaron justamente por su inexperiencia. Se sorprendió cuando le informaron que debía visitarlos en el Ministerio Nacional de Seguridad, en pleno centro de la ciudad, a ocho calles del Parlamento. Todo un piso, el séptimo, dedicado a las celdas. También se sorprendió cuando acudió varias veces al lugar y siempre le decían que justo los detenidos por los que pedía habían sido llevados a los tribunales.

—¿Cómo se enteró de Alma?

—La tenía en su listado. Cuando al fin pudo encontrarse con ella, le preguntó cuántas veces había ido al Juzgado. Ella dijo solo una. Su sospecha aumentó. La observó detenidamente. Sabía que no podía hacer preguntas que le ocasionaran problemas. En la celda había cámaras. Me contó que esa mujer lo miraba con unos ojos verdes cargados de abismo y de tristeza. Le dejó unas almohadillas para que pudiera dormir porque las luces de su celda jamás se apagaban. Él, que las usa siempre, ahora no las quiere. Esa mujer le contó que era periodista estadounidense con origen armenio.

—No entiendo, Paul. Por favor, sé más claro.

—Cuando dijo Alma, le pregunté por su apellido. Jacques chequeó en su cuaderno. Cuando leyó Parsehyan, me puse a llorar. Jacques no sabía qué me pasaba. Desconocemos cómo llegó a estar presa allí. Lo primero que pensé fue en llamarte.

—Está bien amigo. Me pasas con Jacques por favor.

—Está muy asustado. No quiere hablar. Teme que haya represalias.

—Dile que no lo comprometeré. Que necesito hablar con él. Necesito todos los detalles. Esto es delicado. Y es en serio.

Paul le prometió que convencería a Jacques. Que lo llamarían juntos en un rato. Lucciano no podía moverse ni respirar. Una pata de elefante le apretaba el pecho. Ahogó la furia y la impotencia. Caminó hasta la bañera. El agua corría por sus bíceps. El abdomen trabado. Las piernas y los pies firmes clavados en el mármol de la bañera. Solo cerraba los ojos en dirección hacia la caída del agua para que le pegara en el rostro. Para que se llevara esa pesadilla. Sintió remordimiento. Si hubiera actuado el día que Alma renunció al Boston Times, ¿hoy estaría presa?

Su mente buscaba un orden como una computadora que se resetea. Pensó en Lisa. La llamaría en cuanto llegara a la redacción. Nunca se habían caído bien, pero tenía que acudir a ella. Todo este tiempo en el Boston Times, se evitaban. En los pasillos y en el ascensor. Cuando se encontraban, los dos sabían que entre sus miradas cabía Alma, pero ninguno pronunciaba su nombre.

Después de hablar con Lisa, luego insistiría con Paul y más tarde convocaría a March, su padrino, quien tenía contactos en la Federación Mundial de Ajedrez. March también viajaba a Bakú por orden de Carlo Conti.

Todo le sonaba tan grotesco e increíble que no podía ser real. La puerta del apartamento lo alertó. Melanie había regresado. El agua seguía su curso. Se llevaba el agotamiento de sus sienes y de su pecho lampiño. La antesala del dormitorio en suite olía a espuma. Por el pasillo que conducía a la habitación, su esposa se soltó la coleta del pelo. Sacudió las ondas y se fue quitando las sandalias, la camiseta blanca, los jeans, la ropa interior. Estaba sola con su esposo en casa. Quería beber a Lucciano de un solo sorbo. Que la amara en cualquier lugar del caserón menos en la cama matrimonial. Salir de la rutina que los llevaba a

encontrarse en la intimidad la noche del sábado, como una cita en la agenda, para cumplir con la obligación matrimonial.

Con la puerta del baño entreabierta, Melanie invadió la cabina vidriada. Lucciano la miró sin mirarla. Advirtió su cuerpo recortado que se ofrecía ante su mar de reserva y soledad. Melanie Farrell lo buscó con determinación y ansiedad. Sin besarlo, tomó la mano derecha de él y la llevó a su sexo. Se entregaron en un acto rotundo. Ella giró contra la mampara y apoyó sus manos abiertas en el vidrio. Las uñas recién hechas y esmaltadas en rojo. Lucciano se introdujo en su esposa como Zeus, el Dios del Rayo. La encadenaba en ese acto. Para que no le robara su fuego privado, satisfacía a su mujer. No había bronca. Había descarga. Entendió que la exeditora del Boston Times siempre rondaría su vida. Aunque se hubiera ido lejos. Aunque hiciera el amor a repetición con Melanie. Cuánto había fantaseado en hacerlo con Alma en su cama. Por todas las veces que había dudado en llamarla, cuando Melanie salía de casa, ahora debía salvarla.

Se quedaron abrazados unos minutos bajo el agua. Melanie le pasó la esponja a su esposo por la espalda y lo abrazó por detrás. Él miró su reloj deportivo y anunció que llegaba tarde a la redacción. Salió de la bañera rápido y manoteó un jean oscuro y camiseta negra. Despidió con un beso corto a Melanie, atravesó la sala rumbo al garaje, sin dar a su mujer posibilidad de hablar. Salió en su camioneta.

Condujo temerario en el tránsito hacia la ciudad. Sus maniobras violentas reflejaban su estado. Miraba el teléfono como si pudiera hacerlo sonar. Esperaba que Paul Sharp y Jacques

Brown llamaran. Entró al Boston Times sin saludar. Avanzó por la pasarela de ochenta metros que cortaba como un cuchillo la redacción general. Caminó con la vista al frente, hasta alcanzar el box vidriado de su padre. Bajó las cortinas. Se dejó caer en el sofá Chesterfield. Sentía el cuerpo y las vísceras como si lo hubieran apaleado. Tenía dos horas hasta que Carlo Conti llegara a su oficina. Lucciano insistió con Paul. Como no contestaba pidió a la operadora el interno de Lisa. Lo comunicaron. Cuando la amiga de Alma atendió le pidió que acudiera pronto a la oficina de Carlo Conti. Que entrara sin anunciarse con la secretaria.

Hacía varias semanas que Lisa no tenía noticias de Alma. Intuyó que Lucciano podía preguntarle por ella. Sabía por Alma que no había hablado con Lucciano. También sabía de Hrant y de la expectativa de Alma por el viaje a Artsaj. Había recibido un último mensaje de Alma, el día que Hrant le regaló el anillo de brillantes. En esa comunicación, también le contó que en pocas horas emprendían el regreso a Ereván, en el helicóptero militar. Luego, no habían tenido más contacto.

Lisa entró nerviosa al box. Saludó distante a Lucciano. Sin preguntar, tomó asiento. Una mesa de café la separaba del Chesterfield, donde Lucciano le apuntaba con la mirada. El hijo de Carlo Conti resopló y se levantó. Caminó hacia la mesa redonda junto al escritorio de su padre. Tomó la jarra térmica y sirvió un té de hierbas a Lisa. Representaba un gesto inusual en él. Alma estaba presente, pero no estaba. Por Alma, sabía que Lisa solo tomaba té de hierbas. Por Alma, tampoco se hablaban. Y por Alma, hacían un paréntesis a sus mutuos recelos.

—¿Qué sabes de tu amiga? —Lucciano fue imperativo y no dio explicaciones.

Lisa no sabía si contarle. Ante su hermetismo, Lucciano bajó la primera carta del mazo.

—Estoy por viajar a Bakú. Vamos a la Olimpíada de Ajedrez. Sé que no me quieres y que no confías en mí. Pero debes contarme. Es importante.

A pesar de la advertencia de la familia soviética de Alma, y la poca simpatía personal que tenía con Lucciano, Lisa sintió que debía ayudar a su amiga. Que la política a uno y al otro lado del mundo, que las camas matrimoniales, en este momento no existían. Entonces, bebió un sorbo del té de hierbas y comenzó a contar, con esa voz grave que acentuaba, como si pudiera pensar mientras hablaba, más aún en momentos de tensión.

—Alma viajó a Armenia luego de renunciar. Se reunió con su familia en Ereván. Voló con un equipo de periodistas a Artsaj, la tierra que Armenia se disputa con Azerbaiyán. Hasta ese momento, hablábamos una vez por semana. Pero desde el día que regresaba desde Stepanakert, no respondió más mis mensajes. Preocupada, llamé a su prima Nané. Me costó ubicarla, y más que confiara en mí. Finalmente, me confirmó que Alma está desaparecida junto a otra persona con quien viajaba. Por su origen armenio, suponen que el régimen azerí los mantiene detenidos. A la familia, los mismos organismos de derechos humanos y autoridades armenias, le pidieron no acudir a la prensa. Explicaron que eso entorpecería las negociaciones para intentar liberarla. Nané me hizo jurar que no lo contaría aquí. Solo se lo confesé a Robert. Vivimos muy angustiados desde entonces.

A Lisa se le llenaron los ojos de lágrimas y Lucciano preguntó quiénes se encontraban con Alma en el momento de viajar a Artsaj. Lisa dudó otra vez. No podía dar la información a medias. Ya había hablado.

—Viajó con el novelista Hrant Torosyan —pronunció.

Lucciano hizo un silencio. Le sonaba ese nombre. Buscaba en su memoria. Tomó su teléfono y googleó. La pantalla le reveló la identidad del armenio que Alma había entrevistado en la Feria del Libro de Massachusetts. Recordó la página impresa en sus escritorios pegados, lista para publicar al día siguiente en la versión papel, y el llamado de Carlo Conti a su oficina, la misma que pisaban ahora. La caminata nerviosa de Alma hacia el box. La discusión en la pecera. El rostro desencajado de Alma cuando volvió a su computadora. La orden para levantar la nota de Torosyan y reemplazarla por la que pedía Carlo Conti: una crónica de los paraísos culturales para recorrer en Turquía. Recordó la furia de Alma. Recordó que, de repente, la vio juntar sus cosas del escritorio. Recordó que no se animó a mirarla. Recordó que la vio marcharse con una caja en los brazos y el bolso. Recordó que fue la última vez que la vio. Recordaba aún más, que su vida había cambiado mucho desde entonces y que con nadie lo hablaba.

Pero era tarde. ¿Qué hacía Alma con Hrant Torosyan en Artsaj? Prefirió no darle más peso a lo que ya pesaba en su conciencia. Trataba de armar un incómodo rompecabezas.

—¿Alma y Hrant Torosyan están desaparecidos desde el día que regresaban a Ereván?

—Así es —Lisa sonaba muy seria.

—Explícame, por favor.

—Fuerzas azeríes derribaron el helicóptero militar en el que retornaban con la prensa. No hay noticias de qué pasó con los pilotos armenios, y tampoco con Alma y Hrant Torosyan. Como te expliqué, suponen que el régimen azerí los tiene detenidos. Los armenios son moneda de cambio en las negociaciones políticas con Azerbaiyán. A los familiares les ordenaron no hablar con los medios ni instituciones, para no entorpecer las negociaciones. Temen gravemente por la seguridad de ambos. Las autoridades armenias exigen explicaciones a Bakú. Hasta el momento, no hay respuestas.

—¿Por qué no me lo contaste antes?

Lisa se quedó dura. Temía que Lucciano la traicionara. Finalmente, él era "la prensa". Pero también sabía que Carlo Conti no publicaría material que tuviera que ver con Alma y Hrant Torosyan. De todas formas, ahora se replanteaba si había sido muy ingenua en acatar las órdenes de Nané de no acudir a los medios. También se planteaba si no haberle contado a Lucciano había sido una mala decisión derivada de su mala relación. Miraba la oficina de Carlo Conti. Tendrían que hacerlo juntos, ahora, y por Alma. Lisa y Lucciano. Aunque no se quisieran.

—¿Qué sabes de ella? —requirió Lisa, ahora que ya se había abierto.

—Un amigo de la Cruz Roja la visitó en su celda. La tienen cautiva en el Ministerio de Seguridad de Azerbaiyán.

Lisa se estremeció. ¿Cómo una prisión podría funcionar dentro de un Ministerio de Seguridad? Hasta la impunidad más grande podía ocurrir en un régimen autócrata como el azerí.

Pero, además, le preocupaba en qué condiciones sobreviviría su amiga. Una mujer armenia presa en Azerbaiyán… Todo olía a cubetas de estiércol.

—¿Cómo supiste que está detenida? —Lisa no terminaba de confiar en Lucciano.

—Por Jacques Brown. Es la pareja de Paul Sharp. Jacques integra la Cruz Roja. Él visitó a Alma en su celda.

Lisa salió compungida del box. No podía creer que el destino la llevara junto a Lucciano para pelear por su amiga. Y, antes que eso, que la pareja de Paul Sharp hubiera visitado a Alma en prisión. Sin embargo, a pesar de su preocupación y tristeza, se alegró. A través de sus palabras obligadas con Lucciano, algo podía ponerse en marcha. Secretamente, confiaba en él. Volvió a su escritorio. Se sentó en la computadora. Llamó a Robert. No podía concentrarse ni trabajar.

De nuevo solo en la pecera, Lucciano regresó al Chesterfield. Miró la hora. Llamó a Paul. Lo obligó a que le pasara con Jacques. Le preguntó por Alma por enésima vez. Por el lugar. Por los guardias. Por los jefes del Ministerio Nacional de Seguridad. Por los nombres de a quienes él reportaba en Cruz Roja. Por el abogado que había enviado al MNS. Lucciano anotaba en su libreta con su Montblanc de tinta azul. No podía pasar un segundo más en Boston. Le pidió que lo comunicara de nuevo con Paul.

—Amigo, voy a adelantar mi vuelo a Bakú. Necesito que vayas con Jacques y que te hospedes en mi hotel y él en otro para no ponerlos en peligro —Lucciano hablaba en plural. Daba por hecho que Paul Sharp y Jacques Brown lo ayudarían. Pero no tenía idea de cómo pensaban hacerlo.

Paul sabía que debería evitar exponerse en territorio azerí. No podría pasear en pareja con Jacques. En Bakú la policía frecuentaba la puerta de los bares y discotecas para detener a quien pareciera gay. Los culpaban por resistencia a la autoridad, por molestar en la calle y de portar enfermedades infecciosas. Recibían terribles golpizas, multas y hasta los llevaban detenidos. Azerbaiyán, que se vendía al turismo como una sutil combinación de gustos europeos, persas y orientales, figuraba a la cabeza en el ranking entre los países de Europa en contra de las minorías. Ambos estaban al tanto. Y por eso Paul no había viajado para acompañarlo en su primera misión para la Cruz Roja. A su regreso, lo esperó en Londres, para tomarse juntos unas vacaciones.

—Nos vemos en Bakú —dijo Paul.

Todo había cambiado y Paul estaba decidido a arriesgarse para ayudar a Lucciano. ¡Y a Alma!

—Algo más, amigo. Ni una palabra a Melanie, ¿de acuerdo? Siempre sospechó de Alma. Cualquier tema relacionado a ella podría entorpecer nuestro objetivo. ¿Queda claro?

—Pacto de caballeros —rio Paul, y descomprimió un poco el aire. Por eso, Lucciano lo quería como amigo. Paul era divertido, sensible e inteligente. Y, sobre todo, buena persona.

Lucciano caminaba por el box. Llamó a Thomas Williams, el presidente del Boston Athletic. Si bien ya tenían todo listo, quería detalles de cómo seguía la organización de actividades en su arribo a Bakú. Necesitaba que le adelantara temas de agenda y los contactos de cada paso que darían en Azerbaiyán.

Después, Lucciano llamó a March, su padrino. El socio

y amigo personal de Carlo Conti, pero también empresario relacionado con la Federación Mundial de Ajedrez. Lucciano lo convocó a una reunión en un bar cercano a la redacción.

—¿A qué se debe tanta urgencia y misterio, Lucciano?

—Necesito que me ayudes. Nadie se puede enterar. Ni mi padre, ni Melanie, ni la gente del Times.

March, que además era médico clínico, tenía una intuición que no fallaba. Había dejado la profesión hacía años por los negocios, y Lucciano siempre le decía que tenía que volver al consultorio. De hecho, siempre lo llamaba en calidad de médico personal. March adivinó que podía tratarse de Alma. Lucciano jamás la había mencionado. Pero las veces que había visitado a Carlo Conti en el Times, le había llamado la atención la compañera de Lucciano. Esa editora de ojos claros que se sentaba junto al hijo de Carlo Conti, parecía acelerar el buen humor del futuro heredero. March se había acercado a saludarla una vez, y se demoró en sus ojos. Lucciano le tuvo que pegar una palmada para que reaccionara. Habían intercambiado esas miradas de hombres.

Ninguno habló. Pero March se quedó asombrado por la belleza de esa mujer. Al día siguiente, hablaron por teléfono y se lo comentó a Lucciano, quien dejó ver que Alma y él estaban unidos de forma especial, y cortó el tema. A March no le hacía falta preguntar. Tenía demasiadas horas escuchando a los pacientes. Analizaba sus rostros, el color de la piel, la mirada. Sabía cuándo mentían. Qué dolencia ocultaban. Cómo maquillaban sus emociones.

—Por favor, Lucciano. Sabes que te aprecio como un hijo. La relación con tu padre es extraordinaria, crecimos juntos, pero tengo por ti un afecto especial. Eres mi ahijado. Dime cómo te puedo ayudar.

A Lucciano le costaba hablar. Pidió un whisky y otro para March. Cuando la camarera los dejó, calentó su garganta con un trago.

—¿Recuerdas a Alma Parsehyan, la editora de Cultura? —soltó.

—Por supuesto, cómo olvidarla.

—Me es difícil hablar. Alma está en problemas, March.

Lucciano hizo una pausa, y March no entendía qué tenía que ver eso con él.

—Alma renunció al Times hace un par de meses. Viajó a Armenia y a Artsaj. Tuvo un problema en la frontera con Azerbaiyán. Ahora está presa en Bakú.

Lucciano sonaba seco. No quiso dar más detalles. Le explicó a March que iba a necesitar de él y de sus contactos en la capital azerí. Él conocía el lugar. Había viajado con ajedrecistas en otras oportunidades.

—Entiendo —dijo March, sin que Lucciano tuviera que aclarar qué más lo unía a Alma. No importaba cuánto había confiado Lucciano en March. No importaba siquiera conocer hasta qué punto había avanzado la relación entre esos compañeros de redacción fuera del trabajo, lejos de la mirada de Carlo Conti y de Melanie Farrell. March lo intuía.

Había en los ojos de Lucciano una desesperación por poder ayudarla. No tenía muchas opciones. Debía confiar y resolver. Enfrentarse a su padre, si fuera necesario. Los negocios del Times con Bakú podían significar un gran obstáculo, o una gran oportunidad. Debería actuar con inteligencia. Porque debería pasar por encima de Carlo Conti y de los Farrell.

Justo mientras entraba a la redacción con March, se encontraron con Carlo Conti.

—Qué extraño verte por aquí, March… —deslizó Carlo Conti, entre autoritario y celoso de sus relaciones. Luego miró a su hijo y regresó la mirada a March, esperando una explicación.

—Andaba en la zona y me encontré con Lucciano. Como tenía que hacer tiempo, lo invité un café. No estabas, te lo perdiste —Carlo Conti lo volvió a escanear—. No te enojes, amigo. Llegas tarde. ¿De dónde vendrás? —dijo March, todavía se daba el lujo de ironizar con Carlo Conti. Era una de las pocas personas, sino la única, que lo conocía como la palma de su mano.

En casa de Lucciano, la cuenta regresiva se había puesto en marcha. Empacó más ropa que lo esperado para su viaje y no contestó cuando Melanie sondeó por qué ponía tanta ropa en la maleta.

March lo pasó a buscar para ir rumbo al aeropuerto. Se encontrarían con Paul Sharp en el hotel de Bakú, el que les tenía reservado la organización de las Olimpíadas. El Fairmont Hotel, un cinco estrellas en las Flame Towers, era recomendación del canciller turco. Esas llamaradas hechas edificio que ascienden en la península de Absheron, serían su casa en su estadía en Bakú. En la ciudad al borde del Caspio, también conectarían con Jacques Brown. El voluntario de la Cruz Roja, sin embargo, se alojaría en el Baku City Hotel, a poca distancia. Era mejor que no lo relacionaran con Paul.

El vuelo llegó de noche. Mientras se acercaban a Bakú, Lucciano distinguió las Flame Towers con su forma sinuosa y su cima en pico. Esos rascacielos como antorchas de cristales sobresalían del contorno de la ciudad. Cada una de las tres llamas desafiaba la conciencia con un juego de leds. Formaban alternativamente los colores de la bandera azerí: azul, roja y verde. Pero también, cuando se volvían las tres llamas totalmente rojas, la gama de leds que se encendía y apagaba, dibujaba sobre su superficie arrogante el movimiento del fuego. Sellaban la noche en "las puertas de Oriente" como se autodefinían en Azerbaiyán. Al cansancio del viaje y al jet lag se agregaba la tensión.

En la conserjería del Fairmont enredaron la vista en un candelabro de cristal con forma de gota. Lucciano calculó para esa gota, unos seis metros de ostentación. Caían vertiginosos en el suntuoso vestíbulo. El conserje les comunicó que, por sugerencia de la organización de la Olimpíada, les harían un *upgrade*. Tendrían las habitaciones en el sector gold, en la cima del piso treinta y tres de la torre uno, el rascacielos residencial con despampanantes apartamentos y habitaciones. Lucciano ocuparía la suite real.

Cuando ingresó, la viscosidad del mar Caspio filtraba la

noche incierta por los ventanales. El baño parecía un spa. Con mármoles brillantes, como los que elegía Melanie para escaparse con Lucciano e intentar aniquilar la rutina. Ahora, solo y desnudo frente al espejo, su cabeza no paraba. Tendría que completar su juego de negocios para el Boston Times y acompañar al equipo estadounidense de ajedrez. Pero también encontrar a Alma. Su mente pensaba en doble modo. Uno formal, para el afuera. Otro, para adentro. En un punto, ese doble modo no era algo nuevo para él. Ahora lo llevaba más consciente. Deshacerse de las cuerdas que había elegido para mantener su estatus social. Se preguntó hasta qué punto podría.

Se quedó dormido, abatido por el viaje y las imágenes borrosas de un plasma de cuarenta y seis pulgadas. Cuando amaneció, el black out se levantó en una sinfonía lenta y programada. A las seis y media de la mañana, en Bakú, la bruma de las aguas duras y saladas del Caspio lo volvía a incomodar. Sintió un fuerte dolor de cabeza. Se paró desnudo y caminó hacia el cristal. Desde su torre registró las pasarelas bordeadas de cipreses. A lo lejos, los bares en la avenida.

Luego de darse una ducha rápida, eligió un traje azul oscuro, de pantalón entallado, con camisa blanca que llevaba sin corbata, y zapatos de cuero suela puntiagudos. El estilo tan atractivo de Lucciano podría convocar a cualquier marca de indumentaria para convertirlo en modelo publicitario, aunque él renegara de esas cuestiones. Con las manos en los bolsillos, se acercó a la ventana. Los ojos negros se clavaron en el horizonte de aguas verdes. El aliento cortado dibujó una nube de vapor en el vidrio. A la derecha, detrás de la Plaza de la bandera nacional, una

flecha se adentraba en las aguas y conducía al Crystal Hall. A la izquierda, la Ciudad Vieja. Dentro de las murallas del medioevo, la Torre de la Doncella. La leyenda contaba que el rey se había enamorado de su hija y quería casarse con ella. La niña, desesperada, le dijo que mandara a construir una torre. En cuanto la terminara, podrían consumar la boda. Pero cuando la obra estuvo concluida, la joven alcanzó lo alto de la torre de piedra y se lanzó al mar desde sus treinta metros de altura. Los fuertes vientos del Caspio parecían traer ese grito de siglos.

A poca distancia del hotel, detrás de los tres edificios como antorchas, sesionaba el Parlamento. De sus dos torres colgaba la bandera de Azerbaiyán. Cubría en forma vertical, la totalidad de la fachada con las franjas verde y azul en los bordes, y en el centro, la banda roja con la media luna y la estrella blanca. A pocas calles, el Ministerio Nacional de Seguridad. Desde la suite real, Lucciano identificó cada edificio y en particular las paredes del MNS. Su mirada apuntaba en esa dirección. Si sus ojos traspasaban el hormigón, daría con los de Alma.

Su piel golpeaba las paredes de su torre. La gran llama de leds, su fuerte y su celda. Como si él también se lanzara al Caspio desde la torre, tras el grito de la doncella. Tendría que moverse con mente fría para no fallar. Los negocios del Boston Times. La Olimpíada. Alma. Bakú y sus fuerzas de seguridad. ¿Podría liberar todas las torres? Empezó su investigación para rescatar a la persona que amaba.

Despertaron a Alma con gritos. Luego de dejarle el desayuno, arrojaron un manojo de ropa por la escotilla de la celda.

—Vístete con estas ropas —le ordenaron.

Era la primera vez, en un mes y medio, que veía otro tipo de prendas que no fueran las de ella, rotas y lavadas en el retrete. Se las ponía mojadas, para no estar desnuda. Con la ropa húmeda sobre su cuerpo abollado y sin carne esperaba que el calor las secase. Competía con el sudor de septiembre y del miedo. Se acercó a las prendas con curiosidad. Desdobló una camiseta lila con el cuello polo blanco. El logo indicaba que se trataba de la camiseta oficial de la 42.ª Olimpíada Internacional de Ajedrez. Llevaba el dibujo del Crystal Hall a un costado del pecho, con sus gajos fucsia y violeta. Recordaba la imagen del estadio en el afiche que vio cuando la trasladaron por primera vez al MNS. La camiseta se completaba con piezas geométricas en violeta oscuro estampadas en el contorno inferior.

Por la escotilla, también le pasaron unos pantalones marrones amplios, de varón. Del bolsillo extrajo un pase con cinta violeta para colgarse al cuello. Sobre una tarjeta también violeta y plastificada, vio algo que podía ser su foto trucada. La habían convertido en un varón. Lucía el cabello rapado y lentes de lectura con un gran marco oscuro. Debajo de donde decía "42.ª Olimpíada Internacional de Ajedrez", leyó su nueva identidad: Elnur Rashad.

Se consoló al pensar que, su admirado Mangus Carlsen, el astro noruego del ajedrez, y Fabio Caruana, del equipo

420

estadounidense, pisarían el mismo estadio que ella. Incluso Garry Kasparov, que ahora vivía en Estados Unidos y que había entrenado al equipo de ese país. En Norteamérica, Kasparov había desarrollado una escuela de talentos, similar al modelo soviético. Desde allí operaba también políticamente en contra de sus antiguos rivales, Rusia y Azerbaiyán.

Alma deseaba tanto conocerlos. Pero no en esas condiciones. Apeló a lo mejor de sí. Por Karnig seguía la vida de esos ajedrecistas, y por él también sabía que no era momento de llanto. Aunque no supiera cómo viviría cada día en su ser profanado. Con el olor de las bestias sobre su vientre. Con la sangre que le brotaba de sus cavidades recónditas, luego de soportar la embestida. La perturbación a repetición del infierno. Después de haber perdido la conciencia, y de haberse despertado en la enfermería del ministerio, con las piernas en posición obstétrica. Todo le volvía en sueños cada noche. La sala donde una enfermera había cosido su desgarro uterino sin ninguna humanidad ni solidaridad. Más bien lo contrario. Los olores y dolores se recargaban en su ropa interior manchada. No era su culpa sentirse sucia. Violentada por el goce de la barbarie.

Escuchó la puerta.

—¡Perra *ermení*! —entraron dos guardias a los gritos.

La sujetaron a cada lado, mientras la sentaban en la banqueta. Un tercero empuñaba una rasuradora. Alma empezó a gritar. Aullaba todavía más fuerte ante la máquina que invadía su cabeza. Los largos mechones comenzaron a caer sobre sus muslos. La llamaban "perra *ermení*", a la vez que extendían el motor por el hueso frontal, luego el parietal y, sobre su nuca, el occipital. Terminaron la obra por detrás de las orejas. En segundos, ni un cabello habitaba su cuero cabelludo. Volvió el silencio.

—¡Mira! Ya eres Elnur Rashad. Si hasta tienes sus mismos ojos verdes —rio el más grandote y le colocó un espejo de frente.

Alma se miró en el cristal. Rogaba que se fueran. Cuando la puerta sonó, pasó sus manos por la cabeza. La aspereza de los poros rasurados la estremeció. Sintió el cráneo helado.

A los pocos minutos, vinieron a buscarla. La esposaron dentro de la celda y la bajaron por el ascensor del fondo. La subieron a una camioneta amarilla que los esperaba en el estacionamiento. La escoltaban los mismos guardias que la sujetaron mientras la rasuraban. Se sumaron Vugar y Zeinab, que no dijeron una sola palabra al verla calva.

En el camino al estadio, la bruma del Caspio se metió en los ojos de Alma. A pesar del movimiento en la calle y de la dársena costera donde colgaba el horizonte. A pesar de la cantidad de ómnibus que traían delegaciones con su misma camiseta y el mismo pase. No sabía qué día era. La ceremonia inaugural había sido el primero de septiembre.

El Mercedes Benz amarillo tomó la Avenida de los Petroleros. Un juego de ajedrez con piezas del tamaño de personas descollaba frente a la Casa de Gobierno. El logo de la Olimpíada sellaba el centro del tablero. Detrás de las piezas blancas, el hashtag gigante como escultura: *#saychess*. Bakú invitaba a la foto de rigor para expandir su clima de algarabía en las redes. Diseminar como explosión exponencial la "nueva cara" de Azerbaiyán.

Pasaron otro mástil de ciento sesenta y dos metros de alto, en la Plaza de la bandera, la antesala del Crystal Hall. Divisó la carcasa con forma de minerales de roca. La camioneta se abría paso como llave automática entre los sucesivos controles de seguridad.

Entraron a un playón reservado para autos oficiales. Antes de bajar, Zeinab se dio vuelta. Le dio un par de gafas de lectura con marco cuadrado negro.

—Ahora sí, ya no te falta nada para ser Elnur Rashad —festejó y le quitó las esposas.

—Escúchame bien, perra *ermení*. Nunca te separarás de nosotros. Mirarás siempre hacia adelante y harás lo que te indiquemos. ¿Entendido? —agregó Vugar.

Alma asintió con la cabeza. Del silencio de su sarcófago, había pasado a la arena del estadio. Las mesas de madera recibían las espaldas encorvadas de los mejores jugadores del mundo. Los ceños fruncidos. Las manos que sostenían las cabezas.

Se abstrajo del murmullo y del nerviosismo. Tenía que desplegar su mejor ajedrez, aunque se sintiera invisible. Aunque la rodearan cientos de cámaras de televisión de cientos de países. Ya no sabía en quién se había convertido.

Zeinab no se separaba de ella. La condujo hacia la mesa del equipo azerí. Alma, en la piel de Rashad Elnur, estrechó la mano de su contrincante iraní. Entre el bullicio de la competencia en marcha, su mente regresó a la tarde que con doce años estrechó, por primera vez, la mano del rival Mayors, un hombre titulado, a quien había vapuleado. Volvió a ese segundo de la infancia. Iluminó con su mente cada batalla que había ganado en compañía de Karnig. Cuánta ironía desplegaba el destino. Ahora debía jugar bajo una bandera de media luna blanca y una estrella. La misma media luna blanca y estrella que había sometido a su pueblo.

Sintió el aliento de Karnig en su nuca rasurada. Una fuerza repentina le trepó por las entrañas sin peso. Las cejas blancas del abuelo se representaban como puentes de confianza. Esa chispa que le dictaba la jugada.

El iraní iba de blancas y planteó una apertura española. Alma pensaba mover su peón clásicamente hacia "a6" cuando titubeó y lo desplazó hacia "f5". Planteaba la aguda defensa Schilemman. El iraní no pudo disimular sorpresa: su adversario traía una jugada del pasado, ampliamente olvidada por los estudios modernos. Alma recordaba vagamente unos análisis y sugerencias que se detallaban en uno de los artículos que Karnig atesoraba, análisis que no resistirían el testeo de una computadora del siglo XXI. Pero jugaba contra una persona, no contra una máquina. Los humanos pueden equivocarse… Y eso sucedió con el iraní. Con tal de evitar una posible preparación de su rival, cedió toda la ventaja que significaba jugar con blancas. Alma quedó con una pareja de alfiles y una posición cómoda. Progresivamente fue explotando hasta que, un descuido de su oponente, la hizo sin problemas con un peón de ventaja. El iraní acumulaba fastidio por haber jugado de manera tan inofensiva. Alma sonrió. Una vez más, los consejos de conservar la calma del abuelo se cristalizaron en el tablero. Así, la nieta de Karnig consolidó la victoria de las negras.

Resopló en su silla y se echó hacia atrás. Levantó la vista

y miró al iraní. Elevó los ojos a las tribunas colmadas. Elnur Rashad, o mejor dicho Alma Parsehyan, acababa de debutar con un triunfo en la Olimpíada Internacional de Ajedrez. Al día siguiente, debería jugar contra el equipo chino, en la mesa cuatro. El tablero se ubicaría próximo al de Rusia, casi seguro. Arrasada, y aunque la mataran pasado mañana, se había convertido en una jugadora olímpica.

Debían regresar en veinticuatro horas al estadio. Zeinab la atornilló del brazo. Cientos de personas transitaban los pasillos bulliciosos. En el perímetro, se ubicaban los stands de los diferentes países y sus delegaciones. A lo lejos, y mientras enfilaban hacia la salida, Alma distinguió entre esos puestos, la bandera estadounidense. Seguían caminando con paso rápido. Avanzaban por un estrecho pasillo atestado de gente. En medio del tumulto, un grupo le alteró la respiración. Esos hombres que venían hacia ella vestían jersey con la bandera de Estados Unidos y la publicidad de Jet Ottoman. Alma recordó a Lucciano en su casa. Los negocios del Boston Times con Turquía y con Azerbaiyán. Recordó esa noche incómoda y de dolor. Afinó la vista detrás de sus lentes. Faltaban pocos segundos para pasar delante de ellos. Vugar y Zeinab, tan concentrados en arrastrarla, no lo percibieron. Alma iba a cruzarse con gente de su país.

De pronto, se le congeló la sangre. Quizá fuera un espejismo. O quizá había llegado su hora de morir y deliraba. El trapecio de Lucciano Conti ocupaba todo lo ancho del abrigo con la cremallera hasta el cuello.

A Alma le temblaron las piernas. Lo miraba fijo acercarse y no lograba que él posara la vista en ella, o en eso en que la habían convertido. Cuando pasó a la par, lo empujó a propósito. Lucciano Conti la miró ofuscado.

—¡Ey... fíjate por dónde caminas! —expulsó mientras seguía de largo.

El hijo de Carlo Conti no la había reconocido. Jamás podría hacerlo.

Evidentemente, los negocios del Boston Times con Turquía y Azerbaiyán habían funcionado. ¿Por qué otra cosa Lucciano estaría allí?

Alma intentó girar para hacerse notar. Y enseguida distinguió a March que venía pegado detrás de Lucciano. Aminoró el paso, para lograr captar su atención. Zeinab advirtió el cambio de velocidad y le retorció el brazo por detrás de la espalda. Fueron dos segundos. El socio de Carlo la cruzó sin reconocerla. Alma había perdido una doble oportunidad.

Un vacío la invadió. ¿Cómo Lucciano no estaba buscándola? ¿Sabría de su caso? ¿Habría salido en la prensa? ¿Alguien se movería para ubicarla? ¿La darían por muerta?

Durante el viaje de regreso al ministerio, tuvo que contener las lágrimas. La sensación de llevar una roca de una tonelada sobre el pecho. Entró a su celda. Se desplomó en la cama. No tenía fuerza ni permiso para recostarse hasta después de la cena. No le importó que la reprendieran. Le dolían los ojos. Los huesos. Se quitó los lentes. Pasó las manos por su cabeza rapada.

Pensó en el video que proyectaban las pantallas del estadio. Gente de todas las naciones, delegaciones del mundo, que sostenían un papel donde leían la letra para interpretar *Imagine*. El mensaje de John Lennon, de amor y de paz, resonaba mientras el presidente azerí estrechaba la mano a cada jugador y de cada ajedrecista estrella. Sus sonrisas se reproducían en los monitores del mundo.

Los ojos hundidos de Alma se concentraron en el rumbo de una cucaracha que caminaba por la pared. Los mechones de su pelo largo aún yacían en el suelo. Nadie los había barrido y nadie vendría a hacerlo. Se inclinó y levantó un puñado. Se los llevó junto a la calvicie. Trató de pegarlos en su cabeza. Recordar quién era. Cómo había llegado allí.

Volvió a la cama. Pensó en el día siguiente y en la partida contra China. Se concentró en la probabilidad de que Lucciano Conti volviera a cruzarla. De verlo y de ser vista. Tenía que volver a encontrarlo. Tenía toda la noche para diseñar una estrategia. Tenía que tentar a su suerte.

## CAPÍTULO CATORCE

# IMANES SOBRE EL TABLERO

Durante la noche, Alma vislumbró una posible solución. Si desplegaba jugadas extravagantes sobre el tablero, tendría una chance de que la gente se concentrara alrededor de su mesa. El tumulto llamaría a más tumulto, como el eco que se expande en un valle desolado. Jugar en forma extraña y llamativa, nada menos que frente a China y pegados a Rusia, se convertiría en su grito de libertad. Haría que saltaran las piezas en los escaques del Crystal Hall. Que las torres y los caballos llamaran a los gritos a Lucciano. La lógica del juego también la distraía de su pesadilla. De imaginar a Hrant torturado. De considerar que nadie le aseguraría un reencuentro con Lucciano.

Debía reagrupar los rastros de aquel ímpetu que conservaba para jugar alto. Visualizarse viva a pesar de convivir con la muerte. Salvarse ella para también salvar a Hrant. En ese hilo de respiración latía su capacidad de saltar al único bote salvavidas que, increíblemente, se llamaba Lucciano.

Sintió la llave en la puerta de su celda. Dos guardias la esposaron sin dirigirle la palabra. La sacaron a los empujones por el pasillo hacia el ascensor. La condujeron hacia el estacionamiento donde Vugar y Zeinab la esperaban dentro del jeep. Creyó tener un *déjà vu*. Pero debía conducirla hacia otro final. Se concentró en la probabilidad de ver y de ser vista. De actuar para favorecer el azar.

Durante el viaje, nadie habló en el jeep. La transportaban como quien traslada una carga. Las esposas le apretaban tanto que le hacían respirar hondo para soportar sus muñecas cortadas. Sus umbrales de dolor se habían modificado durante el cautiverio. También su mirada.

El vehículo se detuvo en el estacionamiento. Habían llegado al sector reservado para las autoridades. Le quitaron las esposas. La hicieron bajar entre burlas y empujones. Le ordenaron que se colocara los lentes cuadrados. Dentro del estadio, la cantidad de gente les impedía circular con fluidez. Aun así, su cuerpo magullado bajo esas ropas grandes empezó a vibrar con la adrenalina. Se pasó la mano por la cabeza calva. Volvió a mirar la cantidad de público. Se desplazaban con lentitud como una marea. Por sus cuerpos debería hacer que navegara su propio eco. El que propagarían sus piezas en el tablero.

Dieron una vuelta grande hasta llegar a su área de juego. Alma miraba hacia el sector del stand estadounidense. Trataba de individualizar alguna sudadera blanca con la bandera y la inscripción de la aerolínea turca. Por fin la sentaron en la mesa cuatro frente a Ni Chen, el rival chino.

Delante del tablero, su misión le pareció imposible. Ni Chen se ubicaba entre los mejores cien jugadores del mundo. Como en un pedestal, ni siquiera se rebajaba a mirarla. Alma arrancó con su jugada de siempre. El peón hacia el centro, y el chino respondió con una jugada de flanco. Rápidamente llegaron a una posición desconocida e irregular. Alma no pudo comprender entonces, el porqué de la heterodoxia del chino. Sin embargo, para cualquier ajedrecista guardaba mucho sentido. Para un jugador de la talla de Ni Chen, jugar contra Alma, en la piel de Elnur Rashad, se sentía como estar de vacaciones. En un torneo con tanta presión de los entrenadores y dirigentes, enfrentar a un rival anónimo le permitía tomarse licencias y descansar de los caminos trillados. Como de vacaciones entonces, Ni Chen buscó salir de la rutina. Se apartó de la obviedad de su "Siciliana" para entretenerse con las rarezas de una posición desconocida. Sin saberlo, el chino con su soberbia comenzaba a ayudar a Alma.

Frente a la amenaza del oriental, ella sacrificó su alfil "e7" ¡por apenas un peón! Pero eso le permitía instalar un caballo muy avanzado en territorio enemigo. Alma privaría para toda la partida a Ni Chen del deseado enroque. Para sus adentros, el jugador empezaba a reprocharse su juego despreocupado, mientras desde hacía quince minutos pensaba si capturar con el rey o con el caballo. Por su parte, Alma especulaba. Todavía no había llegado nadie a mirar la partida.

Comenzó a desmoralizarse. Ofrecer una posición vistosa contra un rival de elite, había funcionado bien, pero no se reflejaba en la estrategia del eco. Cada segundo se oprimía más, hasta que advirtió una sombra que la alertó. Casi grita al confirmar su presencia. Su admirado Fabiano Caruana, integrante de la delegación estadounidense, había posado la vista sobre el tablero. Contemplaba, con una mano en el mentón, una posición y eso era lo mismo que colocar un parlante de máxima potencia en el centro de la mesa. Ahora sí, sus chances de ver y de ser vista podían crecer exponencialmente. La sangre comenzó a desviarse con urgencia por sus venas. El corazón le latía fuerte. Con cada segundo llegaba más gente.

El morbo del público, de sentirse atraído por ese desconocido que lo ponía en problemas, ofuscó todavía más a Ni Chen. Capturó el alfil con el rey, Alma adelantó su caballo "d6" y su contrincante replegó el suyo a "c7" con la idea de centralizar su dama. Entonces, Alma vio una oportunidad de oro. Y sacrificó su segundo alfil "g6".

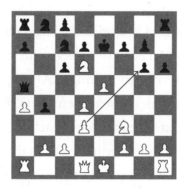

Jugó y golpeó fuerte el reloj con insolencia. No le importó la falta de respeto. Llamar la atención era cuestión de vida o muerte. Si su rival capturaba, Alma movería su caballo hasta "h4" y una danza de equinos sobre el rey negro entretendría al público algunas jugadas más.

Un murmullo se expandía a su alrededor. Pudo ver el rostro nervioso de Zeinab con cada par de ojos que se sumaba a la partida. Había costado la vida de dos alfiles, pero el eco navegaba como una realidad incontenible. Solo faltaba algo más. Que atrajera a Lucciano.

Su corazón se desbocó como aquellos caballos. Golpeaba fuera de sí. Alma empezó a sentir una sed irrefrenable. Le temblaban las manos a punto que le costaba tomar las piezas y con tanta gente alrededor comenzó a sentir la falta de aire. De pronto, creyó distinguir a March. El socio de Carlo Conti se abría paso y avanzaba en línea recta hacia ella. Parado a metros de sus manos sudorosas, le hizo recobrar algo de energía.

El chino al fin capturó el alfil y Alma, como si su mano obrara independiente de su cuerpo, movió su caballo hacia "h4". Una queja indescifrable de su rival generó una discusión que acrecentó todavía más el tumulto. Alma seguía buscando a

Lucciano con la mirada, a medida que una ola de frío la tapaba. Comenzó a ver manchones negros cada vez que alzaba los ojos. Tomó un sorbo de agua. No lograba estabilizarse. Sus manos seguían en acción, divorciadas de su cuerpo.

De pronto, su espalda y sus brazos contorsionaron. Los ojos huyeron hacia atrás y el globo ocular quedó en blanco. Sonó un golpe seco y las piezas se desparramaron. Alma quedó tendida sobre el tablero.

March se acercó de inmediato a socorrer a ese extraño jugador. Zeinab pensó que Alma fingía, pero al ver maniobrar a March se apartó. El guardia controlaba la escena a una distancia prudencial. Si se acercaba podrían descubrir el fraude de la identidad de Alma. March intentaba asistir al jugador en crisis. Le quitó los lentes. Al examinarle los párpados levantados descubrió sus retinas verdes. Le sostuvo la cabeza. Sintió un leve movimiento entre sus manos. Como si ese ser hubiera cobrado migajas de vida. Lucciano se acercó tras de él. Zeinab lo descubrió en su sudadera estadounidense, y se puso más tenso.

–Apártense, soy médico –ordenó March a la gente que se acercaba y cortaba la circulación del aire. Sostenía ese cuerpo inerte. De pronto, escuchó un sonido que expulsó esa boca seca, como si despertara de un mundo lejano.

–March, March… –exclamó en un hilo de voz femenina ese cuerpo que parecía un varón. Volvió a retorcerse en otra convulsión. Había vuelto a desmayarse y no reaccionaba. El socio de Carlo Conti tomó el pulso ausente en esa muñeca nívea. Volvió a examinar los ojos. El iris verde. Reprimió una arcada. No podía dar crédito a lo que no quería confirmar.

A un metro, Zeinab tomó su teléfono. Empezó a relatar la situación a Vugar, en el extremo opuesto del estadio. Junto a Rashad, tejían relaciones públicas con el presidente azerí, los ministros y secretarios.

—No te acerques, no la toques. Pero quédate ahí, ya he enviado a los paramédicos. Si intervienes, podrían descubrir que cambiamos su identidad. Todo se volvería en nuestra contra —advirtió Rashad, a la vez que enfilaba hacia el espectáculo que había ocasionado Alma.

March examinó los ojos inundados. Confirmó la monstruosidad. En qué la habían convertido. Evitaba pronunciar su nombre, como si pudiera protegerla y sustituir esa cruel realidad.

Al advertir las maniobras de March, Lucciano tuvo una horrible premonición. Lo desplazó con brutalidad para ocupar su lugar. Sostenía la cabeza rapada, mientras se hundía en dolor. Sintió los huesos destituidos de Alma. La piel transparente. Las venas que pugnaban en una cavilación azul. Quiso trompear al guardia que lo controlaba con desprecio. El hijo de Carlo Conti amagó con pegarle, pero March lo detuvo. Le señaló esos ojos verdes que, de pronto, se habían movido y apuntaban hacia Lucciano, mudos.

—Amor… —pronunció él por lo bajo, ante su rostro robado.

Helada y azul, su excompañera del Boston Times se esforzaba por sobrevivir. No podía morirse ahora que él había llegado. Lucciano le incorporó el torso. La rodeó entre sus brazos. Ese hilo de persona sobre su pecho volvió a desvanecerse.

—Tienen que atender urgente a este jugador —reclamó March.

Lucciano aferraba el pecho y la cabeza de Alma, como si

por sus bíceps cálidos pudiera traspasarle vida. Convencerla de que aguantara. De que iba a rescatarla de esa oscuridad. Le hablaba, aunque ella no pudiera escucharlo. Acercó su boca a la pequeña oreja morada de Alma.

Zeinab se aproximó a él, más alerta aún. Reclamaba por handy que los paramédicos se apresuraran. Ajeno al monstruo, Lucciano volvió al oído de ese cuerpo transparente.

—Alma, escúchame, por favor. No voy a dejarte. Amor, quédate conmigo. Resiste. Vine a buscarte. Te pido perdón. Te prometo que te sacaré de aquí. ¡Alma! ¡Alma!

Su cuerpo no respondía. Había vuelto a desvanecerse. Lucciano vio correr gotas saladas por el cráneo rapado. Los párpados amarillos lucían hinchados. Los labios cortados y verdosos. Ya no latía. Supo que había entrado en paro cardíaco. La extendió en el suelo. Ordenó que la gente se alejara. Se inclinó hacia ella. Apoyó sus manos, una encima de la otra, sobre el pecho de Alma. Apretó su torso con fuerza. Soltó y esperó. No hubo reacción. Lucciano hincó sus ojos en el techo del estadio y regresó a ella. Repitió la maniobra de reanimación, dos veces más. Rezó al Dios en quien no creía. Invocó un milagro mientras su mirada rebasaba de furia y lágrimas. Se prendió a sus labios para darle respiración boca a boca. Por fin, Alma inhaló. Volvió la vista a ella. Alma vivía de nuevo. En sus brazos.

Un hombre con ambo verde, zapatos de descanso y estetoscopio lo apartó. Pero Lucciano no soltaba a Alma. Y Zeinab no se despegaba del paramédico. March se presentó como médico por segunda vez. Mostró su matrícula. Indicó que podría tratarse de un cuadro de deshidratación muy severo, además del paro cardíaco del cual Lucciano acababa de salvar a ese "participante olímpico". El paramédico revisó al jugador tumefacto. Coincidió con el diagnóstico a priori de March. Estuvo de acuerdo en que, si no lo asistían en forma urgente, podría desencadenar secuelas irreversibles.

Obligaron a March y a Lucciano a separarse del paciente. Explicaron que debían trasladarlo para internarlo, ponerle un suero y hacerle más estudios médicos. Lucciano y March escuchaban los argumentos que el paramédico rendía a Zeinab. March preguntó hacia dónde lo llevarían. Pero el hombre del ambo verde y estetoscopio se negó a dar precisiones.

Se quedaron allí, mientras cargaban a Alma en una camilla. Lucciano y March comenzaron a seguirlos, sin perder de vista a Alma y en medio de la turbulencia de curiosos. En las mesas contiguas, el equipo chino pedía silencio para concentrarse.

Mientras seguían a los paramédicos, Lucciano marcó el número de Carlo Conti. No lo atendió. Insistió dos veces más. Ya habían traspasado la puerta de salida del estadio y alcanzaban el estacionamiento. Habían visto salir la ambulancia en medio de las sirenas. Lucciano subió con March a la camioneta y de inmediato conectó el bluetooth. Volvió a llamar a su padre. Conducía en forma brusca. Trasladaba al volante su ira mientras intentaba seguir la ambulancia. El tono de la llamada desde Bakú a Boston se expandió por el aire de la cabina.

Al fin, Carlo Conti contestó. Se sorprendió por la voz alterada de su hijo. Sin vueltas, Lucciano explicó a su padre acerca de Alma. Le rogó que moviera sus contactos con el canciller turco, Mehmed Demir. Debían llegar a la gente del gobierno azerí para negociar su liberación y la de Hrant Torosyan. Conti se rio al otro lado del mundo.

—¿Crees que van a dejar ir a dos periodistas armenios? Por favor, hijo, no seas ingenuo —y cortó la comunicación.

Esta vez, March marcó ofuscado de nuevo el número de Conti padre. Amenazó a su socio y amigo. Le aseguró que si no actuaba rápido tendría que arreglárselas con él. Y que si no resolvía el tema, retiraría el capital que desembolsaba cada año en el Boston Times. Como él, extraía fondos de sus lazos con la "diplomacia del caviar". Carlo Conti lo insultó, alzó la voz en el parlante, y March dejó que se descargara. Lo conocía. Cuando terminó con la catarata de agravios y blasfemias, le ordenó a March que lo volviera a llamar en una hora.

Lucciano conducía afiebrado hacia el hotel porque ya habían perdido la ambulancia de Alma. Pediría a Jacques Brown que le averiguase en qué hospital estaba.

Mientras tanto, al cabo de la hora, más enfurecido aún, pidió a March que se comunicara con su padre. Con voz seca y cortante, Carlo Conti atendió. March puso el altavoz. Carlo Conti les informó qué había negociado. Sonaba grave y frío.

—Deben llamar a Gulnar Narimov, mano derecha de Rashad, el director del ministerio. Buscan dinero en efectivo. La moneda azerí perdió valor frente al dólar con el derrumbe del petróleo. Por eso aceptaron negociar. Sin embargo, me aclararon que solo podrían entregar a uno de los detenidos. Hacerlo con los dos, los delataría en forma demasiado evidente. Me indicaron que entregarían al hombre y se quedarían con la chica. Me pareció muy razonable —volvió a reír Carlo Conti.

—No puedes actuar así —Lucciano desafió a su padre.

Totalmente ajeno, como si no hubiera escuchado a su hijo, Carlo Conti terminó de dar detalles de su negociación.

—Narimov arreglará con Rashad dentro del ministerio. Les pedirán cuarenta mil dólares por Hrant Torosyan, no vale más que eso —subrayó Carlo Conti.

Lucciano se levantó. Abrió la boca para insultar a su padre. March lo atajó para que se callara. Acostumbrado a mandar, sin importar costos ni consecuencias, su socio sonaba monocorde e irónico. Disfrutaba ese tono que le confería el poder.

March entendió que no discutiría con el editor general del Boston Times. Él pondría una parte del dinero y Lucciano la otra. Le avergonzaba la manera de actuar de su amigo. Le había costado llegar a ese lugar y, de hecho, él lo había ayudado en el círculo rojo de influencias. Pero había cuestiones donde el dinero no podía incidir. No lo iba a discutir. Concluyeron la llamada, y March le aseguró a Lucciano que se ocuparía de liberar su parte de los fondos.

Mientras escuchaba a su padrino, Lucciano repasó, en un instante, su vida. Melanie, atravesó sus ojos. ¿Había hecho daño a la gente que quería? Se agolparon todas las celebraciones. Cada cumpleaños de su hijo. Cada brindis con Carlo Conti y con los Farrell por las nuevas alianzas comerciales. Cada cena donde comentaban el último viaje por Europa. La ingeniosa complicidad de Melanie con su suegra cuando le recomendaba el último spa que habían visitado con Lucciano. De pronto, se vio tomado del cuello. Y hasta March había entrado en tensión con su padre.

Desde joven Lucciano había aceptado el juego de roles. Había crecido bajo el ala de un padre que lo manejaba y, creía, lo beneficiaba. Empezó a dudar sobre quién era. Por primera vez en sus treinta y seis años se planteó hasta dónde podía aceptar los manejos de Carlo Conti. Cuánta responsabilidad le cabía y qué consecuencias traería a su vida si se apartaba de ese círculo rojo. Cómo sería constituirse como Lucciano a secas. Sin apellido.

Lo invadió la furia. Primero con su padre. Y peor, con él mismo. ¿Podría salirse del Boston Times? Su cuerpo se tensó como estaca. Amagó con pegar un puñetazo en los cristales azules de la *suite* real. Juntó tanta bronca que caminó hacia el baño y descargó esa fuerza oprimida en el espejo. El cristal ya no devolvía su imagen. March escuchó el golpe y corrió a ver qué pasaba. Los cortes en la mano se veían a simple vista y la sangre salpicaba el suelo y los vidrios rotos. March lo ayudó a desinfectar las heridas. El agua oxigenada ardía en esos surcos como ardía su pecho. Mientras March lo vendaba, Lucciano le anunció que rescataría a Alma. La sacaría de Azerbaiyán. Se lo había prometido sobre su cuerpo azul. También se ocuparía de cerrar el negocio con Narimov y Rashad para liberar a Hrant. Luego liberaría a Alma de donde fuera que la tuvieran internada y la ocultaría para escapar juntos.

March terminó el vendaje. En silencio intentó no juzgarlo. Antes de irse a dormir, Lucciano convocó a Jacques Brown para desayunar al día siguiente. Se verían en la zona de los cafés de la ciudad vieja y amurallada, lejos de las cámaras y del ambiente denso del hotel. En Azerbaiyán, los lugares de lujo se vinculaban al poder. En esa franja, todo se grababa. Cualquier información, dato, foto o filmación, podría utilizarse en su contra.

El día amaneció pesado. En una mesa cubierta con un género de motivos persa, detrás de sus lentes espejados azules, esperó a Jacques Brown. Una joven camarera de pelo largo, semicastaño, tez cetrina y ojos entre verdes y dorados, lo ubicó en una de las mesas. Mientras tomaba nota de su pedido, Lucciano observó el maquillaje. Tenía unos rasgos que no coincidían del todo con la mujer caucásica, más morena. El uniforme de Tab Café destacaba su buena figura. Se preguntó por el origen étnico de esa camarera. Parecía más del norte de Siria, que del Cáucaso. Pero no podía precisarlo.

—Soy Leyla, ya mismo encargo su café. ¿Desea algo más, señor? —preguntó con el anotador en sus manos, haciéndose entender en su idioma.

Por sugerencia de Jacques Brown, ordenaron un desayuno caucásico. Al cabo de unos minutos, Leyla regresó. Hacía equilibrio con una bandeja donde oscilaban los tés en vasos de cristal. Los depositó en la mesa junto con el *paklava*, las peras y berenjenas en almíbar, más un recipiente con cajú, almendras y pistachos.

Cuando Leyla se retiró, Jacques contó a Lucciano que habían ingresado a Alma en la Central Clinic, un lugar que había sido reflotado por el padre del presidente azerí. Según sus averiguaciones, dos guardias la vigilaban día y noche. En este

viejo hospital soviético se atendían funcionarios, diplomáticos y extranjeros. El voluntario también había averiguado que Alma permanecía en terapia intensiva. Los doctores habían confirmado su estado muy delicado. Debía permanecer algunos días más internada.

Luego de escuchar el informe, Lucciano le explicó su estrategia. Jacques exigiría visitarla en la clínica. Explicaría que, por su grave estado de salud, debía actualizar el informe para la Cruz Roja. No podrían negarle la visita. Demandaría unos días hasta obtener el permiso, pero llegaría. Mientras tanto, Lucciano acompañó a Jacques caminando hasta su hotel. Antes de dejarlo, Lucciano se volvió y le preguntó:

—¿Conoces la Central Clinic?

—Sí, amigo. He tenido que visitar pacientes allí. ¿Por qué preguntas?

—¿En qué piso funciona la unidad de cuidados intensivos?

—En planta baja, junto a un playón de carga y descarga de contenedores. Hay quejas de los pacientes por los ruido.

Lucciano sonrió y lo despidió. Mientras caminaba, llamó a Paul. Acordaron encontrarse en la ribera del Caspio para andar otro rato más. En la peatonal amplia y semidesértica, ni un papel había en el suelo. El aire salado parecía ralentizar el cerebro, pero no el suyo que giraba con toda la presión y adrenalina. Lucciano repasó con Paul el plan. March transferiría los fondos a sus cuentas. Cada uno debía retirar una suma para completar la moneda de cambio por Hrant. Se moverían por separado en los bancos de Bakú. Lucciano se veía activo pero nervioso. Paul trató de tranquilizarlo.

441

—Estoy bien, amigo —se escudó Lucciano con aire de superioridad. Paul sabía que mentía. Caminó dos pasos y escuchó cómo Lucciano gritaba su nombre. Paul giró y se acercó—. Me molesta tener que ir a sacar a Hrant Torosyan de su detención. Me avergüenza admitirlo, hermano, pero es así. Lo haré por Alma. Sé que, si lo evitara, Alma no me lo perdonaría. La perdería para siempre.

Paul se estremeció. Le habló de Jacques Brown, y de otra clase de amor. El espíritu de entrega de su pareja y voluntario. Lucciano sabía que Paul hablaba en otro idioma. Y por eso también confiaba en él. Paul y Jacques tenían diferentes parámetros. Paul había profundizado en ese estado de verdad desde que salía con ese joven voluntario. Abrazó a Lucciano. Eran tan diferentes. Le confirmó que sí o sí debían también liberar a Hrant. Que no podía actuar con la lógica de Carlo Conti. Lucciano sonrió apenas. Una vez más, agradeció que Paul Sharp fuera su amigo.

Caminó mucho por la ribera espesa hasta sentir que la bronca cedía algunos niveles. Miró la hora en el teléfono y regresó hacia el café de la terraza. Saludó a Leyla. Le hizo una seña para que le alcanzara un té. Desde la misma mesa, llamó a Gulnar Narimov. Un hombre con voz grave contestó. Lucciano lo citó en el mismo sitio para después del mediodía. Para que lo reconociera, le indicó que vestía camisa negra y lentes azules espejados.

Llamó a Leyla y le pidió que le recomendara algo para almorzar. Leyla le sugirió el cuscús. Esa joven tenía algo especial. No podía descifrar qué era. Pero sus ojos verdes miraban en forma dura y dulce a la vez. Si hubiera tenido quince años más, Lucciano hubiera afirmado que Leyla podría haber sido hermana de Alma. Pensó que estaría loco y que extrañaba mucho a su excompañera del Boston Times. Por eso creía reconocerla a menudo en quien se cruzara. Cuando terminó el cuscús, Leyla le preguntó si le había gustado el plato. Lucciano le agradeció por la recomendación y ella preguntó si debía cerrar la cuenta.

—Todavía, no. Muchas gracias. Espero a alguien más para el café.

—¿Problemas? —deslizó Leyla.

Le pareció extraña su pregunta. Las mujeres azeríes no se mostraban tan abiertas. Aunque no sabía si Leyla era azerí. Quizá perteneciera a alguna de las minorías acechadas en ese país.

—Todo en orden. Aguardo a un amigo —sostuvo Lucciano, sin dar detalles.

De pronto, el sol empezaba a iluminar las plataformas de petróleo recortadas en el Caspio. Entre las mesas, un hombre de unos cincuenta años, bigote estilo militar y pelo teñido de zanahoria, avanzaba hacia él. Se detuvo delante.

—Gulnar Narimov —le extendió la mano mientras Lucciano se paraba para saludarlo. Le pidió que tomara asiento. Le causaba rechazo. Aun así, se concentró en que la conversación fluyera, breve y puntual. Acordaron que Lucciano llevaría la mitad del dinero, al mismo café, en dos días. La otra mitad, se la entregaría luego de pasar a buscar a Hrant por el MNS.

Antes de levantarse, Narimov le pasó un papel con el número en dólares. Duplicaba la cifra que había mencionado Carlo

443

Conti. Lucciano leyó ochenta mil y abrió más grandes los ojos negros como el petróleo. ¿Qué valor tenía una vida? De eso dependía la de Alma. Sabía que, si no sacaba a Hrant, no podría recuperarla. Recordó las palabras de Paul Sharp esa mañana. Se visualizó a él mismo, enfrentado a su padre. Le dolía ese momento de privada autenticidad. Se concentró en los ojos de Alma. En su cuerpo extinguido en el Crystal Hall. Se le cruzó qué tipo de relación tendría ella con Hrant Torosyan. Hasta dónde podrían estar involucrados. No soportó la idea de haber llegado tarde. Recordó la primera vez que se amaron. Focalizó en el instante en que había sido suya. Debía recuperarla.

Lucciano pidió otro café luego de que despidió a Narimov. Necesitaba procesar muchos temas. Miraba pensativo en dirección hacia el mar Caspio. Leyla se acercó para retirar la taza, y Lucciano le pidió la cuenta. Mientras firmaba el ticket de la tarjeta de crédito, preguntó a Leyla si ella estudiaba o solo trabajaba en el café. Tenía una intuición. Quizá Leyla podría ayudarlo. Era una forma de saber algo más acerca de esa mujer que le inspiraba confianza.

—Sí, curso Derecho en Alemania. Volví a Azerbaiyán, donde reside mi padre y hermanos, para trabajar en el verano y ganarme unos dólares. Me gustaría quedarme a vivir afuera. Pero mi padre se niega. No tengo futuro si permanezco aquí, y además…

De pronto, Leyla se detuvo. Como si se hubiera arrepentido de hablar. Lucciano la animó. Le preguntó por qué no quería quedarse en Azerbaiyán. Leyla hizo una pausa. Decidió continuar.

—Pertenezco a una familia humilde y trabajadora. Mi padre reparte verduras por todas las ciudades y pueblos del interior con su camioneta. Pasa la mayor parte del tiempo en la ruta. Mi tía queda en casa al cuidado de mis hermanos. Tenemos una historia difícil, de desarraigo y yo quiero formarme, sumar herramientas para defender a mi pueblo.

—¿Cuál es tu pueblo, Leyla? —preguntó inquieto Lucciano.

—¡Oh, no! Perdón. No debí hablar tanto. Eres extranjero, ¿verdad? ¿Has venido por la olimpíada?

—Así es —dijo Lucciano.

—Lo imaginaba. Se esfuerzan por hacer que los extranjeros visiten el país. Por dar una imagen de amplitud y tolerancia. Cuando yo nací, en 1993, el padre del actual presidente estaba en el poder. Ese hombre derrocó al primer presidente democrático que hubo en Azerbaiyán, cuando el país salió del período soviético. El gobierno presenta a nuestro país afuera como "una joven democracia". Pero, en realidad, a lo largo de mis veintitrés años, solo un apellido gobierna Azerbaiyán. El primer mandatario trabaja en la reforma de la Constitución para que lo reelijan indefinidamente. El poder económico y político pertenece a unos pocos apellidos aquí...

Lucciano la escuchaba petrificado. Esa mujer sí que tenía agallas y espíritu de lucha. No pudo evitar asociarla con Alma.

Un *bíper* sonó en el cinturón del uniforme de Leyla.

—Disculpa. Mi jefe insiste que me buscan en la cocina. Un gusto haberte conocido. Espero que regreses —dijo ella, mientras se apartaba y lo miraba con sus ojos verdes combinados con pinceladas amarillas.

Leyla desapareció tras las mesas. Lucciano se quedó con sus palabras enredadas. De pronto, había sentido como si hubieran regresado sus conversaciones de madrugada con Alma.

Mientras tanto, Zeinab y Vugar bebían en el turno noche en el MNS. El vodka podía suprimir esa frustración que sentían. Alma se les había escapado porque ahora había quedado internada. Si bien el hospital funcionaba bajo dominio del ministerio público, allí no podrían gozar viendo cómo se deterioraba y menos consultarla para que les aconsejara cómo mover sobre el tablero. Mientras tanto, la eliminación de la Olimpíada y las carencias económicas y desgastes que sufrían en su vida diaria y familiar, los situaban en un lugar aún más oscuro.

Pasada la media noche, Zeinab servía más alcohol a Vugar. En el sótano, frente a la espalda ajada de Hrant colgado con sus esposas del techo, descargaban su ira, sadismo y frustración. Indicaron al guardia que acentuara los latigazos contra el armenio.

—Esta gente molesta reclamando sus tierras... —bebían y repetían.

Mientras golpeaban a Hrant, también le contaban que su amiga Alma había terminado en el hospital.

Zeinab lo rodeó y le manifestó lo guapo que lo notaba.

—No solo Alma sabrá cómo eres. Nosotros también te vamos a disfrutar. Queremos saber cómo es estar con un armenio —le dijo para alterarlo mientras caminaba hacia el camarógrafo.

Las cadenas enganchadas al techo sonaron. Los pies de Hrant en el aire se movieron y agitaron como una onda su cuerpo magro colgado como res. Movió la cabeza. Le lanzó un escupitajo que cayó en el ojo de Zeinab. El guardia ubicado detrás del camarógrafo respondió. Un latigazo cruzó la espalda de Hrant. Zeinab se limpió con la camiseta e indicó al guardia que repitiera el castigo. Pero esta vez con doble vara. Bebió otro vaso. Su voz se escuchaba cada segundo más distorsionada por el alcohol. Tampoco podía mantener el equilibrio. Paseó el cañón de la AK-47 por el sexo de Hrant. El camarógrafo volvió a escupirlo y, cuando el guardia estaba por lanzar el tercer latigazo, oyeron la puerta del sótano.

Narimov apareció entre la pestilencia de ese cubículo atestado de humo y botellas. La mano derecha del director Rashad, comentó a Vugar y a Zeinab el arreglo que acababa de pactar con los estadounidenses. La moneda de cambio sería Hrant Torosyan. Se quedarían con Alma Parsehyan cuando volviera del hospital. Vugar y Zeinab sonrieron.

—Con más razón tendremos una fiesta de despedida del camarógrafo, ¿no es cierto? —pronunció Zeinab con claridad para que Hrant escuchara.

—Así será —se regodeó Narimov.

A la mañana siguiente, Lucciano convocó a March y a Paul a desayunar en el café donde atendía Leyla. También llamó a Jacques para que fuera. Debían concretar el plan una vez que

Lucciano sacara a Hrant del ministerio. Leyla preguntó si traía el mismo desayuno de siempre. Lucciano asintió y repasó la logística con el grupo. Jacques había visitado presos políticos en la terapia intensiva de la Central Clinic. Recordaba que esas ventanas que daban al playón de carga y descarga de basura, estaban selladas con doble vidrio por los ruidos, pero sin rejas. Con un plan aceitado podrían sacar a Alma por aquellas aberturas. Con la ayuda de Paul y unas barretas, más un poco de fuerza, las destrabarían del marco. Solo necesitaban que Jacques ingresara a la habitación y distrajera a los guardias. Después Jacques, sacaría a Alma por esas ventanas. Lucciano lo detuvo.

—No entrará Jacques, de ninguna manera. Lo haré yo —impuso Lucciano.

—¿Cómo piensas? ¿Acaso no te fías de mí? —lo cruzó Jacques.

—Seré tú mismo dentro de la clínica. Alma no confiará en ti. Además, no podemos arriesgarnos.

Todos lo miraban y Lucciano continuó con total normalidad.

—Paul, deberás fabricarme un carné de identificación —dijo, y luego se volvió hacia Jacques—. Me darás tu chaleco de la Cruz Roja —sonaba terminante Lucciano. Nadie se animó a contradecirlo. Por último, remarcó los detalles—. Tendremos que movernos con rapidez. No podemos arriesgar que algo falle —concluyó. También instruyó a March con más órdenes—: Comprarás un celular para que deje en la entrada del hospital, cuando me lo pidan.

Todos asintieron con la mirada. ¿Quién podría discutir a Lucciano Conti cuando se proponía algo?

Con esa parte del plan resuelto, repasaron cómo sacarían a

Hrant. Él mismo buscaría al camarógrafo armenio, el mismo día de la final de la Olimpíada. Aprovecharía ese momento de menor atención entre los funcionarios y empleados, y en las calles en general.

Todos acordaron. Jacques y Paul se despidieron. Lucciano se quedó a solas con March. Le propuso la idea final. Una vez que rescataran a Hrant y tuvieran a Alma, tendrían que sacarla de Azerbaiyán. Escondida.

—Te conozco, amigo. ¿Qué pensaste? —dijo March.

Lucciano esperó a que se acercara Leyla. Le preguntó delante de March si su padre seguía transportando verduras por las rutas del país. Le dijo que podrían encargarle un trabajo. Cuando les trajo la cuenta, Leyla, discretamente le pasó a Lucciano el teléfono de su padre en un papel.

—Comunícate con él esta noche, yo le avisaré. Mi padre se llama Nihad. Él hará por ti lo que necesites.

Esa chica también confiaba en él. Lucciano guardó el papel en el bolsillo del jean.

Regresó con March al hotel. Bajó al gimnasio para correr en la cinta. Necesitaba descargarse. Su cabeza no paraba.

A la tarde, cuando el turno de Leyla ya había expirado, regresó al bar. Lucciano esperaba a Narimov. El hombre del cabello zanahoria no podría ofrecer resistencia. Todos conocían el lenguaje y el olor del dinero fresco en Azerbaiyán. Y para el país, la presión de Amnistía Internacional, Human Right Watchs, Reporteros Sin Fronteras y otras organizaciones internacionales que se sumaban, crecía jornada a jornada. Ahora sí, desde hacía unos días, los periódicos europeos titulaban el reclamo por la liberación de Hrant Torosyan y de Alma Parsehyan. Esas notas, además, recordaban la larga lista de prisioneros políticos que engrosaban las cárceles del país.

Narimov tomó el dinero y, antes de salir, dijo a Lucciano que lo llamaría para que pasara a buscar a Hrant. El hijo de Carlo Conti lo miró retirarse. Sintió desprecio.

De regreso en las Flame Towers, vio caer la noche por el ventanal. Observaba desde su torre, en dirección hacia la avenida del Parlamento, totalmente iluminada. Distinguía la silueta de la Central Clinic y sus cinco pisos. Faltaban menos de veinticuatro horas para ir por Alma.

Durmió entrecortado. Se levantó nervioso. Bajó a correr de nuevo en la cinta. Luego de darse una ducha, se encontraron a desayunar con March, Jacques y Paul. El café de Leyla funcionaba como base de operaciones. Ella les trajo el té con dátiles y frutos secos. Cada uno puso sobre la mesa el dinero retirado de sus cuentas. Lucciano terminó el café con cardamomo y guardó en su mochila deportiva negra los sobres. Repasaron los movimientos.

Antes de salir, Lucciano se puso de pie y saludó a Leyla. Le deseó suerte en sus estudios. Le dijo que su padre, Nihad, era un buen hombre, dándole a entender que ya había arreglado con él. Leyla asintió con la mirada. Volvió a desearle suerte. Lucciano le repitió que no abandonase sus ideales. Que terminara sus estudios y que, si alguna vez visitaba Boston, contaba con su ayuda. Le dejó su tarjeta personal. Leyla lo miró y guardó el papel en el bolsillo del uniforme.

March condujo hacia el Ministerio Nacional de Seguridad. Nadie hablaba en la camioneta. Estacionó en el garaje principal y Lucciano entró solo. Le dejó a March su celular. Le indicó a su padrino que esperara afuera. Aún recordaba el caso del periodista saudí, nacionalizado estadounidense, que había sido descuartizado en ácido dentro de la embajada de Arabia Saudita en Estambul. Había entrado a la sede para pedir permiso para casarse. Su novia lo esperaba en la calle y había sido advertida por él. Si no salía, debía alertar a su gente. El caso seguía impune.

Si Lucciano no salía en menos de una hora con Hrant Torosyan, March debía llamar a Carlo Conti y a los altos contactos que había dejado Jacques Brown en la Cruz Roja y Amnistía Internacional.

La respiración se le volvió acortada dentro del MNS. Lucciano se identificó y preguntó al guardia de la entrada por la oficina de Narimov. Luego de dejar sus identificaciones, el hombre lo condujo hasta el elevador alfombrado. Narimov lo recibió en el segundo piso, con un apretón de manos. Lo hizo pasar a su despacho. A un lado del escritorio, en una pequeña antesala con dos sillones y una mesa baja, le presentó a Rashad, el director del MNS.

Narimov le dio un té, que trajo en jarra y bandeja de plata. Lucciano descolgó su mochila y puso sobre la mesa el sobre abultado. Narimov contaba los billetes, uno a uno. Se tomaba su tiempo mientras seguían por el televisor las instancias finales de la Olimpíada de Ajedrez. Por cierto, Narimov y su jefe felicitaron a Lucciano por el notable desempeño del equipo estadounidense.

Cuando Narimov terminó de contar, Lucciano hizo un silencio. Dejó notar que tampoco iba a prestarse al juego exagerado de esa mímica de mercenarios. Esbozó una señal para levantarse y miró a Narimov. Rashad, realizó un llamado. Habló delante de Lucciano en su idioma, como para ponerlo al tanto. Dejaba entrever que se comunicaba, sin intermediarios, con el presidente de la nación, quien quedaba formalmente informado y avalaba la liberación. Narimov colgó. Marcó luego otro interno. En azerí habló con un guardia.

—No sea impaciente, amigo —provocó Narimov, y sirvió otro vaso de té. El pelo engominado naranja brillaba. Tenía el mismo color del té que Lucciano ni tocó.

Se escanearon. A los dos minutos, se abrió la puerta de esa oficina alfombrada. Hrant Torosyan dio un paso tambaleante custodiado por dos guardias. El rostro robusto tenía una expresión devastada y de desconfianza. Le echó una mirada a Lucciano Conti. Era la primera vez que se tenían frente a frente. Lucciano le extendió la mano, sin mirarlo, a la vez que pronunciaba su nombre. Cuando Hrant advirtió la montaña de dólares sobre la mesa, comprendió. Carlo Conti lo había censurado para salir en el Diario. Carlo Conti había colaborado en la salida de Alma del Boston Times. Y Lucciano Conti había reunido todo ese dinero para sacarlo del MNS. ¿Y Alma? Dedujo, con alegría y tristeza, que era parte del plan de Lucciano. ¿Su presencia explicaría los silencios de Alma?

Lucciano lo condujo del brazo. Hrant recorrió con excitación y abismo esa alfombra hacia la calle. Detrás de ellos se escuchaban las botas de los guardias y las puertas que se cerraban. Hacia el fondo del pasillo se notaba la luz que llegaba de la calle. Delgado como estaba, Hrant aceleró el paso. Cuando llegaron a la puerta, Lucciano no le soltó el brazo. Lo aferró para que siguiera caminando con naturalidad. El cielo de Bakú se desplomó húmedo y pesado sobre sus cabezas. La sal picó los ojos de Hrant Torosyan. March se bajó de la camioneta para ayudarlo a subir atrás. Lucciano dio la vuelta, se sentó junto a March. Y recién ahí respiró.

Dentro del coche, el hedor a sudor y falta de agua de Hrant invadía la cabina. March bajó la ventanilla. Lucciano le indicó que condujera hacia Park Boulevard, un shopping mall con una torre vidriada en pleno centro de la ciudad. Hrant, no podía articular palabra. No sabía si vivía una pesadilla o si salía de ella. Desde el asiento trasero, miraba a Lucciano. Sus ojos se volvieron a cruzar con aire de desafío en el espejo retrovisor.

Mientras se dirigían al centro comercial, Lucciano le contó de Alma y el plan para escapar. Una vez allí, subieron los tres por las escaleras mecánicas hasta el tercer piso. Lucciano lo acompañó al baño, mientras March buscaba una mesa en el patio de comidas. Frente al espejo, las cejas de Hrant parecían una maraña que tapaba su rostro amarillo. Rápidamente, extendió sus manos bajo el grifo. El agua corrió por sus manos ávidas, sin intención de retirarlas. Hasta que volvió a mirarse en el espejo. Su barba tupida había desaparecido y ahora tenía unos pelos crecidos de algunos días. Ya no parecía él. Acercó el rostro al lavabo. Se tiró agua sin límite en todo el rostro. Repitió el movimiento tantas veces hasta que Lucciano le indicó que cesara. Le pasó un pequeño bolso con toalla, desodorante y toallitas de limpieza. También una camiseta, jean, calzado deportivo y calcetines. Hrant olió la ropa limpia. Se encerró en el baño. Cuando salió, pidió a Lucciano unos minutos para rasurarse. Buscó dentro del bolso los elementos, como si estuviera en el baño de su casa. Como si Lucciano fuera su hermano mayor. Como si pertenecieran al mismo equipo. Aunque los dos muy bien sabían que no era así.

Sin amabilidad, pero con piedad, Lucciano lo alentó a terminar con el improvisado aseo. Salieron y se sentaron a la mesa donde los esperaba March. Había ordenado un arroz a la persa para los tres. Hrant empezó a comer como si hubiera llegado el día del juicio final. Sus uñas lucían largas, sucias y desprolijas sobre el pollo que devoraba con las manos.

Lucciano volvió a repasar el plan. Le explicó que, en un rato, irían con March en un automóvil hacia la clínica donde estaba Alma. Y en otro coche, Hrant viajaría con Jacques Brown y Paul Sharp. Hrant se sorprendió.

—¿Jacques Brown? ¿El joven de la Cruz Roja? —quiso saber.

Lucciano se lo simplificó.

—Efectivamente. Jacques te visitó en el ministerio. De no ser por él y su pareja, mi amigo Paul Sharp, no estaríamos aquí.

Hrant no creía en el destino. Pero hacerse tantas preguntas sin respuesta tampoco lo ayudaba ahora. No le quedaba otra que creer en las vueltas o paradojas de la vida. El camarógrafo pidió el teléfono a Lucciano para hacer una llamada. El Gordo Naghdalyan atendió del otro lado de la línea. Sonaba conmovido.

Le pidió detalles, pero Hrant actuó en forma discreta. Le dijo que necesitaría de su ayuda para regresar con Alma. Hablaba en armenio con Naghdalyan, sin darle lugar a los planes de Lucciano, por los cuales no había preguntado. Le dijo que volvería a llamarlo una vez que estuviera con ella. Cortó el llamado y se lo devolvió a Lucciano. El hijo de Carlo Conti y March se miraron y compartieron la desconfianza que les inspiraba Hrant.

Él también desconfiaba de ellos. No le cerraba considerarse "el vuelto" en la negociación Conti, pero razonó que, de no ser por Alma y su relación con Lucciano, él ahora no pisaría ese centro comercial ni la calle fuera del MNS. Se le revolvía el estómago de solo aceptarlo. Y de pensar a Alma debilitada y presa en el hospital. También de imaginar qué planeaba Lucciano con Alma ahora que se había presentado en Bakú y resolvía su caso con dólares y llamadas.

Recordó la última vez que se había cruzado con ella en el patio del ministerio. Lo atormentaba imaginar qué le habrían hecho a ella. Él había llevado a Alma a Artsaj. La había expuesto. Se sentía responsable. Aunque se le daba vuelta el estómago, no pudo objetar el plan: Lucciano sacaría a Alma de la clínica y él aguardaría en el automóvil, junto a March y otro vehículo soporte, según le habían confiado.

Terminaron el almuerzo. Fueron al supermercado del centro comercial donde compraron dos overoles de trabajo para que usaran Paul y Jacques. Hrant orientó a Lucciano y a March con los nombres en ruso en las etiquetas. Pronto Paul y Jacques llegaron al estacionamiento del subsuelo. Lucciano los presentó con Hrant. Aunque con Jacques ya se conocían,

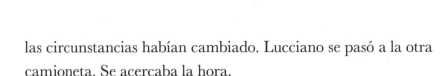

las circunstancias habían cambiado. Lucciano se pasó a la otra camioneta. Se acercaba la hora.

Al entrar la noche, Paul y Jacques llevaron a Lucciano a la esquina del hospital. Se dirigieron al área de los contenedores. El cielo se volcaba pesado sobre sus cabezas y el pavimento aún hervía, a pesar de que se acercaba el otoño en Bakú. Era, además, el día de la final de la 42.ª Olimpíada Internacional de Ajedrez. March condujo la camioneta hacia el mismo playón. La ubicó en la esquina de adelante, de manera que pudiera conservar el contacto visual con Paul y Jacques detrás.

Lucciano cruzó la calle. Se pasó la mano por la melena y cerró levemente el chaleco de la Cruz Roja. Sus ojos estaban enfocados en el acceso semicircular de vidrio de la Central Clinic, la parte más moderna del edificio. En la entrada, un guardia le pidió la identificación. Metió las manos en los bolsillos delanteros del chaleco y extrajo el "duplicado" que le había armado Paul. Su foto junto al nombre de Jacques Brown, lo reconocía como voluntario de la Cruz Roja. Paul se había encargado del diseño en la computadora, de llevar a imprimir y plastificar el carné.

El hijo de Carlo Conti entregó la identificación al guardia. Trató de mostrarse natural. En la entrada, el hombre de seguridad transcribió su nombre en un cuaderno mientras un televisor en la pared repetía las partidas finales de la Olimpíada. Le acercó una bandeja y le indicó que dejara allí sus elementos personales. Llaves, celular, cinturón, todo objeto metálico y electrónico. Lo hizo avanzar junto a él y le pidió que extendiera los brazos en cruz y separara las piernas. El guardia lo palpó desde los pies hasta el torso. Cuando se aseguró de que Lucciano no ocultaba ningún elemento punzante bajo sus ropas, volvió al escritorio. Con lentitud parsimoniosa completó los datos del visitante en un cartón verde. Lo miró. Su vista quedó suspendida y, por un instante, Lucciano tembló. A continuación, el guardia le entregó el cartón verde con sus datos. Después se puso de pie de mala gana y le indicó el pasillo que conducía a un box central. Le ordenó que se anunciara con la jefa de enfermería.

Lucciano avanzó por esas baldosas desgastadas. Hubiera creído que vivía en otro tiempo de no ser por los televisores que asomaban junto a ese box central. Las pantallas allí también relataban el final de la Olimpíada. El clima de excitación que se vivía dentro del Crystal Hall parecía querer regalar algo de esa impostada algarabía a los edificios y a la gente de Bakú, que no la tenía.

Al fin alcanzó el pequeño mostrador. Se presentó y entregó el permiso verde a la jefa, una mujer muy alta, con el rostro alargado. Desde esa mesada observó dos guardias en la puerta de una habitación en diagonal. Resultaba evidente dónde tenían a Alma. La jefa de Enfermería volvió a anotar su nombre y con la mirada señaló la puerta enmarcada por los dos hombres con armas largas. Lucciano caminó hacia allí.

—Cruz Roja —enfatizó ante sus rostros impertérritos.

Los hombres vestidos con casacas militares y borcegos lo miraron de arriba a abajo. Se produjo un vacío que duró dos segundos que le parecieron eternos. Entonces el de la derecha abrió con desgano la puerta gris. El mundo se detuvo. Lucciano ingresó a la habitación y cerró la puerta.

Si la hubiera mirado a Alma en ese instante se hubiera arrojado junto a ese cuerpo de hilo y cabeza calva que lo llenó de rabia y de tristeza. No podía dejarse dominar por los demonios. Apretó los dientes y el pecho. Se acercó a la ventana. Corrió la cortina. Volvió al tablero de comando, sobre el cabezal de la cama, hizo un juego de luces para que lo advirtieran desde afuera. Enseguida Paul bajó de la camioneta. Vestido con el overol, con una de las barretas practicó un movimiento justo y destrabó los marcos de la ventana desde el exterior. Se abrió una de las hojas. Lucciano devolvió un gesto de aprobación y Paul le pasó la otra barreta desde su espalda. Lucciano regresó tras sus pasos. Colocó la barreta en la manija de manera que trabara la puerta de la habitación desde adentro.

Tenía segundos. Se acercó a la cama. Alma parecía en un sueño profundo. Miró su cuerpo, las manos grises y la boca rígida. Su aspecto le provocó otra punzada de dolor e indignación. Ahogó el impulso de patear las paredes. De trompear a los guardias y a todo el MNS por cada una de las marcas que habían dejado en Alma. Por sus huesos que le traspasaban la piel. Por los pómulos salidos como dagas. Por su aspecto de niño desnutrido. Por cada cabello ausente.

Le tomó la mano helada. Le costó sentir su pulso lejano. Se acercó al oído y vio la sangre seca detrás de sus orejas.

—Alma —suave, muy suave, pronunció su nombre. Con toda la dulzura de la que era capaz.

458

La exeditora del Boston Times movió los párpados.

—Alma —volvió a pronunciar Lucciano, como si esas letras pudieran hacer que volviera en sí. Observó la silueta imperceptible bajo la sábana—. Alma —lento, volvió a llamarla.

Sostuvo su mano fría. Temía quebrar su extrema delgadez. De pronto, percibió un murmullo. Un movimiento sutil en sus labios.

—Alma —repitió atormentado—. ¡Alma! —esta vez sonó como una orden. Debía despertarla—. Alma, mi amor. Mírame.

Lucciano sintió pavor de que no respondiera. Insistió, aunque recordaba el aviso que le había dado March. El estrés emocional, la medicación y los valores clínicos inestables podrían haber sumido a Alma en un estado de confusión. Como fuera, lo reconociera a él o no, Lucciano iba a sacarla de allí.

—Alma, mi vida, soy yo, por favor debes escucharme. No tenemos tiempo que perder.

Alma ladeó la cabeza sin mirarlo. Lucciano entendió que no iba a resultar fácil. De pronto, ella enfocó su mirada en él. Apenas si movió los dedos. Seguía sin emitir sonido. Lucciano apretó fuerte su mano. No sabía si ella lo había reconocido. Pero entendió que había llegado el momento. No podía esperar, o se morirían los dos.

—Alma, escúchame. Es importante lo que voy a decirte. Voy a sacarte de aquí ahora, ¿entiendes? Soy Lucciano. Solo tienes que dejarte llevar. Aquí estoy para ocuparme de todo, mi amor. Tranquila, ven conmigo.

Alma seguía sin cambios. Pasaron cuatro segundos que rebotaron en toda la habitación. El calor movía las paredes. De pronto, el cuerpo de la periodista se ladeó en un movimiento mínimo.

Lucciano descubrió que respiraba con dificultad. Alma levantó los párpados y enseguida los bajó. Movió la boca, aunque no emitió sonido.

—Amor, saldremos de aquí ahora. Estás conmigo. Aférrate a mí.

De repente, sonaron golpes en la puerta. Lucciano vio cómo forzaban la cerradura al otro lado. Levantó a Alma con la sábana y la cargó en sus brazos. Pesaba como una pluma y tenía los pies desnudos debajo de la tela.

—Alma, te prometo cuidarte el resto de la vida. En la salud y en la enfermedad. Siempre a tu lado, Alma mía. No me perdono haberte dejado.

Lucciano la sostuvo en sus brazos. Alma abrió los ojos. Su brazo delgado se aferró al cuello de él. Lucciano la sintió pegada a su torso. Respiraba con él. Algo se había activado en ella. Nadie se la iba a quitar. Los golpes en la puerta sonaron más fuertes. La madera se sacudió. El tiempo se había agotado.

Lucciano avanzó tres pasos con sus piernas largas hacia la ventana. Depositó a Alma en los brazos de Paul. La puerta de la habitación se abrió de repente, y Lucciano saltó la pared. Pegó con sus rodillas contra el asfalto. Se levantó en un grito. Más que dolor fue un aullido de guerra. Jacques los esperaba con el motor encendido. Lucciano logró treparse al asiento trasero del automóvil, junto a Alma. Jacques arrancó en primera a fondo. El asfalto chirrió. Alma se agitó mientras Lucciano la sostenía. Detrás, todos escucharon los disparos.

Cuando dieron vuelta a la esquina, en medio de la balacera, la camioneta de March y Hrant los seguía, a cierta distancia, sin perderlos de vista. Tenían que conducir sin pausa hasta subirse a la autopista y llegar a la estación de servicio donde los esperaba Nihad.

Lucciano humedeció una gasa con agua mineral. Embebió los labios partidos de Alma. En instantes, y con extremo cuidado, tomó otra gasa. Jacques, experto perfumista, le pidió a Paul que la untara con el aceite de lavanda que siempre llevaba con él. Paul se lo pasó a Lucciano, quien practicó un masaje suave en las sienes plateadas de Alma. Sintió, de pronto, que ella apretaba sus dedos. Una corriente de felicidad lo invadió. Estaban en peligro, pero Alma respondía.

Jacques, expiloto de carrera en Francia, reflejaba su destreza al volante. Les ordenó a todos que bajaran la cabeza. Tras un par de maniobras jugadas, siguió adelante entre los disparos hasta que escapó de la patrulla. Todos respiraron aliviados, aunque la tregua no durara mucho tiempo, y las autoridades policiales acudieran a buscar refuerzos.

Mientras tanto, Jacques se comunicó con March. Hablaron por teléfono en altavoz. Acordaron reencontrarse en la estación de servicio indicada por Nihad. Si nada los detenía, en unos veinte minutos se verían allí.

Alma emitió un quejido leve, abrió los ojos y sonrió a Lucciano. Él acariciaba su cabeza calva, los lóbulos de sus orejas en masaje continuo. Al mismo tiempo, humectaba los labios con la gasa. Cuando notó que había recobrado algo de fuerza, Lucciano le susurró al oído que iba a vestirla.

—Alma, por favor, ayúdame. Estarás mejor así.

Lucciano entendió que lo había reconocido porque ella lo

dejó hacer. Había elegido en el centro comercial, un conjunto de ropa interior negro de algodón para ella. El top era estilo deportivo, sin broches. Le pareció más cómodo. Había sido muy raro el instante de privacidad que había pedido a March y a Hrant para hacer la compra. Elegir ropa para vestirla y rescatarla. Para sacarla de ese lugar, y no para ir a una fiesta.

Con extrema amorosidad, Lucciano le puso la braga negra por debajo de la sábana, hasta calzarla en la cadera de Alma. Luego, apartó el lienzo de la parte superior e incorporó suave su torso desnudo. Le colocó el top. La vistió con la camiseta salmón. Impresionaba sentir sus huesos. Lucciano retiró definitivamente la sábana y acomodó las piernas de Alma dentro de un pantalón holgado, estilo oriental. Por último, la envolvió en un chal azafrán. Lo había elegido por ser el color preferido de Alma, "por su energía y vitalidad". Por fin, ya estaban juntos. Alma respondió con un movimiento sutil. Lucciano apretó sus manos. No hizo falta que hablaran. Por indicación de Jacques, le dio un sorbo de la bebida tónica y unas barras de cereal. El GPS marcaba menos de un kilómetro para llegar a la estación de servicio.

Mientras entraban, distinguieron las balizas del camión de Nihad, estacionado donde chequeaban los componentes mecánicos del automóvil. Las puertas del acoplado estaban ligeramente abiertas. El sector quedaba justo pegado a los baños y al otro lado del pasillo, la cafetería. Detrás de los vidrios, observaron a March de espaldas en un taburete. Si habían actuado según el plan, Hrant ya los aguardaría dentro del acoplado, escondido entre los cajones de verduras, a la espera de que subieran con Alma. A cambio de unos *manats,* que ya le había entregado March

462

por orden de Lucciano, Nihad había preparado una reserva con agua, té y pan para sus singulares pasajeros. La despedida debía ser sin sentimentalismos. Corta, para evitar exponerse. El tiempo les jugaba en contra y todos los estarían buscando.

Lucciano ordenó a Jacques que coordinara con un compañero de la Cruz Roja. El joven sirio conduciría urgente su vehículo hacia el consulado francés. Jacques debería pedir asilo para él y para Paul. Argumentarían que los perseguían por ser pareja. Por suerte, y por indicación de Lucciano, Paul tenía consigo su pasaporte francés. Lo había obtenido por insistencia de su amigo, aprovechando el origen parisino de su madre. Solo faltaba que March regresara cuanto antes con el equipo estadounidense y se dirigiera de inmediato al aeropuerto para volver a su país. Lucciano seguiría viaje con Alma y con Hrant. No le gustaba compartir tiempo con el camarógrafo. Pero ya no pensaba separarse de Alma. Dio un abrazo corto a Jacques y a Paul.

—Nos hablamos en unos días. No hagan tonterías, no se vayan a escapar ahora de luna de miel —tuvo tiempo de bromear Lucciano.

Él usaba el humor para tranquilizarlos. Lo adoptaba cuando una circunstancia lo tensaba. Lo hacía siempre en la redacción, cuando las decisiones de su padre lo incomodaban.

En este caso, Paul y Jacques lo despidieron muy serios. Se dieron un abrazo fuerte. Se soltaron cuando un coche con matrícula siria estacionó junto a ellos. Se abrió la puerta y subieron. El auto aceleró. Lucciano despidió a March.

—Gracias, amigo. Cuídate. Eres el mejor… —dijo y corrió hacia el camión.

Lo mismo hizo March que se separó mientras avanzaba con paso firme hacia su jeep. Lucciano se subió al acoplado. Hrant y Nihad se habían ocupado de recostar a Alma en una colchoneta. Lucía muy débil. El camarógrafo sostenía su mano blanca. Lucciano lo miró molesto. Pegó un grito a Nihad para avisarle que ya podía ponerse en marcha. Se paró en el borde de la caja del camión para cerrar las puertas desde adentro. Vio la espalda recortada de March alejarse. Le faltaban tres pasos para subir a su Jeep.

De repente, escuchó la repetición de un sonido metálico y compacto. Lucciano vio el cuerpo delgado de March desplomarse en el suelo. Su cabeza golpeó contra el pavimento y comenzaba a sangrar. Dio un grito. Nihad aceleró fuerte. Si no hubiera sido por ese movimiento del camionero, Lucciano se hubiera tirado. Su amigo. Tendido en el suelo. Alcanzado por las balas. Escuchó las sirenas de un patrullero que se acercaba mientras la caja del camión se movía y alejaba. Hrant lo miró en shock. Alma preguntó si estaba todo bien. Era la primera vez que hablaba. Lucciano se volvió hacia ella. Le tomó la mano.

—Mi amor, faltan cuatrocientos kilómetros para llegar al límite con Artsaj. Nihad, un buen amigo, nos conduce hacia la frontera. Esperamos estar allí en unas seis horas —dijo forzando la voz para no quebrarse.

El rostro de March volvió a él. Su último abrazo. La sangre hervida en el pavimento. Las sirenas que no dejaban de zumbar. Aferró a Alma contra su pecho. Bajó la cabeza hacia ese torso tibio que sujetaba. Sus ojos negros se volvieron vidrio. Comenzó a llorar.

## CAPÍTULO QUINCE

# RECONSTRUCCIÓN

Las luces de la autopista se colaban entre las maderas que recubrían la caja del camión. Pasada la media noche, el olor de los repollos y las acelgas invadía el aire pegajoso. Esa densidad, sumada al calor que todavía reinaba a esa hora, no ayudaba a disolver la tensión de las miradas entre Lucciano y Hrant.

Tenían la mayor parte del camino por delante. Calculaban que al amanecer llegarían a Tartar, en el límite con Artsaj. En la carretera, tendrían que prestar atención a la marcha del camión. Si aminoraba o se detenía, la indicación expresa era de esconderse. Algunos controles policiales podían requerir una inspección de la mercadería. Por eso tampoco podían dormir. No al menos todos a la vez. Debían organizarse para hacer guardia.

Además, Jacques había dejado instrucciones precisas para favorecer la recuperación de Alma. Hrant y Lucciano deberían darle de beber cada veinte o treinta minutos, y ofrecerle frutas secas, por lo menos cada sesenta minutos. También, un leve masaje en tobillos y muñecas, para mantener la buena circulación, cada hora.

Con unas cajas de verduras, Nihad había preparado una suerte de doble fondo. En caso de tener que esconderse, funcionaría como escudo. Por orden de March, el padre de Leyla también les había reservado algunas provisiones.

Habían tenido un día largo y extenuante. El cansancio, después de tanta adrenalina, de pronto se hacía sentir en el cuerpo de Lucciano. Había quedado shockeado por March. Hrant lo notó y se ofreció para cuidar a Alma, así él podría descansar. Pero se negó, aunque implícitamente le daba la razón a Hrant. Al rato de luchar con sus ojos y su cuerpo agotado, de madrugada, aceptó que no tenía sentido pelear por celos. Debía recuperarse y conservar la fuerza para transportar a Alma. Entonces hizo un gesto mudo a Hrant y aceptó, sin que se le notara expresión alguna en su rostro.

Lucciano se acomodó a medio metro, en una alfombra que les había tendido Nihad. Trató de cerrar los ojos. Sin embargo, la preocupación por Alma, y por la presencia de Hrant, no lo dejaba relajarse. Cuando el camarógrafo no lo miraba, Lucciano lo observaba. Controlaba cuando le daba de beber a Alma, cuando le extendía los frutos y también cuando le daba masajes. Vigilaba el movimiento de sus manos y hasta de sus ojos en la penumbra.

Después de un buen rato, Lucciano se durmió. No había pasado más de una hora que Hrant se acercó para sacudirlo y, con gestos, le avisó que no hablara. El vehículo había disminuido la velocidad. Señal de alerta.

Mientras Hrant arrastraba a Alma detrás del doble fondo, Lucciano se incorporó y los siguió. El camión se detuvo por completo. Escuchaban la conversación de Nihad en azerí. Ninguno podía descifrar las palabras. Percibieron también, la sirena de un patrullero a lo lejos. Y a Nihad que levantaba la voz. Una rata cruzó sobre los cajones de verdura, delante de ellos. Lucciano tapó la boca de Alma justo cuando iba a gritar. Hrant les hizo señas. Les mostró en su cintura la Makarov, una pistola nueve milímetros con silenciador que le había dejado Nihad.

Los dedos de Hrant rozaron el gatillo, a la vez que sentían las voces cada vez más cerca. Alma temblaba y Lucciano la sujetaba fuerte, pegado a ella. Hrant tomó el arma. Se colocó en posición de tiro, decidido a abrir fuego si examinaban la caja. De pronto, las puertas de la camioneta cedieron. Las luces del control policial ingresaron a ese habitáculo. Un oficial subió al acoplado, linterna en mano. Lucciano aferraba a Alma sin dejar de taparle la boca. Hrant rozó con su dedo el gatillo de la Makarov. Pegó su ojo a la mira. Oyeron a Nihad que hablaba fuerte. Lo vieron gesticular a través de los cajones. El viejo bajaba del camión una caja pesada, mientras le pedía al guardia que había subido con la linterna, que lo ayudara. Entre palmadas, Nihad entregó al oficial la caja llena de verduras y licores. Lucciano, Alma y Hrant escucharon una carcajada corta del oficial y la puerta del camión cerrarse otra vez.

Respiraron. Cuando la camioneta por fin retomó la ruta, Lucciano retiró su mano de la boca de Alma. Ella iba a preguntar por la rata, justo cuando vieron a Hrant pararse. El camarógrafo apuntaba con la Makarov hacia uno de los vértices de la caja. Puso fin a la rata en la oscuridad. Alma recordó el secreto de Hrant. Nada dijo y se pegó a Lucciano.

De los nervios, la periodista confesó con pudor que debía moverse para no hacerse encima. Era una buena señal que su organismo necesitara eliminar el líquido, aunque algo incómoda la situación. Hrant armó dos letrinas con dos tachos y una bolsa de arena que encontró entre los cajones. Una sería para él y para Lucciano, y la otra, para Alma. A pesar de la situación, saber que Alma podía caminar cuatro pasos hasta esa cubeta y valerse por sí misma, les daba valor ante la incertidumbre. El peligro nunca terminaba de alejarse, pero a Alma se la notaba mejor y más repuesta.

Calcularon que, como mínimo, aún tendrían unas cuatro horas más hasta alcanzar la frontera. Lucciano le ofreció a Hrant intercambiar los roles. Él tomaría la guardia para que el camarógrafo pudiera descansar. Sin esperar la respuesta de Hrant, Lucciano se sentó junto a Alma. Le pasó la ración de pasas y almendras y otro poco más de agua tónica. A su izquierda, el brazo de Hrant sobre la alfombra extendía su tatuaje con la inscripción de Tigran.

Alma bebió otro sorbo. Miró a Hrant mientras dormía. Regresó su vista a Lucciano. Tuvo ganas de llorar, y él lo debió haber percibido. Enseguida la arrimó junto a él. Como si pudiera decirle "descansa ahora, estamos juntos". Alma no pudo

evitar interpelar las paredes de esa caja. El olor penetrante de los repollos mezclado con la orina y la posibilidad de alguna otra rata, aumentaban su tensión en medio de esas coordenadas en el mapa de la vida. Respiraba entre Lucciano y Hrant, en una carretera incierta de Azerbaiyán. Ni en una ficción, podría haberlo imaginado. El destino complotaba, pero también le había tendido un puente. De milagro estaba viva. Y, por si fuera poco, Lucciano Conti la abrazaba. Su excompañero del Boston Times había jugado alto para sacarla del hospital y subirla a esa camioneta.

Una colección de imágenes se agolpó detrás de sus ojos. Proyectó, una vez más, la película de su vida. Esas fotos se extendían, de lado a lado entre sus sienes. Cuadros que oscilaban en el aire, como el libro de las postales de Teter. Ese que desplegaba junto a la almohada de Alma cada noche. Frente a ese acordeón de papel, Alma había preguntado a la abuela si ella viajaría a su tierra. Teter había quedado suspendida en un cúmulo de explicaciones, que a Alma le había llevado toda la vida desentrañar. Qué había de ese lado del mapa. Había pasado toda una vida para alcanzar ese otro extremo. Y, sin embargo, cuando lo había logrado, ese mundo se había abierto bajo sus pies. El mismo mundo que la había conducido a Hrant. El mismo que la había reencontrado con Lucciano. El mismo mundo que los abrazaba ahora. Aunque sus cuerpos se trasladaran con aviso de condena.

Siguió recordando con cada hoja de ese acordeón. Repasó cómo había llegado a ese camión. Vio las paredes blancas del hospital de Bakú. Vio a Lucciano alzarla desde la cama.

Depositarla en el automóvil que los esperaba envuelta en la sábana de esa clínica donde no había cura ni ley. Volvió a sentir su tacto cuando la vestía con su ropa interior. Cuando le calzó la camiseta y los pantalones. Cuando la envolvió con el chal de algodón azafrán.

Retrocedió un poco más. Se recordó desplomada con la boca seca y los ojos extraviados en el Crystal Hall. Reconstruyó el momento en que había advertido a Lucciano esfumarse entre la multitud. Cuando no la reconoció y desapareció ante sus ojos.

Enfocó aún más. Sostenía un catalejo, pero al revés. Vio a Hrant consumido y su piel cortada y ojerosa en el patio del Ministerio Nacional de Seguridad. Vio su mirada atribulada que denunciaba todas las violaciones. Recordó todas las noches en las que no había sabido de él. Cuando lo pensaba muerto, al imaginar los tormentos que sufriría y cómo los atravesaría. Cuando creía escuchar sus gritos de dolor desde la celda.

Recordó cuando los guardiacárceles la amedrentaban, diciéndole que entre todas las salvajadas que le harían, tenía que preferir la violación. Recordó las manos de esos animales mientras saqueaban su cuerpo una y otra vez. Los golpes en la espalda con las toallas mojadas. Los impactos en la nuca con la botella de agua mineral que necesitaba beber. El ardor de fuego de las esposas en sus muñecas.

Retrocedió más. Llegó al día en que Hrant le había propuesto matrimonio, luego de contarle su secreto. Alcanzó a ver la primera noche que había dormido con él, en su apartamento de Ereván. Cuando después de hacer el amor, ella se había acercado a la ventana y había alargado la vista hacia Occidente, para caer en el dormitorio de Lucciano.

Miró a su alrededor. Tenía a los dos, juntos, uno a cada lado. Volvió hacia ella. A su propia dimensión.

Sintieron que el vehículo de nuevo desaceleraba y atravesaba un camino con baches y reductores de velocidad. Ese movimiento acompasado la hacía sospechar que, muy probablemente, estarían llegando a Tartar, justo enfrente de Talish, del lado de Artsaj. Nihad los dejaría en suelo azerí y desde allí tendrían que organizarse para cruzar la frontera, enrejada y electrificada. Francotiradores observaban en forma permanente y disparaban si distinguían cualquier movimiento, incluso una mecha de cigarrillo.

Nihad condujo el coche hacia un poblado ralo. Había amanecido y abrió, al fin, la caja. Alma se mostraba inquieta y eso significaba otra buena señal. Lucciano increpaba a Nihad en un inglés que no entendía. Hrant, quien se notaba más repuesto, salió al cruce para calmar la ansiedad de Lucciano. Nihad les explicó que, de madrugada, podrían cruzar junto con Zaur, el dueño de casa. Él se escabullía cada noche hacia el lado armenio, para buscar agua potable. Tenía un sendero armado. Pero debían guardar precaución extrema. Cruzar en dos tandas. Lucciano despidió con un abrazo compacto a Nihad.

El padre de Leyla se inclinó en una reverencia hacia Alma. Miró a Hrant y le dirigió unas palabras. Hrant tradujo. Le pidió que la cuidara. Alma agradeció con los ojos, y le extendió la mano. Nihad continuó sus recomendaciones con Hrant. También lo hizo con su viejo amigo Zaur. Pasarían el día en su casa, hasta que se hiciera de noche para cruzar.

A Zaur, cabeza de familia, no le importaba morir en el intento de buscar agua. Para él, abandonar la tierra en que había nacido, no era ni sería opción. Por ninguna razón dejaría su choza y sus ovejas. Su mujer había parido a sus dos hijas bajo las bombas de los noventa. Y hoy, la lluvia de misiles tampoco cesaba. Formaba parte de su rutina y de su paisaje. Si no se exponía a buscar agua, igual estaría muerto.

Durante el día, permanecieron escondidos dentro de la choza de Zaur. No debían exponerse ni llamar la atención entre los vecinos. Alma, Lucciano y Hrant pasaron la jornada junto una pequeña chimenea porque, ya entrando en la segunda quincena de septiembre, el frío se hacía sentir en esa zona de montaña. Luego de que Zaur preparara unas papas para la cena, alcanzaron la madrugada. Justo cuando se habían recostado en una manta de oveja, y habían entrado en un estado de somnolencia, Zaur los arengó. Ya no quedaba nadie afuera. Era el momento de cruzar.

Hrant decidió encarar el primero de los viajes para reconocer el terreno. Cruzaría el bosque húmedo con Zaur. La temperatura había bajado en forma drástica. Si todo funcionaba, volvería a recorrer este tramo en sentido inverso, para buscar a Alma y conducirla de nuevo por el sendero hasta dejarla del lado de Artsaj. Por último, completaría el tramo con Lucciano.

El primer cruce de reconocimiento devolvió un sendero

escarpado, con vegetación para cubrirse. Esa noche reinaba un frío glacial. Y los francotiradores vivían en alerta para cazar deslices entre los arbustos. Zaur había desarrollado tanta práctica que sus ojos negros se movían como rayos infrarrojos. Podían ver en la oscuridad. Conocía la ubicación de cada mata y de cada arbusto. El sendero que marcaban los líquenes verdes y color óxido.

Por fin, luego de bordear algunas piedras, se internaron por un hueco en la tierra. Pasaban por un sector donde la reja que dividía ambas fronteras no existía. Según contaba Zaur, había sido derribada por una bomba hacía tiempo. Luego, él había cubierto el hueco con arbustos para mantener la ventana a su fuente de agua potable. Hacia el lado de la vida.

Hrant se agitó en la caminata, pero la adrenalina le borró el cansancio. Cuando llegaron al pozo de agua natural, pudieron llenar los bidones y el camarógrafo se tiró agua en el rostro, a pesar del frío. Sus pies pisaban suelo de Artsaj. No podía creerlo. Ahora tenía que volver por Alma y por Lucciano. Con Zaur, cargaron los bidones y regresaron.

Había llegado la hora de cruzar con Alma. Ella miró a Lucciano. Le costó separarse. Le extendió el brazo. ¿Y si algo salía mal otra vez?

—Tienes que ir —ordenó Lucciano, y la hubiera besado. Reprimió todo deseo e ímpetu.

Vio alejarse a Alma, Zaur y Hrant.

Los minutos se le hicieron interminables. Caminaba ansioso en el hueco de esa porción de tierra donde esperaba. Por fin, vio reaparecer a Zaur, que regresaba solo. Entendió por señas y por lógica que Hrant se había quedado con Alma del lado *karabadzi*, para protegerla hasta tanto él los alcanzara. Por señas, Zaur alentó a Lucciano para que caminara atrás de él. El sendero se recortaba entre las piedras. Su espalda ancha le competía a la noche.

De pronto, Zaur se detuvo. Sintieron un grito. Un soldado los apuntaba con un fusil. En la oscuridad, y en la incertidumbre del frente, nadie podía asegurar si ese cañón directo a sus torsos era armenio o azerí. En cambio, sí supieron de la mirada de terror de ese joven. Temblaba de frío y miedo mientras empuñaba la AK-47. Iluminó sus rostros. La mirada de ese chico se desparramó en Zaur. En su rostro agrietado. Seco. Lleno de polvo. Las manos grandes y rugosas. Sus dedos que parecían pezuñas. Estaban solos. Los tres. ¿Quién fijaba las reglas si ningún jefe daba la orden terminal? Zaur habló con el chico que podría haber sido su hijo. Lucciano se esforzó, pero no podía entender. Sentía su corazón palpitar. Había hecho de todo para sacar a Alma. Y ella ahora lo aguardaba en suelo de Artsaj. A pasos de allí. Bajo una reja electrificada. Y al otro lado de ese cañón AK-47. No podía morir. No ahora. Por más que el Dios en el que no creía lo castigara por haber viajado a Azerbaiyán y por haber aceptado los sobornos del gobierno de Bakú y su "diplomacia del caviar". Por más que el apellido Conti lo hubiera escudado muchas veces y beneficiado tantas otras. Si salía de ésta, su vida debería dar un giro. Recordó el cuerpo de March desplomado cuando ya había subido al camión. Sintió un espasmo. Reprimió el impulso de vomitar.

De repente, el chico pálido bajó el fusil. Escuchó una palabra

que no comprendió y el alivio llegó de inmediato. Permanecía inmóvil mientras Zaur le gritaba en un idioma indescifrable. Le hacía gestos a Lucciano para que huyera hacia el lado de Artsaj. Lucciano Conti atinó a correr, correr y correr. Como nunca sus piernas antes lo habían llevado. Su cabeza debía alcanzar el poste pintado de blanco. Allí lo esperaban Alma y Hrant. Escuchó sus zancadas en el silencio y en la oscuridad. Sentía cada pie hundirse en el lodo. Corrió a tanta velocidad que dudó de si estaba vivo o muerto. Cuando se detuvo, sus piernas temblaban. Escuchó su nombre en medio de la oscuridad. Reconoció la voz de Hrant. Imaginó todo tipo de insultos hacia él. Pero se alegró de verlo. Se enredó en los ojos verdes de Alma. Al fin, los tres pisaban Artsaj.

Caminaron en fila en la oscuridad. Primero iba Hrant, lo seguía Alma y detrás, Lucciano cerrando la espalda de ella. Hrant apuntaba hacia una luz tenue, en el pueblo de Talish. Tendrían que pedir ayuda al azar. Golpear alguna puerta y rezar para que la guardia *karabadzi* no los confundiera con infiltrados azeríes. Disminuyeron la marcha y aguardaron los tres sentados juntos contra una roca, con frío y la vista fija en la entrada de una casa. Esperaron que clareara. Si Nané o Lisa hubieran registrado esa escena, con Alma en el centro de Hrant y Lucciano, no le creería, razonó Alma. Ella, a pesar de ser puro hueso y magra carne, también colaboraba en ese circuito humano para mantener la temperatura. Ignoraron la fatiga. No estaban en condiciones de desperdiciar fuerzas. Cada uno atesoraba en sus bolsillos, un puñado de pasas de uva, que les había dejado Zaur.

Cuando el primer gallo cantó, vieron salir por la explanada de la casa, más bien emerger de ese subsuelo, a un hombre joven. Hrant se acercó y le habló en armenio, con acento de Artsaj. El hombre emergido de las profundidades supo así que no se encontraba ante tres bandidos azeríes, aunque al pegarle un vistazo a Alma parecía recién llegada de uno de esos orfanatos en Alepo, de 1915.

En esa zona de frontera, las familias vivían en el sótano o en la planta baja de las casas. Nadie se exponía a la lluvia de proyectiles que dejaban los misiles y las bombas. Hrant conversó con el hombre, que se presentó como sacerdote.

—Venimos huyendo del lado azerí. Mi nombre es Hrant Torosyan, soy periodista y camarógrafo, igual que mis compañeros, Alma Parsehyan y Lucciano Conti.

El sacerdote los observó de arriba abajo sin moverse. Hrant dejó ver el tatuaje con letras armenias y la inscripción de Tigran.

—Soy el padre Krikor, les doy la bienvenida a mi casa. Cuando mi esposa y mis hijas se despierten, les prepararemos un desayuno. Mientras tanto, pueden quedarse aquí. Les traeré agua y unas mantas.

A la hora, Krikor los hizo pasar a un ambiente sencillo, bajo tierra. Las ventanas en altura rozaban la calle. Géneros, con el bordado de geometría armenia, cubrían los vidrios. La misma tela protegía las camas, los sillones, la mesa y dividía el ambiente como paredes blandas.

Cuando clareó, detrás de esa tela, apareció una mujer simple,

de piel blanquísima y cejas doradas. Krikor presentó a su esposa y organizó la mañana.

—Siranush los cuidará mientras yo voy al pueblo.

La mujer con el cabello algo revuelto y los ojos color almendra los observaba con distancia. Luego de una conversación breve con su esposo, extendió su sonrisa.

—Si no es molestia y usted va hacia Martakert, le pediría que me llevase —se entrometió Hrant—. En la ciudad arreglaré cómo volveremos a Ereván. Mis amigos, Alma y Lucciano, se quedarán en su casa, mientras esperan mi regreso. Espero que usted esté de acuerdo.

El padre Krikor lo miró y asintió con la cabeza. El sol de Artsaj imprimía un tono cobre en su piel. Los ojos color miel se replicaban en la región. El padre Krikor volvió a hablar con su mujer y le dio instrucciones.

Alma pidió a Hrant explicaciones porque ni ella ni Lucciano comprendían el armenio. Dudaba acerca de qué podía conversar Hrant con ellos, y lo conocía. Sabía que movería sus contactos, pero no quería que la dejara al margen de sus decisiones. Cuando Lucciano caminó hasta el baño, Hrant se acercó a ella. El plan para llegar a Ereván incluía a Conti, pero Hrant prefería comunicarse con Alma.

—Iré a Martakert, la ciudad más cercana, donde estuvimos cuando rumbeamos hacia las fronteras. Allí conseguiré algún vecino que pueda llevarnos hasta Armenia. Desde Martakert también podré llamar al canal y pedir a Naghdalyan que nos ayude.

Le fastidiaba dejar a Alma con Lucciano, pero nadie más que

él podía encargarse de esa gestión. Y Alma no se encontraba en condiciones de salir de paseo.

Siranush percibió el estado lábil de Alma y la tensión y desgaste de Lucciano. Les mostró el baño donde podrían higienizarse y les ofreció unas toallas. Después, desapareció detrás de la pared-cortina y regresó con un vestido color café con flores amarillas que regaló a Alma. Se entendían por señas. A Alma le brillaron los ojos por ver a esa mujer tan sencilla que se desprendía de su ropa para ofrecérsela a ella.

Lucciano esperó a Alma, del otro lado del baño. Arregló que lo llamaría si le bajaba la presión o se sentía débil. Lucciano escuchaba correr el agua. Permanecía pegado a la puerta. A los diez minutos, vio salir a Alma más luminosa. Su rostro había recobrado algo de fuerza y hasta su cabeza ya no lucía tan rapada. Algo de cabello ralo comenzaba a teñir de color ese cráneo. Se miraron un instante, cuando ella salió del baño envuelta en su pashmina azafrán, y Lucciano le pasó el vestido. Alma entró de nuevo para cambiarse. Cuando salió, Lucciano le ajustó suavemente el lazo amarillo. La falda marcaba el talle antes de detenerse en el largo de las rodillas.

Siranush los descubrió en ese segundo de intimidad. Lucciano también pidió pasar a darse una ducha, aunque volvió a ponerse su misma ropa. Después, Siranush los invitó a la mesa para amasar el pan junto a su hija mayor. La joven acababa de entrar a la casa con un recipiente lleno de hierbas. Las había recolectado en las colinas y se disponía a airearlas y lavarlas para rellenar el *zhengyalov hat*.

Alma amasaba el pan, pero no podía separarse de sus

recuerdos. Se reprochó porque el reloj había avanzado y estaba viva. Tenía la gran oportunidad de rescribir su propia historia. Pero aún le faltaba sanar.

Al rato, el pan de Artsaj, estuvo listo. Siranush lo tostó para sus huéspedes. Alma tuvo la sensación de vivir dos vidas. Había probado el *zhengyalov hat* con Hrant en Shushi, cuando habían ido a las trincheras. Horas después, los derribaban mientras intentaban regresar desde Stepanakert a Ereván. Ese helicóptero militar había cambiado su destino.

Siranush la notó distraída y la animó para que comiera el pan. A Lucciano no tuvo que alentarlo. El hijo de Carlo Conti ya devoraba el segundo *zhengyalov hat*. A punto de servirse el tercero, entró Hrant.

—Todo arreglado —pronunció. Alma y Lucciano se tensaron en la silla.

Alma hizo un silencio para dar lugar a Hrant.

—Un amigo pasará a buscarlos. Viajarán con él hasta Tatev, en el sur de Armenia. Alma, en el monasterio de Tatev, confía en san Gregorio el Iluminador. Allí está su mausoleo. El Padre de la Iglesia Armenia sabrá cuidarte en tu recuperación.

Alma seguía sin entender. El camarógrafo le hablaba a ella y no a Lucciano. Algo no terminaba de aclarar. Hrant continuó su discurso.

—Mi amigo Garo trabaja en el mantenimiento del teleférico que llega a Tatev. Es ingeniero y militar retirado hace un par de años. Peleó en Artsaj. Siguió en el frente hasta que no soportó más las esquirlas en su cuerpo y en su mente. Una granada desintegró a su grupo de soldados. En el momento que cayó,

Garo se había apartado para buscar su ropa tendida. Vio a sus compañeros volar por los aires mientras se incrustaban en su brazo derecho miles de esquirlas. Como pudo, él mismo con otro soldado que de milagro estaba a su lado, trataron de quitarse la mayor cantidad de proyectiles que se hundían en la piel. Todavía le pica el brazo por esos metales que navegan su sangre. Cada vez que se rasca, sus vísceras retornan a esa tarde de los noventa en el monte.

Alma y Lucciano escuchaban atónitos. Cuando Hrant hizo un silencio, la periodista formuló la pregunta que faltaba.

—¿Vienes con nosotros?

El camarógrafo endureció la mirada.

—Me quedaré en Martakert. El ejército armenio necesita voluntarios. Patriotas que defiendan nuestro territorio. Mi lugar está aquí. En el frente de batalla.

Alma comprendió para sus adentros lo que no se animaba a decir. Todo comenzaba a ordenarse. Para Hrant, la tierra pesaba más que su ruego de matrimonio. Es verdad que ella no había contestado, y luego la realidad los había transformado. A veces, cuando uno no toma decisiones, la vida las toma por uno.

Con el paso al costado de Hrant, sus sentimientos quedaban expuestos en favor de Lucciano. Aun así, necesitaba conversar con Hrant, en privado. Hablar de lo que habían vivido en Bakú. Tal vez lo harían en un futuro. De cómo se pensaron vivos cuando creían estar muertos. Cómo habían atravesado sus miedos, la degradación que habían sufrido y su sed de venganza. Sus reproches. Sus dudas. En muchos puntos no pensaban igual.

No tuvo que cavilar más. De pronto, Hrant había salido

del cuadro de su vida. Alma se imaginó sola con Lucciano. Reprimió una pulsión primaria. La necesidad de abrazarse a la piel que la llamaba sin frenos. Donde esa electricidad que los excedía obraba, sin que ellos hicieran. Necesitaba de Lucciano para reponerse. Se asumió como prioridad. La atravesó ese instante íntimo. Se sinceró con ella misma. Empezaba su reconstrucción.

Garo los esperaba en un UAZ 469, los mismos jeeps con los que habían recorrido Artsaj. Volver a trepar a uno de esos coches, no le traía ningún buen recuerdo a Alma. No podía compartir esa sensación con Lucciano. Esa era una de las experiencias junto a Hrant que le quedarían guardadas por siempre en la caja negra de su corazón. Conti hijo se adelantó para que Alma y Hrant se despidieran a solas. No quería prestarse como testigo.

Krikor y Siranush también se apartaron. Alma y Hrant se miraron como si pudieran percibir entre ellos esa atmósfera privada y necesaria. A pesar del calor y de sus cuerpos maltratados. A pesar de su separación hecha realidad. Él la abrazó. Permaneció largo tiempo pegado a su pecho. Sus manos que se habían vuelto huesudas por su delgadez hicieron contacto con las escápulas de Alma. Con la leve curvatura de su espalda.

Lucciano los miraba desde el jeep. Le dio conversación a Garo para no estallar en celos. Aprovechó para preguntar por el teleférico.

—La cabina vidriada cruza el cañón del río Vorotán, hacia el monasterio de Tatev. Pende de un tensor de acero y oscila a merced del viento. El agua del río serpentea bajo el precipicio. Desde el monasterio de Tatev es posible llegar por adentro de las cavernas de piedra hasta ese curso de agua.

Garo contaba que una empresa suiza había construido el teleférico. Con seis kilómetros de cable en el aire, era uno de los más extensos del mundo. Pero Lucciano no lo escuchaba. Por el rabillo del ojo controlaba si Alma regresaba al auto. Volvió a girar la cabeza. La vio apartarse de Hrant. También vio cómo el camarógrafo atrapaba las manos de Alma sin soltarla.

—Ya tendremos tiempo para conversar —se separó ella.

—Entiendo —la retuvo Hrant—. Siempre estaré para lo que necesites, Alma.

Ella miró los rizos de él que empezaban a recobrar su forma rebelde. Se alegró, a pesar de la mirada triste que también la había invadido. Dio un paso hacia atrás. Marcó la distancia entre sus cuerpos. Giró sobre su eje. Caminaba hacia Lucciano, sin volver la vista atrás, y con la mirada de Hrant pegada a la nuca. Alma iba de uno a otro hombre, como una equilibrista que recorre una cuerda en altura.

Cuando al fin alcanzó el coche, se desplomó en el asiento trasero junto a Lucciano. Él miraba fijo hacia las montañas verdes con sombras negras. Otra vez, en un auto, en realidad un jeep 4x4, con Lucciano. Como el día que lo conoció y los llevaban desde el Boston Times hasta el aeropuerto de Chicago. Cuánto habían vivido desde entonces.

El auto avanzaba con parsimonia y Alma giró la cabeza

por la ventana. Captó la última imagen de Hrant. Sus ojos avellana la seguían en fuga. Dejó la mente en blanco. Oyó sus tripas. La piel de Hrant no contaba como la de Lucciano. Lo aceptó sin autojuzgarse.

Luego de un par de horas, el auto se detuvo en la frontera de Artsaj con Armenia. Garo completó el trámite con las instrucciones que le había dejado Hrant. Las autoridades de Artsaj estaban al tanto de los dos pasajeros que no entregaron su pasaporte porque simplemente ya no lo tenían. Lucciano y Alma repararon en la tensión de esa instancia. No les quedaba otra que confiar. Hrant no podía fallar en este pase de mando, en ese pase a su libertad. Como Lucciano Conti lo había liberado a él. El oficial les hizo un gesto. Alma sintió alivio cuando los dejó continuar. Tenía que barrer sus fantasmas.

El sol caía y el UAZ 469 cosía un camino de curvas estrechas. Bordeaba la belleza de un precipicio rumbo a Tatev. Atrás y a cada lado del camino, el valle del río Vorotán distraía con relieves insinuantes. A medida que llegaban al monasterio, el paisaje se transformaba en una postal detenida en el tiempo. La magia golpeó el pecho de Alma. Por primera vez, empezaba a sentirse viva. Y hasta con una pizca de felicidad.

Sin que Garo y Lucciano lo advirtieran, pasó sus manos suaves por la cabeza. Como si la repetición de ese gesto pudiera confirmarle que sus ondas castañas volverían a crecer. Aunque apenas pudiera sentir con la yema de los dedos la fuerza de cada cabello que pugnaba por salir, seguía siendo Alma. Más que nunca Alma. Tomó la pashmina azafrán y la envolvió alrededor de su cabeza. Si las paredes anchas y la muralla de piedra ocre de Tatev resplandecían desde el siglo IX con el atardecer, ella también debía poder resplandecer. Abrió y cerró sus dedos. Miró sus manos tiesas y delgadas. Sentía algo más de fuerza y hasta se animó a contar que tenía hambre.

–Buena señal. Junto al monasterio hay un lugar donde pueden comer. Por mi lado, seguiré camino para completar el mantenimiento del teleférico. Desde aquí tienen algunas horas más hasta llegar a Ereván. Disculpen que no pueda alcanzarlos yo mismo. En otra circunstancia, lo hubiera hecho con sumo placer. Pero si no arreglo esta máquina, tendremos problemas con la seguridad de toda la zona.

Garo conservaba el espíritu solidario soviético. Si veían gente en la carretera y querían que los llevasen, aun cuando viajaran en la dirección contraria, daban vuelta su rumbo y los acercaban. Alma y Lucciano se despidieron de él. Todas las capas de la cebolla que los recubrían cayeron de un soplo cuando se quedaron solos. Al pie del monasterio, rodeados de montañas majestuosas y bajo la cruz armenia, el mundo se había detenido para ellos.

Lucciano mostró a Alma el nido de unas cigüeñas en lo alto de los postes de luz. Otra buena señal. La tomó de la mano. La condujo en silencio hacia esa casa donde funcionaba un restaurante. Entraron a la cabaña. Las gallinas corrieron para darles la bienvenida. Una mujer con el pelo blanco, la piel cetrina y muy curtida por el sol, arrugas infinitas y ojos celestes, salió a recibirlos. Les hizo señas para que se sentaran en unas mesas alargadas con bancas bajo un techo rústico. Se presentó como la señora Shushan. Había armado ese pequeño comedor como quincho. El viento soplaba desde los campos verdes. Traía las montañas y su ladera de hierbas frescas. Se concentraba sobre el *shish* de cordero rebosante de especias, servido por la señora Shushan. El estómago de Alma crujió. La señora Shushan la guio hacia el primer asiento. Tomó ambas manos de Alma y ella sintió su rugosidad.

—Niña, tú necesitas ayuda —le dijo la señora Shushan, tratando de hacerse entender.

Esa mujer en un solo gesto había comprendido que esa pareja no la visitaba como simples turistas. Que necesitaban comida, un baño y refugio. Alma pensó cómo pudo decodificarlo. No tuvo que hacer mucho esfuerzo. Lo había aprendido de sus abuelos. En casa de un armenio, siempre es una fiesta recibir. Nadie mide jamás cuánto entregar. Al contrario.

Después del *shish kebab*, la señora Shushan sirvió el dulce. Apoyó los platos con el *gata*, junto a las fuentes vacías del cordero. Cuando Alma vio el *gata*, recordó a Nané. Tenía necesidad de contarle todo lo que había vivido.

Lucciano se acercó.

—Alma, hablé con la señora Shushan. Esta noche nos quedaremos a dormir aquí. Descansaremos y mañana podremos partir hacia Ereván. Es mejor que volver directo. Si llamas a tu prima para avisarle, será muy fuerte la noticia para ella. Saber que estás regresando y en estas condiciones, se sorprenderán. Vayamos de a poco. Querrán venir a buscarte enseguida y tú necesitas descansar.

Sonaba lógico. Pero también era cierto que él quería quedarse a solas con ella, tanto como ella con él. Que los urgía repararse mutuamente y Tatev los abrazaba con la fuerza de sus montañas. La emoción ganó a Alma y Lucciano lo percibió en sus ojos.

—No te preocupes. Ven acá —susurró él, y le extendió la mano. La abrazó.

La señora Shushan les había acondicionado una pequeña choza con mantas. Lucciano lavó su única camiseta, la tendió junto al fuego en la sala y regresó a ese pequeño cuarto donde Alma lo aguardaba. Alma se erizó cuando lo vio entrar con el torso desnudo. Él se acercó y la rodeó con sus brazos. A pesar de sentirse débil, su aliento la encendía. Lucciano abrió su boca con un beso dulce. Ajustó su mano por la cintura y la besó más hondo cuando sintió que Alma cedía a sus caricias. Lucciano buscó el fondo de su lengua. Fue una turbulencia con sus bocas enlazadas en una. Otra forma de liberar la tensión entre sus cuerpos. ¿Hasta dónde podrían llegar si se amaban sin ojos enjuiciadores?

La exploración por cada rincón de sus pieles continuó. Afuera, la noche se estremecía. Y pronto, con cada beso, recobraban esa memoria que siempre los ataba. Lucciano la alzó entre sus brazos y la recostó sobre las mantas del suelo. El pecho de Alma quedó envuelto por los pectorales y el abdomen tallado de Lucciano. Sujetada por sus brazos de cera, recorrió con la yema de sus dedos cada tramo de su espalda triangular, sus escápulas que se ofrecían como refugio y hoguera. Lucciano buscó entrar en su profundidad. Alma se tensó. Hizo un movimiento sorpresivo y lo detuvo. Todo su cuerpo lo anhelaba, pero de pronto se había vuelto rígido.

—No puedo —confesó en un sollozo que cerraba su garganta.

Lucciano la besó en las mejillas. Pasó el dorso de sus dedos por la frente y la nariz helada.

—Tranquila, amor, estás conmigo —trató de calmarla.

—No puedo, no puedo —repetía ella y se echó a llorar.

Lucciano se batía en furia porque, ante el llanto de Alma, confirmaba su pensamiento más doloroso. Alma no lo había hablado. Pero rondaba el presagio de lo que había vivido en ese sótano maloliente. Lucciano sintió la violencia él mismo. Su indignación e impotencia lo acuchilló, pero eso también le otorgaba una misión. No permitiría que Alma volviera a sufrir. Más aún, la ayudaría a atravesar ese muro.

—Amor, no te preocupes, aquí estoy para hacerlo juntos, cuando tú quieras. Confía en mí. Nos volveremos a amar cuando tú lo decidas. Cuando llegue ese momento, lo sabremos. Sigo aquí contigo. Jamás me iré. Lo haremos juntos. Yo te ayudaré y puedes confiarme lo que necesites.

Para Alma, el olor de Lucciano y su piel significaban su oasis. Pero los fantasmas la habían amordazado como en aquel sótano donde la habían profanado. ¿Hasta qué punto habían mutilado su capacidad de entregarse a la persona que amaba? De sentir.

—Amor, somos dueños de nuestro tiempo, porque así lo hemos decidido. Nadie podrá quitarnos eso. Nos constituirá siempre.

Se recostó junto a ella. Sus cuerpos jadeantes se acoplaron pegados como dos cucharas de plata. Él la abrazó rotundo. Sintió la espalda de Alma erizada. Comenzó a besarle los hombros, los brazos, la nuca y las manos frías hasta que se atemperaron y dejó de tintinear.

Entonces, ella se volvió hacia él y le tomó el rostro con sus dos manos. Lo besó dulcemente y luego volvió a girar. Se dejó aferrar al torso enorme que la protegía. Se acurrucó en su caja torácica como la piel se adhiere al fondo de un cuenco sedoso. El brazo de Lucciano la contenía. Se le escapó un suspiro e inmediatamente sintió alivio. No podía siquiera pronunciar la palabra violación. Menos contar a Lucciano el olor de esas bestias sobre ella, en el suelo duro y frío. Recorriéndola con el cañón de la AK-47, vejándola para saciarse y servirse.

Intentó dormir mientras Lucciano acariciaba su espalda. Un líquido oscuro y triste viajaba por sus venas. Tenía que recuperar la confianza. Animarse a sentir de nuevo. Él podía ser la clave de esa restitución.

A la mañana siguiente, se despertaron con el calor de sus cuerpos abrazados. Entre la somnolencia, Lucciano volvió a besarla y ella se dejó recorrer. Él propuso jugar con sus cinco sentidos.

—A ver si los recuerdas, Alma —le susurró, mientras su mano tomaba su rostro y la otra acariciaba sus pechos rosados.

Alma le pidió que no soltara la sábana que los envolvía. Se concentró en su perfume de madera. En la suavidad de su boca, en ese jugo que podía probar cuando la besaba. Sentía su almíbar y su demanda, pero no podía levantar esa barrera, donde el cuerpo manda. Entre sus sábanas, se interponían los gritos y la saliva de las bestias. Reían libidinosos. Su cuerpo, de pronto, temblaba otra vez. Lucciano la abrazó más fuerte.

—Alma… Alma, mi amor, tienes que escucharme. Soy yo, Lucciano. Vuelve a mí. Vamos a ir juntos, despacio.

—Te pido perdón, amor —susurró Alma y se echó a llorar con más angustia.

—Mi vida, por favor, no tienes que pedirme perdón. El mundo debe pedirte perdón a ti. Estoy aquí. Contigo. No tienes que preocuparte. Yo, Lucciano Conti, juro que el momento que los dos anhelamos llegará. Nuestros cuerpos se pertenecen. Siempre ha sido así. Siempre lo será. Confía en mí.

—Por eso sigo angustiada. Nos quitaron eso, mi amor.

Alma no paraba de llorar. Él la abrazó más. La hamacó en su torso y con sus manos entrelazadas desde su espalda mientras envolvía el vientre de ella. Le sopló al oído.

—Te amo, Alma Parsehyan.

Alma lo miró todavía más conmovida. ¿Estaría soñando? Ante su mudez, él sonrió, le tomó el mentón con su mano y la miró fijo a los ojos.

—Sí. Te amo, Alma Parsehyan. Lo que escuchas. Soy tuyo. Siempre lo seré. Tienes la llave de mi corazón. Tranquila, mi amor.

Alma sintió los labios de Lucciano besarla como fruta. Como la sandía más rosa y jugosa de Armenia. Se prendió a ese beso de caramelo. Sintió que algo se había destrabado en sus entrañas. Se besaban como si el tiempo y el espacio no hubieran existido nunca. Sus cuerpos levantaron temperatura. De repente, él la sorprendió.

—Ven, aprovechemos que es temprano. Podremos darnos una ducha, juntos. El agua nos hará bien.

Alma lo miró. Le gustaba que él le propusiera jugar y que desafiara los límites de la casa, aun en esa situación íntima y en ese despertar. Quería amarse con él. Darse una ducha la liberaba de la presión de tener que hacerlo en ese instante. Eso estaba muy bien.

Lucciano no le dio mucho tiempo más. Pronto se levantaría la señora Shushan. La envolvió con la pashmina azafrán, y la alzó. Sus músculos rotaron firmes sobre sus piernas como flechas atornilladas al suelo. Lucciano llevó a Alma en andas hasta el baño junto a la habitación. Se reían como niños. Lucciano trabó la puerta por detrás. La besó para que no hablara, arrinconándola y llenándola de más besos. Abrió el grifo y el agua tibia empezó a mojarlos. Pasó el jabón por la espalda de ella y por sus pechos sedosos. Alma lo abrazó y besó sus omóplatos como las montañas de Tatev. Quería entregarse a su amor. Pero tenía que limpiar esas imágenes que amenazaban cuando sentía que su piel la pedía.

La luz por la ventana del baño entraba de lleno. Afuera escucharon el cacareo de los gallos. De pronto, algunos ruidos dispersos en la cocina de la casa. La choza comenzaba a levantarse y tenían que salir del baño, para volver a la habitación, sin que la señora Shushan advirtiera esos movimientos extraños. Para ella, eran un matrimonio, pero tampoco podían permitirse, en casa de esa campesina, sus juegos de Occidente.

–Vamos a vestirnos. Todo se va a acomodar. Confía en todo lo que nuestra piel siempre dijo. Si tú quieres, yo también quiero. Lo atravesaremos juntos, amor. No tienes que temer. Te amo, Alma.

Luccianо también parecía transformado. Alma adoraba oírlo hablar de esa forma. De repente, tocaba el corazón de Lucciano con las manos. Eso la encendía y la tranquilizaba. Su excompañero del Boston Times armó el plan para el día, y volvió a sorprenderla.

—Quiero que vayamos juntos a visitar el monasterio de Tatev.

El plan le pareció perfecto. Era un agradable amanecer. Alma se dejó guiar. Se vistieron. Vistió la misma camiseta salmón y el pantalón holgado oriental que le había comprado Lucciano. Ya los había lavado la noche anterior. Se ató la pashmina azafrán a la cabeza. Juntos cruzaron la calle del restaurante, en dirección hacia el monasterio.

Subieron una pequeña rampa de piedras. El mismo silencio que rodeaba a esa fortaleza, los envolvía. Entraron a la iglesia principal. Los rayos del sol se filtraban desde los altos ventanales. Rebotaban en el mantel blanco del atrio con flores amarillas frescas.

Lucciano retrocedió unos pasos. Compró unas velas a una mujer arrugada y de negro, en la entrada. Juntos las encendieron. Las enterraron en un pequeño altar, bajo los frescos. Hacia su derecha, detrás de una pequeña puerta cavada en la piedra, asomaba la tumba de san Gregorio el Iluminador. En ese momento, un sacerdote de túnica negra y cruz en el pecho, se asomó desde el claustro. Llegó al altar principal mientras esparcía el incienso. Lucciano y Alma se acercaron instintivamente al padre. La pareja quedó frente a frente, de perfil al altar, y con sus cabezas pegadas, como en el rito de las bodas armenias. El sacerdote colocó sobre sus cabezas, dos coronas de olivos y

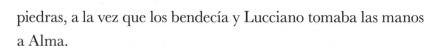

piedras, a la vez que los bendecía y Lucciano tomaba las manos a Alma.

–Alma, te amo. Siempre estarás conmigo –validó Lucciano en esa ceremonia privada y simbólica.

Ella lo abrazó. Sintió unas ganas irrefrenables de fundirse en él. De pronto, advirtieron un murmullo. Un grupo de turistas había ingresado, pero "su boda secreta", ya había ocurrido. Ahora faltaba consumarla.

Se sumaron al grupo de turistas conducidos por el guía. El hombre los llevó por esas escaleras de piedra hasta el nivel superior, donde se hallaba la habitación principal del arzobispo, cuando aquel monasterio albergaba una escuela de sacerdotes, siglos atrás.

Por lo que había sido una antigua ventana, que no era más que un hueco gigante en la piedra, de pared a pared, entró todo el valle y el viento en sus ojos. La visita terminó en el comedor del monasterio que conservaba también el sector destinado a hacer el pan.

Se había hecho tarde para partir ese día de regreso a Ereván. En realidad, ninguno de los dos quería volver. De vuelta en la cabaña, sin que Alma se lo pidiera, Lucciano habló con la señora Shushan. La mujer de las canas y los ojos azules se alegró de que sus huéspedes, ese matrimonio tan particular, se quedaran un día más. Al día siguiente, preguntaría si algún vecino podría llevarlos hasta Ereván.

Mientras tanto, Alma y Lucciano quisieron ayudar a la señora Shushan con la preparación de la cena. Pero la mujer se los prohibió. Percibía el estado de enamoramiento, con solo

mirar a los ojos. Quería agasajarlos. Insistió. Los animó a que salieran a caminar por la noche del valle, mientras ella terminaba de preparar un arroz con frutos secos. Antes indicó a Alma qué hierbas debía traer.

—Menta y eneldo, las encontrarás en el campo. Tú ve y confía. Cierra los ojos y huele. No necesitas ver. Tus sentidos te guiarán —anunció la señora Shushan, y Alma no pudo estar más de acuerdo.

En cada paso por el monte, Lucciano y Alma dejaban un miedo atrás. Se cargaban de energía entre los valles rebosantes de hojas. Las piedras medievales y las rocas les daban marco a las montañas que se imponían a pesar de la noche. Una ráfaga despertó sus sentidos. Alma pestañeó y miró a Lucciano.

—¿Eneldo? —testeó ella.

—¿Menta? —chequeó él.

Sonrieron juntos. Parecían reactivados.

—¡Los dos! —pronunció Alma y se percató de cómo sus dientes ocupaban toda su boca en una sonrisa.

Lucciano la notó feliz. Miraron a su alrededor. La tierra sólida los envolvía. Parecía sostener todas sus voluntades y todos sus deseos. Lucciano besó a Alma en medio de ese campo estrellado, coronado de amapolas. Se saciaron en más besos y caricias hasta que decidieron obedecer el pedido de la señora Shushan. Entonces juntaron un ramo desordenado, tomaron otros verdes y regresaron a la cabaña.

Después de la cena, la señora Shushan preparó su famoso té de hierbas. Miró a Alma. Le dijo que debía probarlo porque le traería un beneficio inmediato. La señora Shushan depositó el tazón humeante frente a la periodista. A su lado, Lucciano permanecía mudo.

—Aquí tienes. Té verde, rosa, menta y eneldo. Bebe —sugirió con determinación la señora Shushan y también sirvió a Lucciano.

La casa retumbaba en silencio. Afuera se oyó el ladrido de un perro y adentro las velas tintinearon. Proyectaban las sombras de los tres en las paredes del pequeño salón.

La señora Shushan amplió su explicación.

—Con este té, las montañas de Tatev vivirán virtuosas dentro de ustedes. Te ayudarán, Alma, con su energía. Gracias a ellas, podrás encontrar la calma y descongestionar todo lo que te aqueja. Se aliviarán los dolores, aun los más profundos. Tus pensamientos se volverán serenos. Florecerás.

Alma y Lucciano bebían de ese brebaje. Bajo la mirada de la señora Shushan y sus palabras, solo podían creer en la fuerza del amor. Ese hechizo de pronto pareció teñir las paredes de la casa. Atravesó como luz de rayo sus estómagos y sus corazones. Expandió una corriente difractada a través de un prisma. Si cerraban los ojos, podían analizar los mil tonos que la componían. Rosa, violeta, fucsia, anaranjado, verde, turquesa. Un arcoíris los habitaba.

Alma dio un pequeño sorbo, y otro más, y otro más. Su rostro se iluminó. Miró a Lucciano que la esperaba con sus ojos de fuego. Le tendió la mano. Juntos caminaron hacia la habitación. La señora Shushan bajó la vista. Se escondió en la cocina con un gesto de alegría.

Lucciano le susurró a Alma lo bella que estaba. Sus mejillas.

Sus ojos. Su piel parecía nueva. Su excompañero del Boston Times se quitó la camiseta negra. Avanzó hacia ella. Alma se dejó envolver por su olor. Por su torso desnudo y sus caderas ceñidas a las de ella, que buscaban empalagar su talle.

Empezaron a disfrutarse en cámara lenta. Primero él. Después ella. Cambiaban un beso y una mirada. Alma podía interponer algún reparo, pero al final siempre ganaba Lucciano. Le pedía permiso para amarla. Ella se preparaba para recibirlo. Lucciano le repetía, una y otra vez, que la amaba. Que quería hacerlo con ella, suave y dulcemente. Prolongar su amor toda la noche.

Él la tendió sobre la alfombra. La besaba con sus labios carnosos y los brazos firmes alrededor de su rostro y cuello. Alma contestaba con su cuerpo erizado. Se estremecía ante cada estímulo bajo las yemas de Lucciano, que comenzaron a avanzar sobre su pecho, su espalda, sus piernas. De repente, él se quitó el jean y le dedicó más caricias. Alma se dejó quitar la camiseta y los pantalones. Él la observó en su ropa interior. La giró y desprendió el sostén a medida que besaba su espalda. Tomó sus senos. Esa posición la sorprendió, y enseguida giró y requirió su boca. Lucciano la besaba mientras le retiraba las bragas. La reclinó suavemente sobre los tejidos para entrar a lo hondo de su guarida. Alma lo esperaba con ansiedad. Lucciano irguió su potencia. Demoraba en entrar para atesorar ese momento. Como si fuera la primera vez. Al fin la piel de Alma se elevó en un gemido que lo reclamaba dentro y Lucciano avanzó para fundirse en ella. Ella suspiraba con cada vaivén de su amor. Cada movimiento, restituía cada célula. Cada emoción dañada. Cada segundo que habían pasado separados.

Sus corazones se expandieron en un globo rojo. Danzaban en la noche de Tatev. Sus cuerpos volvían a fundirse con la naturalidad de siempre. Se respondían sin que se llamasen. Alternaban en un juego imposible de frenar. En un fuego que creaba y los iluminaba. Amalgamados, aullaron juntos en la cima del placer. Entonces él le cubrió la boca con otro beso, que no quería abandonar sus labios. Luego, se desmoronó exhausto sobre el vientre estremecido de Alma, blanco como la luna. La rodeó con sus brazos morenos. Los envolvió el cansancio repentino de la pasión. La dicha de permanecer unidos desde ese lugar que solo ellos conocían. El que les daba la fuerza y los tornaba irracionales. Su noche y su día. Su universo. A pesar de las amenazas del mundo exterior. Bajo ese cielo limpio de montaña, no podían mentir. Vivían conjurados para siempre.

## CAPÍTULO DIECISÉIS

# ADIÓS PARA NACER

EREVÁN. OTOÑO, 2016

Los medios periodísticos no tardaron en enterarse de que Alma Parsehyan y Lucciano Conti habían llegado a Tatev. Mientras ellos extendían su reencuentro, la comunicación de Hrant Torosyan con el canal E24 puso en aviso a la prensa. Desde allí, la información llegó al Ministerio de la Diáspora y al Ministerio de Asuntos Exteriores en Armenia.

Por eso, a la mañana siguiente, todavía cuando los gallos cantaban y la señora Shushan recorría el campo en busca de más amapolas, le llamó la atención el ruido de las aspas de un helicóptero militar. Miró al cielo y vio cómo lentamente descendía una máquina en su campo. Primero se alertó y luego se preguntó si semejante movimiento tendría que ver con sus huéspedes.

Volvió corriendo a la casa y encontró a Lucciano y Alma que compartían el té de hierbas en la cocina. Sentados uno frente al otro, se examinaban embelesados, las luces y las sombras. Se los veía con tanta paz, que a la señora Shushan le dio rabia interrumpir.

—*Jan*, Alma, me parece que han venido a buscarlos —balbuceó mientras señalaba hacia el campo con sus ojos azules. Replicaba con sus manos el movimiento giratorio de las aspas del helicóptero.

Los ojos de Alma se abrieron como si despertara de un sueño muy pesado. Lucciano se puso de pie bruscamente y caminó hacia la ventana. Alma lo siguió y alargó la vista a través de los cristales. No podían creer que las palabras de la señora Shushan fueran ciertas. Tarde o temprano, lo sabían, los buscarían. Si hubieran partido la mañana anterior a Ereván hubieran evitado este espectáculo de rescate. Pero quién le quitaba ese encuentro de la noche anterior si todavía podía sentir a Lucciano en su piel. Lo tomó de la mano, él la abrazó y le repitió que se quedara tranquila. Que él la protegería. Alma temblaba de solo pensar en subir de nuevo a ese helicóptero militar.

Lucciano salió y advirtió un hombre moreno de rasgos caucásicos que se acercaba hacia la casa. El hombre lo saludó y presentó a una mujer con un ambo celeste y un maletín de primeros auxilios. Los acompañaba otro hombre corpulento que nunca se quitó los lentes de sol modelo aviador, vestido de militar.

—Buenos días, usted debe ser el señor Lucciano Conti. Me llamo Onnik Apkaryan, encargado general del Ministerio de la Diáspora y Asuntos Exteriores. Vinimos a ofrecerles nuestra

ayuda para retornar a Ereván. Los familiares de la señorita Alma Parsehyan se encuentran muy preocupados.

Lucciano los condujo hacia la cabaña. Alma ya los esperaba junto a la puerta abrazada a la señora Shushan. Alma aguardaba pensativa. Cómo iba a extrañar esa rutina de la casa de la señora Shushan. La había experimentado apenas cuarenta y ocho horas. Pero ahí sentía que pertenecía. La señora Shushan le había enseñado a cubrir su cabeza con la pashmina, como lo hacía ella. Las dos lucían sus pañoletas. Alma le llevaba por lo menos dos cabezas a esa mujer, cuya joroba la obligaba a mirar el suelo sembrado de amapolas.

Que la vinieran a buscar, generaba en Alma adrenalina y también escozor. Por un lado, era consciente de que necesitaba ayuda. Someterse a un examen médico para chequear su corazón, la sed que la atormentaba, las muñecas que le dolían, los huesos y esos golpes tras la nuca que le hacían retumbar las mandíbulas. Recuperar peso y hacer ejercicio para fortalecer la masa muscular, también eran prioridad.

En ese momento, se rompía ese capullo que había fabricado con Lucciano. Sabía que tarde o temprano iba a tener que regresar. Tuvo un instante de pánico cuando se imaginó de nuevo en el helicóptero. Volvió a preguntarse qué sería de su vida de ahora en más. De Lucciano. Qué sería de ellos dos. La invadió la angustia y la incertidumbre. El saludo del funcionario armenio la sacó de su nube de cuestionamientos.

–Señorita Alma, gusto en saludarla –dijo Apkaryan–. Su prima, su familia en Ereván, están muy preocupados por usted. Quieren verla.

Alma sonrió a la vez que se le humedecían los ojos. Apkaryan continuó:

—Le presento a la doctora Satenig. Nuestra médica podrá revisarla y asistirla. Les propongo llevarlos de regreso a Ereván junto con su colega, Lucciano Conti.

Alma volvió a mirar a Lucciano que le hizo un gesto para que se quedara tranquila. La señora Shushan, sin preguntar, empezó a repartir entre sus improvisados huéspedes enormes tazones cachados. Olían deliciosos en su té de hierbas.

El funcionario, la doctora y el piloto la miraron y todos reconocieron en ella a una madre. La señora Shushan movió la cabeza para que tomaran asiento en su cocina y depositó los tazones frente a ellos.

La mañana de otoño se veía radiante. Afuera, a unos metros en dirección hacia el monasterio, un grupo de señores mayores pasaba el día junto a sus taxis Lada. Fumaban apoyados en los autos, mientras esperaban que alguien los contratara para hacer un viaje largo y salvar la semana. Competían con un burro que también esperaba turistas para pasearlos por las montañas tapizadas de verde. Las cigüeñas picoteaban elegantes en sus nidos que desbordaban en lo alto de los postes. Su presencia indicaba que todavía faltaba para la llegada de los primeros fríos.

Alma se había acostumbrado a esa postal de aire puro y amable. Era su lugar en el mundo. ¿Sería el hechizo sucedido la noche anterior entre las sábanas? ¿O los besos profundos de Lucciano, que la habían despertado esta mañana y habían terminado de enraizarla? ¿O quizá la tutela de esas cigüeñas laboriosas que se juran fidelidad eterna y vuelven cada año al mismo

nido? A ellas, las guiaban el sol y las estrellas. Deseó convertirse en una cigüeña.

Bebió lento, tan lento como pudo, como si pudiera retrasar los relojes a los siglos XIV y XV. En esa época, en el monasterio de Tatev funcionaba la universidad más grande de Armenia. Seguro se hubiera anotado en Matemática o Astronomía, pero le hubiera atraído algún estudiante de Literatura, Gramática o Filosofía. Miró hacia el campo verde y las cumbres blancas que imponían ese respeto del tiempo sedimentado. Como si quisiera despedirse con sus ojos cristalinos, atravesó esa pared ocre de Tatev y su cúpula de cucurucho. Esa lámina de la Armenia medieval intacta, entre las colinas de esmeraldas sinuosas, los picos nevados de la provincia de Syunik y el viento, manifestaban la naturaleza junto con la historia y el amor de Lucciano en toda dimensión. Fue un momento de síntesis. Fue un instante feliz. Focalizó en la gente que había llegado para trasladarla, para arrancarla de su sueño de cristal.

Volvió a las piedras ámbar que cortaban ese manto verde. Cercaba la tierra aún mojada por las lluvias de la madrugada. El aire todavía olía a mojado y a menta fresca. Ahora que se estaba por despedir, advirtió cómo la señora Shushan estrujaba entre sus manos un pañuelo blanco. Notó en ella el rostro de Teter. Volvió la vista al campanario de Tatev. Esas paredes milenarias sostuvieron su silencio. Recordó el sonido melancólico del *duduk*. Esa flauta que se perdía en un llanto de ola en las montañas.

Miró a Lucciano. Le hizo un gesto con la cabeza. Él entendió que ya estaba lista. Los dos corrieron a abrazar a la señora

Shushan. Les costó separar sus cuerpos. La doctora Satenig tomó suave del brazo a Alma para ayudarla a soltarse. Alma caminó junto con la médica y Lucciano hacia el helicóptero. Apkaryan y el piloto aguardaban un poco más adelante en dirección hacia la máquina. El chal azafrán de Alma quería irse con el viento. Quedarse en Tatev como su corazón. Lucciano caminaba pegado a Alma. Del otro lado, la doctora Satenig. Alma fijó la vista en esa máquina que la esperaba con los motores encendidos. Qué ironía del destino, tenía que hacer ese viaje con Lucciano Conti de regreso a Ereván. Pisaban y estaban por sobrevolar territorio armenio pero los fantasmas danzaban con esas telarañas que ella misma se esforzaba por limpiar.

Durante la media hora del viaje, Alma pudo imaginar cómo sería el reencuentro con Nané. Quiénes estarían en el aeropuerto militar soviético de Erebuni, el mismo de donde habían salido con Hrant antes que todo cambiase inesperadamente. Alma miraba los campos de Armenia verdes y rocosos, los *jachkar* esparcidos por las laderas, solitarias y elocuentes. La fascinaban los monasterios y las tumbas que imprimían una película en la ventana ovalada de la nave.

Pensó en Nané. Cuando aterrizaran, conocería a Lucciano. ¡Quién lo hubiera imaginado! Recordó aquella primera charla con su prima, confesiones de madrugada en la cocina. Tendría mucho para contarle sobre Lucciano y sobre Hrant. El helicóptero ya había aminorado la velocidad y se ubicaba por encima de la pista del aeropuerto militar de Erebuni, en las afueras de Ereván. El ruido ensordecedor del motor hizo rugir más su corazón. El aire caliente y ventoso que se adivinaba afuera la sobresaltó.

Cayó en la cuenta del esfuerzo que había hecho para resistir el dolor y la violencia. Toda esa fuerza quería rebasar ahora en lágrimas. Ahora que podría relajar en ese abrazo de reencuentro con su prima. La distinguió esbelta en la pista de aterrizaje. Nané se cubría los ojos con unos lentes de sol y miraba hacia la aeronave, que descendía lento sobre el asfalto oscuro. El viento revolvía su larga cabellera castaña. Alma se cubrió la cabeza calva con la pashmina, como le había enseñado la señora Shushan. Se abrazó a Lucciano. Él respiraba fuerte con ella. En ese ir y venir de sus pulmones sincrónicos trataban de apaciguar la convulsión del descenso del MIL M8. El piloto terminaba las maniobras de aterrizaje. Alma concentró la mirada en la Virgen con el Niño. La misma imagen de la Virgen que había estudiado en el anterior vuelo de regreso, inconcluso. Le pidió que la protegiera. Acababan de posarse sobre la tierra. La invadió una gran felicidad. Y también un sinnúmero de contradicciones.

Los pilotos se levantaron tras apagar los motores. Entre los dos forcejearon para abrir la puerta del helicóptero. En medio del viento y el cielo azul del mediodía, Apkaryan le tendió la mano para que Alma descendiera los escalones hacia la pista. Esos tres peldaños la separaban de Nané. Ya en el último, Alma se tiró a los brazos extendidos de su prima que la abrazó fuerte. La pashmina azafrán voló y Nané cubrió con sus manos suaves la cabeza desnuda de Alma. La sostuvo entre sus manos mientras la miraba. Por debajo de sus lentes corrían lágrimas como la piedra de la luna. Lucciano atajó en el aire la pashmina y se unió al abrazo de las primas. Alma se enroscó el chal al cuello, ya sin necesidad de cubrirse. Miró a Lucciano con orgullo y se lo presentó a Nané. Jirair se acercó a Alma con un gran ramo de flores.

—Vamos, prima, *jan*, la abuela Berjouhi nos espera con una gran comida. Lucciano, tú también vienes.

Apkaryan y la doctora Satenig se acercaron. Trataban de no interrumpir el momento familiar pero no querían descuidar a Alma.

—Disculpen, familia Parsehyan. Necesitamos que mañana, la señorita Alma pase por nuestra clínica Nairig para hacerse todos los controles médicos. Tomografías y estudios más complejos para chequear su salud. A las nueve, una ambulancia vendrá por usted. Si hoy se siente mal o nota cualquier síntoma extraño, no dude en llamarme. Le dejo mi teléfono celular.

La doctora Satenig era amable y Alma agradeció que no la internaran al haber bajado del helicóptero. Tenía fuerza para vivir ese día en familia. Quería hacerlo. Los dolores estaban y no se iban a difuminar tan rápido. Los recuerdos de la pesadilla, menos. Pero sentirse rodeada de gente que la quería, en una casa y con el olor de la comida recién preparada, era lo único que quería.

Nané subió adelante junto a su padre que conducía y Alma con Lucciano de la mano, atrás. Era todo lo que necesitaba ahora. Iban rumbo al apartamento de Ereván. Mientras Jirair contaba acerca de la historia de la ciudad a Lucciano, Alma tuvo la oportunidad de fantasear si podría tener una oportunidad con él. Qué raro se veía pisar Armenia juntos. ¿Sería otro sueño? Ella se percibía como otra persona, pero quien tenía a su lado, con ese perfil recto y la piel bronceada que tanto la inquietaba, seguía siendo Lucciano. Con su olor a jabón fresco, con su forma de sonreír con todos los dientes blancos. Con su forma de gesticular.

Lucciano enseguida entró en conversación con Jirair que se las arreglaba con el idioma. Lucciano le hacía preguntas y el padre de Nané intercambiaba conceptos con el joven Conti acerca de la Armenia Soviética y cuál había sido el papel de Estados Unidos en la Guerra Fría. Lucciano amaba la historia y, que Jirair se la contara como un testimonio directo, lo motivaba especialmente. Alma presenciaba ese diálogo como en una escena de teatro y se sintió la espectadora más feliz. Veía en el rostro de Lucciano el mismo asombro que había atravesado ella al reconocer los edificios soviéticos por primera vez. Impactaban sobre todo en Ereván por su estado original, a diferencia de Azerbaiyán donde el dinero y el poder habían intervenido en esas fachadas originales.

Mientras los varones charlaban, Alma y Nané se miraban con complicidad. Pronto, el automóvil de Jirair atravesó la arcada para ingresar al pulmón de manzana de su edificio. Cuando bajaron, escucharon desde el ventanal del cuarto piso los gritos de bienvenida de Berjouhi. La abuela de Nané, sonreía con todo el rostro, asomaba por esos marcos de ventana que no seguían la línea del edificio vetusto. Sus manos regordetas se agitaban en el aire, con medio cuerpo afuera, a pesar de sus noventa y un años. Sus mejillas lucían rosadas de júbilo.

Entraron al edificio con el palier oscuro. El olor del *dolma* en planta baja se enredaba con los cables y las cajas de luz a la vista. Rebotaba en las paredes pintadas de cal. Nané y Alma subieron por el ascensor que seguía idénticos movimientos bruscos y tambaleantes, mientras que Jirair y Lucciano ascendía por la escalera. Alma alcanzó a registrar el rostro de asombro de Lucciano Conti ante el estado de ese edificio. Sus formas particulares y su sonrisa al entrar al apartamento donde el aire duro mutaba en las paredes de color del albaricoque, con el aroma del limón y las verduras en la cacerola humeante, con los adornos antiguos y ordenados, con la foto de Levon y sus ojos dominantes y presentes en la sala.

El almuerzo transcurrió en un clima muy amable. Sobre la mesa y el mantel blanco relucían, a la vez y todos juntos, el *dolma*, las manzanas rojas y verdes mini, los albaricoques, la pasta de berenjenas y el hummus —especial de Berjouhi para Alma—, las barras de chocolates amargo, las moras blancas y negras, y el *paklava*. Ante esos manjares nadie hizo preguntas incómodas pero las emociones contenidas desfilaban bajo ese banquete de bienvenida. Todos los mimos se acumularon al igual que los platos.

Sobre el final de la comida, Jirair invitó a Lucciano con un cigarro y un coñac armenio. Nané caminó hasta la cocina para preparar el *surch*. Berjouhi dio vuelta su taza de porcelana por el lado por donde había bebido y, automáticamente, Nané y Alma replicaron su gesto.

Jirair ofreció llevar a Lucciano al centro de la ciudad, mientras buscaba un hotel. Alma se sintió invadida por la angustia de separarse, pero ya lo habían conversado. Él se hospedaría muy cerca de la casa de los Parsehyan, a menos de diez calles, sobre la Plaza de la República. Y Alma se quedaría en casa

de su prima, el mejor lugar para reponerse. En tanto, ella y Lucciano podrían verse todo el rato que quisieran.

–Mañana temprano vengo a buscarte para acompañarte rumbo a la clínica. Aprovecharé ahora para comprar dos teléfonos así estamos comunicados. Pórtate bien y descansa –dijo Lucciano y la besó dulce en la mejilla. Le hubiera dado un beso en los labios, pero en Armenia, y menos delante de los familiares, nadie lo vería bien. Berjouhi y Jirair preguntarían qué relación unía a Alma con Lucciano. Si se habían casado.

Jirair salió con Lucciano al pasillo. Alma y Nané se quedaron a solas en la sala mientras Berjouhi acomodaba los platos. Los ojos de Nané inquirían, como aquella madrugada de confesiones en la cocina, antes de decidirse a aceptar la invitación de Hrant y Mushej para visitar el lago Sevan. A Alma todavía le resonaba ese momento de quiebre de su prima. La necesidad de ayudarla para liberarla de esa carga y culpa.

Nané, una vez más, cedió su cama junto a las máquinas de coser y su muñeca. Después de darse una breve ducha, Alma se cambió con el pijama recién planchado y con olor a lavanda que le ofreció Nané. Había cosido el conjunto de algodón muy suave, gris melange, este tiempo mientras esperaba a su prima. Alma se recostó en la cama. Desde el sofá de la sala, Nané la escuchaba. Berjouhi ya dormía y Jirair aún no había regresado.

Alma necesitaba desahogarse. Comenzó a hablar muy pausado, con un hilo de voz. Como si pudiera tantear el terreno en donde caerían sus emociones frente a Nané. Su prima la escuchaba sentada sobre el sofá, con sus ojos castaños bien abiertos. Nané acompañaba con su oído atento la elaboración de Alma. La escuchaba sin interrumpir y sin juzgar. Su prima debía mostrarse entera, lista para acompañarla. Que Nané la escuchara, la ayudaba a procesar. Y así se lo confió Alma.

—Lucciano apareció en el camino de nuevo. Como una estrella que cayó del cielo, vino para rescatarme. Su llegada a Azerbaiyán, para acompañar al equipo estadounidense de ajedrez, nos terminó acercando. Por los lazos comerciales de su familia con Azerbaiyán habíamos discutido en Boston, y nos habíamos separado. Y por esos mismos lazos, él pudo estar ahí y rescatarme. Estamos unidos en la piel y en el alma.

—Entiendo prima, nadie puede juzgarte por eso.

Alma sabía que Nané más que nadie podía comprender acerca de juzgamientos. Y por eso seguía con atención todas esas preguntas retóricas. ¿Con quién debía quedarse? ¿Podía elegir a Lucciano? Era evidente que seguía casado, aunque no hubieran hablado de Melanie. ¿Sería él capaz de tomar alguna decisión luego de lo que habían atravesado en Bakú y en su camino de regreso a Erevan? ¿Cuánto podía influir su libertad como mujer en estas decisiones? ¿Cuánto más podía influir la experiencia extrema que había vivido? ¿Cuánto la había transformado? ¿Quién era esta Alma? ¿La misma? ¿Otra? ¿La de siempre?

Mientras la seguía atenta, Nané se veía reflejada ante esos cuestionamientos. Ella también se preguntaba algo fundamental. Luego de saber quién es uno, su esencia, ¿se puede seguir actuando igual?

Hablaron tanto que Alma comenzó a quedarse dormida. Empezaba a relajarse por primera vez. Nané estaba por contarle

que nada había sucedido con Mushej, que durante su ausencia todo su corazón se había paralizado, angustiada esperando noticias de su prima, yendo todos los días al Ministerio de Asuntos Exteriores y a la Embajada de Estados Unidos para preguntar si tenían información nueva sobre ella.

Pero Alma ya dormía profundo. Nané se sintió contenta de verla descansar. De poder cuidarla. La tapó con una manta *patchwork*. Nané también intentó dormir. Se preguntó por el futuro de Alma. Significaba también preguntarse por su propio camino. Si su prima regresaba a su país, sentiría un hueco enorme en su vida. Se había acostumbrado a esa charla abierta y sincera. Era otra forma de vivir. La había experimentado junto a Alma. Y como su prima le repetía siempre: "Una vez que la compuerta del corazón se abre es difícil cerrarla". Esa enseñanza de Alma también revoloteaba sobre su cabeza.

Más allá de la decisión de Alma, Nané se planteó qué sucedería con su vida si tomaba coraje y salía de Armenia. Si sacaba un pasaje a París, para visitar a su mamá, y luego seguía viaje a Boston, a la casa de Alma. ¿Podría hacer lo que quisiera? ¿Cómo usaría su libertad?

Alma era otra y Nané también empezaba a serlo. La transformación de Alma, las nuevas alas que batía su cabello ralo, movían el viento en sus pestañas. Había todo un mundo afuera que Nané no conocía. Justo detrás de esa ventana y más allá de esa antena de televisión que había sido su torre Eiffel de pequeña. ¿Y si se decidía y dejaba la casa de Jirair y Berjouhi? ¿Y si decidía ir en busca de sus sueños a Occidente, como Alma había llegado a Medio Oriente?

Alma llevaba tres días internada con los chequeos en la Clínica. Los médicos se asombraban de su buena evolución y respuesta. Así se lo contaban a ella y a los funcionarios del Gobierno que iban a visitarla cada mañana.

Ese mediodía, como los dos anteriores, Lucciano llegó para la hora de kinesiología. Se extrañaban la piel cuando no se tocaban, y cuando se tocaban también. Lucciano aprovechaba la cercanía y su amor por los deportes. La ayudaba a ejercitar la muñeca con una pelota de tenis, como había indicado el kinesiólogo. Lucciano se ocupaba de que Alma cumpliera con la rutina entera de ejercicios. Eso incluía una pequeña caminata por el parque de la clínica. Los médicos se lo habían permitido porque su estado general lucía bien, y necesitaban que ejercitara la musculación mientras ellos la supervisaban.

Al mediodía, Lucciano la acompañaba con el almuerzo en la habitación. Luego, trababa la puerta y se metía en la cama con ella. Eran unos minutos en que miraban televisión abrazados. Se tocaban la piel. Se sonreían. Se extrañaban y se respiraban. Lucciano quedaba atento al picaporte. Si sentía un ruido, saltaba y corría a abrirle a la enfermera. Se quedaba cómplice y sonriente de pie junto a Alma mientras la enfermera controlaba todos los valores.

Ese día, cuando la enfermera se retiró, Lucciano miró fijo a Alma.

—Vengo a hacerte una propuesta indecente.

Ella no supo cómo tomarlo. Se sentía mucho mejor, pero no

calculaba estar para bromas. Viniendo de Lucciano, se relajó y lo invitó a que se explayara.

—Es muy probable que mañana te den el alta. Me lo confirmaron los médicos —Lucciano siguió con la propuesta—: Vendrás conmigo al Marriott. Está decidido y no puedes cuestionarlo.

Le gustó esa actitud de Lucciano, pero resultaba inevitable que se persiguiera con preguntas. No solo estaban relacionadas a su futuro como pareja, sino a ellos dos.

En ese momento, alguien tocó la puerta y, cuando giraron, Nané entró a la habitación. Como todas las tardes, comenzaba su turno. Venía a tomar el té con Alma y se quedaba con ella hasta la cena, mientras Lucciano trabajaba desde el hotel.

—Quedamos así, bella —dijo y delante de Nané se acercó y le comió la boca con un beso largo que hizo brillar los ojos de Alma, pero también los de Nané.

—Yo también quiero ese beso —anunció Nané entre risas, cuando Lucciano salió de la habitación. Las primas rieron a carcajadas. De pronto, Nané se puso más seria y miró a Alma—: Si me das permiso, prima, traje mis maquillajes y mis cepillos. Quiero darte un nuevo look. Quedarás preciosa.

¡Cuánto necesitaba de su prima! Alma adoró de inmediato su propuesta. Entonces Nané, puso manos a la obra.

—Traje unos recortes y estuve mirando varias cuentas de Instagram. Voy a darte un look francés, apenas con unas tijeras y con un maquillaje muy suave. Te voy a esfumar los ojos. Esa mirada verde se iluminará. Nadie jamás sospechará por qué llevas el pelo así, prima.

Alma se sintió fascinada y, sobre todo, muy querida. La dejó hacer y sonrió cuando Nané le colocó delante un espejo y se reconoció como una parisina. Las primas se tomaron una selfie.

Durante la cena, Alma le consultó a Nané por la propuesta de Lucciano de pasar esos días siguientes con él en el Marriott.

−Por supuesto que debes ir. No te quedes con dudas. Necesitas tiempo con él.

Se asombró por la respuesta. Nané ya casi se parecía a Alma. La misma Alma que a veces ella misma olvidaba.

A la mañana siguiente, Lucciano y Jirair arribaron puntuales a las nueve a la clínica. Nané ayudó a vestir a Alma y todos aplaudieron cuando los médicos le dieron el alta. Los doctores preguntaron dónde viviría Alma. Ante la fingida sorpresa de Jirair, que ya había sido advertido por Nané, Lucciano Conti intervino.

−Conmigo −contestó orgulloso.

Entonces le entregaron una lista de medicamentos. También un esquema con todos los cuidados y futuros chequeos. No hubo más comentarios.

Alma salió maquillada a la francesa y con un nuevo foulard turquesa. Nané se lo había cosido y llevado especialmente para dejar la clínica. Hacía juego con sus nuevos tonos de maquillaje.

Jirair los pasó a buscar y los dejó en el Marriott, sin decir una palabra.

Luego de un par de días, en que se iba sintiendo más repuesta y paseaba por Ereván, Lucciano no comentaba con Alma qué harían con sus vidas. El tema empezó a incomodarle. Se lo planteó en el almuerzo de un sábado, en un patio de comidas muy elegante por Abovyan Street. Alma y Lucciano habían caminado las pocas calles que los separaban desde el hotel. Luego de ubicarse debajo de una parra, Alma abrió fuego ni bien la camarera dejó los *surch*. Actuó en forma directa y esperaba una respuesta acorde.

Lucciano titubeó. Su sonrisa se tapó con la sombra de la parra. Ante su falta de precisión, Alma comenzó a sentir un fuerte dolor de cabeza. De regreso a la habitación, seguía la tensión entre ellos.

—Mejor será que te recuestes, Alma. Entiendo lo que me planteas. No quiero mentirte ni hacerme el distraído. Eres muy importante para mí. Pero sabes que tengo que resolver asuntos de mi vida y de la redacción. A veces son lo mismo.

Alma lo miró con furia y con tristeza. Anunció que se echaría en la cama a descansar y él, tratando de que el aire no escalara, ofreció salir unos minutos para ir a buscar los medicamentos para ella. Alma aceptó y lo despidió en la puerta. La computadora de Lucciano había quedado encendida con la cuenta de mails abierta. De camino a la cama, Alma no pudo evitar acercar sus ojos a la pantalla antes de que se bloqueara. Dos segundos le bastaron para que toda la habitación del hotel Marriott se diera vuelta. Leyó claramente cómo Melanie le pedía que regresara a Boston. Él contestaba que estaba demorado en Armenia. Que en un par de días estaría volviendo.

El corazón de Alma palpitaba de la furia. La luz azul de la

computadora pegaba en sus ojos. Lucciano aclaraba a su esposa que se encontraba en Ereván, que había ayudado a Alma en su recuperación. Juraba que no pasaba nada entre ellos dos y que Melanie no debía ponerse celosa.

Alma no supo si le daba más bronca la mentira de Lucciano o su impunidad para manejar ambas situaciones a la vez. Como si él mismo no tomara conciencia de su doble discurso. Tampoco iba a darle todo el poder porque la había rescatado. Ella había puesto lo suficiente de sí misma para salvarse. ¿Acaso no siempre funcionaba así? ¿Hasta dónde necesitamos de los demás y hasta dónde incide nuestra propia voluntad para salir a flote?

Oyó la puerta. Con los analgésicos en la mano y por el rostro enojado de Alma que lo aguardaba despierta y vestida con su bolso hecho, Lucciano supo que todo estaba muy mal. De repente, había regresado el huracán. Sintió que una bomba estallaba entre ellos.

Alma caminó hasta la puerta en silencio. Antes de que Lucciano regresara, le había mandado un mensaje a Nané para que la esperara despierta. Nada más tenía que discutir con Lucciano Conti. Le agradecía infinitamente por haberla salvado. Pero no se ubicaría en el lugar de la segunda.

Abrió la puerta de la habitación con más fuerza que llanto y comenzó a alejarse por el pasillo. Lucciano la seguía y le suplicaba que no se fuera. Sin girar para mirarlo ella bajaba por las escaleras rumbo a la salida. En la salida del Marriott, solo después de cerrar la puerta del taxi con un portazo, miró los ojos negros de Lucciano a través del cristal. Lloraban los dos.

Indicó al chofer la dirección de Nané. En cinco minutos estaría en casa de su prima.

Alma y Nané se encerraron en el dormitorio para hablar, junto a las máquinas de coser y a la muñeca. Jirair y Berjouhi ni se acercaron. Con el rostro desdibujado en llanto, Alma le mostró a Nané el mensaje de Lucciano. Lo había mandado en los cinco minutos que estuvo a bordo del taxi.

**LUCCIANO**

*Alma, te pido perdón. Siempre te voy a amar.*
*No puedo dejar a Melanie de un día para el otro.*
*El matrimonio es una rutina y también son negocios.*
*Además, nadie sabe mejor que tú las presiones que manejo por ser un Conti.*
*Tú me conoces mejor que nadie.*
*Eso nos hace inseparables.*
*Sabes que jamás he querido hacerte daño.*
*Jamás lo haría, Alma.*
*Perdón.*

Sonaba sincero, lo entendía, pero no lo justificaba. Solo quería llorar. Mientras Nané la abrazaba, apareció Lisa en el chat. Sus redes de contención, esas que había cultivado toda la vida, comenzaban a desplegarse otra vez.

Alma se descargó con su prima todo lo que pudo. Lloraba y mostraba su enojo. En medio de tanta rabia y dolor, se tenían.

Qué suerte que se habían conocido. Más que suerte, eso también formaba parte de los caminos que Alma había tejido para llegar hasta ahí. Y, aunque no le gustara reconocerlo, Lucciano también formaba parte de esa ruta. Sin su pelea en Boston, Alma no hubiera accionado para salir con Hrant, no hubiera aceptado su invitación para viajar a Armenia. No se hubiera encontrado con Nané, con su identidad y con su familia al otro lado del mundo.

Volvió a repensarse por enésima vez. Le reiteró a Nané su invitación para que la visitara en Estados Unidos.

—¿Por qué me dices eso ahora, prima? ¿Te irás?

La duda de Nané representaba también la duda de Alma.

—Querida Nané, tengo que pensar seriamente en mi futuro. Qué haré. Quién soy. Qué busco.

Una de esas tardes, cuando salía de la clínica, el teléfono de Alma se encendió. El visor desplegaba un número desconocido con característica de Estados Unidos. Alma pensó en Lucciano, que la contactaría oculto desde otro teléfono, porque ella evitaba sus llamadas desde que se habían separado y él había regresado a Boston. La curiosidad pudo más. Deslizó el dedo. Se sorprendió con una voz magnética con acento indio.

—Hola.

—¿Señorita Alma Parsehyan?

—Soy yo, ¿quién habla?

—Nos comunicamos de la Editorial Goa, es un gusto saludarla. Mi nombre es Satinder Singh, he leído en la prensa acerca de su caso y sus días de prisión en Azerbaiyán. Queremos ofrecerle un contrato editorial. Que cuente en una novela su testimonio de vida. Sería una novela autobiográfica de corte político. La idea es sumarla a nuestra colección sobre repúblicas autoproclamadas y su lucha por el reconocimiento internacional, además del conflicto de Armenia, Artsaj, Azerbaiyán y Turquía.

Alma se quedó muda. Se sentó al borde de la escalera, en la puerta de la clínica. Nané, que estaba a su lado, la miraba intrigada. Mientras Singh hablaba, la cabeza de Alma voló. Imaginó el título para su novela: *Alma armenia*. Eso que no podía hablar con nadie, lo podría hablar frente a su computadora. En la intimidad de su casa. De madrugada, cuando se sentaba frente a la máquina para ser ella misma.

Del otro lado, Satinder Singh insistió:

—Señorita Alma, ¿sigue allí?

—Sí, sí, disculpe. Muchas gracias por contactarse. Me gusta la idea. No escuchaba bien, estoy en la calle —explicó.

—Me alegro. ¿Cuándo podremos reunirnos? Quisiéramos verla cuanto antes —enfatizó Singh.

—Me quedo en Ereván unos días más. ¿Le parece si combinamos para dentro de quince días?

—Agendado, será un placer recibirla en nuestras oficinas. Le envío a su correo electrónico un modelo del contrato editorial.

Cortó y miró a Nané. La abrazó. Sabía que empezaba a despedirse de Armenia.

—Prima, acabas de decir que en quince días estarás en una reunión en Estados Unidos. ¿Te irás? —Nané le hablaba casi al borde de las lágrimas.

Alma se sintió rara. Algo había hecho clic dentro de ella. Había ocurrido simplemente. Sin pensar. Sabía qué quería. Escribir. El resto de su vida se debería acomodar alrededor de esa decisión. Se lo confirmó a Nané que la miraba estupefacta. Feliz y triste a la vez.

Caminaron hasta la esquina. Nané la invitó con un *surch*.

—Tenemos que hablar —dijo—. Prima no quiero que te vayas, pero lo entiendo. Apoyo tus decisiones. Soy la persona más feliz del mundo por habernos conocido.

Antes de partir, organizaron una cena de despedida. Berjouhi cocinó. Y Alma se vistió con un conjunto de pantalón y blusa perla que le había cosido Nané como regalo. El pelo había crecido y se acentuaba ese corte *garçon*, a la francesa, que Nané retocaba con su tijera para que quedara perfecto. Para esa noche había maquillado a Alma en forma especial. Los ojos esfumados, la hacían verse con otra fuerza. Relativizaban las huellas en su piel.

Después que sirvieron los *surch*, junto a los chocolates amargos y coñac de Jirair, Nané miró a Berjouhi. La abuela caminó hasta el dormitorio y regresó con una caja grande entre las manos. Alma se levantó para ayudarla. Berjouhi le sonrió y le dijo que era para ella.

Nané la miraba y la alentó a que abriera el paquete. Alma lo apoyó entre las manzanas rojas, las moras, los chocolates y el coñac.

Alma respiró al levantar la tapa. Sus ojos brillaron con admiración. Frente a ella lucía un fino traje tradicional.

—Lo cosí para ti, prima —dijo Nané, mientras le presentaba el *taraz*, el traje nacional armenio. Debes probártelo —la animó.

Alma se sintió la mujer más honrada. Levantó entre sus manos la seda color granada, bordada con monedas de plata y piedras. Llevaba un velo a manera de tocado junto al gorro. Nané había diseñado una chaqueta de encaje rubí bordado y una falda, amplia y larga hasta los pies, en el mismo tono. El detalle de la bijouterie, con brazaletes, los anillos, los aros y la gargantilla, impactaron a Alma.

—Vamos prima, debes probártelo. En el dormitorio de la abuela, ayudaré a vestirte con el *taraz*.

Jirair y Berjouhi propusieron un brindis. Alma sintió algo de pudor, pero también el enorme cariño de esa familia que la contenía. Nané la tomó del brazo y la condujo hacia el dormitorio de la abuela. Alma la siguió. Mientras la ayudaba a calzar la chaqueta, las mangas y la falda, Nané sintonizó Spotify en su celular. Comenzó a cantar su tema favorito: *Chuni Ashkharhe Qez Nman, No hay nadie en el mundo como tú...*

*No hay en el mundo nadie como tú,*
*tú eres una sola, inigualable.*
*Te amaré por siempre,*
*te deseo una vida sin final*
*Nuestra historia no tiene principio ni fin...*

—Ya me conoces —admitió Nané—. Lo canto cuando necesito

fuerza, cuando estoy triste, cuando vivo un momento especial, prima. Escucha Razmik Amyan, también lo entona ahora para nosotras —y subió el volumen, mientras terminaba de ajustar el velo y cerraba los brazaletes y la gargantilla alrededor de las finas muñecas y nuca de Alma.

Nané la giró. La llevó al pasillo hasta quedar frente al espejo, regalo de Sevag para Berjouhi. Esa joya que había permanecido intocable, por años en esa casa, había superado todas las crisis. Guardaba las memorias de la familia, de generación en generación. Ahora Alma también imprimía allí. El *taraz*, en su esbelta figura, sellaba su alma armenia en el cristal.

—Luces radiante, Alma. Ven, vamos al salón.

Cuando entraron, Nané le pasó el teléfono a su padre. Jirair conectó los parlantes y los versos de Razmik Amyan sonaron en toda la sala. Nané tomaba fotos de Alma.

Jirair marcó la percusión con un *dohol* y Berjouhi acompañaba con unas maracas musicales. Todos se fundieron en ese ritmo de guitarras. El aire se llenó de belleza.

EREVÁN, 2016

En el aeropuerto compartieron un último *surch*, antes de que Alma entrara al embarque. La mezcla de emociones ganaba a la despedida. No sabía cuánto tiempo pasaría hasta volver a ver a Nané.

Se despidió. Estarían en contacto vía redes y, en cualquier

caso, Alma se llevaba a Armenia tatuada en la piel. Literal y metafóricamente, Armenia era una marca indeleble. Escuchó la voz metálica en el micrófono. Anunciaba el embarque. La luz del celular se encendió. Lisa le avisaba que la iría a buscar al aeropuerto. Le mandaba filas y filas de corazones. Le repetía que la extrañaba mucho. Que se sentía muy feliz de volver a verla.

El Airbus empezó a carretear. Las turbinas rugieron al máximo y la vulnerabilidad que trepaba como enredadera estremeció a Alma de nuevo en el aire. Las comparaciones con su pasado reciente resultaban inevitablemente ridículas y odiosas. Revisó su cinturón de seguridad. Lo ajustó todo lo que pudo y también dio una vuelta más al chal turquesa que sujetaba su abdomen, el centro emocional.

Alma respiró profundo. La nave metió el hocico entre las nubes. La columna vertebral se adhirió al estómago. No conocía al señor sentado a su derecha, ni al de adelante, ni al de atrás. Viajaba sola como a la ida. Era la misma y era otra. Era más Alma que nunca. Rumbo a casa. Rumbo a ella.

## CAPÍTULO DIECISIETE

# PUNTO DE PARTIDA

BOSTON, 2016

Esa navidad blanca resultó particular. El tiempo pasaba a la medida que su cabello crecía. Alma probaba diferentes peinados mientras recuperaba los centímetros que le habían hachado. Cada milímetro sumaba victoria. Significaba una molécula de vida. Una nueva página, en sentido literal. La novela *Alma armenia*, crecía con cada mechón de cabello, cada hora, cada día, cada semana. Le apasionaba la investigación histórica y periodística. Revivir lo que había atravesado le costaba, pero darle un sentido a través de la escritura la serenaba. Esa etapa tendría que ayudarla a sanar.

Se lo propuso a Satinder Singh, su editor. Incluiría en la novela, el aspecto más íntimo y personal que la había llevado a Armenia. Las razones de su corazón. La crisis con Lucciano, la aparición de Hrant Torosyan y su cuenta pendiente con la historia. Todo eso la había conducido, paradójicamente, a las puertas del infierno en Medio Oriente. Pero también, a reencontrarse con esa pulsión amorosa dentro de ella. Esa llama había resultado clave para sobrevivir. Para que hoy escribiera. Se planteó qué hubiera sido de ella si Lucciano Conti no la hubiera rescatado. Su editor acordó con el nuevo enfoque político-romántico. ¿Quién dijo que política y amor debían divorciarse? Ese hombre, que olía a sándalo y a magnolia, la entendía muy bien. Alma sonrió.

Después, se permitió soñar. Algún día conocería India. Se lo plantearía a Lisa en alguna de sus caminatas. La convencería para que, luego de entregar el libro, sacaran los pasajes. Calculó que Lisa aceptaría. A lo sumo tendría que arreglar con su esposo Robert Stern, para poder viajar con Alma. Sería un buen plan.

Cuando sonó el despertador tuvo la sensación de que había pasado la noche en vela. La aparición sorpresiva de Lucciano Conti en la presentación de su novela *Alma armenia*, la había alterado. Mientras se lavaba el rostro y preparaba un café, revisó su celular. Desbordaba de mensajes. El Boston Times había amanecido vallado. La policía custodiaba desde temprano la puerta. Tomaban lista a los empleados. Si no figuraban en ese índice, no les permitían ingresar.

Entre las decenas de mensajes, encontró uno de Lisa. Le había grabado un audio llorando. Esa mañana, cuando intentó entrar a la redacción, el personal de seguridad le comunicó que no podía. Que debía chequear su correo electrónico. En la puerta del Times, Lisa manoteó el celular hundido en su cartera y leyó el e-mail firmado por la empresa. Detallaba la nueva política del periódico. La transformación digital tenía sus costos. El reposicionamiento comercial, en medio de una feroz competencia, obligaba a implementar ajustes. Después de veintidós años en la redacción, Lisa Jones había sido despedida junto a un centenar de colegas y periodistas.

Alma se alarmó. Tenía que hablar con su amiga. Convencerla de que había vida fuera del Boston Times. Inmediatamente, pensó en Lucciano. Quizá por los despidos inminentes, había ido a buscarla anoche, durante la presentación de su novela.

Detrás de los audios de Lisa en llanto, encontró varios mensajes de Lucciano. Leyó el último.

### LUCCIANO

*Alma, por favor. Necesito que nos veamos.*
*Quise hablarlo anoche, en tu presentación. Es importante.*
*Contéstame. Tiene que ser hoy.*

Esperaba que le diera una explicación coherente. Una nebulosa ocupó su cabeza. ¿Qué consideraba bueno o malo cuando se trataba de Lucciano?

Después de darse una ducha, encaró por Commonwealth. Las magnolias florecidas la saludaban. Recordó que su vida podía recomenzar cada día. En la orilla del lago, se vio reflejada entera en el estanque. Cada pliego del agua le regalaba un sonido y el sol en todo sus mejillas.

Sonó su celular. No quería mirar la pantalla. Dejó de vibrar y a los pocos segundos, otra vez, molestó en el bolsillo del jogging. Se reprochó no haber dejado el aparato en la gaveta de la cómoda. Al fin miró el visor. Lucciano otra vez. Apagó el teléfono y lo arrojó al césped.

Aún de pie, Alma alzó la vista hacia la copa de los árboles. Inhaló y extendió los brazos paralelos hacia el cielo. Arqueó levemente la columna vertebral hacia atrás, transportando toda la estructura de su cuerpo. El mentón se elevó y sintió cómo elongaba desde el vientre hasta la garganta. La postura que da comienzo al *saludo al sol*, definía su momento *yogui*. Su nueva vida.

Le había costado mucho llegar a ese equilibrio físico y emocional. Las idas y vueltas de ánimo, y las esporádicas apariciones de Lucciano, habían afectado su rutina de escritura más de lo que hubiera esperado. Por eso se había demorado en concluir la novela. Pero ahora, la obra había llegado a las librerías y comenzaba para ella otro reloj.

Hacia el mediodía, Alma se encontró con Lisa Jones en el café, como habían arreglado. Lisa había cambiado súbitamente en cuatro horas. Había parado de llorar, lucía serena y hasta podría decirse que sonreía con enormidad.

—Tengo que contarte una noticia importantísima —anunció mientras se levantaba para abrazar y recibir a Alma.

Alejada de los medios, Alma ya casi no leía los periódicos. Solo lo mínimo y suficiente para mantenerse informada y no pasar vergüenza en algún comentario callejero o reunión. Pero esa mañana, al *scrollear* el Boston Times en la app de su celular, una foto de Lucciano asociada a uno de los títulos principales, le llamó la atención. El hijo de Carlo Conti había asumido como el nuevo editor general de la redacción. Su padre había cedido a su primogénito el bastón de mando.

Alma se puso el calzado deportivo para encarar la caminata matutina. Lisa se había sumado todos los días desde su despido. Con la noticia de Lucciano, el ejercicio de hoy iba a ser muy charlado.

Alma encontró a Lisa muy sonriente. Desde que se había mudado, su rostro se había transformado. Robert parecía un viejo recuerdo en su nueva vida. Separarse había significado un proceso de años. Todas las cartas de pronto habían caído, tras la salida abrupta del Diario. Como si hubiera obrado en Lisa un efecto dominó.

Esa mañana, el abogado la había llamado para que firmara el divorcio. Quiso contárselo a Alma antes de que ella le comentara el ascenso de Lucciano. Lisa también se había enterado. Después de la mención obligada, Lisa cambió de tema y sorprendió a Alma.

—Estoy lista. ¿Cuándo sacamos pasaje? —Alma la miró

incrédula. Lisa continuó–: No tengo más ataduras. Los papeles del divorcio ya salieron y mis hijos están grandes, encaminados en la facultad. Somos libres. ¿Cuándo nos vamos? –insistió.

Luego del ejercicio, Alma invitó los cafés. Las amigas estudiaban qué ciudades de India visitarían, qué hoteles elegirían y las actividades de yoga que preferían practicar en los ashram. Todos sus deseos podían concretarse con solo presionar la yema de sus dedos en sus pantallas táctiles.

De pronto, el celular de Alma reemplazó la foto de India por la de Lucciano Conti, que estaba llamando. Alma no había vuelto a hablar con él desde la noche de su presentación. Le parecía increíble que el hijo de Carlo Conti insistiera, y más en ese día tan especial.

Lisa le llamó la atención sobre otro aspecto. El verano había alcanzado su cenit. Quizá Melanie Farrell, como todos los meses de julio estuviera en Los Hamptons, en casa de la playa con sus padres, y Lucciano, solo, en Boston. O quizá, había leído su novela y contaba con la excusa perfecta para llamarla. Si así fuera, ya se habría enterado del "secreto literario" de Alma.

Aun así, o tal vez porque los ojos de Lisa la estudiaban, no atendió el celular. Si Lucciano había leído su libro, ya sabría que el protagonista de *Alma armenia* tenía unos ojos carbón imposibles de abandonar. Una melena oscura que la azotaba bajo su cuerpo tallado. Dientes de sonrisa eterna, espalda triangular y bíceps de acero. Que su mirada la sometería a la dictadura de la piel. Que trabajaba como reportero gráfico en un periódico. Que era casado. Que era  el hijo del editor general. Y que su vida había cambiado para siempre luego de una noche de pasión con su compañera de escritorio.

En plena transformación digital, y aun convertido Lucciano Conti en el nuevo editor general del Boston Times, ¿quién podría robar a Alma semejante trama? ¿Cuántas historias de amor existían como la de ellos? ¿Quién podría quitarle la pasión de escribir? De ver a su protagonista replicado en las mesas de luz, escondido bajo las almohadas, entre ojos imperiosos, devoradores de emociones, recortados para siempre en cada corazón que leyera.

Para estas alturas, el hijo de Carlo Conti ya habría comprendido por qué Alma había cambiado todos los nombres de los personajes de su novela, excepto uno. A ella, solo le intrigaba saber cómo habría tomado, el verdadero Lucciano Conti, su secreto literario. Ese pequeño acto de justicia acometido en soledad, que ya era público. El bautismo de su personaje, "Lucciano".

La explicación cabía en una sola palabra. La única capaz de transformar los destinos. Ahora, su nombre viajaba entre miles y miles de páginas. Se transportaba, como transporta las letras, cada mañana, el Boston Times. Después de todo, lo había aprendido de él.

Le dio las gracias en silencio por haber obrado en ella. Por haber permitido que creciera en su alma la clave para concluir la novela. Por haberle dado esa chispa que hacía latir su corazón. Esa llave que destraba la palabra más polémica y más bella. En mayúsculas, AMOR.

TERRITORIO EN CONFLICTO

GEORGIA

•Ninocminda

Tashir•
Alaverdi•      Río Debed
Río Dzoraget

Lago Arpi

LORI                    TAVUSH

Río Pambak          •Vanadzor          •Ijevan

• Gyumri

SHIRAK

Sevanavank
Sevan•

Embalse de
Aparan          Hrazdan•

                                    Lago Sevan

ARAGATSOTN          Río Hrazdan          KOTAYK          Gavar•

                    •Ashtarak          ARMENIA

Armavir•   Echmiadzin•          •Erevan

ARMAVIR                              •Geghard          GEGHAR

Río Arax                              ARARAT

TURQUÍA                    •Artashat

                              •Khor Virap          VAYOTS I
                                                    •Yegh

                                                    NA

                              Embalse de Arax

                              IRÁN

# ÍNDICE

# Muchas gracias

A Marcela Luza, por encender la mecha. Por la sensibilidad de ver y rescatar esta criatura que gritaba dentro de mí. Por la generosidad y el acompañamiento en cada etapa.

A Arif y Leyla Yunus, presos políticos en Azerbaiyán, exiliados en Europa. Por su libro *From the soviet camp to and azerbaijani prision,* imprescindible testimonio sobre su calvario y torturas en Azerbaiyán.

A Victoria Ventura, por el oído y el corazón. Por leer con entusiasmo incondicional estas páginas desde su versión más original. Por Valentino. Por la lucha y la Memoria.

A Eduardo Costanian y Pablo Kendikian, los mejores anfitriones. Por las infinitas charlas y datos compartidos en el restaurante Armenia. Por recibirnos en sus mesas como "en casa".

A Iván Tomeo Vladimir Amigo, por las soluciones en el tablero de ajedrez. Por las letras entre blancas y negras. Por la lectura, el entusiasmo y el compromiso.

A Valeria Cherekian, por traducir del armenio y sumarse con pasión de "periodista" a esta investigación. Por la voz y las notas por donde viaja la Memoria.

A Sergio Karayan, por acercar la danza, la alegría y la belleza a estas páginas. Por las tradiciones armenias.

A Shushan Gyarzoyan, por la posibilidad de habernos cruzado. Por la luz que te hace brillar como el arcoíris.

A Anahit Torosyan, por compartir el camino de los personajes, sus comienzos en la novela y su bautismo. Por las charlas y el corazón.

A Julián Scabbiolo, por sumarse a cranear en los escaques desde el minuto cero. Por cada dato y cada letra. Por cada ajedrecista.

A Agustina Dergarabedian y Sofia Cartasegna, por todos los tés y todas las charlas de chicas, y de chicas armenias.

A Sevak Sardaryan, por su palabra desde el frente de batalla.

Al Padre Mashdotz Arakelian, por el testimonio vivo de la Historia.

A Graciela Kevorkian, por los datos de Watertown, por cada *surch* y por cada sonrisa, foto y lágrima armenia.

A Laura Gurovich, por escuchar, escuchar y escuchar. Por acompañarme en todo el proceso, en la calma y en la turbulencia, con amor y profesionalismo.

A Alicia Tagtachian, mi socia, mi compañera. Por nuestro Nomeolvides y ¡por Armenia!

A Zarman Daghlian y Hasmig Kabakian, valientes damas armenias. Por ser fuente constante de inspiración.

A Norita Malimovka, por la sabiduría, por cada enseñanza. Por la serenidad y la sonrisa. Por las asanas que también viajan en estas letras.

A la banda del Cuartito Secreto: Nori, Ali, Bea, Ruth y Vic, los sábados arrancan sólo con ustedes.

A Guillermo Martínez, por la generosidad y el talento de un Maestro. Por el pase maravilloso de la probabilidad y el azar en capítulos esenciales para la trama.

A Agustina Tanoira, Silvina Schuchner y Matilde Quintana, amigas queridas que me regalaron su lectura atenta.

A Jessica Gualco, mi editora. Por la paciencia y el entusiasmo. Por esa sangre libanesa que acompañó a este volcán armenio. Por cada surch, cada té y cada anís conjurado en estas páginas.

A V&R Editoras. A María Inés Redoni, por creer, por escuchar y por confiar. A Marcela Aguilar. A Natalia Yanina Vázquez. A Florencia Cardoso. A Marianela Acuña. A Abel Moretti. Y a todo el equipo VeRa, ¡por hacerlo posible!

A Laura G. Miranda, Mariela Giménez y Brianna Callum por las alegrías del Cuarteto Fantástico.

A mi familia. A Beatriz Balian, Carolina Tagtachian y Jorge Simón Tagtachian. A Marcos y Rosario. Por cada etapa.

A mis amigas del alma: Luisa Miguens, Chechu Gavernet, Noe Scanarotti, Marce Damico y Cori Fernández Giuliano, ellas saben por qué.

A mi familia en Ereván, por el corazón hayastansí.

A mis compañeros de viaje de Armenia y Artsaj, 2016 y 2018. Para que se repita el encuentro con las raíces, ¡pronto!

A cada uno de los lectores. Por su fidelidad y amor. Por sus devoluciones únicas. Por el sendero que construimos juntos.

Elegí esta historia pensando en **ti**
y en todo lo que las mujeres románticas
guardamos en lo más profundo
de **nuestro corazón** y solo en contadas
ocasiones nos atrevemos a compartir.

Y hablando de compartir, me gustaría
saber qué te pareció el libro...

Escríbeme a
**vera@vreditoras.com**
con el título de esta novela
en el asunto.

*VeRa*

yo también
creo en el amor

f ⓘ
vera.romantica